염상섭 단편선

두 파산

책임 편집 · 김경수
서강대학교 국어국문학과와 같은 과 대학원 졸업.
현재 서강대학교 국어국문학과 교수.
저서로는『현대소설의 유형』『염상섭 장편소설 연구』등이 있음.

한국문학전집 22
두 파산
염상섭 단편선

초판 1쇄 발행 2006년 2월 1일
초판 14쇄 발행 2023년 5월 22일

지 은 이   염상섭
책임 편집   김경수
펴 낸 이   이광호
펴 낸 곳   ㈜**문학과지성사**
등록번호   제1993-000098호

주   소   04034 서울 마포구 잔다리로7길 18(서교동 377-20)
전   화   02)338-7224
팩   스   02)323-4180(편집) 02)338-7221(영업)
전자우편   moonji@moonji.com
홈페이지   www.moonji.com

ⓒ ㈜**문학과지성사**, 2006. Printed in Seoul, Korea

ISBN 89-320-1668-2 04810
ISBN 89-320-1552-X(세트)

염상섭 단편선

두 파산

김경수 책임 편집

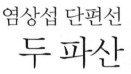

문학과지성사 한국문학전집 22

| 차례 |

| **일 러 두 기** |

1. 이 책에 수록된 작품은 염상섭이 1924년부터 1961년까지 발표한 소설들 중에서 선정한 11편의 단편이다. 각 작품의 정확한 출처는 주에 명기되어 있다.

2. 이 책의 맞춤법은 1988년 1월 19일 문교부 교시 '한글 맞춤법'에 따르는 것을 원칙으로 하였다. 단 작품의 분위기에 영향을 준다고 판단되는 방언이나 구어체 표현, 의성어 의태어 등은 그대로 두었다.

  예) 이거 와 이러니!

  예) 지금은 어드메 있기에?

3. 원본의 한자는 가급적 한글로 바꾸었으며, 작품 이해에 도움이 될 만한 한자는 그대로 두고 괄호 안에 넣었다(예 ①). 반복적으로 등장하는 한자어는 최초에만 괄호 안에 한자를 병기하고 후에는 한글로만 표기하였다. 또 책임 편집자가 독자들의 이해를 위해 필요하다고 판단되어 부가적으로 병기한 한자는 중괄호(〔 〕)를 사용하여 표기하였다 (예 ②).

  예) ① 眞純이 있고→진순(眞純)이 있고

  예) ② 훤담→훤담〔喧談〕

4. 대화를 표시하는 『 』혹은 「 」은 모두 " "로 바꾸었고, 대화가 아닌 강조의 경우에는 ' '로 바꾸었다. 또 책 제목은 『 』로, 노래 제목은 「 」로 표시했다. 말줄임표 '··' '...' '.....' 등은 모두 '……'로 통일하였다. 단 원문에서 등장인물의 머릿속 생각을 표시하는 괄호는 작은따옴표(' ')로 바꾸었고, 작가가 편집자적인 논평을 붙인 부분은 원문대로 괄호(( ))안에 표시해두었다.

5. 외래어 표기는 1986년 1월 7일 문교부 교시 '외래어 표기법'에 따라 바꾸었다(예 ①). 단 작품의 분위기에 영향을 준다고 판단되는 경우에는 원본을 그대로 살렸다(예 ②).

  예) ① 데모크라씨→데모크라시

  예) ② 쫄지요(현 외래어 표기법으로는 '조르지오')

6. 책임 편집자가 부가적인 설명이나 단어 풀이가 필요하다고 판단한 경우에는 미주에 설명을 붙여놓았다.

7. 당시에 검열에 의해 삭제된 것으로 짐작되는 부분은 원문대로 'ㅇ' 'ㅈ' '△' 등의 표시를 그대로 두었다.

표본실의 청개구리

1

무거운 기분의 침체와 한없이 늘어진 생의 권태는 나가지 않는 나의 발길을 남포(南浦)까지 끌어왔다.

귀성한 후, 칠팔 개삭간의 불규칙한 생활은 나의 전신을 해면같이 짓두들겨놓았을 뿐 아니라 나의 혼백까지 두식(蠧蝕)[1]하였다. 나의 몸을 어디를 두드리든지 알코올과 니코틴의 독취를 내뿜지 않는 곳이 없을 만치 피로하였었다. 더구나 육칠월 성하[2]를 지내고 겹옷 입을 때가 되어서는 절기가 급변하여 갈수록 몸을 추스르기가 겨워서 동리 산보에도 식은땀을 술술 흘리고 친구와 이야기를 하려면 두세 마디째부터는 목침을 찾았다.

그러면서도 무섭게 앙분(昻奮)한 신경만은 잠자리에서도 눈을 뜨고 있었다. 두 홰 세 홰 울 때까지 엎치락뒤치락하다가 동이 번히 트는 것을 보고 겨우 눈을 붙이는 것이 일주간(一週間)이나 넘은 뒤에는 불을 끄고 드러눕지를 못하였다.

그중에도 나의 머리에 교착(膠着)하여 불을 끄고 누웠을 때나 조용히 앉았을 때마다 가혹히 나의 신경을 엄습하여오는 것은 해부된 개구리가 사지에 핀을 박고 칠성판³ 위에 자빠진 형상이다. ──내가 중학교 2년 시대에 박물 실험실에서 수염 텁석부리 선생이 청개구리를 해부하여가지고 더운 김이 모락모락 나는 오장을 차례차례로 끌어내서 자는 아기 누이듯이 주정병(酒精甁)⁴에 채운 후에 대발견이나 한 듯이, 옹위하고 서서 있는 생도들을 돌아다보며

"자 여러분, 이래도 아직 살아 있는 것을 보시오."
하고 뾰족한 바늘 끝으로 여기저기를 콕콕 찌르는 대로 오장을 빼앗긴 개구리는 진저리를 치며 사지에 못 박힌 채 발딱발딱 고민하는 모양이었다.

8년이나 된 그 인상이 요사이 새삼스럽게 생각이 나서 아무리 잊어버리려고 애를 써도 안 되었다…… 새파란 메스, 닭의 똥만한 오물오물하는 심장과 폐, 바늘 끝, 조그만 전율…… 차례차례로 생각날 때마다 머리끝이 쭈뼛쭈뼛하고 전신에 냉수를 끼얹는 것 같았다. 남향한 유리창 밑에서 번쩍 쳐드는 메스의 강렬한 반사광이 안공을 찌르는 것 같아 컴컴한 방 속에 드러누웠어도 꼭 감은 눈썹 밑이 부시었다. 그러나 그럴 때마다 머리맡에 놓인 책상 서랍 속에 넣어둔 면도칼이 조심이 되어서 못 견디었다.

내가 남포에 가던 전날 밤에는 그 증(症)이 더욱 심하였다. 간

반(間半)통밖에 안 되는 방에 높이 매단 전등불이 부시어서 꺼버리면 또다시 환영에 괴롭지나 않을까 하는 염려가 없지 않았으나 심사가 나서 웃통을 벗은 채로 벌떡 일어나서 스위치를 비틀고 누웠다. 그러나 '쨍응' 하는 소리가 문틈으로 스러져 나가자 또 머리를 엄습하여 오는 것은 수염 텁석부리의 메스, 서랍 속의 면도다. 메스…… 면도, 면도…… 메스…… 잊으려면 잊으려 할수록 끈적끈적하게도 떨어지지 않고 어느 때까지 꼬리를 물고 머릿속에서 돌아다니었다. 금시로 손이 서랍으로 갈 듯 갈 듯하여 참을 수가 없었다. 괴이한 마력은 억제하려면 할수록 점점 더하여 왔다. 스르르 서랍이 열리는 소리가 나서 소스라쳐 눈을 뜨면 덧문 안 닫은 창이 부옇게 보일 뿐이요, 방 속은 여전히 암흑에 침적(沈寂)하였다. 비상한 공포가 전신에 압도하여 손끝 하나 까딱거릴 수 없으면서도 이상한 마력과 유혹은 절정에 달하였다.

"내가 미쳤나? 아니, 미치려는 징조인가?" 하며 제풀에 겁이 났다.

나는 잠에 취한 놈 모양으로 이불을 와락 차 던지고 일어나서 서랍에 손을 대었다. 그러나

'그래도 손을 대었다가……' 하는 생각이 전뢰(電雷)와 같이 머릿속에 번쩍할 제, 깊은 꿈에서 깬 것같이 정신이 반짝 나서 전등을 켜려다가 성냥 통을 더듬어 찾았다. 한 개비를 드윽 켜 들고 창틀 위에 얹어둔 양초를 집어 내려서 붙여놓은 후 서랍을 열었다. 쓰다가 몇 달 동안이나 꾸려둔 원고, 편지, 약갑 들이 휴지통 같이 우글우글한 속을 부스럭부스럭하다가, 미끈 하고 잡히는 자

루에 집어넣은 면도를 외면을 하고 꺼내서 창밖으로 뜰에 내던졌다. 그러나 역시 잠은 못 들었다. 맥이 확 풀리고 이마에는 식은땀이 비어져 나왔다. 시체 같은 몸을 고민하고 난 병인처럼, 사지를 축 늘어뜨려놓고 가만히 누워 생각하였다.

'하여간 이 방을 면하여야 하겠다.' 지긋지긋한 듯이 방 안을 휘익 돌아다본 뒤에 이렇게 생각하였다. 어디든지 여행을 하려는 생각은 벌써 수삭 전부터의 계획이었지만 여름에 한번 놀러 가본 신흥사(新興寺)에도 간다는 말뿐이요 이때껏 실현은 못 되었다.

'어디든지 가야 하겠다. 세계의 끝까지, 무한(無限)에, 영원히, 발끝 자라는 데까지. ······무인도! 시베리아의 황량한 벌판! 몸에서 기름이 부지직부지직 타는 남양······! 아아.'

나는 그림엽서에서 본 울울한 삼림, 야자수 밑에 앉은 나체의 만인(蠻人)⁵을 생각하고 통쾌한 듯이 어깨를 으쓱하여보았다. 단 1분의 정차도 아니하고 땀을 뻘뻘 흘리며 힘 있는 굳센 숨을 헐떡헐떡 쉬는 풀 스피드의 기차로 영원히 달리고 싶다. 이것이 나의 무엇보다도 갈구하는 바이었다. 만일 타면, 현기가 나리라는 염려만 없었으면 비행기! 비행기! 하며 혼자 좋아하였을지도 몰랐었다.

2

내가 수삭 간이나 집을 못 떠나고 들어앉았는 것은 금전의 구애가 제일 원인이었지마는 사실 대문 밖에 나서려도 좀처럼 하여서는 쉽지 않았다.

그 이튿날, H가 와서 오늘은 꼭 떠날 터이니 동행을 하자고 평양 방문을 권할 때에는 지긋지긋한 경성의 잡답을 등지고 떠나서 다른 기분을 얻으려는 욕구와 장단을 불구하고 하여간 기차를 타게 될 호기심에 끌려서,

"응, 가지 가지"하며 덮어놓고 동의는 하였으나 인제 정말 떠날 때가 되어서는 떠나고 싶은지 그만두어야 좋을지 자기의 심중을 몰라서, 어떻게 된 셈도 모르고 H에게 끌려 남대문역까지 하여간 나왔다.

열차는 아직 도착하지 않았으나 승객은 입장하는 중이었다. 나도 급히 표를 사가지고 재촉하는 H를 따라섰다. 시간이라는 세력이 호불호(好不好), 긍불긍(肯不肯)을 불문하고 모든 것을 불가항력하에서 독단하여 끌고 가게 된 것을 나는 오히려 다행히 알고 되어가는 대로 돼라고 생각하며, 하나씩 풀려나가는 행렬 뒤에 섰다. 그러나 검역 증명서가 없다고 개찰구에서 H와 힐난이되는 것을 보고 나는 행렬에서 벗어나서 또다시 아니 가겠다고 하였다.

심사가 난 H는 마음대로 하라고 뿌리치며 혼자 출장 주사실로

향하다가 돌쳐와서 같이 끌고 들어갔다.

　백 촉이나 되는 전등 밑에서 히스테리컬한 간호부가 주사침을 들고 덤벼들 제, 나는 반쯤 걷어 올렸던 셔츠를 내리며 돌아서 마주 섰다. 그러나 간호부의 핀잔과 최촉(催促)에 마지못하여 눈을 딱 감고 한 대 맞은 후 황황히 플랫폼으로 들어가서 차에 올랐다. 차에 올라앉아서도 공연히 후회를 하고 앉았으나 강렬한 위스키의 힘과 격심한 전신의 동요 반발, 굉굉(轟轟)한 알향(軋響), 암흑을 돌파하는 속력, 주사 맞은 어깨의 침통(沈痛)…… 모든 관능을 한꺼번에 뛰놀게 하여 얼이 빠진 속에서 모든 것을 잊고 새벽에는 쿨쿨 자리만큼 마음이 가라앉았다. 덕택으로 오늘 밤에는 메스도 번쩍거리지 않고 면도도 뛰어나오지 않았다.

　동이 틀락말락하여서 우리들은 평양역에 내렸다. 남포행은 아직 이삼십 분이나 있는 고로 우리들은 세면소에서 세수를 하고 대합실로 나왔다. 나는 부석부석한 붉은 눈을 내리깔고 소파 끝에 앉았다가 벌떡 일어나며,

　"난 예서 좀 돌아다닐 테니……." 내던지듯이 한마디를 불쑥하고 H를 마주 쳐다보다가,

　"혼자 가서, Y군을 만나보고 오늘이라도 같이 이리 오면 만나보고, 그렇지 않으면 혼자 돌아다니다가 밤차로 갈 테야" 하며 H의 대답도 듣지 않고 돌아서 나왔다.

　"응? 뭐야? 그 왜 그래…… 또 미친증이 난 게로군" 하며 H는 벗어 들었던 레인코트를 뒤집어쓰면서 쫓아 나와 붙든다.

　"……사람이 보기 싫어서…… 사실 Y군과 만나기로 별로 이야

기할 것도 없고" 하며 애원하듯이 힘없는 구조(口調)로 한마디 하고,

"영원히 흘러가고 싶다. 끝없는 데로······." 혼잣말처럼 힘을 주어 말을 맺고 훌쩍 나와버렸다. H도 하는 수 없이 테이블에 놓았던 트렁크를 들고 따라 나왔다.

우리 양인은 대동강가로 찾아 나와서, 부벽루로, 훤히 동이 틀까말까 한 컴컴한 길을 소리 없이 걸었다. 한바탕 휘돌아서 내려오다가 종로에서 조반을 사 먹고 또다시 부벽루로 향하였다. 개시(開市)를 하고 문전에 물을 뿌린 뒤에 신문을 펴 들고 앉았는 것은 청량하고 행복스럽게 보였다. 아까 내려올 제는 능라도(綾羅島) 저편 지평선에서 주홍의 화염을 뿜으며 날름날름하던 아침해가 벌써 수원지(水源地) 연통 위에 올라서, 천변 식목(天邊植木) 밑으로 걸어가는 우리의 곁뺨을 눈이 부시게 내리쬐었다.

칫솔을 물고 바위 위에 섰는 사람, 수건을 물에 잠그고 세수하는 사람들도 간혹 눈에 띄었다. 나는 발을 멈추고 무심히 내려다보다가, 자기도 산뜻한 물에 손을 잠가보고 싶은 생각이 나서 얕은 곳을 골라서 물가로 뛰어내려갔다.

H도 쫓아 내려와서 같이 손을 잠그고 앉았다가,

"X군, 오후 차로 가지?"

"되어가는 대로······." 다소 머리의 안정을 얻은 나는 뭉쳤던 마음이 풀어진 듯하였다. 나는 아침 햇빛에 반짝이며 청량하게 소리 없이 흘러 내려가는 수면을 내다보며, 이렇게 대답하고 '물은 위대하다'라고 속으로 부르짖었다.

이때에 마침 뒤 동둑[6]에서 누군지 이리로 점점 가까이 내려오는 발자취를 듣고 우리는 무심히 힐끗 돌아다보았다.

마른 곳을 골라 디디느라고, 이리저리 뛸 때마다, 등에까지 철철 내리덮은 장발을 눈이 옴폭 파인 하얀 얼굴 뒤에서 펄럭펄럭 날리면서, 앞으로 가까이 오는 형상은 동경 근처에서 보던 미술가가 아닌가 의심하였다. 이 기괴한 머리의 소유자는 너희들의 존재는 나의 의식에 오르지도 않는다는 교만한 마음으로인지 혹은 일신에 모여드는 모든 시선을 피하려는 무관심한 태도로인지 모르겠으나, 하여간 오른편 손에 든 짤막한 댓개비[竹竿]를 전후로 흔들면서, 발끝만 내려다보며 내 등 뒤를 지나, 한 간통쯤 상류로 올라가 자리를 잡고 앉았다. 그도 우리와 같이 손을 물에 성큼 넣고 불쩍불쩍 소리를 내더니 양치를 한번 하고 벌떡 일어나서 대동문을 향하여 성큼성큼 간다. 모자도 아니 쓴 장발과 돌돌 말린 때 묻은 철겨운[7] 모시 박이[8] 두루마기 자락은 오른편 손가락에 끼우고 교묘히 돌리는 댓가지와 장단을 맞춰서 풀풀풀풀 날리었다.

"오늘은 꽤 이른걸."

"핫하! 조반이나 약조하여둔 데가 있는 게지" 하며 장발객을 돌아서 보다가 서로 조소하는 소리를 뒤에 두고, 우리는 손을 씻으면서 동쪽으로 올라왔다.

진정한 행복은 저런 생활에 있는 게야 하며 혼자 생각하였다.

우리는 황달이 들어가는 잡초에 싸인 부벽루 앞 축대 밑까지 다다랐다. 소경회루(小慶會樓)라 할 만큼 텅 빈 누 내(樓內)에는 보얀 가을 햇빛이 가벼운 아침 바람에 안기어 전면에 흘러 들어왔다. 좀 피로한 우리는 누 내에 놓인 벤치에 걸어앉으면서 여기저기 매달린 현판을 쳐다보다가,

"사람이란 그럴까, 저것 좀 보아." 좌편에 달린 현판 곁에 붙인 찰(札)[9]을 가리키며 나는 입을 열었다.

"자기의 존재를 한 사람에게라도 더 알리려는 것이 본능적 욕구라면 그만이지만, 저렇게까지라도 하지 않으면 만족할 수 없다는 것을 보면…… 참 정말 불쌍…… 그는 고사하고 지금 지나온, 그 절벽에 역력히 새긴, 이모 김모란 성명은 대체 누구더러 보라는 것이야…… 이러구서도 밥이 입으로 들어갔으니, 좋은 세상이었지."

나는 금시로 알 수 없는 분노가 치밀어 올라와서 벌떡 일어나와 성벽에 기대어 아래를 내려다보고 섰다.

"그것이 소위 유방백세(遺芳百世)[10]라는 것이지." H도 일어나오며,

"그렇게 내려다보고 섰는 것을 보니…… '입포리[11](「死의 승리」[12]의 여주인공)'가 없는 게 한이로군……."

"내가 '쫄지요'[13]인가" 하고 나는 고소(苦笑)하였다.

"적어도 '쫄지요'의 고통은 있을 테지."

"그야…… 현대인 쳐놓고 누구나 일반이지."

우리는 입을 다물고 잠깐 섰다가 을밀대[14]로 향하였다.

외외(巍巍)히[15] 건너다보이는 대각(臺閣)은 엎드러지면 코 닿을 듯하여도, 급한 경사는 그리 쉽지 않았다. 우리는 허위단심 겨우

올라갔다. 그러나 대상(臺上)의 어떤 오복점(吳服店)[16] 광고의 벤치가 맨 먼저 눈에 띌 제, 부벽루에서는 앉기까지 하여도 눈 서투르지 않던 것이 새삼스럽게 불쾌한 생각이 났다. 나는 눈을 찌푸리고 잠시 들여다보다가 발도 들여놓지 않고 돌쳐서서 그늘진 서편 성 밑으로 내려왔다. 높은 성벽에 가린 일면은 아직 구슬 이슬이 끝만 노릇노릇하게 된 잔디 잎에 매달려서 어디를 밟든지 먼지 않은 구두 끝이 까맣게 반짝거렸다. 나는 성에 등을 기대고 앞에 전개된 광야를 맥없이 내려다보고 섰다가, 다리가 풀려서 그대로 털썩 주저앉았다. 엄동에 음산한 냉방에서 끼치는 듯한 쌀쌀한 찬바람이 늘어진 근육에 와 닿을 제, 나는 정신이 반짝 들었다. 그러나 다리를 내던지고 벽에 기대어서 두 손으로 이슬방울을 흩뜨리며 앉았는 동안에 다시 사지가 느른하고 졸음이 와서 포켓에 넣었던 신문지를 꺼내서 펴고 드러누웠다.

……H에게 두세 번 흔들려서 깬 때는 이럭저럭 삼사십 분이나 지났었다.

깜짝 놀라 벌떡 일어나 앉으니까, H는 단장 끝으로 조약돌을 여기저기 딱딱 치며 장난을 하다가 소리를 내어 깔깔 웃으면서,

"아, 예가 어딘 줄 알고 잠을 자? 그리고 잠꼬댄 무슨 잠꼬대야? 왜 얼굴이 저렇게 뒤틀렸어?"

나는 멀거니 H의 주름 많은 얼굴을 쳐다보고 앉았다가, '으응……' 하며 무엇이라고 입을 벌리려다가, 하품에 막히어 말을 끊고 일어나서, 두 손을 바지 포켓에 지르고, 이리저리 거닐었다. H가 내 꽁무니의 앉았던 자리가, 동그랗게 이슬에 젖은 것을 보

고 놀리는 데에는 대꾸도 아니하고, 나는 좀 선선한 증이 나서 양지로 나서면서 가자고 H를 끌었다.

"왜 그래? 무슨 꿈이야?" H는 따라오며 물었다.

"……죽은 꿈…… 아주 영영 죽어버렸더면…… 좋았을걸……."
나는 무엇을 보는 것도 없이 앞을 멀거니 내다보며 꿈의 시종을 차례차례로 생각하여보다가, 이같이 내던지듯이 한마디 하고 궐련을 꺼내 물었다.

"자살?" H는 웃으면서 나를 쳐다보았다.

"……미인의 손에. 나 같은 놈에게 자살할 용기나 있는 줄 아나? 아——하."

"누구에게? 미인에겔 지경이면 한 두어 번 죽어보았으면…… 헤헤헤."

"참 정말…… 하여간 아무 고통 없이 공포도 없이 죽는 경험만 해보고, 그러고도 여전히 살아 있을 수만 있으면 여남은 번이라도 통쾌해…… 목을 졸라매일 때의 쾌감! 그건 어떤 자극으로도 얻을 수 없는 것이야."

나는 무엇이라고 형용할 수 없는 썩어가는 듯한 심사를 이기지 못하여 입을 다물고 올라가던 길로 천천히 내려오다가, H의 묻는 것이 귀찮아서 다점(茶店) 앞으로 지나오며 꿈 이야기를 들려주었다.

……무슨 일이었던지 분명치는 않으나…… 아마 쌀을 찧어서 떡을 만들었는데 익지를 않았다고 해서 그랬던지……? 하여간 흰 가루가 뒤발을 한 손을 들고, 마루 끝에서 어정버정하다가 인

제는 죽을 때가 되었다는 것처럼 손에 들었던 수건으로 목을 매고 덧문을 첩첩이 닫은 방 앞 툇마루 위에 반듯이 드러누우니까, 어떤 바짝 말라서 뼈만 남은 흰 손이 머리맡에서 슬그머니 넘어와서 목에 매인 수건의 두 자락을 좌우로 슬금슬금 졸라대었다. 그때에 나는 이것은 당연히 당할 약조가 있었다는 것처럼, 어떠한 만족과 안심을 가지고 눈을 감은 채 조용히 드러누웠었다. 그때에…… 차차 목이 매여올 때의 이상한 자극은 낙지(落地)[1] 이후에 처음 경험하는 쾌감이었다. 그러나 무슨 까닭에 이같이 일찍 죽지 않으면 안 되는가…… 참 정말 죽었는가 하는 의문이 나서 몸을 뒤틀며 눈을 번쩍 떠보았다…….

"깜짝 놀라 일어날 때에, 빙그레 웃고 섰는 군은 악마가 아닌가 생각하였어…… H군의 웃음은 늘 조소하는 듯이 보이지만, 아까는 참말 화가 나서……."

실상 아까 깨었을 때에 제일 심사가 나는 것은 꿈자리가 사나운 것보다도, H가 조소하듯이 빙그레 하며 웃고 섰는 것이었다.

"그러나 암만 생각하여도 희한한 것은 처음부터 눈을 감고 누웠었는데 어찌하여 그 '손'의 주인이 여성이었다고 생각되는지, 자기가 생각하여도 알 수가 없어……."

이야기를 마친 후, 나는 말할 수 없는 심화가 공연히 가슴에 치미는 것 같아서, 올라올 제 앉았던 강물가로 뛰어 내려가서 세수를 하였다.

3

남포에 도착하였을 때는 벌써 오후 2시가 훨씬 넘었었다. 출입하였던 Y는 방금 들어와서 옷을 벗어던지고 A와 마주 앉아서 지금 심방(尋訪)하고 온 사람의 이야기를 하고 있다가 우리들을 보고 놀란 듯이 뛰어나와 맞아들였다. 우리를 맞은 Y는 웬셈인지 좌불안석의 태도였다.

"P는 잘 있나? 금명간 올라가려고 하였지. 평양서 전화를 하였더면 내가 평양으로 나갈걸. 곤할 테지? 점심은?" 순서 없는 질문을 대답할 새도 없이 연발하였다. 나는 간단히 응대하고 졸리다고 드러누웠다. Y는 무슨 다른 생각을 하면서도 좌중의 흥을 돋우려고 애를 쓰는 듯이 이 사람 저 사람 쳐다보며 입을 쫑긋쫑긋하다가 나를 건너다보며,

"……웬셈이야? 당대의 원기는 다 어디 갔나? 그 표단(瓢簞)[18]은? 하하하."

"글쎄…… 그것도 이젠 좀 염증이 나서……." 나도 시든 웃음을 띠며,

"여기까지 가지고 오긴 왔지!" 하고 누운 채 벗어놓은 외투를 잡아당기어, 찻간에서 먹다 남은 위스키 병을 주머니 속에서 꺼내어 내미니까, 일동은 하하하 웃으면서 잠자코 누워 있는 나를 내려다보았다.

"그러나 그것 큰일났군. 제행무상(諸行無常)[19]을 감(感)하였

나…… 무표단(無瓢簞)이면 무인생(無人生)이라던 것은 취소인가." Y는 다소 과장한 듯이 흘흘 느끼며 웃었다.

"그런데 표단이란 무엇이야?" 영문을 모르는 A는 Y에게 묻고, 나에게로 고개를 돌렸다.

"흥흥흥, 한마디로 쉽게 설명하면 위선 X군 자신인 동시에, X군의 인생관을 심벌한 X군의 술병이랄까."

"응? X군의 인생관……인 동시에 X씨 자신의…… 무엇이야? 어디 나 같은 놈은 알아들을 수가 있나?" 하며 A는 손을 꼽다가 웃고 말았다.

"아니랍니다. 내가 일전에 서울서, 어떤 상점에 갔던 길에 표단 모양으로 만든 유리 정종 병이 마음에 들기에 사가지고 왔더니 여럿이 놀린답니다." 나도 이같이 설명을 하고 웃어버렸다.

"그러나 이 술을 선생한테나 갖다주고 강연이나 들을까?" H는 병을 들어서 레테르에 쓰인 글자를 들여다보며 웃었다.

"남포에도 표단이 있는 게로군……." H도 웃었다.

"응! 그러나 병 유리가 좀 흐려〔曇〕. 찰초자〔擦硝子(스리 가라스: 모래로 간 것)〕랄까."

일동은 와하하 하며 웃었다. 나는 눈을 감고 드러누워서 이야기를 듣다가 잠이 올 것 같지 않아 다시 일어나 앉으며,

"A씨도 표단당(瓢簞黨)에 한몫은 가겠지요." 하고 위스키 병을 들어서 한잔 따라 권하고 나도 반배를 받았다.

"그래 여기 표단은 어때?" 하며 H는 나를 쳐다보는 모양이었으나, 나는 술을 마시느라고 못 보았다.

"······별로 표단을 매달고 다니지는 않지만, 3원 50전에 삼층집을 지은 대 건축가인데······."

"3원 50전에? 하하하, 미친 사람인 게로군?" H가 웃었다.

"글쎄 미쳤다면 미쳤을까. 그러나 인생의 최고 행복을 독점하였다고 나는 생각해······." Y는 천연덕스럽게 대답하였다.

Y와 H가 이야기하는 동안에 나는 A와 잡지계에 관한 이삼 문답을 하다가, 자기들 이야기를 들으라고 H가 부르는 바람에 나도 말참례를 하였다.

"술 이야기는 아니나 3원 50전에 삼층집을 지은 대철인(大哲人)이 있단 말이야······."

Y는 다시 설명을 하고 어느 틈에 빈 병이 된 것을 보고,

"술이 없군. 위스키를 사 올까." 하더니 하인을 불러 명하였다.

"옳은 말이야. 철학자가 땅두더지로 환장을 하였거나, 위인이 하늘에서 떨어졌거나 3원 아니라 단 3전으로 30층 집을 지었거나, 누가 아나······ 표단 이상의 철학서(哲學書)는 적어도 내 눈에는 보이지를 않으니까······." 나는 냉소를 하면서 또다시 A에게로 향하였다.

"그러나 군은 무슨 까닭에 술을 먹는가."

"논리는 없지. 다만 취하려고."

"그러게 말이야······ 군은 아무것에도 붙을 수 없었다. 아무것에도 만족할 수가 없었다. 결국 알코올 이외에 아무것도 없었다. 비통하고 비참은 하나 그중에서 위안은 얻기에 먹는 게 아닌가. 그러나 결코 행복은 아니다. 그는 고사하고 알코올의 힘을 빌지

않아도 알코올 이상의 효과가…… 다만 위안뿐 아니라 행복을 얻을 만한 것이 있다 하면 군은 무엇을 취할 터이냐는 말이야, 하하하……."

"알코올 이상의 효과?…… 광증이냐? 신념이냐? 이 두 가지밖에 아무것도 없을 것이오…… 그러나 오관(五官)이 명확한 이상…… 에, 피로, 권태, 실망…… 이외에 아무것도 없는 이상— 그것도 광인으로 일생을 마칠 숙명이 있다면 하는 수 없겠지만— 할 수 없지 않은가." 주기가 돌수록 나는 더욱더욱 흥분이 되어 부지불식간에 연설 어조로 한마디 한마디씩 힘을 들여 명확한 악센트를 붙여서 말을 맺고,

"하여간 위선 먹고 봅시다, A공, 자—"하며 잔을 A에게 전하였다.

"그러나 A군, 톨스토이즘에다가 윌슨이즘을 가미한 선생의 설교를 들을 제, 나는 부럽던걸."술에 약한 Y는 벌써 빨개진 얼굴을 A에게 향하고 동의를 구하였다.

"오늘은 좀 신기가 불편한데…… 연일 강연에 목이 쉬어서, 이야기를 못하겠달 제는 사람이 기가 막혀서…… 하하하."

A는 Y와 삼층집에 갔을 때의 일을 꺼내었다.

"듣지 않아도 세계 평화론이나 인류애쯤 떠드는 게로군."하며 나는 윗목으로 나가 드러누웠다.

아랫목에서는 Y를 중심으로 하고 삼층집 주인의 이야기가 어느 때까지 끝이 아니 났다. 가다가다 와— 하고 터져나오는 웃음소리에 나는 소르르 오던 잠이 깨고 깨고 하다가, 종내 잠을 잃어서

나도 귀를 기울이게 되었다. Y가 두 발을 쳐들고 엉덩이로 이리 저리 맴을 돌면서, 삼층집 주인이 자기 집에 문은 없어도 출입이 자유자재라고 자랑하던 흉내를 내는 것을 보고 여럿이 웃는 통에, 나도 눈을 떠보고 일어났다.

약간 취기가 오른 나는 찬바람도 쏘이고 싶고 또 어차피에 오늘 밤은 평양에 나가서 묵을 작정인 고로 정거장 가는 길에 삼층집 집알이를 가고 싶은 생각이 나서,

"우리 구경 가볼까?" 하고 Y에게 물었다.

"글쎄 좀 늦지 않았을까?" 하며 Y는 시계를 꺼내 보더니,

"아직 5시가 못 되었군…… 그러나 강연은 못할걸! 보시다시피 역사(役事)를 벌여놓고 매일 강연에 목이 쉬어서" 하며 흉내를 내고 또 웃었다.

네 청년은 두어 시간 동안의 홍소 훤담[喧談]에 다소 피로를 감(感)한 듯이 모두 잠자코 석양판에 갑자기 번잡하여오는 큰길로 느럭느럭 걸어나왔다.

4

황해에 잠긴 석양은 백운을 뚫고 흘러 멀리 바라보이는 저편 이층집 지붕에 은빛으로 반짝거리었다.

Y의 집에서 나온 우리 일행은 축동 거리를 1정(町)[20]쯤 북으로 가다가, 십자로에서 동으로 꼽쳐 새 거리로 들어섰다. 왕래가 좀

조용하게 되었다. 나는 Y의 말이 과연 사실인가, 실없는 풍자나 조롱을 잘하는 Y의 말이라, 혹은 나에게 대한 일종의 우의(寓意)를 품은 농담이 아닌가 하는 제 버릇의 신경과민적 해석을 하며 따라오다가,

"선생님 원래 무엇을 하던 사람인구?" 하며 Y에게 물었다.

"별로 자세히는 모르지만…… 보통학교 훈도라던가! A군도 아마 배웠다지?"

"응! 일본말도 제법 하는데…… 이전에는 그래도 미남자였었는데, 하하하."

A의 말끝에 Y도 웃으며,

"미남자이었든 추남자이었든, 하여간 금년 봄에 한 서너 달, 감옥에 들어갔다가 나온 뒤에 이상하여졌다는데…… 자세한 이유는 몰라……."

"처자는 있나?"

"에, 계집은 친정에 가서 있다기도 하고 놀아났다기도 하나, 그 역시 자세한 것은 몰라요"라고 A가 대답을 하였다.

"Y군, 그 계집이 어느 놈의 유혹으로 팔리어서 돌아다니다가, 그 유곽에 굴러 들어와 있다면 어떨까?" 나는 잠자코 걷다가 말을 걸었다.

"흥…… 그리고 매일 찾아가서 미친 체를 부리면……." Y는 대꾸를 하였다.

새 거리를 빠져 황엽이 되어가는 잡초에 싸인 벌판 중턱에 나와서, 남북으로 통한 길을 북으로 꼽들어 유정(柳町)을 바라볼 때

는, 십여 간통이나 떨어져 보이는 유곽 이층에서는 벌써 전등불 빛이 반짝거리며 흘러나왔다.

"응! 저기 보이는군……."

A가 마주 보이는 나직한 산록에 외따로 우뚝 선 참외 원두막 같은 것을 가리켜주는 대로, 희끄무레한 것이 그 위에서 움질움질하는 것을 바라보며 우리는 발길을 재촉하였다.

10여 보쯤 가다가 나는, "이것이 유곽이야?" 하며, 좌편을 가리켰다. 방금 전기가 들어온 헌등(軒燈)²¹이, 일자로 총총 들어박힌 사이로 목욕탕에서 돌아오는 얼굴만 하얀 괴물들이, 화장품을 담은 대야를 들고 쓸쓸한 골짜기를 이리저리 돌아다니는 것이, 부화(浮華)하다 함보다는 도리어 처량히 보였다.

"선생이 여기 덕도 꽤 보지…… 강연 한 번에 술 한 병씩 주는 곳은 그래도 여기밖에 없어……." A는 웃으면서 설명하였다.

삼층집 꼭대기에 퍼더버리고 앉아서, 희미한 햇발이 점점 멀어가는 산등성이를 얼없이 바라보고 있던 주인은, 우리들이 우중우중 올라오는 것을 힐끔 돌아보더니, 별안간에 돌아앉아서 무엇인지 똑딱똑딱 두드리고 있다. 우리는 싸리로 드문드문 얽어맨 울타리 앞에서 들어갈 곳을 찾느라고, 이리저리 주저하다가 그대로 넘어서서 성큼성큼 들어갔다.

앞서 들어간 A는 주인이 돌아앉은 삼층 위에다 손을 걸어 잡고 들여다보며,

"선생님! 또 왔습니다"라고 인사를 하였다.

"선생님! 안녕하십니까."

A는 소리를 내어 웃으며 잼처 인사를 하였다. 그러나 그는 여전히 농장(籠欌) 문짝에 못을 박고 있었다. A와 Y는 동시에 H와 나를 돌려보고 눈짓을 하며 소리 없이 웃었다.

　"……신기가 그저 불편하신가요? 오늘은 꼭 강연을 들으러 왔는데요."

　이번에는 Y가 수작을 건네었다. 그제야 그는 깜짝 놀란 듯이 먼지가 뿌옇게 앉은 더벅머리를 휙 돌이키며,

　"예? 왔소?"

　간단히 대답을 하고 여전히 돌아앉아서 장도리를 들었다. 세 사람은 일시에 깔깔 웃었다. 그러나 귀밑부터 귀얄 같은 수염이 까맣게 덮인 주먹만 한 하얀 상을 힐끗 볼 제, 나는 앗! 하며 깜짝 놀랐다. 감전된 것같이, 가슴이 선뜩하며 심한 전율이 전신을 압도하였다. 그리고 그다음 순간에는 다소 안심된 가슴에 이상한 의혹과 맹렬한 호기심이 일시에 물밀듯하였다. 중학교 실험실의 박물 선생이 따라온 줄로만 안 것이었다. 그러나 아무 이유 없이 무의식하게, 경건한 혹은 숭엄한 느낌이 머리 뒤를 떼미는 것 같아서, 나는 무심중간에 모자를 벗고 인사를 하였다. 여러 사람들이 홍홍 하며 웃는 것을 볼 때 나는 미안하기도 하고, 무슨 큰 불경한 일이나 하는 것 같아서 도리어 쾌씸한 듯이도 보이고, 혹은 이 사람이 심사가 나서 곧 뛰어내려와 폭행이나 하지 않을까 하는 염려도 생겼다.

　"선생님! 정말 신기가 불편하신 모양이외다그려!" A는 갑갑증이 나서 또 말을 붙였다. "서울서 일부러 손님이 오셨는데 강연을

하시구려, 하……."

때 묻은 옷가지며 빨래 보퉁이 같은 것이 꾸역꾸역 나오는 것을
꾹꾹 눌러 데밀면서, 고친 문짝을 열었다 닫았다 하고 앉았던 주
인은, 서울 손님이란 말에 귀가 뜨였는지 우리를 향해 돌아앉으
며 입을 벌렸다.

"예, 감기도 좀 들었소이다" 하고, 영채 없는 뿌연 눈으로 나를
유심히 똑바로 내려다보다가,

"……보시듯이 이렇게 역사를 벌여놓고……." 한번 방을 휘익
둘러다본 후, 또다시 나에게로 시선을 주며,

"요사이 같아서는 눈코 뜰 새도 없쇠다. 더군다나 연일 강연에
목이 꽉 쉬어서……." 말을 맺고 H를 돌려다보았다.

그러나 별로 목이 쉰 것 같지는 않았다. Y가 H와 나를 소개하
니까,

"예, 그러신가요? 서울서…… 멀리 오셨소이다그래." 반가운
듯이, "나는 남포 사는 김창억(金昌億)이외다" 하며 인사하는 그
의 얼굴에는 약간 미소까지 나타났다.

"예, 나는 ×××올시다." 나는 정중히 답례를 하였다. H도 인
사를 마쳤다.

"선생님! 그 용하시외다그래…… 이름도 아니 잊으시고……
하하하." A가 놀렸다.

창억은 거기에는 대꾸도 아니하고 나를 향하여,

"좀 올라오시소그래. 아직 역사가 끝이 안 나서, 응접실도 없쇠
다마는……" 하며 올라오라고 재삼 권하다가,

"게다가 차차 스토브도 들여놓고, 손님이 오시면 좀 들어앉아서 술잔이나 나누도록 하여야 하겠지마는⋯⋯." 어긋매인 선반 같은 소위 이층 간을 가리키며 천연덕스럽게 인사치레를 하였다.

세 사람은 깔깔 소리를 내어 웃었다. 그러나 자기의 말에 조금도 부자연한 과장이 없다고 생각한 그는, 웃는 것이 도리어 이상하다는 듯이, 힘없는 시선으로 물끄러미 웃는 사람을 내려다보다가 '힝' 하고 코웃음을 치고 외면을 하였다. 나는 이 사람이 미쳤다고 하여야 좋을지, 모든 것을 대오(大悟)하고 모든 것에서 해탈한 대철인이라고 하여야 좋을지 몰랐다.

"너무 황송하여 올라가진 못하겠습니다마는, 어떻게 강연이나 좀 하시구려" 하며 이번에는 H가 놀렸다.

"글쎄 모처럼 오셨는데 술도 한잔 없어서 미안하외다."

그는 딴전을 부렸다. 처음 만나는 사람을 보고 술 이야기만 꺼내는 것이 이상하였다.

"여기 온 손님들은 모두 하나님 아들이기 때문에, 술은 아니 먹는답니다."

늘 웃으며 대화를 듣고 섰던 Y가 입을 열었다.

"예? 형공(兄公)도 예수 믿습니까?"

그는 놀란 듯이 나를 마주 건너다보다가 히히히 웃으며,

"예수꾼도 무식한 놈만 모였나 봅디다. 예수꾼들 기도할 때에 하나님 아버지시여! 나의 죄를 구하소서 아――맹⋯⋯ 하지 않소? 그러나 '아――맹'이란 무엇이오. 맹자 같은 만고의 웅변가더러 '버버리'라고 아맹(啞孟)이라 하니 그런 무식한 말이, 아 어디

있단 말이오? 나를…… 나의 죄를 사하여달라고 할 지경이면, 아면(我免)이라고 해야 옳지 않습니까."

강연의 서론을 꺼낸 그가 득의만면하여 히히 웃는 데 따라서, 둘러섰던 사람들도 웃었다. 그러나 나는 그가 비상한 공상가라는 것을 직각한 외에, 웃었는지 어쨌는지 알 수가 없었다.

여럿이 따라서 웃는 것을 보고, 그는 더욱 신이 나서 강연을 계속하였다.

"그러나 하나님은 참 지공무사(至公無私)하시외다. 나를…… 이 삼층집을 단 서른닷 냥으로, 꼭 한 달 열사흘 만에 짓게 하신 것이 다 하나님의 은택이외다. 서양 놈들이, 아무리 문명을 했느니, 기계가 발달되었느니 하지만, 그래 단 서른닷 냥에 삼층집을 지은 놈이 어디 있습니까…… 날마다 하나님이 와보시고 칭찬을 하십니다."

"칭찬을 하시니까 지공무사한 것 같지요." H가 한마디 새치기를 하였다.

"천만에. 이것이 모두 하나님 분부가 있어서 된 것이외다…… 인제는 불의 심판이 끝나고, 세계가 일대 가정을 이룰 시기가 되었으니, 동서친목회를 조직하라고 하신 고로, 위선 이 사무소를 짓고, 내가 회장이 되었으나, 각국의 분쟁을 순찰할 감독관이 없어서 큰일이 났소."

일동은 와— 웃었다.

"여기 X군이 어떨까요?" Y는 나의 어깨를 탁 치며 얼른 추천을 하였다.

"글쎄, 해주신다면 고맙지만……."

세 사람은,

"야, 동서친목회 감독관 각하!" 하며 한층 더 소리를 높여 웃었다.

아닌 게 아니라 처마에 줄레줄레 매단 멍석 조각이며, 밀감 조각들 사이에, '동서친목회 본부'라고 굵직하게 쓰고, 그 옆에 '회장 김창억'이라고 쓴, 궐련상자 껍질 같은 마분지 조각이, 모로 매달려 있다. 나는 모자를 벗어 든 채, 양수거지를 하고 서서, 그 마분지를 쳐다보던 눈을 돌이켜서, 동서친목회 회장에게로 향하여,

"회의 취지는 무엇인가요?" 물었다.

"아까 말씀한 것같이 성경에 가르치신바, 불의 심판이 끝나지 않았습니까. 구주 대전의 그 참혹한 포연탄우[22]가 즉, 불의 심판이외다그래. 그러나 이번 전쟁이 왜 일어났나요. 이 세상은 물질 만능, 금전 만능의 시대라 인의예지(仁義禮智)도 없고, 오륜(五倫)도 없고 애(愛)도 없는 것은, 이 물질 때문에 사람의 마음이 욕에 더럽혀진 까닭이 아닙니까. 부자, 형제가 서로 반목질시하고, 부부가 불화하며, 이웃과 이웃이, 한 마을과 마을이…… 그리하여 한 나라와 나라가, 서로 다투는 것은, 결국 물욕에 사람의 마음이 가리었기 때문이 아니오니까. 그리하여, 약육강식의 대원칙에 따라, 세계 만국이, 간과(干戈)로써 서로 대하게 된 것이 즉 구주 대전란이외다그래. 그러나 인제는 불의 심판도 다 끝났다, 동서가 친목할 시대가 돌아왔다고 하신 하나님의 말씀대로 나는 신종합니다. 그러기 때문에 하나님의 계시대로 세계 각국으로 돌아다니

며 경찰(警察)을 하여야 하겠쇠다…… 나도 여기에는 오래 아니 있겠쇠다. 좀 더 연구하여가지고…… 영미법덕(英美法德)으로 돌아다니며, 천하 명승도 구경하고, 설교도 해야 하겠쇠다."

말을 맺고 그는 꿇어앉아서, 선반 위를 부스럭부스럭하더니, 먹다가 꺼둔 궐련 토막을 찾아내서 물고 도로 앉았다.

"선생님! 그러면 금강산에는 언제 들어가실 텐가요?" A가 놀렸다.

"한번 다— 돌아다닌 후에, 들어가지."

"그러면, 나는 어떻게 합니까. 그때까지 어떻게 기다릴 수가 있습니까?"

"응?"

그는 눈을 뚱그렇게 뜨고 A를 바라보았다.

"아 선생님 망령이 나셨나 보구만…… 금강산에 들어가시면 군수나 하나 시켜주신다더니……."

일동은 박장대소를 하였다.

"응! 가기 전에 시켜주지!"

그의 하는 말에는 조금도 농담이 없었다. 유창하게 연설 구조로 열변을 토할 때는 의심할 여지 없는 어떠한 신념을 가진 것같이 보였다.

"그러나 금강산에 옥좌(玉座)는 벌써 되었나요?" Y는 웃으며 물었다.

"예, 이 집이 낙성되던 날, 벌써 꾸며놓았답니다" 하고 여러 사람의 웃음이 끝나기를 기다려서,

"성(姓) 중에 김씨가 제일 좋은 성이외다. 옥(玉)은 곤강(崑腔)에서 나지만도, 금은 여수(麗水)에서 나지 않습니까. 그러기 때문에 하나님께서 말씀이, 너는 김가니 산고 수려(山高水麗)한 금강산에 들어가서, 옥좌에 올라앉아 세계의 평화를 누리게 하라고 하십니다……" 하고 잠자코 가만히 섰는, 나의 동정을 얻으려는 듯이 미소를 띠고 바라본다.

"대단히 좋소이다. 그러나 이 삼층집은 무슨 생각으로 지으셨나요?" 나는 이같이 물었다.

"연전 여름방학에 서울에 올라가서, 중등학교에 일어 강습을 하러 다닐 때에, 서양 사람의 집을 보니까, 위생에도 좋고, 사람 사는 것 같기에 우리 조선 사람도 팔자 좋게 못 사는 법이 어디 있겠소? 기왕이면 삼층쯤 높직이 지어볼까 해서…… 우리가 그 놈들만 못할 것이 무엇이오. 나도 교회에 좀 다녀보았지만, 그놈들처럼 무식하고, 아첨 좋아하는 더러운 놈은 없겠습디다. 헷, 그 중에도 목사인지 하는 것들, 한창 때에 대원군이나 뵈신 듯이, 서양 놈들이 입다 남은 양복 조각들을 떨쳐입고, 그 더러운 놈들 밑에서 굽실굽실하며 돌아다니는 것을 보면, 이 주먹으로 대구리들을……" 하며 새까만 거칠한 주먹을 처들었다. 그때의 그의 눈에는 이상한 광채가 돌고 얼굴은 경련적으로, 부르르 떨리면서, 뒤틀리었다. 나는 무심히 쳐다보다가 깜짝 놀랐다.

"그러나 날은 점점 추워오고…… 어떻게 하실 작정인가요?" 나는 화제를 이같이 돌렸다.

"춥긴요. 하나님 품속은 사시 봄이야요. 그러나 예다가 스토브를 놓지요" 하고 이층을 가리켰다.

"그래 스토브는 어디 주문하셨소?" 누구인지 곁에서 말참견을 하였다.

"주문은 무슨 주문……." 대단히 불쾌한 듯이 한마디 하고, "스토브는 서양 놈들만 만들 줄 알고, 나는 못 만든답디까. 그놈들이 하루에 하는 일이면, 나는 한 반나절이면 만들 수 있소이다. 이집이 며칠이나 걸린 줄 아슈? 단 한 달하고 열사흘! 서양 놈들은 십삼이란 수가 흉하답디다마는, 나는 양옥을 지으면서도, 꼭 한 달 열사흘에 지었쇠다."

"동으로 가라도 서로만 갔으면 고만 아니오." H가 말대꾸를 하였다.

"글쎄 말이오. 세상 놈들이야말로, 동으로 가라면 서로만 달아나는, 빙퉁그러진 놈뿐이외다. 조선말이 있고 조선 글이 있어도 한문이나 서양 놈들의 혀 꼬부라진 말을 해야 사람의 구실을 하는, 이 쌍놈의 세상이 아닙니까."

한마디 한마디씩 나의 동의를 얻으려는 것처럼, 나를 똑바로 내려다보며 잠깐씩 말을 멈추다가, 나중에는 열중한 변사처럼 쉴 새 없이 퍼붓는다.

"네, 그렇지 않습니까. 네……그것도 바로 읽을 줄이나 알았으면 좋겠지만…… 가령 천지현황(天地玄黃)하면 '하늘 천' 이렇게 읽으니, '일대(一大)'라 써놓고 왜 '하날 대' 하지 않습니까. 창공은 우주 간에 유일 최대하기 때문에 창힐(蒼頡)[23]이 같은 위인이 일대라고 쓴 것이 아니외니까. 또 흙 야 할 것을 따 지 하는 것도 안 될 것이외다. 따란 무엇이외니까? 흙이 아니오? 그러기에 흙 '토' 변에 언재호야(焉哉乎也)라는 천자문의 맨 끝 자인 이끼 '야(也)' 자를 쓴 것이외다그려. 다시 말하면, 따는 흙이요, 또 우주 간에 최말위(最末位)에 처한 고로 흙 토 자에, 천자문의 최말자 되는 이끼 야 자를 쓴 것이외다."

우리들은 신기히 듣고 섰다가,

"그러면 쇠 금(金) 자는, 어떻게 되었길래 김가를 하나님께서 그처럼 사랑하시나요?" 하며 Y가 물었다.

"옳은 말씀이외다. 네, 참 잘 물으셨소이다⋯⋯." 깜빡했다면 잊었을 것을 일깨워주어서 고맙고도 반갑다는 듯이 득의만면하여, 그 일사천리의 구변으로 강연을 계속한다.

"사람 인(人) 안에 구슬 옥(玉)을 하고 한편에 점 한 개를 박지 않았소. 하므로 쇠금이 아니라 사람 구슬 금— 이렇게 읽어야 할 것이외다."

일동은 킥킥킥 웃었다.

"아니외다, 웃을 것이 아니외다⋯⋯ 사람 구실을 하려면 성현의 가르치신 것같이 첫째에 인(仁)하여야 하지 않쇠니까. 하므로 사람 인 하는 것이외다그려. 그다음에는 구슬이 두 개가 있어야 사람이지, 두 다리를 이렇게(人—손가락으로 쓰는 흉내를 내며) 벌리고 선 사이에, 딱 있어야 할 것이 없으면 도저히 사람값에 가지 못할 것이외다. 고자는 그것이 없어도 사람이라 하실지 모르나, 그러기에 사람 구실을 못하지 않습니까, 히히히⋯⋯ 그는 하여간 그 두 개가 즉 사람을 사람값에 가게 하는 보배가 아닙니까.

그런 고로 보배에 제일가는 구슬 옥(玉)자에 한 점을 더 박은 게 아니외니까⋯⋯."

한마디 한마디마다 허리가 부러지게 웃던 A는,

"그래서 금(金)강산에 옥(玉)좌를 만들었습니다그려⋯⋯ 하하하" 하며 또 웃었다.

"그러면 여인네는 김가가 없구만요?" 이번에는 H가 놀렸다. 그는 무엇을 생각하는 것처럼 눈만 멀뚱멀뚱하며 앉았다가 별안간에,

"옳지! 옳지! 그래서 내 댁내(宅內)는 안(安)가로군⋯⋯ 응! 히히히. 여인네가 관(冠)을 썼어⋯⋯ 여인네가 관을 썼어⋯⋯ 히히." 잠꼬대하는 사람처럼, 이 사람 저 사람 쳐다보며 고개를 끄덕거리고 나서는 히히히 웃기를 두세 번이나 뇌었다.

"참, 아씨는 어디 가셨나요?" 나는 '내 댁내가 안가라'고 하는 그의 말에, 문득 그의 처자의 소식을 물어보려는 호기심이 나서, 이같이 물었다.

"예? 못 보셨소?⋯⋯ 여보, 여보 영희(英姬) 어머니! 영희 어머니!⋯⋯" 몸을 꼬고 엎드려서 아래를 내려다보며 부르다가, "또 나갔나!" 혼잣말처럼 하며 바로 앉더니,

"아마 저기 갔나 보외다" 하고 유곽을 가리켰다.

"또 난봉이 난 게로군⋯⋯ 하하하, 큰일 났소이다. 비끄러매두지 않으면⋯⋯."

A가 말을 가로채서 놀렸다.

"히히히, 저기가 본대 제 집이라오."

"저긴 유곽이 아니오?" H도 웃으며 물었다.

"여인네가 관을 썼으니까…… 하하하." 이번에는 Y가 입을 열었다.

그는 무슨 생각이 났던지, 고개를 비스듬히 숙이고 앉았다가,

"예, 그 안에 있어요. 그 안에. 5년이나 나하고 사는 동안에도 역시 그 안에 있었어요. 히히히 히히 히히."

'……그 안에……그 안에!' 나는 아까 그의 처가 도주를 하였다는 소문도 있다고 하던 A의 말을 생각하며, 속으로 뇌어보았다.

"좀 불러오시구려."——A.

"인제 밤에 와요. 잘 때에……."

"그거 옳은 말이외다. 잘 때밖에 쓸데없지요, 하하하." H가 농담을 붙이는 것을, 나는 미안히 생각하였다.

"히히히, 그러나 너무 뜨거워서, 죽을 지경이랍디다. 어제는 문지기에게 죽도록 단련을 받고, 울며 왔기에, 불을 피우고 침대에서 재워 보냈습니다…… 히히히."

무슨 환상을 쫓듯이 먼 산을 바라보며, 누런 이를 내놓고 히히히 웃는 그의 얼굴은 원숭이같이 비열하게 보였다.

산등에서 점점 멀어가던 햇발은 부지중 소리 없이 날아가고, 유곽 2층에 마주 보이는 전등불 빛만 따뜻하게 비치었다.

홍소, 흰담, 조롱 속에서, 급격히 피로를 감(感)한, 그는 어슬어슬하여 오는 으슥한 산 밑을 헤매는, 쌀쌀한 가을 저녁 바람과 음산하고 적막한 암흑이 검은 이빨을 악물고, 획획 한숨을 쉬며 덤벼들어 물고 흔드는 3층 위에, 썩은 밤송이 같은 뿌연 머리를 움

켜쥐고, 곁에 누가 있는 것도 잊은 듯이 기둥에 기대어 앉았다.

"인젠 가볼까" 하는 소리가 누구의 입에선지 힘없이 나왔다.

동서친목회 회장, 세계 평화론자, 기이한 운명의 순난자(殉難者), 몽현(夢現)의 세계에서 상상과 환영의 감주(甘酒)에 취한 성신(聖神)의 총아, 오욕육구(五慾六垢),[24] 칠난팔고(七難八苦)에서 해탈하고, 부세(浮世)의 제연(諸緣)[25]을 저버린 불타(佛陀)의 성도(聖徒)와, 조소에 더러운 입술로, 우리는 작별의 인사를 바꾸고 울타리 밖으로 나왔다.

울타리 밑까지 나왔던 나는, 다시 돌쳐서서 그에게로 향하였다. 이층에서 뛰어 내려오는 그와 마주칠 때, 그는 내 손에 위스키 병이 있는 것을 보고 히히 웃었다. 나는 Y의 집에서 남겨가지고 나온 술병을 그의 손에 쥐여준 후, 빨간 능금 두 개를 포켓에서 꺼내주었다.

"이것 참 미안하외다……."

그는 만족한 듯이 웃으며 받아서, 이층 벽에 기대어 가로세운 병풍 곁에 늘어놓고, 따라 나와 인사를 하였다.

가련한 동무를 이별하고 나온 나는, 무겁고 울적한 기분에 잠기어서, 입을 다물고 구두코를 내려다보며, 무심히 걸었다. 역시 잠자코 앞서 가던 Y는, 잠깐 멈칫하고 돌아다보며,

"X군! 어때?"

"글쎄……."

"……그러나 모자를 벗어 들고 공손히 강연을 듣고 섰는 군의 모양은 지금 생각을 해도 요절을 하겠어…… 하하하."

"흐흥……." 나는 힘없이 웃었다.

저녁 가을바람은, 산듯산듯 목에 닿는 칼라 속을 핥고 달아났다. 일행이 삼거리에 와서 A와 헤어질 때는, 이삼 간 떨어진 사람의 얼굴이 얼쑹얼쑹 보였다.

시시각각으로 솔솔 내려앉는 땅거미에 싸인 황야에, 유곽에서 가늘고 길게 흘러나오는 샤미센〔三味線〕[26] 소리, 탁하고 넓게 퍼지는 장구 소리는, 혹은 급하게, 혹은 느리게 퍼지어서 정거장으로 걸음을 최촉하는 우리의 발뒤꿈치를, 어느 때까지 쫓아왔다.

컴컴하고 쓸쓸한 북망(北邙) 밑 찬바람에 불리며, 사지를 오그리고 드러누운 삼층집 주인옹(翁)은, 저 장구 소리를 천당의 왈츠로 듣는지, 지옥의 아비규환으로 깨닫는지, 나는 정거장 문에 들어설 때까지 흘금흘금 돌아다보아야, 오직 유곡(幽谷)[27]의 요화 같은 유곽의 전등불이 암흑 가운데에 반짝거릴 뿐이었다.

5

평양행 열차에 오를 때에는 일단 헤어졌던 A도 다시 일행과 합동되었다.

커다란 트렁크를 무거운 듯이 두 손으로 떠받쳐서 선반에 얹고 나서, 목이 막힐 듯한 한숨을 휘— 쉬며 앉는 A를 Y는 웃으며 건너다보고,

"인젠 영원힌가?"

"응!…… 영원히, 하하하." A는 간단히 말을 끊고, 호젓해하는 듯한 미소를 띠었다.

"그러나 평양이, 세계의 끝일지도 모르지…… 핫하하."

"하하하." A도 숙였던 고개를 쳐들며 힘없이 웃었다.

"왜, 어디 가시나요?" A와 마주 앉은 나는 물었다.

"……글쎄요…… 남으로 향할지 북으로 달릴지, 모르겠소이다." A는 말을 맺고, 머리를 창에 기대며 눈을 감았다.

"……A군은 오늘 부친께 선언을 하고, 영원히 나섰다는 게라오." Y가 설명을 하였다.

"하하하, 그것 부럽소이다그려…… 영원히 나섰다는— 그것이 부럽소이다." 나는 이같이 한마디 하고, A를 쳐다보았다. 고개를 들고 눈을 뜬 A는 바로 앉으며, 빙긋 웃을 뿐이었다.

우리는 엽서를 꺼내 들고, 서울에다가 편지를 썼다. 나는 P에게 대하여 이렇게 썼다.

무엇이라고 썼으면, 지금 나의 이 심정을, 가장 천명(闡明)히 형에게 전할 수 있을까! 큰 경이가 있은 뒤에는, 큰 공포와 큰 침통과 큰 애수가 있다 할 지경이면, 지금 나의 조자(調子)[28]를 잃은 심장의 간헐적 고동은, 반드시 그것이 아니면 아닐 것이오 —인생의 진실된 일면을 추켜들고, 거침없이 육박하여 올 때, 전령(全靈)을 에워싸는 것은, 경악의 전율이오. 그리고 한없는 고민이오. 샘솟는 연민의 눈물이오. 가슴이 저린 애수요…… 그다음에 남는 것은 미치게 기쁜 통쾌요.

……3원 50전으로 삼층집을 짓고, 유유차적하는 실신자(失神者)를— 아니오, 아니오, 자유민을 이 눈앞에 놓고 볼 제, 나는 놀라지 않을 수가 없었소. 현대의 모든 병적 다크 사이드를 기름 가마에 몰아넣고, 전축(煎縮)하여 최후에 가마 밑에 졸아붙은 오뇌의 환약이, 바지직바지직 타는 것 같기도 하고, 우리의 욕구를 홀로 구현한 승리자 같기도 하여 보입디다…… 나는 암만하여도 남의 일같이 생각할 수 없습디다.

나는 엽서 한 장에다가 깨알같이 써서 Y에게 보라고 주고, 다른 엽서에 다시 계속하였다.

P군! 지금 아무리 자세히 쓴다 하기로, 충분한 설명은 못하겠기로, 후일에 맡기지마는, 그러나 이것만은 추측하여주시오. 지금 나는 얼마나 소리 없는 눈물을, 정차한 화차의 연통같이 가다가다 뛰노는 심장 밑으로 흘리며 앉았는가를.

……지금 나는 울고 있소. 심장을 압축할 만한 엄숙하고 경건한 사실에, 하도 놀라고 하도 슬퍼서.

……지금 나는 울고 있소. 모든 세포 세포가, 환희와 오뇌 사이에서, 뛰놀다가 기절할 만큼 기뻐서…….

6

북극의 철인(哲人), 남포의 광인(狂人) 김창억은, 아직 남포 해
안에 증기선의 검은 구름이 보이지 않던 30여 년 전에, 당시 굴지
(屈指)하는 객주(客主) 김건화(金健華)의 집 안방에서, 고고(呱
呱)의 첫소리를 울리었다. 그의 부친은 소시부터 몸에 녹이 슨 주
색잡기를, 숨이 넘어갈 때까지 놓지를 못한, 서도(西道)에 소문난
외도객(外道客). 남편보다 네 살이나 위인 모친은 그가 14세 되던
해에, 죽은 누이와 단남매를 생산한 후에는, 남에게 말 못할 수심
과 지병으로, 일생을 마친 박복한 여성이었다. 이러한 속에서 자
라난 그는 잔열 포류(孱劣蒲柳)[29]의 약질일망정, 칠팔 세부터 신
동이라 들으리만큼 영리하였다. 영업과 화류 이외에는 가정이라
는 것을 모르는 그의 부친도, 의외에 자식이 총명한 것은 기뻐할
줄 알았다. 더구나 자기의 무식함을 한탄하니만큼, 자식의 교육
은 투전장 다음쯤으로 생각하였다. 그 덕에 창억이도, 남만큼 한
학을 마친 후, 16세 되던 해에 경성에 올라가서, 한성고등사범학
교에 입학하게 되었다.

그러나 3년급 되던 해 봄에, 부친이 장중풍(腸中風)으로 돈사
(頓死)[30]하기 때문에 유학을 단념하고 내려오지 않으면 안 되었
다. 그때 숙부의 손으로 재산 정리를 하고 보니까, 남은 것이라고
는 몇 두락(斗落)[31]의 전답하고, 들어 있는 집 한 채뿐이었다. 유
산이 있어도 선고(先考)의 유업을 계속할 수 없는 창억은 연래의

지병으로 나날이 수척하여가는 모친과, 1년 열두 달 말 한마디 건네보지 않는 가속(家屬)을 데리고, 절망에 싸여 쓸쓸한 큰 집 속에 들엎드렸을 수밖에 없었다. 그러나 모친도 그해 겨울을 넘기지 못하였다. 전 생명의 중심으로 믿고 살아가려던 모친을 잃은 그에게는, 아직 어린 생각에도, 자살 이외에는 아무 희망도 없었다.

백부의 지휘대로 집을 팔고 줄여간 뒤로는 조석 이외에 자기 아내와 대면도 않고, 종일 서재에 들엎드렸었다. 조석상식(朝夕上食)³²에 어린 부부가 대성통곡을 하는 것은, 차마 눈으로 볼 수 없었으나 그 설움은, 각각 의미가 달랐다. 그것이 창억으로 하여금, 더욱 불쾌하고 애통하게 하였다. ……이 세상에는, 자기와 같은 설움을 가지고 울어줄 사람도 없구나! 이런 생각이 날 때마다, 5년 전에 15세를 일기로 하고 간 누이 생각이 새삼스럽게 간절한 동시에, 자기 처가 상식마다 따라 우는 것이 미워서, 혼자 지내겠다고까지 한 일이 있었다…… 독서와 애곡(哀哭), 이것이 3년 전의 그의 한결같은 일과였다.

그러나 부친의 삼년상을 마치던 해에, 소학교가 비로소 설시(設施)되어, 유지자(有志者)의 강청으로 교편을 들게 된 뒤로부터는, 다소 위안도 얻고 기력도 회복되었으며, 가속에 대한 정의도 좀 나아졌다. 그러나 동시에 주연(酒煙)의 맛을 알기 시작하였다. 처음에는 의사의 주의로 반주(飯酒)를 얼굴을 찌푸려가며 먹던 사람이 점점 양이 늘어갈 뿐 아니라, 학교 동료와 추축(追逐)³³이 잦아갈수록 자기 부친의 청년 시대를 생각하게 되었다. 그러나 그의 처는, 내심으로 도리어 환영하였다.

그 이듬해에 식구가 하나 더 느 뒤부터는 가정스러운 기분도 들게 되었다. 이와 같이 하여, 책과 눈물이 인제는 책과 술잔으로 변하였다. 그 동시에 그의 책상 위에는 『신구약전서』 대신에 동경 어떠한 대학의 정경과 강의록이 놓이게 되었다.

그러나 기이한 운명은, 창억의 일신을 용서치는 않았다. 처참한 검은 그림자는, 어느 때까지 쫓아다니며, 약한 그에게 휴식을 주지 않았다.

자기가 가르치던 2년생이 졸업하려던 해에 그의 아내는, 겨우 젖 떨어질 만하게 된 것을 두고, 시부모의 뒤를 따라갔다. 부모를 잃었을 때 같지는 않았으나, 자기 신세에 대한 비탄은 일층 더하였다. 어미 없는 계집자식을 끼고 어쩔 줄 몰라 방황하였다. 친척들은 재취를 얻어 맡기려고 무수히 권하였으나, 종내 듣지 않았다. 오직 술과 방랑만이, 자기의 생명이라고 생각한 그는, 마침내 서재에서 뛰어나왔다. 학교의 졸업식을 마친 후, 그는 표연히 유랑의 몸이 되었다. 그러나 멀리는 못 갔다. 반년쯤 되어 훌쩍 돌아와서, 못 알아볼 만큼 초췌한 몸을, 역시 서재에 던졌다. 그리하여 수삭쯤 지나 건강이 다소 회복된 후 권하는 대로, 다시 가정을 이루었다. 이번에는 나이도 자기보다 어리거니와 금실도 좋았다.

그러나 애처의 강렬한 애(愛)는, 힘에 겨워서 충분한 만족을 줄 수가 없었다. 혈색 좋은 큼직하고 둥근 상에서 디굴디굴 구는 쌍꺼풀 눈썹 밑의 안광은, 곱고 귀여우면서도 부시기도 하며 밉기도 하며, 무서워서 바로 볼 수가 없었다. 그는 될 수 있는 대로 피하였다.

이 같은 중에 재미있는 유쾌한 오륙 년간은 무사히 지냈다. 소학교는 제10회 창립 기념식을 거행하고, 그는 10년 근속 축하를 받게 되었다.

그러나 운명은, 역시 그의 호운을 시기하였다. 내월이면 명예로운 축하를 받겠다는 이때에 그는 불의의 사건으로 철창에 매달려 신음치 않으면 아니 되게 되었다. 앞서거니 뒤서거니 하며 그의 일생을 통하여 노려보며 앉았는 비운은, 그가 4개월 만에 무죄 방면되어, 사바〔娑婆〕에 발을 들여놓을 때까지, 하품을 하며 기다리고 있었다.

4개월간의 옥중 생활은 잔약한 그의 신경을 바늘 끝같이 예민하게 하였다. 그는 팔초[34]하고 하얗게 센 얼굴을 들고, 감옥 지붕의 이슬이, 아직 녹지 않은 새벽 아침에, 옥문을 나섰다. 차입하던 집으로 찾아오리라고 생각하였던 자기 처는 그림자도 보이지 않고, 60이 가까운 백부만 왔다.

출옥하기 일삭 전까지는, 일이 있어도 하루가 멀다고 매일 면회하러 오던 아내가, 근 1개월 동안이나 발을 끊은 고로 의심이 없지 않았으나, 가끔 백부가 올 때마다, 영희가 앓아서 몸을 빼쳐나지 못한다기로, 염려와 의혹 속에서도, 다소 안심하고 있었다. 그러나 출옥하던 전날 면회하러 온 인편에, 갑갑증이 나서 내일은 꼭 맞으러 와달라고 한 것이라서, 뜻밖에 보이지 않는 고로 더욱 의심이 날 뿐 아니라 거의 낙심이 되었다. 백부에게 물어볼까 하다가 이것이 자기의 신경과민이 아닌가 하는 생각도 나서 갑갑한 마음을 참고 집으로 발길을 최촉하였다. 도중에서 일부러 길을 돌아, 백부의 집으로 가자는 데에도 의심이 나지 않은 것은 아니나, 잠자코 따라갔다.

대문에 발을 들여놓자,

"아, 아버지!" 하며 영희가 앞선 백부와 바꾸어 뛰어나오는 것을 보고, 깜짝 놀랐다.

"너, 탈이 났다더니, 언제 일어났니?" 영희의 어깨에 손을 걸며, 눈이 휘둥그레서, 숨이 찬 듯이 물었다.

"예? 누가 탈은 무슨 탈이 났댔나요?" 하고 영희는 멈칫하며 돌아다보았다.

"어머니는……?" 그예 자기가 추측하며, 무서워하던 사실이 점점 명백하여오는 것을 깨달으며, 소리를 낮춰서 물었다.

"어머니 어디 갔어……."

그에게 대한 이 한마디가, 억만 진리보다 더 명백하였다. 그 동시에 자기의 귀가 의심쩍었다.

온 식구가 다 뛰어나오며 웃음 속에서 맞으나, 그는 얼빠진 사람처럼 인사도 변변히 하지 못하고, 맥없이 얼굴이 새파래서 뜰 한가운데에 섰다가,

"인제 가보지요…… 영희야!" 하며 그대로 돌쳐나오려 했다.

뜰아래에 여기저기 섰던 사람들은, 그가 얼빠진 사람처럼 뚱그런 눈만 무섭게 뜨고 이 사람 저 사람을 쳐다보며, 주저주저하는 것을 보고, 아무도 입을 벌리지 못하고, 피차에 물끄럼말끄럼들 눈치만 보다가,

"아, 아침이나 먹고…… 천천히……." 숙모가 끌어당기듯이 하며 만류하였다.

"아니오. 왜, 영희 어미는…… 어디 갔나요?" 그는 입이 뻣뻣하여 말을 어우를 수 없는 것처럼 떠듬떠듬 겨우 입을 열었다.

"으응…… 일전에, 평양에…… 어쨌든 올라오려무나."

평양이라는 것은 처가를 말하는 것이다. 그러나 숙부가 말을 더듬는 것이 우선 이상히 보였다. 더구나 '어쨌든'이란 말은 웬 소리인가. 평시 같으면, 귓가로 들을 말도 일일이 유심히 들리었다.

"흐흥…… 평양! 흐흥…… 평양!"

실성한 사람처럼 흐흥흐흥 코웃음을 치며, 평양을 뇌고 섰는 그의 눈앞에는, 금년 정초에 평양 정거장 문밖 우체통 뒤에서 누구하고인지 수군거리다가, 휙 돌쳐서 캄캄한 밤길에 사라져버리던 양복쟁이의 뒷모양이 환영같이 떠올랐다. 그는 차차 눈이 캄캄하여오고, 귀가 멀어갔다…… 절망의 깊은 연못은 점점 깊고 가깝게 패어 들어왔다.

그는 빈집에라도 가서 형편도 보고, 혼자 조용히 드러누워서 정신을 가다듬을까 하였으나, 현기가 나서 금시로 졸도할 듯하여, 권하는 대로 올라가서 안방으로 들어가 픽 쓰러졌다.

피로, 앙분, 분노, 낙심, 비탄, 미가지(未可知)의 운명에 대한 공포, 불안── 인간의 고통이란 고통은, 노도와 같이 일시에 치밀어 와서, 껍질만 남은 그를 삶아 죽이려는 듯이 덤벼들었다. 옴폭 팬 눈을 감고, 벽을 향하여 드러누운 그의 조막만한 얼굴은, 납으로 만든 데스마스크[35] 같았다. 죽은 듯이 숨소리도 들리지 않으나, 격렬한 심장의 동계(動悸)와, 가다가다 부르르 떠는 근육의 마비는, 위에 덮어준 처네 위로도 분명히 보였다.

한 시간쯤 되어 깨었다. 잔 듯 만 듯한 불쾌한 기분으로 일어나서, 밥상을 받았다. 무엇이 입에 들어가는지, 정신을 차릴 수가 없었다. 그 속에 들어앉았을 때에는, 나가면 이것도 먹어보리라, 저것도 하여보리라고, 벼르고 별렀으나, 이렇게 되고 보니까, 차라리 삼사 년 후에 나오는 것이 좋았겠다고 생각하였다.

밥술을 뜨자마자, 그는 허둥지둥 뛰어나왔다.

"아버지!" 하며 쫓아 나오는 영희를, 험상스러운 눈으로 노려보며 들어가라고 턱짓을 하고 나섰다.

머리를 비슷이 숙이고 동구까지 기어 나오다가 돌쳐설 때, 숙부의 손에 매달려 나오는 딸을 힐끗 보고, 별안간 눈물이 앞을 가리며, 낳은 어미 없이 길러낸 딸자식이 불쌍히 생각되어, 금시로 돌쳐가서 손을 잡고 오고 싶은 생각이 불쑥 나는 것을 억제하고, '야— 야—'. 하며 부르는 백부의 소리도 못 들은 체하고 앞서서 왔다.

……범죄자의 누명을 쓰고 처자까지 잃은 이 내 신세일망정, 10여 년이나 정을 들이고 살던, 4개월 전의 내 집조차 나를 배반하고, 고리에 쇠를 비스듬히 차고 있는 것을 볼 제, 그는 그대로 매달려서 울고 싶었다.

백부는 숨이 찬 듯이, 씨근씨근하며, 쫓아와서,

"열쇠가 예 있다" 하며 자기 손으로 열고 들어갔으나, 그는 어느 때까지 우두커니 섰었다.

1개월 이상이나 손이 가지 않은 마당은, 이삿짐을 나른 뒤 모양으로 새끼 부스러기, 종잇조각 들이 즐비한 사이에, 초하의 잡초가 수채 앞이며 담 밑에 푸릇푸릇하였다. 그의 숙부도 역시 이럴 줄이야 몰랐다는 듯이, 깜짝 놀라며 한번 휙 돌아보고 나서, 신을 신은 채 툇마루에 올라섰다. 먼지가 뽀얗게 앉은 퇴 위에는, 고양이 발자국이 여기저기 산국화송이같이 박혀 있다. 뒤로 쫓아 들어온 그는 뜰 한가운데에 서서, 덧문을 첩첩이 닫은 대청을 멀거니 바라보고 섰다가, 자기 서재로 쓰던 아랫방으로 들어가서 먼지 않은 요 위에 엎드러지듯이 벌떡 드러누웠다.

  "큰할아버지 — 여기…… 농이!" 안방으로 들어온 영희는 깜짝 놀라며 큰 소리를 쳤다.

  "엣?" 하며 어름더름하던 조부는, 서창 덧문을 열어젖히고 방안을 자세히 살펴보더니, 농장이 없어진 것을 보고 혀를 두세 번 차고 나서,

  "망할 년의 새끼…… 어느 틈에 집어갔노……" 하며 밖으로 나왔다.

  아닌 게 아니라 창억이가 첫 장가들 제, 서울서 사다가 십칠팔 년 동안이나 놓아두었던 화류 농장 두 짝이 없어졌다.

  백부가 간 뒤에, 일꾼아이와 계집애년이 와서, 대강대강 소제를 한 후, 저녁밥은 먹기 싫다는 것을 건네왔다. 그 이튿날도 꼼짝 안 하고 들어앉았다.

  백부의 주선으로 소년 과부로 50이나 넘은 고모가 안방을 점령하기까지, 오륙 일 동안은 한 발자국도 방문 밖에 나오지 않았다.

백부가 보제(補劑)를 복용하라고, 돈푼 든 약첩을 지어다가 조석으로 달여다 놓아도, 끝끝내 손도 대지 않았다. 하루 이삼 차씩 백부가 동정을 살피러 와서, 유리 구멍으로 들여다보면, 앉았다가도 별안간에 돌아누워서 자는 척도 하고, 우릿간에 든 곰 모양으로 빈방 안을 빙빙 돌아다니다가 누가 들여다보는 기척만 있으면 책상을 향하여 앉기도 하였다. 아침에 세수할 때와, 간혹 변소 출입 이외에는, 더운 줄도 모르는지, 창문을 꼭꼭 닫고 큰기침 소리 한 번 없이 들어앉았었다. 그가 속에서 무엇을 하고 있는가는 아무도 몰랐다. 사실, 그는 아무것도 하는 것이 없었다. 가다가다, 몇 해 동안이나 손도 대어보지 않던 성경책을 꺼내놓고 들여다보기도 하였으나, 결코 한 페이지를 계속하여 보는 법이 없었다.

이러한 모양으로 일삭쯤 지내더니, 매일 아침에 한 번씩 세수하러 나오던 것도 폐하고 방으로 갖다주는 조석만 먹으면, 자는지 깨어서 누웠는지, 하여간 목침을 베고 드러눕기로만 위주하였다. 백부는 병세가 더 위중하여 그렇다고 약을 먹이지 못하여 달래도 보고 꾸짖어도 보았으나, 약은 기어코 입에 대지 않았다. 그러나 노인은 하루 삼사 차씩은, 궐하지 않고 와서, 방문도 열어보고 위무하듯이 말도 붙여보나, 벙어리처럼 가만히 돌아앉았다가, 어서 가달라고 걸인이나 쫓아 보내듯이 언제든지 창문을 후닥닥 닫았다.

하루는 전과 같이, 저녁때쯤 되어, 가만가만 들어와서, 유리 구멍으로 들여다보려니까, 방 한가운데에, 눈을 감고 드러누웠다가, 무엇에 놀란 듯이 깎아 세운 기둥처럼, 눈을 부릅뜨고 벌떡

일어나더니, 창에다 대고,

"이놈의 새끼! 내 댁내를 채가고, 인제는 나까지 죽이러 왔니?" 두 주먹을 불끈 쥐고 소리를 버럭 질렀으나, 감히 창문을 열지 못하고, 얼어붙은 장승같이 섰다. 백부는 기가 막혀서 미닫이를 열며,

"이거 와 이러니!" 하고 소리를 질렀다. 문만 열면 곧 때려죽이겠다는 듯이 딱 버티고 섰던 사람이, 금시로 껄껄 웃으며, "나는…… 누구라고! 삼촌 올라오시소그래" 하고 이번에는 안방에다 대고,

"여보, 영희 오마니! 삼촌이 왔는데, 술 좀 받아 오시소그래." 하고 나서, 경련적으로 켕기어, 네 귀가 나는 입을 벌리고, 히히히 웃었다. 그의 백부는 한참 쳐다보다가,

"야, 어서 가거라. 잠이 아직 깨이지 못한 게로구나…… 술은 이따 먹지, 어서 어서."

"그런데, 여보소 삼촌! 영희 오마니는 지금 어디 갔소? 술 받으러? 히히히…… 아하, 어젯밤에도 왔어! 그 사진을 살라달라고…… 그…… 어디 있던가?"하며, 고개를 쳐들고 방 안을 획 돌아다보다가, 무슨 생각이 났던지, 별안간에 책상 앞으로 가서 꿇어앉으며 무엇인지 부리나케 찾는다. 노인은 뒷모양을 한참 들여다보다가, 방문을 굳게 닫고 안방으로 들어갔다. 그 뒤에 방에서는, 히히히 웃는 소리가 흘러나왔다. 그의 손에는 두 조각이 난 사진이 있었다.

그 이튿날 아침에, 그는 무슨 생각이 났던지, 어느 틈에 방을 뛰

어나와서, 부엌을 들여다보고 요사이는 왜 세숫물도 아니 주느냐고 볼멘소리를 하며, 대야를 내밀고 물을 청하였다. 밥솥에 불을 때고 앉았던 고모가, 깜짝 놀라 돌아다보니까, 근 반년이나 면도를 안 한 수염에는 먼지가 뿌옇게 앉았고, 솟은 듯한 붉은 눈찌에는, 이상한 영채가 돌면서도 무시무시하게 보였다. 고모는 무서운 증이 나서, 안 나오는 웃음을 띠고 달래듯이 온유한 목소리로,

"예예, 잘못하였쇠다. 처음 시집살이라, 거행이 늦었쇠다, 히히히." 웃으며 물을 퍼주었다.

아침상을 차려다 디밀며, 차차 좋아지는 듯한 신기를 위로 삼아, 무엇이든지 먹고 싶은 것이 있으면 말하라고 하니까,

"영희 오마니나 뭐든지 해주시소" 하며, 의논할 것이 있으니 들어오라고 강청을 하였다. 고모는 주저주저하다가, 오늘은 맑은 정신이 난 듯하여 안심하고, 방을 치워줄 겸 걸레를 집어 들고 들어갔다. 책상 위와 방구석을 엎드려서 훔치며,

"무슨 의논이야?" 하며 말을 꺼냈다. "······어젯밤에 영희 오마니가 왔더랬는데, 오늘 낮에는 아주 짐을 지워가지고 오겠다고······."

"무어? 지금은 어드메 있기에?" 고모는, 역시 제정신이 안 들어서, 저러나 보다 하면서도, 한편으로는 의아하여, 눈이 휘둥그레지며, 걸레 잡은 손을 멈추고, 고개를 들었다.

"······지금? 히히히, 연옥(煉獄)에서 매일 단련을 받는데, 도망하여 올 터이니, 전죄(前罪)를 용서하고 집에 두어달라고 합디다."

단테의 『신곡(神曲)』에서 본 것이 생각나서 연옥이란 말을 썼으나, 고모는 물론 무슨 소리인지 몰랐다. 다만 옥이라는 말에 대개 지옥이라는 말인 줄 짐작하고 하도, 어이가 없어서,

　"냉면이나 한 그릇 받아다 주지……" 하고 나오다가, 아침에 세수하던 것을 생각하고 혼자 빙긋 웃었다.

　날이 더워갈수록, 그의 병세는, 나날이 더하여갔다. 8월 중순이 지나, 심한 더위가 다 가고, 뜰에 심은 백일홍이 누릇누릇하여감을 따라, 그에게는 없던 증이 또 생겼다. 축대 밑에 나오려던 풀이 폭열(暴熱)에 못 이기어서 비틀어져버리던 육칠월 삼복에는, 겨우 동창으로 바람을 들이면서, 불같이 끓는 방 속에 문을 봉하고 있던 사람이, 무슨 생각이 났던지, 매일 아침만 먹으면, 의관도 안 하고 뛰어나가기를 시작하였다. 무슨 짓을 하며 어디로 돌아다니는지는, 아무도 몰랐다. 대개는 어슬어슬하여 돌아오거나, 혹은 자정이 넘어서 돌아올 때도 있었다. 그러나 별로 곤한 빛도 없었다. 안방에서 혹 변소에 가는 길에 들여다보면, 그믐달 빛이 건넌방 지붕 끝에서 꼬리를 감추려 할 때에도, 빈방 속에 생불처럼 가만히 앉았었다.

　너무 심하여서, 삼촌이 며칠을 두고 찾으러 다녀보아도 종적을 알 수가 없었다. 집에서 나갈 때에 누가 뒤를 밟으려고 쫓아 나가는 기색만 있어도 도로 들어와서 어떻게 하여서든지, 틈을 타서 몰래 빠져 달아나갔다. 그러나 그는 별로 다른 데를 다니는 것은 아니었다. 다만 자기 집에서 동북으로 향하여 1마장쯤 떨어져 있는 유곽 뒤에 둘러싸인 조그마한 뫼 위에, 종일 드러누웠을 뿐이

었다. 무슨 까닭에 그곳이 좋은지는 자기도 몰랐다. 하여간 수풀 위에서 디굴디굴 구르는 것이 자기 방 속보다 상쾌하다고 생각하였다. 아침에 햇발이 아직 두텁지 않은 동안에 잠깐 드러누웠다가, 오정 전후의 폭양에는, 해안가로 방황한 후 다시 돌아와서 석양판에 가만히 누웠는 것이, 얼마나 재미스러웠는지 몰랐다. 그것도 처음에는 동네 아이들이 덤벼들어서 괴로워 못 견디었으나, 1주, 2주 지나갈수록, 자기의 선경(仙境)을 침략하는 자도 점점 없어졌다. 그러나 김모가 미쳤다는 소문은 전 시에 모르는 사람이 없게 되었다. 그가 매일 어디 가 있다는 것은 삼촌의 귀에 제일 먼저 들어왔다.

그 후부터는 매일 감시를 엄중하게 하여, 나가지를 못하게 하였다. 그는 하는 수 없이 삼사일 동안을 근신한 태도로 칩복(蟄伏)지 않을 수 없었다. 그러나 사오일 동안 신용을 보여서 감시가 좀 누그러져가는 기미를 채인 그는 또다시 방문 밖으로 나섰다. 이번에는 땅으로 꺼져 들어간 듯이 감쪽같이 종적을 감추었다.

7

반달 동안을 두고 찾다 못하여 경찰서에 수색원을 제출한 지 사흘 되던 날 밤중에, 연통 속으로 기어 나온 것처럼 대가리부터 발끝까지 새까만 탈을 하고 훌쩍 돌아와서 불문곡직하고 자기 방으로 들어가, 코를 골며 잤다. 이튿날 아침에는 조반을 걸신들린 사람처럼 그릇마다 핥듯이 하여 다 먹고, 삼촌이 건너오기 전에 또 뛰어나갔다. 삼사 시간 뒤에 쫓아간 그의 백부는 유정(柳町) 유곽 산 뒤에서 용이히 그를 발견하였다.

그가 처음 감시의 비상선을 끊고 나올 제는 맑은 정신이 들어서 그리하였는지, 하여간 자기의 고향을 영원히 이별할 작정으로 나섰었다. 위선 시가를 떠나 촌리로 나와서, 별장 이전(移轉)의 상지(祥地)³⁶를 복(卜)하려고 이 산 저 산으로 헤매었다. 가가호호로 돌아다니며 연명을 하여가며, 오륙 일 만에 평양 부근까지 갔었다. 그러나 평양이 가까워 오는 데에 정신이 난 그는, 무슨 생각이 났던지, 뒤도 돌아보지 않고 다시 남포로 향하였다. 그중에 다소 마음에 드는 곳이 없지는 않았으나, 무엇보다도 불만족한 것은, 바다가 보이지 않는 것이었다. 그는 하는 수 없이 다시 자기 서재로——자기를 위하여 영원히 안도하라고 하나님이 택정하신 바, 유정 뒷산 밑으로 기어든 것이었다.

인간에게 허락된 이외의 감각을, 하나 더 가지고, 인간의 침입을 허락지 않는 유수 미려한 신비의 세계에 들어갈 초대장을 가진 하나님의 총아 김창억은, 침식 이외에는 인간계와 모든 연락을 끊고, 매일 같은 꿈을 반복하여가며, 대지 위에 자유롭게 드러누워서 무애 무변(無涯無邊)한 창공을 쳐다보며, 대자연의 거룩함과 하나님의 총은 많음을, 홀로 찬영(讚榮)하고 있었다.

이러한 상태가 달포나 되어 10월 하순이 가까워, 초상(初霜)이 누른 풀잎 끝에 엷게 맺힐 때가 되었다.

하루는 어두워서야 들어오리라고 생각한 그가, 의외에 점심때도 채 아니 되어서 꼭 닫은 중문을, 소리 없이 열고 자취를 감추며 들어와서, 자기 방으로 들어갔다. 안방에서 일을 하고 있던 고모는, 도적이나 아닌가 하며, 두근거리는 가슴을 억제하고 문틈으로 지키고 앉았으려니까, 한식경이나 무엇인지 부스럭부스럭하더니 금구(衾具)인 듯한 보따리를 지고 나온다. 가슴이 덜렁하던 고모는 문을 박차며 내다보고,

"그건 어디로 가져가니?" 소리를 버럭 질렀다. 도망꾼처럼 한숨에 뛰어나가려던 그는 보따리를 진 채 어색한 듯이 히히히 웃으면서,

"새 집 들레…… 히히히, 영희 어머니를 데려오려고 저기 한 채 지었지……." 또 히히히 웃고 획 돌아서 나갔다. 고모는 삼촌 집에 곧 기별을 하려도 마침 아이가 없어서 걱정만 하고 앉았었다. 조금 있다가 또 발자취가 살금살금 난다. 이번에는 안방으로 향하여 어정어정 들어오더니, 부엌간으로 들어가서 시렁 위에 얹어놓은 병풍을 끌어내리려다가, 아랫방 앞에 놓고 퇴로 올라서서,

"아지멈네, 그 농 좀 갖다놓게 좀 주시소그래" 하고 성큼 뛰어들어와서 윗간에 놓았던 조그만 붉은 농장짝을 번쩍 들고 나갔다. 다행히 영희의 계모가 갈 때에 그의 의복이며 빨래들을, 모아서 농장 속에 넣어두었기 때문에 고모는 걱정을 하면서도 안심하였다.

낙지(落地) 이래로 이때껏, 빗자루 한 번 들어보지 못하던 그가 그 무거운 농짝에다가 병풍을 껴서 새끼로 비끄러매어 가지고 나가는 것을 방문에 기대어 보고 섰던 고모는 입을 딱 벌리고 놀

랐다.

　기지 이전(基地移轉)에 실패한 그는, 유정에 돌아와서, 일이 주간이나 언덕에 드러누워 여러 가지로 생각하였다. 답답한 방을 면하려면 우선 여기다가 집을 한 채 지어야 하는데, 단층으로는 좁기도 하거니와, 제일 바다가 보이지 않을 것이다. "……그러면 2층? 3층? 3층만 하면 예서도 보이겠지!"
하고 일어나서, 발돋움을 하고 남쪽을 바라보았다. 그러나 인간에 가려서 사오 정(町)이나 상거가 있는 해면이 보일 까닭이 없다.
　"3층이면 그래도 내 키의 삼사 배나 될 터이니까…… 되겠지."
하며 곁에 떨어진 나뭇가지를 들고, 차차 햇발이 멀어가는 산비탈에 앉아서, 건축의 설계도를 그리기 시작하였다. 누렇게 된 잔디 위에, 정처 없이 이리저리 줄을 쓱쓱 그으면서, 가다가다 혼자 고개를 끄떡끄떡하며 해가 저물어가는 것도 모르고 앉았었다.
　그날 밤에 돌아와서는 책궤 속에서 학생 시대에 쓰던 때 묻은 양척(洋尺)과 사기(四機)가 물러난 삼각 정규(定規)를 꺼내가지고 동이 트도록 책상머리에 앉았었다.
　도안을 얻은 그는 동이 트기도 전에 산으로 달아나갔다. 우선 기지(基地)의 검분(檢分)을 마친 후, 그는 그길로 돌을 주워들이기 시작하였다. 반나절쯤 걸려서 두세 삼태기나 모아놓은 후, 허기진 줄도 모르고 제일 가까운 유곽 속으로 헤매며, 새끼 오라기, 멍석 조각이며, 장작개비, 비루(맥주) 궤짝, 깨진 사기그릇 나부랭이…… 손에 걸리는 대로 모아들이기 시작하였다. 돌아다니는 동안에 유곽 속에서 먹다 남은 청요리 부스러기를 좀 얻어먹었으나 해 질 무렵쯤 되어서는 맥이 풀려서 하는 수 없이 엉기어 들어와 저녁을 먹고 곧 자버렸다.

그 이튿날은 건축장에 나가는 길에, 헛간에 들어가서, 괭이를 몰래 집어 숨겨가지고 도망하여 나왔다. 오전에 우선 한 간통쯤 터를 닦아서 다져놓고, 산을 내려와 물을 얻어다가 흙을 이겨놓고 오후부터는 담을 쌓기 시작하였다. 그러나 한 모퉁이에서부터 쌓아나와 기역자로 꼽들일 때에 비로소 기둥이 없는 데에 생각이 나서, 일을 중지하고 산등에 올라앉아서 이 궁리 저 궁리 하여보았다. ……자기 집에는 물론 없지마는 삼촌 집에 가면 서까래 같은 것이라도, 서너 개 있을 터이나 꺼낼 계책이 없었다. 지금의 그로서 무엇보다도 제일 기외(忌畏)하는 것은 자기의 계획이 완성되기 전에, 가족의 눈에 띄거나 탄로되는 것인 동시에, 이것을 계획하는 것, 더욱이 이 계획을 절대 비밀리에 완성하는 것이 유일의 재미요, 자랑거리이며, 또한 생명이었다. 만일 이때에 누가 와서 '너의 계획은 이러저러하고 너의 포부는 약차약차히[37] 고대(高大)하나, 가엾은 일이지만 그것은 한 꿈에 불과하다'고 설파하는 사람이 있다 하면 그는 경악 실망한 나머지, 자살을 하거나 살인을 하였을지도 모를 것이다. ……어떻게 하였으면 아무도 모르게, 아무도 모르는 동안에, 하루바삐, 이 신식 삼층 양옥을 지어서 세상 사람들을 놀래 보일까! 침식을 잊고 주소(晝宵)로 노심초사하는 것이 오직 이것이었다. 그는 삼촌 집의 재목을 가져올 궁리를 하였다. '밤에나 새벽에 가서 집어와……? 그것도 아니 될 것이다. ……그러면 어느 재목상에나 가서? 응응, 옳지옳지!' 하며 그는 흙 묻은 손을 비벼 털며 뛰어 내려와서, 정거장으로 향하여 달아나왔다. 그는 '재목상에나'라는 생각이 날 제, 10여 년 전에 자기가 가르치던 A라는 청년이 재목상을 경영하고 있는 것을 생각하고 뛰어나온 것이었다. 삼거리로 갈리는 데 와서, 잠깐 멈칫하다가 서로 꼽들어서, 또다시 뛰었다. K재목상회라는 기단 간판이 달린, 목책(木柵)으로 돌라막은 문전에 다다라, 우뚝 서며 안을 들여다보고 머뭇거리다가, 문 안으로 썩 들어섰다. 그는 무엇이나 도적질하러 온 사람처럼 황황히 사방을 돌아보다가 사무실에서 누가 내다보는 것을 눈치 채고 곧 그리로 향하였다.

"재목 있소?" 발을 들여놓으며 한마디 부르짖었다.

"그런데 이거 웬일이슈? ……재목 집에 재목이야 있지요, 하하하……." 테이블 앞에 앉아서, 사무원들과 잡담을 하고 있던 주인은, 바로 앉아서 그를 마주 쳐다보며 웃었다.

그는, 얼이 빠진 사람처럼, 이 사람 저 사람 사무원들을, 차례차례로 쳐다보다가, 마치 취한이나 범인이, 스스러운 사람과 대할 때에 특별한 주의와 긴장을 갖는 거와 같이 뿌연 눈을 똑바로 뜨고 서서, 한마디 한마디씩 애를 써 분명한 어조로,

"아니 좀 자질구레한 기둥 있거든 몇 개 주시소그래, 지금 집을 짓다가……."

"그건 해 무엇 하시랴오? 그러나 돈을 가져오셔야지요? ……하하하." 사소한 대금을 관계하는 것은 아니나, 그가 광증이 있다는 소문을 들은 주인은, 그대로 내주는 것이 어떨까 하여 물어보

왔다.

"응응! 옳지! 돈이 있어야지. 응응! 돈이 있어야……." 돈이란 말에, 비로소 깨달은 듯이 연해 고개를 끄덕거리며 멀거니 섰다가, 아무 말도 없이 도로 뛰어나갔다. 처음부터 서로 눈짓을 하며 빙긋빙긋 웃고 앉았던 사무원들은, 참았던 웃음을 일시에 왓하하하 하며 웃었다. 그는 눈을 부릅뜨고 유리창을 흘겨다보며, 급히 달아나왔다.

그길로 자기 집으로 뛰어갔다. 방에 쑥 들어서면서 흙이 말라서 뒤발을 한 손으로 책상 위에 놓인 물건을 뒤척거리며 한참 찾더니 돈지갑을 들고서 선 채, 열어보았다. 속에는 1원짜리 지폐가 석 장하고, 은전 백통전 합하여 90여 전쯤 들어 있었다. 옥중에서 차입하여 쓰고 남은 것이었다. 그는 혼자 히— 웃으며 지갑을 단단히 닫아서, 바지춤에다 넣고, 다시 뜰로 내려섰다. 대문을 막 나서렬 때 삼촌과 마주쳤다. 그는 마치 못된 장난을 하다가, 어른에게 들킨 어린아이처럼, 깜짝 놀라며, 꽁무니를 슬슬 빼며, 급히 방으로 뛰어 들어가서, 자는 척하고 드러누워버렸다. 그날 밤에는 종내 나가지 못하게 되었다.

이튿날 아침에는 우선 재목상을 찾아갔다.

마침 나와 앉았던 주인은, 아무 말 없이 들어와서 홈척홈척하고는 3원 50전을 꺼내놓고, '얼마든지 좀 주시고래' 하고 벙벙히 섰는 그의 태도를 한참 쳐다보다가,

"얼마나 드리리까?" 하며 웃었다.

"기둥 여섯 개하고……."

"기둥 여섯 개만 하여도, 본전도 안 됩니다."

주인은, 하하 웃으며, 그의 말을 자르고 사무원을 돌아다보고 무엇이라고 하였다. 그는 사무원을 따라 나가서, 서까래만 한 기둥 여섯 개와, 널판 두 개를 얻어서 짊어지고 나섰다. 재목을 얻은 그는 생기가 더 나서, 우선 네 귀에 기둥을 세우고 두 편만은, 중간에다 마주 대하여, 두 개를 세운 뒤에, 삼등분하여 새끼로 두 층을 돌려 매어놓고, 담을 쌓기 시작하였다. 담 쌓기는 쉬우나, 돌멩이 모아들이기에 날짜가 많이 걸렸다. 약 3주간이나 되어, 동편으로 드나들 구멍을 터놓고는 사방으로 삼사 척의 벽을 쌓았다. 우선 하층은 되었는 고로 널빤지를 절반하여, 한편에 기대어서 걸쳐놓고, 나머지 길이를 이등분하여, 어긋매겨서 3층을 꾸렸다. 그다음에는 2층만, 사면에 멍석 조각을, 둘러막고, 3층은 그대로 두었다. 이것도 물론 그의 설계에 한 조목 든 것이었다. 그의 이상(理想)으로 말하면, 지붕까지라도 없어야 할 것이지만, 우로(雨露)를 피하기 위하여, 부득이 역시 멍석을 이어서 덮었다.

이같이 하여 이렁저렁 1개월 이상이나 걸린 역사(役事)가, 대강대강 끝이 나서 우선 손을 떼던 날 석양에, 그는 3층 위에 올라앉아서, 저물어가는 산 경치를 내다보고, 혼자 기꺼움을 이기지 못하였다. 인생의 모든 행복이 일시에 모여든 것 같았다. 금시에라도 이사를 하려다가, 집에 들어가면 또 잡히어서 나오지 못할 것을 생각하고, 어둡기까지 그대로 드러누웠다. 드러누워서도 여러 가지 생각이 많았다. 우선 세계 평화 유지 사업으로 회를 하나 조직하여야 할 터인데, '회명은 무엇이라고 할까? 국제 연맹이란 것은 있으니까, 국제 평화협회? 세계 평화회? 그것도 아니 되었어! 동서양이 제일에 친목하여야 할 것인즉, '동서친목회'라 하지! 응, 옳지! 동서친목회…… 되었어.'

그다음에 그는 삼층 양옥을 어떻게 하면 거처에 편리하게 방세(房勢)를 정할까 생각하였다. 우선 급한 것은 응접실이다. 그다음에는, 사무실, 침실, 식당, 서재…… 차례차례로 서양 사람 집 본새를 생각하여가며, 속으로 정하여놓고, 어슬어슬한 때에 뛰어내려왔다. 일단 집으로 향하다가, 무슨 생각이 났던지, 다시 돌쳐서서 유곽으로 들어갔다. 헌등(軒燈) 아래로 슬금슬금 기어가듯 하며, 이 집 저 집 기웃기웃하다가 어떤 상점 앞에 와서 서더니, 저고리 고름 끝에 매인 매듭을 힘을 들여서 풀고 섰다. 한 사람 두 사람 모여드는 것도, 모르는 것같이 시치미를 떼고 풀더니, 은전 네 닢을 꺼내서 던지고 일본주 2홉 병을 받았다…… 낙성연을 베풀려는 작정이었다.

공복에 들어간 두 홉 술의 힘은, 강렬하였다. 유정(柳町)의 사람 자취가 그칠 때까지, 이 집 저 집 돌아다니며, 동서친목회 회장이, 너희들을 감독하려고, 내일이면 떠나오신다고, 도지개를 틀며 앉았는 여회원들을 웃기며, 비틀거리고 돌아다닌 것도, 그날 밤이었다.

8

세간을 나르느라고, 중문 대문을 활짝 열어젖혀놓은 것을 지치려고, 뒤를 쫓아나간 고모는, 이맛살을 찌푸리고, 그의 가는 방향을 한참 건너다보다가, 긴 한숨을 쉬고 들어와서, 큰집에 간 영희만 기다리고 앉았으려니까, 15분쯤 되어, 삐——걱 하는 소리가 나더니 또 들어와서, 이번에는 부엌으로 들어가서, 한참 동안 훔척훔척하다가, 석유통으로 만든 화덕 위의 냄비를 들고 나왔다. 그 속에는 사기그릇이며 수저 나부랭이를 손에 잡히는 대로 듬뿍 넣었다. 그는 안에서 무엇이라고, 소리나 칠까 보아서, 연해 힐끗힐끗 돌아다보며 뺑소니를 쳐서 나왔다…… 십수 년 동안 기거하던 자기 집을, 영원히 이별하였다.

그날 석양에 고모는, 영희를 데리고, 동네 사람이 가르쳐주는 대로, 그의 신가정을 찾아갔다. 이 여자에게 대하여는, 가장 불행하고 비통한 집알이였다. 엿과 성냥 대신에, 저녁밥을 싸가지고 갔었다. 물론 가자고 하여야 다시 집에 돌아올 그가 아니었다. 영희가 울면서 가자고 하니까, 그는 무슨 정신이 났던지, 측은해하는 듯한 슬픈 안색으로, 목소리를 떨며,

"어서 가거라. 어서 가거라…… 아, 춥겠다. 눈이 저렇게 왔는데, 어서 가거라." 혼잣말처럼 꼭 한마디 하고 아랫간에 늘어놓은 부엌 세간을 정돈하며 있었다.

고모는 하는 수 없이 돌아와서, 남았던 시량(柴糧)과 찬을, 그

에게로 보내주고 나서, 어둑어둑할 때 문을 잠그고 영희와 같이 큰집으로 건너갔다. 근 보름이나 앓아누운 그의 백부는 눈물을 흘리며, 깊은 한숨만 쉬고 아무 말도 없었다.

……소년 과부로, 50이 넘은 그의 고모는, 건넌방에 영희를 끼고 누워서, 밤이 이슥하도록 훌쩍거렸다. 영희의 흘흘 느끼는 소리도 간간이 안방에까지 들렸다.

십칠야의 교교한 가을 달빛은, 앞창 유리 구멍으로 소리 없이 고요히 흘러 들어와서, 할머니의 가슴에 안기어 누운 영희의 젖은 베개 밑을 들여다보고 있었다.

9

평양으로 나온 우리 우리 일행은, 그 이튿날 아침에 남북으로 뿔뿔이 헤어졌다. 그 후 2개월쯤 되어, 나는 백설이 애애(皚皚)한[38] 북국 어떠한 한촌(寒村) 진흙방 속에서, 이러한 Y의 편지를 받았다.

형식에 빠진 모든 것은, 우리에게 벌써 아무 의미도 없는 것이 아니오? 어느 때든지 자기의 생활에, 새로운 그림자(그것은 보다 더 선한 것이거나, 혹은 보다 더 악한 것이거나 하여간)가, 비쳐올 때나, 혹은 잠든 나의 영(靈)이 뛰놀 만한 무슨 위대한 힘이, 강렬히 자극하여오거나, 그렇지 않으면 군에게 무엇이든지 기별하고 싶은 사건이 있기 전에는, 같은 공기 속에서 같은 타임 속에서, 동면 상태로 겨우 서식하는 지금의 나로는, 절대적으로 누구에게든지, 또는 무엇에든지, 붓을 들지 않으려고 결심하였소. 자기의 침체한 처분, 꿈꾸는 감정을, 아무리 과장한들, 그것이 결국 무엇이오…….

그러나 지금 펜을 들어 이 페이퍼를 더럽히는 것은 현재의 내가 무슨 새로운 의의를 발견하고 혹은 새로운 공기를 호흡하게 된 까닭은 아니오. 다만 내가 오래간만에 집을 방문하였다는 것과, 그 외에, 군이 어떠한 호기심을 가지고 심방하였던 3원 50전에 3층 양옥을 건축한 철인의 철저한 예술적, 또한 신비적 최후를 군에게 알리려는 까닭이오.

여기까지 읽은 나는 깜짝 놀랐다. 손에 들었던 편지를 책상 위에 놓고, 바로 앉아서, 한 자 한 자 세듯이 하여가며 계속하여 보았다.

……사실은 지극히 간단하나, 이 소식은, 군에게 비상한 만족을 줄 줄로 믿소. 하나님이 천사를 보내시어 꾸며놓으신 옥좌에 올라앉아서, 자기의 이상을 실현치 않으면 아니 될 시기라고 생각한 그는, 신의(神意)로써 만든, 3원 50전짜리 궁전을 이 오탁(五濁)[39]에 싸인 속계에 두고 가기 어려웠을 것이오. 신의 물(物)은 신에게 돌리라. 처치하기 어려운 삼층집을 맡길 곳이 신 이외에 없었을 것도 괴이치 않은 것이겠소.

……유곽 뒤에 지어놓았던 원두막 한 채가, 간밤 바람에 실화하여 먼지가 되어, 날아간 뒤에, 집주인은 종적을 감추었다──라고 하면 사실은 지극히 간단할 것이오. 그러나 불은 왜 놓았나?

나는 이하를 더 읽을 기운이 없다는 것같이, 가만히 지면을 내려다보고 앉았었다. 의외의 사실에 대한 큰 경이도 아니거니와, 예측한 사실이 실현됨에 대한 만족의 정도 아닌 일종의 형용할 수 없는 감정이, 다대한 호기심과 기대에 긴장하였던 마음을, 일시에 느즈러지게 한 상태였다. 나는 또다시 읽기 시작하였다.

추위에 못 견디어서……라고, 세상 사람들은 웃고 말 것이오. 그리고 군더러 말하라면 예의 현실 폭로라는 넉 자로 설명할 것이오. 그러나 그가 삼층집에서 나와서, 자기 집 서재로 들어가기 전에는 불을 놓았다고도 못할 것이오, 또 현실 폭로의 비애를 감(感)하여 그리하였다 하면, 방화까지 할 필요는 없었을 것이오…… 신의에 따라서만 살 수 있다는 신념을 확집(確執)한 그는, 인제는 금강산으로 들어갈 때가 되었다고 3층 위에서 뛰어내려온 것이오. 그리고 그 건축물은, 신에게 돌린 것이오.

아, 그 위대한 건물이 홍염의 광란 속에서, 구름 탄 선인같이 찬란히 떠오를 제, 그의 환희는 어떠하였을까. 그의 입에서는 반드시 '할렐루야'가 연발되었을 것이오. 그리고 일 편의 시가 흘러나왔을 것이오. 마치 네로가 홍염 가운데의 로마 대도를 바라보며, 하모니에 맞춰서 시를 읊듯이…… 아— 그는 얼마나 위대한 철인이며, 얼마나 행복스러운가…… 반열(半熱) 반온(半溫)의 자기를 돌아볼 제, 진심으로 자기 자신을 매도치 않을 수 없다…….

10

기뻐하리라고 한 Y의 편지는, 오직 잿빛의 납덩어리를 내 가슴에, 던져주었을 따름이었다. 나는 여기저기 골라가며, 또 한 번 읽은 뒤에, 편지 장을 책상 위에, 펼쳐놓은 채, 드러누웠었다. 음산한 방 속은 무겁고 울적한 나의 가슴을, 더욱더욱 질식케 하는 것 같았다. 까닭 없이 울고 싶은 증이 나서 가만히 누웠을 수가 없었다…… 나는 뛰어 일어나서 방문 밖으로 나섰다.

아침부터 햇발을, 조금도 보이지 않던, 하늘에는 뽀얀 구름이, 건너다보이는 앞산 위까지 쳐져서, 금방 눈이 퍼부을 것 같았다. 나는 얼어붙은 눈 위를 짚신발로 바삭바삭 소리를 내며, R동 고개로 나서서, 항상 소요하던 절벽 위로 향하였다.

사람 하나나 간신히 통행할 만한 길 우(右)편 언덕에, 거무스름하게 썩어서, 문정문정하는 짚으로 에워싼 한 칸 집이 있고, 그 아래에는 비스듬하게 짓다가 둔 헛간 같은 것이 있다. 나는 늘 보았건만, 그것의 본체가 무엇인지는, 아직껏 물어도 보지 않았었다. 그러나 3층 양옥의 실화 사건의 통지를 받고는 나는, 새삼스럽게 눈여겨보았다. 나는 두세 걸음 지나다가 다시 돌쳐서며 언덕으로 내려와서 사면팔방을 멍석으로 꼭 틀어막은 괴물 앞에 섰다.

나는 무슨 무서운 물건이나 만지듯이, 입구에 드리운 멍석 조각을, 가만히 쳐들고 컴컴한 속을 들여다보았다. 광선 한 줄기 들어오지 않는 속에서는 쌀쌀한 바람이 휙 끼칠 뿐이요, 처음에는 아무것도 보이지 않았다. 공연히 마음이 선뜩하여 손에 쥐었던 거적문을 놓으려다가, 다시 자세자세히 검사를 하여보았다. 그러나 무엇인지는 알 수가 없었다. 기둥 두 개를 나란히 늘어놓은 위에, 나무 관 같은 것을 놓고, 그 위에는 언젠지 대동강변에서 본, 봉황선 대가리 같은 단청한 목판짝이 얹혀 있었다. 나는 보지 못할 것을 본 것같이 께름하여 마른침을 탁 뱉고 돌아서, 동둑 위로 올라왔다. 나는 눈에 묻힌 절벽 위에 와서, 고총(古塚) 앞에 놓인 석대에 걸어앉으려다가, 곁에 새로 붉은 흙을 수북이 모아놓은 것을 보고 외면을 하며, 일어나왔다. 이것은 일전에 절골[寺洞]에선가, 귀신이 씌어서 죽었다고 무녀(巫女)가 온 식전 굿을 하던, 떼도 안 입힌 새 무덤이다.

저녁 밥상을 받고 앉아서, 주인더러 등 너머의 일간두옥(一間斗屋)[40]은 무엇이냐고 물으니까,

"그것이 이 촌에서 천당에 올라가는 정거장이라우······" 하고 웃으며, 동리에서 조직한 상계(喪契)의 소유라고 설명하였다. 이 촌에서 난 사람은, 누구나 조만간 그곳을 거쳐가야만 한다는 묵계(默契)가 있다는 그의 말에는 무슨 엄숙한 의미가 있는 것같이 들렸다. 나는 밥을 씹으며, 저를 손에 든 채로 그 내력을 설명하

는 젊은 주인의 생기 있는 얼굴을 물끄러미 쳐다보고 앉았었다. 그 순간에 나는 인생의 전 국면을 평면적으로 부감(俯瞰)한 것 같은 생각이 머리에 떠오르는 동시에, 무거운 공포가 머리를 누르는 것 같았다.

그날 밤에 나는 아무것도 할 용기가 없어서, 몇몇 청년이 몰려와서, 떠드는 속에 가만히 드러누웠다. 어쩐지 공연히 울고 싶었다. 별로 김창억을 측은히 생각하여 그의 운명을 추측하여보거나, 삼층집 소화(燒火)한 후의 행동을 알려는 호기심은 없었으나, 지금쯤은 어디로 돌아다니나, 하는 생각이 나는 동시에, 작년 가을에 대동강가에서 잠깐 본 장발객의 하얀 신경질적 얼굴이 머리에 떠올랐다.

과연 그가 그 후에 어디로 간 것은 아무도 몰랐다. 더구나 뱀보다도 더 두려워하고 꺼리는 평양에 나와 있으리라고는 아무도 몽상 외였다. 그러나 그는 결국 평양에 왔다. 평양은 그의 후취의 본가가 있는 곳이다.

……1년 열두 달 열어보는 일이 없이 꼭 닫친 보통문(普通門) 밖에, 보금자리 같은 짚더미 속에서 우물우물하기도 하고, 혹은 그 앞 보통강가로 돌아다니는 걸인은, 오직 대동강가의 장발객과 형제거나, 다만 걸인으로 알 뿐이요, 동리에서도 누구인지는 아무도 몰랐다.

암야 闇夜

—어젯밤 편지를 받고 S · K씨에게 바치나이다

1

"오늘은 부디 낮잠 자지 말고, 둘째 집 좀 가보려무나."

아침을 먹고 어슬렁어슬렁 뜰로 내려오는 그의 뒷모양을, 근심
스러운 눈으로 물끄러미 내려다보던 그의 모친은, 또 한 번 주의
를 시켰다.

'이번이, 벌써 세 번째로군……' 속으로 좀 불쾌한 듯이 생각
하며, 그는 무엇이라고 대답을 하려다가 잠자코 자기 방으로 소
리 없이 몸뚱어리를 숨겼다.

별로 춥지는 않으나 미닫이를 꼭 닫고, 그는 무슨 궁리나 하는
사람처럼 뒷짐을 진 채, 눈을 내리깔고 10분 동안쯤이나, 방 안을
빙빙 돌아다니다가, 책상 앞에 털썩 주저앉았다. 그는 일전에 창
경원에 놀러 갔다가, 동물원에서 본, 철창 안의 검은 곰〔黑熊〕이

생각나서, 불쾌한 듯이 눈살을 찌푸리다가, 기가 막힌 듯이 "아아" 선하품 같은 한숨을 쉬고 두 발을 내던지며 벽에 기대었다. 그 순간에 그는 무엇을 생각하였는지 신랄한 냉소가 입가에 살짝 지나갔다. 누가 곁에서 보는 사람이 있다면, 그는 지금 깊은 사색에 헤엄치거나, 혹은 뼈에 맺힌 러브 시크나 앓는 사람이라고 생각하였을지 모르나, 실상은 그의 머릿속에는, 아무 그림자도 비추이지 않았다. 무엇을 생각하는 것도 아니요, 생각하려는 것도 아닌 완전한 실신 상태의 포로가 된 것이다. 얼빠진 사람처럼, 왼팔을 먼지 않은 책상에 던져놓고 반시간 동안이나, 멀거니 앉았다가, 그래도 무엇을 하여야 하겠다는 듯이, 몸을 소스라쳐 정신을 차리고, 책상에 정면하여 도사리고 앉았다. 그러나 또 화석같이 두 팔죽지를 책상 위에 짚고 머리를 훔켜싸고 앉았다. 그는 대관절 무엇을 해야 좋을지 몰랐다. 다만 머릿속이 불난 터 모양으로 와글와글하며, 공연히 마음이 조비비듯 할 뿐이었다. 어느 때까지 머리를 에워싸고 눈만 껌벅거리며 앉았던 그는, 겨우 결심한 듯이 원고지를 꺼내놓고, 잉크 병마개에서 손에 묻은 먼지를 씻은 후에 펜을 들었다. 그가 원고에 펜을 든 것은 거의 삼사 삭만이었다.

펜에 잉크를 찍어가지고 나서도 한참 꾸물꾸물하다가,

'진리의 탐구자여'라고 그리듯이 한 자씩 똑똑하게 박아 써놓고, 또 한참 들여다보고 앉았다가, 눈살을 찌푸리며 박박 긁어버렸다. 너무 천박하고도 과장(誇張)한 구조(句調)라고 생각함이다. 석 줄 넉 줄 북북 긁은 위를, 처음에는 타원형으로 까맣게 잉크 칠을 하다가, 나중에는 별[星] 모양을 그려보더니, 철필대를 던지고, 조끼 호주머니에서 궐련을 꺼내 피워 물었다. 볼이 메도록 힘껏 빨아 내뿜는 연기가 꾸물꾸물 흘러 오르는 모양을 말똥말똥 쳐다보다가, 그래도 못 잊은 듯이 다시 펜을 들었다. 이번에는,

'소위 진리의 탐구자여'라고 써놓았다. '소위' 두 자를 넣었다고, 별다른 의미가 생긴 것은 아니나, 하여간 붓대를 계속하였다.

'소위 진리의 탐구자여! 그대의 이름은 얼마나 장미(壯美)하고, 그대의 사업은 얼마나 엄숙한가. 생명을 더하여도 아직 족함을 깨닫지 못하는 그대의 기개, 그대의 노력은, 얼마나 용감하고 얼마나 감격한 일인가.

그러나 무엇을 위한 탐구인고? 탐구함이 유의의(有意義)하다 함과 같이, 탐구치 않음도 역시 유의의하다고는 못할까. 또 탐구치 않음이 무의의함과 같이 탐구함이 또한 무의의하다고는 못할까…….

그 욕구조차 없는 자, 행동의 효모(酵母)가 고사(枯死)된 자— 애(愛)의 존영을 소실한 자, 일체(一切)의 정화(情火)가 심회(爐灰)의 잔해만을 남겨준 자(者)에게, 그 무엇이 의의 있고 힘 있으리오. 그 무엇이 장미(壯美)하고 엄숙히 보이리오…….'

그는 겨우 여기까지 써놓고, 종이에 구멍이 뚫어질 만치 붓을 든 채, 들여다보고 앉았다가, 또 궐련을 꺼내 물고 부산히 무엇을 찾기 시작하였다. 서류가 난잡히 흐트러진 책상 위를 이리저리 휘저어보았다. 금방 쓰고 난 성냥 통을 찾는 것이었다. 앉은자리를 휘돌아보아도 역시 없다. 또다시 조급히 책상 위를 휘저어 찾

왔다. 그 사품'에 원고지와 소맷자락에 걸린 잉크 병은 붙잡을 새도 없이 거꾸러졌다. 청흑색의 고름 같은 농즙은 방금 붓을 뗀 원고지 위에 꿀꺽 토하여 나왔다.

겨우 담배를 피워 문 그는 지면에 번져나가는 잉크를 잠깐 노려보고 앉았다가, 처치하기 시작하였다…… 잉크를 훔치던 손을 멈추고, 그는 젖은 원고를 들어 한번 묵독하여본 뒤에, 그대로 두 손으로 똘똘 비벼서 재떨이에 던지고, 벌떡 일어나서 길로 난 들창에 기대어 밖을 내어다보며, 담배를 뻑뻑 빨고 섰다.

추석을 지낸 지 며칠 안 되는 높은 하늘은 구름 한 점 없이 푸르고 맑았다. 호젓한 골짜기에는 건너편 빈터에 김장 고추 말리는 것을 지키는 아이가, 고추 멍석 끝에 무료히 앉았을 뿐이었다. 뒷집 절뚝발이 아이다. 내 얼굴을 본 그 아이는, 무인도에서 사람 냄새나 맡은 듯이 부자유한 두 발을 엉거주춤 세우고 간신히 일어나서, 반기며 인사를 한다. 그도 방긋 웃으며 인사 대답을 하고, 그 아이 앉았던 자리에 얼레가 놓인 것을 물끄러미 건너다보다가,

"너 벌써 연[紙鳶]날리니?" 하며 물었다.

"그럼요! 추석이 지났는데요" 하고 그 아이는 호젓한 웃음을 띠고 섰다가, 얼레를 들어서 이 귀 저 귀 만적이며 있다. 그는 '저 아이가 어떻게 날리누' 하는 호기심이 나서, 좀 날려보라고 하려다가,

"연은 동무가 있어야 날리지, 너 혼자 날리겠니?" 하고, 의미 없이 빙긋 웃었다. 그 소년은 무슨 모욕이나 당한 듯이,

"왜요, 재미있어요" 하며 호젓한 낯빛으로 냉랭히 대꾸를 하고, 평지로 절름절름 내려와 두어 간통 떼어서 연을 올리고 얼레를 솔솔 돌리며, 절뚝절뚝 뒷걸음질을 쳐서 언덕으로 올라가다가, 다시 실을 급히 감기 시작하였다. 손바닥만 한 방패연은 속히 감아들이는 인력에 끌려서, 이삼 척쯤 뜨다가, 다시 빙그르를 돌아서, 지면에 화닥닥하며 부딪쳤다. 절뚝발이 소년은 눈살을 찌푸리고, 또다시 절름절름 뒷걸음을 치며 한 간쯤 물러서서 힘없는 다른 팔을 획획 돌렸다. 이번에는 아까보다는 좀 높이 올랐으나, 역시 팽팽 돌아 꼬리를 쳐들고, 땅바닥에 거꾸로 박혔다. 가련하고 고적한 병신 소년은, 좀 어색한 듯이 여전히 호젓한 미소를 띠며, 우두커니 내려다보며 섰는 그를 힐끔 쳐다보고 줄을 감아서, 연을 발밑까지 끌어다놓고 이번에는 위치를 변하여 그가 서 있는 창밑으로 오더니 역시 안간힘을 깽깽 쓰며 급속히 실을 감았다. 그러나 원래 바람이 없는 온정한 천기에, 조그만 방패연쯤 오를 리가 없다. 불쌍한 절름발이 소년은, 더욱더욱 초민증(焦悶症)[2]이 생긴 듯이 오른손에 얼레를 치켜들고 힐끔힐끔 돌아보며, 절름절름 절름절름하고 골짜기 속으로 기어 들어갔다. 부지중에 연은 자기 키만큼 올랐으나, 또다시 획획 돌아서 펄펄 내려앉았다. 그는 어느 때까지 무심한 듯이, 그 아이의 발꿈치와 연꼬리를 쫓아보며 섰다가, 긴 한숨을 휘 쉬이며 창 앞을 떠나, 다시 책상머리로 와서 앉았다.

그는 왼손으로 뺨을 괴고, 책상에 비스듬히 기대어 앉았다가,

'······대체 사람과 사람 사이에는, 얼마만 한 거리가 있는

가?……'

속으로 이렇게 생각하며 재떨이에 놓인 잉크가 뒤발린 원고 수세미에 시선을 던졌다.

'한 자, 두 자 오르다가 떨어지는 연과, 한 자 두 자 그리다가 찢어버리는 원고, 다리를 절며 오르지 않는 연이라도 올리지 않으면, 심심해 못 견디겠다는 절름발이 소년과…… 그러나 나에게는 그런 행복도 없지 않은가. 그런 노력조차. ……오르지 않는 연을 올리려는 데에, 아니 용이히 오르지 않기 때문에, 무한한 고민과 행복을 느끼지 않는가…… 아니 이것은 이론이다. 이치를 따지면 아무 말이라도 할 수 있지. 그러나…… 나에게 저 아이를 불쌍하다고 할 권리가 있다고 생각하는 것이, 벌써 틀린 수작이다.'

그는 생각하던 것을 더 계속할 힘도 없는 것같이, 문지방을 베고 반듯이 드러누웠다. 그러나 웬셈인지 침정(沈精)할 수가 없다. 머릿속이 썩는 것 같다. 간혹 맷돌 같은 것으로 머리를 짓누르는 것 같기도 하다. 찌부드듯하여 잠이 올 것 같다. '또 자나!' 혼자 묻듯이 생각하다가, 벌떡 일어나서 주섬주섬 양복을 주워 입고 나서, 궐련갑을 포켓에 집어넣으려다가, 저고리 주머니에서 갸름한 사진틀을 꺼내 들고, 한참 들여다본 후, 책상 한구석에 버티어 놓고, 방 안으로 빙빙 돌아다녔다. 사진틀에는 어떠한 처녀가 샐쭉한 눈을 말둥말둥 뜨고, 그의 거동을 쳐다보듯이 마주 보며, 조그마한 갑 속에 끼어 있다. 그것은 그가 늘 지갑 속에 넣어가지고 다니던 그의 약혼자인 N의 사진을, 어떠한 이성의 친구가, 자기의 사진틀에 끼워준 것을 그대로 넣고 다니던 것이었다.

'러브, 인게이지먼트…… 흐흥, 나 같은 놈에겐 과분한 일이다……'

양복 저고리 앞을 헤치고, 바지 포켓에다가 두 손을 찌른 채, 두세 번 빙빙 돌며 속으로 이같이 부르짖은 뒤에, 사진 앞에 와서 물끄러미 내려다보다가, '가엾게!…… 너도 내 일생의 연밖에 안되겠구나…… 대체 내가 너를 사랑하는가…… 사랑한다면 무슨 이유로?……옹! 이유 없는 것이 진정한 사랑이래!…… 그러나 아직 사랑할 능력과 권리가 남았다 할 수 있을까? 이성 앞에서 부르르 떠는, 어머니 젖꼭지에서 떨어진 채 그대로 있는 순결한 처녀에 대한 정신적 매춘부와 같은 정열의 방사자! 분염(奔焰)과 같은 초연의 가슴에, 이지의 눈이 푸르게 뜬 찬돌이 안길 제, …… 아아, 울 것이다. ……아아 사기다! 최고 도덕으로 죄악이다!'

그는 정처 없는 이런 생각을 꿈속같이 머릿속에 이어가다가, 급작스레 천진한 N이 불쌍한 증이 나서, 사진을 들어 한참 들여다보다가, 키스를 하고, 다시 놓았다. 요사이 그의 또 한 가지 고통은, 의식적이 아니고는 사람을 사랑할 수 없는 것이다. 불쌍한 여자다. 자기의 불순으로 상대자의 순결을 더럽히는 죄악의 대상(代償)으로라도, 그를 사랑하여야 하겠다는 의식이나, 조건이 없고는, 사람을 사랑할 수 없는 것이, 그에게는 일종의 고통인 동시에 비애였다. 예술이냐? 연애냐? 그에게 대하여는 이 두 가지를 전연히 부정할 수도 없고, 전연히 긍정할 수도 없다. 그 일(一)을 취하고 그 일을 버릴 수도 없다. 여기에 그의 딜레마가 있는 것이다—그에게도 연, 절뚝발이 소년의 연 이외에는 아무것도 없다.

구두를 신으러 안으로 들어가는, 그의 머릿속에는 문득 N의 사진을 끼워준 그의 친구, Y여사의 일이 생각났다.

'대체 나와 Y 간의 거리가 얼마나 되나? 결국은 연을 얻었다는 것과 얻으려 한다는 차이밖에 없지 않은가. 무슨 까닭에 Y의 장래를 염려하는가……'

언젠지 Y더러 "정열의 부단의 남용적 방사(濫用的放射)는 방종이라는 결과밖에 가져오지 않는다. 진정한 새로운 연인을 택하여 가지고 인제는 정침한 생활을 하여야 하지 않느냐"고 충고 비슷한 말을 한 것을 생각하고, 혼자 고소하였다.

'와일드는 현명한 자이다── 전천(專擅)³이란 것은 사람의 생활에 간섭한다는 것이 아니라, 타인에게 자기같이 하라고 강요하는 것이라 하였다. 적절한 말이다…… Y가 소위 진정한 연인을 얻더라도, 역시 연 이상은 못 될 것이다…… 충고인지 무엇인지, 주제넘은 되지 못한 생각이다.'

그는 구두끈을 매면서도 얼빠진 사람처럼 이 생각 저 생각, 꼬리를 이어나갔다.

마루 끝에서 부스럭부스럭하는 소리에, 그의 모친은 반개(半開)하였던 미닫이를 활짝 열고, "지금 가니?" 하며, 또 둘째 집 방문 건을 제의하였다. "인간대사를 당하였는데, 지척에 있으면서 안 가보면, 시비 난다."

"가볍죠."

그는 힘없는 대답을 하고 나서, 사촌형 혼인의 부조 일을 하느라고, 무색 헝겊 조각을 벌여놓고 앉은 누이동생을 힐끔 돌려다

보며,

"너는 언제나 인간대사를 치르런?" 반쯤 냉소를 띠고 조롱 한 마디를 하고,

"지금 나가서, 하나 골라오마. 오빠보다 잘나고 돈 많고, 인물 좋은…… 그리고 말 잘하는…… 핫핫핫, 응, 거기 모자 좀 떼다오."

"하하하 너희들 노래에 있는 것처럼 반벙어리 새서방을 주워오런! 하하하." 하며 어머니는 웃었다. 얼굴이 빨개진 십칠팔 세의 해끄무레한 처녀는, 나오는 웃음을 참고 외면을 하며, 일어나서, 장 안의 모자를 꺼내주었다. 그는 모자를 받으며,

"왜? 싫으냐? 흐흥."

"듣기 싫어요. 누가 시집간답디까?…… 오빠나, 어서…… 공연히 남의 집 계집애를 잔뜩 붙들어놓고……."

"응! 중매 행세를 톡톡히 하랴는구나…… 쓸데없는 걱정 말고, 어서 졸라라. 하하하."

N은 그의 누이의 학교 동무였다. 그는 안방에서 흘러나오는 모녀의 웃음소리를 뒤에 두고, 다소 화기를 띠며 길에 나왔다.

2

약간 명쾌한 기분으로 집을 나선 그는, 야조현(夜照峴) 시장 부근에 들끓는 사람 틈바구니를 뚫고 나오느라고, 또다시 눈살을

찌푸리게 되었다.

오른편 앞으로 고개를 비뚜름히 숙이고, 한 손은 바지 포켓에 찌른 채, 비슷이 좌편으로 기울어진 어깨 위에, 무엇이나 올려놓은 듯이, 완만한 보조로 와글와글하는 속을, 가만가만히 기어서 큰길로 나와, 겨우 고개를 들고, 숨을 휘 쉬었다. 그는 지금 잡답한 길에 나와서도, 자기가 사람 사는 인간계에 있는 것 같은 생각은 조금도 없었다. 가장 추악한, 금시로 거꾸러질 듯한 망량[4] 놀이, 움질움질하는 뿌연 구름 속을 휘저으면서, 정처 없이 흘러가는 것 같았다. 생활이란 낙인이 교활과 탐람(貪婪)이라는 이름으로 찍힌 얼굴들을 볼 때마다, 그는 손에 들었던 단장으로, 대번에 모두 때려누이고 싶다고 생각하였다.

'대체 너희들은 무슨 까닭에, 이다지 분주히 왔다 갔다 하느냐? 어느 때까지 이것을 계속하다가 꺼꾸러지려느냐?'고 소리를 버럭 지르고 싶었다. 그는 대한문으로 향하여 정신없이 일이 정(町) 가다가 무슨 생각이 났던지 광화문을 바라보고 돌쳐서며, '무덤이다'라고, 혼자 속으로 부르짖었다. 전차 선로를 건너서 체신국 앞까지 온 그는, 공조(工曹) 뒷골로 들어서려다가,

'무엇이 인간대사냐! 조상(弔喪)이나 하러 가라면 가지!' 목에 걸린 담이나 토하듯이, 뱃속으로 한마디 토하고, 둘째 집 들어가는 골목을 지나쳤다.

'……피차에 코빼기도 못 본, 어떤 개뼉다귄지 말뼉다귄지도 모르는 남녀가, 일생의 운명에 간음적 최후 결단을 선고하는 것이 무에 그리 경사란 말인가. 인천 미두(米豆)[5] 이상의 더러운 도

박을 하면서도 즐거우니 반가우니…….'

그는 속으로 이같이 생각하며, 분노를 못 이기는 듯이, 입술을 뿌루퉁 내밀고, 미친 사람처럼 혼자 흥흥 콧소리를 내며 걷다가, 우편 어느 관사 틈바구니에, 사복개천으로 통한, 호젓한 길이 있는 것을 생각하고 큰길을 건너서, 좌우 벽을 검은 판장으로 둘러막은 으슥한 골목으로 찾아 들어섰다. 물론 어디를 가려는 향방이 있어 그런 것은 아니었다. 사람 그림자 없는 길을 단독히 걸어보려는 것이었다. 이 길이 영원히 연속되었으면 하며 생각할 새도 없이 벌써 천변이 되었다. 그는 어디로 향할까 잠깐 머뭇머뭇 망설이다가 도로 집으로 향하기도 싫은 증이 나서, A를 찾아가보기로 결심을 하고 다리를 건너섰다…….

A는 마침 화실에서 나와서, 햇빛이 쨍쨍히 비치는 마루 끝에 섰다가, 자취 없이 가만가만 기어 들어오는 그를 보고, 잠깐 적막한 때 마침 잘 왔다는 듯이, 반기며 자기 방으로 인도하였다. 그는 A를 따라 들어가는 길에, 자기 방 속에 문을 닫고 들어앉았는 B와, 두어 마디 인사를 하고 나서, B의 방문을 열어보았다. B와 책상을 격하여 앉아서 엎드려 무엇을 쓰고 있던 연필을 쉬고 돌아다보며, 목례를 하는 묘령의 두 여자를 본 그는, 그대로 방문을 닫고 A의 방으로 돌쳐섰다.

"그동안에 무엇 했소? 왜 한 번도 안 왔어……." A는 그의 침울한 얼굴을 들여다보며 물었다.

"하긴 뭘 해…… 아! 아." 그는 선하품을 쉬며, "같은 얼굴을 매일 쳐다보는 것도 귀찮아서……."

"일엽낙이천하지추(一葉落而天下知秋)⁶가 아니라, 일엽낙이인생지추(一葉落而人生知醜)인가. 하하하, 아니, 우용지추(友容知醜)로군." 하며 A는 웃었다.

회구 상자 뚜껑에는 사생판에 그리다가 둔 초상화가 끼어 있었다.

"이거야말로 추면(醜面)이로군…… B군이 아닌가. 그러나 그는 어쩐 셈이야?" 그는 B가 귀를 앓는 것을 생각하며, 귀를 그릴 데가, 여백대로 남아 있는 것을, 손가락으로 문대보면서 물었다.

"응, 요사이 선생, 귀머거리가 되어서." A는 빙긋 웃으면서,

"지금 보았지? 선생, 그저께부터 제자가 생기어서, 벌써, '아이, 라이크, 유, 두 유, 라이크, 미?'를 가르치기에 앓는 귀가 점점 더 멀어가는 모양이야. 아하하…… 벌써 연화(軟化)하여가는 모양이니까, 지금쯤은, 이만쯤은, 되었겠지." A는 또다시 파안대소하며, 책상 끝에 떨어뜨린 그의 손등을 붙잡으며, 흉내를 내었다. 그도 따라서 껄껄 웃으며,

"추색(秋色)이 방란(方蘭)이라, 마음이 싱숭생숭하는데 그런 재미라도 있어야지…… 결국 사람은 자기가 자신을 속여야만 살 수 있는 동물이야!" 이같이 한마디 하고 나서 그는 절뚝발이 아이를 생각하고

"B군의 연은 기생 제자(妓生弟子)로군." 하며, 속으로 민소(悶笑)⁷하였다. 제자가 돌아간 후, B도 A의 방으로 와서, 제자들을 중심으로 한 쓸데없는 잡담을 이삼십 분간이나 하다가, 그는 집으로 향하였다. 도중에서 C, D 양인을 만났다. C는 그를 만나는

길로 "색시 구했어?" 하고 물었다. 요사이 C에게는 장가를 가겠다고 뭇사람더러 구혼하여달라고 부탁을 하는 일종의 버릇이 생기었다. 그러나 본인도 실없는 농담이려니와, 듣는 사람도 귓가로 들었다. 그는 "E에게 칼침을 맞게!" 하며 농담의 대답을 하고 나서, D에게 향하여,

"요사이 셈평이 좋소?" 하고 물었다.

"셈평? 셈평이 좋고 언짢은 것이 문제가 아니라, 죽겠느냐 살겠느냐 문제요…… X군, 요사이 조금도 보이지 않기에, 죽었나 살았나 하였더니 그래도 살아 있었구면 하하하……." D의 웃음에는 공허하면서도 침통한 심각미(深刻味)가 있고 경취(京取)에 실패한 D의 얼굴에는, 표현할 수 없는 음영이 가려 있었다. A의 집으로 향하는 양인과 작별하고 돌아선, 그는 단장을 득득 끌면서, 고개를 숙이고 사복개천 천변으로 나왔다.

'오늘날의 우리같이 천박한 것들이 또 있을까…… 자기 자신까지 우롱하지 않으면 만족할 수 없다는 영리한 듯한 우물(愚物)의 무리다…….' 그는 불쾌하여 못 견디겠다는 듯이 입을 악물었다가, 헷 하며 혀를 한번 차고 또다시 속으로 생각을 계속하였다.

'……유희적 기분을 빼놓으면, 그들에게 무엇이 남는다! 생활을 유희하고, 연애를 유희하고, 교정(交情)을 우롱하고, 결혼 문제에도 유희적 태도…… 소위 예술에까지 유희적 기분으로 대하는 말종들이 아닌가. 진지, 진검, 성실, 노력이란 형용사는, 모조리 부정하고 덤비는 사이비 데카당스다……고뇌? 인간고?…… 그런 게 있을 리가 있나! A두, B두, C두, D두, E두…… 모두 한

씨다……엣!……그러나 대체 그들이란 누구다? 그들이라 하며 매도하는 자기 자신이, 벌써 그 한 분자가 아닌가? 아닌가가 아니다. 그 수괴(首魁)[8]다. ……아——앗——'

그는 어느 틈에 숙주감 다리까지 왔다. 동십자각을 돌쳐서려다가 좀 더 호젓한 길을 걸어보려고, 삼청동을 향하고 큰길로 발을 떼어놓았다. 종친부 다리까지 와서 잔잔히 흐르는 개천 속을 들여다보다가, 종친부 대문 앞 잔디밭에 무릎을 세우고 앉았다. 석양을 재촉하는 햇발은, 아직도 뜨거웠다. 낮잠을 못 잔 그는 눈이 아물아물하여오고, 눈찌가 간지럽게 꼿꼿하고 아팠다. 점점 몽롱하여오는 머릿속에, 그는 또다시 생각을 계속하였다.

'……예술이니 무엇이니 하여도, 결국은 물질생활의 노예밖에는 안 된다. 소위 '고뇌'라는 것도 결국 밥이 부족하여서 나오는 것이 아닌가. 깊은 데 근저를 둔 내부에서 타는 인간고라는 것은 약에 쓰려도 없다…… 그들이 괴로워 괴로워 하며 개성의 자유로운 발현이 무리하게 억압되는 것을 한탄하며, 인생 문제니, 염세주의니 떠드는 것은, 밥이 부족하다는 애소에 분칠하는 것에 불과한 것이다. 주머니가 묵직하면 서재(書齋)에서 뛰어나오는 사이비(似而非)의 예술가가 아닌가…… D군의 그 침울하고 비통(悲痛)한 음영(陰影)도 주권(株券)만 폭등하면 하일(夏日)의 조로(朝露)다…… 홍 생사 문제다! 뒤주 밑이 긁히니까, 생사의 문제가 아닌 것은 아니지만 우리가 한 번이라도 이 생애의 사업을 위하여, 자기의 예술의 궁전을 위하여, 인생의 아름답고 순결한 정서를 발로하는 연애를 위하여, 심각하고 영원한 고뇌를 위하여, 생사의 문제다!라고 부르짖은 일이 있었나? ……모든 것이 연이다. 절뚝발이 아이의 연에서 넘치지 않는다……자기기만, 자기 우롱…… 이외에 무엇이 있었는가?'

졸음은 어느덧 스러졌으나 사지가 찌부드듯하여진다. 그는 벌떡 일어나서 다리를 다시 건너, 큰길로 나오며,

'그러나 취할 점은 하나 있다. 속되지 않다는 것! 속중(俗衆)과는 동화치 않는다는 것! 이것뿐이다…….'

그는 이같이 속으로 부르짖으며, 집으로 향하였다.

집에 들어온 그는 가만가만히 구두를 벗고 자기 방으로 바로 들어가서, 옷을 벗어던지고 드러누웠다. 눈을 감고 누워서 잠을 청하여보다가 다시 일어나서, 불규칙하게 쌓아놓은 책 더미에서, 유도무랑(有島武郎)⁹의 『출생의 고뇌』라는 단편집을 빼서 들고 다시 누웠다.

3

오륙 페이지쯤 한숨에 읽은 그의 눈에는, 까닭 없는 눈물이 글썽글썽하였다. 그는 일부러 씻어버리려고도 아니하고, 그대로 벽을 향하여 누운 채, 다시 첫 페이지부터 재독을 하였다. 그의 눈물은 아직도 마르지 않았다. 10페이지, 25페이지쯤 가서, 그는 손에 들었던 책을 편 채, 가만히 곁에 놓고, 눈물이 마른 눈을 꼭 감고 누웠다. 그의 일생에 처음 경험하는 눈물이었다. 인정미에 감

격한 눈물은 여행 중 찻간에서도 흘려본 적이 있었다. 의분(義憤)이나 열분(熱憤)에 못 이겨서, 몸을 떨며 운 일도 있었다. 그와 반대로 월하(月下)에 이별을 애석하여 눈물짓는 처녀의 손을 뿌리치고도, 냉연히 돌아설 만큼 누선(淚線)이 고갈(涸渴)한 때도 있었다. 그러나 이 눈물은 자기 자신도 알 수 없는 눈물이었다…… 그는 그대로 잠이 들었다.

상 받으라고 흔들려 깨인 때는, 방 안이 어둑어둑하였다. 선잠을 깨인 그는, 사지의 피로(疲勞)는 풀린 모양이나, 기력이 더한층 무거웠다. 눈을 뜨며 깜짝 놀라서 벌떡 일어나 앉은 그의 머릿속에는, '이같이 구구히 무슨 까닭에 사느냐?'는 몽롱한 의식이, 가장 민속(敏速)하게 전뢰(電雷)와 같이 반짝하다가, 쓰러졌다. 담배에 피로한 머릿속은, 납덩어리가 목에 걸린 듯이 무겁고 괴로웠다. 그는 일없이 가만히 앉았다가 불이 번쩍 켜지는 데에 정신을 소스라쳐 방 안을 휘돌아보았다. 책상에 놓인 사진은, 여전히 눈을 말똥말똥 뜨고, 그의 일거일동을 냉연히 마주 보고 앉았다. 그는 사진과 시선이 마주칠 때, 깜짝 놀랐다. '이 사람이 전 생애를, 전 운명을, 나에게 걸고 있구나!…… 이, 나에게! 나를 이 세상에서 하늘같이 쳐다보는 사람도 이 사람밖에는 없다…….' 사진을 마주 보며, 이런 생각을 할 때 그의 등에서는 식은땀이 흐르는 것 같았다. 동시에 수치와 모욕을 당한 것 같았다.

그는 안으로 끌려 들어가 저녁상을 받았다. 오늘은 무슨 생각이 났던지 얼마 동안 끊은 반주(飯酒)를 찾았다. 식사를 마치고 화끈화끈 다는 얼굴에 바람을 쏘이려고 길거리로 정처 없이 나왔다.

솔솔 뺨을 핥고 가는 가을 저녁 바람은 유쾌하였다. 사십자각(四十字角)을 돌쳐서서, 경복궁을 바라보고 느럭느럭 내려왔다. 종점에 와서 닿는 전차마다 토하여내는 기갈(飢渴)과 피로에 허덕이며 비슬비슬하는 허연 그림자가, 하나 둘씩 물러져감을 따라, 육조대로(六曹大路)의 긴 무덤에는 차차 밤이 들어가고 드문드문 높이 달린 전등불 빛은, 묘전(墓前)의 도깨비불같이 엷은 저녁 안개에 어룽어룽 번쩍거렸다. 그는 단장을 힘껏 휘저으며, 먼 하늘의 별을 쳐다보고 걷다가, 몸부림을 하며 울고 싶은 증이 나서, 캄캄한 길 한중턱에 우뚝 섰다…… 공상은 또 그의 머리를 점령하였다. 그는 속으로 부르짖었다.

'……아, 대지에 엎드러져, 이 눈에서 흘러 떨어지는, 쓰고 짠 눈물을, 이 붉은 입술로 쪽쪽 빨며, 대지와 포옹하고 뺨을 문지를까! ……머리 위에 길이 내린 야광주(夜光珠) 같은 뭇 별의 영원히 끊어지지 않는 금은의 굳센 실[糸]로 이 전신을 에워 메우고, '영원'의 앞에 무릎을 꿇고 '영원'이시여! 이 가련한 작은 생명에게 힘을 내리소서. 그렇지 않으면 이 작고 약하고 추한 그림자를, 영원히 비추이지 마소서. 하며 기도를 바치고 싶다' 하고 그는 혼자 생각하였다.

그의 눈에는 눈물이 그렁그렁 괴고, 그의 심장에는 간절하고 애통한 마음이 미어져서, 전 혈관을 압착하는 듯하였다…….

그는 확실치 못한 발밑을 조심하며, 무한히 뻗친 듯한 넓고 긴 광화문통 태평통(太平通)을, 뚜벅뚜벅 걸어 나갔다.

제야 除夜

1

최후의 순간은 가장 중대한 사명을 수행합니다. 그리고 절대적 종결을 고합니다. 그러면 그 뒤에 남는 것은 무엇일까요. 다만 공 (空)이올시다. 공으로부터 공에 흘러가는 거기에 영원한 안주(安住)가 있고 절대적 해탈이 있고 진순(眞純)이 있고 신성(神聖)이 있고 지선(至善)이 있지 않은가 합니다.

그러나 지금 이 편지는 무슨 필요로 쓰려는가. 자기도 의문이올시다. 최후의 결말과 무슨 연락이 있고 관계가 있기에 이 편지를 쓰려는 생각이 별안간에 났는지 모르겠습니다. 써야 좋을지 쓰지 않아야 좋을지 망설이면서도 역시 붓끝은 지면 위로 달아나갑니다. 혹은 그러한 데에 오히려 인간미가 있는 것이라고 할지도 모르겠으나 역시 우스운 무의미한 일이외다. 또는 이 편지로 말미암아 당신의 동정을 사려거나 혹은 나에게로 아직 당신의 심정을 이해하고 동정하여드릴 만한 양심의 편영(片影)[1]이 남아 있다는 것을 표시하려 함이라 할지도 모르나 그 역 무의미한 일일 뿐 아니라 나의 결코 원하는 바가 아니외다. 오늘날 와서 무엇이 의미 있습니까. 모든 것이 갈 데까지 가지 않았습니까. 이에서 더 연극을 계속하는 것은 웃음거리도 되려니와 너무 참혹한 일이 아니오니까. 제일에 나에게는 너무 심한 혹형(酷刑)이외다. 피차의 기억력이나 박멸(撲滅)시키기 전에는 아무 수단도 없지 않습니까. 남은 것은 오직 썩어 문드러져가는 기억의 잔해뿐이 아니오니까. 이해도 동정도 연민도 분노도 용서도…… 일체가 무의미하고 공허한 상투어를 '부득이하여' 피차에 반복함에 불과하지 않습니까. 그러나 우리는 될 수 있는 대로 이 '부득이하여'라는 조건을 철회(撤回)하십시다. 우리는 오직 되어가는 대로 순종하십시다. 적어도 나는 운명이 내리는 채찍의 낱낱을 하나도 거절하지 않고 방어하지 않고 받을 각오입니다. 24일에 주신 의외의 글월을 뵈옵고 더욱이 이 생각을 굳게 결심하게 되었습니다. 그 편지를 받은 후 삼사 주야를 생각하였습니다. 그리고 이 답장을 쓰려고 몇 번이나 붓을 들었던지 모르겠습니다. 그러나 드디어 쓰게 되었습니다. 무엇을 어떻게 써야 좋을지는 모릅니다마는 내일 밤 안으로 끝을 내야 하겠다는 생각만은 머릿속에 명료합니다. 칼 마르크스는 『자본론』을 집필하다가 서안(書案)에 엎드려 영면(永眠)하였다 하오나, 나는 나의 일생의 최초요 최후인 이 편지를 쓰다가 새벽녘 동이 트기 전에 이 종이에 뺨을 대고 그대로 절명하였으면 얼마나 행복일지 모르겠습니다. 하지만 나에게 그러한 행복이 차례에 오겠습니까.

그러나 미리 부탁하여두옵는 바는 이 편지를 보신 후에 그 자리에서 반드시 태워줍시사 함이외다. 늦어도 내일 해를 넘기지 말아주셔야 하겠습니다.

25년간의 나의 생애는, 운명이 오늘날 나에게 이 편지를 씌우기 위하여, 공간(空間)이라는 왜비눗물에 붓두껍을 박아 물고 앉아서, 시간이라는 거품을 불고 있던 짧으나 지리한 세월이었습니다. 실없는 운명은 장난꾸러기 아이가 비눗물 방울을 날리듯이 댓개피 물부리를 비눗물에다 박아 물고, 1초에 한 방울 두 방울, 1분에 열 방울 백 방울, 내지 천 방울 만 방울 후후 불고 앉았습니다. 그리하여 공허한 비눗물 방울이 쌔우고 쌔워 점점 산더미같이 불어 올라갈수록, 심사 사나운 장난꾼의 운명아(運命兒)는 혹은 나의 홍도화(紅桃花) 빛 같은 염염(艶艶)한² 안색을 혹은 납촉(蠟燭)같이 해쓱하여진 얼굴을, 만족한 미소를 띠며 쳐다보고 앉았었습니다. 지금도 우후후 하며 웃는 소리가 들립니다. 실로 이것이 나의 반생이었습니다. 그러나 나에게는 드디어 이 편지를 쓸 시간이 당도하여 왔습니다. 만일 이 편지를 다 쓰고 붓대를 던지고 나면 그다음 순간에는 목이 메어 터져 나오는 웃음에 못 이기어 열리는 입술로부터 그 붓두껍을 떼어버리겠지요. 그리고 그 거품의 퇴적(堆積)은 웃음소리에 파동(波動)되는 공기의 압력으로 흔적도 없이 영원히 스러져버리겠지요. 그러나 이것이 대체 무슨 까닭으로 하는 장난인가요. 사람에게는 이 무의미하고 참혹한 이 우롱을 가만히 앉아서 받아야만 할 의무가 있는 것입니까?

대저 생이란 무엇입니까. 공연히 철인의 서투른 입내를 내느라고 하는 말씀이 아니라, 과연 생이란 무엇입니까. 운명?──그것도 의심나는 부정확한 관념에 불과한 숙어(熟語)이지만──의 장난을 만족시키려는 비눗물의 거품입니까. 그러면 사(死)란 무엇입니까. 거품의 순간적 소멸을 이름입니까. 감정이란 무엇입니까. 연애란 무엇입니까. 생식이란 무엇입니까. 신이란 무엇입니까. 도덕이란 무엇입니까. 정조란 무엇입니까. 결혼이란 무엇입니까. 양심이란 무엇입니까. 정사(正邪)란? 선악이란? 죄란? 속죄란?…… 그리고 사회란, 가정이란, 혈통이란, 연분(緣分)이란 무엇입니까?

오늘날 와서는 모든 것이 명료한 것 같기도 하고, 역시 오리무중에 싸인 것 같기도 합니다. 모든 것이 무시할 수 있는 공허한 관념이나 공상가의 섬어(譫語)[3] 같기도 하고, 없으면 안 될 생활의 요건 같기도 합니다. 가만히 누워서 오늘까지 경험한 것, 눈으로 본 사실, 귀로 들은 소문들을 낱낱이 연구하여보고 음미하여보고 비교하여보면, 결국에 선도 없고 악도 없고 정(正)도 정이 아닌 것 같고 사(邪)도 사가 아닌 것 같을 뿐 아니라, 모든 것을 선(善)이라 하고 정이라 하여 긍정하려고 할 때도 있었습니다. 그러나 또 한편으로는,

'모든 것이 어린아이가 만들어놓은 완구에 불과하다. 거기에 무슨 권위가 있고 의미가 있느냐. 주관은 절대다. 자기의 주관만

이 유일의 표준이 아니냐. 자기의 주관이 용허(容許)하기만 하면 고만이다. 사회가 무엇이라 하든지, 도덕이 무엇이라고 항의를 제출하든지, 신이 멸망하리라고 경고를 하든지, 귀를 기울일 필요가 어디 있느냐. 세간의 속중 잡배(俗衆雜輩)가 일의 대소를 막론하고 정의니 무엇이니 하며 혼자 잘난체하는 것은 결국 자기의 죄과를 은폐하기 위하여, 소위 신이니 공동 목적이니 사회니 국가니 하는 등 피난처에 숨어서, 기다란 댓개피에 매어단 깃발을 담 바깥에 내어밀고 휘두르는 것 같은 것이다. 이러한 의미로 그들은 누구보다도 먼저 위선자이다.'

이와 같이 생각할 제, 나는 일체를 부정하고 유린하고 타기(唾棄)하려는 증오의 염(念)과 반항의 열에 떠어서, 혼자 몸부림을 하며, 금시로 종로 바닥에 나가서 대연설이라도 하여 그들의 가면을 박박 긁어버리고,

'너와 나의 거리가 얼마나 되는가, 자세히 재어보자'고 부르짖고 싶었습니다.

더욱이 아버님께서 이상한 눈으로 흘겨보실 제,

'당신은?……' 하며, 한마디 하고 싶은 것을 이를 악물고 참은 때도 많았습니다.

'그러나 천만인이 다 위선자라 하더라도 위선은 위선이고 말 것이다. 공도(公道)가 아닌 이상 죄악이다. 천만인의 위선이나 죄악을 폭로하고, 오십보백보라고 얼마나 조소한들 자기의 더러운 죄악에는 일언(一言)의 변호도 될 리가 없지 않은가. 어떠한 새 도덕 아래서라도, 너는 도저히 용납될 수 없으리라'고 생각할 제

는 절망에 울며 신의 구원을 애원하였습니다. 그리고 자기증오가 극하여 몸뚱어리까지 추악의 상징으로 보였습니다. 사지를 발기고 살을 점점이 저며도 시원치 않다고도 생각하였습니다. 자기 몸에서 무슨 추악한 냄새가 나는 것 같은 때에는 면경을 바로 볼 수도 없었습니다. 면경에 자기 얼굴을 비추어놓고 가만히 들여다보다가 자기의 인격을, 자기 자신이 경멸하고 냉매(冷罵)⁴하지 않으면, 자기의 용모도 볼 수 없는 고통과 분노에 못 이기어, 면경을 방바닥에다 내던진 때도 많았습니다. 그리하다가도,

'대체 돌을 던질 자가 그 누구냐? 무엇이 죄냐, 타락? 그것은 자유연애를 갈망하는 어린 처녀에게만 씌우는 교수대 상의 사형수의 복면건(覆面巾)을 이름이냐?

그러나 소위 세도인심을 개탄한다는 그들은 어떠하냐?──축첩은 이혼 방지라는 명목하에, 예기(藝妓)는 실업가의 사교(社交) 지사(志士)의 위안 삼문문사(三文文士)의 인간학 연구 예술가의 탐미라는 미명하에, 비도(非道)는 정도(正道)가 되고 타락은 사회 정책이요 사업의 수단이요 학문의 호재료(好材料)가 되지 않는가. 그러나 가장 두려운 것은 인간성의 근본적 타락인 것을 궐자들이 알 까닭이 있느냐. 적어도 나는 인간성의 제일 아름다운 부분만은 팔아먹지 않았다는 자신이 있다.'

이와 같이 모든 것을 일언이축(一言而蹴)하고 나설 때에는, 나에게도 아직 광명이 있고 희망이 있고 어떠한 권위도 손가락 하나 자기 몸에 건드리지 못하리라고, 유유히 버티고 나설 만치 뻔뻔하였습니다. 만일 당신이 이러한 말씀을 들으셨다면 그런 편지

를 주시기는 고사하고,

'그래도 아직 눈을 못 떴느냐. 오! 대담한 독부(毒婦)야. 눈보라 치는 시베리아 벌판에 거꾸러져서 까치밥이나 될 요 독부야! 천당의 문은 너를 위하여 영원히 닫혔으리라.'고 저주하셨겠지요. 그러나 무엇이라 하시든지 불복(不服)은 없습니다. 듣지 않으면 안 될 의무가 있습니다.

그러나 그러한 자가 변호(自家辯護)로 일시적 위안이라도 얻으려고 한 것은 사실이었습니다. 무엇보다도 그날 그 선언——간단하고 평범하나 마치 단두대에 올라선 자에게 인도를 주는 교회사(敎誨師)의 입에서 나오는 것같이, 1개월 동안이나 꼭 다무셨던 푸른 입술이 경련적으로 떨리면서 흘러나오던 그 선언을 받은 뒤로, 벌써 4개월이나 되는 오늘날까지, 두 생명이, 아직도 움지락거리고 있는 것을 보시면 아실 것이외다.

아! 4개월 동안! 한 생명은 내면적으로 응축(凝縮)하여가고 한 생명은 외부로 향하여 불가항거(不可抗拒)의 세력으로 신장(伸張)하고 확대하여 나오던 시간이었습니다. 위대한 것은 생명의 힘이외다. 모진 것은 목숨이라 하지 않습니까. 유한한 축소와 무한한 확대 사이에 개재(介在)하여, 갖은 고민 갖은 악형을 다 받으면서도 근 반년을 살아왔습니다. 그래도 세 끼 밥은 제때에 찾아 먹었습니다. 밤이 되면 잘 줄도 알았습니다. 그러나 인생이란 이렇게도 컴컴하고 구중중한 것입니까. 속담에 전생에 죄가 많아 금생 팔자(今生八字)가 기박하다더니, 전생의 죗값을 하느라고 이렇듯 단련을 받는지, 금생의 죄땜을 하느라고 그런지는 모르겠습니다.

해는 떨어졌습니다. 달은 뜨기 아직 멀고, 뭇 별은 아름다우나 너무도 멀고 너무도 작습니다. 들[野]에 내놓았던 비둘기는 찬 서리에 떱니다. 그리고 목을 매어놓은 공작은 발을 구르며 통곡합니다.

아— 인생의 전 국면을 축소하여다가 일시에 맛보게 한 4개월 동안! 내가 왜 아니 미쳤던가 의심납니다. 어째 의식이 남아 있는가. 감각이 남아 있는가. 양심이 남아 있는가. 어찌하여 하느님은 아직껏 살려두시나? 은총인가? 형벌인가?…….

그러나 나는 결코 죽으려고는 아니하였습니다. 자살은 죄악이라는 어리석은 미신의 도(徒)이기 때문이거나, 생에 대한 집착력을 이기지 못하여 그러한 것도 아니었습니다. 또는 집안의 감시가 무서워서 그런 것도 아니었습니다. 자기가 훌륭한 산 시체인 것도 물론 자각하고 있었습니다. 그러나 나는 나를 악물고 어디까지든지 살아야만 하겠다고 결심하였습니다.

'사(死)는 아무것도 대상(代償)치 않는다. 사는 사람 사람의 기억력을 흐리우고 멀게 할지 모르나 그것은 너무 비겁한 짓이다.'

이와 같이 생각하는 일편에 나에게는 큰 사명이 있다고 자임하였습니다. 에—에 큰 사명이올시다. 자기 자신에 대한 복수, 한 남자에게 대한 복수적 성공, 그리고 이 사회에 향한 반항, 도전, 복수…… 이것이올시다. 그러나 자살은 비겁하다, 자기의 부채는 자기가 변상하여야 한다고 할 때에, 나는 회개하고 속죄의 이(理)를 깨달은 정화한 용사였지만, 일체에 대하여 복수를 기획할 때에, 나는 악마였고 야수와 같이 분노에 떨면서 이를 북북 갈았습니다. 그뿐만 아니외다. 현재의 경우는 나의 과거의 죄를 대속하고도 충분하다고 생각하였습니다. 심장을 바늘 끝으로 속속들이 찌르는 것 같은 가책과 고민만 하여도 신은 사죄하시리라, 적어도 자기의 양심만은 용허하여줄 수 있다고 스스로 변명하여왔습니다. 하여간 이같이 하여 괴로운 목숨은 오늘까지 붙어왔습니다. 누구를 위하여 무엇을 위하여 이처럼 구구히 살려는지 과연 복수를 위함인지 부단의 신장을 계속하는 한 생명의 새로운 맹아를 위하여서인지는 자기도 몰랐습니다마는.

그러나 크리스마스이브에 보내신 그 의외의 글월은 나에게 스스로 자기를 재단할 만한 예지와 총명과 결심을 주었습니다. 조그만 하얀 손이 쥐여주고 간 그 복음! 그것은 천녀가 전하는 최후의 심판의 판결문이었습니다. 지상에서 꼭 한 번 들은 인자(人子)의 입으로써 나온 신의 복음이었나이다. 아! 동시에 정(淨)케 씻긴 십자가였나이다.

2

우리 둘을 에워싸고 도는 암영(暗影)은, 너무도 음산하고 참혹하외다. 심사(心事) 사나운 운명의 장난이라 하여도 너무 잔학 악독하고 신의 섭리라 하여도 너무 비참한 혹형이라 않을 수 없습니다. 온순하고 순결하신 당신에게 그 같은 시련을 하고, 우리가 만나지 않으면 안 되게 한 것이, 벌써 일종의 아이러니컬한 숙명이라고 아니 할 수 없습니다. 혹은 이것을 다만 우연한 사상(事相)에 불과하다 할지 모르나, 우연으로서는 너무 기교의 정치(精緻)를 극(極)한 우연이었나이다.

우선 우리의 결혼 생활에는 그 제1보로서부터 철저한 결함이 있었음은 다툴 수 없는 사실이었나이다. 매파의 입과 피차의 사진과 당신의 회사의 지배인이라는 X씨의 조언 이외에는, 아무 동기도 수단도 조건도 없는 인습적 혼인이라는 철저한 죄악이 선조의 유물로서 우리도 또 한 번 반복지 않으면 안 되었던 것이 제1의 결함이었나이다. 물론 이 결함은 오늘날에 당한 무참한 파탄에 대하여 직접 원인이 되지는 않았으나, 결함으로서는 근본적이요 따라서 이 결함에 대하여 투철한 자각으로서 고려하고 회피하였을진대, 처음부터 나와 결혼 문제도 없었을 것이외다. 이러한 의미로 이에 대한 책임은 거의 그 전부가 당신께 있다 하겠습니다.

제1에 당신은 그러한 쓴 경험을 맛본 결혼 생활의 실패자로서 그 실패의 요인에 대하여 반성이 없었고, 제2에 그 창이(瘡痍)⁵를 낫게 하고 얼마간의 가정적 행복을 얻고자 할 제, 역시 같은 수단과 형식을 취하셨음이, 기피할 수 없는 당신의 책임이었나이다. 물론 세사(世事)에 아직 어둡고, 보통 조선 청년과 같이 인습도덕에 대하여 아무 반항적 사상이 없는 외에, 선량하고 순직한, 그리고 세속적이요 타산적이며 소극적인 그때의 당신으로서는 과거의 파탄에 대하여 경이의 눈을 뜨고 비탄의 눈물을 머금은 외에는, 아무 반성이나 비판이 없었을 것은 사실이겠지요. 그러나 별로 자세한 말씀은 듣지 못하였거니와, 전부인은 세간에 보통 있는 바와 같이 소위 민며느리로 들어와서 같이 자라나셨다 하지 않습니까. 그 후 양친이 구몰(俱沒)하시고 가정이라고 의지할 데가 없게 되었으므로 동경 유학이 끝나기까지 일시 별거하셨다가 성례(成禮)하시니까, 그때는 벌써 당신의 품에 안식을 구하려는, 아리따운 비둘기가 아니라, 귀족의 난봉자식에게 저주받은 공작새가 되었더라고 하지 않습니까. 만일 이것이 사실이라 하면 어찌하여 그 결함에 대하여 일호(一毫)의 반성이 없이 전연히 무관심의 태도로 지내실 수가 있었더냐 하는 것이 암만하여도 의문이외다. 더구나 총애를 아끼지 않으셨다 하지 않습니까.

근 10년 동안을 한 부모 슬하에서 남매와 같이 자라났으면 거기에 반드시 동기와 같은 우애도 있었을 것이요, 서로 지각이 나서 부부란 무엇인 것을 차차 알게 되면 피차의 욕구와 희망이 생길 것이요, 따라서 그 욕구나 희망에 비추어서 서로 상대자를 음미하고 이해하게 되었을 것이외다. 그리하여 당신은 열애를 허락하실 수가 있었지 않았습니까. 그러하면서도 그는 당신을 배반하지 않았습니까. 당신과 잠시 별거하였던 동안에 이미 정조를 깨뜨리고 당신에게 반역하였을 뿐 아니라 의리에 못 이겨서 일시 결혼의 선약은 시행하였으나 결국 정부를 위하여 당신을 속이고 드디어 버리지 않았습니까.

그러면 그 주요 원인은 무엇에 있습니까. 물론 여러 가지가 있었겠지요. 창부적(娼婦的) 성격이 있었더라고도 추측할 수 있고 귀족의 위풍(威風)이라든지 남자의 풍채라는 점 또는 당시에는 생계가 지금보다 여의치 못하였다 하오니까 그러한 물질 문제도 물론 가미하였으리라고 할 수도 있겠지요. 그러나 무엇보다도 가장 유력한 것은 애(愛)라 하겠습니다. 만일에 당신에게 대한 애가 그 귀족의 자식에게 대함보다 강하였던들, (그 후 얼마 아니 되어 곧 이별하였다 하는 소문이 있다 하오니 그 실은 귀족에게 대하여도 애가 없었음은 사실이었겠사오니까 그 애와 비교할 것은 아니겠지요마는) 그와 같이 용이(容易)히 배반하지는 못하였을 터이지요. 하고 보면 두말할 것 없이 정신적 즉 내면적으로 하등의 이해가 없었다는 것이 개성의 공명 협치점(協致點)과 영혼의 결합선을 얻지 못하게 하고 따라서 진정한 애가 존재치 못한 결과 애의 결핍이 파탄을 선고하였다 함은 자명의 이(理)가 아니오니까. 그러하면 제1차의 결혼 생활의 파산은 차라리 당연한 일이라 할 수 있고 비록 지속하였다 할지라도 그것은 어느 때든지 파괴하거나 분리할 가능성을 가진 위험하고 취약한 결합에 불과하였겠지요.

이와 같이 그 파탄의 진인(眞因)에 관하여 반성과 비판이 없으셨던 결과는 동일한 수단으로써 나와 제2의 파탄을 얻기 위하여 다시 새로운 결혼 생활을 하셨습니다. 취하시는 바 수단에 따라서는 가장 용이히 그리고 원만(圓滿)히 해결하여 일생의 행복을 누리실 것을 소위 인습적 구도덕이라는 질곡(桎梏)이 오적어(烏賊魚)[6]의 발과 같이 뇌리에 점착하였기 때문에 충분히 회피할 수 있는 파탄을 또 반복하시게 되었습니다.

당신의 금일의 처지는 자유 결혼 자유연애를 실행함에 충분한 조건이 구비하여 있다는 점으로 사실 현금(現今)의 조선 청년 중

누구보다도 행복하십니다. 그리고 이 자유연애에 의한 자유 결혼이란 것이 다만 이론상으로 합리적이요 유리하다는 것이 아니라, 당신의 당시의 정신적 타격을 회복하려면 그리고 재혼을 요구하는 이상, 연애를 기초로 한 충분한 자격이 있는 배우자를 구하시는 외에, 아무 수단도 없었을 것이외다. 그러나 당신에게는 그만한 용기가 없으셨습니다.

더구나 초취(初娶) 부인은, 소위 귀족의 부스러기라는 간판을 가지고 위협을 하는 것이 귀찮아서, 내어주었다는 등, 지금 세상에는 들어보지 못할 소문이 있는 모양이오니, 만일 이것이 사실일진대, 일의 시비는 고사하고라도, 귀군이 얼마나 대항력에 결핍하시고, 노예 도덕에 대하여 아무 반성이 없으셨음을 알 수 있지 않은가 하나이다. 하므로 당신이, 이론상으로는, 자유 결혼에 동의하실 수 있더라도, 도저히 적극적 태도를 취하실 만한 기력이 없었으리라고 추측할 수가 있습니다.

실로 여기에, 당신의 성격상 약점이 있고, 따라서 가련한 비극이, 고독하고 약한 당신의 눈물을 마를 새 없게 함이 아닌가 합니다. 오직 인묵(忍默)의 미덕으로, 모반(謀反)하는 자를 힐책하거나 만류하지도 아니하여, 그의 자유의사를 존중함으로써, 그의 사랑하고자 하는 사람을, 자유로 선택하게 함이, 진정으로 그를 사랑하는 소이(所以)요, 현명한 수단이겠지요마는, 그보다도 더 긴중(緊重)한 것은, 자기 자신이 강하게 되는 것이라 하겠습니다. 자기가 우선 강자가 되지 않고서는, 그러한 숭고한 도덕적 동기도, 불의에 정반대의 결과를 현출하게 되겠지요. 이러한 실례의 말씀을 하여 죄송합니다만, 이것이 나의 마지막 말이오니, 용서하시고 들어주시겠지요.

그러나 이에 대하여, 혹은 이러한 판단을 하는 사람도 있겠습니다.

'결국은 너의 잘못이다. 너 같은 악독한 위선자의 패덕(悖德) 행위가, 금일의 파탄을 유치한 것이 아니냐'고. 물론 오늘날 앉아서 그 결과로만 보면, 직접으로 치명상을 준 것은 입에 담기에도 무서운 그 사실이겠습니다. 그러하나 당시에 그처럼 절박한 나로 하여금, 그러한 위선적 수단을 부득이 취하게 한 요인은, 역시 당신이 취하신 바 인습적 결혼 제도와, 부친의 소위 가장권의 남용과, 폭군적 위압이 아니었습니까. 할 뿐만 아니라, 설사 그 사실이 없었다 할지라도, 우리의 결혼 생활은 순조를 보장할 수 있었을까요. 나는 이에 명답(明答)을 피합니다.

하여간 그리하여 당신은, 매파의 감언(甘言)과 나의 다소 미려하다는 외모와 세간에 전하는 바 약간의 명성과 소허(少許)⁷의 지식에 대하여 거의 심취하셨던 모양이었나이다. 그러나 결국은 무엇을 얻으셨습니까. 금시로 뱉어버리지 않으면 안 될 구더기 끓는 고깃덩어리가 아니었습니까. 물론 당신은 자기가, 재취(再娶)하신다는 점으로 보아 여러 가지 타산이 있었겠지요. 당신의 요구에 제일 적합한 것은, 내가 첩의 자식이란 것이었겠지요. 첩의 자식이든 사생아이든, 그러한 것은 당시의 나에게 대하여, 별로 개의하는 바는 아니었지요마는, 구습(舊習)의 관념이 머리에 깊이 파고 박힌 당신에게는, 그것이 무엇보다도 나의 약점이라고 생각하시는 동시에, 그러한 나에게 허혼(許婚)하시는 것은, 당신의 다대(多大)한 양보요 관대한 처분이라고도 생각하셨겠지요. 그 외에, 여자의 21세는 회갑(回甲)이라는 속담도 있는데, 벌써 25세, 자기와 동갑이라는 것, 유학생계에서나 경성 사회의 외문(外聞)이 일편으로는 사행(私行)에 대하여 사실의 유무를 불문하고 그리 좋지는 않았다는 것, 또 금일의 조선에서는 25세나 된 여자로, 상당한 청년과 결혼하기 극난(極難)하다는 등 사실이, 당신에게는 도리어 유리한 조건이었겠지요. 이것은 당신이, 무슨 악의로 그리하심은 아니나, 과거의 경험에 비추어 타산하여보신 결과, 당신과 같은 성격자로서, 여성 앞에 군림하려면, 자기의 역량보다도 그 여자의 약점을 파악하고 있음이 도리어 유리하다는 것을, 당신은 잘 이해하시기 때문이었나이다.

그리하여 당신은 연애하는 남자와 같이, 매우 상열(上熱)도 되시고, 갈망도 하시고 여러 가지로 암중(暗中) 비약(飛躍)도 하신 모양이었나이다. 더구나 내가 처음부터 강경히 반대한다는 소문을 들으시고는, 큰 모욕이나 당하신 것같이 생각하셨을 뿐 아니라, 거의 실연한 사람같이 매우 초조히 지내신 모양임은, 그 제출하신 조건을 보아도 알 것이외다. 그중 제일 나에게 유리한 것은, 결혼하면 즉시 동경으로 보내어, 여자대학에서 더 연구하게 하신다는 것이었습니다. 그러나 용이히 성립되지 않는 데에 조급증이 생기신 당신은, 당신의 회사의 지배인 X씨가 팔을 걷고 나서게 하시지 않았습니까, 집의 아버님께서 이 X씨의 말이라면, 괄시를 못하실 줄 아셔서 그리하셨던지, 하여간 X씨를 끌어내신 것은,

일대(一大) 성공이었나이다. 처음에는 당신에게 재산이 없다고 불응하시던 아버님이, 태도를 홀변(忽變)하여 거의 위압적으로, 나의 승낙(?)을 받는 둥 만 둥하고 일을 독단적으로 진행하신 것은, 전부인의 부친의 친구요, 민며느리로 소개하였다는 X씨가 서두르는 바람이었습니다. 그러나 모든 일이 최후의 결착점(結着點)으로 향하여, 부랴부랴 재촉함을 누가 알았겠습니까. 미어지는 듯한 가슴을 부둥켜안고 안절부절못하며 고민하는 것은 나뿐이었습니다. 생각하면 이 X씨야말로, 당신의 일생애를 통하여, 쫓아다니면서 지배하겠다는, 운명의 화신인지도 모르겠습니다. 하여간 이와 같이 하여 제2의 파멸은 당신의 약한 가슴을 물고 늘어졌습니다.

그러하나 이 파탄에 대한 전책임을, 결코 당신에게만 돌리려고 하는 것은 물론 아닙니다. 근본적 착오와 결함에 대하여는, 다소의 책임이 없지 않다 하더라도, 직접 도화선에 점화하였다는 점에 대하여는 전 책임을 일호라도 피하려고는 아니합니다. 오늘날 당하여는 도덕적 비판이 내리는 어떠한 논죄(論罪)나 선고에 대하여서라도 일언반사(一言半辭)의 반항 반박을 하든지 변명치 않고 감수할 각오입니다.

당신은── 당신뿐만 아니라 누구든지 이러한 경우에 책망하는 첫말은,

"소위 지식 계급에 처하였다는 신여자(新女子)로서……." 운운하거나, "10여 년의 신앙생활을 하고 당장에 교편을 들었던 몸으로……."

라 하는 것이 보통이겠지요. 그리고,

　"만일 너에게, 양심이라는 것이 눈곱만큼이라도 남아 있었을 지경이면 사(死)로써라도 당연히 항거하였을 것이다. 인습적 결혼에 대하여 굴복하였다는 의미하에, 너는 신여자의 가치를 잃었고, 결혼을 이용하고 상대자와 및 그 주위를, 사기(詐欺)하였다는 의미하에, 너는 인도(人道)의 적이니, 천주(天誅)를 받음에 합당하다" 하는 것이, 논죄(論罪)의 중심점이겠지요. 과연 지당합니다.

　그러나 여기에는 이론으로만은, 어쩔 수 없는 사정이 있었습니다. 그보다도 그 근원을 캐어볼 지경이면 아무리 굳센 양심의 힘으로도 존재할 수 없는 이상한 힘이, 간단없이 움직이고 있었던 것을 간과할 수 없습니다.

　『카라마조프 형제』속에 있는, 소위 '카라마조프 가(家)의 혼(魂)'이라는 것과 같은 혼이, 우리 최씨 집에도 대대로 유전하여 내려온다는 것이 이것입니다.

　오늘날 와서도 대담하고 무례하게 부모의 결점을 탄로하여 불초의 죄를 거듭하려는 것은 아니지만, 나의 생명이, 그 발아(發芽)의 초일보를 불륜의 결합에서 출발하였고, 그 생명의 유아(幼芽)를 발육하여준 영양소가, 육(肉)의 향(香)과 환락의 녹주(綠酒)였다는 것이 의심할 여지 없는 사실이었습니다.

　입에 담기에도 부끄러운 일이지만, 저희 조부님은 말할 것도 없고, 가친(家親)의 절륜(絶倫)한 정력(精力)은 조부의 친자임을 가장 정확히 증명합니다. 60이 가까워오시는 지금도, 소실이 둘이나 됩니다. 그중에는 자기의 손녀라 하여도 망발이 안 될 어린 여학생 퇴물까지 있다 합니다. 그러나 우리 어머님이란 이도, 결코 정숙한 부인은 아니었습니다. 이러한 말은 자식 되는 나로서는, 입 밖에 내지 못할 뼈가 저린 수치요, 한편으로는 죄악이올시다마는, 당신에게만은 하나도 빼지 않고 아뢸 의무가 있는 것 같아서 하는 말씀이오니 용서하시고 보아주신 후 생존하신 부모님을 위하여, 물론 비밀히 하여주실 줄로 믿습니다.

하여간 나는 그의 딸이란 사실을 잊으시면 아니 되겠습니다. 과연 나는, 육의 반석 위에 선 부친과, 파륜적(破倫的) 더구나 성적 밀행(密行)에 대하여 괴이한 흥미와 습성을 가진 모친 사이에서 빚어 만든, 불의의 상징입니다. 육의 저주받은 인과(因果)의 자(子)입니다. 아아 나는 사생아입니다. 마지막 죄를 또 한 번 지을 작정을 하고 한마디 외칩니다. 나는 간부 간부(姦夫姦婦)가 만들어놓은 참혹한 고깃덩어리라고. 과연 나는, 오늘날까지 이를 갈며 이 누명을 벗으려 하였습니다. 그러나 이것이 무슨 꼴입니까. 누명을 벗으려면 벗으려 할수록, 나의 길은 컴컴하고 구중중할 뿐이었습니다. 지긋지긋한 최가의 피! 아! 젊은 계집년의 얇은 가죽 한 겹 밑에서 뛰노는 최씨 가의 혼은 쉬일 새 없이 소곤거립니다. 아마 최씨 집의 특장(特長)이요 동시에 결점인 모든 것을, 내가 대표적으로 일신에 품고 나왔는지도 모르겠습니다.

그러나 그것만은 아닙니다. 어려서부터 눈에 익은 농후한 색채는 나의 감정을 체질 이상으로 조숙케 하였습니다. 다시 말씀하오면, 가정의 공기가 곧 나의 분위기였다는 것을 간과하면 아니 될 요건입니다. 육칠 세나 손아래인 십오륙 세 된 남편을 버리고 나온, 젊은 여자를 중심으로 한 가정이 과연 어떠하였을까 상상하여보시면, 대개는 짐작하시겠지요. 우리 집은 소위 아주머님 일단(一團)의 소일터였고, 젊은 아저씨의 밤 출입처였습니다. 그뿐 아니외다. 우리 집에는 일종의 묵계가 있었습니다. 질투와 충돌과 제주(制肘)⁸ 없이, 다시 말하면 피차의 행복과 감정을 희생하거나, 피차의 행동을 감시하지 않고, 각자의 일종 병적 환락을 무조건으로 보장한다는 것이었습니다. 하므로 이러한 사회에 대하여, 정조라는 것은, 일속삼문(一束三文)⁹의 가치도 없는 의미를 모를 것이었습니다. 그것은 결국 정력이 부족한 도학생원의 금과옥조(金科玉條)거나, 애정이 아직 지속하는 일방이, 타 일방의 냉담을 인력으로 조절하려는, 병자의 어리석은 질투라는 생각이 부지중 일개 관념이 되었습니다.

그 덕택으로 나의 행동은 어려서부터 일호의 감독과 지도 없이 완전한 자유(?)를 가졌었습니다. 만일 내가 기어이 학교에 가지 않았다면 나의 운명은 오직 하나에 고정되었겠지요. 자기의 청춘 시대를 화려한 화류계에서 보내보았더면 하는 기괴한 후회를 가진 모친이 자기의 노후의 생계에 대한 불안을 덜기 위하여서라도 나의 운명을 절대로 지배하려고 하지 아니하였을 리가 없지 않습니까. 실상 부친이 아직껏 우리 모녀들의 뒤를 보아주시지 않았다면, 늦어도 내가 여학교를 졸업하던 해에 벌써 나의 운명은 일변하였겠지요. 그러나 근래에 와서, 부친께서 다소 간섭을 하시게 된 것은, 별 이유가 있어서 그런 것은 아니외다. 다만 약간의 금전을 제공하였고, 또 지금 와서는 자기 딸이라고 내세우더라도 그리 남부끄럽지 않을 뿐만 아니라 벌써 노경(老境)에 드신 고로 정신을 좀 차리시게 된 까닭이외다. 그래서 이번 혼인에도 열심하신 터이지만, 이 최후의 간섭과 감독이 유소년 시대의 방임으로 인하여 유치한 불행보다도, 더한층 심한 불행에 빠지게 한 것은 사실이었습니다.

과연 인생의 비참한 일은, 필요치 않은 때에 한하여만 기지(奇智)가 용출(湧出)한다는 말과 같이, 필요불가결할 때에는 등한하다가, 불필요할 뿐만 아니라, 오히려 불행과 해독(害毒)의 원인이 되는 때에 한하여, 극단의 간섭과 감독과 지도와 노예적 복종을, 불문곡직(不問曲直)하고 강요하기 때문에 인생의 비극이 도처에 연출합니다. 과거 현재를 통하여, 필요한 부모의 간섭과 지도가 없었음으로 인하여, 불행에 우는 청년 남녀가, 얼마나 많은지 아십니까. 그와 반대로 불필요한 감독과 간섭으로 인하여, 그 자녀로 하여금 도리어 비경(悲境)에 민사(悶死)[10]케 하는 부모가, 얼마나 많은지 아십니까. 그러나 세간의 부모는, 아직도 깨닫지 못합니다. 당장에 우리 부모를 보셔도 아실 것이외다. 과연 나는 이와 같이 불행을 겸(兼)쳐 받은 무가치한 희생입니다마는, 양친은 이에 대하여 조금도 반성이 없으십니다.

하여간 이같이 하여, 자기를 통어(統御)할 만한 능력 이상의 자유는, 사위(四圍)의 농후한 공기와 감정의 조숙 등 여러 가지 사정과 함께, 나를 어떠한 일점에 향하여 구축하였습니다. 내가 ××여학교를 졸업한 것은, 18세 때였습니다마는, 그때에 나는 벌써 천진한 처녀는 아니었습니다. 최가 집 혼을 한줄기 입에 물고, 경이와 호기와 환희와 희망과 기대를, 팔팔 뛰노는 어린 가슴에, 한아름 흠뻑 끼어안고 나와서, 모든 것을 보고 모든 것을 알고 모든 것을 얻으려는 욕구에 타는 처녀——어머니 젖꼭지에서, 막 떨어진, 건드리면 터질 듯한 아씨를, 서울 장녀이며 동격 유학생계에서, 무심히 내버려두었으리 하고 생각하시면, 그것은 생각하는 분이 틀리겠지요.

사실 나는 도처에, 여왕인 자기를 발견하였습니다. 자기의 이사(頤使)[1]에 복종치 않는 남자가 없다는 만심(慢心)이, 어느덧 굳게 못 박혔습니다. 나의 분방한 정열은 저지할 줄을 몰랐습니다. 그러나 한 연애만을 고수하고 지속할 수는 없었습니다. 홍순(紅脣)으로부터 홍순에! 차라리 나는 그것을 원하였습니다. 그러나 작년부터는, 그것도 염증이 나기 시작하였습니다. 육법전서(六法全書)의 조문같이 정하여놓은 문자를 나열하여, 사랑이니 연애니 하는 것이, 이제는 구역질이 난다고 생각하였었습니다. 피와 같은 애(愛)! 피, 불, 사(死)…… 이러한 컴컴하고 쓰고 굳센 애를 공상으로 그려보았거니와, 여자의 마음대로 어떻게라도 할 수 있는 유약하고 비열한 남자의 헐(歇)한 애를 농락하는 것보다, 강한 자존심과 불같은 정열과 사(死)와 같고 피와 같은 인간고를 가지고——연애에도 명리(名利)에도, 전연히 무관심한 남자를 붙들어 가지고, 이번에는 이편에서 죽으리만치 사랑하여보고 싶다고 생각하였습니다. 거절을 당하고 모욕을 받고 유린을 받으면서도, 돌아설 수 없는 애! 얻지 못하고는 살 수 없는 애! 요컨대 사(死)

106

보다 고가(高價)한 애를, 자발적으로 적극적으로 얻어보려 하였습니다. 사랑을 받으려는 애원이 아니라, 사랑하려는 욕망이었나이다. 그러나 그것은 공상이었습니다. 금일까지 계속하여온 방종한 생활에 대한 일종의 반동적 현상이었습니다. 설사 나에게 그러한 남자를 얻을 기회가 있다 하더라도, 실패할 것은 분명합니다. 사실 실패하였습니다. 그리고 그러한 욕구 대신에 얻은 것은, 이때껏 경험하여보지 못한 강렬한 성욕의 충동이 불 일듯 할 뿐이었습니다…… 그리하여 멸락(滅落)의 제2륜에 들어섰습니다.

그러나 그러한 중에도, 나는 종교를 버리지 않았습니다. 이 점이 내가, 더욱이 공격을 사는 초점이 되는 줄은, 나 역 짐작합니다. 혹은 자기의 추행을 은폐하려는, 보호색이라고도 하고, 혹은 젊은 남자나 만나려고 다닌다는, 일반 신여자에 대한 악평도 없지 않은 줄은 알았습니다. 물론 대개는 군중이 모이는, 더구나 청년 남녀가 득시글득시글하는 집회에 참석하는 것이 유쾌하여서 그리하기도 하고, 또 찬양대를 지도하여가는 책임과 재미로, 일본에 있을 때나 조선에서나, 반드시 교회에 나갔었지만, 간혹은 진정으로 신앙생활에 들어가야 하겠다고 하느님을 부르짖은 때도 없지 않았습니다. 그러나 자기의 행동에 대하여 반성이 있거나, 회오(悔悟)를 하여 그러한 것은 아니었습니다. 어떻게 생각하면 하나님도 예수 크라이스트도 나에게 대하여는 비근(卑近)한 의미로 연인의 한 사람이었는지도 모르겠습니다. 나는 항상 세상의 연인을 다 버리고 난 뒤나, 환락에 취하였다가 깨인 후가 아니면, 그 대신으로 신을 부를 필요가 없었는 고로.

그러면서도 학교는 그럭저럭 비교적 좋은 성적으로 졸업을 하게 되었습니다. 그러나 중도에 착수한 문예 방면으로 좀 더 연구하려는 데에 대하여는 종내 허락지 않으시기 때문에, 하는 수 없이, 금년 3월에 6년간의 동경 생활을 버리고 귀국하여, 하여간 모교에서 교편을 들기로 작정하였습니다. 물론 이 취직에 대하여도 아무 반성이나 심려는 없었습니다. 다만 담임반에 수신(修身)을 가르치라는 데에는, 좀 두통이었습니다.

그러나 귀국하여보니, 나에게는 여러 가지 난문제(難問題)가 많았습니다. 그중에도, 제일 난관은 결혼 문제였습니다. 처음부터 분투를 계속지 않으면 안 될 것으로 결심은 하였지만 그리 용이하게 낙착될 것 같지 않았습니다.

그러나 나에게는, 부절(不絶)히 유혹하고 위압하는 다른 제2의 힘이, 쫓아다니게 되었습니다.

3

'나는 벌써 처녀가 아니다'라는 굳센 의식은, 아직 굳지 않은 20전후의 어린 마음에 군림합니다. 그것은 마치 종교 신자의 파계라는 것이, 결코 용이하지 않으나, 단 한 번의 실족(失足)이, 반동적으로 타락의 독배(毒杯)를, 최후의 일적(一滴)까지 말리지 않으면 만족할 수 없는 것과 다를 게 없습니다. 성적 감로(甘露)에 한번 입을 댄 젊은 피의 약동과 기갈은, 절제의 의지를 삼키어버렸습니다. 그리하여 내가 자기도 놀랄 만치 대담하여진 것을 깨달은 때는, 벌써 시기가 늦었습니다. 더구나 농후하고 화미(華美)한 사위를 돌려다볼 제, 도취의 오뇌(懊惱)는 있을지 모르나, 마음의 평형이 유지될 리가 있겠습니까.

과연 6년간의 동경 생활은 가정에서 경험한 것과도 또다른 화려한 무대였습니다. 나의 앞에 모여드는 형형색색의 청년의 한 떼는, 보옥상(寶玉商) 진열상 앞에 선 부인보다도, 나에게는 더 찬란하고 만족히 보였습니다. 그들 중에는 음악가도 있었습니다. 시인도 있었습니다. 화가도 있었습니다. 소설가도 있었습니다. 법률학생, 의학생, 사회주의자, 교회의 직원 신학생…… 등 각 방면에 까지 않은 생달걀이지만, 그래도 조선 사회에서는, 제가끔 조금씩은, 지명의 사(士)라는 총중(總中)이었습니다. 미남자도 있거니와 추남자도 있고, 신사나 학자연하는 자도 있거니와, 조포(粗暴)한 학생 티를 벗지 못한 자도 있었습니다. 신경과민한 영리(怜悧)한 자도 있고 둔물(鈍物)도 있습니다. 풍요한 집 자제도 있고, 빈궁한 서생도 있습니다. 그러나 어떠한 남자든지 각기 특색이 없는 것이 없었습니다. 다소라도 호기심을 주지 않는 남자가 없었습니다. 일언으로 폐(蔽)하면 보옥상에 한 줌 두 줌 들이 털여둔 지환(指環) 같은 것이었습니다. 루비도 있거니와 사파이어도 있고, 순금도 있거니와 플라티나도 있습니다. 다이아도 있거니와 마노도 있습니다. 민패[12]도 있고 색인 것도 있습니다…… 끼고 싶으면 아무 것이든지 낄 수 있고, 끼기 싫으면 하나도 안 낄 수가 있습니다. 열 손가락에 열 반지를 끼려도 낄 수 있고 한 손가락에 단 한 개만 낄 수도 있습니다. 혹시 광택과 사치한 품을 보려고, 한 개씩 차례차례로 번갈아 끼어볼 수도 있습니다. 그러나 나는, 꼭 한 가지 수단을 취하였습니다. 좌우편에 한 개씩 유(類)다른 것으로 대(對)로 하여 끼우기로, 그러나 방순한 육(肉)의 사향(麝香)을 쥔 나의 손에 끼워지는 것만 다행으로 아는 그들에게는 좌우에 두 개가 있다고 불평을 품을 리가 없었습니다. 그들에게 대한 나는 절대였습니다. 나의 의사는 최고 권위였습니다. 이와 같이 하여 허다한 신료(臣僚)에 애의 여신의 궁전(宮殿)은, 보일보(步一步) 들어갈수록 넓고 깊고 찬란하였을 뿐이었습니다…… 타락의 전정(前程)은 탄탄대로였습니다.

"그러나 어찌하여 무절제라 하고 무반성이라 하며 몰도의(沒道義)라 하느냐. 무슨 까닭에 자비(自卑)하여 타락이라 하느냐. 모든 것을 각오하고 충분히 의식한 뒤에 할 일이 아니냐?"

이같이 반문하실지도 모릅니다. 과연 그 당시에는, 각오하고 의식하고 한 일이었습니다. 결코 단 한 번이라도 후회한 일은 없었습니다. 더구나 약간의 독서로부터 얻은, 소화도 잘 되지 않는 비지 같은 지식은, 도리어 자기의 추행을 변명할 방패를 쥐여주었습니다.

'후회라는 것은 어리석은 것이다. 자기 불신임의 탄핵안에 명명(命名)한 것이 소위 도덕적 개전(改悛)의 동기를 준다는 고마운 후회가 아니냐. 그러나 그것은, 결국 자기의 무지를 증좌(證左)하고 자신이라는 귀여운 프라이드를 저상(沮喪)케 하고 자기 모멸의 악덕을 함양하는 결과밖에 아무 유익도 없는 것이다. 도리어 또 한 번 후회할 실책이나 죄악을 거듭할 동기를 줄 따름이다. 다시는 손을 대어서는 아니 되겠다. 염두에도 두어서는 아니 되겠다고, 후회하고 양심의 가책에 고민한 후에 남는 것은, 무엇이냐? 시간은 모든 열을 빼앗아가지 않는가. 그 열이 식으면 그 후에는 더한층 격심(激甚)한 호기심이 치밀어오지 않는가……자기 개선? 그것은 후회의 사명은 아니다. 자기를 진정으로 보다 더 선(善)에 보다 더 진(眞)에 끌려는 욕구는, 전연히 다른 원천을 가진 충동의 힘이 아니고는 기도(企圖)할 수 없는 것이다. 백 번의 후회가 바늘 끝만 한 이지(理智)의 단 한 번의 준동(蠢動)보다도 못하거든, 후회로 자기 개선이 되리라는 도덕론이 어디 있느냐. 나에게 대한 후회는 늘어진 푸른 입술의 차디차고 쓴 키스의 가치도 못 된다.'

이것이 나의 소량의 지식이, 양심을 압복하기 위하여, 예비하여 준 무기(武器)였나이다. 나의 신앙생활이란 것도, 나에게 단 한 번의 반성을 일으키기에는, 추풍 만난 파리의 힘만도 못하였습니다. 교회에 가도 성경을 읽고 찬송가를 부르는 것도 진정한 내가 아니었습니다. 대개 관성이라는 것은, 무감각을 의미하는 것입니다마는, 나의 신앙도 역시 그러하였을 따름이었습니다. 간혹 하나님을 부르짖고, 주여 주여 하였다 하는 것도, 그것은 후회가 시킨 것이 아니다, 너무 고독하여 무엇에든지 의지하려는 욕구로거나, 또는 자기의 전정(前程)을 생각하고, 일종의 불안과 공포를 느끼기 때문이었나이다.

'악마라 하는가? 그러니 어쩌란 말이냐? 자기가 악마라는 의식

이야말로, 자기가 강하다는 의식이 아닌가. 승리의 환희처럼 생활 내용을 풍부케 하는 것은 없다.'

이것이 도덕적 자기성찰에 대한 반박문이었나이다. 실로 나에게 대하여 도덕이란 아무 권위도 없었습니다. 자기의 생을, 절대로 충족시키려는 끓는 욕구 앞에는, 모든 것을 유린하고 희생하여도, 아깝지 않다는 것이, 나의 생활을 자율하여가는 데에 최고 신념이었나이다.

'우리는 생활한다. 하므로 생활을 열애한다. 열애할 의무가 있다. 하므로 생활의 애를 만족시키기 위하여 취하는 바 일체의 수단은 가(可)치 않은 것이 없다…….

소위 도덕이란 질곡은, 한 남자에게만 일생애를 노예적 봉사에 바쳐야만 한다는 조문(條文)을, 정숙의 미니, 정조의 숭고니 하는 등 미의(美衣)에 숨겨가지고, 섬약(纖弱)한 여성에게 군림한다. 더구나 파행적으로, 여자에게만 엄혹하다. 그러나 설사 남자에게도, 동일히 요구한다 할지라도, 그것은 우직하나 기실 허위에 만족하는 맹종의 도(徒)에게나 통용될 것이다. 감정이 민활(敏活)하고 이지가 명철한 남녀에게는, 아름다울 전 생애를 대상(代償) 없는 희생에 공헌하라는 것은 폭군의 기요틴[13]이다. 같은 얼굴을, 24시간만 쳐다보고 앉았으라 하여도 두통이 아니 난다는 것이, 도리어 우둔의 극치일 것인데, 일생애를 검은 머리가 파뿌리 되도록 보고 앉았으라는 것은, 사형 선고보다 낫다면 얼마나 나을까. 애가 소멸되어서는 아니 된다. 염증이 나서는 안 된다는 것은, 도덕이라는 이지의 법령이요, 결코 중심 생명의 전아적(全我

的) 욕구는 아니다. 한 연애에 대하여 포만(飽滿)의 비애를 감할 때, 다른 연애에 옮겨간다 하기로, 거기에 무슨 부도덕적 결함이 있고, 인류 공동생활에 무슨 파열이 생기겠느냐? 모든 것을 잊어 버리고 오직 생을 사랑할 뿐이다.'

무서운 극단적 편견이올시다. 그러나 나는 시비를 논찰(論察) 할 여가도 없이 어디까지든지, 이것을 지지하고 긍정하려 하였습 니다. 자기를 변호하기에는 편리하기 때문이올시다.

그뿐만 아니외다. 신문 잡지나 소위 강연회라는 데에서, 정조를 논하느니, 여학생의 불품행이니 풍기문란이니 하며 자기네들의 한층 더한 추악은 선반에 높직이 얹어두고, 되지 않은 유리한 논 법으로, 훤훤효효(喧喧囂囂)히 떠드는 것을 볼 때마다, 목에서 치 받치는 반항적 냉매(冷罵)와 분노를 금치 못하였습니다.

'정조? 그것은 무엇을 의미하느냐? 아마, 요사이 너희들이 주 머니가 말랐는 게로구나. 정녕 기생집에서 푸대접이나 받았지? 이혼비를 내어주겠다는 얼빠진 계집애도 하나 걸리지 못한 게로 구나? 흥, 정조? 네 똥에서는 무슨 냄새가 나던? 네 눈썹에는, 먼 지 하나도 아니 붙었다는 자신이 있거든, 마음대로 떠들려무나. 그렇게도 소위 여자의 정조가 탐이 나느냐? 조선 사회에는 부정 한 여자가 많아서, 난봉꾼이 많은 게로구나?

그러나 정조란 무엇이냐? 남자가 여자에게 생활 보장을 조건으 로 하고 강요하는 소유욕의 만족이냐. 그렇지 않으면, 소위 교양 있다는 자가 고상한 취미성을 만족시키려는 욕구냐? 그처럼 독점 이 소원이거든 한 여성의 입에 퍼붓는 돈으로, 여불상(女佛像)이나 만들어놓고 쳐다보고 앉았거나, 화분 개(個)나 사다가 놓았으면 간단하고 도적맞을 염려도 없지 않느냐. 기묘한 취미도 많다.

그러면, 여자가 판과 분(粉)값으로 지불하는 거래상 일 형식(一形式)이냐? 장사 쳐놓고 너무도 비인격적이요, 너무도 추악하지 않느냐. 그러면 자기가, 정숙한 수절가라는 찬사와 프라이드를 스스로 향락하려는 역시 일종의 기묘한 취미인가. 너무도 인간성을 학대하는 무지한 행위다.

그러나 여자가, "남자는 물질로 여자의 정조를 요구하니, 나는 정조를 유동 자본으로 삼아 쾌락을 무역하겠다" 하거나, 또는 "물질과 정조의 교환 가치는 현수(懸殊)[14]하니, 남자에게 정조 관념이 없을 때에, 나는 그 잉여 가치로 쾌락을 구입하여 평형을 얻으려 한다"고 하면, 남자는 무엇이라고 대답하려는가. 동일한 상업상 원칙일진대 일(一)에는 적응하고 일에는 불합리할 까닭이 없을 것이다.

더구나 누가 정조를 지키지 않는다 하는가. A와의 정교(情交)가 계속할 때에는, A에게 대하여 정조 있는 정부가 될 것이요, B와 부부 관계가 지속할 동안은, 또한 B에게 대하여 정숙한 처만 되면 고만이 아니냐. A에게 대하여 벌써 하등의 애착을 감(感)치 않으면서, A와 부부 관계를 지속하는 것이야말로, 도리어 간음이다. 그 경우에, A에게는, 아직 나에게 대한 애정이 있다더라도, 그것은 별문제다. 혹 사의(謝意)는 표할지 모르나, 결합 상태를 지속할 필요와 의무는 나에게 없다. 일층 엄밀히 말하자면, 일방이 사랑하려는 욕구가 강렬할 지경이면 그 상대자의 태도 여하에 불구하고, 자기만은 정조를 지킬지 모른다. 하지만 그것은 자기 자신에 대한 의무거나, 도덕성의 요구에 대하여 만족을 준다는 의미밖에 아니 된다. 그러나 그것은 자발적이다. 강제받은 노예 도덕에서는 구할 수 없는 것이다. 하여간 정조는 상품은 아니다. 취미도 아니다. 자유의사에 일임할 개성의 발로인 미덕이다.

"여인을 보고 색정을 품는 자는 벌써 간음한 자라" 한 크라이스트의 말이 지언(至言)이다. 최고의 도덕적 표준에서는, 육(肉)의 문제가 아니라, 정신의 문제이다. 연애 자체로 보면, 영(靈)이나 육(肉)이나 동격이지만, 정조라는 견지로서는, 육은 제2의 혹은 부대 조건일 것이다. 하고 보면 간음을 하지 않았다 할 자가 누구냐? 결국은 오십보백보가 아닌가. 그러면 이 문제를 어떻게 할까. 있어도 행치 못할 제도나 도덕은, 없느니만 같지 못하다. 확실히 해독이다. 그러나 크라이스트의 교훈이 진리가 아닌 것은 아니다. 그러면 어떻게 실행과 부합시킬 수가 있을까?

용이한 일이다. 크라이스트는 소극적 교훈밖에 베풀지 않았다. 그러나 물위주의(勿爲主義)는 현대에 통용될 것은 못 된다. 하지 말라는 데에는 퇴영(退嬰)과 실패밖에 없지만, 하여라! 이것을 하여라!고, 최선하고 가능한 것을 지정하여주면 아무 폐단이 없을 것이다. 하므로 여인을 보고, 색정――이라면, 좀 추악하게 들리지만, 연정이라는 의미일 것이다――즉 연정이 일어날 때에, 쌍방이 합의만 하면, 욕구대로 긍정함이 가하지 않느냐.

적극적으로 돌진하는 거기에만, 진정한 생명의 발로가 있는 것이다. 크라이스트는 좋은 교훈을 베풀었다. 그러나 그 결론이 틀

리기 때문에 완벽은 못 되었다.'

이같이 아무리 교언미구(巧言美句)를 늘어놓을지라도, 변명은 결국 변명이요, 남은 것은 엄연한 사실뿐이외다. 재[灰]로 쌓은 탑만 한 가치도 없습니다. 과연 이러한 변명은 층계의 중턱에서 방황하는 자에게 주는 지팡이밖에 못 됩니다. 그러나 나의 이러한 사상이, 그 전부가 틀렸다고는 못하겠지요. 하지만 정당한 주장일지라도 나의 사상과 행위 사이에는 현격한 거리가 있었다는 것이, 무엇보다도 타락을 증명하지 않았습니까. 이론으로는 아무 말이라도 할 수 있습니다. "정조는 상품이 아니다. 취미도 아니다. 숭고하고 순일 정화한 감정에서 나오는 애의 자유로운 표현이라"고 하였습니다. 그러나 나는 수욕(獸慾)을 만족시키기에만 급급지 않았습니까. 육욕이 아니라 수욕이올시다. "정조를 누가 아니 지킨다느냐? A와는 A에게, B와는 B에게 지킨다"고 대호(大呼)하면서, 나는 반지를 양수(兩手)에 끼우지 않았습니까. 창기(娼妓)는 별다른 것이 아니외다. 그들은 먹기를 위하여 몸을 판다는 점으로, 오히려 동정할 여지가 있습니다. 그러나 알고도, 스스로 탐닉에 빠지는 것은 영원히 구원받을 수 없는 창기 이상의 악마가 아니면 아닐 것이외다. 가르쳐도 아니 되고 두들겨도 아니 되는, 자기가 자기 손으로 할 수 없는 것은 알고도 자멸의 길을 재촉하는 인도(人道)의 잠충(蠶蟲)이외다.

아아, 정조는 상품이 아니라고, 뻔뻔히 주장하여왔습니다. 그러나 나는 팔았습니다. 훌륭한 상품이었습니다. 생활의 수단은 고사하고 학자금까지를 이 수단으로 얻으려 하였습니다. 이전에 여

학교에 있을 때에 기생퇴물이나 남의 소실 같은 것이 입학을 하면, 같이 이야기도 하기 싫어하며,

"몸을 팔아서 공부를 하니까, 그 공부 값은 한 벌이나 두 벌이 아니로군"하며, 동무들과 비웃던 것을 생각하면, 쥐구멍으로라도 들어가고 싶습니다.

몸을 파는 것은, 오히려 용서할 수도 있겠지요. 그러나 정신까지 파는 것은, 어떻게 하겠습니까. 무지함으로 범한 죄는 동정할 수 있고 회개하는 날에는 햇빛을 볼 수도 있겠지요. 그러나 알고도 범하는 죄는 지옥문을 열어줄 수밖에 없지 않습니까. 동정(童貞)의 고뇌와 성욕의 압박으로 정조를 깨뜨렸다는 것도 용사(容赦)한다면 할 수 없지 않겠지요. 그러나 거기에 이해의 타산까지 하고, 남자의 재산에 눈독을 들이고 유괴하였다는 데에 이르러서는 사람의 부류에도 참례 못할 절망적 최후가 아닙니까.

P, E씨와의 관계가 그것이었습니다. 더구나 E씨에게 대한 나의 감정은, 자기가 회상만 하여도 적면(赤面) 않을 수 없습니다. 만일 후일에 그네들을 만나실 기회가 있삽거든, 나의 최후의 말이라고 한마디 전하여주시옵소서——.

"백림[15]행(伯林行) 여행권이 조선에서는 절종(絶種)이 되어서 지옥이라는 미국에 갔다"고.

4

E씨와 처음 만난 것은, 내가 귀국한 지 며칠 안 되는, 3월 그믐께였습니다. 그날 ××회 주최로, 특히 새로 귀조(歸朝)한 나를 중심 삼아, 여자 강연회가, 청년회관에 개최되었습니다. 나는 「성의 쟁투(爭鬪)」라는 문제로,

"금일의 남녀는, 일단 양성 간의 쟁투 시대를 경험한 뒤에야, 진정한 양성의 협치(協致)를 얻으리라. 이것이 여자에게 긴급한 것은 물론이지만 남자에게도 필요한 성적 수련의 과정이다. 그러나 완전한 남녀의 대등은, 정신 물질 양면의 동등한 의무 권리를 전제로 한다. 세간의 부인 문제를 운운하는 자 간에는, 부인 자신까지도 정신 방면에만 편집(偏執)하고, 근본책의 중요한 일부를 점한 물질 문제를, 등한히 함을 왕왕히 보는 바이나, 이것은 심한 자아 당착이다. 여자 자신이 금일의 노예적 경우에서 해방되려 하면서, 물질적 혜여(惠與)를 즉시 남자에게 의뢰하려 함은, 열쇠를 적에게 맡겨두고, 방석(放釋)치 않음을 원망하는 우(愚)다. 그러면 이에서 여자 직업 문제가 발생할 것은 필연한 귀결이다. 동시에 여자의 가정에 대한 직무의 한계선 여하와, 여자는 여하히 구직할까 하는 중대 문제에 봉착하나 이것은 일일(一日)의 담(談)이 아니다. 더구나 우리 여자의 가정 사회 양 방면에 대한 봉사 정도 문제와 여(如)한 자는 식자(識者)의 두통을 감(感)하는 바이다. 그러나 결국 긴급 문제는 여자 교육론에 귀착한다. 여자

의 생활 독립, 따라서 직업 문제와 여(如)한 자(者)도 그 선행 문제는 교육이다. 하므로 우리 자각한 동지만은, 우선 이 교육 문제를 근본적으로 토구(討究)하는 동시에, 일편으로는 양성의 쟁투 문제에 대하여, 선착편(先着鞭)을 하(下)할 의무와 책임을 감하는 바이다. 실로 오인(吾人) 선각(先覺) 여자는 남자에게 대하여 선전을 포고하는 동시에 예비병 양성에 전력을 경주하여야겠고, 또한 군량(軍糧) 자변(自辨)을 위하여 만단(萬端)의 획책을 다하여야겠다…….

자기의 밥을 자기의 손으로 만들기 전에는, 우리의 노예 생활은 영원히 벗어날 기회가 없으리라…… 달을 보고 사닥다리를 끌어오는 자는 취한(醉漢)이다. 현자(賢者)는 망원경을 만들 것이다. 과수 밑에 입을 벌리고 섰는 자를 찾아올 자는, 기갈뿐일 것이다. 우리는 남자에게 애소(哀訴)하기 전에, 우선 자기의 쌍완(雙腕)에 의논합시다…….”

이러한 의미로 사오십 분이나 떠들었습니다. 당신은 분노가 진(盡)하여, 고소(苦笑)하시겠지요. 그러나 입은 놀 대로 놀고, 발은 지상 1척을 못 뜹니다. 이것이 현대 여자의 전부올시다. 여자뿐만 아니라 소위 사회에 나섰다는 남자도 다를 것이 없겠지요.

그는 하여간 그날 나는, 피아노까지 쳤습니다. 4년간의 동경 음악학교 입학시험에 실패한 내가, 피아노를 쳤습니다. 간혹 학교 기숙사에서 자습은 하였다 하더라도, 입학시험 준비하는 때보다도 못할 것은 정한 일이지만, 승낙도 없이, 프로그램에 넣어놓고, 꼭 쳐야 한다니까, 거절하다 못하여 쳤습니다. 그러나 놀라지 마십시오. 앙코르를 두 번이나 받도록 대갈채였습니다. 처음에는 조롱거리가 되는가 하였더니, 사회자의 눈치를 보니까 그렇지도 않은 모양이었습니다. 아아, 이러니까 젊은 여자의 허영심이, 한 없이 늘어가지 않겠습니까. 그러나 결국 갈채를 받은 것은 나의 손이 아니라, 나의 얼굴이거나 '여자'라는 추상명사에 대한 경의 였던지도 모르겠습니다. 사실 여자 강연회라 하면서, 청중은 남 자 강연 볼 쥐어지르게 남자 천지였습니다. 말하자면 조선 사회 는 남자가 여자 사업을 하고 여자가 남자 사업을 하여야 될 전대 미문의 기괴한 사회올시다. 요컨대 조선 사람에게는 귀가 없고 눈하고 입만 있는 인종이기 때문입니다. 그러면서도 강연회라는 강연회는 거의 그 전부가, 종내 음악학교 입학 수험실이 되고 마 는 것은 어떠한 현상인가요. 아아, 우리는 이러한 사회에 태어났 습니다. 오늘날의 사회도 역시 우리 집안을 확장하여놓은 것에 불과함이 아닌가 합니다. 참 더럽습니다.

하여간 집합은 대성공리에 폐회되고, 청중이 헤어질 동안에, 우 리는 잠깐 응접실로 들어갔습니다. 낯서투른 오륙 인의 청년들도 있었습니다. 우리는 피차에 초인사(初人事)를 교환하였습니다. 차례차례 다 한 후에 이번에는 P씨가 "이분은…… 혹 피차에 문 교(文交)상으로는, 벌써 아시겠지만, ○지를 경영하시는 E씨요" 하며, 소개하여주었습니다.

키대가 후리후리하고, 기름한 상에 사람을 좀 넘보는 듯한 입술 을, 쫑긋하여 꼭 다문 입이며, 한 겹으로 볼 남자가 아니라고 대 번에 짐작하였습니다.

내가 사랑하는 남자는, 두 가지 종류가 있습니다. 의지가 약하여 여자에게 곱살스럽게 추종하는 남자거나(말하자면 P씨 같은 분이올시다) 그렇지 않으면 정반대로, 여간한 여자는 안중에도 없다는 듯이, 다소 교만하고 냉정한 태도를 가지는 남자올시다. E씨는 말하자면, 그런 남자의 한 사람이었나이다. P씨 같은 남자에게는 일종의 연민의 정을 느낍니다. 어떤 때는 자식에게 대한 어미의 정을 느낄 때도 있습니다. 말하자면 약자에게 대한 강자의 여유 있는 온정의 은혜를 베풀 수가 있습니다. 그러나 E씨와 같은 경우에는 전연히 다릅니다. 처지를 전도(顚倒)합니다. 스스로 약자가 되어서, 긍휼(矜恤)과 애호(愛護)를 얻으려 합니다. 혹시는 모계(母鷄)의 날개에 품긴 유추(幼雛)[16]의 따뜻하고 단맛을 상상합니다. 약자로서 애(愛)를 비는 거기에도 말할 수 없는 쾌감을 얻습니다. 그러나 거기에는 쟁투적 긴장한 기분과 경계와 노력의 필요가 있습니다.

하여간 E씨를 한번 보고, 나는 벌써 마음에 들었습니다. 네가 아무리 여자계에 명성이 있다고 뭇 잡배의 동경을 일신에 받더라도, 나는 세속의 청년들과는 류가 다르다는 듯이, 무관심의 태도로 대하는 것을 보면, 도저히 수중에 들어올 것 같지도 않아 보이나, 용이하지 않다고 생각할수록, 공연히 미운증도 나고 모욕이나 당한 듯이 분기가 나서, 어떻게 하여서든지, 수중에 끌어들이고야 말겠다는 생각이, 그 후 며칠 동안은 머리에서 떠날 때가 없었습니다. 그러나 한편으로는, 'E씨가 도외(度外)로 냉담한 태도를 보이는 것을 보면, 의외에 용이할지도 모르겠다. 하고 보면, E

도 역시 P밖에 못 되는 헐한 남자다'라고도 생각하였습니다……
나는 이러한 이상한 여자이었습니다. 연애를 하는 것이 아니라,
경쟁을 합니다. 다시 말하면 성벽(性癖)을 연애하고 승리를 연애
하고, 연애를 연애합니다. 아무리 보잘것없는 남자에게라도 경쟁
자만 있으면, 기어코 싸워봅니다. 그러나 E씨와 같은 경우에는 E
씨의 만심(慢心)과 싸웁니다. 그리하여 승리를 얻을지라도 잠깐
맛만 보면 그만입니다. 환멸하여 그러는 것이 아니라, 그 이상 계
속하는 것이, 일종의 수치 같기도 하고 사실 평범하기 때문이외
다. 처음에는 이편에서 추종하여, 승리를 얻어놓고, 나중에는 포
기하는 거기에, 승리가 있기 때문이외다. 다시 말하면, 남자가 잘
나기 때문에, 이편이 열중한 것이 아니라, 어느 때든지 나의 의사
가, 절대라는 것을 표시하기 위하여 그리함이외다. 하기 때문에
사(死)보다 고가(高價)한 애를 맛보겠다는 것은, 공상에 지나지
않습니다.

강연회가 있은 후 이틀 만에, P씨는 다시 동경으로 향하였습니
다. P씨가 집필 중인 졸업 논문이며, 여러 가지 볼일을 다 제쳐놓
고 귀국한 것은, 내가 도중에서 같이 유람하자고, 하관까지 끌고
왔다가, 내친걸음에 경성까지 오기 때문이었습니다.

정거장(停車場)에는 E씨도 나왔습니다. 나는 오후 7시 20분 차
로 P씨를 보내놓고, 그날 밤은 서대문 외(外) E씨 집에 가서 자정
이 가깝도록 같이 놀았습니다. 말하자면 한 남자를 서창(西窓)으
로 내어보내고, 한 남자를 위하여 앞 방문을 열어준 격이었습니
다. E씨는, 처음에는 나를 P씨의 연인으로 정중히 응대하였습니

다. 나는 평범히 세상 이야기며, 조선 사회에 대한 불만 등을 이야기하다가, 영문(英文) 연구를 계속하고 싶으니, 매일 시간을 정하여 배우러 오겠다고 약조를 하고 돌아왔습니다.

E씨의 서재는 원 안채를 뚝 떨어져서, 후원 한편에 외따로이 지은 조그마한 양실(洋室)이었습니다. 나는 그 이튿날부터 매일 학교에서 파하여 나오다가, 급한 발자취를 그 서재로 감추게 되었습니다. 처음 만난 사람들의 교의는, 간혹 과장하여가면서라도, 더욱 두터운 것이 보통입니다마는, 우리는 한층 더 특별하였습니다. 사회에 대한 불평과 반항심의 공명이, 더욱이 우리의 교정(交情)을, 가속도로 두텁게 하지 않았는가 합니다. 우리는 영어 연구라는 것은 말뿐이요, 사회 공격이 피차의 신세타령으로 변하고, 장래 희망을 꿈꾸기에 시간 가는 줄을 몰랐습니다.

보통 조선 청년에게는 누구에게나 붙어 다니는 번민——이혼 문제, 부모의 무이해——이며 미구(未久)에 독일에 유학할 계획이 있다는 것이며, 여행권 청구에 관한 설왕설래며 여러 가지로 들려주었습니다. 나는 나대로, 역시 집안 사정이며 여자대학 문과에 가려다가 실패한 것이며, P씨의 관계는 그리 깊지도 않으려니와, 기혼자니까, 하는 수 없다는 이야기를 하였습니다. 그러나 당시에, 제일 두통거리이던 혼담에 대하여는 조금도 개구(開口)하지 않았습니다. 이와 같이 하여 벌써 일주간은 지났습니다.

하루는 예와 같이 들렀더니, 잠깐 기다리라고 써놓고, E씨는 어디로 갔는지 없었습니다. 나는 혼자 소파에 기대앉아서, 푸릇푸릇 순이 나오는 잔디를 유리창 밖으로 내다보며 앉았으려니까,

급작스레 「파우스트」의 글귀가 머리에 떠오르며, E씨에게 무엇을 써보려는 생각이 와락 나서 테이블 위에 놓인 E씨의 원고용지 위에 붓대를 잡았습니다.

심란한 봄은, 또다시 왔는데
둘레 밖은, 푸룻푸룻 목초가 깔렸는데,
도깨비 홀린 소, 말은,
마른 모래밭 위를
빙빙빙 빙빙빙 맴돌며,
하느님 아니곤 새길 길 없는
차디찬 돌 조각을,
언제까지 물어뜯으려나!
나락 없는 풀 짚을 훑으려나!
제 목숨 쏘아내는 보라매처럼
언제까지, 수심(愁心)으로 밥 삼으려나!

초를 잡아놓고 퇴고(推敲)를 하려는데, 어느 틈에 들어온 E씨는 테이블 앞에 앉은 내 뒤에 소리 없이 와서 들여다보고 섰다가,
"그게 무어예요?" 하며, 깜짝 놀라서 두 손으로 덮고 아니 빼앗기려는 것을, 손아귀를 잡아 젖히며 뺏어갔습니다. 그때에 비로소 우리는 따뜻한 살과 살이, 마주쳤습니다.
E씨는 한번 읽어보고, 포켓에 척척 접어 넣은 뒤에, 유리창 앞에 가만히 서서 밖을 내다보고 있는 내 곁으로 나란히 와 섰습니

다. 소문에는 E씨가, 퍽 놀아보았다 합니다마는, 그때의 E씨는 마치 초연(初戀)하는 소년같이 나를 마주보지도 못하고 잠자코 떨며 섰었습니다.

……두 시간쯤 지난 뒤에, 취한 듯이 상기한 얼굴을 저녁바람에 쏘이며, 그날은 좀 일찍이 돌아왔습니다.

……생각하면 그렇게 쉽사리 항복할 줄은, 실상 의외였습니다. 그러나 나는, 단순히 상대자를 항복시키기에만 만족할 수는 없었습니다. 이 기회를 놓쳐서는 아니 되겠다고, 단단히 결심하였습니다. 그것은 몸을 허락하였다 하여, 그런 것은 아닙니다. 그러면 E씨의 재산? 탐나지 않는 것도 아니지만, 그것도 아니었습니다. E씨의 학식, 명성, 풍채가, 마음에 들지 않은 것도 아닙니다. 이혼이 성공되기를 축수하지 않은 것도 아닙니다. 그러나 무엇보다도 놓치면 안 될 것은 독일 유학의 계획이었습니다. 설사 독일은 못되더라도 하여간 양행(洋行)만 하였으면, 그만이었습니다. 학문도 학문이려니와, 일본만 갔다 와서는, 도저히 나의 허영심이 만족할 수가 없었기 때문입니다.

그러나, 매일 만나도 그런 사색(辭色)도 보이지는 않았습니다마는, 공상은 나날이 심하여가고, 초조한 마음은 걷잡을 줄을 몰랐습니다. 하지만 일을 서둘러서는 아니 되겠다고 생각한 나는, 지금에야 와서 우선 결혼 문제를 토설하였습니다. 부친의 무이해 때문에 거의 강제로 결정이 되게 되었다고, 시급한 듯이 있는 말 없는 말 보태어가며 의논을 하였습니다. 물론 예기(豫期)한 대로 성공하였습니다. 비교적 신중한 E씨도 충심으로 동정한 듯이 서두르기 시작하였습니다. 그때에 나는 비로소 독일 유학의 의향을 구체적으로 귀띔하여보았습니다. 이에는, E씨도 그리 반대는 아니었습니다. 그러나 그러지 않아도 남의 말을 좋아하는 이 사회에서, 별안간에 둘이 작반(作伴)하여 독일 유학을 한다면 피차에 외문(外聞)이 좋을 것이 없으니, 우선 이혼 문제를 귀정내가지고, 성례를 한 뒤에, 금추(今秋)쯤 출발하게 되면 일이 순평히 되리라는 것이, E씨의 의견이었습니다. 사실 그렇게 하지 않고서는, 우선 학비 보증을 얻어서 여행권을 낼 재주도 없고, 피차의 가정에서 허락지 않을 것이며, P의 머릿살 아픈 오해나, 외문 등 난처할 일이 한두 가지가 아니었습니다. 더구나 일면에 귀군과의 혼담은, 내밀히 진행되는 모양입니다. 하므로 E씨의 의견에는 대개 찬성치 않을 수가 없었습니다.

그러나 첫째의 난관은 환진갑 다 지낸 E씨의 부친이, 내 눈동자가 꺼면 동안에는 부자간 절연을 하려거든 모르거니와, 이혼은 도저히 허락할 수 없다고 야단하려는 일편에 내 혼담은 X씨가 나서기 때문에, 급전직하로 진전하여 상면을 하라느니 택일을 하라느니 하며, 매일 집안이 야단이었습니다.

그러면 이때에 만일 내가 강경한 태도로 어디까지 독일행을 주장하였다면, 혹은 E씨도 승낙하였을지 모릅니다. 그러나 거기에는 한 가지 각오가 필요하였습니다——연애 지상관이 이것이외다. 연애를 위하여는 모든 것을 희생하여도 아깝지 않다는 각오올시다. 그러나 E씨의 부친의 문서 궤를 사랑하고, E씨의 쇄세한[17] 사회적 명성을 사랑하고 E부인이란 허명을 꿈꾸고, 양행이라는 허영심에 달뜬 나올시다. 명예를 위하여는 창기의 추행에라도 만족하겠다는 당시의 나로, 남의 첩이라는 누명을 쓰고도 사나이를 쫓아가기는 도저히 안 될 일이 아니오니까.

그러나 그 외에는 피차에 속수무책이었습니다. E씨도 어쩔 줄을 모르는 듯이 얼빠진 사람처럼,

"글쎄…… 하여간 파혼이 되거나, 우선 연기만이라도 되면 어떻게든지 되겠지만……" 할 뿐이외다. 그러나 그때 형편이, 파혼은 고사하고, 연기도 좀처럼 하여서는 될 것 같지 않았습니다.

생각다 못하여 부친께 전후 사리를 이야기하면, 욕심 많은 부친께서 구수하여하실지도 모르겠다 생각하여보았으나, 시기가 늦기도 하였지만 기혼한 남자가 이혼하기를 기다리게 하실 리가 없을 뿐 아니라, 도리어 연기될 것도 희살을 놓게 될지 몰라, 감히 개구를 못하였습니다. 그러면 당신에게 직접 편지를 드리고, 인습적 결혼의 폐해와, 지금 자기로서는 도저히 결혼할 수 없다고 거절하는 것이, 첩경일까도 생각하였으나, 제일에 당신의 인격이며 교양 여하가 의문이요, 따라서 X씨의 귀를 거쳐서, 부친이 아시게 되면 일이 죽도 밥도 아니 될 터이니, 그것도 안 될 일이었습니다.

여기서 나는 결심하였습니다. 그리하여, 우선 교육계에서 발을 빼는 것은, 어차피에 득책(得策)인 고로, 1개월 남짓하게 다닌 학교에 사직 청원서를 제출한 후, E씨와 잠깐 만나보고 들어앉아버렸습니다.

성화같이 들어앉았으라고 야단이던 부친은 물론이시지만, 원래

부터 나의 의견에 다소 동정을 하시던 어머님께서도, 이제는 한 시름 잊었다는 듯이 기뻐하시며, 아무쪼록 나의 비위를 거스르지 않도록만 애를 쓰시는 모양이었습니다. 어머님이 몇 번이나 갖다 주시는 것을, 들춰보지도 않고 방바닥에 내던져버리던 사진을, 이번에도 안심하고 갖다가 주시며

"얌전해 보이지? 술 담배도 아니 먹고 교회에도 잘 다닌단다." 하시기에, 나는 잠자코 받아서 문갑 위에 놓아두었습니다. 이것을 보신 어머님은 다시 집어서, 결심한 다음에야 무에, 부끄러워 그러느냐 하시며, 겉장을 펴서 손에 쥐여주셨습니다.

"……여자의 상이지? 살림은 이런 사람이라야 잘한단다…… 시부모가 있으니 시집살이를, 톡톡히 할 터이냐! 먹을 것은 그만 하면 어떻든 넉넉하고, 서울을 떠난다는 것은 섭섭하지만, 대구 지점장이 되어 가면 잠깐만 살림을 하다가, 소원대로 공부도 더 시킨다겠다……."

어머님은 위로 삼아 이런 말씀을 하셨습니다. 과연 어머님의 관상이 틀리지 않다고 나도 생각하였습니다. 그러나 동시에, E씨의 콧마루가 우뚝하고 기름한 상이 눈앞에 어른어른하였습니다.

'독일 유학? 인습적 결혼? 그런 일이 될 수 있나! 지금 와서 보도 듣도 못하던 남자와 만나서, 대구 구석으로 간다면, 첫째 서울 바닥에서는 무어라구들 할꾸…… 안 될 일이다. 죽어도 안 될 일이다.'

이런 생각을 하며 책상에 내려뜨린 사진을 무심히 내려다보고 앉았으려니까, 어머님은,

"만나볼 터이면, 내일이라도 이리 불러올 수는 있지만……" 하시며, 내 얼굴을 쳐다보시기에, 나는 말씀이 끝나기 전에 거절하였습니다. 부모의 의사대로 정한 이상에, 부모의 뜻에만 합당하면 고만이 아니냐고 천연히 대답하고 나서, 혼례만은, 좀 느지막이 여름이나 치르고 병도 나은 후에, 하여달라고 청구하여보았습니다. 이 청구는 물론 아니 될 줄은 알았습니다. 그때 혼인을 이를 때부터 가끔 귓결에 들은 것을 종합하여보면, 당신의 계획은 지점장으로 영전(榮轉)하여 가시는 길에 혼례까지 하여가지고, 동경 출장을 기회 삼아 신혼여행까지 하여보실 작정이셨는 데다가, 마침 팔아버리려던 집의 작자가 나서기 때문에, 1개월 이내로 모든 것을 귀정을 내어버리겠다고, 더욱이 조급하여하셨던 모양이외다. 그러나 그러한 사소한 이유, 말하자면 전임(專任)이니 가옥의 매도니 피로(披露)와 신혼여행의 편의니 하는 등, 소소한 이해관계나 허영심이, 소위 인간대사라는 결혼 문제를 좌지우지할 뿐 아니라, 일개 여성의 운명을 결정하려는 것이, 분하여 참을 수가 없었습니다. 계집으로 태어난 설움을 처음으로 깨달아본 것도 그때였습니다.

"신경쇠약? 계집애가 공부를 너무 하니까 그렇지. 혼인만 하면 그런 병은 저절로 낫는 게야."

이것이 성례를 연기하여달라는 데에 대한 부친의 말씀이었습니다. 일(一)에도 애비의 말, 이(二)에도 애비의 말, 애비의 말을 안 듣는 자식은 내 딸이 아니라고, 폭위(暴威)로 강압하려 하십니다. 그러면 순종치 않는다고 내쫓아버리겠느냐 하면 그렇지도 않습니다. 감시는 더욱 심하여져가는 눈치였습니다.

그리하여 불일내로 택일단자를 보내게 되었습니다. 요행히 7월 2일로 일자가 나기 때문에 아직 한 달은 남았습니다마는, 머뭇머뭇하고 더 지체하다가는 회복할 수 없는 지경에 갈지도 모르고, 신경이 흥분하여 와글와글하는 집안에 더 붙어 있을 수가 없었습니다. 그리하여 이제는 최후의 결심을 한 번 더 하였습니다.

5월 29일은 일요일이었습니다. 전날 기숙사에서 나온 정의(貞義)를 데리고 예배당에 간다 하고, 조금 일찍이 나섰습니다. 나의 주머니 속에는 1개월 월봉 60원이 있었습니다.

모교(毛橋)를 건너서 잠깐 가다가, 나는 K의 집에 들렀다가 갈 터이니, 먼저 가 있으라고 정의를 떼어버리고, K의 집 방면으로 향하는 체하다가 K의 집과는 반대 방향으로 돌아서 상업은행 앞으로 빠져나와가지고 용산행 전차에 뛰어올랐습니다. 그러나 시간이 늦을까 봐서 도중에서 남대문역에 내려버렸습니다. 허둥지둥…… 하여간 부산행 특급에 몸을 감추게 되었었습니다. E씨는 만나지 못하였지만 부산서 전보만 놓으면 물론 E씨가 내려올 것은, 일주일 전에 사표 제출하던 날 벌써 상약도 하였고, 또 토요일에 편지까지 하여놓았으니까, 염려는 없었습니다.

하여간 무사히 동래역에 도착한 나는 내리는 길로 안착하였다고, E씨에게 전보를 놓고, 곧 온천으로 들어가서 산해관에 투숙하였습니다. 두어 달 전에 다녀간 객을 맞은 하녀들은, 반가워하면서도, 행구도 없고 그때 동반하였던 남자도 없는 것을 보고 다소 의아해하는 모양이었습니다.

"그때 그 방이 비었는데, 그리로 가실까요" 하며, 앞서가는 하녀가, 3층으로 안내하려는 것을 나는 싫다 하고, 2층에 조그만 방을 잡았습니다. P씨하고, 왔을 때에는 남매라 하고, 두 방을 나란히 잡아가지고, 퍽 진중한 태도로 지내긴 하였지만, 물정이 뻔한 하녀들이 눈치를 못 채었을 리도 없고, 이번에는 E씨가 올 터인데, 그 방에 드는 것은 좀 께름한 생각이 나서 그러한 것이외다.

E씨는, 약조보다 한 차 늦어져, 그 이튿날 밤차로 떠났기 때문에 이튿날 아침에 도착하였습니다. 그러나 E씨의 전하는 소식은, 천만 몽상 외였습니다…… E씨의 큼직한 새 지갑 속에는 여행 면허장이 깊숙이 묻혀 있었습니다. 부산으로 도망갈 때부터 활동사진이나 통속 소설을 실연(實演)하는 것 같아서, 처량한 생각도 나고 우습기도 하였지만, 이렇게 되고 보니 낙심도 되려니와 일종의 해학을 느끼지 않을 수가 없었습니다.

여행권이 나오기는, 벌써 사오 일전 일이지만 기별하는 것보다 하여간 조용히 만나보고 의논하려 하였기 때문에, 그동안 기별하지 않았다는 것이, E씨의 변명이었습니다. E씨의 심중으로 말하면, 나를 어디까지든지 버리지 않고 독일 유학이라도 시키겠다는 열정이 있는 것은 아닌 모양이나, 하여간 출발하기 전에 한 번이라도 더 만나서 유쾌히 놀려고 여행권 허가도 발설치 않고 나의 부산 출분(出奔)을 그대로 내버려둔 모양이었습니다. 그러나 나의 머리는 난마(亂麻)와 같이 흐트러져서, 재미있는 이야기 하나할 여유가 없었습니다. 어떻게 하여서든지 쫓아가겠다고 졸라보아야 될 도리가 없는 일이외다. E씨도 망단하여하는 모양이나 물론 속히 떠난다 합니다. 배편 관계도 있고 준비라야 별로 없는데, 공연히 머뭇거리면서 머릿살 아픈 꼴만 보고 있을 필요가 없다고 합니다. 생각하면 그도 그러하지만 그때의 나의 사정으로 말씀하면 기위 내디딘 발을 돌이킬 수도 없는 것이요, 혼기는 임박하여 오는데 다시 집으로 머리를 숙이고 들어간다는 것은, 도저히 아니 될 일이었습니다.

그리하여, 거의 이 주야(晝夜)나 둘이 수군거리며, 그야말로 구수(鳩首)[18] 상의한 결과, 결국 나는 일본으로나 건너가서 당분간 숨어 있다가, 형편을 보아가지고 추후로 따로 떠나갈 계획을 세우는 수밖에 없다고 의견이 일치되었습니다.

그러고 보면, 나는 우선 벳부[別府]로 가서 E씨가 준비하여가지고, 오기를 기다릴 작정으로, 그날 밤배에 오르려 하였습니다. 집안에서 누가 쫓지나 않을까 하는 염려가 있기 때문에 급히 서두른 것입니다. 그러나 행구를 꾸리다가 문득 생각하니 역시 여행권이 있어야 현해탄을 넘어설 수가 있습니다. 넘어져도 코가 깨진다는 격으로, 이제는 옴칠 수도 없고 내칠 수도 없는, 그야말로 독 안에 든 쥐올시다. E씨도 깔깔 웃고 앉았을 뿐입니다. 그러나 이렇게 된 이상에는, 따로따로 떨어져서, 우선 서울로 회정(回程)을 하였다가, 여행권을 얻어가지고 다시 나서는 수밖에 없다고 결심하고, 그날은 또 하루 묵게 되었습니다.

그 이튿날 아침에 E씨가 상경한 뒤에, 나는 왼종일 여관 2층에 이불을 뒤집어쓰고 누웠다가, 관에 들어가는 소 모양으로 하는 수 없이 뒤를 쫓아 올라왔습니다. 차에 오를 때에는, 가슴이 조릿

조릿하지 않은 것은 아니었으나, 수색원까지는 제출치 않은 모양이었습니다.

찻간에서 밤을 꼬박 새우고, 해가 막 떠오를 때, 기차는 용산역에 도착하였습니다. 나는 남대문까지 표는 샀으나, 또 어떻게 될지 몰라 잠깐 망설이다가, 결심하고 뛰어내려버렸습니다.

개찰구에 바짝 붙어선 복장 순사의 뻘건 모자 테를 볼 제는, 공연히 가슴이 털썩 내려앉는 것 같았습니다마는, 그래도 겨우 개찰구를 빠져나온 나는 소리 없는 한숨을 휘— 쉬며 뒤도 안 돌아보고 다짜고짜 인력거에 뛰어오르려 하였습니다. 그러나 뒤에서 "여보슈 잠깐!" 하는 한마디에 나의 두 다리는 얼어붙은 듯이 딱 붙어버렸습니다.

아아 "잠깐……."

나의 귀에는 새벽녘에 부르는 초혼(招魂) 소리였습니다. '잠깐'이 아니라 '영원'이었습니다.

……용산 서로 오신 아버님을 따라서 집에 돌아온 때는, 정오가 가까웠습니다.

5

고양이 만난 쥐 양으로 집에 붙들려 온 후, 차차 정의에게 들으니까, 그날 예배당에서, K에게 비로소 E씨와 관계있는 것이며, E씨 집이 어디인 것을 배워가지고, 그 후 사오 일은 문턱이 닳도록

E씨 집에 갔더라 합니다. 이 K는 원래 나의 학교 동무로 일본까지 갔다가 와서, 지금은 교사의 부인이 되었습니다마는, E씨의 말이라면 어쩐 셈인지 시기를 하고 조롱을 했다 권고를 했다 하며, 이상스럽게 굴었습니다. 그러나 K가 이때껏 나와 E씨와의 관계를 세상에 떠들고 다니지 않은 것은, 지금까지도 의문이외다마는, 원래 K의 덕성을 신뢰하지 않는 나는, 어느 때든지 E씨와 관계를 K의 앞에서는 일부러 떠들었습니다. 예배당에서 돌아오는 길에, 정의가 형을 만났느냐고 물으니까, K는,

"내게? 애, 정신없는 소리 마라. 너의 형님이, 요새 무엇에 미쳤는지 아니?…… 두말 말고 E씨 집에 가보려무나?" 하며 핀잔을 주고 나서,

"얼빠진 애! 이때껏 그것두 모른단 말이야. 혼인인지 무엇인지, 다 집어치우라고 그래라……."

이런 소리를 들은 정의는, 어린 마음에 깜짝 놀라서, 집에 돌아오는 길로, 어머님께만 이야기를 하고, 왼종일 기다렸던 모양입니다. 그러나 등불이 들어올 때까지 그림자도 뵈지 않는 데에는, 다소 근심이 되어, 아버님께는 비밀히, 하인을 데리고 E씨 집에 찾아가보았다 하나, 만날 리가 있겠습니까. 그리하여 하는 수 없이, 저녁 잡수러 들어오신 아버님께 탄로가 되어, 위아래가 떠들썩하게 야단을 하시고, 삼지사방(三支四方)으로 사람을 내놓아 밤새도록 찾았다 합니다마는, 벌써 동래 온천 목욕탕 속에 평안히 잠겨 앉았는 사람이, 서울 장안에서 나올 까닭이 없지 않습니까. 수색원을 제출하느니 어쩌느니 하다가, 결국 혼인 정한 처녀

를 그렇게 하는 수도 없다 하여 중지하고, 그 이튿날이 밝기를 기다려서, 새벽같이 E씨 집에 또 찾아갔었다 합니다. 그러나 E씨는 첩의 집에서 잤던지 없고 저녁때 갔을 때에는 시골 간다고 나갔으나, 어디 갔는지는 모른다는 소식만 얻어가지고 왔던 모양이었습니다. 그 후부터는 E씨만 돌아오기를 기다리고, 매일 수차례 사람을 보내보았다 합니다. 그리하여 결국 E씨가 귀경하던 날, 마침 붙들어보았으나 역시 알아낼 길이 없어서 그날 밤으로 하는 수 없이 수색원을 제출하였다 합니다.

나의 일생을 가만히 회고하여보면, 호리지차(毫厘之差)에 천리지류(千里之謬)라는 평범한 말이, 매사에 진리 같습니다. 수색원도 그날 밤만 참았다면, 나의 운명이 또 어떻게 변화하였을지는 과연 상상치 못할 것이었나이다.

그리하여 하여간 집에 들어온 나는, 그대로 내 방에 들어가서, 종일 흠뻑 울다가, 실신하여 잠이 들어버렸습니다.

어머님은 여러 가지로 걱정을 하시고, 어떻게 된 일인지 자세히 말만 하면 소원대로 하여주마고 달래시는 모양이었으나, 나는 입을 꼭 봉하고, E씨의 이야기는 한마디도 개구를 아니하였습니다. E씨의 이야기를 해야 될 것 같으면 벌써 하였을 것이외다. E씨와 관계가 있다는 말씀에, 혼사를 중지할 아버님이 아니신 것은 명약관화한 일일 뿐 아니라, 지금 와서는 가는 사람을 붙들 수도 없고, 섣불리 말하였다가는 동경으로 도망이라도 할 기회까지 얻지 못하리라고 생각한 까닭이외다.

나는 그 이튿날부터 아무 일 없던 사람처럼, 태연히 들어앉아

서, 혼인 일을 거두기도 하고, 드나드는 젊은이들이,

"정든 이가 있거든 똑바로 말을 해. 내 어떻게든지 해줄게. 저만 나이에 없을 리가 있나" 하며 놀릴 때에는,

"그럼, 있다마다, 좀 보여줄까?" 하며 책상에 놓인 당신의 사진을 집어던지며, 일부러 웃을 때도 있었습니다.

과연 나의 태도는 집안의 의심거리였나이다. 정말 공부에 골독 (汨篤)하여, 정부 같은 것은 물론 없으려니와, 혼인하는 것까지를 싫어하는지, 정부는 있으나, 결혼할 처지가 못 되어 저러고 돌아다니는지, 그렇지 않으면 단순히 유학을 계속할 작정으로 동경에 가려다가 붙들려왔는지 의문인 모양이었습니다. 그러나 한번 속아본 뒤로는 경계가 더욱 심하였습니다. 기숙사에 있던 정의를 불러내다가, 건넌방에 같이 있게 하고, 잘 때에는 능구렁이같이 피둥피둥한 침모까지 붙여 자게 할 뿐 아니라, 부친께서도 그 후부터는 하루도 거르지 않으시고 꼭 안방에서 기거하시게 되었습니다. 교당에는 물론이려니와, 대문 밖에도 혼자는 아니 내어보내었습니다.

그러나 정의는 여간한 일을 고자질할 아이는 아니었습니다. 나이는 벌써 18살이나 되었지만 우리 집안에는 아무도 닮지 않은 상냥한 참 아기 같은 순결한 아이입니다. 마음의 평형을 잃지 않고 경건한 신앙심으로, 안온히 그날그날을 보내는 것을 보면, 한없이 귀엽기도 하고 부럽기도 하였습니다. 그 후 E씨에게 하는 서신 왕복도, 이 아이가 심부름을 하여주었습니다. 붙들려 들어오던 이튿날 월요에는 우편으로 사정을 기별하고, 양책(良策)을 구

하였으나 답장이 올 리가 없으므로, 그다음 일요에는 정의를 시켜서 또 편지를 보냈습니다. 그 답장에는, 지금 당하여는 피차에 어찌하는 수 없으니, 단연코 가정을 이루거나, 부득이하게 다시 나올 터이면, 어느 때든지 여비만은 준비하여주마 하였습니다. 단연코…… 운운한 것을 보면, 벌써 미덥지 못한 것은 분명하나, 그래도 아직 일 누(縷)의 희망이 붙어 있었습니다.

'그러나 첫째 동경까지만이라도, 어떻게 여행권을 맡을까. 설사 된다 하더라도 그 후지사(後之事)는 어떻게 될까. 독일까지 쫓아가든지, E씨가 유학을 마치고 돌아오기까지 기다려야 할 모양이나, 닭 쫓던 개 지붕 쳐다보는 격으로, 기다린대야 사람의 마음이란 알 수 없을 것이다. 지금 형편으로는 어떻든 독일까지 뛰어나서기 전엔 두수없으나,[19] 그 역 꿈이다.'

이같이 생각할 때는 이것저것 다 잊어버리고 결혼한 후에, 서서히 미국에라도 가도록 운동하여보는 것이 상책이라고 생각하여보았습니다. 사실 집안에서는, 준비가 거의 되어가는 일편에, E씨도 출발하기에 분주하여 그러는지, 차차 냉담하여가는 것을 보면, 지금 또다시 뛰어 나설 용기도 없어졌습니다. 더구나 E씨 같은 자존심이 강한 데다가 다소 방종한 생활을 하여온 사람과 일생을 같이한다 하여야, 나의 성격과 맞을지도 모르겠고, 결국은 화락한 가정을 이룰 수 있을까 하는, 의문이 없지 않았습니다. 거기에 비하면 실례올시다마는, 당신은 사진으로만 보아도, E씨와는 딴판일 것이라는 생각도 하여보았습니다. 또 E씨의 뒤를 쫓아가지도 못하고, 결혼도 아니한다면, 이 성욕의 압박을 어떻게 할까 하는 생각도 없지 않았습니다. 하고 보면 이 기회를 이용할 수밖에 별 방책이 없다고 생각지 않을 수가 없었습니다. 그러나 이 생각 저 생각 할수록, 머리만 지끈지끈하고, 어떻게 하여야 좋을지 방향을 찾을 수가 없었습니다. 그러는 중에도 날은 획획 달아나고 E씨는 선편(船便) 관계로 일주일쯤 있으면 출발하여야 한다 합니다. 그 말을 들은 나는, 매일 안절부절을 못하였습니다.

그러나 어느 날 자리에, 가만히 드러누웠으려니까, 어떤 이상한 생각이 문득 머리에 번쩍 떠오르며 소름이 쭉 끼쳤습니다. 별안간 가슴이 선득하여 정신을 차리고 날짜를 쳐보았습니다. 그러나 오늘이 벌써 6월 14일, 보통으로 말하면 벌써 끝이 났을 터인데 매달 보이는 것이, 아직껏 눈치도 보이지 않았습니다. 하도 정신없이 지내느라고 몸이 피로하여 그런가, 하는 생각도 없지 않으나 지난달에도 없었던 모양이외다. 그렇게 생각하고 보니 요사이 입맛이 좀 이상한 것 같기도 하였습니다. 그러나 그런 것에 경험도 없고 구경도 못한 나는, 누구더러 물어볼 수 없고 참 어쩔 줄을 몰랐습니다.

'병인 게지, 내월(來月)을 보면 알겠지.' 이렇게 생각할 때는 다소 안심이 되다가도, 문득문득 생각이 나면 전신이 얼어붙은 것 같이 숨을 통할 수가 없을 때도 있었습니다.

그와 같이 이삼 일을 지내고 나니까, 머리는 바늘방석으로 짓두들기는 것같이, 쑤시고 공포는 극도에 올라, 아무 생각도 더 계속하여갈 수가 없을 만치 피로하였습니다. 그러나 이러한 일은 지금 경우에, E씨에게밖에는 통정할 데도 없으려니와, 이 사품에 자기가 어떻게든지 조처를 하여주지 않으면 아니 되겠다는 책임을 씌울 구실도 되겠다고 생각한 나는, E씨에게 편지를 썼습니다. 이러한 때에라도 나는 계략이라는 것을 잊어버리지 않았습니다.

'……최후의 파멸의 일이 가까워오나 보외다. 만일 지금 여기 한 생명의 움이, 우리의 운명을 결정적으로 재단하려 하면, 우리는 여기에 복종할까요 반역할까요. 요사이 같아서는 생사의 경계선이 명료히 보이는 것 같습니다…… 길은 둘밖에 없습니다. 생에도 오직 한길밖에는 없습니다. 설마 이 몸을 가지고 결혼의 화연(花宴)에 참례할 수야 있겠습니까. 신랑 방은 묘지와 다릅니다…… 모든 것을 결심하였습니다. 어디로든지 데리고 가 주십시오. 시이저의 것은 제단에 올리지 못하지 않습니까. 당신은 당신의 것을 받으실 의무가 있지 않습니까. 모든 것을 잊어버리고, 모든 것을 희생하고라도 따라가지요. 첩이란 오명에도 만족합니다. 최씨 집과는 벌써 절연이올시다. 오늘 밤에라도 가겠습니다. 어디든지 가겠습니다. 영원히, 영원히올시다……'

정의가 학교 가는 길에 갖다두고, 답장은 점심시간에 맡아가지고 오라고 하였더니, 답장은 총총하여 못한다 하며, 요사이 매우 흥분하여 지내느냐고 한마디 물어보더라고 와서 회보(回報)할 뿐이었습니다. 사실 흥분하여서 증거 없는 불안과 공포에 못 이겨, 써 보낸 편지지만, 일언반사(一言半辭)의 회답을 아니하는 것은, 무슨 까닭인가. 편지 한 장 쓸 시간이 없다는 것은 번연히 핑계이겠지만, 갈 날이 며칠 안 남았다고 나대는 수작인지, 정신 이상이거나, 여자의 공연한 악지라고 생각하고 대꾸도 아니하려는 뜻인지, 그렇지 않으면 아무쪼록 나를 끌어내리려고 충동이는 수단인지, 진의를 알 수가 없었습니다. 그러나 하여간 한번 만나야 하겠다고 결심하였습니다. 이제는 근신을 표하여 집안에 신용을 얻을 필요도 없다고 악이 받쳐서, 한시바삐 붙들어가지고, 귀정을 지으리라고 생각하였습니다.

그날은 영감님이 일찍이 밤 출입을 하시게 하느라고, 저녁을 어둡기 전에 해치우게 한 뒤에, 지성껏 말리시는 어머님을 뿌리치고, 정의와 같이 나섰습니다.

도중에서 정의는, K의 집에나 자기 동무 집으로 보내려 하여도, 책임이 있는 정의는 생글생글 웃으면서, 굳이 E씨 집까지 바래다 준 뒤에, 그러면 K의 집에서 기다릴 터이니, 그리 오라 하고 갔습니다.

불의에 나를 만난 E씨는 놀란 듯이 벗었던 양복 윗통을 입고 정중히 맞으며,

"꽤, 갑갑하시지요" 하고, 인사하는 어조부터 2주일 전의 E씨 같지는 않았습니다. 그의 얼굴에는 귀찮다는 빛이, 역력히 씌어 있었습니다.

"예— 하도 갑갑하기에, K도 만나보고, 떠나시기 전에 한번 뵙고 싶어서……."

나는 자기도 알 수 없는 분이, 와락 치밀어 올랐으나, 태연히 이 같이 대답하였습니다.

그도 아까 답장을 못하여 미안하다는 변명뿐이요, 다른 말은 일절 입을 벌리지 않았습니다.

"택일이 어느 날이던가요?"

다른 때 같으면 반말처럼 하던 사람이, 깍듯이 존대를 하는 것부터 얼굴이 보이는 것 같았습니다. 내가 못 들은 체하고 있으려니까, E씨는 훈계 비슷하게 또 말을 끌어냈습니다.

"지금 와서 하는 수 있나요. 전후 형편이 도저히 일본 갈 여행권조차 맡을 수도 없고, 일본으로 일시 피한대야, 역시 일반이 아닙니까. 그것보다도 하루바삐 성례를 하시는 것이 득책(得策)이겠지요. A씨도 동경서 고등상업 시대에, 잠깐 만나보았지만 무던한 사람이지요. 오늘날 와서 내가 권고 비슷한 소리를 하는 것은 면목 없는 일이지만, 머뭇머뭇하다가는 참 정말…… 어찌 될지 사람의 일을 모르니까. 깊이 생각은…… 하셨겠지만……."

E씨는 무엇을 생각하는 사람처럼 맞은편 서가를 바라보며, 드문드문 말을 맺고, 테이블 위에 놓았던 넥타이 핀을 집어 꽂고 나서, 서랍을 열고 행커치프 상자에서 새 수건을 꺼내어 저고리 윗주머니에 넣으며 일어서는 것을 보고, 나는,

"어디 가시나요. 바쁘시겠지요. 나도 나왔던 길에, 좀 갈 데가 있으니까……" 하며 좇아 일어섰습니다.

E씨는, 그리 급한 일은 없다고 만류하는 듯하나, 나는 내 일은 염려 말고 잘 가라고 인사를 하려다가,

"아까 편지한 것요. 그것은 공연한 겁이 나서 그런 것이에요. 아까, 진고개 의원한테 진찰하여보니까 아니래요. 하여간 내 일은 잘되겠지요…… 그러면 아마 또다시 만나 뵙지 못할 테니까…… 정거장에는 여러 가지 의미로 고만두는 게 좋겠지요" 하

고 손을 내밀었습니다.

E씨는 귀가 번쩍 띄는 듯이 눈을 똑바로 뜨고 잠깐 쳐다보다가, 손을 주며,

"그럴 테지요. 나도 너무 흥분해서 그러신 줄 알았습니다" 하고 웃었습니다. 얼굴에는 확실히, 안심하였다는 희색이 살짝 지나갔으나, 그 웃음은 일종의 조소 같았습니다.

나는 가슴이 메어오는 미운 생각, 분한 마음을 못 이겨, 이를 악물고 앞서 나왔습니다. 컴컴한 속을 걸어 나오며 몸이 부르르 떨렸으나, E씨의 눈에는 띄지 않았겠지요. 그 자리에 주저앉아서 머리를 쥐어뜯으며 보기 좋게 한번 울었으면 시원하겠으나 그것도 할 수 없는 일이었습니다. 우리는 감영 앞까지 잠자코 걸어 나왔습니다. 정류장 앞에 와서 E씨는 별안간 무슨 생각이 났던지, K의 집에 같이 가서 정의와 넷이 작별 삼아 놀러가자고 발론을 하였으나, 나는 바쁘다고 거절하고 차에 올라버렸습니다. E씨는 남대문 편으로 향하여, 암흑 속에 그 장구(長軀)를 감추어버렸습니다. 집으로 바로 가려다가, 한 정류장 못 미쳐 광화문통에서 내린 나는, 방향 없이 해태 앞으로, 캄캄한 속을 헤매며 올라갔습니다. 눈이 화끈거리고, 얼굴은 버럭버럭 취하여오는 것 같으나 머릿속은 얼음장같이 차고 맑았습니다. 이때까지의 분은, 어느덧 스러지고, 일생에 처음으로, 참 정말 무엇을 깨닫고, 얻을 것을 얻은 것 같기도 하였습니다. 또 한편으로는, 지금까지 제풀에 속아넘어간 것이, 분한 생각보다는, 우스운 듯이, 혼자 컴컴한 속에서 히히 웃어도 보았습니다. 그러나 머릿속에는 귀국한 후 3개월 동

안의 생활이 활동사진 필름같이 차례차례로 떠올랐습니다.

……강연회의 광경, 첫인사할 때의 E씨의 태도, E씨의 서재, 노래를 쓰다가 빼앗기던 날, 어둑어둑하여가는 서재의 무언극, 온천, 용산 서의 형사실, 아까 집에서 뛰어나올 때의 결심, E씨의 거동이며 대화, 컴컴한 속으로 미끄러져가는 듯이 스러져버린 E씨의 뒷모양…… 낱낱이 눈앞에 보이는 듯 귀에 들리는 듯, 차례차례로 머릿속에 명료히 비추어 나왔습니다. 그다음에는, 자기의 일이 아니라, 마치 극장에 앉았는 것 같은 생각이 또 머리에 불쑥 솟아나서, 꿈속같이 극장의 광경을 그려보며, 정신없이 걸어갔습니다.

……뺑뺑 돌던 무대가 딱 그치자, 관객은 제가끔 떠들며 북적거리고 쏟아져나가는 모양이 눈앞에 현연(顯然)히 보입니다.

"흥! 돈이 아깝지!" 하며, 눈을 흘기고 뛰어 달아나가는 사람도 있고, 또 어떤 사람은 "통쾌하다. 참 재미있었다!"고 부르짖으며 깔깔 웃는 사람도 있습니다…… 어느덧 막은, 스르륵 닫혔습니다. 그제야 비로소 정신을 차리고 사방을 돌려다보니까, 나는 텅 빈 관객석을 등지고, 발끝까지 내린 유장(帷帳)에 코를 박고 눈을 감은 채, 아무도 없는 속에 혼자 걷는 것을 깨닫고, 유장을 들추려니까, 전등불이 확 꺼져버리고 천근같이 무거워 들리지 않는 장막 속에서는 멀리 들리는 웃음소리가, 졸음이 폭폭 오는 내 귀밑에서 소곤거리는 것 같았습니다.

나는 이런 구석 없는 환영을 머릿속에서 쫓으며, 캄캄한 육조(六曹) 앞길을 여전히 걸어가다가 또 미친 사람처럼 혼자 빙긋이 웃어보았습니다. 그러나 빙그레 웃던 상을, 면경에 비추어보았더면 어떠하였을까 하는 생각이, 문득 머리에 떠오르자, 자기의 전신이 구지레한 계집 동냥아치의 가련한 탈을 쓰고, 눈앞에 얼찐 얼찐하는 것 같았습니다. 나는 무심코 앞을 내어다보며 걷다가, 커다랗게 한숨을 한번 쉬고 우뚝 서며, 정신을 차리고 보니, 어느 틈에 보병대 앞까지 왔습니다. 우중충하고 컴컴시그레한 영문(營門) 앞에 선 파수병정은 부연 전등 빛에 번쩍번쩍하는 창을 총 끝에 박아 가로들고 어정버정하다가, 나를 물끄러미 건너다보고 섰습니다. 나는 어색한 생각이 나서 다시 돌아섰습니다.

'자살?…… 이만한 일에 자살이란 좀 비싸다. 어떻게 해서든지 성공을 해 보여야지. 죽기 전에는 독일에 한번 가게 되겠지!'

머릿속에서는 이렇게 부르짖으면서도, 시퍼런 창 끝으로 푹 찌른 목에서, 뻘건 선지피가 콸콸 쏟아지는 광경을 그려보고, 속이 시원하여 또 한 번 깊은 숨을 휘 쉬었습니다.

이런 구석 없는 생각을 하며 내려오다가, '그러나 이젠 어떻게 하나?' 하는 일종 절망에 가까운 의지할 데 없는 생각이 문득 나며, 무심중간에 아랫배를 치마 위로 살짝 만져보았습니다. 가슴이 뜨끔하며, 생각은 또 터무니없는 공포에 끌려 들어가다가 별안간에 아까 E씨의 하던 말이 머리에 떠올랐습니다.

"흥!(머뭇머뭇하다가, 참 정말 어떻게 될지 사람의 일을 모르니까!)…… 흐흥, 덩치가 커다란 게, 하는 소리가……."

나는 머릿속에 E씨가 하던 말을 한번 뇌어보고, 이같이 혼자 부르짖었으나, 분하거나 미운 생각은, 벌써 스러진 것을 깨달았습니다. 그러나 머릿속 저 뒤에서는, 복수 복수! 하는 소리가 들렸습니다. 제 코를 제가 다치고 복수한다 하였습니다.

나는 황토현까지 와서, 집으로 바로 가려다가, 정의가 기다릴 것을 생각하고 K의 집으로 향하였습니다.

안방에서 미닫이를 열고 내어다보던 K는 "재미 많았소? 벌써 천리만리 뛰었을 줄 알았지" 하며 비웃었습니다. 나는 정의를 데리고 그대로 집에 돌아왔습니다.

그 이튿날부터는 비교적 안정한 마음으로 지낼 수가 있었습니다. 하여튼 일이 끝장이 난 것이 시원하였습니다. 지금 경우에, 유일의 구주(救主)로 생각하던 E씨를 놓쳐버린 이상에야 이제는 전연히 자기의 독력으로 전도를 개척하여나가지 않으면 아니 되겠다고 각오하였습니다.

그러나 부친의, 인격을 무시하는 극단의 강압 수단에 대하여서든지, 머뭇머뭇하다가 정말 대파탄에 이르면 어찌할 터이냐는 패씸한 E씨의 충고에 대하여든지, 또는 K에게 수치를 당할 것을 생각하든지, 어느 편으로 보든지, 당장에 결혼하는 것은, 득책이 아니라고 생각하였습니다. 그러나 또다시 생각하여보면, 그 두려운 사실이 점점 적확하여지는 날이면, 그야말로 머뭇거리지 말고 하루바삐 혼례를 행하는 외에는 구급책이 없다고도 생각하였습니다. 그뿐만 아니라 E씨에게 대한 복수 수단으로라도, 우선 속히 결혼을 하여가지고, 양행(洋行)이나 하도록 주선하는 것이 상책일 것 같기도 하였습니다.

그러면서도 다툴 수 없는 사실만은, 나날이 정확히 그 자취를 보입니다. 그리 심하지는 않았으나, 구미를 아주 잃은 입속에는 무엇을 집어넣든지 메슥메슥하고, 머릿골이 떵하여, 한곳에 준좌를 하고 앉았을 수가 없었습니다. 밥을 먹다가 말고 자기 방으로 뛰어 들어가서 은단 같은 것을 물고 가만히 앉았을 때는, 머리끝이 으슥으슥하고 몸이 땅으로 스며들어가는 것 같을 때도 많았습니다.

"E씨를 못 만나서 얼굴이 다 못 되었구려" 하며, K가 와서 보고 비웃으니만치, 내 얼굴은 뒤틀리고 꺼칫하여졌습니다.

'여자는 대개 이런 때에, 살이 더 고와진다는데…….' 이런 생각까지 하여, 사실을 부인하여보려고도 하였습니다마는, 역시 쓸데없었습니다.

부지중 6월 26일은 다다랐습니다. E씨의 구주 만유(歐洲漫游)의 길에 오르는 첫날이올시다. 나는 온종일 남자로 태어나지 못한 것을 한탄하고 지냈습니다. 그러나 기다리던 그믐은, 바락바락 치밀어왔습니다. 오늘이나 뵐까, 내일이나 뵐까 하며 일생을 그리던 님 바라듯이 바랐으나, 이달에도 역시 없었습니다. 이제는 하는 수 없었습니다.

나는 매일 당신의 사진만 몰래 들여다보며, '이 사람은 나를 구하여줄까. 용서하겠지. 안 하여주면 어떠한 수단으로든지 해 보이지' 하며 실신한 사람처럼, "용서해주겠지"를 뇌고 앉았습니다. '노라'[20]는 남편을 살려놓고, 기적을 바랐지만, 나는 남편 된 사람의 원대로 허혼을 하여놓고 기적이 나타나라고 축수하고 앉았었습니다.

146

6

우리가 3주일 가까운 동경 여행을 마치고, 대구 한구석에서 가정이랍시고 살림을 시작한 것은, 한참 찌는 듯한 7월 그믐께가 아니었습니까.

새로운 주인을 기다리는 지점장의 의자, 신혼한 젊은 부처를 맞으려는 새로 꾸민 사택, 거기에 들어앉아, 과거의 쓰고 컴컴한 기억 낡은 상처를 다 잊어버리고, 열 배 백 배 용기로 새로운 생활을 세우려는 당신의 전도는, 양양하고 광명과 희망에 빛난 꿈이었겠지요. 더구나 교회에서 그림의 떡으로 바라보며, 연모하고 열망하던 것을, 급기야 품에 안고 보니, 의외에 정숙하고 온순한 데에는, 오직 하느님께 감사치 않을 수 없으셨겠지요. 그러나 그 정숙 그 온유 그 복종이, 무엇을 의미한 것이었던가를 신이 아닌 당신이, 어찌 아셨겠습니까.

동경에 갔을 때에도, 이것저것 눈에 띄는 것마다, 하다못해 그림엽서 한 장이라도, 사고 싶지 않느냐 가지고 싶지 않느냐고, 일일이 물어가며 사서 주시지 않으셨습니까. 당신의 신분으로는 좀 과하다 할 만한 피아노까지 천 원의 예약금을 주시고 주문하여주셨습니다. 그러나 나는 무엇을 보든지, 욕심 없는 것처럼 어느 때든지 굳이 사양하지 않았습니까. 허나 나도 보통 여자이었습니다. 아마 보통 여자 이상으로, 허영심이 강한 여자이었겠습니다. 어찌하여 그런 미화(美華)한 것을 싫어하겠습니까마는, 그때 경우에 나는 사양하지 않을 수가 없었기 때문이었습니다. 이런 것을 보시는 당신은, 일편으로는 자기의 자력(資力)을 믿지 않거나, 눈이 높아서 그러는가 하여 불쾌히도 생각되셨겠으나, 역시 고맙기도 하고, 더욱 사랑스럽게도 보신 모양이었습니다. 그러나 내가 사양한 것은, 눈이 높아서 그런 것도 아니었고 당신의 자력을 생각하고 동정하여 그러한 것도 아니었습니다. 그러한 친절을 받을수록 자기의 죄를 더욱이 들추어내는 것 같기도 하고, 당신의 환멸의 비애가 한층 더 격심할 것이 두려워서 그런 것이었습니다.

그러나 당신은 넥타이 하나 속셔츠 하나를 변변히 사시지 않으시면서도 아까운 줄도 모르시고, 눈에 띄는 대로 불관한 것까지 사서 주셨습니다.

"그만두셔요. 그건 너무 과해요" 하며, 정숙한 구조(口調)로 제지를 하면, 그 말이 귀여운 것보다도, 허영심의 화신인 현대 여자에게는 볼 수 없는 그 아리따운 심정이, 고맙고도 도리어 미안히 생각되어, 하나 살 것을 두셋씩 주문하여주셨습니다. 실로 말씀하면, 당신은 애인의 성미에 맞는 물품으로 만족시키는 것보다도 그 물질로 인하여 나타나는 나의 심정의 미와 선에 감격하시고, 그것을 향락하셨습니다. 그러나 그것이 나에게는 견딜 수 없는 무거운 짐이었습니다. 혹 밤 같은 때에 제극(帝劇)에나 오페라에 가자고 권하실 때에도, 싫다 하고 드러누워버리면, 그것까지 부녀자의 미덕이라고 생각하신 모양이었습니다. 그러나 그러면 그럴수록, 당신의 호의가, 도리어 나에게는, 바늘 끝으로 심장을 따짝거리는 것 같아, 혼자 얼굴을 붉힐 때도 있고 울고 싶은 때도 있었습니다. 그러나 그러한 점까지도 당신의 눈에는 순결하고 천진한 처녀의 태도로밖에 보이지 않았습니다.

이러하기 때문에, P씨가 찾아와서, 너무 숙친(熟親)한 태도로 담화를 하는 것을 보시거나, 동경을 떠나는 전날 작별 삼아, 이전 동무의 집을 방문한다고 같이 나가는 것도, 양성 간의 복잡하고 미묘한 기미를 모르시는 당신은, 눈치도 못 채셨던지, 나의 인격을 신용하여 그러하셨던지, 하여간 아무 의심 없이 허락하여주셨습니다.

그날 약조한 시간보다, 한 시간이나 늦게 돌아왔을 때에도, 당신은 고대 고대하다가 무사히 돌아온 것만 다행하다는 듯이, 몸이 부서지라고 껴안아주셨습니다. 연인을 고대하다가 만나는 환희를 처음 경험하시는 그때의 당신은, 확실히 최고의 행복을 맛보셨겠지요. 그러나 그것은 당신에게 취하여, 그 이상의 고가를 지출하고 얻으신 것이었습니다.

아아, 사(死)로도 정케 할 수 없는, 이 몹쓸 국녀(鬻女)! 후회하면 할수록 자기를 신용할 수 없고, 근신하고 경계하려 할수록 유혹의 힘은, 강렬히 개가(凱歌)를 부릅니다. 아아, 무섭습니다. 대담합니다…… 아아, 하나님 맙소사!

그러나 내가 일생을 통하여, 진정으로 사람다운 감정을 경험하여본 것은, 그때가 처음이었습니다. 정말 후회한 것도 그때뿐이었습니다. 그리고 단 1분간이라도, 당신을 사랑하겠다는 열정에, 목이 막히어 말을 못하고 떨어본 때도 그때뿐이었습니다. 아마 일생을 통하여 그때가 처음이요 마지막이었겠지요. 나는 가슴에 매달려서 울고 싶었습니다. 모든 것을 낱낱이 자백하고 나서, 죽여줍시사고 애원하고 싶었습니다. 결국 당신의 진순한 애(愛)는 나의 마음에 깊이 보금자리를 파고 들어앉은 악마를 항복시킨 것이었습니다. 그러나 이지는, 지금 이 자리에서 자백하여서는 한 사람도 구하지 못한다고 소근거리었습니다. 실로 후회도 그때뿐이었습니다. 그다음 순간에는, 도리어 결혼한 후 일주일 동안 당신의 감정에 안기어, 차차로 눈을 뜨려던 양심의 싹까지 뿌리째 말라버렸습니다.

귀국하는 도중에도, 내가 차차 쾌활히 담화도 하고, 농 비슷 어리광 비슷하게 우스운 소리를 하며 노는 것을 보신 당신은, 곧 집어삼킬 듯이 기뻐하셨습니다. 그러나 교활한 자의 '악화된 대담(大膽)'이라는 것은, 꿈에도 생각지 못하셨습니다.

그리하여 하여간 우리는, 대구역두에 무사히 도착하였습니다. 전날 오셨던 어머님을, 정거장에서 만나 뵈올 때는, 반가운 생각보다도 무서운 증이 앞을 섰습니다. 그러나 하여간 나는 그날부터 새로운 가정의 주부가 되었습니다. 집은 그리 넓지 않았으나, 따로따로 서재를 한 칸씩 차지하리만치 부자유는 없었습니다. 신접살림으로는 오히려 너무 훌륭하다 할 만하였습니다. 나를 위하여 특별히 서울서 데려온 젊은 상전 하인까지 만단의 준비가 몸만 들어앉으면 되도록 정돈되어 있었습니다. 그러나 그것이 단 2주일 동안의 꿈이었던 것을 신이 아닌 당신이 어떻게 아셨겠습니까. 허위 위에 세운 가정이 아무리 화려한들 모래밭에 세운 신기루만도 못할 것이 당연한 일이 아니오니까.

오륙 일쯤 지나서 어머님은 올라가시지 않았습니까. 그것도 실
상은, 더 계시고 싶어 하시는 것을, 내가 재촉을 하여 하루바삐
가시게 한 것이었습니다. 그 후 1주일 동안! 그것도 재미스러운
시간이었지요. 그러나 그 후에는 어떻게 되었습니까. 일호도 거
역할 수 없는 것은 생명의 힘이올시다. 근 한 달 동안을 그렇게
노심을 하고 별별 수단을 다 써서 주의를 하였건만, 당신의 의안
(疑眼)은 어느덧 내 몸뚱어리에서 떠나지 않게 되었습니다. 무엇
을 생각하시는 것처럼 물끄러미 나를 바라보시다가,

"P는 언제부터 알았소?"

불쑥 이렇게 물으실 때는, 가슴이 뜨끔하지 않은 것은 아니었으
나, 귓결의 말처럼 대수롭지 않은 듯이 말을 얼버무려들인 일도
없지 않았습니까. 당신은, 나의 몸이 점점 이상해가는 것을 보시
고 P를 연상하신 모양이었습니다. 더구나 결혼한 지가 달포나 되
는 오늘날까지 어떠한 일이 있든지 내 속살에는 손을 대시지 못
하게 한 것이, 요사이 와서는 의심을 더하시게 한 모양이었습니
다. 그러나 조용하신 당신은, 다만 눈치만 보실 뿐이요, 결코 입
밖에는 한마디도 내시지 않으셨습니다. 나도 어느 때든지 한번
풍파는 겪으리라고 각오는 하였지만, 당신이 무엇이라고든지 먼
저 개구하시기 전에는, 이편에서 토설을 하고 싶지는 않았습니
다. 지금 와서는 조민(燥悶)하거나 두려운 생각보다도, 도리어 하
루바삐 끝장이 난 뒤에 모든 것을 다 마감하고 나서 새로운 기분
과 정신으로 다시 출발하게 되는 것이, 피차에 시원하겠다고 생
각하였습니다. 과연 자기도 놀랄 만치 마음이 침착하여지고 대담

한 것을 깨달았습니다. 그러나 어떤 때든지 쫓겨 가리라고는 꿈에도 생각지 못하였습니다.

'다소의 파란도 있을 것이다. 상심도 되고 일시 낙심도 하실 테지. 또는 하속배(下屬輩)며 여러 사람에게, 일시 수치도 면할 수 없을 터이다. 그러나 비밀히 하면 어떻게든지 될 수 있을 것이다…… 나는 상경하였다가 오고, 하인들은 죄다 갈아들이면…… 서울 갔다가 와서 지웠다 하고 어디 맡겨버리면, 큰 소리는 없을 것이다. 그렇게만 하면 설마 내쫓겠다고는 못하실 테지…… 정 못할 지경이면, 그러기에 처음부터 결혼을 못하겠다고 하지 않았나? 그런 것을 무리하게 우격으로 하여놓고, 지금 와서 이런 일이 생겼다고 버리려느냐고 들이대이지…….'

안심은 하지 못하였으나 당신의 성격을 낙관한 나는, 한편으로 믿었습니다. 일종의 기적을 바랐습니다. 혹시는 과학의 힘을 빌까 하는 생각이 없지 않았으나, 그것은 결혼하기 전보다도 더 어려운 일이라고 곧 단념하였습니다. 혼인 미쳐도 그런 생각이 없지 않았지만 통사정할 만한 적당한 사람도 없거니와, 결국, 신문장이의 좋은 일만 하게 될 것이요, 그 외에 돈십이고 돈백 집어주어야 할 것이니, 그때 형편에 도저히 생의(生意)도 못할 일이었습니다. 헌데 더구나 지금 아주 생소한 여기에 와서, 그런 섣부른 짓은 좀처럼 하여서는 엄두도 못 낼 것이었습니다.

그뿐만 아니라, 설혹 당신의 보호를 못 받게 되는 한이 있더라도, 결코 막다른 골은 아니었습니다. 동경서 P씨와 만난 것이 나에게는 최후의 촉망점(囑望點)을 주게 된 것이었습니다. E씨와의

관계를 아직 모르는 P씨는, 그동안의 설왕설래를 다 들은 후에,

'마음만 단단히 먹고, 적당히 이혼의 수속만 하면 어떻게 하든지 염려 없게' 하마고, 약속을 하였습니다. P씨도 이혼을 하지 못하여 애를 쓰는 터요, 졸업을 하고도 연구를 더 한다고 핑계 핑계하며 귀국도 아니하는 요사이 청년의 한 사람이었나이다. 그러나 그 약속은 내가 뒷길을 예비하려고 한 것이요, 결코 P에게 대하여 무슨 성의가 있거나, 연정을 못 이겨 그러한 것이 아님은 물론이었나이다. 하지만 나는 될 수 있는 대로 P에게 열정을 보이고 모든 요구를 만족시켜주었습니다.

그러나 이상한 것은, 그때 대구서 떠나기 전 얼마 동안은 급작스레 당신에게 대한 정이 마음속에 눈을 떠오는 것이었습니다. 당신의 태도가 점점 냉정하여갈수록, 당신의 눈에 자기 몸을 보이지 않으려면서도 접근하고 싶은 생각은 더욱더욱 간절함을 깨달았습니다. 어떠한 때는, 금시로 서재에 뛰어 들어가서 부둥켜안고, 흡족하도록 울었으면 시원할 것 같아, 방문 밑까지 가서, 공연히 어정버정할 때도 있었습니다. 그리하다가도 모든 것을 서면으로 자백하여놓고, 나만 어디로든지 획 달아나버렸으면 그만이라고도 생각하여보았으나, 그 역 용이한 일은 아니었습니다.

그러나 제일 머릿살 아픈 것은, 순이나 안잠자기[21]의 눈이었습니다. 신혼한 젊은 부부가 요사이는 이상하게도 서먹서먹해가며 동침하지 않는 것도 의심이려니와, 더구나 내 몸을 수상쩍어하는 모양이었습니다. 간혹, 순이나, 안잠자기가,

"왜, 요새는 나리가 서재에만 꼭 들어앉으셨어요" 하거나, 의미

있는 미소를 띠며 "나리는 언제부터 친하셨어요? 같이 일본서 공부하셨나요?" 하며 물을 때마다, 나는 다행히 여겨 약혼한 지 2년 만에, 성례를 하였다고 들려주고, 병환이 나셨다고도 하였습니다.

"너, 나리 방에, 치울 때 보렴! 약병 천지지?…… 얌전하셔 보여도, 뒷구멍으로 소곤소곤 야단이란다. 학교에 다니실 때부터 얻으신 좋지 못한 병이, 지금까지 여름이 되면, 저 모양이란다. 하하하…… 병원에도 못 가시고 혼자 이 더위에 방문을 첩첩 달고…… 하하하."

이런 밑도 끝도 없는 소리를 하여 들려주면, 어린 순이는 무슨 의미인지 확실히 몰라서,

"무슨 병환이시기에 병원엘 못 가셔요?" 하며, 눈이 둥글해지나 안잠자기는 시골서 자라난 중늙은이건만, 벌써 짐작하고, 웃어버린 일도 있었습니다.

그러나 어느덧 집안에는 뭉긋뭉긋 찌는 듯하는 속에 음산한 기운이 돌게 되었습니다. 상하 오륙 인이나 들어엎드렸는 집안에서는, 조석으로 부엌에서 설거지하는 그릇 부딪치는 소리와 집 치우는 비질 소리 외에는 쥐 죽은 듯이 숨소리 하나 크게 들리지 않게 되었습니다. 언제나 끝이 날지 모르는 음울한 무언극은, 여름날 더위와 같이 지리하였습니다. 이러한 이상한 상태가 벌써 2주일이나 지나서, 8월은 훌쩍 넘어갔습니다. 만 5개월이 넘은 나의 몸은, 모시옷 두세 겹으로는 아무렇게 하여도 감출 수 없을 만치 들버티고 무거웠습니다. 신경도 웬만큼 피로하였고, 머리는 그 이상 더 궁리할 여유가 없게 되었었습니다.

"될 대로 되려무나!" 하며, 긴긴 해를 방 속에서 뒹굴뒹굴 굴며 보낼 수밖에 없었습니다. 당신도 매일 여전히 정한 시간이 되면, 서재로 회사에 회사로 서재에, 아무 일 없는 사람같이 드나드시는 모양이었으나, 얼굴에 역력히 쓰인 고민의 흔적만은, 나날이 컴컴하게 흐려갈 뿐이요, 어떻게 조처해야 좋을지 거의 실신 상태이셨던 모양이었습니다. 그러나 때는 익었습니다. 프로그램도 다 되었습니다.

9월 15일! 당신에게 대하여도, 일생애에 잊을 수 없는 날이었겠지요. 결혼 생활 75일이란 시간을, 한입에 삼켜버린 날이었습니다. 동시에 25세의 떡잎 같은 당신으로서는, 지고 견딜 수 없는 무거운 짐을 내려놓고, 큰 숨을 쉬던 은혜 받은 날이었습니다.

그때가, 아마 자정이 가까웠었지요. 그날은 밤이 들어도 바람한 점 없이, 후끈후끈하며, 마지막 울도(鬱陶)한[22] 날이었습니다. 11시를 쳐도 안 들어오시기에, 순이더러는 자라 하고, 나도 모기장 안으로 들어가 드러누웠습니다. 손님 대접을 하여도 음식을 사다가는 하셔도, 결코 요릿집에는 아니 가시던 당신이 오늘은 왜 이리 늦으시나 하며, 어느덧 잠이 어린어린하였습니다. 그러나 오륙 분간이 지났을지 마루 끝에서 털썩 하는 소리에 깜짝 놀라 일어나며 내다보니까, 어느 틈에 들어오셨는지, 당신은 구두를 신으신 채 마룻전에, 숨이 찬 듯이 고개를, 푹 수그리고 앉으셨는 것을 뵙고, 나는 놀라지 않을 수가 없었습니다. 순이를 일으켜 내보내고, 나도 뒤따라 나가보았습니다마는, 입을 벌릴 용기조차 없었습니다. 약주라곤 포도주 한잔을 잡수셔도, 포도주 빛보다도 더 발개지시는 당신이, 그날은 어디서 얼마나 잡수셨던지 정신을 못 차리시는 것처럼 눈을 감고 어느 때까지 앉으신 것을 뵈일 제, 진정으로 가엾은 생각을 못 이겼습니다. 그러나 한편으로는, 굳센 신앙을 깨뜨리시고 세간적으로 파탈을 하셨다는 것이, 도리어 나에게는 일조의 활로를 얻은 것 같기도 하고, 적어도 오늘 밤에는 이때까지 고대하던 기회가 온 것 같기도 하여 다소 안심도 되었습니다.

그같이 20분이나 앉으셨지요. 순이가 애걸하는 것이 미안하여 그러셨던지, 벌떡 일어서서 올라오시는 길로 서재로 들어가실 줄 알았던 당신은, 안방으로 들어오셔서, 순이가 부산히 치울 새도 없이 아랫목에 털썩 주저앉으신 뒤에도, 역시 고개를 숙이고 앉아 계신 것을 보고, 나는 서재로 숨어버렸습니다. 그러나 순이가 와서 부를 때에는, 예측은 하고 앉았지만 가슴이 두근대지 않을 수가 없었습니다.

'어떻게 할까? 그 문제를 끌어내실 지경이면, 무어라고 대답을 해야 좋을까. 이 기회를 놓치지 말고 시원하게 죄다 쏟아버리는 것이 득책은 득책이지만, 어떻게 말을 꾸며대야 좋을까……'

머릿속에서는 선풍(旋風)이나 일어난 듯이, 이 생각 저 생각이 뼁뼁 도나, 채 결심을 하지 못하고 안방 문지방에 발을 걸쳤습니다. 당신은 그대로 화석이 된 것처럼 괴로운 숨만 씨근씨근 쉬이고 앉으셨을 뿐이었습니다. 그러나, 내가 들어가서 앞 창문을 향하여 앉으니까, 비로소 고개를 드시고, 순이더러 건넌방에 가서 자라고 한마디 하신 후, 또 역시 어느 때까지 고개를 숙이고 가만히 앉으셨지 않았습니까.

무서운 침묵이 머리 위를 압도하여옵니다. 1분 2분 5분 6분······ 내 머리 위에서 째깍거리는 시계 소리만은, 수——수—— 하시는 괴로운 숨소리와 장단을 맞춥니다. 벌써 10분이 지났습니다. 12시가 땡땡 쳤습니다. 그러나 역시 사(死)와 같은 침묵은 또다시 계속합니다. 어느덧 나의 마음은 침정하여왔으나, 답답한 증은 점점 심하여질 뿐이었습니다.

참다못하여 나는 입을 벌렸습니다.

"인제 주무시지요."

"······."

"자리를 예다 펴드릴까요."

그러나 당신은 여전히 눈을 감고 앉으셨을 뿐이었습니다. 취기에 못 이기어 그러셨던지 이맛살을 더욱더욱 찌푸리실 따름이었습니다. 나도 고개를 숙이고 앉았었습니다. 또 이삼 분은 지났습니다. 나의 가슴은, 묵은 부스럼을 건드리는 것같이 조릿조릿하였습니다마는, 한편으로는, 인제는 될 대로 되려무나! 하는 자포심이 생기는 동시에 도리어 마음이 가벼워지는 것을 깨달았습니다. 그러나 별안간에 고개를 번쩍 드시며,

"흥! 자라구?······ 이젠 정말 잘 때가 되었는지도 모르겠소."

혼잣말씀처럼 한마디 하시고, 나를 똑바로 쳐다보실 제, 나도 부지중에, 고개를 번쩍 들었으나, 마주치는 시선을 피하려고, 또다시 고개를 숙이는 수밖에 없었습니다. 그러나 당신의 불길 같은 시선만은 나의 뱃속에서 움지럭거리는 영원한 미물(謎物)을

찌르는 듯이 이리로 쏟아지는 것을 깨달았습니다. 또 무거운 침묵이 계속되었습니다. 그러나 꼼짝도 아니하고 까맣게 덮은 밀운(密雲)이 한 소나기 하지 않고 흩어질 리가 없지 않습니까. 끓는 가마 속같이 후끈거리는 방 안의 울도한 공기는, 피가 마르도록 땀을 쥐어짜냅니다…… 드디어 두려운 침묵은, 다시 주워 담을 수 없이 깨지고 말았습니다——.

"모든 것이 내 팔자요. 그런 운수를 타고난 이상에야 하는 수 있소…… 아무 말도 할 필요 없소. 또 들을 필요도 없소…… 내일 떠나주우. 그밖에는 내 힘으로 하는 수 없으니까. 생각해서 피차에 좋도록 하는 수밖에 없소. 서울로 가서 어떻게 하는 것은 나는 모르우…… 모든 것이 내 잘못 내 불찰인지 모르지만, 이 이상 명예까지 희생하는 수 없으니까, 그 점은 깊이 생각해주어야겠소."

목이 메어올 때마다, 큰기침을 하셔가며 겨우 말씀을 맺고, 고개를 다시 숙이시고 흑흑 느끼시는 모양이었으나, 나는 그대로 무릎 위를 내려다보고 앉았을 수밖에 없었습니다. 머릿속은 마치 사개가 어그러진 물레바퀴 모양으로, 모든 생각이 일시에 정지한 것같이 혼돈한 중에서, '정말 약주에 취하신 게 아니로군!' 하는 생각만은, 몇 번이나 반복하여 떠올랐습니다. 어느 때든지, 몸을 내던져서 실리고 울며 호소하였으면 시원하리라, 모든 문제는 다 씻기어 흘러가버리리라고 한 것도, 이제 와서야 다만 공상에 불과하였던 것을 깨달았습니다.

오뇌(懊惱)의 담즙 같은 눈물방울이, 하얀 양복 바지 무릎 위에, 떨어지기가 무섭게 스며 들어가는 것을 곁눈으로 노려보고 앉아서도, 내 눈은 여전히 보송보송하였습니다. 누선(淚腺)이 막힌 것이 아니라, 송두리째 말라버렸습니다. 혹은 눈물이 말랐다는 것보다도 영혼이 보송보송하여졌다는 것이 온당할지도 모르겠습니다. 탄성과 윤기를 잃어버린 영혼은 건드리면 보삭보삭 바스러져버릴 만치 말랐었습니다.

"내가 술이 취해서 한 말이 아니오. 한 달 동안 머리를 썩이고 겨우 결심한 것이니까, 범연히 생각지 말고, 내일 밤차로 떠날 준비를 하오" 하시며, 훌쩍 서재로 들어가버리신 뒤에도, 나는 아무 것도 생각할 수 없이 앉은자리에 그대로 멀거니 앉았었습니다.

순이가 건너와서 자리를 다시 펴주고 간 뒤에도, 역시 아랫목에 앉았으나, 머리에는 아무 생각도 떠오르지 않았습니다. 이대로 앉아서 밤을 새워보리라는, 자포적 일종의 우스운 반항심밖에는, 웃고 싶은지 울고 싶은지, 자기의 마음을 자기도 헤아릴 수가 없었습니다. 이 밤이 새면, 이 집을 영영 이별하지 않으면 안 되리라는 생각조차, 머리에는 떠오르지 않았습니다. 그러면서도, 지금 이 광경을 건넌방에서 순이들이 눈치를 채었다 하더라도, 나의 임신이 결혼하기 전부터, 당신과 관계가 있어서 된 것으로만 짐작하고 있는 그들에게는, 젊은 부부의 질투 싸움으로 알리라는 생각이 나서, 속으로 웃어보기도 하였습니다. 이처럼 마음에는 여유가 있는 것 같으면서도, 공연히 초조한 증이 나서 누웠다 앉았다 할 뿐이요, 이젠 어떻게 조처를 하겠느냐는 것은, 아무리 하여도 생각이 떠오르지 않았습니다.

전등불이 나가고, 새소리가 재잘댈 때에, 잠깐 눈을 붙였습니다. 두세 시간쯤 잤던지 선잠에 소스라쳐 깨니까, 낙숫물 소리가 처량히 들리었습니다. 어제 온종일 찌더니 기어이 비가 되고 말았습니다. 부엌 속에서 멀리 들리는 떼그럭 소리며, 황황히 돌아다니는 발자취, 구두를 닦아야 하느니, 인력거꾼을 불러오느니 하는 수군거리는 소리…… 한참 부산하더니, 집안은 다시 괴괴하여졌습니다. 으슥한 방 속에 가만히 드러누웠으려니까, 자기가 중병이 났던 것 같아서, 더욱이 처량하기도 하고, 자기 신세가 불쌍한 듯도 하여 눈물이, 나올 듯 나올 듯, 공연히 가슴이, 뻐근하였습니다.

'내가 죽으면, 울 사람이나 있을까?'

이런 생각을 하다가, 정의를 만나보고 싶은 증이 와락 나서, 금시로 서울로 뛰어 올라갈까 하는 생각이 일어났습니다.

아침을 다 해치운 뒤에, 순이가 동정을 살피려는 듯이, 살그머니 들어오기에, 붙들어가지고 나리가 무엇이라 하시더냐고 물어보니까,

"암말씀도 아니하셔요" 하며 허리춤에서, 네 골에 접은 지폐 장을 꺼내서, 내 앞에 놓고, 울 듯 울 듯한 상으로 나를 내려다보고 앉았습니다.

"그래 이 돈은 무엇 하라고 하시던?"

"……그냥 갖다드리라고만 하셔요…… 그리구 오늘 서울 가신다거든 잘 모시고 가라구 하셔요" 하며 순이는 눈물이 글썽글썽 하여오는 것이 부끄럽다는 듯이 고개를 살짝 돌리며 푹 수그렸습

니다.

"울기는 왜 운단 말이냐, 네 에미가 죽었니?"

나는 이같이 소리를 빽 질렀으나, 부모가 돌아갔다 하여도, 눈물 한 점 나오지 않을 지금의 자기에 비하여 얼마나 귀여운지 몰라서,

"서울 가면 좀 좋으냐…… 인제 또 온단다."

이같이 위로 삼아 한마디 하고 일어나서, 소세한 뒤에 치장을 차리기 시작하였습니다.

비는 온종일 끊일 새 없이 쏟아지고, 당신은 어둡도록 들어오시지 않기 때문에, 7시 몇 분 차로 떠나려다가 머뭇머뭇하고, 급기야에, 밤, 새로 2시쯤 해서 차에 오르게 되었습니다.

아아, 생각할수록 그날 밤처럼 쓸쓸하고 비참한 경험을 하여본 일은 없었습니다. 당신은 그날 어디로 가셨던지 모르겠습니다마는, 기다리다 못하여 쓸쓸한 집을 안잠자기와 바깥 하인 내외에게만 맡겨두고, 가방 두 개만 인력거에 놓아가지고 나설 제, 천진한 순이가 훌쩍거리는 데에 끌려서, 나도 우비 속에 앉아서, 입술을 악물면서, 부지중 눈물을 머금지 않을 수 없었습니다.

7

생각하면 그렇게도, 쉽사리 끝장이 날 줄은, 참 꿈밖이었습니다.

그때 경우에, 당신에게 애소(哀訴)를 하고, 하루라도 더 지체를

한대야, 소문만 더 퍼져서 남부끄러운 꼴만 볼 것이요, 한편으로는 그 지리하고, 단조하고도, 음울한 생활에서 하루바삐 해방되고 싶고, 또는 서신으로 사죄를 하여 양해를 얻는 것이, 당신 마음을 돌이키시게 하기에, 도리어 유리하다고 생각하여, 제백사(除百事)하고 떠나는 왔습니다마는, 그 결과 설마 이렇게까지 되리라고는, 그래도 생각지 못하였었습니다.

아무 선통도 없이 불의의 손을 맞은 집안에서는, 반가운 것보다도 놀라지 않을 수 없었던 모양이었습니다. 우선 어머님께서는 내 몸에 눈이 띄신 모양이었으나, 나는 일절 개구하지 않았습니다. 전전날 밤에도 눈을 붙이지 못하고, 찻간에서도 변변히 자지 못한 나는 핑계 삼아, 석 달 전에 쓰던 자기 방으로 들어가서, 반나절이나 흠뻑 자고 나와, 점심을 먹은 뒤에 또 들어가 누웠습니다. 자는 동안에 순이에게 꾀임꾀임 물어보셨던지, 어머님의 눈치가 좀 다른 듯하였습니다. 어머님은, 수심스러운 빛으로, 눈만 끔벅거리고 누웠는 나를, 한참 들여다보시다가,

"안서방은 그저 그 집에 있니? 그럼 살림은 누가 거들어주기로 했단 말이냐."

이같이 물으실 뿐이요, 별로 캐어보시려고도 아니하시는 듯하였습니다. 그러나 나는, 두 무릎을 세우시고 앉아서, 담배만 화가 나시는 듯이, 빽빽 빠시는 어머님의 얼굴을 쳐다보다가,

'이 어머님은 나를 배고, 정부에게로나 도망하여 왔지만, 나는…… 이 어머니한테로 쫓겨왔구나……' 하는 생각이 나서, 거기에 무슨 신비적, 미신에 가까운 의미가 있는 것 같기도 하고,

무서운 증도 났으나, 그 뒤로는 미운 듯 통쾌한 듯 어쩔 줄을 알수 없는 겁겁한 마음을 억제할 수가 없어서, 슬쩍 돌아누워버렸습니다. 잠깐 있다가,

"그래, 이젠 어떻게 할 터이란 말이냐. 또 갈 테냐?" 하시며 잼처 물으시기에, 나는 돌려다보며,

"어쩌긴 무얼 어째요." 쏘듯이 한마디 소리를 지르고 나서, 집속에 있기 싫으니, 어디든지 방 한 칸만 얻어줍시사고 간청하여보았습니다.

처음에는 좀처럼 들으실 것 같지도 않으셨으나, 집에 있어서는 여러 사람 눈에 들키는 것도 싫고 더구나 K라든지 그 외 여러 친구 간에 소문이나 나면 안 될 터이니, 부디 오늘로라도 구하여보아달라고 사리를 말씀하니까, 그럴듯이 생각하셨던지, 침모와 의논하신 결과, 누각동(樓閣洞) 막바지에 있는 자기 집 건넌방을 치워주기로 되었습니다.

그 이튿날 밤에, 도망꾼이 모양으로 서적과 시급한 소용품만 한 짐 옮기고, 정의와 순이를 데리고, 옮겨 앉은 것이, 지금 이 방이올시다. 정의는, 이튿날 곧 기숙사로 들어가고 순이도 별로 할 일이 없으니까, 며칠 있다가 보내버렸습니다. 인제는 아무것도 꺼릴 것 없이 한 칸 방에 들어앉아서, 늙은 내외가 끓여다가 내미는 밥술이나 받아먹으면, 책권이나 들고 드러누워서, 어서 뱃속의 것이, 나오기만 기다릴 따름이었습니다. 며칠만큼씩 어머님이 보러 오시거나, 1주에 한 번씩 정의와 만나는 것이, 감옥에 들어앉았는 죄수만치 반가웠으나, 그것도 얼마 지나니까, 더욱이 어머

님이 오시는 것이, 도리어 귀찮았습니다. 처음에는 독서나 힘껏 하여볼까 하였으나, 느느니 공상뿐이요, 몸은 나날이 수척하여갈 뿐이었습니다.

그동안 부친께서는 심심하시던 판에 일거리나 생기셨다는 듯이, 안팎으로 드나드시며, 세상이 떠나갈 듯이 야단을 하시고, X 씨에게 대하여 면목이 없느니, 일을 낙착을 하여야 하겠느니 하시며, 두세 번이나 내게 오시기까지 하셨지만, 물론 나는 절대로 간섭을 못하시게 하였습니다. 더구나 X씨에게 대하여 면목이 없다고 소리를 버럭버럭 지르시는 데에는 기가 막혔으나, 도시 개구를 아니하였습니다…… 결국은 절연하자고 하시기에 아무렇게나 하시라고 대답하였습니다. 그 후부터는, 시량도 대지 말라고 엄금을 하였다 하오나, 어머님이 살아 계신 동안은 굶어 죽을 염려는 없었습니다.

그러나 어머님 입을 거쳐서, 당신의 소식을 늘 듣고 있었습니다. 내가 상경한 후 얼마 아니 되어, 거기를 사직하시고 다시 본점으로 전근되셨다는 것이며, 일본 하숙 생활을 시작하시고 한편으로는 또다시 구혼을 하시는데, 이번에는 들어앉았는 색시를 구하신다는 소문, 더구나 화류계로까지 소문이 들려 심지어 어느 기생하고 노신다는 것까지 샅샅이 알고 앉았었습니다. 그러나 이런 말을 들을 때마다, 가슴이 선득하지 않을 수 없었습니다. 집에 드나드는 그 방면 사람들이 옛이야기 삼아 떠들고 다니는 것은, 별로 개의할 것도 없지만 내밀히 구혼하신다는 소문이, 났다는 말을 듣고서는 깜짝 놀라지 않을 수가 없었습니다. 그것은 당신에게 대하여 이제는 절망이라고 생각하여 그런 것은 아니었습니다. 오륙 삭 전에, 신혼 피로니 무엇이니 하며, 떠든 지가 반년이 못 되어, 더구나 집안에서는 사람마다 만나는 대로, 내가 동경으로 또다시 유학을 가기 때문에, 당신이 다소 놀러 다니나 보다고 변명을 하여오신 터에, 그런 소문이 나서야 차라리 내 목을 찌르는 것이 낫다고 생각하였기 때문이외다. 그러나 혹은 어머님이, 나를 단념시키시느라고 그런 말씀을 하셨던지도 지금까지 알 수 없는 일입니다. 그는 하여간, 그 모양으로 헤어져 나왔으니, 인사 치레라도 당신께 편지 한 장은 드려야 할 것이었지요마는, 그런 말씀을 듣고 보니, 사죄니 무어니 하여야 공연한 수치만 당할 것 같기도 하고, 또는 사실, 편지 한 장 쓸 용기도 없었습니다. 가만히 앉았거나 누웠으면서도, 모든 것이 무의미하게 생각되고 신산(辛酸)하여 붓대는 물론이려니와, 책 한 자를 변변히 들여다볼 기운이 없었습니다.

참 지리하였습니다. 사람의 일생같이 지리하고도 사람의 일생같이 짧은 시간이었습니다마는, 석 달 반 근 녁 달 동안을 들어앉은 것이…… 자기가 생각을 하여도 용한 일이었습니다. 그동안 받은 악형을 어찌 다 말씀하오리까. 아무 말씀할 기신(氣神)도 없습니다. 다만 왜 이 세상에 태어났더냐는 것만, 앙천대호(仰天大呼)하고 있습니다. 그러나 그러한 가운데에서도 아주 희망이 없는 것은 아니었습니다.

'하여간 몸이 가벼워진 뒤의 이야기다. 모든 것이 내년이다.'

한 생명으로부터 해방만 되면! 낳을 것을 내놓기만 하면, 자기의 전도는 구구히 남에게 의뢰하지 않더라도, 독력으로 능히 개척하여나가리라는 자신이 아직도 남아 있었습니다.

'세상이 다 아는, 고등 ○○○녀로도 ○판 잔돈냥을 가지고, 여기저기 몇 십 원 몇 백 원씩 기부한 덕에 당당히 나서서 순회 강연을 하러 돌아다니는 이 세상에, 설혹 소문이 난다기로서니 그때뿐이다. Y 같은 계집애는 결혼한 후까지 남편이 유학한 동안에, 그것도 교사질 ○○질, 함부로 하다가, 그야말로 산더미 같은 배를 안고 다녀도, 남편이 용서하여주기 때문에, 지금도 감쪽같이 속이고 선생님 소리를 듣지 않나…… 그뿐인가! 참 기막히지, S는 ○○을 뒤집어서 미리 임신할 염려까지 없게 하여놓고 별별 짓을 다 하며 돌아다녀도, 강연회란 강연회에는 빠지는 일이 없고, 신문에 매일 떠드는 유지(有志) 숙녀로 모시지 않는가…… 하고 보면, 제가 제로라고 떠들며 다니는 년들 쳐놓고, 성한 년이 누구냐? 세상이 망하려고 기를 쓰는 판인데, 나는 혼자 이러고 들어엎디었어야 잇속 한 푼어치 없는 일이다…… 어서어서 이 빌어먹을 게 나와야지, 내월(來月)! 내월이다. 내월만 되면 나도 뛰어나선다.'

엊그제까지 이런 생각으로 세월을 보내왔습니다. 어떤 때는 용기가 백배하여 원고용지를 펴놓고 끄적거려볼 때도 있었고, 공연히 제 분에 못 이기어, 칼 끝으로 책상 끝을 박박 긁어 저며버리거나, 손수건을 쪽쪽 오리며 앉았기도 하였었습니다. Y의 남편에 비하여 당신이 남자답지 못하다고 원망할 때는, 사진을 찾아내서 조각조각 오려다가 아궁이에 넣어버린 일도 있었습니다.

그리하다가도 당신의 전부인이, 지금은 정식으로 재혼까지 하여가지고 재밌다랗게 산다는 것을 생각하고, 나도 기왕 나선 김에, 실컷 놀다가나 죽어버릴까 하고, 예의 피가 날뛸 때는 P에게 편지나 한 장 하여볼까 하는 생각도 하여보았지만, 그럴 때마다 앞에 나타나오는 것은, 조소하는 듯이 입을 쫑긋하고 내려다보고 섰는 E씨의 생기 있는 허여멀건 상이었습니다.

　그러나, 날이 바락바락 닥쳐올수록 무엇보다도 시급한 것은, 미구에 빠져나올 고깃덩어리의 조처 문제였습니다. 이것만은 절대 비밀이라는 조건이 붙기 때문에, 어머님하고 의논하여보아야 별로 묘안이 없었습니다. 이 집 주인 부부에게 맡겨버리는 것이, 제일 손쉬운 것이었으나, 60이 넘은 늙은 부부에게 맡긴대야, 불과 이삼 년, 고작해야 사오 년일 터이니, 그때 가서 또 새로운 문제가 생길 터이요, 밉살이 더덕더덕한 침모의 모녀란 사람이, 이때껏 먹기도 많이 먹었지만, 이제 자식까지 맡으라면 큰 수나 난 듯이, 여간 돈에는 눈도 떠보지 않을 것이 분명합니다. 하고 보면, 기왕 어머님 사천[23]이 다 끌어나올 지경에야 자식 바라는 젊은 부부를 얻어 맡기면 한시름 잊겠으나, 입에 맞는 떡으로 그렇게 쉽사리 얻어낼 수가 있겠습니까. 이해[歲]만 훌쩍 넘어서면, 오늘 나올지 내일 나올지 모르는 이것을 어떻게 처치를 하여야, 곧 추신(抽身)을 하고, 나서게 될지, 실로 망단하였습니다.

　근자에 와서는 캄캄한 방 속에 혼자 드러누웠으면, 책보에 통통히 뭉친 보따리를, 옆구리에 끼고 눈[雪]발이 풀풀 날리는 밤중에, 썩은 다리(영추문 위) 밑으로 기어 들어가는 자기의 그림자가,

환연히 눈앞에 떠오르기도 하고, 여학생의 기아(棄兒)라는 커다란 활자로 박은 신문지 장이, 공중에서 휘날리는 것 같아서 혼자 깜짝 놀라며 고민할 때가 많아졌습니다. 심사가 불끈 날 때에는 벌떡벌떡 버티는 곳마다 쫓아다니며, 입술을 악물고 꾹꾹 눌러보다가, 자기가 왜 이런 짓을 하나? 하는 생각이 날 때에는, 자기의 악독한 마음에 제풀에 놀래어, 식은땀을 흘리기도 하였습니다.

아아, 지금 생각하면 모두 다 꿈같은 일이올시다. 마는, 이 같은 지옥 생활을 석 달 반 동안 참아왔습니다. 아니올시다. 만 9개월 이올시다. 9개월 징역도 이보다는 나을 터이겠지요.

아아, 그러나 1921년도 오늘까지올시다. 마지막 세음(細晉)을 마감할 날이, 거의 다다랐습니다…… 기름 마른 등잔불은, 바즈즉바즈즉 졸아들며, 불똥 튀는 소리가, 뼈끝이 저리도록 요란히 들립니다. 이 이상 더 끄적거릴 힘도 없습니다. 그 편지를 본 뒤로, 오늘까지 오륙 일 동안에, 처음으로 경험한 내적 고투의 그 참담한 흔적을, 어떻게 수습하여 다 아뢰겠습니까. 아아, 이 몹쓸 목숨이 왜 태어났던가요. 이래도 아직 죄땜이 못 되었을까요.

그러나 나는 지금 이 붓대를 들고 앉아서, 그 주옥같은 당신의 필적을, 또 한 번 뵈오려 합니다. 이 세상에서 마지막으로 당신을 만나보지 못하는 대신에, 당신의 필적이라도 뵈오려 합니다. 당신의 사진을 찢어버리던 이 방정맞은 손가락을 찍어버리고 싶습니다. 필적이라도 끼고 가렵니다. 품에 품고 가렵니다…….

'우리는 기도하오. 우리가 우리에게 죄지은 자를 사하여준 것

같이, 우리의 죄를 사하여주십사—고. 그러나 사람은 누구를 사하여주었소? 무엇을 사하여주었소? 정인씨여! 사람은 사람을 사하여줄 의무가 있는 것을 아십니까. 나로 하여금 그 의무를 이행케 하소서. 나에게 정인씨를 용서할 권리를 허락하소서……'

아! 이것이 위대한 혼령이 출생하려던 전날 밤에, 베푸신 구주의 기적이었습니다. '베들레헴'의 성광(星光)이었습니다. 번화로운 유리(遊里)에도 위안을 못 얻으시고, 단연히 다시 신앙생활에 귀의하시려고 결심하신 당신으로서는 크리스마스이브를 택하여, 그 글월을 보내심도 무리치 않으나, 실로 나에게는 종교적 영감을 경험한 귀한 시간이었습니다. 나의 손은 떨렸습니다. 놀라서 그리하였던지, 하도 기뻐서 그리하였던지, 나의 가슴은 방망이질을 하는 것처럼 두근거리었습니다. 그러나 지금 생각하면, 그것도 아직 아름다운 감정으로거나, 정화한 영혼의 최고 환희로 그런 것이 아니었습니다. 가장 불순한 이기적 동기로였습니다. 노라의 차용증서를 스토브에 불 지른 뒤의 헬마의 기쁨이었습니다. 그러나,

'……나에게 대한 정인씨는 전(全)이오. 애(愛)냐 명예냐의 문제가 아니라, 애냐 사(死)냐의 문제요. 신앙에 철저하면, 애나 사가 문제가 될 리가 없다고 할지 모르나, 나에게 대하여는 애 없고는 신앙도 없고, 신앙 없고는 애도 없소…… 세상은, 불륜한 처를 위하여 명예까지 팔아버린 개돼지만도 못한 놈이라고, 웃으려거든 웃으라고 하지요. 매도하는 자는 할 대로 내버려두지요. 나의 면상에 타기(唾棄)하겠다면, 나는 기뻐 뛰며 얼굴을 내밀지요. 그

러나 나는 살아야 하겠소. 굳세게 살아야 하겠소. 정말 생에 부딪쳐보려 하오. ——정인씨를 얻는 것! 그것이 나에게는, 굳세게 그리고 진정하게 생에 부딪쳐보려는 최고의 노력이오.

나는 약하오. 그러나 약하기 때문에, 강자가 되려 하고, 또 될 수 있소. 약한 나는 명예를 버리고, 강한 나는 애와 신앙을 얻으려고, 전(全)을 바쳐서 고투하려 하오…… 두 생명이 구하여집니다……'

여기까지 겨우 읽은 나는 울었습니다. 나에게도 눈물이 있더냐고 의심할 만치 울지 않을 수가 없었습니다. 지금도 웁니다. 일생을 통하여, 단 한 번 귀한 눈물을 흘려보았습니다. 나의 25년이라는 짧은 생애에, 무엇을 하였느냐고 묻거든, 울었다고 대답하여주십시오. 최후의 일(日)에 울었다고, 대답하여주십시오. 울 수 있는 기쁨! 사막 가운데의 '오아시스'가 그것일까요. 눈물을 본 나는, 자기 눈물에 끌려, 그날 밤은 온 밤을 울며 새웠습니다. 그 후 엿새 동안!…… 아아, 더 쓸 기운도 없습니다. 지금 나의 이 결심이 그동안 무의식한 가운데에, 부지중 마음에 새겨져 있었던 것인지 모릅니다마는, 나의 눈물은 나를 정케 하였습니다. 나의 눈물은…… 새 생명의 샘이었습니다. 나는 삽니다. 영원히 삽니다. 당신의 품에 안기어, 영원히 삽니다. 아아!

……이, 허리에 매인 한줄기 치마끈이 나에게 영원한 생을 주겠지요. 아아 기쁩니다. 시원합니다. 애비 없는 자식에게, 어머님이라는 소리를 듣지 않게 되는 것만 하여도, 얼마나 죄가 가벼워질지 모르겠습니다. 얼마나 기쁜지 모르겠습니다. 한 시간만

있으면 새해올시다. P의 피인지, E의 혼인지 알 수 없는 이 가련한 생명의 저주받은 생애가, 한 시간 후로부터 시작되려 합니다. 그러나 그 생명을 구할 전 책임이, 나에게 있습니다…… 두 생명은 구하여졌습니다.

　……정의를, 최가의 피에서, 구하여주시옵소서. 이것이 마지막 부탁입니다.

E선생

1

E선생이 X학교에서 교편을 들게 된 것은, 그가 일본에서 귀국한 지 반년쯤 지난 뒤의 일이었다. 그리고 그가 그 학교에서 선생 노릇을 한 것도, 겨우 반년밖에 아니 되었었다.

E선생의 그 광대뼈가 퍼진 검으무트레한 상(相)이며, 바짝 깎은 거센 머리털이, 어푸수수하게 자란, 그야말로 천연 밤송이 같은 대가리며, 말하자면 좀 부대한 듯한 짝딸막한 체구가 어디로 보든지, 오만한 듯도 하여 보이고 심술궂어도 보였으나, 그 곱살스러운 눈자위에는, 어쩐지 온유한 맛이 있어 보였다. 더구나 조용히 나직나직하게 이야기하는 음성은, 명쾌하기도 하고 사람의 온정을 끌 만한 힘이 있는 것 같았다. 그러나 그가 강당 같은 데에서

"그따위로 하여가지고 어떻게 할 작정이야!" 하며, 소리를 버럭 지르거나, 그의 늘 하는 입버릇으로,

"아무려나 그것은 제군의 자유다. 그러나 제군이 진정한 '인간의 자(子)'가 되어야 하겠다는 것만은, 어느 때든지 잊어서는 아니 되겠다"고, 여성 대갈(厲聲大喝)할 때의, 그 원시인의 피가 그대로 쏟아져나오는 듯한 만성(蠻聲)에는, 사람을 압두(壓頭)하려는 듯한 위력이 있었다.

생도들은, E선생이 부임하여 온 지 며칠이 아니 되어서, 벌써 '고슴도치'라는 별명을 바쳤다. 그것은 E선생의 대가리가 고슴도치 같기도 하려니와 그의 성질이 격월(激越)한 것을 놀리는 것이었다. 그러나 생도들에게 대한 E선생은, 결코 고슴도치만은 아니었다. E선생의 태도도 그러하지만, 생도들도 입으로는,

"이크! '고슴도치'가 대낮부터 웬 야단이야?" 하기도 하고, 간혹 교실에서 생도들의 과실을 설유나 하고 나오면, 다른 반 생도들이,

"왜, 또 '고슴도치'가 목 따는 소리를 하였니?" 하며, 저희끼리는 수군거리면서도, 심중으로까지 '고슴도치'를 미워하지는 않았다. 도리어 될 수 있는 대로는 그 '고슴도치'에게 가까이하고 싶어 하였다.

E선생도 이 고슴도치라는 소리를 운동장 같은 데에서 귓결에 들은 것은 한두 번이 아니었으나, 아마 요사이 동물학에서, 고슴도치를 배워가지고 저희끼리 그러는 게지 하며, 그런 소리는 별로 귀담아 듣지도 아니하였다. 그러나 언젠지 점심시간에 E선생

이 제일 못마땅해하는 체조 선생이, 일깨워줘서 비로소 알게 되었다.

난로 앞에 채를 잡고 앉아서, 서양 요릿집에서 특별 주문을 하여 왔다는 버터 바른 연보 조각을, 짜닥짜닥 뜯어먹으며 앉았는 체조 선생은, 콧잔등 위에 늘어진 대모테 안경 위로, 뱅글뱅글 웃으며, E선생을 건너다보고 앉았다가,

"E선생! 실례올시다만 그 머리를 좀 기르시구려" 하며, E선생 옆에 앉은 지리 선생을 건너다보고 눈짓을 하였다. E선생은 자기 자리에 앉아서, 벤또 그릇에다가 고개를 파묻고 차디찬 언 밥덩이를 급히 퍼 넣다가, 볼이 메인 꺼먼 얼굴을 번쩍 쳐들고, 뭐라고 말대답을 하려 하였으나, 입술을 뗄 수가 없어서, 눈만 끔벅끔벅하며, 우물우물 한참 씹어서 꿀떡 삼킨 뒤에 겨우 입을 벌렸다.

"왜요? 선생님 머리처럼 맨들란 말씀이야요?"

E선생은, 대단히 속이 거북하다는 듯이, 눈을 동그랗게 뜨고 마주 건너다보았다.

"아니오, 꼭 이렇게 깎으시라는 건 아니지만……" 하며, 체조 선생은 하얀 가냘픈 손가락을 머리에다가 집어넣어서 두세 번 뒤로 쓰다듬으면서,

"요새 생도들이, 선생님을 뭐라고 하는지 아십니까?" 체조 선생은 여전히 유쾌한 듯이 말을 계속하였다.

"예? 난 몰라요."

E선생은, 생전에 빗 그림자가 가본 일이 있었는지 모를 만치 먼지가 뿌옇게 앉은 덥수룩한 머리를, 또 한 번 번쩍 들고, 귀찮다

는 듯이 간단히 말대꾸를 하였다.

"아! 이때껏 고슴도치라는 소리도 못 들으셨어요?"

체조 선생은 그 빽빽한 목소리를 한층 더 높여서, 방 안이 다 듣게 한마디 하고 깔깔깔 웃었다. 일동은 따라서 핫하하 하며 의미없이 웃었다. 그래도 교감만은, 점잖게 가만히 앉아서 쩌덕쩌덕하고 있었다.

E선생은, 인제야 깨달았다는 듯이 빙그레 웃으며,

"예에 그런가요. 내 머리가, 아닌 게 아니라 거세긴 거세요. 하하하 상관 있나요. 그런 게 다 학생 시대의 재미지요" 하며 도리어 유쾌한 듯이 웃고, 벤또 갑을 싸서 서랍에 들이뜨린 후에 찻종을 들고 난로 곁으로 왔다.

E선생이 잠깐 손을 쬐고 자기 자리로 가서 연구서를 펴놓고 앉았으려니까 스토브 앞에 옹기옹기 모여 앉은 교원들은, 체조 선생과 지리 선생을 중심으로 하고, 어느 때까지 고슴도치 이야기가 떠나지를 않았다.

"나도 머리를 빨갛게 깎아버리면 고슴도치같이 될까?"

체조 선생은 뒤로 홀떡 넘기어서 반드르하게 빗은 자기의 머리를, 이것 보라는 듯이 뒤로 쓰다듬으면서, 또다시 말을 꺼내었다. 체조 선생은 마치 자기도 고슴도치가 될까 보아서, 머리를 깎을 수 없다는 구문(口吻)¹이었다.

사실 말하면, E선생이 이 학교에 온 후, 처음부터 깊은 인상을 준 것도 이 체조 교사였고, 제일 불쾌하게 생각한 것도 이 체조교사였다. E선생이 처음 오던 날, 생도들을 모아놓고 인사를 하게 되었을 때에, 경례의 호령을 하는 사람이, 말쑥한 신식 제치는 양복에다가 대모테 안경을 쓰고, 머리를 유난히 반드르하게 빗은 것을 보고, 아마 체조 교사가 결근을 하여서 대신하나 보다 하며 그 선생을 대개는 미국 출신인 영어 교사라고 짐작하였다. 그것은 E선생만 잘못 본 것이 아니다. 누구나 이 학교에 처음 오는 사람은, 학생복에 뼈다귀 단추를 달아 입은 E선생을, 체조 교사로 보는 사람은 있어도, 이 대모테 안경의 주인인 최신식 신사를 체조 교사라고 생각하는 사람은 없었다.

그러나 그날 오후 시간에 예의 대모테 선생이, 중절모를 쓰고, 상의를 입은 채 운동장 한구석에서 앞으로옷! 하며 섰는 것을 보고, E선생은 깜짝 놀라지 않을 수 없었다. 그때에 그는 속으로 '목도리까지 아니한 것만은 다행이로군' 하고 한참 구경하였다. 지금도 E선생은 한 달 전의 첫인상을 무심히 머릿속에 그려보며, 책을 펴놓은 채 우연히 그쪽으로 귀를 기울이고 앉았었다.

"선생님, 고슴도치는 발톱이 길다지요?"

이번에는 지리 선생이, 달라붙은 모가지를 쳐들면서, 곁에 비스듬히 선 박물 선생에게 물었다. 도(度)가 깊은 구식 금테 안경을 쓴 박물 선생은 마시려던 차를 또 한 번 꿀떡 마시고 나서,

"네에, 아마 그렇지요. 그러나 길긴 길어도 매우 약하지요."

박물 선생이란 사람은, 나이는 그리 들어 보이지 않지만, 전교 중에 제일 온공(溫恭)한 학자 티가 있는 사람이었다. 게다가 열심이었기 때문에 직접 관계가 없는 3, 4학년 생도들에게까지라도, 평판이 좋았다. E선생과는 원래 방면이 다르기 때문에 교섭이

별로 없건마는, E선생도 이 박물 선생을 제일 존경하였다.

"그것 참 적절한 말씀입니다그려. 발톱이 길긴 길어도 약해요! 응, 길긴 길어도 약해!"

체조 선생은 무슨 의미나 있는 듯이, 길긴 길어도 약하단 말을, 웃으면서 뇌고 있다. 그러나 그 곁에들 앉은 사람들은 무슨 의미인지도 모르면서, 자기네들이 웃지 않으면, 좌흥(座興)이 깨질 터이니까 웃지 않을 수 없는 의무나 있다는 듯이 모두 빙글빙글 웃었다.

1—2

"그 외엔 또 무슨 특장이 없나요?"

체조 교사는, 어서 표본실로 들어가서 다음 시간 준비를 하려고 머뭇머뭇하고 섰는 박물 선생에게 짓궂이 물었다.

"글쎄요, 그 외의 특징이라곤 대개 고슴도치는 낮엔 별로 나다니지 않지요."

"하하하, 그럼 박쥐로군." 이것은 수학 선생의 목청이 굵은 탁한 소리다.

"그럼 E선생은 사감이 제일 적당하구먼……."

"생도감(生徒監)이면 더 좋지. 요새 흔한 고무 구두나 신고 살금살금 다니면……."

지리 선생과 체조 선생이 이런 소리를, 주거니 받거니 하며 쌕

쌕거리는 동안에, 사람 좋은 박물 선생은 무심코 묻는 대로 대답을 한 것이라서, 좀 경솔하였다는 듯이, 얼굴이 벌게지며 돌아서서 E선생의 책상을 힐끗 건너다보고 밖으로 나가버렸다. E선생은 무엇을 하는지 책상 위에 놓인 책 궤에 가려서 여기서는 그 문젯거리가 된 머리도 보이지 않았다. 그래도 스토브 앞에서는 여전히 떠드는 모양, E선생은 좀 불쾌하였으나 그 외에는 들은 체 만체하고 자기 책에 정신을 쓰고 앉았다.

지리 선생과 체조 선생이 이렇게 노골적으로 E선생을 못 먹어하는 데에는 제각각 상당한 이유가 있었다. 원래 E선생의 전문은 사학과 사회학이었다. 그의 학생 시대의 이상으로 말하면 결코 중학교 교사라는 되다 찌부러진 교육가가 되려고는 아니하였었다. 그러나 동경에서 졸업한 후에 급기야 조선 사회에 발을 들여놓고 보니 모든 것이 꿈이었던 것을 깨달았다.

처음에 귀국한 지 얼마 아니 되는 그는 우선 어떤 친구의 소개로 사회에 다소 이름 있다는 몇몇 사람을 만나보았다. 그리하여 그때 그들이 계획 중인 주식회사라는 현판 아래 발행한다는 어떤 월간 잡지를 위하여 두어 달 동안이나 분주히 돌아다녀보았다. 그러나 그 결과는, 잡지가 세상에 나와보기는 고사하고 5백 원 가량의 부채를 걸머지고 나서는 수밖에 없었다. 그는 분개하였다. 매도하였다. 그러나 사회가 그에게 주는 위로는 책상물림이라는 조소밖에 없었다. 그 후부터 그는 거의 두문불출을 하고 혼자 들어앉아서 끙끙 앓고 있었다.

"5백 원이라는 돈이 아깝다는 것이 아니라, 5백 원이라는 잘단

돈 몇 푼을 갉아먹고 싶어서 문화운동이니 주의 선전(主義宣傳)이니 하는 이 사회가 가엾다는 것이야! 저주받은 사회! 거세된 영혼! 이런 사회에는 참 살고 싶지 않다!"——이런 이야기가 날 때마다, 그는 어떤 친구에게든지 이렇게 부르짖었다.

그러나 한 달 두 달 들어앉은 그는, 암만 해도 그대로 들어엎드려서 썩고 싶지는 않았다. 하지만 소위 사회의 유지(有志)로 자처하고 그들 사이에 섞여서 내로라는 얼굴로 돌아다니고 싶지는 않았다. 될 수 있으면 순실한, 사람다운 사람이 모인 단체, 책상머리에 있을 때의 양심이 흐려지지 않은 청년의 '그룹,' 세간적으로 아주 영리하여지지 않은 어린 동무…… 이러한 속에서 놀고 싶은 생각이 비교적 간절하여졌다. 사실 E선생이 X학교에 오라는 것을 쾌락(快諾)하고 교육계로 나선 것도 이러한 요구가 있기 때문이었다.

그러나 결국 와서 본즉, 자기는, T라고 하는 지리 선생의 시앗쯤 된 모양이었다. 이 T선생은 동경 고등사범(東京高等師範)의 지리역사과 출신으로, 자기보다는 삼사 년이나 먼저 졸업한 선배였다. 하므로 T선생은 이러한 학벌 문제도 늘 앞이 굽는 것같이 불쾌하게 생각하지만, 그보다도 더 큰 원인은 E선생을 불러다가 자기가 맡았던 삼사 학년의 동서양 역사 전부를 담임케 한 것이었다. 그러나 소갈딱지 없는 T선생은, 이렇게 아니하였더면 자기가, 어떤 창피한 꼴을 당하였을지, 그런 것은 꿈에도 깨닫지 못하였다.

하여간 이러한 관계로 지리 선생은 E선생을 눈엣가시로 볼 뿐 아니라, 손톱만 한 일에라도 말썽을 부리고 이 사람 저 사람하고 입을 모아서, 마치 시누이가 오라범댁을 볶거나, 본마누라가 시앗을 들어내려는 것같이 있는 소리 없는 소리를, 함부로 하고 돌아다녔다.

그러나, 여기에 어느 때든지 선봉대장으로 덩달아서 뇌동(雷同)하는 것은 예의 체조 선생과 수학 선생이었다. 물론 체조 선생에게도 다소의 이유가 없는 것은 아니었으나 결국은 E선생이 생도들에게 평판이 좋다는 것을 시기하여 그러는 것은 사실이었다.

그날 맨 끝 시간에, E선생은 3학년에 일어 문법을 가르치러 들어갔었다. E선생은 동서양사 외에 특히 일문법하고 조선어 작문을 맡았었다.

예를 마치고 출석부를 펴려니까, 심술궂은 장난꾼이, 무슨 긴급한 질문이나 있는 듯이 벌떡 일어나며 별안간에, "선생님" 하고 불렀다. 신기(神氣)가 좋으신 때는 실없는 소리도 곧잘 하는 E선생은,

"왜, 또 공부가 하기 싫어서 오줌이 마려운 게군!" 하며 웃었다.

"아녜요, 질문이 좀 있어요. 저어 고슴도치가요, 외〔瓜〕밭에서 대굴대굴대굴대굴!"——여기까지 겨우 입을 어울려 한마디 하고 나서는, 웃음이 복받쳐서 킥킥킥 하며 외면을 하였다.

"그래, 어쨌어?"

E선생은 벌써 눈치를 채고도, 천연덕스럽게 그다음을 물었다.

질문하는 생도는 얼굴이 벌게지면서, 곁에서 웃는 생도를 나무라놓고,

"……뾰족한 털끝에 외가……킥킥……보기 좋게 끼, 끼, 끼어서……."

생도들은 웃음판이 되었다. E선생도 커다란 입을 딱 벌리고 보기 좋게 웃었다. 고슴도치라는 말을 듣고 형세가 어떻게 되나 하고 나오는 웃음을 참으면서 E선생의 비식(鼻息)[2]만 노려보고 앉았던 생도들도, E선생이 웃는 바람에 안심하였다는 듯이 깔깔깔 웃었다. E선생은 손을 내어두르며, 생도들의 웃음을 막아놓고,

"예끼 빙충맞은 것들! 선생을 놀리려거든 좀 그럴듯하게 해야지……" 하며 생도들과 또다시 깔깔깔 웃었다.

이러한 실없는 소리를 할 때의 E선생은 정말 어린아이 같았다. 거기에는 조금도 꾸미는 것이 없었다. 이것이 E선생의 가장 아름다운 특장이요, 동시에 천진난만한 생도들의 환영을 받게 된 원인이었다. 사실 그 후부터 나날이 높아가는 E선생의 호평은 직원끼리도 시기할 만하였다.

다시는 '고슴도치'라고 하는 생도도 없거니와, '고슴도치'의 말이라면, 일종의 미신적 신뢰와 경앙(景仰)을 가지게 되었다.

이것은 그 후에, E선생 귀에 굴러 들어온 말이지만, 그날 사무실 속에서 고슴도치 타령이 있던 날 3년급 생도 몇몇이 짜고서, E선생을 놀리려 한 것도 기실은 체조 선생이 노는 시간에, 생도들더러 오늘에야, "고슴도치 선생이 정신을 차렸다"느니, "내가 설명을 하여주었다"느니 하며, 은근히 사무실 속에서도, E선생이 놀림감이 된다는 것을, 생도들에게 일러주었기 때문이었다.

이러한 소리를 생도의 입에서 들을 제 E선생은 혼자 깔깔 웃고

앉았었다. E선생같이 격하기 쉬운 성질로, 그런 소리를 듣고도 웃고 지나치는 것은, 생도가 앞에 앉았기 때문에 체면을 차리느라고 그리하는 것 같기도 하지만, E선생은 사실 노할 줄 모르는 사람이었다. 그가 혹시 자기의 생도들이나, 처자나 혹은 동생들을, 얼굴을 붉히며 꾸짖는 때가 있지만, 그것은 진심으로 노하여서 그러거나 미워서 그런 것은 아니었다. 도리어 사랑하기 때문에, 그는 그의 생도를 책(責)하고, 그의 처자를 꾸짖는 것이었다.

1—3

그러나 아무 은원(恩怨)이 없는 사람에게는 아무리 심사가 뒤틀리는 일이 있어도 마음으로라도 결코 미워하거나 꾸짖는 일은 없었다.

"사람이 사람을 미워하는 감정처럼 비열한 것은 없다. 더구나 노한다는 것은 일생에 그리 많은 일은 아니다. 장부의 일빈일소(一矉一笑)가 그렇게 헐한 것은 아니다. 될 수 있으면 일생에 노하여보지 않고 죽는 것에 더 좋은 일은 없지만 노한다면 한 번 꼭한 번밖에 없는 것이다."

이것이, "희로애락을 불형어색(不形於色)이라는 것은 사람에게 산 시체가 되라는 것이다. 우리는 우선 감정을 해방하여야 한다"는 E선생의 주장의 결론이었다. 하여간 이와 같이 E선생은 체조교사나 생도감의 대모테를 못마땅하게는 생각하여도 이때껏 그들에게 노염을 품거나 미워하여본 일은 없었다. 그러나 체조 선생과 T선생 들의 E선생에 대한 태도는 더욱더욱 악화하여가는 것이 분명하였다.

2

고슴도치 사건이 있은 지 2주일쯤 지나서, 이러한 일이 발생하였다.

그날 하학을 시킨 후, E선생이 책보를 끼고 나오려니까, 테니스 코트가 있는 운동장 저 끝에, 학생들이, 거렇게 한 떼가 모여서서 제가끔 떠드는 모양이었다. E선생은 대문으로 향하고 나가려니까, 그래도 미심하여, 그리로 가보았다.

"그래 두 달 석 달, 이 늙은 놈이 애를 써서 부쳐논 것을, 짓밟아야 옳단 말이오?"

"그럼, 볼이 들어가도 집으러 가질 못한단 말이오."

"글쎄, 누가 공을 집어가지 말라고 했소? 이때껏 말한 것같이, 어떤 학생인지 위에서 내려다보며, 공 집는 조그만 학생을 시켜서 밟아라, 밟아라, 짓밟기로 상관 있니? 하니, 그래 학생을 그따위로 가르쳐야 옳단 말이오? 겨울에 김치쪽이나 얻어먹으려고, 이 늙은이……."

"여보! 그따위라니? 그따위로 어떻게 가르쳐 걱정이란 말이오?"

손에 라켓을 든 체조 선생은, 눈을 똑바로 뜨고 덤벼들었다. 학생 뒤에서 듣고 있던 E선생은, 참을 수가 없어서, 두 겹 세 겹 에 워싼 학생들을 헤치고 들어가며,

"여보시오 영감!" 하고, 상투 꼬부랑이 영감과 체조 선생 사이에 가로막아 섰다. E선생은, 다만 용서하라고 빌 뿐이었다. 학교의 설비가 부족하여, 공이 굴러 들어가는 것도 미안한 일이요, 많은 생도를 감독하려니까, 자연 부주의한 점도 있으니, 이번만 용서하면, 상당한 조처를 하겠다고, E선생은 잔생이[3] 빌었다. 그 늙은 영감도 E선생의 말에는 만족하였던지, 금시로 노기가 풀어지며, 어세를 낮추어서,

"글쎄, 그런 줄 모르겠습니까. 그렇지만 보시다시피 손바닥만한 조기다가, 김장에 배추통이나 얻어먹을까 하고, 늙은 내외가 갖은 애를 다 써서, 겨우 사오십 통쯤 된 것을, 짓밟아도 상관없다니, 그래 화가 안 나겠소?…… 실상 말이지 그동안에 밟히기도 많이 밟혔소이다만, 자식 없는 사람이라, 어린애들이 날뛰는 것만 귀여워서, 이때껏, 내, 말 한마디 한 일이 없소이다. 그래도 이 양반은 누구신지, 날더러만 덮어놓고 잘못하였다니……."

"그러게 어서 학교에다 집을 팔고 떠나지!"

테니스 선수 중에도 대장팀의 한 사람이라는 4년급의 끝으로 셋째에 앉은 학생의 목소리다. E선생은 그 학생에게 눈짓을 하고, 다시 그 노인에게로 향하여,

"어서 내려가시지요. 참 감사합니다. 그렇게 생각을 하여주시니…… 대단 죄송하외다" 하며 모자를 벗어 인사를 하고, 언덕으

로 엉금엉금 기어 내려가는 늙은이의 뒤를 바라보고서 섰다……
아닌 게 아니라, 운동장에서 한 길이나 되는 낭떠러지 아래에, 쓰
러져가는 일각대문(一角大門)이 보이고, 그 곁으로 안방 뒤인 듯
한 곳에, 참 정말 손바닥만 한 터전에, 비틀어진 백채(白寀)가 사
오십 통쯤 내려다보였다. E선생은 눈물이 핑 돌 만큼, 그 늙은이
가 고맙기도 하고 미안하고 가엾어 보였다. "자식이 없는 놈이라
어린아이들이 날뛰는 것만 귀여워서……"라는 말이, E선생의 귀
에는 어느 때까지 남아 있었다.

E선생이 무심코 섰다가, 돌아서서 가려니까, 체조 선생은 사람
을 넘보는 듯한 예의 샐쭉한 눈을 뜨고, 안경 위로 넘겨다보면서,

"E선생, 참 수고하셨습니다그려! 싸움이 나려는 것을 말려주셔
서……" 하며 빙그레 웃는 것이, E선생에게는 좀 괘씸하여 보이
지 않은 게 아니었지만,

"천만의 말씀 다 하시는구려" 하며 미소를 띠는 듯한 안색을 보
이고, 교문을 나갔다.

배추를 짓밟으라고 하였다는 학생은 E선생의 뒤를, 잠깐 거들
떠보고 나서,

"뭣도 모르고 공연히…… 밥그릇 옆뎅이로나 있지!" 하며, 체
조 선생에게로 향하고 마주 보며 웃었다.

체조 선생이 이 학교에서 하는 일은, 학생의 비밀을 사무실에
보(報)하는 것보다, 사무실 비밀을 생도에게 탄로시키는 것이었
다. 그것은 입이 가벼워서 그런 것만은 아니었다. 생도들의 환심
을 사려면, 그 이상의 수단이 없기 때문이었다. 그중에도 전교 내

에 제일 말썽꾸러기요, 세력의 중심인 각 팀의 운동선수들과 결탁한다는 것은, 자기의 지반을 공고히 하고, 세력 범위를 확장함에 유일한 수단인 것을, 그는 충분히 타산할 만치 영리하였다. 그뿐만 아니라, 선생님 선생님 하며 과자 부스러기며 장국밥 그릇이나 얻어걸리는 것도, 빈궁한 교원 생활에는 그래도 일조가 되지 않는 게 아니었다. 그러나 생도들도 아무 보수 없이 무조건으로 이 체조 선생을 공궤(供饋)하는 것은 물론 아니다. 제1에는 사무실의 비밀을 아는 것, 성적의 보장을 얻는 것이요. 제2에는 흡연을 하든지 기타 비밀한 행동에 대하여 관대한 특전을 얻겠다는 것이다. 이러한 형편인 고로 아까 그 생도가, E선생더러, "멋도 모르고 공연히 날뛴다"고 한 것도, 그 생도가 E선생보다 사무실 내용을 더 잘 안다는 것이었다.

그러나 사무실 내용이라는 것은 별것이 아니었다. 원래 이 학교의 예산은, 학교 부근의 민가를 매입하여가지고, 운동장도 확장하고, 기숙사도 세우려고 하였었다. 그러나 동민(洞民)들은 결속을 하여가지고, 절대로 불응하였다. 그것은 현재 교장인 서양 선교사가, '나의 사업은 원래 의연⁴적(義捐的)이니, 너희들도 집값의 3분의 1씩은, 의연하는 의미로 감가(減價)를 하라'는 요구가 무리한 것과, 또 근래와 같이 주택난이 심한 이때에, 수간두옥(數間斗屋)⁵을 헐가로 팔아가지고는, 도저히 옮겨 앉는 재주가 없기 때문이었다. 그래서 이 문제가 일어난 것은 지난 하기방학 중이었으나, 그럭저럭 시일이 천연(遷延)되어 가을이 훌쩍 넘자, 이제는 김장을 해 넣을 때니까, 내년 봄에나 다시 의논하자 하고 담판은 일시 중지된 모양이었다. 그러나 이러한 세세한 내용이, 체조 선생의 입을 거쳐서, 운동부 일반에 알려진 뒤로는, 근방 10여 호만 학교에 팔아넘기면, 운동장이 넓어진다는 바람에, 학생들의 등쌀은 나날이 심하여갔다. 그러지 않아도 베이스볼 공이 넘어와서 장독이 깨졌느니, 판장(板墻)이 상하였느니 하여, 하루에도 몇 차례씩 야단이 일어났는데, 더구나 이 가을철에 들어서부터는, 별별 해괴망측한 짓이 다 많아졌다. 공 한 번만 넘어 들어와도 두세 놈씩 울타리 구멍으로 개 싸지르듯 싸지르지를 않나, 담 너머로 뻗친 대추나무 가지 위에 테니스공이나 풋볼이 얹혔다고, 기다란 바지랑대로 함부로 두들겨서, 익기도 전부터 떨어뜨려 먹지를 아니하나…… 이루 섬길 수가 없지만 그중에도 제일 괴로워하는 사람은 딸자식 가진 사람이다. 개천에 빠진 공을 씻는다고 번장다리 같은 놈[6]이, 대낮에 남의 집에를, 불쑥 들어와서, 처녀애가 김치 거리를 씻거나 빨래를 하고 앉은 뜰에 박힌 우물물을, 제 마음대로 퍼 쓰기도 하고, 계집애나 젊은 아낙네가, 마루 끝에만 얼씬하여도, 운동장 끝에서 마주 내려다보며.

"떴구나! 분홍 치마가 떴구나! 남(籃)치맛자락이 걸린다! 날린다!" 하며 차마 입에 담지 못할 소리를 하는 것이 예상사이다. 이러한 일은 여편네끼리만 있을 때 같으면, 학생들이 무슨 짓을 하든지, 하는 수 없이 가만히 내버려둘 수밖에 없지만, 사나이가 있을 때에는 그대로 무사히 넘길 수는 없었다. 그러노라니 학교에 대한 동민들의 반감은 나날이 심하여질 수밖에 없었다.

그러나 생도감이라는 직접 책임자인 체조 선생은, 이러한 생도의 불품행(不品行)을 단속하기는 고사하고, 보고도 모른 척하거나, 말 간섭을 하게 되면 어느 때든지 생도 편을 들어서 시비를 하다가 결국은,

"그러게 어서 학교에다가 팔아넘기고 떠나가구려" 하는 것이 보통이었다. 사실 생도들이 그처럼 무람없게 된 것도, 언젠지 이 체조 선생이, 생도들 듣는 데서,

"좀 머릿살 아픈 꼴도 당해봐야 어서 떠나지……" 하며, 은근히 생도들의 이러한 불품행을 묵허한다는 기미를 보이기 때문이었다. 그러나 이러한 분란이 한 번 두 번 잦아갈수록, 동민들의 반감은 다만 격앙하여갈 뿐 아니라 동리 노인들은 소위 학교 교육이라는 것을 이를 갈며 저주하였다.

2—2

그는 하여간 이러한 사건이 있은 후 그 이튿날 사무실 속에는, 불의의 사건이 발생하였다. 그 이유는 이러한 것이었다.

배추밭 주인과 언쟁이 있던, 그 이튿날의 아침 기도 시간이, 마침 E선생 차례였다. E선생은 원래 교인이 아니기 때문에, 취임한 후 몇 주일 동안은, 매일 기도회에 참석도 아니하였고, 자기가 사회를 하여 기도를 인도한 일이 없었다. 그것은 자기가 취임할 당초부터 그 소개자에게 계약을 하다시피 한 것이었다. 그러나 직원 중에 시비를 하는 사람도 없지 않고, 그중에도 지리, 체조 양

선생의 질문과 반대가 심하여서, 당로(當路)의 책임자인 교감도, 하는 수 없이 재삼재사 권고를 하기 때문에, E선생도 금시로 사직을 하고 나가지 않으려면, 남의 학교의 풍기를 문란케 하는 것이라고 마음을 돌이켜서 기도회를 보게는 되었으나, 그래도 다른 사람이 하는 날에는 참례치 않고, 이주일쯤 하여 한 번씩 돌아오는 자기 차례에만 인도를 하기로 작정하였었다. 그리하여 이번이 세번째였다.

그날 E선생은, 다른 때보다는 좀 일찍이 출근하였다. 다른 교원들도 시퍼렇게 얼어서 하나 둘씩 모여들었다. 그러나 제일 먼저 와서 있을 체조 교사가 눈에 띄지 않았다. E선생은 거기에는 별로 정신 차려 생각하여보지도 않고, 종소리가 나자 곧 기도회에 들어갔다.

E선생의 기도회는 다른 때와는 특별한 것이었다. 다른 사람은 모든 절차를 자기가 지휘하고, 기도를 자기의 입으로 인도를 하지만, E선생은 성경도 모르고 기도를 하여본 일이 없기 때문에, 찬미는 풍금 치는 학생에게 일임하고, 성경 구절의 선택은 자기가 하려는 말의 주지(主旨)에 적당한 구절을 교감에게 읽어달라고 하고, 기도는 생도들에게 인도하게 한 후에, 자기는 다만 훈화를 할 뿐이었다. E선생의 주견(主見)은 신에 대한 기도나 성경 구절을 해독하는 등 형식은 아무래도 관계가 없는 것이요, 다만 이러한 기회에 실천궁행(實踐躬行)할 실제 문제를 택하여 수양의 자(資)가 되고 당직(當職)에 유조(有助)한 훈화를 하여주는 것이 의미 있는 것이며, 또한 기도회라는 것은 원래 그러하여야 할 것

이라는 것이었다.

그러나 오늘은 전과 변함이 없는 절차를 취한 후에, 성경 낭독을 교감에게 부탁하지 않고 자기가 독행(獨行)을 하였다. E선생은 기도가 끝난 뒤에 잠깐 머뭇머뭇하다가 찬송가 뒤에 있는, 십계명을 폅시다 하더니, "제6절을 봅시다" 하고, 천천히 힘을 들여 읽기 시작하였다.

"제6은 살인하지 말라 하시니라."

E선생은, 자기가 읽은 구절이 너무 짧아서 좀 섭섭하다는 듯이, 또 한 번 구절마다 명료히 힘을 주어서 반복하였다.

"제6은 살인하지 말라 하시니라."

이같이 두 번이나 소리를 높여 낭독하고 나서, E선생은 책을 접어놓더니,

"세상 사람이 우둔한 자를 희롱하려 할 때에, 눈치가 빠르면 절에 가서 젓국을 얻어먹는다고, 하는 말이 있지 않소. 또한 여러분은 『맹자(孟子)』에서 곡속장(觳觫章)[7]을 배웠을 것이오. 다음에 여러분은, 자고로 국가는 살인자를 사(死)로써 형벌함을 잘 알 것이오. 최종으로, 기독의 성도인 여러분은, 지금 내가 읽은 십계명을 어기지 않을 만한 신앙이 있는 동시에 살인하지 말라는 지고지존(地高至尊)한 예수의 수훈(垂訓)을 지킬 줄을, 나는 확신하는 바이오. 그러나 예수의 가르친 바 살인이라는 것은, 결코 그 범위가 편협한 인간계에 한한 것이 아니라 일반적으로 산 자를 죽이지 말라는 것을 불가(佛家)가 살생을 경계함과 다를 것이 없을 것이오……"

E선생은 이렇게 기두(起頭)를 하여놓고, 살생에 대한 도덕적 가치와 우주 만상의 조화의 이(理)와 후세에 이르러 이러한 관념이 기계화하여, 허다한 폐해가 백출한 원인을 도도히 설명한 뒤에, 목청을 돋우면서,

"여러분! 여기 어떠한 사람이 있어서 사람에게 이는 될지언정 해는 없는, 한 포기의 풀을, 아무 필요와 의미 없이 발로 으깨고 손으로 쥐어뜯는다면, 여러분은 어떻게 생각하겠소. 필야(必也)에 여러분은 예상사로 생각할 것이요. 산 자를 죽임은 죄악이라고 배운 여러분은, 때리면 울 줄 알고, 찌르면 피 흘리는 견마(犬馬)에 대하여는 오히려 곡속한 마음을 이기지 못하지만, 한 포기의 풀을 밟고 뜯을지라도 명읍(鳴泣)하는 소리를 듣지 못하고, 선혈이 임리(淋漓)[8]한 광경을 보지 못하기 때문에, 예상사로 생각하는 것이오. 그러나 식물이라도 감각이 없는 것이 아니오. 존재의 이유와 권리가 없는 것이 아니오. 어느 때든지, 무엇이든지 그 존재의 이유와 권리를 주장하고 저항하지 않는다고, 우리에게는 그것을 유린할 권리는 없는 것이오. 한 포기의 풀, 한 송이의 꽃을 대할 때에 우리는, 그 자연의 묘리(妙理)를 경탄하며, 그 생명과 미에 대하여 겸허한 마음으로 애모(愛慕)와 감사의 뜻을 표(表)치 않으면 아니 될 의무는 있어도, 그 존재를 무시하고 생명을 유린할 권리는 조금도 없소.

그러면 여러분 가운데에는, 나에게 이렇게 반문할 분도 있을 것이오. 그러나 우리는 식물을 먹지 않느냐고. 과연 동물은 식물을 먹고, 고등동물은 하등동물을 먹는 것이오. 그러나 그것은 생명

의 유린이 아닐 뿐 아니라, 거기에 우주의 조화가 있는 것이오. 한 송이의 꽃이, 아름답게 피어 자기의 미를 자랑함으로써 수분 작용을 하는 동시에, 우주의 미 인생의 쾌를 돕고, 결실함에 이르러 인축(人畜)의 구복(口腹)을 위로하는 동시에, 종자의 전파를 도(圖)함은, 화초 자체의 자기를 부정하는 절대적 희생 같지만, 그 화초는 자기를 완성하고 자기의 종족의 번영을 도함이오. 인축은 그 조력(助力)한 보수를 받음에 불외한 것이오. 사람이 가축을 사양(飼養)하고 채소를 재배하여 자기 자신의 영양을 도움으로써 활동력을 지지하며 생명을 연장하여 우주와 인류의 대사업을, 완성함에 노력하는 모든 행위가, 결국은 이 규구(規矩)에서 벗어남이 없다 하겠소. 결국 우주의 만물은 각자의 사명을 다하면서 피차가 희생을 공헌하는 동시에 또한 그러함으로써 자기를 완성하고 실현하여가는 것이오…… 나는 실로 밥상에 밥풀이 한 알 떨어지는 것을 보아도 곡속(穀粟)의 생명과 사명을 무시하는 것 같고, 생명의 자연한 생명력과 인간의 막대한 노력이 낭비됨을 애처롭게 생각하오. 여러분은 이것을 가리켜서, 내가 물적으로 인색한 자라 할지 모르나, 나는 다만 이 우주에 충일한 생명의 아름다움과 기쁨에 도취한 자일 뿐이오. 예수는 부자가 천당에 들어가기 어려움을 비유하여, 소가 바늘 구멍에 들어감 같다 하였거니와 진실로 나는 여러분에게, 아무리 미미한 일초일목(一草一木)이라도 그의 생명을 무시하고 유린하는 자로서, 인류의 행복을 도모하고 하느님께 가납(嘉納)되려 함은, 태산을 끼고 북해를 넘고자 하는 자보다도, 오히려 어리석음을 가르치고자 하는 바이오……."

E선생의 핏빛 같은 두꺼운 입술에서는 불덩이가 굴러 나오는 것 같았다. 그는 이로부터 본론에 들어가서, 어제 하학한 후에 배추밭을 짓밟으라는 방자하고 무도한 실언으로 말미암아, 이웃 노인의 노염을 산 사실을 준절(峻切)히 훈계하고 나서,

"만일 금후에 여러분으로서 이만한 도덕적 양심의 자각이 없다 하면, 여러분은 기도를 아무리 잘하더라도 결국 바리새 교인밖에 아니 될 것이오"라고 단언하였다.

E선생의 훈화가 얼마나 효과가 있었는지는 물론 알 수 없는 것이었다. 그러나 E선생의 훈화로 말미암아 교무실 내의 공기는 예상 외로 험악하여졌다.

2—3

E선생이 훈화를 마치고 다소 흥분한 낯빛으로 사무실에 발을 들여놓으니까 우선 지리 선생은 난로 앞에 서서, 일부러 들으라는 듯이,

"대웅변가야! 대웅변가야!" 하며 여간 못마땅하지 않다는 듯이 입술이 샐쭉하여 섰다. 체조 선생은 여전히 눈에 띄지 않았다. E선생은 마침 첫 시간에는 노는 고로 자기 자리에서 책보를 풀기도 하고 책상 앞을 정돈도 하여 좀 무료한 듯이 가만히 앉았었다. 다른 선생들은 출석부와 백묵을 들고 나간 사람도 있고 차를 마시

고 섰는 사람도 있었으나 지리 선생이 종알종알한 뒤에는, 아무
도 입을 벌리는 사람도 없고, 예의 뚱뚱한 수학 선생은 태연히 교
의에 앉아서 교실에 들어갈 꿈도 아니 꾸는 모양이었다. 교감은
참다못하여,

"왜 어서들 들어가지 않으셔요" 하고 주의를 시키었다.

"인제 들어가 뭘 해요. 45분 교수 시간에 20분이나 30분이나 지
나서 들어가면, 문제 하나나 풀 수 있나요."

수학 선생의 굵은 목소리가 되퉁스럽게 터져 나왔다. 나이 30이
넘어도 수염 하나 없는 빈들빈들한 뚱뚱한 상에 두 입술이 밉살
맞게 뿌루퉁 내민 것은 치기 만만한 어린아이의 보채는 것 같아
서 우습기도 하지만, 한편으로는 험상스러웠다.

"10분밖에 더 지나지 않았을걸요. 10분이든지 20분이든지 하여
간 들어가보셔야지요" 하며, 교감은 맞은 벽에 달린 괘종을 쳐다
보고 나서 자기 시계를 꺼내보더니,

"저 시간 5분쯤 더 가는군…… 그만하면, 수학 두 문제는 풀겠
소이다" 하고 가볍게 웃어버렸다.

"에엥, 발이 천생 녹아야지!" 하며, 수학 선생은 방어(魴魚) 가
운데 토막 같은 뚱그란 몸을 겨우 일으켰다.

"발커녕, 난 몸이 얼어붙지나 아니하였나 했습니다." 지리 선생
도 뒤로 따라서며 말대꾸를 하였다. 저희끼리 발이 얼었느니, 몸
이 고드름이 될 뻔하였느니 하는 것은, 모두 E선생더러 들으라는
것이었으나, 사실 E선생의 훈화가 그리 지리한 것은 아니었었다.
기도회를 처음 시작할 때에, 자기들이 난로 앞에서 뭉기적뭉기적

하고 모이지들을 않기 때문에, 잠깐 기다리느라고 5분쯤 지나쳤을 뿐이었고, 나온 뒤에도 역시 불을 쪼이면서 느럭느럭하기 때문에, 더 늦어진 것이었다.

교원들이 다 나간 뒤에, 교감은,

"E선생, 잠깐 이리……" 하며, 잠가두었던 교장실을 열고 들어갔다. E선생은 '웬일인구?' 하는 의심이 없지 않았으나, 하여간 뒤따라섰다.

이 교감이란 사람은 나이는 아직 삼십칠팔 세밖에 아니 되었지만, 구레나룻에 덮인 주름 많은 상이라든지 몸 가지는 것이 아무리 보아도 40줄을 훨씬 넘은 것 같았다. 그는 물론 미국 출신인 교인이지만, 오륙 년이나 나막신 짝을 끌고 된장국 맛을 보았기 때문에, 순 미국 계통도 아니려니와 그다지 심한 배구주의자(拜歐主義者)도 아니었다. 그 온유하고 상냥한 태도로 보든지 명민한 두뇌와 사리에 적당한 재단력(裁斷力)으로 보든지, 이러한 중학교의 교감으로서는 적임자라 할 수도 있고, 일반 선교사 측에나 서양인인 교장 이하 교원들에게도 상당한 신임을 받는 모양이었다. 하므로 E선생은 박물 선생 다음으로는, 이 교감을 신뢰하고 존경하였고, 교감도 E선생과는 구면일 뿐 아니라, E선생의 유일한 보호자였다.

"E선생 어제 무슨 일이 있었어요?"

교감은 E선생에게 자리를 권하고 자기도 마주 앉으면서 이렇게 물었다. E선생은 작일(昨日)의 경과를 간단히 진술하고 나서,

"오늘 내가 한 말이 너무 격월(激越)하였을까요?" 하고 물어보

았다.

"아니오. 관계치 않아요. 나는 도리어 그런 훈화가 매우 유조
(有助)하다고 생각하는데요. 그러나 이걸 좀 보슈……"하고 교
감은 양복 저고리 속 포켓에서 봉투를 꺼내어, 속에 든 인찰지를
떼서, E선생에게 주었다. 그것은 체조 선생의 사직 청원서였다.
문면(文面)에는,

'본인과 여(如)히 무능하고 무인격한 자로는 그 임(任)을 감당
키 불능할 뿐 아니라, 사무 집행상 허다한 간섭과 장애로 체면을
유지키 난(難)하와……' 운운하였다. E선생은 '사무 집행상……
체면을 유지키 난하와'라 한 곳을 또다시 한 번 보고 테이블 위에
종이를 놓으며, 교감을 쳐다보았다.

"저기도 씌었지만, 아까 T선생(지리 교사)이 가지고 와서 하는
말을 들으면, 아마 어제 일로, E선생과 감정이 나서 그러는 모양
인데……." 교감은 여기까지 와서 말을 끊고, 한참 E선생의 얼굴
을 바라보다가,

"하여간 이따가라도 교사 회의를 열겠지만, E선생은 모른 체하
고 계시는 게 좋겠지요. 그리고 아무쪼록은 온화한 태도를 취하
시구려."

E선생이 조급하면 격하기 쉬운 성질인 것을, 사랑하는 일편으
로는, 늘 염려도 하는 교감은, 이같이 친절하게 주의를 하였다.
E선생은 무어라고 대답을 하여야 좋을지 몰라, 다만 벙벙히 앉았
었다.

"무슨 그리 큰 문제는 물론 아녜요. 교장이 귀국하였으니까, 내

임의로 독단하기도 좀 어렵지만, 지금 이 청원서를 접수한대도, 별로 학교에 타격을 받을 것은, 조금도 없지 않아요?"

"그러나 이 문제가, 나 때문에 일어난 것이니까, 사직을 한다면, 내가 먼저 하지요."

E선생은 교감의 말을 중도에 끊고 이렇게 급히 한마디 하였다.

"그게 무슨 당치 않은 말씀이슈! E선생은 실례입니다만, 그게 병통이에요. 그야 상당 이유만 있다면, 물론 인책 사직은 고사하고, 사직 권고라도 못할 것은 아니지만, 어제나 오늘이나, E선생이 하신 말씀이야 의당한 일이 아닌가요?…… 공연히, 이따가 회의석상에서라도 그런 말씀은 행여 마슈. 누구 청원은 받구, 누구 청원은 안 받는다는 수도 없으니까…… 그러나 머릿살 아픈 일도 하두 많으니까……"

교감의 말하는 눈치는 거의 체조 선생을 축출하겠다는 것이 분명하였다. E선생도 심중으로는 자기와 관련된 문제가 아니기만 하였으면, 도리어 찬성이라도 하고 싶었었다. 그러나 교감이 체조 선생 면직 문제를 호락호락히 처단치 못하는 이유는 여러 가지가 있었다.

첫째에 이 체조 선생은 X학교와 끊으려야 끊어지지 않을 밀접한 관계가 있는 교회에, 권사라는 교직이 있을 뿐 아니라 영어 마디 하는 관계로 선교사들과도 가깝고, 그중에도 교장과는 일긴 (一緊)이라고 할 수 없으나, 이 학교에 오기 전에, 그의 집에서 서기 노릇을 한 일이 있었던 관계로 그러한지 하여간 일종의 주종 관계 같았다. 더구나 당초에 체조 교사는 예전 무관학교 시대의 퇴물인 까닭에 교감 이하가 그리 찬성은 아니었건만 그래도 교장이 자기 개인으로는 쓰기 싫어서 부득부득 우기기 때문에 하는 수 없이 채용한 것이었다. 하기 때문에 지금 교장에게도 아니 알리고 교감이 자의로 내쫓는 것은 용이한 일이 아니었다. 그러나 이러한 좋은 기회를 놓쳤다가는, 여간하여서는 내보낼 수도 없게 되고 또 되지 않는 객기만 길러주게 되는 것인 고로 학교의 전도(前途)를 위하여는 다소의 풍파를 각오하고라도 아주 결말을 내어버리는 수밖에 없다고도 교감은 생각하였으나 전후 사정이 도저히 허락지도 않을 뿐만 아니라 역시 생각은 이러쿵저러쿵하여 결국 결심까지는 못하였다. 교감은 무엇을 생각하는지 잠자코 앉았다가 시계를 꺼내보더니,

"그러니까 그쯤만 알아두시고, 이따가 혹 체조 선생이 오셔서 무슨 소리를 하든지 가만 내버려두슈." ──이렇게 E선생을 주의시키고, 예의 청원서를 접어 넣은 후에 사무실로 다시 나왔다.

E선생은 교감에게 그만큼 신뢰를 받는 것이 기뻤다.

3

오늘은 3,4년급 세 반의 체조 시간이 빠진 데다가, 지리 선생도 오전에 첫 시간만 한 후에는 어정버정하다가, 집의 어린애가 몹시 앓는다 하고 획 달아나버렸기 때문에, 오후 시간은 다섯 반이나 한 시간씩 놀리게 되었다. 교감은 온종일 눈살만 잔뜩 찌푸리

고 앉았다가, 점심시간에 서기를 시켜서 시간표를 임시로 변통하여가지고, 다섯 시간에 끝을 내게 하여놓은 후에, 체조 교사에게 교직(校直)이를 보내서 곧 오라고 기별을 하였다.

"뭐라고 하시던?" 교감은 점심도 아니 먹고, 외투에 모자까지 쓰고 사무실 속에서 어정버정하다가, 교직이가 들어오니까 시급히 물었다.

"네에, 인제 틈나시면 봐서 오신대요…… 아, 참, 그 댁(宅)에 T선생님께서두 계시던데요."

교직이도 좀 수상하였던지, 이렇게 한마디 보탬을 하고 나갔다. 교감은 내 벌써 그럴 줄 알았다는 듯이, 가볍게 고개를 끄덕끄덕하며, 잠자코 나가버렸다. 남아 앉은 교원들도 누구나 말은 아니하나, 무슨 일이 생기리라는 일종의 호기심과 불안을 가지고 물끄름말끄름 볼 뿐이었다. 그리고 누구나 뱃속에는 하고 싶은 말이 많지만, 형세가 어떻게 될지도 모르고, 면전에 E선생이 있으니까 서로 먼저 발설하기들을 싫어하는 모양이었다. 그러나 E선생은 아까 교직이의 말을 듣고 내심으로 깜짝 놀랐다.

3—2

지리 선생이 먼저 가는 것은, 물론 다른 이유도 있겠지만, 한편으로는 직원회의에 참석을 하여 체조 선생을 변호하였다가, 만일 형세가 불리하면, 자기까지도 휩쓸려 들어갈지도 모르겠고, 변호를 아니 하자니 부탁도 있거니와, 수학 선생의 입에서라도 나와서, 결국은 당자의 귀에 굴러 들어갈 터이니까, 도시(都是)가 잇속 없이 성이 가시어서 어린애가 앓는다는 핑계를 하고, 가는 게 아닌가 하는 의심도 E선생은 하여보았고, 저도 수십 년래의 교인이라면서 설마 요만 일에 자식을 팔아가며 무슨 음모를 할꼬 하는 생각이 나서, 혼자 부인도 하여보았다. 그러나 지금 교직이의 그런 보고를 듣고 보니 E선생은 예의 분개심이 아니 날 수가 없었다.

E선생이 그럭저럭 한 시간 교수(敎授)를 하고 나오니까, 여러 선생이 모여 앉은 틈에 체조 선생과 T선생의 얼굴도 보였다. E선생은 순탄한 낯빛으로 인사를 하니까, 체조 선생도 다른 때보다는 좀 공손한 듯이 반쯤 일어나며 답례를 하였다. 그러나 얌체 빠진 지리 선생이 조금도 부끄러운 안색도 없이 난로를 끼고 앉아서 제 판같이 떠드는 데에는, E선생은 또 한 번 놀랐다.

"여러분, 추우신데 한 시간씩 쉬시게 되어서 좋습니다그려……이게 다 이 체조 선생님의 덕택이로군. 햇햇햇……."

지리 선생이 이따위 얌체 빠진 소리를 하니까,

"에! 참 고맙쇠다. 어디 밤송이나 하나 있으면, 등이나 긁어드릴까" 하며 수학 선생이 예의 그 피부가 느즈러진 퉁퉁한 얼굴을 쳐들고 맞대가리 없는 소리를 하였다. 그 옆에 앉았는 체조 선생은,

'그것 보아, 내가 하루만 아니 와도 이 꼴이 아닌가'라는 듯이 뱅글뱅글 웃기만 하고 가만히 앉았었다. 회의는 교감이 돌아오지 않기 때문에, 20분이나 지체되었다. 교감이 급히 출입한 데 대하

여는, 물론 여러 교원들도 혹 눈치를 챘겠지만, 체조 교사 편들은, 으레 B에게 갔으리라고 제각기 눈치도 채었고, 또 자기의 문제가 그만큼 중대시되는 것이 내심으로 승리나 한 것같이 유쾌하였다. 사실 교감은 선교사의 원로요 학교의 명예 교장 격인 B라는 사람에게 갔었다.

B에게서 총총히 돌아온 교감은 난로 앞 정면에 교의를 갖다가 놓고 앉아서 예의 기도를 인도한 후, 오늘 회동한 사유를 발표하고 나서, 이렇게 부언하였다.

"……즉 말하자면, A선생께서, 사무 집행상에 간섭과 장애가 있기 때문에 체면을 유지하실 수 없다고 하신 것은 어떠한 의미인지? 혹 나에게 대하여 그러한 불평이 계신지는 모르겠지만, 그러한 것은 나에게 직접 말씀하시면, 어떻게든지 원만히 조처가 될 것이요, 또 여러분끼리 그러한 오해가 있었다면, 이 자리에서, 피차에 격의 없이 말씀만 하시면, 곧 그런 오해는 풀릴 것이외다. 하기 때문에 특히 A선생을 오시라 한 것입니다."

그러나 모두 머리를 숙이고, 아무도 개구(開口)를 하려는 사람이 없었다. A선생이라 지목한 체조 교사도, 묵묵히 앉았을 뿐이었다. 잠깐 동안 침묵이 계속되었다.

"우리끼리 앉아서 무슨 말이라도 못할 것 없으니, A선생! 의견을 말씀하시지요. 피차에 누구든지 잘못한 게 있으면, 그건 잘못되었다, 용서해주마…… 이와 같이 허심탄회한 태도로 일을 처리해나가야, 무슨 일이든지 되어갈 수 있지 않습니까. 그뿐 아니라 하느님 말씀으로 온갖 일을 행하려는 우리로서는, 더욱이 그렇지 않습니까."

교감의 태도는 매우 온건하였다. 될 수 있는 대로는 회유하고 무마하려는 것 같았다. 이것을 본 A선생이나 T선생은, B와 회견한 결과가 자기네들에게 유리하였다고 생각하고, 우선 안심하였다. 그러나 실상은, B도 그 내용을 자세히 모르니까, 직원회의에라도 참석하여, 친히 사실을 듣고 싶으나, 시간이 마침 없으니, 그 결과를 자기에게 보고한 후에, 다시 의논하기로 하고 헤어져 왔을 뿐이었다. 교감은 도시 자기에게 이 사건을 일임하여주었으면 좋겠다는 생각은 간절하지만, 그런 말을 하였다가는, 매사에 간섭하기 좋아하는 B의 일이라, 감정을 상할 듯도 하고, 또 체조 선생을 내쫓게 되는 경우이면, B가 간섭을 하는 편이, 후일 교장에게 대하여서라도 자기의 책임이 경(輕)하여질 것 같고, A교사 자신이나 교회에 대해서도, 면목이 좀 나을 것 같아서, 그 이상별로 반대도 아니하고 돌아온 것이었다.

그러나 십수 명이나 되는 여러 교사들은 자기들의 태도를, 어찌 정하여야 좋을지 생각하느라고, 역시 아무도 개구를 하지 않았다. 문제의 장본인인 A선생은 물론이려니와, 무슨 일에든지 앞장을 서는 T선생도, 눈을 깜짝깜짝하며, 교감과 A선생의 얼굴만, 이리저리 쳐다볼 뿐이다. E선생은 무릎 위에다가 두 주먹을 딱 버텨 세우고 앉았으나 꾸부린 얼굴에는 입술이 뿌루퉁 내밀어졌다.

"T선생 글쎄 사리가 그렇지 않소? 내 말이 그리 잘못은 아니겠지요."

교감은 참다못하여, 이번에는 비스듬히 A선생과 나란히 앉은 지리 선생을 바라보며 동의를 얻으려는 듯이, 이렇게 은근히 물었다. 그러나 실상은 A선생의 입이 떨어지게 하려면, 우선 T선생을 충동여내는 수밖에 없다고 생각하고 그리한 것이었다. 그러나 소갈딱지 없는 T선생은, 매우 긴한 듯이, 여전히 눈을 깜짝깜짝하며,

"암, 그렇다마다요. 선생님 말씀이 옳으시지요…… A군도 무슨 선생께 불평은 없겠지요." 지리 선생은 이렇게 대답을 하여놓고, 체조 선생을 향하여, 할 말 있건 어서 하라고 눈짓을 하며 권하였다. A선생은 그래도 잠깐 가만히 앉았다가, 겨우 입을 벌렸다.

"원래 고만두고 싶은 생각은 벌써부터 있었던 것이야. 무슨 감정이 있어 그러는 것도 아니오, 더구나 지금 T선생도 말씀하셨지만, 선생께 무슨 불평이 있는 것은 물론 아닙니다만……."

"그래 그러면 사무 이행상, 간섭을 하거나, 장애할 사람이 또 어디 있단 말씀요?" 하며 교감은 어기(語氣)를 돋우며 좀 불쾌한 듯이 눈을 똑바로 뜨고, 좌중을 둘러다보았다. 그것은 마치 A선생을 책하는 것이 아니라, 다른 교원들더러, 왜 너희들이 생도감의 직책에 대하여 월권적 행위를 하였느냐고 결정적으로 책망하는 태도같이 보였다. A선생은 내심으로 승리의 기쁨을 감(感)하였다. T선생도 반가운 듯이 득의만면하여,

"왜, 말을 하시구려. 못할 게 뭐요" 하며, A선생을 충동였다. A선생은 마치 참모나 비서관의 지휘만 받는다는 듯이, 또 한참 입을 쫑긋쫑긋하다가,

"예서 그리 떠들고 말씀할 게 아니라. 다만 생도감이란 제 직책

도 다 못하는데, 어느 분이 너무 간섭을 하시니까 생도들 보기도 부끄럽고, 벌써 나이 40이나 된 놈이 체조를 가르치느니, 생도를 감독하느니 하는 것은 너무 염치가 없는 것이기에, 그런 적당한 분께 대신하여주십사는 것에 지나지 않습니다" 하며, E선생을 힐끗 돌려다보고 빙긋 웃었다.

"그래 누구란 말씀이에요? 어느 선생인지, 그러실 리가 있을까요. 만일 그러하시다면, 그건 A선생의 오해시겠지요."

"교감 선생은 모르셔도, 그런 분이 한 분⋯⋯ 계십니다." 이번에는, 아무리 보아도 심사가 고르지 못한 예의 뚱뚱이 선생이 한눈을 팔며, 느럭느럭 한마디 새치기를 하였다. 교감도 여기에는 하도 깃구멍이 막혔는지 아무 말도 못하고, 그 수학 선생만 쳐다보고 앉았다. 이런 광경을 보고 앉은 다른 선생들은 무어라고 조정을 해야 좋을지 몰라서 벙벙히 앉았기도 하고 수군거리기도 하였다.

E선생은 참다못하여 시뻘건 얼굴을 쳐들며 벌떡 일어나더니

"여러분은 날더러 A선생의 직무에 대하여 간섭하고 또는 장애가 되게 하였다 하시는 모양이나, 나는 거기 대해서 일언반사(一言半辭)라도 변명하지는 않겠습니다. 나는 가는 사람이니까, 여러분과 및 학교의 건강을 축복할 따름입니다" 하고, 자기 책상으로 가서 책보를 싸기 시작하였다.

3—3

 E선생의 태도는 실내의 공기를 각일각으로 험악하게 하였다. 여러 사람의 머리는 일시에 극도로 긴장하였다. 누구나 이 뒷감당을 어떻게 하여야 좋을까 하는 생각은 미처 머리에 떠오르지를 아니하였다. 다만 병병히 E선생의 거동을 돌려다보고 앉았을 뿐이었다. 체조 선생과 지리 선생은 승리를 자랑하는 듯이 본체만체하고 빙그레 웃고 앉았는 한편에, 수학 선생은 멋없이 비웃는 웃음을 띠고 건너다보며 있었다. 교감은 한참 고개를 숙이고 묵도(默禱)나 하는 듯이 눈을 감고 앉았다가 E선생의 발자국 소리를 듣더니, 고개를 번쩍 들면서,

 "E선생!" 하고 불렀다.

 E선생은 홀쩍 한번 돌아다보고 다시 은근히 인사를 한 뒤에 태연히 문밖으로 나가버렸다. 식어가는 난로를 옹위하고 둘러앉은 여러 사람의 검은 눈은 난로 속의 스러져가는 불 모양으로 끔벅끔벅할 뿐이요 아무도 입을 벌리는 사람은 없었다. 쓸쓸한 방 안은 어쩐지 더한층 침중(沈重)하였다. 누구나 어서 이 방에서 면(免)하여 나갔으면 하는 눈치가 역력히 보이었다. 이때에 저 뒤에 멀찌가니 떨어져 웅숭그리고 앉았던 근 60이나 되어 보이는 중늙은이 한 분이 희끗희끗한 머리를 쓰윽 내밀면서 끼었던 팔짱을 빼고 일어나더니,

 "교감장!" 하고 점잖이 불렀다. 고개를 숙이고 앉았던 여러 사

람들은 모두 깜짝 놀란 듯이 힐끗 이리로 돌아다보았다. 한문 선생님이다. 지리 선생은 벌써 입을 삐죽하였다. 좀 어색한 듯이 머뭇머뭇하며 섰던 노선생은 두어 번 큰기침을 하고 나서 천천히 말을 꺼냈다.

"그 일인즉슨 그러하외다. 지금 교감장이 이 자리에서 피차에 사의껏 오해를 풀라고 이같이 회의를 모으신 것도 일인즉슨 물론 의당한 일이요, 또 E선생이 내가 나가기만 하면 모든 일이 무사타첩(無事安帖)되리라고 하신 것도 괴이치 않은 일인 듯하외다. 그러나 이러한 일은 원래가 직원회의에서 결정할 게 아니라, 교장과 교감께서 두 분이 상의하여서 처리하실 것인즉 지금 교장 사무를 겸행(兼行)하시는 교감장이 처단하시는 게 어떨까요……."

한문 선생이 여기까지 떠듬떠듬하며 말을 계속하려니까, 눈을 휘둥그렇게 뜨고 한문 선생의 입만 쳐다보고 앉았던 지리 선생은 발딱 일어나더니,

"그러나 선생님! 그건 그렇지 않습니다. E선생이 나가고 안 나가는 것은 그리 대수로운 문제는 아니올시다만, 매사에 E선생의 태도는 너무도 남을 무시하고, 참 방자하다고 하겠습니다" 하며 독기가 새파랗다.

"옳소…… 그렇지만 예수씨의 재림으로 자처하는 거룩한 양반을 너무 공격을 해서는 아니 될걸, 헤헤헤."

이것은 여전히 빈들거리는 수학 선생의 올곧지 않은 수작이다. 이 소리를 들은 T선생은 한층 더 기가 나서 또다시 말을 계속하

였다.

"참 옳은 말씀입니다. 아까 E선생의 훈화하는 태도를 보시면 여러분도 짐작은 하시겠지만, 예수씨의 말씀을 걸어가지고, 예수씨는 이러저러하지만 나는 진실로 제군에게 이르노니…… 운운한 것은, 확실히 하나님께 대하여 무엄 무탄(無嚴無憚)한 말씨요, 우리들을 멸시한 수작이 아닌가 합니다. 여기 대해서는 여러분도 깊이 생각을 하여 상당한 조처를 하지 않으면 안 되겠다고 본인은 믿습니다."

끄트머리에 와서 T선생의 말은 마치 연설이나 하는 듯이 이상스러운 조자(調子)를 띠게 되었다. 우스운 소리를 잘하는 도화(圖畫) 선생은 한구석에 멀찌가니 떨어져 앉아서, 빙글빙글 웃다가 T선생이 활동사진의 변사 모양으로 날아갈 듯이 고개를 꼬고 인사를 하며 앉은 것을 보더니, 무슨 생각이 났던지 박수를 하였다. 별안간 손바닥 소리가 철석철석 나는 바람에 여러 사람은, 교감까지 무심코 도화 선생 편을 돌려다보았다. 도화 선생은 부끄러운 기색도 없이 여전히 두 손을 바지 주머니에 찌르고 앉았다가, 빙그레하며 박물 선생에게 눈짓을 하였다. T선생도 돌아다는 보았으나, 별로 노한 모양은 아니었다. 이런 광경을 본 젊은 선생들은 웃음이 복받쳐 올라오지 않는 것은 아니지만, 마치 엄숙히 할 의무나 있다는 듯이 제사 참례하는 아이들 모양으로 서로 외면들을 하고 앉았었다. 그 순간이 지나가니까, 아까 E선생이 나갈 때와 같은 긴장은 시신도 없이 풀리고 인제는 지리해서 어서 아무렇게나 끝장이 나기만 바라는 모양이었다. 그러나 그중에, 일을 일답게 처리하여가려는 사람은 그래도 교감과 한문 선생이었다. 한문 선생은 참다못하여 또다시 일어나서 한 번 더 자세히 전언(前言)을 반복 설명한 뒤에 절대로 교감에게 일임하자고, 주장하였다. 이에 대하여는 의견이 세 파로 나뉘었다. 즉 찬성파, 반대파, 중립파이다. 그중에 반대파에는 또다시 3대 분당(分黨)이 있었다. 만일 명칭을 붙이자면 즉, A선생 옹호회, A선생 방축기성동맹회(放逐期成同盟會), 혁신구락부(革新俱樂部) 등이 이것이었다. 소위 소속 의원을 타점(打點)하여보면 한문 선생을 중심으로 한 찬성파는 원만주의(圓滿主義), 박물 선생을 필두로 이화학(理化學) 선생, 창가(唱歌) 선생, 일명 '뱀장어'라는 조선식 존함을 가진 미국 애송이의 영어 선생 등 온건주의 보수당이요, 중립파에는 일인일당(一人一黨) 예관주의자(睨觀主義者) 도화 선생 한 분. 반대파의 A선생 옹호회에는 없지 못할 A씨의 부하 2명. A선생 방축기성동맹회는 내심으로 내공(乃公)이 아니요, 총재(總裁)가 안재(安在)요 하는 교감을 선봉으로, 산술, 대수의 임선생, 조선어 선생들 혁신구락부에는 양(洋)국물 먹은 하이칼라의 영어 선생, 화제(和製)의 왜(倭)말 선생 들이다.

3—4

한문 선생의 제의는 여러 선생의 의견을 내심으로라도 결정할 '힌트'를 주었다. 우선 혁신적 의사를 가진 영어 선생은 사담처럼,

"글쎄 그것도 좋겠지만 A선생의 청원은 이삼 일 보류하였다가 충분히 연구한 뒤에 다시 협의를 해서 정하는 게 어때요" 하며 옆에 앉은 교감을 돌아다보았다. 그것은 확실히 '데모크라티즘'을 채용하여 교원의 권리를 확장하라는 뜻이 분명하였다. 이 말을 듣고 앉았던 대수 산술 선생이 벌떡 일어나더니,

"그럴 게 뭐예요. E선생은 공식으로 사직한 것도 아니려니와, 일은 A선생의 청원을 접수하겠느냐 아니하겠느냐는 것밖에 없은 즉, 이 자리에서 종다수채결(從多數採決)로 하든 교감이 자벽(自辟)을 하시든 아무렇게나 결정해버리면 그만 아니에요?" 하며 은근히 A선생 즉석 축출론을 주장하였다. 그러나 이것을 본 지리 교사 T씨의 얼굴이 가관(可觀)이었다. 똥글한 눈을 홉뜨고 곧 잡아먹을 듯이 덤벼들며,

"어째 그래요. 지금 E선생이 방약무인(傍若無人)하게 뛰어나가는 것은 고사하고라도 오늘 아침의 훈화는 우리 교인으로서는 도저히 용서할 수 없는 일이라고 소생(小生)은 생각합니다……."

"소생이란 말은 잘못한 말이오. 소인(小人)이라고 그러우" 하며 중립파의 도화 선생이 불쑥 한마디 하였다. 박물 선생과 영어 선생은 무심코 핫핫 웃었다. T선생은 하는 수 없이 말을 잠깐 멈췄다가 도화 선생을 힐끗 돌아보고 나서 다시 말을 계속하였다.

"하므로 지금 우선 문제는 E선생을 어떻게 하겠느냐는 것인데, 역시 교감께서 처단하시는 게 합당하다고 생각합니다."

"옳소! 파문이나 하시구려." 또 도화 선생이, 입을 벌렸다. 도화 선생도 역시 교인은 아니었다. 그러나 T선생의 주장은 확실히 약

은 수작이었다. 즉 교감에게 일임만 하여놓으면, B선교사의 의견대로 될 것이니까 결국은 교장 낯을 보아서라도 체조 선생을 내몰지는 못할 것이요, 또 E선생으로 말하면 교감과 친하니까 교원들의 낯을 보아서라도 자기 손으로 붙들어둘 리도 만무하고 비록 붙든대야 체조 선생의 지위가 튼튼한 동안에는 다시 끼어들지도 않으리라는 생각이었다. 그러나 T선생의 말을 탄하려는 사람은 하나도 없었다.

이때까지 난로만 바라보고 앉았던 교감은 인제야 얼굴을 처들고 일어나더니 매우 긴장한 낯빛으로 이리저리 돌아다보며 말을 꺼냈다.

"그럼 여러분, 어떻게 하시렵니까…… 여러분의 말씀은 일일이 옳은 줄도 알고 또 될 수 있는 대로는 다같이 협의하여서 결정하는 게 좋겠습니다만, 이번 일만은 나에게 그대로 위임하여주시면 어떨까요."

교감의 말에 대하여는 별로 반대하는 빛도 없고 그렇다고 찬성하는 사람도 없었다. 교감은 한참 벙벙히 섰다가,

"이의 없으면 오늘은 이만 하고 헤어지지요" 하고 돌아서려니까, 영어 선생이 황황히 일어나며,

"하여간 내일 점심시간까지 여유를 두는 게 어떨까요. 교감장께 일임한다는 것이 절대로 불가하다는 것은 아니나……" 하고 말 뒤를 흐리마리하여버렸다. 여기에 대하여는 일동이 "그게 좋군, 좋군" 하며 일어났다. 교감도 별로 우기려고는 아니하고,

"그럼 그렇게 하지요" 하고 자기 자리로 갔다.

회가 마친 후 A·T 두 선생은 앞장을 서서 나왔다.

"교감, 오늘 똥 쌌네!" 조그만 양복쟁이가 나란히 서서 걷는 자를 쳐다보며 이렇게 입을 벌리니까,

"그럼 저는 하는 수 있나!" 하며 대모테 안경에 까만 수염을 좌우로 쭉 뻗친 자가 대꾸를 하였다.

그 이튿날 점심시간에는(물론 체조 선생은 없었다) 간단히 교감이 역시 자기에게 일임하여달라고 사의껏 한마디 한 데에 대하여 일동은 아무 이의 없이 승낙하였다. 이에 대하여 A선생의 옹호파는 물론 만족하였다. 그러나 A선생의 반대파는 그 이상으로 만족하였다. 거기에는 그러한 이유가 있었다. 그것은 다른 게 아니라, 어저께 영어 선생이 오늘 점심시간까지 연기하자는 데에는 까닭이 있는 것이었다. 즉, 영어 선생 일파는 A선생을 내보내겠다는 조건만 붙이면 교감에게 일임함을 승낙하겠다는 다짐을 받으라는 것이었다. 그리하여 A·T 양 선생이 앞서 나간 후 몇몇 교사가 숙의(熟議)한 결과, 전 책임을 지고라도 A선생은 내보내기로 교감은 승낙하였다. 그러나 이 내용은 지리 선생과 뚱뚱이의 수학 선생만 빼놓고 교원끼리는 그 이튿날 아침에 다 뒷구멍으로, 알게 되었기 때문에 그렇게 쉽사리 승낙을 한 것이었다. 직원회의가 있은 지 나흘이 지나 월요일 점심시간에, 교감은 A선생의 사면을 허가하였다는 것과 E선생은 내일부터 다시 출근하기로 되었다는 경과를 보고한 뒤에,

"별로 이의는 없겠지요" 하며 물으니까, 자기 책상 앞에, 교의에 기대앉아서 끄덕거리며 빙글빙글 웃고 앉았던 도화 선생은 별

안간에,

"'소생'은 대반대올시다. T선생! E선생 문제는 어떻게 하시렵니까?" 하며 어린아이같이 유쾌한 듯이 깔깔 웃었다. 여기저기서 흐흐홋 하며 웃는 소리가 들리었다. 난로 앞에 앉은 T선생은 하여튼 얼굴이 금시로 빨개지며,

"선생님도 놀리십니까, 다 실없는 말이지요" 하며 해해해 웃었다. 일동은 마음 놓고 다시 깔깔 웃었다.

4

E선생은 그주 화요일부터 출근하였다. 별로 변한 것은 없었으나 마음이 편하여진 것 같았다.

'이게 몹쓸 심사다. A선생의 얄상궂은 얼굴이 안 보이게 되었기로 그리 유쾌할 것이야 무엇 있누' 하며 자기가 자기 마음을 꾸짖어도 보았지만, 그래도 역시 어쩐지 마음이 편한 것 같았다. 더구나 여러 선생이 이전보다 자기를 친절하게 구는 것 같은 것이 반가웠다. T선생도 속으로는 소리 없는 총(銃)이 있으면 할지 모르겠지만, 이전과는 딴판이 되었다. 그러나 점심 같은 때에 고양이같이 실눈을 뜨고,

"차가 매우 좋습니다. 갖다드릴까요?" 하며 공연히 친절한 체를 하는 것이 민망도 하고 똥구멍까지 들여다보이는 것 같아서 그래도 마음이 편치는 못하였다. 하지만 이번에 온 체조 선생은

까닭 없이 친하고 싶었다. 보병대에서 재작년에 나와가지고 자기 고향에서 역시 몇 개월 동안은 콩밥을 먹었다는 정교(正校)선생 님이다. 말하자면 '고슴도치'가 또 하나 는 모양이다.

하여간 그럭저럭하여 사무실 내는 소낙비가 그친 뒤의 하늘같 이 어지간히 안온하여졌다. 11월도 훌쩍 넘어서 제2학기 시험도 날이 얄팍얄팍하여졌다. 사무실 속에서는 "이번에는! 이번에는!" 하며 매일같이 야단이다. 다른 게 아니라 이번은 제2학기인 고로 좀 심하게 시험을 보여서, 낙제시킬 놈은 아주 이번에 추려버리 겠다는, 운동꾼에게는 초혼(招魂) 소리보다도 찔끔할 소리다. 그 러나 이런 소리가 날 때마다 도화 선생은,

"여보 여보, 남 못할 소리 마슈. 그러고도 천당엘 가겠다니, 천 당도 만원이 될걸. 이번에는 A선생도 아니 계신데 생도들 혼쭐이 날걸. 하하" 하며 웃었다.

이제는 나간 사람의 이야기니까 또다시 들추어내는 것은 너무 도 참혹하지만 언제인지 E선생에게 들려준 도화 선생의 말을 들 으니까, 시험 때마다 어느 구멍으로 어떻게 스며나가는지 으레 한 과정에 두세 문제씩은 운동부 속에서 답안까지 만들게 되어 A 선생이 감독하는 반에는 생도들이 용춤을 출 뿐 아니라, 얌전한 생도들도 시험 때만은 A선생을 환영하였다 한다. 그때 도화 선생 은 이야기를 다 하고 나서

"그게 다 종교가의 자선심이란 것이었다. 그렇지만 A의 솜씨로 도 내 것만은 어쩌는 수 없었지!" 하며 웃었다.

지금도 E선생은 그때의 도화 선생의 이야기를 생각하고 앉았다

가, '시험이란 대체 무엇인구' 하는 생각을 하여보며 얼빠진 사람처럼 도화 선생의 선머슴 같은 이글이글한 얼굴을 쳐다보고 있었다.

4—2

생도 측에서도 시험 시험 하고 야단이다. 교실엘 들어가기만 하면, 시간마다.

"선생님, 선생님, 이번에는 어디까지 접어주세요" 하며 쌈쌈을 하거나, 한 줄이라도 더 배울까 보아,

"인젠 그만 하지요. 요기까지만 하지요, 요기 요기까지만……엥……" 하며 반 안을 뒤집어놓았다. 하릴없는 장터였다. 물건값 같으면 깎다가 안 들으면 아니 살 뿐이지만, 시험이란 놈은 장사 거래처럼 흥정이 아니 된다고 그만두는 수는 없는 것이기 때문에 더욱 말썽이다. 그러나 E선생은 생도들이 접어달라는 소리만 하면,

"웅, 다라도 접어주지. 그렇지만 시험 문제에 답안만 쓰면 일백은 떼논 당상, 하여간 마음대로 해버리구려" 하며 웃어버리면서도 속으로는 기가 막혀서 생도들을 두들겨주고 싶었다. 자기도 일본 가서 공부도 하여보았지만, 이때껏 선생더러 접어달라는 소리는 못하여보았다. 그렇다고 남에 뛰어나게 공부를 해본 적도 없으나, 일본 학생의 기풍이 원래 그러하였다. E선생은 이러한 때

에도 벌써 예의 그 비관론이 나왔다.

'자식들이 이래가지고야 어떻게 한담! 좀 그래도 생기가 있고 피가 돌 지경 같으면 시험이라고 이렇게 벌벌 떨 것이야 무엇 있나!' 하며, 혼자 짜증을 내었다. 그러나 E선생의 비관은 결코 절망은 아니었다. 조선 민족성에 대한 신뢰가 없거나 조선 민족의 전도(前途)에 대하여 낙담을 하여서 그러는 것은 아니었다. 그는 자기의 비관을 비관대로 두기에는 너무 열렬하였다. 피가 너무 많고 너무 급속도로 돌았다.

그는 하여간 학생 간의 E선생의 평판은 분분하였다. 그중에는 한 줄도 아니 접어주었다는 원망도 없지 않았지만, 공부하는 축의 제일 걱정거리는 시험 문제를 어떻게 내는가 하는 것이었다. 생도들의 말을 들어보면 시험 문제는 선생에 따라서 다르다 한다. 그러므로 문제 내는 방법을 한 번만 보면 그다음부터는 묘리를 알게 되어 복습하기가 매우 쉽다 한다. 그러나 그러는 중에는 제일 과격한 것은 운동부였다.

"시험문제만 호되게 내어보아라. 저는 별수 있나" 하며 어르는 모양. E선생은 사무실 속에서 그런 이야기가 났을 제, 들은체만체 하였다.

선생이나 생도나 긴장한 기분으로 분주히 이삼 일을 지낸 뒤에 이제는 참 정말 시험이 시작되었다. 생도들은 소학부(小學部)까지 합하여가지고 오전 오후로 나눠서 어느 반에든지 중학생과 소학생을 하나씩 격하여 앉히고 사무실 속에서는 서기 회계까지 총동원이었다. 50명 수용하는 반에 반분씩 25명을 앉히고 전후로

2명씩 교사를 세워 물샐 틈 없이 감독하였다. E선생도 물론 한몫 보았다. 그러나 E선생은 될 수 있는 대로 멀찌가니 떨어져서 한구석에 쭈그리고 앉았었다. 그것은 생도들 뒤로 가까이 가면, 밤을 새워 그러한지 하얀 상에 깔깔한 눈을 대룩대룩하며 E선생을 돌아보는 게 싫어서 그리하였다. 자기──자기뿐만 아니라 누구든지 선생이 가까이 가면 무슨 치의(致疑)나 받지 않을까 하는 막연한 불안과 공포로 애원하듯이 쳐다보는 것이, E선생에게는 미안하기도 하고 불쾌하였다.

첫날은 그럭저럭 무사히 지나갔다. 둘째 날은 3년급에 문법 시험이 E선생의 시간이었다. 생도들의 이야기를 들으면 생각하였던 것보다는 너무 쉬웠다 한다. 하여간 무사히 지나가서 다행한 일이었다. 그러나 제3일에 가서는 일장 풍파(一場風波) 없이 지낼 수는 없었다. 그것은 다른 게 아니었다. 역시 '고슴도치' 동티였다.

첫째 시간이 4년급의 서양사 시험이었다. 생도는 벌벌 떨면서도 어저께 3년급의 문법 시험을 보면 다소 안심이 아니 되는 것도 아니었다. 그러나 시험장에 딱 들어가 앉아보니 예상과는 딴판이었다. 다른 선생은 양지(洋紙) 반 장에 가득 차게 써가지고 들어와서 붙여주건만, '고슴도치' 선생은 백묵 한 개를 가지고 들어오더니, '18세기 후반의 구주(歐州)에 관하여 아는 대로 쓰라' 하여 놓고, 둘째 문제로는 몇 사람의 이름만 써놓았다. 둘째 문제는 그대로 누구나 쓰겠지만 18세기의 후반의 구라파(歐羅巴)는 무엇을 써야 좋을지 몰랐다. 연대와 성명과 사건을 따로따로 암기한 생도들이 개괄적으로 통일을 하여 쓰지 못할 것은 정한 일, 이 구석

저 구석에서 쭝얼거리는 소리가 들리기 시작하였다. 나중에는 불쑥 일어나서 이 시험은 못 치르겠다는 생도도 있었으나 그럭저럭 30분은 지났다. 그러나 "이게 문제람, 이게 문제람" 하는 소리는 끊일 새가 없었다. 어떤 생도는 처음부터 생각도 아니하여보고 붓대를 던지고 나가는 빛에, 땅이 꺼지라고 한숨을 하는 빛에 야단이었다. 나중에는 공지도 내놓지 않고 쿵쾅대며 나가서 모두들 나와버리라고 동맹파업인지 동맹파시(同盟罷試)인지를 권유하는 자도 있었다. 노동운동 같으면 치안 경찰법 제27조라는 귀중한 조문이나 있겠지만 경찰서가 아닌 교실에는 생도만큼, 속으로 한숨만 하고 앉았는 E선생뿐이었다.

E선생도 웬만큼 화가 복받치었다. 그때에 마침 E선생 눈에는 이상한 것이 보였다. 동편으로 둘째 줄에 앉았던 생도가 벌떡 일어나더니 답안을 바치려고 칠판 앞으로 가다가 휴지 한 덩이를 떨어뜨리기가 무섭게 그 옆에 앉은 생도가 획 집어서 사타구니에 끼었다. 그 동작의 민활한 품은 E선생도 잘못 보지 않았나? 하며 혼자 의아할 만하였다. 그러나 E선생은 다짜고짜 뛰어오더니, 벼락같이 일어나라고 소리를 질렀다. 생도는 조금도 어색한 기색도 없이

"왜 그러세요?" 하며 E선생을 말똥말똥 쳐다보았다. E선생도 거기에는 잠깐 기운이 줄지 않을 수 없었다.

'내가 잘못 보았나' 이렇게 생각은 하면서도, 그래도 기위 일어나라고 한 것이니까, 하여간 또 한 번 일어나라고 소리를 쳤다. 생도는 하는 수 없이 일어났다. 사타구니에 끼었던 종잇조각은

뒤로 넘어서 걸상 밑에 떨어졌다. E선생은 암말 아니하고 집어 펴 보더니

"이게 뉘 게야?" 하고 물었다. 생도는 여전히 태연하게

"나는 몰라요" 하고 시치미를 떼었다. E선생은 금시로 상기가 되었다.

"이놈아 네 이름이 쓰인 걸 네가 몰라?" 하고 시험지를 생도의 코밑에 치받쳤다. 전 반(全班)은 쥐 죽은 듯이 숨을 삼켜가며 이쪽을 바라보며 앉았었다. E선생은 선지피같이 얼굴이 발개지며 말을 못하고 생도의 얼굴을 노려보다가, 제잡담하고 생도들의 시험지를 일일이 빼앗아 척척 접어가지고 교단엘 올라서더니,

"시험의 노예, 돈의 노예, 명예의 노예, 허영심의 노예…… 그런 더러운 말종들을 길러내려고 이 학교를 세운 것은 아니다. 오늘 아침에 너희들은 무어라고 기도를 하였는지 모르지만 예수 그리스도는 시험에 협잡(挾雜)을 하라고는 아니 가르치셨을 것이다. 시험에 방망이질하는 놈은 족히 나라도 팔아먹을 놈이다…… 그런 썩은 생각 썩은 혼을 가진 놈은 가르칠 필요도 없다. A, B, C가 교육이 아니요 시험에 만점을 하는 것이 장한 것이 아니다……."

'고슴도치' 선생은 참 과격파였다. 발을 땅땅 구르며 열탕(熱湯)을 퍼붓듯 벽력같이 소리를 지르는 데에는 생도들의 등에서 식은땀이 아니 흐를 수 없었다. E선생은 말을 마치고 여전히 시험지만은 가지고 나갔다. 교실 안은 폭풍우나 지난 듯이 생도들은 얼이 빠져서 잠깐 동안은 물끄럼말끄럼 앉았을 뿐이요, 먼저 나

갔던 생도들은 "그러게 어서 먼저 나와버리지. 어디 몇 개들이나 더 맞나 보자" 하며 고소하다는 듯이 비웃었다. '스트라이크'를 하느니, 만점 하는 놈은 목을 잘라놓느니 하던 축도 이제는 오히려 다행으로 아는 모양이었다. 그러나 한편에는 다시 시험을 보자는 축도 있었다. 하지만 운동부 일파가 잠자코 있을 리는 물론 없었다. 의견이 백출(百出)하는 동안에 상학종을 쳐서 모두 들어 앉았다. 그때에 반장은 이 시간이 끝난 뒤에 '클래스회'를 한다고 공포하였다.

그리하여 급회를 연 결과, E선생은, 데모크라시의 성행하는 이 시대에 일반 생도의 인격을 무시한 것이니 상당한 처치를 하여달라고 교감에게 청원을 하자고도 하고 전 과목의 시험을 다시 보자고도 하고 또 한편에서는 이번 2학기 시험은 전연히 중지하고 연종(年終) 시험만 보자고도 하며, 제멋대로들 떠들었으나, 누구나 시험 중에 이러한 문제가 발생된 것이 다행한 기화로 생각하는 것이 역력하였다. 그러나 결국 천 원 놀음이니 2천 원 놀음이니 하는 이 살판에 한 점이라도 고르게 얻는 것이 상책이니, 방망이질한 두 사람까지 용서하고 상당한 방법으로 채점하여달라고 탄원하자고 결의하였을 뿐이었다. 천 원 놀음 천 원 놀음 하는 것은 4년간의 학비를 말하는 것이었다. 그 결과 반장은 즉시 E선생을 사무실로 찾아가보고 애원을 하였다. 그러나 생각해보마는 회답밖에 못 들었다.

4—3

그날 저녁에 E선생은 역사 답안을 끊다가 붓대를 던지고 수첩에다가 모조리 60점씩 달아놓고 드러누워서 가만히 생각하여보았다.

E선생의 눈에는 아까 본 시험장의 광경이 눈에 선히 떠올랐다. 그중에도 소학부 1년생이 성경 시험 보는 반을 들여다보던 광경이 E선생에게는 잊을 수 없었다. 콧물을 졸졸 흘리며 꼬부리고 앉아서 제가끔 시험지를 고사리 같은 손으로 가리고 손을 훅훅 불어가며 앉아서 괴발개발 그리는 것이 귀엽기도 하고 가엾어 보이기도 하였다. 그때 E선생은 이리저리 돌아다니며 들여다보기도 하고 글자도 가르쳐주고 말 안 된 것을 주의도 하여주었다. 이것을 본 주임 선생은 좀 심사가 났던지 소리를 버럭 지르며 이야기 말고 가리고 쓰라고 한바탕 엄령을 내렸다. E선생은 그 소리에 깜짝 놀라 고개를 쳐들고 그 주임 선생을 쳐다보다가, 자기더러나 한 말처럼 어색한 얼굴로 웃으며,

"시험 보시는데 아니되었소이다" 하고 나왔으나, E선생도 불쾌하였다. E선생은 지금 그 광경을 그려보다가,

'연골부터 배타심을 길러? 하라기도 전에 하지 말라는 것부터 가르치는 게 교육일까?' 이렇게, 혼자 생각을 하여보았다.

그 이튿날 E선생은 좀 일찌감치 출근을 하였다. 사무실에 쑥 들어서더니 온몸이 녹기도 전에 4년급 반장을 불러들여가지고 오륙

명이나 되는 생도를 불러오라고 하였다. 또 무슨 폭풍우가 쏟아질지 생도들은 두근두근하는 가슴을 안고 그래도 태연히 들어와서 쭉 늘어섰다. 그중에는 어저께 발각된 문제의 장본인도 끼어 있었다.

생도들이 들어오니까, E선생은 눈도 떠보지 않고 입었던 외투를 벗어 걸고 옷고름을 다시 한 번 고쳐 맨 뒤에, 일렬로 늘어선 생도 앞에 딱 버티고 정숙하게 섰다. 그것은 마치 호령을 부르려는 체조 선생 같았다. 그 모양이, 하도 우스워서 유리창으로 들여다보던 바깥 생도들의 킥킥 하는 소리가 들렸다. E선생 앞에 선 생도들은 무슨 벼락이 내릴까 하며 일제히 고개를 숙이고 섰다. 1분 2분 3분 4분 시간은 달아나나 E선생은 입을 벌릴 꿈도 아니 꾸었다. 옆에서 보는 사람이 민망할 지경이었다. 거의 10분 동안이나 이렇게 섰다가, E선생은 이제야

"지금 여기 와서 섰는 까닭을 알겠지?" 하며 겨우 입을 벌렸다. E선생의 말소리는 의외에 나직나직하고 은근하였다. 이 소리를 들은 생도들은 다소 안심은 되었으나 아무도 대답은 아니하였다. 또 삼사 분이나 지난 뒤에 E선생은 어떻게 생각하였던지 첫째로 선 사람 앞으로 가더니,

"알았지?" 하고 은근히 물었다. 생도는 숙인 채 서서 고개만 끄덕거렸다. E선생은 몇 번이나 "알았지?"를 되뇌었다. 여섯 놈의 생도는 한 번씩 다 고개를 끄덕이었다. 그다음에는 또다시 일일이 붙들고, "또다시 안 그러지!"를 여섯 번이나 되뇌었다. 생도들은 역시 한 번씩 고개를 끄덕거리지 않으면 아니 되었다. 그리하

여 이 엄숙한 예식이 겨우 끝이 나고, 생도들은 풀리게 되었다.

생도들이 나간 뒤에 도화 선생이 뭘 그렇게 은근히 귓속을 하였느냐 물으니까, E선생은 웃으면서

"방망이꾼의 처벌을 집행한 것이랍니다" 하고 웃어버렸다.

이와 같이 하여 교감도 E선생의 처단에 대하여는 이의 없이, 역사 문제는 낙착되었으나 다른 교사 간에는 E선생이 인심을 얻으려고 너무 관대하였다고 불평이 있는 모양이었다.

5

시험이 끝난 뒤에 E선생은 진위(振威)에 있는 자기 집으로 돌아갔다. 떠날 때에 교감더러 약간 사의를 표하였으나, 학교 꼴이 될 때까지만 어떻든 꽉 참고 지내가자고 간곡히 청하는 바람에 그것도 그럭저럭하고 하여간 책자나 볼 작정으로 집으로 돌아간 것이었다. 그러나 역시 집안에서도 E선생을 가만히 내버려두지는 않았다. 만나는 족족마다 장가를 어서 들라고 조르는 것은 예증(例症)이라 하더라도 세간살이를 맡으라는 데에는 기가 막힐 뿐 아니라 제일 두통거리였다. 게다가 이번에는 또 머릿살 아픈 문제가 일어나서 엎친 데 덮친 데, 매일 부친에게 졸려 지내기에 책은 고사하고 안절부절못했다.

그것은 다른 게 아니었다. 어떤 법률 학교에를 다닙네 하고 서울 와서 있는 E선생의 아우가 방학 전에 어떤 여학생을 데리고 내

려와서 고모 집에다가 숨겨두었다가 같이 올라간 것이 발각이 되어 풍파가 일어난 것이었다.

"데리고 다니든지 업고를 다니든지 왔다 가더라도 곱게 소문이 나 내지 않고 갔으면 그만일걸, 공연히 여기저기 끌고 다니고 광고를 하다시피 하며 돌아다니다가, 아버지께까지 들키고…… 그나 그뿐인가. 간다 온다 말도 없이 떠나면서 편지를 써놓고 죽느니 사느니…… 참 어처구니가 없어서……."

이것은 한바탕 부친께 야단을 맞은 뒤에 모친이 뒷구멍으로 하는 말, E선생은 화로를 끼고 앉아 듣다가

"그래 위인은 얌전해요?" 하고 물었다.

"너도 정신없는 소리도 한다. 얌전한 년이 그러고 돌아다니겠니…… 내 도무지 그 법석통에 얼이 다 **빠졌다**" 하며 어머님은 주름 많은 여인 얼굴을 잠깐 찡그리다가 빙긋 웃더니,

"그래, 널더런 무어라고 하던?" 하며 물었다. E선생은 화젓가락을 가지고 재를 살살 펴놓고, 무어라고 영자(英字)를 썼다 지웠다 하며 무슨 생각을 하다가,

"네?" 하며 고개를 번쩍 쳐들었다.

"아, 여기 다녀가서 아무 말도 아니하던?"

"난 집에 왔다 간 것도 모르는데요. 그놈 맹랑한 놈이로군. 올해 그 애가 몇 살인가요?"

E선생은 자기 동생의 나이도 몰랐었다. 어머님은 웃으면서

"네 나이는 아니? 계묘생이니까 올해 꼭 스무 살이지" 하며 일러주었다.

"흥, 인제야 스무살쯤 된 놈이, 연애는 다…….."

"아버지 말씀이 옳지, 너부터 제 맘대로 정하여가지고 하느니 무슨 연애니 어쩌느니 하니까, 덩달아서 그리지 않겠니?…… 그러게 어서 네가 자리를 잡고 떡 앉아야 가도(家度)가 서지…… 글쎄 이러고 돌아만 다니면 어떻게 할 작정이란 말이냐."

이야기는 결국 결혼 문제에까지 끌어왔다. 속으로는 어떻게 미국이든 독일까지는 갔다 와야겠다는 음모를 가지고 있는 E선생으로는 이런 소리를 들을 때마다 사실 귀가 아프거니와, 어찌해야 이 가정의 계루(係累)에서 벗어날지 코가 맥맥하였다. E선생은 눈살을 찌푸리고 앉았다가,

"글쎄, 그러게 창희를 어서 먼저 장가를 들여서 살림을 맡겨버리면 그만 아니에요" 하고 어머니를 쳐다보았다.

"쓸데없는 소리 마라. 철부지의 창희에게 맡겨서 무에 될 줄 아니."

"몰라요, 글쎄 나는 집안사람으로 치지 마세요."

어머님은 잠자코 앉았다. 단형제 중에도 제일 믿음성 있는 맏아들을 참 정말 태산같이 믿는 늙어가는 부모에 대하여 E선생은 의문의 인(人)이었다. 10여 년 전부터 혼인 혼인 한 것을 이때껏 줄기차게 우겨온 E선생의 억척도 억척이지만 부모로 말하면 거의 미칠 지경이었다. 넉넉지도 못하지만, 그래도 알뜰살뜰히 이만큼 하여놓은 살림을 튼튼한 자식에게다가 맡기고 가려는 것은 누구나 부모 된 이의 상정(常情), 미거하지 않고, 난봉 아닌 것만은 다행이라 하여도 30이 가까워도 밤낮 공부 공부 하는 데에는 애가

타서 못 견딜 지경이다. 지금도 모친은 답답한 듯이 눈만 깜박깜박하고 앉았다가,

"글쎄, 네 소원대로 여학생을 데려오든 기생을 데려오든 그건 상관없으니 어떻게든지 하여가지고 인제는 좀 들어앉으려무나. 누가 널더러 교사질을 하라던…… 벌써 몇 해냐? 집안을 떠난 지가. 10여 년을 돌아다녔으면 인제는 좀…… 그리고 술은 무슨 술을 그렇게 먹니?"

"누가 무어라고 그래요?"

"창희가 그러는데, 여름부터는 날마다 장취(長醉)라고 하더구나."

"장췬 누가 장취예요. 쓸데없는…… 미친놈이로군…… 에잇 머릿살 아픈! 어서 그만 들어가셔요."

E선생은 어머님을 안으로 쫓아 들어가게 하고 혼자 드러누워버렸다.

5—2

E선생은 이튿날 서울로 뛰어 올라와버렸다. 올라올 때에 부친이, 학교는 그만두고 곧 내려올 터이냐고 물으니까

"글쎄요. 가봐서 아무쪼록 곧 내려오지요" 하며 천연덕스럽게 대답은 하였지만, 자기 생각에도 아무 결심은 없었다. 다만 머릿살 아픈 가정에서 한시바삐 빠져나오기만 하면 그만이었다. 가정

이라고 하여도 늙은 부모 외에는 내일모레면 시집보낼 딸자식을 데린 과부댁 누이가 와서 있을 뿐이니까 누가 떠들어서 공부가 아니 되는 것도 아니요, 무슨 고된 일을 시키는 것도 아니지만 어쩐지 기가 푹푹 썩는 것 같아서 한시도 엉덩이를 붙이고 앉았을 수 없었다.

E선생에게는 그 이유를 알 수가 없었다. 다만 새로운 사람과 오늘날의 가정과는 영원히 융화될 수 없는 소질이 있는 것같이 생각될 뿐이었다. 더구나 창희의 일 건(件)이 이번에는 집에서 자기를 내쫓는 것 같았다. 자기의 속생각을 부모에게 말을 한대야 알아줄 것도 아니요 그렇다고 연애란 이런 것, 결혼이란 이런 것이라고 창희를 가르쳐준대야 또 어떻게 오해를 하고 무슨 짓을 할지 모를 것이다. 언젠지 오늘날의 결혼이란 것은 강간과 다를 것이 없다고 일러준 결과가 오늘날 그따위 짓을 하며 돌아다니게 된 것을 보면, 어떻게 해야 좋을지 틈바구니에 끼어서 공연한 탓만 듣게 된 자기가 결국은 미친놈이 될 뿐이었다.

부친은 일주일이나 두고 입에서 신물이 나도록 창희 이야기로 졸라대었으니까, 인제는 한풀이 죽었던지 올라올 때도 이렇다 저렇다 말이 없었지만 그래도 어머님은 이번 올라가거든 창희를 잘 일러서 떨어지게 하라고 신신부탁을 하였다. 그러나 생각하여보니 벌써 빗나간 것을 말로만 일러야 쓸데도 없을 것이요, 20이 넘은 것이 자기도 생각이 있을 것인즉 제대로 내버려두면 결국은 그럭저럭 되고 말 것이라고 생각한 E선생은 서울로 올라와, 창희를 만나보고도 그런 기색은 조금도 보이지를 않았다.

궁금증이 나서 도리어 형이 올라오기를 기다렸던 창희는 이편이 며칠이 가도 암말도 안 하는 게 수상쩍었던지 어느 날 밤중에 E선생을 찾아와서

"이번에 아버님께서 무어라고 하시지 않으셔요" 하며 불쑥 물을 때도 E선생은 시침을 뚝 떼었다.

'설마 그럴 리가 없는데……' 라고 생각한 창희는 더욱더욱 초민증이 나는 동시에 형에게는 감히 의논도 못하여보고 혼자 끌탕[9]을 하며 눈치만 보고 돌아다니는 모양이었다. E선생은 그럴수록 더욱더욱 그러한 기회를 피하며 속으로 웃었다.

그는 하여간 그럭저럭 2주일 방학이 지나고, 개학을 한 뒤에는 E선생의 걱정이 또 하나 늘었다. 걱정이라고 하는 것보다는 일종의 유혹이었다.

그것은 다른 게 아니라, 지금 교감이 B선교사의 승낙을 얻어가지고 E선생더러 학감 노릇을 하라는 것이었다. 물론 미국에 있는 교장과는 서신으로 대강은 승낙을 받은 모양이었으나, 당초부터 사직을 하려는 E선생을 붙들고, 학감이 되라는 것은 무리한 주문이었다.

E선생의 생각으로 말하면 기위 학교의 일을 볼 지경이면 아주 학감이든 무엇이든 직명을 띠고 탐탁하게 일을 보아주는 것이 피차에 좋기는 하지만, 한편으로 생각하면 교감은 학감이라는 명의로 자기를 붙들려는 정책 같기도 하고 또 이것을 곧 승낙한다는 것이 학감이나 생도감이 되려고 한 수단같이 남들이라도 생각할 것 같아서 망설이고 있는 것이었다.

그러나 또 한편으로 생각하면 지금 사직을 한다는 것은 단지 머릿살 아픈 것을 내놓고 다시 들어앉아서 조용히 책자나 볼까 하는 것인 고로, 그만둔대야 금시로 양행(洋行)을 하게 될 것도 아닌즉 승낙을 하여버리고도 싶었다. 이같이 설왕설래한 지 근 10여 일이나 된 뒤에 또다시 교감이 발론을 할 제, E선생은 아직은 보류하였다가 교장이나 돌아온 후에 다시 이야기하자고 하니까,

"교장도 승낙은 한 것이에요. 더군다나, 언제 올지도 모르는 교장을 기다리고 있으면 그동안 생도 감독은 어떻게 해요" 하는 교감의 말을 들으면 새로 온 체조 교사는 아직 생도들과 친숙하지도 못하고, 또 교육에는 경험도 없은즉 생도감을 시킬 수 없으니 생도감까지 겸무를 하려니까 시급하다는 의향이었다. 그런 내용을 듣고 보니, E선생도 수긍하지 않을 수가 없었다. 그리하여 E선생은 결국 학감이 되었다. 생도들은 물론 환영이려니와, 교원들도 지리, 수학 선생을 제하고는 별로 불평이 없는 모양, 교감도 인제는 한시름 잊었다는 듯이 벙글벙글하였다.

신임 학감의 정견이라는 것도 우습지만 E선생이 학감이 된 뒤에 제1차로 착수한 것은 체조 시간과 어학 시간을 늘린 것이었다. 체조 선생과 손이 맞는 그는, 한 반에 1주일에 네 시간씩이나 되는 것을 틈 있는 대로는 쫓아나가서 같이 뛰며 조수를 하였다. 처음에는 생도들은 불평도 있는 모양이요, 체조 선생처럼 서투른 호령을 부를 제는 웃기들도 하였으나, 나중에는 도리어 E선생이 없으면 섭섭해하게 되었다.

E선생의 의견을 들으면 체조는 육체를 단련하는 것보다 정신의

228

건실을 돕는 데에 수신(修身) 이상으로 실효가 있는 것이라 한다. 하기 때문에 E선생은 체조 시간에 반시간씩은 이야기를 하여 들려주었다. 또 언젠지 이런 소리도 생도들에게 이야기하여 들려주었다.

"나는 군국주의라는 것을 극력 배척한다. 그것은 침략주의이기 때문이다. 아무리 힘이 세다 하기로 행랑살이 하는 놈이 남의 집 안방에 들어가서 자빠지지 못할 것은 분명한 일이 아니냐. 그렇지만 사람이, 인간업을 파공(罷工)하기 전에는 사람다운 의기, 지기(志氣)가 없으란 것은 아니다. 자각 있는 봉공심(奉公心)이라는 것은 군국주의의 세계에서는 볼 수 없는 것이지만, 사람다운 사람이 사는 세계에는 없지 못할 최대한 근본 요소다. 이것은 비록 사회주의니 공산주의니 하는 주의가—여러분은 몰라들을 사람도 있겠지만—실현된다 하더라도 가장 필요한 것이다."

생도는 사실 무슨 소리인지 몰라들은 사람도 있는 모양이었다. 그러나 E선생의 속생각에는 어떠한 확신이 있는 모양이었다.

그다음에 E선생이 착수한 것은 시험 문제였다. E선생은 오늘날 시험이라는 것은 그 동기는 좋으나 그 결과는 옥석을 가리고 수재를 기른다는 것보다 위선(僞善)을 가르치는 폐(弊)에 빠진다. 위선을 사갈(蛇蝎)과 같이 꺼려하는 것은 아마 인류의 역사가 비롯하던 때부터의 일일 것이다. 그러나 위선에서 구하지 않으면 인류는 결국 멸망하리만치 사람은 타락하였다. 하므로 오늘날 우리의 교육이라는 것은 이 위선으로부터 구한다는 데에 제일 의(義)가 있는 것이다. 몇 천 년 동안 우리의 관념은 이 위선과 허식

허례에 고정되었다. 그리하여 우리는 '생활'이라는 것을 잃어버렸다. 그러나 고정한 낡은 관념은 유동하는 새 관념으로 바꾸어 넣는 것 외에 아무 치료법도 없는 것이다.

그러므로 시험이라는 제도가 그릇되었다고 함보다도, 이 시험에 대한 관념이 그릇된 이상, 이 제도를 고치는 것보다도 급한 것은 이에 대한 여러분의 생각과 태도를 변하여야 한다고 주장하였다.

그리하여 E선생은 결국 자기가 부임한 3, 4년급의 작문시간에 '시험'이라는 문제를 내었다.

5—3

오늘날의 교육은 '사람'을 만드는 게 아니라, 기계나, 그렇지 않으면 기계에게 사역(使役)할 노예를 만들었다. 그리하여 학문이라는 것은 일종의 징역같이 되었다. 자율 자발이라는 정신은 완전히 무시되었을 뿐 아니라 다만 어떠한 목적을 위하여 이용할 기구를 만들려고 일정한 규범으로써 단촉한 시간에 과량의 주사를 급격히 주입하기 때문에 학문의 존귀와 권위도 없어지고 인간성은 심한 학대에 기형으로 발달되었다. 오늘날의 교육은 시험을 위하여 존재하였다고 하더라도 과언이 아니다. 왜 그런고 하니 시험의 점수라는 것은 곧 그 사람의 운명을 결정하고 그 사람의 수입(收入)의 다과를 의미하고 그 여자의 혼처를 선택할 권리를 주게 하기 때문이다. 하므로 오늘날 학생의 공부는 학문을 위함이 아니라 시험 점수를 위함이다. 이와 같이 점수를 얻는다는 것이 최후의 목적이니까 목적을 위하여 수단을 가리지 않는다는 뜻을 실행하느라고 별별 비루한 짓을 한다. 이것은 금일의 교육제도가 잘못된 까닭이라고도 하겠지만 만일 사회제도나 교육제도가 개선되어 시험이라는 것이 없어진다 하면 그때에는 오늘날보다 공부를 더 잘하지는 못하더라도 오늘날만큼이라도 할까. 그러면 시험을 보는 데에도 일폐(一弊)가 있고 안 본다는 데에도 일폐가 있은즉 결국은 어떻게 하면 좋을지는 각각 생각하는 대로 솔직하게 깊이 생각하여 써가지고 오라고 E선생은 한 시간이나 설명을 하여 들려주었다. E선생의 생각은 이같이 하여 차차 시험에 대한 생도들의 그릇된 생각을 고쳐주는 동시에 학문에 대한 흥미를 일으키게 하려는 것이었다.

그 결과 삼사 년급 두 반을 합하여 83장이나 되는 작문 답안 중에 시험 폐지론자가 74명이요, 시험 필요론을 주장한 자는 겨우 9명, 각 1할 남짓하였다. 그러나 이것은 원래 의견을 채택하려는 것도 아니요 시험을 폐지해야 할 것이라는 의견을 선전한 것도 아닐 뿐 아니라, 작문이니까 그 주의 주장보다는 글의 우열을 따라서 평시와 같이 채점을 하였다. 이 채점을 하였다는 것이 생도들에게 이상쩍었던 모양이었으나, E선생은 자기의 한 일에 대하여 별로 다른 생각은 없었다.

그러나 일주일쯤 지난 뒤에 하루는 E선생이 사무실에 앉았으려니까 생도 두 명이 들어오더니 봉투지 하나를 내밀고 뒤도 아니 돌아보고 나가버렸다.

E선생은 무심코 뜯어보았다. 청원서라 쓰고 본문에는

'본인 등은 학감 선생의 존의를 존봉(尊奉)하여 졸업시험을 전폐하겠사오니 무번호로 졸업증서를 수여하시옵기를 복망(伏望)'이라고 간단히 적었을 뿐이었다.

E선생은 깜짝 놀랐으나, 예의 '시험' 문제를 가지고 저희끼리 그러는 모양이라는 생각이 머리에 번개같이 떠올랐다. 하여간 E선생은 깃구멍이 막혀서 소위 청원서라는 것을 들고 병병히 앉았다가 출석부를 갖다놓고 날인한 생도들과 대조하여보니까, 어제 결석한 생도 3명을 제외하고는 전부가 서명을 하였다. 그러나 반장이 가지고 들어오지 않고, 예의 운동부 속의 놈들인 것을 보면, 대개는 추측할 수 있으나 하여간 그대로 우물쭈물할 수가 없어서 교감이 오기를 기다려 의논을 하였다.

"그런 것은 당초에 대꾸를 마시지요. 미친놈들이로군!…… 여간하면 상당한 처치를 하시지요."

하며 교감은 그리 문제로 하지 않는 모양이었다.

그러나 책임자인 E선생으로서는 생도들에게 훈유(訓諭)라 해도 일주일밖에 아니 남은 시험을 잘 치르게 하여야 할 뿐 아니라 만일 이것이 버릇이 되어서는 교육계의 큰일일 뿐 아니라 가만히 생각하면 실상 중대한 일이었다. 그리하여 E선생은 하학한 후에 4년급 생도들을 모아놓고, '시험'이라는 작문 문제를 낸 것은, 제군의 시험에 대한 오해를 고치게 하려는 것이요, 한편으로는 자기를 속이고 허예(虛譽)를 취하려는 그릇된 생각을 고치려는 것이며 시험 폐지론에도 채점을 한 것은 다만 글의 가치로 한 것이요, 그 이상에 대한 평가는 아니라는 것을 도도히 설명한 후 반장을 불러서 청원서를 가져가라고 하였다.

반장은 E선생의 지휘대로 일어나 나와서 청원서를 받아가지고 가서 앉으니까 아까 청원서를 가지고 들어왔던 생도의 하나가 벌떡 일어나더니,

"저놈의 자식! 뒈지질 못해서…… 그건 무엇 하러 가져오니?"
하며 반장을 몹시 쳐다보고 나서 다시 E선생을 향하여,

"선생님 그것은 아니 됩니다. 작문에 채점을 하셨든 아니하셨든 하여간 시험이라는 것이 결코 그 사람의 실력을 정확하게 표시하는 것은 아니란 것도 선생이 말씀하신 게 아닙니까. 그러면 언행이 일치하여야 할 것은 선생의 늘 하시던 말씀이니까 이번에 꼭 실행하여주셔야 하겠습니다" 하고 앉자, 또 한 생도가 대신 일어나서,

"청원서는 돌려보내신다면 받아둘 터이지만 우리들의 의사가 관철되기까지는 공부를 할 수가 없으니까 일주일 안으로 결정을 내주시지 않으면 아니 되겠습니다" 하고 앉으려니까, E선생이 무엇이라고 입을 벌리기도 전에, 10여 명이나 되는 생도들은 '으아!' 하면서 우당퉁탕하고 나가는 바람에 나가 있던 생도도 와짝 일어섰다. 이 광경을 당한 E선생은 눈이 뒤집혔다. 얼굴이 점점 발개지며 화끈화끈 다는 것을, 가만히 참고 섰다가 생도들이 와짝 일어나는 데에는 설마 이렇게 난장판이 될 줄을 몰랐다는 듯이 발을 구르며,

"이것이 너희들이 4년 동안 배운 것이란 말이냐?" 하고 소리를 고래고래 질렀으나 벌써 반분이나 나가버리고 남은 생도들은 앉아야 좋을지 나가야 좋을지 몰라서 형세만 관망하는 모양이었다.

이때에 자기 자리에 섰던 반장은 돌아다니며 앉으라고 모두 붙들었다. 그동안에 E선생은 씨끈씨끈하며 수첩을 꺼내더니 조명(調名)을 다시 한 번 하여가며 나간 생도는 표를 하여놓고, 반장더러 나간 사람들을 불러들이라고 하였다.

운동장 한구석에 몰쳐서서 수군수군하던 생도들은 반장을 보더니 찧고까불며 곧 나오지를 않으면 다리 뼈다귀가 성하지를 못하리라고 위협을 하였다.

E선생도 이제는 하는 수 없다는 듯이 이것은 결단코 들어줄 것 못되니까 생각을 깊이 하여 마음대로 하라고 하고 홀쩍 나가버렸다. 하여간 이같이 하여 40여명 생도 중에도 두 파로 나뉘었으나 온건파는 위협이 무서워 감히 반대는 못하는 모양이었다.

일편 사무실에서 협의 중이던 교원회에서는, E선생을 기다리고 앉았었다.

E선생은 여전히 씨근벌떡하며 들어오더니, "출학(黜學),"[10] "출학" 하며 떠들더니,

"그래 어떻게 되었어요" 하며 교감이 묻는 데에 따라서, 입에 침이 마르게 한바탕 주워삼킨 뒤에, 일의 자초지종을 다시 한 번 설명하고 나서,

"결국은 그럭저럭하여 복습 일자나 넉넉히 잡으려는 것이나 시험을 연기하면 하였지 그건 결단코 아니 될 것이 아니에요" 하며

자기 의견을 붙였다.

다른 때 같으면 E선생이 옳거니 그르니 하며 한참 떠들썩할 것이나, 학감이란 직함에 눌려 그랬는지 지리 선생 수학 선생도 잠자코 있었다. 그리하여 결국 시험은 진급 시험과 같이 보이게 연기를 하고 그동안에는 역시 상학을 시키며, 수두자(首頭者) 5명은 2개월 정학에 처하여 추후 시험을 보게 하고 그다음의 불온 분자는 일주일, 온건파는 3일간 정학에 처하기로 결정되었다. 그리하여 그 이튿날부터는 4년급 반은 텅 비게 되었다.

5—4

이 분요(紛擾)가 일어나기 전에 벌써 예측하고 있던 사람은, 사무실 속에 단 한 사람밖에 없었다. 그것은 물어볼 것도 없이 지리 선생이었다.

원래 이 사건이 상궤(常軌)를 벗어난 무리한 일인 것은 더 말할 것도 없거니와 그 배후에는 선동하는 어떠한 흑막이 있었으니 그것은 예의 퇴직당한 A선생을 중심으로 한 일파였다. A선생은 표면으로는 면직이 되어 하는 수 없이 교회에서 몇 푼 나는 것으로 근근이 호구(糊口)를 하여가며 월여(月餘)나 지내왔으나 가슴에 뭉클한 E선생과의 관계는 어느 때든지 잊을 수가 없었다.

"두고 봐라. 너희들이 언제까지 뱃대를 내밀고 앉았는가 흥!" 하며 벼르며 B선교사의 집을 풀방구리에 쥐 드나들듯 하였다. A선생—지금은 선생도 아니지만—은 '교장만 돌아오면……'이라고 생각하면서도 우선 B선교사의 불알을 붙들고 늘어지는 수밖에 없었다.

사직 허가장이 서류 우편으로 전달되던 날 A선생은 온종일 문을 꼭 닫고 드러누웠었다. 처자의 얼굴을 보기도 부끄러운 것은 고사하고 내일부터 밥줄이 끊어질 생각을 하면 사실 앞이 캄캄하였다. 지금 다시 체조 교사를 운동하여본다는 것도 말이 아니 되는 수작, 그러면 한 가지 길은 또다시 양코백이의 밑이나 씻겨주며 번역생(飜譯生) 노릇밖에는 호구지책이 없었다. 그러나 이것도 4,5년 전 세월과는 달라, 용이한 일도 아니려니와 원래 교장이 해고를 하고 학교로 붙여준 것도 어학력(語學力)이 불충분하여서 그리한 것은 대개는 짐작하는 일인데 B선교사에게 부탁한대야 될 것 같지도 않았다. 이리저리 생각해보니 자기 자신도 이제는 참 가련할 뿐 아니라, 내일부터라도 쪽박을 차고 나설 생각을 하니 꼼짝할 수 없는 막다른 골목이었다.

그러나 이러한 생각을 할수록 교감이란 놈을 곧 잡아라도 먹고 싶고 E란 놈은 어느 때든지 골탕을 먹이고야 말겠다고 혼자 이불 속에서 이를 갈며 두 주먹을 불끈 쥐었다. 그러나 어떠한 술책을 써야 좋을지는 금시로 생각이 나지를 않았다. 하여간 오늘 밤에라도 B선교사나 찾아가리라고 생각하는 판에 지리 선생이 타달타달 들어왔다.

"엥, 괘씸한 놈들이야!" 지리 선생은 들어와 앉으며 입을 벌렸다.

"그러나 이러고 들어만 누웠으면 어쩔 테야" 하며 즉시 B선교사를 찾아가서 사건의 내용을 잘 설명하고 의논하라고 충동이었다.

"글쎄…… 가서 무어라고 해야 좋담!"

A선생은 눈만 깜짝깜짝하고 여전히 드러누웠다.

"할 말이 좀 많아! 무주군(軍)"이란 말만 들어도 찔끔을 할 걸…… 게다가 요새는 소학부의 N이 E란 놈의 사관(私館)을 미쳐 다닌다네…… 벌써 요정이 났는지도 모를 것이지……" 하며 새새 웃었다. 이 말을 들은 A는, 무슨 광명이나 얻은 듯이 "응? N 이 그래? 흥……" 하며 혼자 무엇인지 생각을 하는 모양이었다.

E선생에게 N이 찾아다닌다는 것은 거짓말은 아니었다. 그러나 E선생이란 인물이 아무리 친하다고 남의 집 계집애에게 손을 댈 만큼 비열하지도 않으려니와 E선생은 도리어 N이 자주 오게 된 것을 멀미를 대었다. N이 E선생과 교제를 하게 된 동기는 E선생이 학감이 된 후 자연 소학부에까지 관계를 하게 되기 때문이다. 나이 스물여덟이나 된 N에게 대하여 E선생 같은 이성을 만나게 된 것은 유쾌하지 않은 것도 아니요 가까이하고 싶지 않은 것도 아닐 것이다. 그러나 『가정보감(家庭寶鑑)』인지 위생(衛生) 무엇인지를 가지고 와서 가르쳐달라는 데는 깃구멍이 막혔다.

어느 날은 책 한 권을 가지고 오더니 말을 꺼내기도 전에 커다란 입을 벌리고 낄낄 웃더니

"이것 좀 가르쳐주셔요." 하고 내밀었다.

E선생은 주는 대로 받아서 펴보니까 신체니 의복이니 하는 몇 가지 제목이 있은 후에 화류병 요법이니 생식기 위생이니 하는 등 기사가 있고 일일이 남녀의 생식기를 모사한 삽화가 있었다.

E선생은 여기저기 뒤적거리다가 다시 N에게로 주며,

"일어를 연습하시려거든 다른 책을 정하시지요. 그러나 나는 좀처럼 시간이 없으니까" 하며 예사롭게 한마디 하였다. 그러나 N은 책을 받아가지고 또 뒤적거리다가 무엇을 보았는지 혼자 웃으면서 책을 덮어 옆에 놓고 '히스테릭'한 웃음을 혼자 한참 웃더니, 이상한 윤광(潤光)이 도는 눈을 선생에게 향하였다. 그 거동은 우치(愚痴)[12] 그 물건 같은 동시에 확실히 병적인 것을 E선생은 간취(看取)하였다. 그 후부터 E선생은 막 내대이는 수작을 하였다.

이와 같은 사정인 것은 모르고 벌써 운동부 속에까지 소문이 들리고 지리 선생은 무슨 '거리'나 생긴 듯이 혼자 좋아 날뛰었다. 지리 선생은 둘째요, A선생에게 대해서는 이 사실이 유일의 활로 같고 내일부터라도 밥주머니를 주는 희보(喜報)였다.

"흥, 그러고도 '사람은 사람의 운명을 결정할 권리는 없다' 구……."

A선생은 여전 무슨 생각을 하고 누웠다가 이같이 혼잣소리를 하였다. 이 말은 E선생이 언젠지 4년급 생도들에게 성의 문제를 이야기할 때, "사람은 사람의 운명을 좌우하거나 결정할 권리는 없으니까 어느 때든지 처녀의 정조를 절대로 존중하여야 한다"고 한 말을 잡아가지고 하는 말이다.

"하여간 오늘 저녁에라도 B를 찾아가보고 들이대슈. 어떻든지 한번 해보고 말 것이지……."

지리 선생은 이같이 어디까지든지 선동을 하고 돌아갔다. 그리하여 그날 밤에 A선생은 B선교사와 만났으나, A선생의 입에서 무슨 소리가 나왔던지 그 이튿날 B선교사는 벼락같이 교감을 불러다놓고,

"E가 술을 먹는다니 그게 무슨 소리요. 더구나 소학부 여학생하고……."

B는 말을 끊고 머뭇머뭇하다가

"하여간 그런 사람을 두고, A를 내보낸다는 것은 좀 잘못되지 않았소."

하며 매우 준책(峻責)을 하고 싶으나 억지로 참는 모양이었다. 교감은 잠자코 앉았다가

"누가 그런 소리를 해요."

하며 똑바로 쳐다보았다. B는 한참 서슴다가,

"어제 A가 와서 그러던데요. 증거가 뻔하다는데……" 하며 교감의 눈치를 보려는 모양이었다.

"그럴 테지요. 쫓겨났으니까 분김에 무슨 소리는 못할까요."

교감은 간단히 이렇게 대답을 하였다.

"글쎄 그것도 그렇겠지만 착실한 교인도 아니라니, 그래서 되겠소."

B선교사는 미국인의 특색을 발휘하느라고 금시로 교감 말에 수그러지면서도 즉시 교감을 신용치 못하는 모양이다.

교감은 슬며시 화가 나서 잠자코 앉았다가, 벌떡 일어나며,

"교수 시간이 있으니까 곧 가봐야 하겠소이다. 하여간 염려 마셔요. E군이 신자가 아니란 것도 공연한 소리요……." 말을 잠깐

끊으니까, B는 뒤를 대어,

"글쎄, 그럴 리는 없겠지만요. 아무쪼록 잘되도록만 하시구려."
하고 피차에 헤어졌다.

이와 같이 하여 B도 교감을 신용하고 그 후 E선생을 학감으로
하는 데에도 별로 이견은 없었으나, B가 냉정하여갈수록 A는 애
가 타서 운동부와 B선교사 사이에서 별별 소문을 다 만들어내고
갖은 고책(苦策)을 다 썼다.

그러는 중에 마침 예의 '시험 문제'가 발생을 하였다.

시험이라는 작문 시간에 대하여 폐지론을 쓴 것에도 채점을 하
였다는 말을 지리 선생에게 듣고 A는 내심으로 손뼉을 쳤다. B에
게 구박을 맞은 A는 이 호기(好機)를 놓치지 말고 어떻든지 운동
부를 충동이는 수밖에 없다고 생각하였다.

6

사실 운동부를 선동한 결과는 B선교사의 말 이상으로 유효하
였다.

학교 측에서 정학을 선고한 지 4일 만에 소위 온건파는 3분의
2쯤 등교를 하였으나, 그 여(餘)는 일주일을 지나도 그림자도 보
이지를 않다가, 하학할 때쯤 되면 문밖에서 지키다가, 상학한 생
도들을 두드리네 때리네 야단법석을 일으키게 되었다. 이틀 사흘
날이 갈수록 이러한 광경이 심하여가는 것을 보고 사무실에서는

학부형회를 모으고 선후책(先後策)을 강구하였으나 학부형회에서도 생도들의 잘못은 물론이지만 E선생도 잘하였다고는 할 수 없다는 눈치를 은근히 보이고 결국은 부득요령으로 헤어졌다. 일편 사무실에서는 불량 생도를 감시하고 권유한대야 더욱더욱 강경하여질 뿐이요 일은 점점 분규(紛糾)할 따름이라, 매일 B선교사에게 몰려대는 교감은 하는 수 없이 교장에게 졸업식에는 으레 참석을 할 것이니 일자(日字)를 다가서 얼른 오라는 전보를 놓고 4년급은 여전히 교수를 계속하였다.

그러나 위협에 견딜 수가 없는 생도들은 하나 둘씩 줄어서 나중에는 씨알머리도 볼 수 없게 되고 두서넛밖에는 출석자가 없었다.

그러느라니 학교는 그야말로 수라장이 되었으나 하여간 단 한 생도라도 붙들고 여전히 공부는 시켰다.

하여간 이와 같이 야단법석을 하며 일주일쯤 지나려니까 미국에서 벌써 출발한 지가 일주일이나 된다는 회전이 오자 그 이튿날 잇대어서 횡빈(橫濱)에 도착하였다는 전보가 왔다.

3일 만에 교장은 들어왔다. 일은 급전직하(急轉直下)로 발전하여 교감 학감은 사직하지 않을 수 없었다. E선생은 교장을 만나보지도 아니하고 도리어 "고맙소이다" 하며 교감에게 청원서를 전하고 옳다 그르단 말 없이 자기 집으로 갔다.

집에서 가만히 드러누워 E선생은 생각하여보았다.

'창희의 일이라든지, 학교의 이 분요(紛擾)라든지 결국 그 죄가 누구에게 있을까'라고.

윤전기 輪轉機

1

A의 머리 위에서 똑딱똑딱하던 시계가 스르를 땡 하고 한 점을 친다. 앞에 옹기옹기 쭈그리고, 모여 앉았는 사람들의 시선은 일제히 시계로 갔다. 보나마나 9시 30분. 10시를 치는 것이 아닌 것이 A에게는 안심이 되면서도, 또 30분을 기다려야 할 것이 갑갑해서, 책상 위에 놓인 담뱃갑에서 한 개를 꺼내 물고 신경질적으로 성냥을 힘껏 확 그어대었다. 그는 자기 입에서 뿜어나오는 뽀얀 연기가 전등불 밑으로 멍울멍울 번져 올라가는 양을 멀거니 바라보고 앉았다가,

'어떻든 오기는 하겠지! 하지만 한두 시간 후면 올 사람이, 엎드러지면 코 닿을 데서 전보를 친 것을 보면 마치 올지?'
하는 생각을 하며 조금 전에 '10시 도착'이라고 한 전보를 받을

때, 저절로 입이 벌어지던 것을 생각하고, 헛믿고 좋아한 것이나 아닐까, 애가 다시 쓰이기 시작을 한다. 그야 여기서 눈이 빠지게 기다린 것을 생각하고, 돈이 들어설 가망이 있으니까 친절히 한 것이겠지마는, 정작 돈 말이 없으니 안심이 안 되는 것이다. 낮에 인천으로 내려간 사람이 약속대로 되짚어 온다면 돈은 으레 되는 것으로 알 것이니, 우선 안심을 시켜서, 일만 시작하게 하느라고 그런 것인지 모르나, 만일 오지도 않는 날이면 30여 명 직공들, 제멋대로 날뛰는 주정꾼이들에게 볶이는 것은 고사하고, 인제는 무어라고 말막음이라도 해야 좋을지? A는 조비비듯한 생각에 입술이 바작바작 타고 두 눈이 화끈거리는 것을 깨달았다.

"덕진아, 아래층에 P선생 계시냐?"

"안 계셔요."

"어디 가신다던?"

A는 'P마저 놓쳐버렸나?' 하고 몸을 소스라쳐 바로 앉으며 묻는다.

"아마 정거장에 나가셨나 봐요."

이 넓은 방은 또 다시 잠잠하여졌다. K도 전보를 보고서 마음 놓고 가버렸는데, P가 정거장에를 나갔다가도 올 사람을 못 만나면 다시 들어와야 별수 없으니 전화로 어름어름하고 자기더러 혼자 말막음을 하라고 할 것이니, 10시만 넘으면 두수¹ 없이 혼자서 기막힌 꼴을 당하는가 싶어, 바늘방석에 앉은 것 같다. 그러나 A는 일이나 끝을 내놓고 기다리리라 하고 다시 펜을 들었다. 여러 사람은 팔짱을 끼고 앉아서 A의 펜을 쥔 손만 구경 삼아 바라보고 있다.

씩 쿠루룩, 씩 쿠루룩 하고 코를 고는 소리가 까부러질 듯이 괴괴한 사무실 안의 공기를 불시에 휘저어놓는다.

"이게 웬 소리야?"

A는 의외의 소리에 눈살을 찌푸리며, 아무쪼록 위엄을 잃지 않겠다는 표정으로 덥수룩한 머리를 쳐들었다. 식어가는 난로를 옹위하고 앉았던 젊은 축들은 A의 놀라는 양을 보고 저희끼리 히히…… 웃는다. 컴컴한 저편 구석에서는 여전히 톱질하는 소리가 나나, 큰 책상 뒤에 교의를 늘어놓고 누웠기 때문에 자는 사람의 몸뚱어리는 보이지 않는다.

'쓱, 싹, 씩 쿠루룩…… 푸우 푸우…….'

젊은 축들이 웃는 것은 코 고는 것이 우습다는 것이요, A를 면대해놓고 조롱하는 것은 아니겠지마는 A는 고까운 생각에 한층 더 화가 치받혀서,

"누구야? 응? 예가 어덴 줄 알고 잔단 말요?"

하고 소리를 지르며 눈을 똑바로 떴다.

"성칠이가 저 구석에 곯아떨어졌답니다."

그중에도 늙스구레한 총통이라는 별호를 가진 직공이, 어처구니가 없다는 듯이 대답을 한다. A는 늘 하는 버릇으로 두 입술을 꾹 다물며, "응!" 소리를 치고 다시 눈을 원고 위로 보냈다.

아래층에서는 또다시 퉁탕댄다. P가 간신히 진정을 시켜놓은 주정꾼이들이 또 교의를 집어치고 난로를 부수고…… 들싸는 모양이다. 연방 입버릇의 더러운 욕설과, "이거 미쳤나?" 하고 말리

는 소리가 뒤섞여 어우러진다.

A는 참다못하여 붓대를 내던지고 홱 일어섰다. 난로 앞의 젊은 축들은 입을 삐쭉하며 A의 거동을 바라본다. 그러나 A는 그들의 짐작과 같이 아래층으로 내려가지는 않고, 우중충한 이 넓은 방에 터진 입 구 자로 늘어놓인 책상을 끼고 뺑뺑 돌아다닌다. 편자만 한 징을 박은 구두 뒤축이 마루청에 내려놓일 때마다 자릿자릿한 콩콩 소리가 방 안의 찬 공기를 휘저으면서 여러 사람의 머리를 콕콕 찔렀다. 그러나 A의 머리에는 시원한 감촉을 받는 것 같았다.

밖에서는 저녁때부터 뿌리던 눈발이 진눈깨비가 되고, 게다가 바람도 세차간다. 아래층의 쿵쾅 소리가 자지러들자, 모진 풍세에 우르를 하고 유리창이 지동 치듯 흔들린다. 방 안의 사람들은 어깨를 쪼그라뜨리고, 집에 돌아갈 걱정에 팔려 있다.

A는 밖으로 나가서 차끈차끈한 진눈깨비를 맞으며 헤매어보고 싶은 충동이 간절하였으나, 지금 자기마저 자리를 뜨면 도망이나 하는 줄들 알리라는 생각이 들자, 한층 더 보조를 빨리하여 콩콩 구르며 부리나케 뺑뺑 돈다.

'볼모를 잡혀 앉은 셈이다. 오늘까지 사흘이로군!'

A는 날마다 이 지경으로 그럭저럭 사흘 동안 꼭 붙들려 있었던 것이다.

"아 저놈의 시계가 앉인뱅이가 되었드람! 툇! 아직두 10시가 못 돼!"

누구인지 이런 소리를 한다. 차차 시간이 되어가니까 내남직없이 더 갑갑증이 나는 모양이다.

"흐흥, 그 일 묘하게 되어간다. 이때껏 안 된 게, 10분 후에 되다니? 그 빌어먹을 윤전기라도 진작 팔아먹구 다 집어치울 일이지. 번연히 안 될 일을 언제까지 이러구 있으면, 누가 장하다나? 흥, 뻔뻔스럽게 말들은 잘하지."

"이 사람아 두 달두 속아왔는데 10분이야 못 참겠나? 하지만 싹이 노라이!"

"인젠 고만일세. 오늘이 대목야! 내일부터 여기 다시 발을 들여놓을, 개아들놈 없지."

이런 조소와 맹세가 뒤달아 나왔다.

A는 난로 편으로 발을 멈추고 우뚝 섰다. 그 크지 못한 눈은 두꺼운 안경 뒤에서 점점 졸아들어갔다. 그러나 하얀 옥양목 두루마기에 노랑 기또² 구두를 신고, 의자에 추안다리³로 비뚜름히 앉아서 쫑알거리던 자도, 눈을 세모지게 뜨며, A의 시선을 되받아낸다. A는 괘씸하다는 생각을 참으며, 얼굴이 벌겋게 상기가 되어 자기 자리로 가서, 두루마기를 활활 벗어서 옆의 교의에 내던지고 앉는다. 쌈판을 차리는 사람 같다.

A는 옆에 놓인 두루마기가, 입은 지 겨우 사오 일밖에 아니 되는데 벌써 시꺼멓게 더럽고 겨드랑이가 터지고 한 것을 보고, 오늘밤도 여기서 또 묵게 되면 내일 아침에 그것을 입고 거리로 나설 것이 걱정이다. 낮이면 악다구니요 밤이 들어서야 겨우 신문을 만드니, 자정이 넘으면 그대로 숙직실에 쓰러져버리고 하였던 것이다.

'오늘 밤에는 집에를 좀 가보아야 하겠는데 그동안 집안은 어떻게 되었는지? 장근 넉 달 동안에 단돈 1원도 들여간 일이 없으니 옷인들 해달랄 염의가 있나!'

하는 생각을 하니, 사흘 전에 나올 때에 쌀이 떨어졌다던 말이 생각난다.

'여기서 이렇게 복대기를 치고 굶고, 졸리고 떨면서 밤을 새는 줄은 모르고 난봉이나 난 줄 알 거다…… 허나 이따가 돈이 들어선다기로, 웬걸 단돈 1원인들 내 차례에 올라구?…… 신문사두 제 집 살림같이 하려느냐는 말이 옳은 말야!'

A는 언젠가 어느 직공이 A를 옆에 세워놓고 들어보라는 듯이 이렇게 비웃던 말이 머리에 떠올라왔다.

'신문도 먹어야 하지!'

옳지 않은 말은 아니지마는, 사원회에서 자기네들이 뽑아서 맡긴 위원들을, 시시각각으로 주눅이 들게 조르는 그네들의 생활이, A의 생활보다 여유가 있는 것은 그들의 옷 입고 다니는 것이나 잔돈푼 쓰는 것으로 보아도 뻔한 일이다.

신문이 아무리 중하여도 먹어야 하겠지마는, 굶고라도 신문은 죽여서 안 되겠다는 것은 허영심도 야심도 아니다. 누구고 간에 다시는 총독부의 허가를 얻을 가망이 없고, 그 발행권의 취소가 무서운 까닭이다. 적당한 경영자가 나서기까지 발행권을 유지하는 것이, 민족과 사회에 대한 의무라고 믿기 때문인 것이다. 일반 사원은 거기까지 생각이 못 미치는 것도 할 수 없는 일이었다.

A는 낮에 몇 남지 않은 편집국원이 만들어놓고 나간 원고를, 이

책상 저 책상에서 돌아다가 네 면 기사를 따로따로 봉지에 넣어서 자기 책상 위에 나란히 늘어놓았다. 10시에 온다는 사람이 와서 반달치씩이라도 공장의 월급만 치르면, 오늘도 밤을 새워서라도 신문을 내어보내고야 말겠다는 것이다.

난로 앞에 앉았는 축들의 냉소하는 눈들은 이 네 개의 봉지 위에 몰리었다. 그러나 A는 심중에 일종의 승리감을 느끼며, 담배를 피우고 앉았다. 그는 지금 자기의 저항력에 대한 자신이나, 그 자신에 대한 기쁨을 지나쳐서 반항적 심리에 싸여 있는 것이다.

'너희는 오늘 저녁이 마지막이라 하였지만, 나도 오늘 저녁이 마지막이다. 근본을 따지면 너희나 나나 똑같은 책임이나, 의무를 지고 있지 않으냐? 너희가 안 하고 배기나, 내가 못 시키고 마나 해보자!'

A는 이런 심리의 충동으로 뱃심을 부려보려고 하는 것이다. 이런 결심을 하고 나니, 설혹 돈이 아니 된다기로 무서울 것이 없을 것 같다.

겨우 이삼십 촉짜리 전등 두 개로 A가 앉았는 편만 훤히 밝힌 컴컴스레한 이 넓은 방 안은 또다시 우중충히 고요해지고 주정꾼이의 코 고는 소리만 가다가다 떠올라와서 눈과 눈, 머리와 머리 사이에 끊임없이 교환되는 긴장한 암투를 해학적으로 완화시켜줄 뿐이다.

"흐흥, 인젠 5분 남었군!"

누구인지 반은 비웃는 수작과, 반은 초조한 어조로 한마디 또 하니까 여러 사람의 눈은 일제히 A의 머리 위의 시계로 모였다.

잠깐 진정이 되었던 아래층도 다시 떠들썩하여지면서 쿵쿵 소리가 나더니, 편집실 문이 삐걱 열리며 아래 식구까지 우르르 몰려들어온다.

"선생님, 어떻게 된 셈인가요? 꼭 10시를 채워야 하겠습니까? 10시, 자아 3분 전입니다. 돈은 인젠 돼 있겠죠?"

아래서 이때껏 혼자 도맡아 떠들다시피 법석을 하고, 이번 통에 교의를 열 몇 갠가 부쉈다는 기계간 주임 덕삼이다. A는 잠자코 마주 쳐다만 보고 앉았다.

"아, 왜 말씀이 없에요? 시간이 다 됐으니 돈을 내놓아야죠…… 이때껏 끌고 인제는 3분이 아직 남았으니까 된 돈두 못 주겠단 말예요? 어구 그저……."

하며 A의 머리통만 한 그의 두 주먹을 부르쥐고 흔들흔들 부라질을 하며 A의 옆에 섰다.

"그런데 이건 뭐야? 얘 이거 돈 뭉친가 보다!"

덕삼이의 짝패로 이 사람도 어지간한 말썽꾼이인 모주가 A의 책상 위에 놓인 원고 봉지를 툭 치며 비웃는다. A는 탄하지도 않고 덧들이지를 않으려 하였다.

'……옳다. 3분이 지나야 할 테다. 3분이 지나서, 돈 10원이고 주머니에 들어가면 그때는 부끄러운 생각도 들겠지? 3분 전에 이런 행패를 하다가 3분 후에 돈 10원 얻어걸렸다고 그 큰 몸집을 굽실굽실한다면 그 꼴은 당하는 나부터 못 볼 노릇이다!'

고, A도 소리를 맞지르며 길길이 뛰어보고 싶었으나, 이 이상 와자지껄하여 흥분을 시켜놓는 것도 안 되었고, 돈이 안 되면 한층

더 들쌀 것을 생각하면 나오던 큰소리가 옴츠러져 들어가지 않을
수 없었다.

"그래 안 됐단 말씀예요?"

"왜 안 됐단 말요? 늦어 안되긴 했소!"

A가 농쳐버리니까 덕삼이도 어이가 없는지 헤헤 웃는다. 기분
이 늦구어진 틈을 타서 A는 비로소 노기를 띤 목소리로,

"그래 뻔히 보다시피 피차에 당하는 일에 이렇게 심할 수야 있
나! 있는 걸 안 주는 거 아니요, 날더러 어쩌란 말야? 맘대루들
해봐요!"

하고 A는 곧 가버리려는 듯이 옆에 벗어놓았던 두루마기를 부리
나케 다시 입는다.

"여보게 조금 참게. 이왕이면 가만히 있다가 끝장을 보면 못 볼
건가? 그렇게 급하면야 이때껏인들 어떻게 참았겠나?"

이것은 공장에서는 제일 나이 많고 점잖은 총통의 중재다.

"글쎄 가만있어요…… 총통 대감은 빠질 차례요."

모주가 말을 가로막으니까 덕삼이가 뒤를 받아서,

"이 사람아, 금송아치를 매놓고, 거드럭거리고 사니까, 그렇게
청처짐한 수작도 하겠지마는, 나는 삼 년 묵은 메루치같이 말라
가지구 눈에 보이는 게 있을 형편인가? 이걸 좀 보게. 요새 팔뚝
이 요 지경이 됐네!"

하며 이 사람의 자랑거리인 쇠장대 같은 팔뚝을 걷어붙여 보인
다. 사실 이 팔뚝에 걸린 사람이 아직 없기에 망정이지, A 같은
사람이 한 번만 맛을 본다면 대가리가 으스러질 지경이다.

형세가 다시 험악하여가는 것을 본 A는, 언제까지 뻗대기만 할 수도 없었다. 그러나 그렇다고 날뛰는 대로 다소곳이 내버려만 두고 있을 수도 없고 A의 처지는 난처하였다.

"그거 그럴 거 아니라, 조금만 참고 있어보구려. 10시라 하였지만 차가 10시 10분에 도착하여, 들어오느라면 10시 반은 될 테니 그때까지만 기다리구려. A선생이나 그 외의 여러분이 이 애를 쓰는 것도 모두 한때라도 여러분을 피우게 하려는 게 아니겠소. 우리가 이렇게 지키고 앉았는 것이 돈을 바라고 있다기보다도 일이 되게 하느라고 그러는 게 아니겠소?"

이것은 이 편집국의 제일 연장자인 교정부 주임의 A를 위한 변호다. 사실 편집국원으로는 A와 정리부 주임 두 사람이 남아 있으나, 이 사람 역시 오래간만에 생긴다는 돈이 되어도, 한 푼 얻어갈 가망이 없는 것은 짐작하면서도, 밥을 굶고 콧물을 흘려가며 오르를 떨고 앉았는 것이다.

"아, 또 30분이 밀려나가요? 그러면 진작 10시 30분까지라구 하죠. 그렇게 해서 이래저래 얼렁얼렁 밀어넘기기루만 위주로군. 글쎄 몇 달을 두구 10원 몇 십 원 하구 백 원 이상이 들어와본 일이 없는 요 모양에, 무척 천 원이 당장에 나와! 흥, 수단두 좋다! 자아, 인젠 10시 치니 어떻게든지 요정을 내요. A선생, 우리 집 세 식구를 데려가든지 어쩌든지 맘대루 하슈! 제에길할!"

덕삼이의 좀 가라앉은 듯한 잔소리가 맡기 전에 10시는 치기 시작하였다.

"어서 내려가 있구려. 30분 후에는 당신 집 식구를 맡기로 할 테니, 가서 교의나 부수지 말고 가만히 얌전히 앉았어요. 오늘 밤 안으로는 조처를 할 게니!"

A는 좋은 낯으로 타일렀다.

"그래 이 눈바람 치는데 10시 반까지 기다리다가, 이대루 뒤통수를 치구 가게 되면, 어쩌란 말요? 불두 못 때구 저녁을 굶구…… 예서 같이 죽든지 사든지…… 어구!"

하며 덕삼이는 옆에 놓인 교의를 한번 땅 부드뜨려[4] 보인다.

2

윙 하고 유리창을 덜거덕거리는 소리를 듣고는 집에 돌아갈 걱정, 따뜻한 방 화롯전에 찌개가 바글바글 끓는 것을 지키고 앉았는 젊은 아내가 기다릴 것이 머리에 떠오르는지 젊은 축이 먼저,

"오늘 돈이 된대도 신문은 틀렸네. 오늘까지만 납본만 하구 내일부터 잘하지."

하며 발론을 하니까 일동은,

"암 그렇지!"

하고 대찬성이다. 그동안 이틀이나 윤전기를 못 돌리고 납본만 간신히 했던 것이다.

A는 못 들은 체하고 앉았다가, 아래층 사람들이 내려가기를 기다려서 총통을 불렀다.

"숯은 좀 남은 모양이나 화롯불을 피워 올려 보낼게, 공장 문을

열고 차차 일을 시작해보지 못하겠소? 입자(入字)도 안 하구 그 대루 있을 테지?"

하고 달래듯이 의논을 해보았다.

"글쎄요······."

총통은 망단한 모양이다. 시작했으면 좋기도 하겠지마는 동료의 눈치가, 눈치를 보나 마나 윽박질리고 말 것이 분명하여서 대답을 못하고 어름어름하며 여러 사람의 얼굴만 쳐다본다.

"하긴 지금 뭘 해요. 돈이 된대두 틀렸에요. 성칠이는 저 모양으로 곤드라져 떨어졌지, 춘식이는 이따가 들어오더라두 역시 빨구 올 테지, 정작 성칠이하구 춘식이가 빠지면 되겠어요? 안 돼요."

제일, A를 노려보며 입을 삐쭉대던 새 두루마기 입은 자가 먼저 반대다. 일에는 베돌이요 말썽만 부리는 이 축은 그중에도 째마리⁵만 모여 있는 모양이다.

"맘대루들 하우. 돈이나 나눠가지고 술집에나 들어서면 그만이란 말이지?"

A는 이렇게 핀잔을 주며, '거진 올 때도 되었겠는데' 하고 아래에 귀를 기울이고 앉았자니까, 아래층에서 떠들썩하며 쿵쿵쿵 올라오는 발자취가 여럿이다. 인제야 오나 보다 하고 일제히 문을 바라보자니, 춘식이의 한 패가 얼굴이 지지벌게서 비틀거리며 들어선다.

"촐촐하게 이러구 버티구 앉았기만 하면 셈평이 핀다는 수작야? 어서 윤전기를 짊어지구 나가든지 까닭을 내야지······ 앗, A선생님 지금 몇 신지 아십니까? 네?……."

춘식이는 A의 책상 앞으로 부라질을 하며 가까이 온다. A는 눈살을 찌푸리고 쳐다만 보니까, 난로 쪽으로 달라붙어서,

"이보게 자네들은 찾았겠네그려? 흥, 나는 늦게 왔으니까 빠질 차례란 말이지?"

하고 트집이다.

"이 사람아 술이 취했나? 늦게 왔다구 안 주실 리가 있나. 어서 춘식이하구 우리들 네 사람 몫을 내노십쇼…… 제에길 오늘은 동전 한 푼이라두 쥐어야만 집에 들어가네."

동전 한 푼이라도 손에 쥐어야 집에 들어간다는 이 사람의 사정을 A는 짐작은 할 수 있었다. 옷 꼴 하고 딱한 사정인 것이 빤하다. 그러나 A는 또 받는 주정과 흑책질이 패씸해서,

"나두 모르겠소!"

하고 화를 버럭 내며 외면을 하였다.

"그럼 오늘 밤 10시라구 누가 그랬어요? 아 참 K선생인가 하구, P선생은 어디를 갔누? 세 분이 다 있어야 되겠단 말요? 밤낮 쑥덕거려야 나오는 것이라군 거짓말밖에 없더라. 여보게 우리들은 두 달 동안, 세 분의 거짓말로 간신히 연명을 해왔네. 헌데, 그 거짓말이나마 밑천이 달랑달랑하나 보니 인젠 꼭 굶어 죽는 수밖에 도리가 없지 않은가."

일동은 하하하…… 하고 웃는다. 그러자 어느 틈에 또 올라왔는지 덕삼이가 험악한 기세로 헐레벌떡 들어온다.

"이 사람들 무슨 큰일 났나?"

하고 가장 다른 주정꾼들을 말리듯이 춘식이 패를 밀치고 A에게로 비집고 다가들더니

"선생님! 30분 동안 참느라구 죽었다 살아났습니다. 자아, 인제 세 식구를 데려가십쇼. 저 아래층에 대령하고 있습니다. 어서어서 요정을 내셔야죠!"

혀 꼬부라진 소리가, 또 나가서 외상술을 먹고 들어온 모양이다.

"자꾸 시간만 갑니다. 어서 가서 자야죠. 아래층에 좀 내려가보십쇼. 세 식구가 떨고 섰습니다."

여러 사람은 깔깔 웃는다. 덕삼이도 껄껄 웃는다.

"시간이 가니, 어쩌란 말야? 사정야 너 나 없이 딱하지만 그래 고동안을 못 참고 이 야단이란 말요? 나두 할 수 없으니 맘대루들 해보우."

A도 맞섰다. 그날 벌어 그날 사는 처지에, 두 달 석 달을 두고 쥐어짜듯이 하여 10원 20원씩 흘려서 가니, 누구나 살림 꼴이야 말들 아니겠지마는, 경영주가 있는 것도 아니요, 피차에 공동 책임을 진다는 생각이 있어야 할 텐데, 그런 관념은 손톱만치도 없이, 겨끔내기로 몰려들어서는 찔깃찔깃하고 끈죽끈죽하게 시달리고 놀리는 것은, 자본주가 아니라서 넘보고 그러는 것이다. A는 그것이 더 불쾌하였다.

"아 기껏 한다는 소리가 요뿐야? 이 소리 들려주려구 이때껏 붙들어두었습니까? 어구우."

덕삼이는 책상 앞으로 한 걸음 나서더니 주먹을 휘둘러 땅 친다.

"이 사람아, 그러면 무에 되나. 네 따위 주먹이 얼마나 되게, 걸

핏하면 꺼내 붙이니? 나두 좀 한마디 해야 하겠다."

덕삼이의 위세에 놀라서 몸을 가누지도 못 하고 가만히 섰던 춘식이가, 말을 가로채고 나섰으나, 술이 갑자기 깜빡 취해올라서 하려던 말을 잊어버렸는지, 부라질만 하며 멍히 A의 얼굴을 바라보고 섰다.

"왜 말을 못 하나? 어서 말을 하게. 내 대신 해주려나?…… 이 자식아 한잔만 덜 먹지!"

말을 가로 잘린 덕삼이는, 그 자랑거리인 주먹에 대하여, 경의를 표하지 않는 것이 아니꼬웠던 판이라 어릿어릿하고 섰는 춘식이를 보기 좋게 철석 붙인다.

"애, 이놈 봐라. 내 주먹맛은 이때껏 못 보았지? 의범이 누구를 때린다!"

정신이 반짝 난 춘식이는 덕삼이의 멱살을 잡으려 하였으나, 여러 사람이 가로막는 바람에, 몸부림을 치고 덤벼들기만 한다. 난로 앞에 찰떡같이 붙어 앉았던 사람들도 총기립을 하여 A의 책상 앞에서 뒤범벅이 되어서 밀고 쥐어지르고 하며, 방 안이 발각 뒤집혀 한바탕 북새질을 놀았다.

A는 팔짱을 끼고 그린 듯이 앉았다.

"덕삼이 어서 내려가게. 이게 무슨 짓이란 말인가? 공연히 손찌검을 하다니……."

총통이 덕삼이를 떼밀며 문으로 끄니까,

"가만있어! 이번에는 내가 이야기할 차례야. 고놈 어른이 말씀하시는데 방자스럽게 나서서…… 말이나 똑똑히 할세 말이지……."

하며 비틀거리는 덕삼이는 되뿌리치고 들어오려다가, 밖에서 누가 올라오며, 무어라고 소리를 치는 바람에, 다시 문을 열고 고개를 내밀며,

"응? 무어? 왔어?……정말야? 그럼 됐네! 야! 됐다 됐어!"

하고 개가를 부르며 방 안으로 머리를 돌려서,

"글쎄 이 자식들아 떠들기들은 왜가리 새끼를 볶아 먹었니 왜 이리들 떠드는 거야?"

하고 점잖게 나무란다.

"왜 그래? 뭐야?…… 어떻게 됐나?"

"뭬 어떻게 돼! 돈, 돈 됐단다! 응!…… 어서들 잔소리 말구 내려가세."

덕삼이가 신이 나서 기세 좋게 소리를 치니까, 복작대던 10여 명이 감전된 듯이 입과 손을 딱 붙이고, 도리어 맥이 풀려서 먹먹히 우중우중 섰다.

"왜 이렇게 얼들이 빠져 섰나? 똑똑히들 듣게! 인천 지국서 돈이 왔단 말야. 인젠 됐네! 한잔 먹세에. 선생님! 잘못됐습니다. 저희는 물러갑니다."

덕삼이가 마지막으로 떠벌여놓고 앞장을 서니까, 문선(文選)만 남기고 우우들 몰려나갔다. 아까부터 야죽야죽 반대만 하던 젊은 축은 A에게 등을 지고 차디찬 난로를 향하여 앉았다.

"그 원고, 이리 줍쇼. 어서 시작을 해야죠."

총통이 미안스러운 기색으로 손을 내민다. 인제는 아무도 못하

겠다는 사람이 없으리라는 자신이 있는 어조다.

"좀 덜어주시죠. 다른 때의 반만 한대두 밤을 꼬박 새워야 할걸요. 입자만도 세상없어도 자정 넘어야 끝날 게니⋯⋯."

젊은 축의 한 사람이 아까와는 딴판으로 애원하듯이 간청을 한다.

"어서들 가서 시작해요. 그러기에 좀 일찍이 시작했더면, 벌써 돈 타가지구 집에 가서 편히 누웠을 거 아니오. 우리의 지금 하는 일은 노자 관계(勞資關係)로 싸우는 것이 아니라고, 그렇게 일러도 끝끝내 그 야단들을 하더니⋯⋯."

하고 일을 덜어달라는 것은 대꾸도 아니하였다.

남은 사람들은 공장으로 나가다가, 인천에서 돈을 가지고 온 S가 들어오는 것과 마주치자, 몇 해 전 친구나 만난 듯이 반기며 목례를 하고 지나친다. A는 혼자 웃었다.

S·P 들과 모여 앉아서 돈 나누어줄 의논을 하고 있으려니까, 그동안 또 선술집에를 갔었던지 춘식이가 인제야 들어오며,

"오늘, 일을 합니까? 이 사람들은 벌써 올라갔나요?"

하고 여전히 몸을 잘 가누지 못한다.

"취한 모양이니 어서 저리 가서 한잠 자고 깨거든 일을 하지."

하고 핀잔을 주니까,

"천만의 말씀 맙쇼. 술은 누가 취해요. 일들을 벌써 시작했나?"

하며, 춘식이는 공장으로 올라가려다가 성칠이가 쓱, 싹 하고 코고는 소리에, 그리로 비쓸비쓸 가더니,

"이게 누구야?⋯⋯ 아 이 사람, 이게 무슨 짓인가. 여보게 성칠

이 일어나게. 술잔 먹었기루 자기는……."
하며 나무란다.

A는 코웃음을 치며 바라보다가 공장으로 올라갔다. 문선에 둘이나 저 꼴로 취하였으니 아무래도 일을 덜어주고 무료 광고라도 넣는 수밖에 없었다. 이때껏 받은 곤욕을 생각하면, 그런 사폐는 안 보아주고 싶으나 A는 마음을 돌렸다.

3

아래 기계간에서 윤전기가 '와르륵, 뗑' 하고 기운차게 도는 소리에 난로 앞에서 의자에 파묻혀 잠이 푹 들었던 A는 눈이 번쩍 띄었다. 사흘 만에야 윤전기 소리를 듣게 된 것이다. 두어 시간 전에 S·P 들과 어한으로 먹은 술이, 아직 덜 깨어서 입이 텁텁하다. 잠이 다시 스르를 오며 윤전기 소리가 어렴풋이 차차 멀어간다. 그것은 마치 요람 속에 잠들려는 애기의 귀에 흘러오는 자장가를 눈을 감으며 듣는 것 같다. 그러나 기계를 조절하느라고 그러는지 윤전기 소리가 뚝 그치자, A는 도리어 잠이 반짝 깨이며 일어나 앉았다. 새벽 4시다. 좌우에는 함께 붙들려 밤을 새우는 축이 곤드라져 코를 곤다. A는 기계 소리가 다시 나기를 기다리다가 궁금증이 나서, 아래층으로 내려갔다.

기계간 사람들은 갈팡질팡하며 기계를 바로잡고 기름을 치고 연판을 매만지느라고 비호같이 날뛴다. 덕삼이도 오래간만에——

사흘 만에, 자기의 기계를 만적거리는 것이 유쾌한 듯이 분주히 기세 좋게 왔다 갔다 하다가 A를 보더니 반색을 하며,

"선생님! 좀 주무셨습니까?"

하며 인사를 하고 나서, 시험으로 박힌 신문을 한 장 집어 A에게 주며, 함께 들여다보다가,

"여기를 돋우게…… 저기가 먹이 너무 배네."

하고 기계에 손질을 하는 사람에게 소리를 친다.

이 사람이 몇 시간 전에는 주먹을 내두르고 책상을 부수고 세 식구를 데려가라고 발광, 발악을 하던 사람이던가? 하고 다시 쳐다보였다.

A는 한참 얼이 빠져 보고 섰다가 쏴 하고 기계가 돌기 시작하는 소리를 듣자, 자기도 신바람이 나는 것을 깨달았다. 깊은 잠에 들었던 전 신문사가 움직이는 것 같다. 가슴이 식어가던 사람이 눈을 뜨고, 입을 쫑긋거리고 손짓을 하고…… 아니 그보다도 발길로 걷어차고 뛰어 일어나서 펄펄 뛰는 듯싶다. 생각하면 천 원 돈이란, 그까짓 캠퍼 주사 한 대밖에 아니 되는 것이요, 또 며칠 연명밖에 아니 되겠지마는 하여튼 시원하다.

A는 더 참을 수 없는 듯이 덕삼이의 그 곤장만 한 손을 덥석 잡으면서,

"이 신문을 더 생각하는 사람은 누구고 덜 생각하는 사람은 누구겠소!"

하고 눈물까지 핑 돌았다. 별안간 이런 광경을 당하는 덕삼이는 망단하여 무어라고 대답을 못하였다. 기계 소리에 잘 알아듣지도

못하였다. 그러나 대강 짐작으로,

"참 미안합니다. 어제 잘못한 것은 용서해줍쇼."

하고 덕삼이의 눈에도 눈물이 글썽하여졌다.

"용서 여부가 있겠소. 이렇게 고생을 해가며, 애들을 쓰고 일을 하는 걸 보니 하두 반가워서……"

하고 A는 여전히 웃으며 감격한 눈물을 주르륵 흘리고 섰다.

숙박기 宿泊記

1

"이번에는 어떻게 선세옥을 해주지 못하실까요? 내월은 섣달인데 돈은 이렇게 말르고 저희게서는 일동일정을 현금으로만 사들이는 터이니까요……."

그끄저께 세금을 치르려니까 하숙 주인은 한 달치를 받아놓고 또 이런 소리를 별안간 한다.

"……무어 조선 양반이라거나 지나(支那) 사람이라고 해서 신용을 못한다든지 무슨 차별 대우를 해서 그러는 게 아니라 사정이 그렇고 보니까 말씀예요."

주인은 이런 소리도 하였다. 창길이는 두 볼이 불룩하고 피둥피둥한 주인의 얼굴을 한참 쳐다보다가,

"주인 사정도 그렇겠지만 별안간 그런 소리를 불쑥 하니 내 사

정도 보아주어야 할 게 아니오? 객지에 있는 빈한한 서생이 불시에 내놓을 만한 돈을 넉넉히 가지고 있을 리도 없는 게요……" 하며 우선 말을 끊었다.

"허지만 이번에는 여러분께 모두 그렇게 받기로 했어요……" 하고 주인은 싱긋 웃는 듯하며 외면을 하다가,

"왜 처음 오실 제부터 말씀해두지 않았에요" 하며 또 입을 삐쭉한다.

창길이는 무어라고 말을 꺼내려다가 참아버렸다. 떠나올 때에 숙박기를 하니까 좀 좋지 않은 기색이더니 선금을 달라고 그날 저녁에 하인을 보내서 청구하기에 창길이는 그런 전례가 어디 있느냐고 도리어 나무라 보낸 일이 있었다. 하여간 선금을 받는다손 치더라도 미리 통기를 왜 아니하였느냐? 다른 사람에게는 말을 하여두었기에 학비를 미리 갖다가 지불할 거니 그러면 자기에게만은 왜 이때까지 말이 없었더냐고 여러 가지로 따지자면 하고 싶은 말은 쌔고 버렸으나 창길이는 모든 것을 꾹 참고,

"응 내일 떠나주리다!" 하고 그길로 집을 보러 나섰다.

그 하숙은 모든 범절이 손님에게 편하기도 하고 깨끗하나 방이 음산하여 그러지 않아도 돈 형편 보아서는 내월쯤 떠나려고는 생각하였지만 그따위 무리한 소리로 핑계를 하여 내쫓으려는 것을 생각하면 분하기도 하였다. 아닌 게 아니라 그 집에는 일본 사람 아니고는 창길이 하나밖에 없지마는 같은 돈 받고 영업하는 자리에야 그렇게도 색가리¹를 할 게야 무에 있나 싶었다.

'조선 사람에게 밥값 잘리는 수가 있다손 치기로 신용 안 잃은

다음에야 한 달이나 있던 사람을 내쫓을 묘리가 왜 있더람!……'

창길이는 이런 생각을 하면서 전찻길을 건너서서 늘 산보하는 공동묘지께로 향하였다. 그러지 않아도 그동안 산보하는 길에 눈여겨 보아둔 데도 없지 않았기 때문이다. 그러나 급기야에 와서 보니 이 근처는 학생촌과 떨어져 있는 데라 생각하던 것과는 딴판이다.

언 땅이 녹아서 질척거리기는 하지마는 고요한 묘지 사이로 휘더듬어서 거리로 빠져나와 한 바퀴 돌아보았어야 모두가 관리나 회사원을 그리고 지어놓은 셋집이 아니면 중산계급인의 첩치가(妾治家)함 직한 동리뿐이요 하숙이나 소위 '시로우도'²라는 셋방 패를 붙인 집도 눈에 뜨이지를 않는다. 한참 헤매다가 그래도 창길이는 서너 집이나 한데 몰려 있는 하숙을 찾아내었다. 모조리 들어가 보는 동안에는 남향으로 앉은 '다다미'도 깨끗하고 한 방이 없는 것은 아니나 창길이는 차마 냅떠서 딱 결정치를 못하였다.

"네, 빈방은 있습니다만……" 하며 주인이나 계집이 나와서 인품부터 간선을 하려는 듯이 위아래를 몹시 훑어보는 그 눈길을 보면 금시로,

"어디 양반이신가요?…… 네에 방은 지금 비긴 비었으나 내일쯤 오마고 선약하고 가신 분이 있는데요……" 하거나,

"네에 그러세요? 저희에게는 누구시나 선금으로 오시게 하는 터인데 그렇게 미리 아시고 오시지요" 하는 소리가 나올 것 같아 창길이는 주저주저하다가는 방만 보고 그대로 나오곤 하였다. 방이 정하고 햇발 잘 들고 동리 조용하고 선금 아니 달라 하고, 게

다가 조선 사람이라도 좋다고 할 그런 입에 맞는 떡 같은 데를 찾으려니 어려운 일이다.

창길이는 거리로 나와서도, '지금 나중 보고 나온 데를 아주 정하고 갈까?' 하며 한참 망설이다가,

"내일 하루가 있으니까 좀더 다른 방향으로 골라보지!"
하고 발길을 돌렸다.

창길이는 짐이라야 단출하지마는 한번 옮기기가 구살머리쩍은데 다달이 이사를 하게 되어서 이리 까불고 다니고 저리 까불고 다니는 것은 찜증이 나고 신산하였다.

"이놈의 팔자를 언제나 면하누?"

창길이는 나중에는 이런 혼자 생각까지 하며 휘죽휘죽 오려니까 어떤 골목 모퉁이로 앉은 숯집 문 앞에 쌓인 숯더미에 '빈방 있소'라고 한 마분지 쪽이 매어달렸다. 창길이는 설마 길가로 난 숯장수 집에야 있을 수 있나, 하는 생각으로 몇 발자국 지나치다가 그래도 보아두리라는 생각으로 돌쳐가서 물어보았다.

자기의 집은 아니요 길 건너편 골목으로 들어가다가 왼쪽으로 찾아보면 하숙이 있으니 게 가서 물어보라 한다. 창길이는 그런 데에 하숙이 있었던가 하는 생각을 하면서 하여간 잘되었다 하고 기운을 내어서 찾아 들어갔다. 집은 손쉽게 찾았다. 유리 박은 창살문 위에 '하숙 영업'이라고만 쓴 조그만 나무패를 추녀 밑으로 바싹 올려붙인 것을 보면 다소간 행세하는 사람으로 아낙네를 시켜서 은근히 하는 눈치 같기도 하다. 집도 진재(震災) 후에 세웠는지 거죽으로 보아도 정갈해 보였다. 창길이에게는 방은 좋든

나쁘든 첫대바기에 이런 집이면 좋겠다는 생각이 들었다.

부르는 소리에 따라 안에서 나온 것은 하녀가 아니라 열대여섯 살쯤 된 해끄무레한 총각아이였다. 창길이는 어린아이를 앞세우고 2층 구석방——구석방이라야 2층에는 방이 기역 자로 셋밖에 없었다——을 보았다. 남향도 남향이려니와 사첩 반 방(四疊半房)이 깨끗하였다. 창길이는 속으로 반기면서 값을 물으니까,

"하숙료일랑은 아래층에 내려가서 주인아즈머니와 의논해주십쇼" 하며 아이놈은 창길이를 데리고 올라오던 층계와는 반대편으로 내려갔다. 창길이가 뒤따라서 내려서니 거기에는 벌써 주인여편네가 나와 서서 기다리고 있었다. 어떤 손님인구? 하며 망을 보고 있었던 모양이었다. 주인이라는 여자는 홀삭한 몸집에 몇 물 빤 듯하기는 하나 나이 보아서는 야한 무늬가 있는 '긴샤지리멘(왜비단)'의 하오리(웃옷)를 걸치고 머리는 목욕 다녀온 계집같이 찬즈르하게 빗어서 아무렇게나 트레트레 감아 얹었다. 삼십은 훨씬 넘어 보이는 눈이 옴폭하고 코가 상큼한 얼굴판이 잔주름은 있을망정 예쁘장한 모습이었다. 상긋 웃는 눈찌가 좀 암기를 품었고 히스테리증이 있는 모양이었으나 어쨌든 창길이가 보기에는 점잖은 부인이라는 것보다는 남의 첩 퇴물인 듯싶었다.

"이리 좀 들어오시지요. 날씨가 어제오늘로 퍽 추워졌습니다."

주부는 인사성 있게 창길이에게 말을 붙이며 방으로 앞서 들어간다. 방석을 내놓고 차를 따라 권하는 양이 아무쪼록 손님을 놓치지 않으려는 눈치였다.

"……어린아이들만 데리고 똑 내 손 하나로만 안팎일을 꾸려가

려니까 와서 계시자면 불편하실 일도 많겠지요만 그 대신에 아무
쪼록은 손님을 골라서 들이기 때문에 손님들은 모두 얌전하지요.
조용하긴 퍽 조용합니다……."

밥값을 정한 뒤에 주인여편네는 이런 소리도 들려주었다.

창길이는 이렇게 너무 융숭한 대접을 받는 것이 도리어 속으로
낯이 간지러운 것 같고 마음에 편치 못하였다. 이렇게 호들갑스
럽게 환영을 하다가 조선 사람이라는 말을 듣고 금시로 태도가
변하거나 하여 피차에 열적게 되지나 않을까 하는 염려가 앞을
서는 것이었다. 그러나 저편이 묻기도 전에 자기가 조선 사람이
라는 것과 이렇게 신사 양복은 입었을망정 은행 회사 같은 데에
다니는 사람도 아니라는 말을 제풀에 꺼낼 수는 없었다. 창길이
는 말 계제가 되면 한마디 무어라고든지 비치어놓고 일어설까 하
다가 역시 냅뜨지를 못하고 그대로 일어나버렸다. 그러나 어쨌든
창길이는 아까 주인에게 멸시를 당하고 혼자 속을 끓이며 나왔던
때보다는 적이 눅어지고 생기도 돋아져서 그 집을 나왔다.

2

그 이튿날 오후에 창길이는 어제 약속한 대로 짐을 실어가지고
떠나갔다. 어제 보던 아이와 또 하나 그보다 두세 살 더 먹었을
듯한 큰 아이가 나와서 짐을 위층으로 날라주었다. 나중에는 주
인여편네까지 나와서 책상과 책장에 걸레질을 쳐주고 창길이가

가지고 간 화로에 아침 검불 재를 사온 것이 남았다고 까맣게 새로 넣고 불까지 피워서 올려보내주었다.

창길이는 방 안에 너더분한 짐을 대강대강 치워놓고 나갈 차비를 차리느라고 부리나케 면경을 버티어놓고 면도를 하기 시작하였다. 지금 창길이가 가려는 데는 실상 그리 스스럽지 않은 친구의 집이건마는 웬일인지 그는 면경 앞에 앉자 수염이 감숭히 자란 것이 눈에 띄었던 것이다.

"하여간 우선 잘되었다!"고 그는 인젠 한시름 잊은 듯이 면도칼을 들고 다시 방 안을 한번 휘 돌려다보았다.

"……하지만 일본 천지에 하녀 아니 부리고 어린아이들만 오르를 몰아놓은 집은 이 집밖에 없군……" 하며 그는 혼자 웃었다. 그러나 예쁘장스러운 아이들이 조용히 고분고분하게 시중을 드는 것도 그리 보기 싫지 않을 것 같기도 하였다.

'제 자식도 아닐 텐데 어쩌면 쌍둥이 같은 것을 골라다가 두었누?'

창길이에게는 여전히 그 아이들을 둔 것이 호기심을 끌었다. 두 아이가 다 주인여편네더러 아주머니라고 부르는 것을 보면 정말 친아주머니인지는 모르나 제 자식이 아닌 것은 분명하다고도 생각하여보았다.

'아닌 게 아니라 정말 혼자 살림이고 보면야 말썽 많은 젊은 계집년을 부리는 것보다는 어려도 사내자식을 골라두고 붙이는 편이 호젓한 데 믿음성도 있고 좋긴 좋으렸다. 게다가 젊은 년이 젊은 사나이들과 마주 어울려서 찧고까불고 하는 꼬락서니란 눈꼴이 틀려서 볼 수도 없을 게요 일일이 성화가 나서 총찰을 할 수도 없을 게니까…… 허지만 손님 편으로 보면야 된 게구 안 된 게구 계집하인이 밥상 하나라도 들어다주는 편이 나을걸!'

창길이는 이런 생각도 하여보며 혼자 웃었다.

그럭저럭 해가 막 떨어질 때쯤 되어서 창길이는 옷을 갈아입고 아래로 내려왔다. 아랫방에는 벌써 불이 빤히 켜 있다.

"어데 나가세요? 조금 있으면 진지가 곧 될 텐데…… 올라오셔서 조금 뜨시고 나가십쇼그려!"

웬 젊은 남자하고 같이 화로를 끼고 앉았던 주인여편네는, 유리 창으로 갸웃이 건너다보며 정숙히 말을 건다. 창길이는 구두를 신으면서,

"저녁은 오늘 친구들과 회식을 하기로 하였으니까 곧 가봐야 하겠어요. ……한데 ××신문을 말해주슈" 하고 자기 볼 신문을 청구하여달라고 부탁을 하였다.

"네 말해두겠습니다"고 여자가 대답을 하려니까 그 곁에 앉아서 이때까지 창길이를 유심히 내어다보고 앉았던 젊은 사람도 좀 주짜를 빼는 눈치로 역시 따라서 "네 그러겠습니다"고 소리를 친다.

'그자가 서방인가?'

창길이는 문밖으로 나오면서 아무 생각 없이 이런 짐작을 혼자 하였다.

3

어제 짐만 두고 나갔던 창길이는 그 이튿날 늦은 아침에 돌아왔다. 매달 그믐께면 동지 몇몇 사람이 추렴을 거두어가지고 모여서 주식을 나누며 담화회를 여는 것이 상례였다. 창길이가 어제 참례를 한 것은 거기였다. 늦게야 파해가지고 길이 소상해서 혼자 가기 어렵다고 친구들이 끄는 대로 따라가서 묵고 온 것이었다.

날씨가 금방 눈이나 올 것 같이 몹시 음산하였다. 창길이는 층계로 올라가며 불씨를 가져오라고 소리를 쳤으나 우중충한 아래층은 꺼드럭 소리 하나 아니 나고 아이들조차 고개를 내밀어보는 인기척도 없더니 창길이가 재쳐 또 한 번 소리를 치니까 그제야 부엌에서,

"네 가져갑니다……"고 늙은 할멈의 목소리가 스러지듯이 들린다. 창길이는 찬바람이 드는 방에 들어와서 옷을 갈아입고 앉았다가 몸은 따분하고 불은 한나절 가웃이나 기다려도 아니 가져오고 하여 좀 누울까 하고 어제 짐에 묶어 온 대로 내버려두었던 자리 보퉁이를 풀어서 깔려니까 그제야 등신 같은 할멈이 부삽을 들고 낑낑매며 들어온다.

"모두들 나가고 아무도 없나?"

창길이는 자리 위에 꿇어앉으며 물었다.

"아뇨. 마님은 주무세요."

불씨를 화로에 옮겨 넣고 숯을 짜개다가 할멈은 어렴풋이 대답을 한다.

"아이들은 학교에 가구?"

할멈은 좀 귀가 멀었는지 어리둥절한 낯빛으로 창길이를 쳐다본다.

"아이들은 학교에 다니느냔 말이야. 늙은이가 이렇게 손님 시중까지 드니 말이야!" 하며 창길이는 소리를 커다랗게 지르고 웃었다.

"네네, 한 아이는 낮에 가고 한 아이는 밤에 가요" 하며 노파는 자기 귀가 먼 생각만 하고 마주 소리를 크게 지르다가 자기도 웃어버린다. 노파는 늙기도 늙고 가는귀도 먹어서 스라소니 같기는 하나 아직 부엌일은 할 만치 얼굴에 살끼도 있어 보이고 성성한 맛이 남아 있었다.

"그 아이들은 이 집 일가 아이들인가? 아마 형제지?"

창길이는 화로 곁으로 다가앉으며 좀 소리를 낮춰서 물었다.

"아뇨. 한 애는 마님과 어떻게 먼 촌 되는 일갓집 아이라구 해두 지금 저 아랫방에서 마님 다리 치는(안마) 아이는 지난달에 이 집에 손님으로 온 학생인데 그대루 눌러 있게 된 것입죠."

노파는 화로의 재를 긁어모으며 이렇게 설명을 하여주었다.

"어떤 앤데?"

"좀 큰 애 있지 않아요? 못 보셨에요?"

"응, 고학하는 앤가? 퍽 마님의 눈에 든 게로군!"

창길이는 일종의 점잖지 않은 호기심을 가지면서 실없는 소리를 하고 웃었다.

"학비가 넉넉지 못하다나요⋯⋯처음에는 밥값이 비싸서 못 있 겠다고 한 달만 있다가 떠나려는 것을 밥값 내려줄게 그대로 있 으라고 하였다가 안마를 잘하는 것이 마음에 든다고, 그러면 아 주 손님 시중까지 들고 있으라고 해서 부리게 되었습죠" 하며 노 파는 소리를 낮춰서 이렇게 대답을 하고 자기도 풀없이 웃어 보 인다.

"하여간 잘되었군! 남의 집 자식 하나 공부시키기란 좀처럼 어 려운 일이지만⋯⋯."

창길이는 잠깐 말을 끊었다가 노파가 심심한 판에 말동무나 생 긴 듯이 머무적거리고 일어나지를 않는 바람에

"주인양반은 어데를 다니누?" 하며 또 말을 꺼냈다. 주인놈이 그악하지는 않을까? 밥값을 선금으로 달라지는 않을까? 조선 사 람이라고 나가달라진 않을까? ⋯⋯늘 이러한 염려가 있는 창길 이는 어딜 가든지 주인의 인심과 사는 형편부터 알아놓아야 마음 을 놓을 것 같았다. 진재 이후에는 동경 인심이 더 야박하여진 것 같기도 하지마는 더구나 조선 사람이라면 오륙 년전 시절과는 딴 판 같은 눈치를 도처에서 당하여본 그는 그런 데에 한층 더 신경 이 예민하여졌다. 더구나 제일 난처한 노릇은 자기를 일본 사람 으로 보아주는 것이었다. 그 당장에 조선 사람이라고 까고 덤비 기에도 좀 난처하고 열적은 일이요 나중에 자연히 알게 하면 처 음에 속았다는 것이 분하다는 듯이 반동적으로 태도가 일변하여 져서 눈꼴사납기 때문에 이래저래 이사를 하면 다소간 신경질인

그의 기분을 휘청거려놓는 일이 많았다.

"주인나리는 없느니나 다름없지요."

노파는 그대로 맥맥히 앉았기가 열적은 듯이 잘 붙어오르는 화롯불을 공연히 훅훅 불다가 고개를 쳐들며 대답을 한다.

"그럼 어제 아래층에 있던 젊은이는 누구기에?" 하며 창길이는 어제 갈 적에 본 젊은 사람을 생각하고 또 물었다.

"어제 아래층에 있던 이가 누구예요?······" 하며 노파는 기억에서 골라내려는 듯이 한참 창길이를 쳐다보다가 겨우 생각이 났던지 반색을 하며,

"네네······ 그건 아무것두 아니에요······ 저······ 거시기······" 하고 말을 멈추다가,

"여기 있던 학생이에요. 그림 그리는 학생이에요······" 하며 무슨 말이 좀 더 나올 듯하다가, 창길이의 안색을 살피며 입을 닫쳐버린다.

"응······" 하고 인제는 창길이도 대꾸만 하며 자리 속으로 언 발을 파묻었다. 노파는 창길이가 헛대답을 하며 탐탁하게 묻지 않는 것이 도리어 섭섭한 듯이 제풀에 한층 소리를 낮춰서 또 말을 꺼낸다.

"그 학생두 퍽 오랫동안 친숙히 지내다가 웬일인지 지난달에 싸움을 하고 나가버렸에요······ 나간 뒤에는 한참 동안 발을 뚝 끊고 얼씬두 안 하더니만 요즈음에 또 드나들게 되어서 어떤 때는 활동사진 구경도 같이 가구 다시 사화가 됐나 봐요······ 저희들은 아무려나 상관이 없는 일이지만 그놈이 오면 공연히 이것 해라

저것 해라 하고 심부름만 뻔덕히 시키구 제가 이 집 나리나 되는 듯이 휘젓는 꼴이 눈꼴틀려서 밉살맞아 못 견디겠에요……."

노파는 이런 하소연을 이 집 손님 중의 몇 사람에게나 하는지 한 사람도 자기 사폐를 보아주는 사람은 없는지 모르나 갓 온 창길이를 붙들고 이런 말까지 들려주었다.

"흥……."

창길이는 그만하면 다 알았다는 듯이 여전히 코대답만 하다가,

"그럼 나으린가 영감인가는 따로 살고 오지를 않나?"

하고 물어보았다.

"있긴 있는데 이때껏 반년이 되어야 코빼기도 못 봤에요…… 저…… 상야(上野)에선가 기생첩 데리구 큰 여관 영업을 한다는 데……." 하며 노파는 점점 더 흥이 나서 숙설거리는 판에 이편 층계 아래서 "할멈 할멈!" 하고 부르는 암상스러운 소리가 들린다. 노파는 하던 말을 뚝 끊고 꿈질하며 고개를 오그라뜨리고 엉덩이를 엉거주춤 든다.

"손님 공부하시는데 방해가 되라구 무슨 잔소리를 한나절 가웃이나 그렇게 씩둑꺽둑허구 있어? 벌써 오정이 다 되었는데 어서 점심을 차려야 하지 않아!" 하는 쌀쌀한 소리가 잼쳐서 조용한 위층에 째르를째르를 흘러 올라온다. 할멈은 머쓱해서 꾸물꾸물 나가버렸다.

"불을 가져가든 무얼 가져가든 저 애를 시켜서 가져갈 게지 왜 할멈이 시키지 않게 부전부전히 앞장을 서 올라가서 지절거리고 있을 게 무어야!" 하고 쏘는 소리가 아래에서 또 들린다.

"……어느 방에 뒤어쓰고 들엎디었었는지 똥을 쌀 년이 다 들은 게군. 그놈의 할미가 제 귀 먹은 생각만 하고 목소리가 크니까……" 하며 창길이는 혼자 웃다가 자리 속으로 들어가서 누웠다.

점심 차리라고 불러 내려간 할멈은 점심은 아니 차리고 아랫방 속에서는 어느 때까지 쫑알쫑알하는 주인여편네의 목소리만 난다. 가다가다 몰풍스럽게 꾸짖는 째진 소리도 들린다. 이불 속에 있는 창길이는 나가서 엿듣고 싶은 생각도 났으나 참고 가만히 귀를 기울이고 누웠다. 무슨 이야기를 했는지 일일이 아뢰어 바치라고 당조짐을 하는 모양이다.

"그 어리보기가 고지식하게 지금 하고 내려간 말을 고대로 옮기렷다" 하는 생각을 하면 창길이는 듣지 않을 것을 공연히 들은 것 같기도 하고 가슴이 어찌 근질근질하는 것 같았다.

'……내가 궐녀의 귀에 들어가도 거슬릴 소리를 한 것은 없겠지?' 하는 생각을 하며 창길이는 지금 이야기한 일판을 머릿속에 되풀이해보기도 하였다. 어떻든 그 계집이 저 내력을 알렸다고 무슨 트집을 잡을 것은 못 될 것이요 도리어 주인계집의 약점을 잡은 것이 창길이 자신에게는 유리하다고도 생각하여보았다.

4

창길이가 어렴풋이 잠이 들려니까 누가 문을 바시시 연다. 깜짝

놀라 눈을 떠보니 아까 학교에 갔다던 조그만 아이가 숙박부를
들고 들어온다. 아래층에서는 어느덧 조용하여진 모양이다.

"응, 참 아직 숙박기를 하지 못했군!" 하며 창길이는 자리 속에
발을 묻은 채 일어나 앉았다. 어제는 떠나오자 곧 나가버리기도
하였지만 주인도 무심코 내버려두었던 모양이었다.

창길이는 집을 여러 번 떠나보아서 익숙한 솜씨라 당장에 쓱쓱
갈겨주었다. 성명 삼 자는 더구나 큼직큼직하게 썼다. 아이놈은
숙박부를 받아 들고 한참 들여다보다가 똥그란 눈을 치떠서 앉았
는 창길이를 힐끗 바라보며 잠자코 나갔다. 창길이는 나가는 아
이의 뒤도 아니 돌아보고 입을 혼자 삐죽하며 다시 쓰러졌다.

아이가 내려간 뒤에 주인여편네 방에서는 또다시 재껄재껄하는
소리가 난다.

'무슨 뒷공론들을 하누?' 하며 창길이는 신경이 좀 찔리는 것을
깨달았다.

"……무어라고 읽는지 자세 듣구 와요. 상투 달린 조선 사람 같
기도 하구 기둥에 파리가 날라 붙은 것 같기두 한 그런 글자가 대
관절 어디 있단 말이냐? 허릴없는 논도랑의 허수아비[案山子 ──
가까시] 같지 않으냐! 호호……" 하며 주인여편네가 일부러 위층
의 창길이가 들어보라는 것처럼 들뜬 소리로 커닿게 조잘대는 것
이 사실 누웠는 창길이에게도 들렸다. 이불 속의 창길이는 무심
코 입을 악물었다.

아래서는 열렸던 미닫이를 닫는 소리가 나더니 아이놈이 층계
로 올라오는 자취가 들린다. 그리자 다시 미닫이가 열리며 계집

은 올라오는 아이를 부르며 말을 달아 전갈을 한다.

"……그리구 아주 이런 말씀도 해두어라. 모처럼 떠나오시자 미안한 말씀이지만 어제 저녁에 별안간 집안에서 의논이 되어서 하숙 영업은 이달만 하고 떠엎기로 되었는데 여러 손님께 금시루 떠나주십사 하기두 미안하구 해서 여러 가지로 생각 중인데 그 양반은 이왕 이사를 하신 끝이니 아주 이 길로 다른 데 좋은 곳을 잡아 가시는 것이 편하실 것 같습니다구…… 하지만 한 달은 이 대로 더 할 거니까 그대로 눌러 계시려면 계셔도 좋지만 이 영업 을 별안간 떠엎게 된 것도 빚은 사방에 걸리고 돈은 떼이구 해서 그러는 것이니 가지신 것이 있으면 아주 한 달치를 먼저 내놓고 계시든지 어쩌든지 좋도록 하십사고…… 대단히 미안하게 되었지 만 사정이 그렇게 되었으니까 용서하시고 잘 조처하십사고…… 그렇게 잘 여쭈어다오. 잘 알아들었니?"

히스테리증이 있는 계집이 이래저래 금시로 발끈한 모양이 그 목소리로도 알 수 있었다. 아이가 층계에 올라오다 말고 돌쳤다 가 "네!" 하고 대답을 하니까 주인여편네는 문을 딱 닫는다.

창길이는 한편으로 우습기도 하고 분하기도 하건마는 자는 척 하고 눈을 감고 있으려니까 아이놈이 거침없이 문을 쓱 밀고 들 어오더니 창길이의 어깨를 이불 위로 두어 번 흔든다.

"버릇없는 자식이로군. 남 자는데 들어와서 두 번 세 번 깨우면 어쩌잔 말이야" 하고 창길이는 이불을 걷어차며 눈을 커닿게 뜨 고 일어앉았다. 아이는 멈칫하고 섰다.

"이 추운데 문을 열어놓으면 어떡하란 말이야!…… 숙박기를 또 해달란 말이야?"

창길이의 목소리는 점점 더 높아졌다. 아이는 뾰루퉁해지면서도 문을 가서 닫는다.

"무에, 어디가 틀렸단 말이냐?"

한참 앉았다가 그래도 창길이는 역정스러이 물었다.

"이것을 무어라구 읽느냐고요⋯⋯" 하며 아이는 쭈뼛쭈뼛하며 숙박부를 펴들고 창길이의 성 자를 짚어 보였다.

"변(卞)이라고 읽는다. 변이라고 읽는 게야."

"그럼 ペンシヤウキチサン(변창길씨)이라고 하는군요?"

아이놈은 살살 눈치를 보면서도 경멸하는 듯한 미소를 띤다.

"그래! ペンシヤウキチサン!" 하며 창길이도 어이가 없는 듯이 픽 웃어 보였다. 조선 사람은 울어도 시원치 않을 때에 픽 하고 멋없이 웃는 버릇을 누구나 가졌다. 아이놈은 창길이가 웃는 것을 보고 좀 마음을 놓은 듯이 저도 터놓고 생글 웃으며,

"대관절 이런 글자가 있나요?" 하고 주책없는 어린것은 아까 주인여편네가 하던 말을 그대로 옮겨보았다.

"예끼 괘씸한 놈, 그런 글자가 있냐? 이 무식한 계집이나 어린아이들은 몰라도 그걸 못 알아보는 사람이 어디 있단 말이냐. 너도 공부를 하는 모양이니 가서 자전을 찾아보렴!" 하며 창길이는 모른 척하고 다시 드러누워 눈을 감아버렸다. 그는 일부러 '무식한 계집'이란 말에 힘을 주어서 커다랗게 소리를 치는 것으로 주인여편네에게 겨우 앙갚음을 하였다고 스스로 위로하는 수밖에 없었다. 조선 사람의 성명이 적어도 일본 천지 안에서는 언제든

지 말썽거리가 되고 비웃음을 받는 것은 장마 때에 곰팡 스는 것이나 다를 것이 없는 노릇이지만 창길이가 이렇게까지 밥어미나 어린아이들에게 모욕을 당하여본 일은 없었다. 소갈딱지 없는 계집이요 어린아이들이니만치 노골적으로 대들기도 하거니와 그렇다고 일일이 대거리하는 수도 없었다. 결국에 그는 혼자 눈을 감고 누워서 웃는 수밖에 뾰족한 수가 당장에는 없었다.

"왜 안 나가고 섰니?"

창길이는 거의 5분 동안이나 앞에 그린 듯이 섰는 아이를 모른 척하고 내버려두었다가 눈을 떠보았다.

"저…… 주인아즈머니가……."

어린아이놈은 입을 빼쭉하고 말을 꺼내다가 냅뜨지를 못하고 망설인다.

"그래 아즈머니가 어쨌단 말야?"

"……저! 이달 그믐께는……" 하며 아까 창길이가 벌써 들은 사연을 따듬따듬하며 되풀이한다.

"응, 알았다. 결국 말하자면 떠나달란 말이지?" 하며 창길이는 어린아이를 쳐다보다가 그대로 누운 채,

"……가서 이렇게 말해라. 논두렁의 허수아비 같은 재수 사나운 성 자를 가지고 다니며 남의 장사를 떠엎게 하여서 미안합니다고…… 가서 그렇게 전갈을 여쭈어라" 하며 커닿게 웃다가 벌떡 일어나며,

"자, 어서 이 자리를 개어라. 얼른 개어!" 하고 소리를 치더니 창길이는 벽에 걸린 양복을 떼어 주섬주섬 입기 시작한다.

5

눈이 올 듯한 날씨는 빗발이 뚝뚝 듣기 시작하였다. 창길이는 장갑을 잊어버리고 나와서 손등이 몹시 시리었다. 남에 없이 추위를 타는 그는 외투 깃 속으로 자라목이 되어서 웅숭그리고 정처 없이 헤매었다. 벌써 한 시간 이상이나 돌아다녀보았어야 원체 이편 학생촌에는 대개 그뜩그뜩 만원이요 있다는 것은 몹시 비싸거나 그렇지 않으면 대문간서부터 발길을 들여놓을 수가 없는 데뿐이었다.

"이런 놈의 팔자가 있을 리가 있나!"

창길이는 가는 빗발이 차차 잦아오는 것은 눈에 띄지도 않는 듯이 터벅터벅 걸으면서 두 팔을 호주머니에 찌르고 고개를 으스스하게 떨어뜨린 자기의 꼴을 머리에 그려보았다.

'무얼, 아모 데고 인제는 닥치는 대로 정하는 수밖에!'

그는 혼자 이렇게 생각을 하며 아무쪼록 하숙 문 위에 걸린 문패가 성긴 집만을 골라 보며 이 골목 저 골목으로 풀방구리에 쥐 드나들듯 드나들었다. 좋고 새고 손님을 하나라도 끌어들이지 못해서 하는 데가 좋을 것 같았다. 같은 돈을 내면서도 허드레 하숙 구석으로나 쫓겨 다녀야 할 신세는 생각하면 심사도 나지 않는 것이 아니지만 하는 수 없는 일이었다. 어떤 조선 학생은 자기의 성이 다행히도 이(李)가이기 때문에 조선 귀족이라고 행세를 하여 융숭한 대접을 받는 일도 있다고 하나 성이 이가였던 것이 다행이고 아니고 간에, 그렇게 속이고라도 대접을 받는 것이 마음에 편하고 아니 편하고 간에 그렇게 하려면 창길이는 위선 변가를 버리고 이가로 고쳐야 할 일이요 학비도 귀족 집 자식만큼은 써야 할 노릇이다. 창길이는 이런 것까지 혼자 공상을 하며 거닐다가 인가가 성긴 벌판에를 나오게 되었다. 생전 발길도 내놓아보지 못하던 곳이다. 또 한참 비를 맞으며 헤매다가 불탄 터 같은 벌판 한편에 치우쳐서 '빼락'³으로 엉성히 세워놓은 조그만 하숙 하나가 눈에 띄었다. 그는 잡담 제하고 뛰어 들어갔다. 어지간히 젖은 외투와 모자를 벗어서 물을 털어 들고 조그만 계집아이를 따라서 방을 보러 올라갔다. 상성이 나서 찾던 남향 방은 다 차고 남은 것이라고는 좌우편의 동북향으로 앉은 방과 서향 방뿐이다. '빼락' 집이라 창문마다 어근버근하여 벌판의 바람은 다 몰려들 것 같고 '다다미'도 노랗게 걸었다.

창길이는 밥값을 정하고 나서 생글생글 웃고 섰는 주인집 딸을 쳐다보며,

"나는 조선 사람인데 이 집에 두어도 좋겠소?" 하고 물어보았다. 조선 사람이라는 것이 죄인의 전과자라는 말같이 부끄러울 것은 조금도 없지마는 자기의 국적을 미리 통기하여야 한다는 것, 아니 그보다도 조선 사람이라는 것을 꺼리느냐 아니 꺼리느냐는 것을 물어볼 필요가 있다는 것은 아무리 남의 땅 남의 집의 곁붙이로 살지언정 돈 안 주고 눈칫밥 먹자는 것같이 자기 귀에 들리었다. 처녀는 잠깐 말금히 쳐다보다가,

"조선 양반이면 어떠세요? 여기 두 분이나 있다가 떠났는데요"

하며 풀없이 웃어 보인다.

창길이는 그길로 나와서 여전히 비를 촉촉이 맞으면서 어제 떠난 집으로 짐을 찾으러 허덕허덕 치달아갔다.

6

묘지 뒤까지 오니까 아침에 헤어진 친구가 다른 친구를 데리고 마주 오는 것과 만났다.

"우중에 어델 갔다가 와?" 하며 그 친구는 창길이에게로 가까이 들어서며 자기 우산으로 아무 말 없이 우뚝 선 창길이를 씌워주었다.

"집 보고 오는 길일세."

창길이는 웃으며 이렇게 대답을 하였으나 얼굴에는 피곤한 빛이 어리었다.

"집은 또 무슨 집?"

"나가달라는군!"

"자네는 어쩌면 똑 공교히도 그런 데만 골라 다니나? 옳지, 그래서 지금 갔더니 눈치가 좀 다르더군!"

그 친구는 딱한 듯이 눈살을 찌푸리며 쳐다본다. 창길이는 풀없이, 코웃음만 치고 섰다.

"도처에 구박이 자심하군요."

옆에 섰던 사람도 위로 삼아 한마디 한다.

"으레 당할 일이 아니오. 구박맞아 싸지 않소" 하고 창길이는 우산 밖으로 나서며,

"이따가 만나세" 하고 인사를 한다.

"이따가 어데서 만나나? 집은 어데다 정했나? 이번에는 처음부터 아주 조선 사람이란 말을 까구 오지……."

"응, 그러지 않아두 다지고 왔네."

"또다시 무슨 소리는 없을까요?"

옆에 또 한 친구는 새로 갈 집이 그래도 염려가 되는 듯이 묻는다.

"일본 천지에 몸부림칠 곳이 없다면야 그렇게 구구하게 더 있을 묘리는 어데 있겠소" 하며 창길이는 두 사람에게 자기가 새로 떠날 곳을 일러주고 헤어졌다.

창길이가 두어 간통 떨어져 오려니까 뒤에서 친구가,

"여보게, 여보게……" 하며 부른다.

"우중에 지금 짐을 옮길 수도 없구 하니 우선 내게로 가세. 점심도 안 먹었을 거니 무어나 좀 뜨뜻이 먹구 그대로 내게 있다가 내일 떠나든지 하게그려."

두 사람은 쫓아와서 이렇게 창길이를 권한다. 창길이는 그들이 아무리 친한 친구요 같은 동포일망정 자기를 가엾게 보아주고 그 같은 호의를 표하여주는 눈치를 보고는 새삼스러이 까부러져가는 자기의 기를 돋우면서 거절을 하였다. 그러나 굳이 말리는 것을 어찌할 수 없어 창길이는 그들의 뒤를 따라섰다.

비는 점점 세차졌다. 창길이는 친구의 집에서 점심을 같이 먹고

앉았다가 다같이 잠이 부족한 세 사람이 느런히 드러누워 한잠을 자고 깨었다.

전기가 들어온 방 안은 환하였다. 한 사람은 어느 틈에 깨어서 멀거니 일어나 앉았다. 창길이는 잠이 설깨어서 머릿속이 얼떨떨한 가운데에서도 창밖에 빗소리가 한층 더 구슬프게 들렸다. 그는 친구가 한사코 말리는 것도 뿌리치고 아래로 내려와서 하녀에게 우산을 빌려가지고 친구의 집에서 뛰어나왔다. 휙 펴는 지우산에는 비 듣는 소리가 쫙 한다. 창길이는 뺨을 스치는 찬바람에 정신이 선뜻 드는 듯하였으나 환히 전등불 빛이 퍼진 길거리에는 아무것도 눈에 띄는 것이 없는 것 같았다. 쓸쓸하고 설운 증이 부쩍 목 밑까지 치받치는 것을 깨달았다.

해방解放의 아들

1

"아, 누구시라구. 언제 건네오셨에요?"

"네에……그런데 용히 예까지 오셨군요. 이 댁에 계서요?"

"어떻게 내지(內地)루 가게 될까 하구, 한 보름 전에 피난민 틈에 끼어 건너는 왔는데 차표두 살 가망이 없구…… 그건 고사하구 다시는 안동(安東縣)으루 돌아가는 수가 없군요."

"왜, 아직은 아침저녁 두 번씩은 통행시키는가 본데요."

"그건 조선 양반 말이죠. 우리는 증명서를 얻는 재주가 있어야지요. 큰일 났에요. 누가 이럴 줄야 알았습니까? 옷 한 벌 걸친 채, 어린애 기저귀 하나 안 가지고 나선 것이 벌써 반달이나 넘습니다그려!"

"어어, 그거 걱정이군요."

"글쎄 십 분 이십 분이면 건너실 것을, 다리 하나 격해서 빤히 바라보면서 이 지경이니 말라 죽겠에요. 집에서들은 죽었는지 살았는지 그동안 무슨 일이 났는지 누가 알겠에요."

옆집 일본 여자의 조카딸인지 조카며느리인지가 안동서 건너왔다가 길이 막혀서 못 가고 있다는 말은 안집 주인댁에서 들은 말이지마는 부엌 뒷문 밖에서 빨래를 널고 섰던 아내가 일본말로 이렇게 수작하는 소리에 홍규는,

'누구길래, 알던 사람인가?'

하며, 보던 신문을 놓고 일어나서 부엌 쪽 유리창을 내어다보았다.

'흐흥…… 저 여자가……?'

하고 홍규는 혼자 코웃음을 쳤다. 안동에서 며칠 전까지도, 여기 건너온 지가 반달 짝이나 된다니까 며칠 전까지는 아니겠지마는, 어쨌든지 몇 해 동안을 두고 자기 집 앞을 아침저녁으로 지나다니던 그 여자다. 무슨 두드러진 일이 있어서 '그 여자'라는 것은 아니나, 언제 보나 머리치장이 야단스럽게 화려하고 하루에 몇 차례나 하는지 모를 솜씨 있는 화장이 남의 눈에 띄기 때문에, 정말 미장원을 경영하는 것은 아닌 모양이나, 동리에서는 미장원 여자, 미장원 여자 하고 불렀던 것이다.

홍규의 코웃음 속에는, 피난해 온 바로 옆집에서 그 여자를 만난다는 것이 의외라는 뜻도 있겠지마는, 그 여자의 부엌방석¹ 같은 퍼머넌트 머리와 분기 없는 까칫한 얼굴이 딴사람같이 보인 때문이기도 한 것이었다.

"안동서 온, 옆집 조카딸이라는 거, 바루 그 미장원 여자야."

뒤미처 들어온 아내는 낯선 고장에 와서 무료한 판에 무슨 희한한 일이나 발견한 듯이 웃는다.

"그렇구면. 헌데 언제부터 그렇게 자별하게 인사를 하게 되었던구?"

홍규는 신문에서 눈도 아니 떼고 대꾸를 한다. 이 사람은 국경을 넘어온 후 요새 며칠 동안 못 보았던 밀린 신문을 얻어 보기에 갈급이 난 것이다.

"예 온지 사흘 나흘이 돼도 옆집 식구란 어른 애 할 것 없이 코빼기두 볼 수 없더니 지금 별안간 뒤에서 톡 튀어 나오며 말을 붙이는군요."

사실 옆집 일인들은 조석이야 끓여 먹겠지마는 하루 온종일 또드락 소리도 없고 드나드는 기척도 아니 냈다. 앞문에 붙인 김모(金某)라는 문패는 접수 가옥(接收家屋)의 선취권(先取權)을 표시하는 것일 것이요, 동시에 이 집은 이 시가(市街)의 어느 집에나 써 붙인 카렌스키 돔(조선인의 집)이란 확적한 표시도 되는 것이겠지마는, 그래도 캄푸라주²의 효과가 적을까 보아서 문설주에는 어느 때 보나 벌써 후락해진 태극기와 소련의 붉은 깃발이 좌우로 축 늘어져 있는 것이다. 이러한 방위진(防衛陣)을 쳐놓고도 그 속에 들어엎디어 있는 '야마도다마시이'³는 '다다미' 바닥에 오그라붙어서 발발 떨다가는 신새벽에 부엌 뒷문으로 빠져나가서, 어디 가 모여서 숨어 있는지, 날이 저물어야 하나 둘씩 기어 들어오곤 하였다.

"그 옷 꼴 허구, 미장원 미인두 다아 녹았더군."

아내는 신문에 골독한 남편에게 말을 걸기가 안된 듯이 혼잣말처럼 하며 경대 앞에 가서 앉는다. 두 발을 모아서 옆으로 비스듬히 내어밀고, 처진 배를 모시듯이 하며 앉는 것을 보면 몸 풀 날도 멀지 않은 모양이다.

"아니, 왜, 그녀가 조선 사람이라지 않았나? 남편이 조선 사람이라든가……."

홍규는 비로소 신문에서 얼굴을 든다. 홍규는 그 여자가 한 동리에서 살았다는 것보다도, 노상 안면이 있다는 것보다도 미인이라는 것보다도, 내외간 누구인지 조선 사람이라는 데에 은연중 관심이 있기 때문에 아내의 말대꾸도 하는 것이지, 그렇지 않으면야 세계가 뒤끓고 허리가 두 동강이 잘린 조국이 남북에서 펄펄 뛰는 이 판에 동리 집 일본 여자 하나쯤 숨을 몬다기로 아랑곳도 없는 일이다.

"글쎄에, 그런가 보다는 말두 있었지마는, 그렇지두 않은가 봐요. 조선 여자 같으면 아무려니 그럴라구. 아까두 일본 갈 차표를 사게 될까 해서 왔다는데……."

"그거 모르지. 이 험난한 세상에 남편이 오지를 못하구 꽃 같은 계집을 왜 내세웠을구……."

"하하하. 꽃 같은! 오래간만에 생각지도 않은 데서 만나니 매우 반갑기두 하시겠죠."

아내는 거울 속에서 입을 빼쭉해 보이며 말을 가로채서 웃다가, 자기 역시 얼마쯤 반갑지 않은 것은 아니면서도, 처지가 이렇게 뒤바뀐 것이 고소하고 유쾌하다는 듯이 말을 잇는다.

"안동서야 허구한 날 아니 만나는 날이 없구, 올에는 아이 밴 덕에 나가보지두 않았지만, 몇몇 해를 두구 방공 연습에 함께 나가구 해야, 나 같은 것은 거들떠보지두 않구 그렇게 쌀쌀하던 것이, 제가 아쉬니까 죽었던 어머니나 살아 온 것처럼 반색을 하고 뛰어나와서 안동 소식을 묻겠지. 헌데 일본 사람들은 우리보다두 아주 깜깜인가 봐요. 안동서들은 맞아죽지나 않았느냐고 열고가 나서 물으며 목이 칵칵 메어 우는 걸 보니 그래두 안됐겠죠."

"흠…… 울어? 지금 일본 사람야 눈물밖에 아무런 표현 수단도 자기 위안도 없겠지마는, 운다는 것을 보면 가짜가 아닌 게 분명하군. 단 일본 여자쯤야 이 사품에 대단히 철교를 넘어설 생의두 못할 것이요, 예전에 쌀쌀히 굴던 것 역시 가증스러워 그렇다기보다도 일본 사람과 살고 일녀 행세를 하여왔으니까 제 밑천 드러날까 봐 조선 사람 교제를 피하느라구 그런가 했더니……."

"섭섭하시겠습니다!"

아내는 또 실없는 소리를 한다. 안동 있을 제 언젠가 그 여자가 조선 사람이라는 말을 하니까 홍규는 눈이 커대지며,

"응? 조선 사람야? 조선 사람야!"

하고 몇 번이나 뇌까리다가 "그 아깝군!" 하며 입맛을 다신 일이 있은 후로는 그 여자 이야기가 나면 늘 놀리는 것이었다.

"그 왜 사람이 실없어. 조선 여자가 아니었으니 섭섭하기커녕 다행하지 않은가."

"만일 조선 여자였더면 어떻게 될구? 그것두 친일파 반역자루 몰리거나, 무리루 못살게 떼어놓거나 하진 않겠죠?"

아내는 머리 빗은 자리를 치우며 묻는다.

"그야 국제결혼이 어디는 없나마는 그 심보가, 조선 사람인 것을 속여가면서 사는 그 심보가 괘씸하단 말이지."

"하니까 어쩌면 남편 따라서 일본으루 가려구 차표 사러 왔던 게로군. 그야 자식까지 낳으니까 지금 와서야 허는 수 없겠지."

아내는 이번에는 미장원 미인을 또다시 조선 여자로 금을 그어버린 소리를 한다.

"하는 수 없겠지. 하지만 인제는 지나간 일이지마는, 세상에 아무리 눈에 차는 사내가 없기루 하필 일본놈과 살더람. 그년의 배짱을 알 수가 없어."

"그것두 제 팔자지…… 왜 미인을 뺏겨서 배가 아프시다는 거요?"

아내는 또다시 실없는 소리로 웃어버렸으나, 해방 이후로 한층 더 흥분되기 쉽고, 신문을 보다가도 비분강개해서 주먹을 불끈불끈 쥐고 하는 홍규는, 그래도 미장원 여자가 미운 듯이 말을 또 잇는다.

"조선 사람이 일본 여자와 사는 것과도 또 다르거든. 그나마 일본 여성을 모독이나 하는 듯이 얼마나 아니꼽게 여기고 시기를 하는지 아우? 흑인종이 백인종의 부녀자를 범하면 린치[私刑]를 하지마는, 일본의 해외 발전의 선봉대가 갈보라는 것은 까맣게 잊은 듯이 조선 사람인 경우에는 입으로라도 린치를 하거든. 인제는 지나간 일이지마는 동족의 남자가 얼마나 놈들에게 부대끼고 악착한 꼴을 당하였던가를 생각하면, 아무러기로 그놈들에게 시집을 가더람? 못된 년들이야!"

"이렇거나 저렇거나 피차에 좋을 일은 아니죠."

아내는 인제야 남편이 그 여자가 조선 사람이라나 보더란 말에
놀라고 아까워하고 미친년이라고 욕을 하고 하던 본뜻을 안 것
같았다.

"제 민족의 피를 깨끗이 지니겠다는 결벽쯤은 있어서 안 될 일
없겠지마는 하필 일본놈에게뿐이리오…… 요새 서울서 오는 신
문을 보면 야단인가 보더군. 머리를 브라운으로 물들이구 뾰족구
두에 댄스홀로 질번질번하구……."

"어이, 젊은 양반이, 내 이런 완고는! 걱정 고만해두서요."
하고 아내는 핀잔을 주다가,

"사랑은 국경이 없다지 않습니까. 젊어서 한때 놀라구 내버려
두시구려."
하며 깔깔 웃어버린다.

"흥, 이거 큰일 났군. 우리 마누라마저 놀아나는 판이로구나!"

홍규도 하는 수 없이 껄껄 웃어버리고 말려니까,

"왜? 로스키[*]한테 업혀갈까 봐 겁이 나슈?"
하고 아내도 지지 않는다.

"로스키가 업어가다니, 그런 도섭스런 소리 마슈……."

안집 애기씨가 들어오다가 듣고 말참견을 하면서,

"우리를 해방해준 감사한 붉은 군대에 대한 실례지요."
하고 웃으며 한마디 곁들인다. 이 부인 말은 웃으며 던지는 말이
나 결코 웃음의 소리만도 아닌 것 같다. 남편이 도 인민위원회에

도 다니지마는, 자기 자신도 여성동맹에 드나드느니만치 중간에 엉거주춤한 홍규 내외와는 주심[5]이 다른 것이었다.

"게다가 저런 안전 보장이 있지 않은가."

홍규는 바깥방의, 길로 난 유리창을 턱짓으로 가리키며 약간 비웃는 듯이 입귀를 처뜨리고 웃는다. 유리창 가운데 칸에는 역시 붉은 잉크로 쓴 '카렌스키 돔'이 붙어 있다.

"참, 난 처음 와서 집집마다 저것이 붙었기에 '붉은 군대 만세'라든지 '붉은 군대를 환영한다'는 의미인가 보다 하였더니 알고 보니 들어오지 말라는 말이었군. 그런 실례의 말이 어디 있겠어요."

홍규의 아내의 이 말에 주인댁은 눈동자를 똑바로 세우고 말끄러미 바라보다가,

"조선 사람의 집이라 하였기로, 어디 들어오지 말라는 뜻이야 씌었나요."

하고 탄한다.

"그럼 조선 사람의 집이니 들어오라는 뜻인가요?"

홍규댁은 깔깔 웃는다. 그다지 꼬장꼬장한 성미도 아니지마는 인제야 첫 아이를 밴 젊은 색시니만치 곧이곧솔로 말을 하는 것이었다.

"일본 사람의 집을 접수를 해서 조선 사람들이 들고 보니 구별을 해야 할 필요가 있지 않아요."

"아무렇기로 로서아 병정은 내정 돌입을 하는 버릇이 있다는 광고쯤 되니 내가 사령관 같으면 내 부하는 결코 그렇지 않으니

떼어버리라고 노발대발할 일 아녜요."

"그렇게 말하면 그렇기두 하지만, 내가 듣지 못하였는지는 모르겠으나, 그런 피해는 여기 시내에서는 별루 없는 세음 아녜요. 거기에는 일본 여자의 서비스가 좋았던 덕두 있었겠고 국제간시청(國際間視聽)이라든지 특히 미군과의 우열을 다투는 자제심이라든지 하는 미묘한 관계도 있겠지마는……."

홍규는 주인댁의 감정을 상할까 보아서 그런지, 얼른 이렇게 휘갑을 쳐버렸다.

2

"용서하십쇼."

속으로 들이 거는 듯한 조심성스러운 목소리가 부엌 뒷문에서 난다. 묻지 않아도 옆집 주인이다. 그러지 않아도 저녁밥 뒤에 놀러 온 안집 부부와, 이 사람 이야기를 지금 막 하고 난 끝이다.

이 사람은 이웃에서 숙면인 안집 주인을 거쳐서 자기의 소청을 먼저 전달해놓고 때맞추어 온 모양이다.

그동안 홍규는 드나드는 길에 두서너 번 만날 적마다 굽실하고 인사하는 것을 받았기에 안면이 아주 없는 터도 아니었다. 해방 전까지는 무슨 청부업의 거간 노릇인지 했다 하지마는, 아무렇든지 관리나 그런 따위 꼬장꼬장한 축은 아니요, 때가 때라 그렇게 보이려는 조심성도 있겠지마는 나이 한 사십 된 온유한 위인이었다.

"처음 뵈옵는데 불시에 찾아와 뵙고 이런 무리한 청을 여쭙기는 대단 죄송합니다마는……."

10년 가까이 회사에 다녔어야 고원 첩지밖에 못 받아본 홍규는, 속만은 제 아무리 살았어도 일본 사람에게 이렇게 공대를 받아보기는 생전 처음이다.

"……대강 여기 계신 가네기 상께도 말씀을 여쭈어두었습니다마는, 제 질녀가 요새 안동서 건너와 있습죠. 그 조카사위애로 말씀하면 어엿한 조선 사람, 원적이 바루 경상남도 동래(東萊)올시다……."

가네기〔金城〕란 안집 친구의 한 달 전까지 쓰던 창씨거니와, 홍규는 벌써 이 친구에게 듣고 실상은 미장원 미인 내외의 국적이 소문이나 추측과는 뒤바뀌어버린 것이 의외였다.

"그래 조카따님은 일본 태생이시구?"

"네. 그 애야 부모가 다 분명히……."

하고 하야시는 웃어버린다.

"그런데 조카사위 되는 사람은 왜 어엿한 조선 사람, 조선에 어엿한 원적을 두고 이때껏 일본 사람 행세를 하여왔더란 말씀요?"

홍규는 하야시의 입내를 내어서 '어엿한'이란 말을 두 번이나 힘을 주어 뇌었다. 그러나 그것은 결코 자조의 의미가 섞인 것은 아니었다.

"네. 별 복잡한 사정이 있는 건 아닙죠. 여남은 살 때 제 어른이 작고를 하니까 대로 물릴 자식도 아니요, 어린것을 큰댁네에게 맡기고 나설 사정도 못 되어 나가사키〔長崎〕로 데려다가 저의 외 조부의 민적에다가 일시 방편으로 넣은 것이라서 장성한 뒤에도 내내 그대로 행세를 해버린 거죠."

하고 말을 끊다가,

"이것은 우리끼리 말씀입니다마는 그때 시절에는 그편이 영 해 롭지 않고 더구나 이런 데 나와서는 가봉(加俸)이니 배급(配給) 이니 이로운 점이 없지 않아 있었거든요. 하하하."

하고, 그런 점은 관대히 보아달라는 뜻으로 웃어버린다.

홍규는 잠자코 말았다. 자식이 장성하면 제 겨레를 밝히려 들고 아비 성을 따르려 들 것인데, 가봉 푼이나 일계 배급(日系配給)에 팔려서 제 아비 성도 찾으려 들지 않았더냐고 한마디하고 싶지 않은 것이 아니나 그 대신에,

"그래 인제는 자기 성을 찾겠다나요?"

하고 물었다.

"세상이 이렇게 바뀌었으니까 찾으려 들겠죠. 다만 제 모가 저 기 있으니까 우선은 그리 가려 들지 모르죠마는…… 그러나 그놈 의 원자탄에 어찌 되었는지, 이 지경이 되고 보니 나부터도 여기 귀화해서 안온히 살 수만 있다면 이대로 주저앉고 싶습니다."

하고 하야시는 제 신세를 생각하면 어이가 없다는 듯이 또 하하 하…… 하고 웃는다.

결국은 안동에 가는 길이 있거든 조카사위를 데려다줄 수 없겠 느냐는 청이다. 조카사위가 조선 사람 교제도 없었거니와 조선인 회와는 연락이 닿지를 않고 보니, 별안간 조선 사람이로라 하고

나설 수도 없는 터요, 설불리 하다가는 조선 사람에게 뭇매에 맞아 죽을지 모르겠다는 걱정이다. 조카딸을 보내자니 전같이 피난민 떼가 몰려다닐 때도 반 목숨은 내놓고 나서는 모험이거니와, 요행히 넘겨놓아도 사지(死地)에 들여보내는 것이니 자식새끼 알라 제발 세 목숨을 살려지이다고 손이 발이 되도록 비는 것이다.

홍규는 눈을 내리깔고 어느 때까지 잠자코 앉았다. 하야시의 눈이 자기의 입만 바라보고 있는 것을 깨닫고 근실근실한 듯 거북하건마는 선뜻 대답이 아니 나왔다. 자기가 입 한 번만 벌리면 조선인회의 피난민 증명서를 얻어주어서 당장으로 끌고 올 수 있는 자신이 있다거나, 정 하면 누구누구 친구를 끼고 통행 증명서에 로서아 장교의 사인 하나쯤 얻어낼 수도 있으려니 하는 실제 문제보다도 이 일에 아랑곳을 하겠느냐 말겠느냐는 것을 생각하기에 시간이 걸렸다.

아내도 초조한 듯이 쳐다본다. 친구 내외도 쳐다본다. 모든 사람의 눈이 승낙을 하라고 재촉을 하는 것 같았다. 그러나 홍규는 점점 눈살이 찌푸려지지 않을 수 없었다. 왜 이런 거북한 청을 받게 되었나 하는 불쾌보다도 그 마쓰노라고 하는 청년이 나는 마지못해 창씨한 마쓰노가 아니오, 진짜 마쓰노요 하고 바로 서서는 어깻짓을 하고 돌아서서는 속으로 고개를 움츠러뜨리며 살아왔을 그 꼴이 머리에 떠올라와서 불쾌한 것이었다.

그러나 홍규는 하는 수 없다는 듯이 입을 벌리고 말았다.

"어떻게 될지는 모르나, 내일 건너가보죠. 어차피에 남겨두고 온 내 짐도 찾아와야 할 거니까 잘되면 그 길에 데려다드리리다."

하야시는 이마가 다다미에 쓸려 벗겨지도록 몇 번을 엎드렸는지 몰랐다.

"무엇보다도 애가 씌는 것은 동리에서나 친구들 사이나 대강 짐작들은 하는 모양이라는 것이거든요. 그러고 보니 조선 사람 편에서 미워할 것은 물론이요 일본인 측에서도 탐탁히 여겨주지 않고 만인(滿人)도 좋아 않고……."

홍규는 그런 사정은 다 안다는 듯이 하야시의 말허리를 자르며, 자기 말을 잇달았다.

"그러기에 힘써보마는 말이요. 그런 경우에 제일 무서운 것이 중국 사람이지마는 일본 사람이면 일본 사람으로서 끝끝내 버티고 일본인회에서 탐탁히 가꾸어준다면 나 역 아랑곳할 필요가 없겠지요. 허나 결국에는 내 동족 아닙니까! 그것도 정치적 의미로 소위 친일파니 민족 반역자니 하면 낸들 별도리 있겠나요마는 이것이야 단순히 가정 문제요 가정 형편으로 자초부터 그리 된 거니까 이 기회에 바로잡아놓는 것이 좋겠죠."

"잘 알았습니다. 고맙습니다…… 황송합니다."

하야시는 허둥허둥 인사를 하고 이 기쁜 소식을 한시바삐 가족에게 알리려고 일어선다.

"그럼 부인이 전할 말이 있거든 하라고 하슈. 나두 안면은 있지마는 그래야 저편서도 안심하고 따라나설 거니까……."

"네, 그럽죠. 죄송합니다마는 편지를 한 장 전해주십쇼. 황송합니다."

홍규가 하야시를 보내고 돌아와 앉으려니까,

"그이 언젠가 시 공서(市公署)에서 만나봤대죠? 그 담배 사단 적이던가……?"

하고 아내가 말을 붙인다.

"음, 아무튼지 그 도장 하나 찍기에 이틀을 두고 시 공서와 연초장 조합 사이를 눈구덩이를 세 차롄가 네 차례를 왕복하였는데, 보기에 딱하던지 한동네 산대서 그랬던지, 그자가 가로맡아서 주임도 없는 책상에서 도장을 꺼내가지고 딱딱 찍어주더군. 화가 한참 치미던 판에 어찌나 시원하던지…… 그 후에는 길가에서 만나면 피차에 고개를 끄덕해주는 정도로 안면은 있었지."

"사람이 좀 꺼떡대구 주짜를 빼는 모양이더군요."

"게다가 좀 헐렁헐렁하고 덥쩍하는 위인인 모양이나 호인은 호인야."

"그러고 보면 아주 인연이 없는 것두 아니로구먼. 그 사람 역시 제가 조선 사람이거니 하는 생각이 있으니까 조선 사람끼리의 편의를 보아준 것이겠구."

하고 주인도 잘되었다는 말눈치다.

"그 담배 사단으로 해서 저 어른은 엉엉 울기까지 하셨는데 그걸 피어드렸으니 이런 때 그 공을 갚아야지."

"그까짓 걸로 논지가 아니지마는……."

하고 홍규는 그때 일이 아직도 잊혀지지를 않는지,

"고놈, 담배 조합 놈 지금쯤은 어찌 됐을구?"

하고, 입을 꽉 다물고 눈을 치뜬다.

"아니 담배 사단 때문에 우시다니 정말 우셨어요?"

안집 부인이 아내를 돌려다본다.

"우셔두 이만저만 우셔요……."

하고, 아내는 무슨 생각이 났는지 혼자 깔깔 웃다가,

"흑흑 느껴 우시면서 아이가 들었는지 안 들었는지두 모르는 것을 가지구 인력으루 허는 노릇인지, 날더러 자식을 낳더라두 아예 사내자식은 낳지 말라구 내게다 화풀이를 하시는군요."

"에에?……."

웃음 반 탄식 반, 섞인 소리를 하며 주인 젊은 부부는 뒷말을 재촉하듯이 고개를 내민다.

"작년 겨울에 양곡회사를 그만두시구 저리 옮기시지 않으셨에요. 그러니까 이때까지 타시던 담배의 직장 배급을 '도나리 구미'⁶로 옮겨다가 등록을 해놓았는데, 두 달이 가도록 소식이 없구 그 비싼 야미 담배루 사시니 참다못해 조합으로 알아보러 가셨더니 표가 시 공서에서 넘어오지를 않았다 하죠. 시 공서에서는 두 달 전에 넘겼다 하지요. 옥신각신 왔다 갔다 하시다가 이틀 만에야 조합 사무실 책상 서랍에서, 수속이 틀렸다고 젖혀놓았다는 담배 표가 이삼백 장이나 나왔는데 그것이 모두 조선 사람의 것이더라는군요."

"헤에…… 결국 조선 사람 몫을 돌려빼서 야미로 넘겨 먹었던 게군요."

"여부가 있나. 고놈들 괘씸하기라니!"

홍규가 아직도 분한 낯빛으로 말을 받는다.

"그러니 내 말이 어째 이 속에는 일본 사람의 수속 틀린 것은

한 장도 없더냐? 일본 사람의 표가 이렇게 모였던들 '도나리 구
미'를 통해서 통지를 해주었을 것이 아니냐? 이만한 분량이 야미
로 아니 나갔다는 증거로 장부를 보여달라, 야미로 내보냈다면
우리는 너희들에게 오 배 내지 십 배씩 주고 사먹은 세음이 아니
냐? 하고 따지니 싸움이 될 수밖에. 그래도 도매상에 가서 철저히
조사를 해보겠다니까 찔끔하는 기색이던데…… 지낸 일이지마는
연이 불망자— 미지유야지."

"그래, 조사해보았나?"

"말이 그렇지. 조사를 하기로 바로 대어줄 놈도 없거니와 유치
장 귀신이나 되게! 그놈이 그놈 아닌가!"

"그래서 우셨에요."

주인아기씨가 놀리듯이 웃는다.

"값싼 눈물이지만 화가 나면 울기도 하는 거죠. 하하하. 그 사
품에 담배를 한 일주일쯤 끊어보았지."

"어떻게 쌈을 하셨던지, 화가 난다고 온종일을 끙끙 앓으시다
가 약주를 잡숫고 나시더니 남부끄러운 줄두 모르시구 엉엉 우시
면서 자식은 애초에 날 생각두 말라는 호령이시군요. 죽은 뒤에
물려줄 것이라고는 가난과 굴욕과 압박밖에 없는 신세가 무엇 하
자고 자식을 바라느냐고 종주먹을 대고 생트집이시군요."

홍규 아내는 이렇게 말을 맺고 자기 배를 슬며시 내려다본다.

"오죽 분하셔야 그러셨겠에요. 허지만 인제는 아들 낳으세요.
네 활개를 치고 옥동자를 낳아드리세요."

축복하듯이 이런 소리를 단숨에 하는 주인댁의 목소리는 약간

떨리는 듯도 하였다. 임부는 참 그렇다는 듯이 그 축수가 고맙다는 듯이 방그레 웃으며 남편을 쳐다보니까 홍규도 웃어 보이다가,

"글쎄요. 싹수가 아직도 네 활개 치구 아들 날 시절이 돌아오지 못한 것 같습니다."

하고 낯빛이 다시 흐려진다.

"그거 무슨 소린가. 그래두 일장기 밑에서 안 낳으니 좋지 않은가! 두구 보게, 인제 자네 집 중시조 나올 테니!"

하고 주인은 껄껄 웃는다.

"딸이거든 해방자라 짓고 아들이거든 건국(建國)이라고 이름을 집쇼그려."

주인댁의 발론이다.

"해방자라는 '자' 자는 왜놈의 잔재야. 해방호라 하지. 해방호 건국호 하하하……."

웃음으로 끝을 막고 주인부부가 일어서려니까 부엌문 밖에서 이번에는 여자의 목소리로,

"계서요?"

하고 찾는다.

"또 왔습니다. 늦게 미안합니다."

하야시가 앞을 서고, 조카딸이, 깨끗한 몸빼 치장으로 보자기에 싼 것을 들고 들어온다. 가지고 온 옷은 없다더니 빌려 입었는지 아침에 볼 때와는 딴사람이 되었다.

인사가 끝난 뒤에 조카딸은 가슴속에서 봉투를 꺼내서 두 손으로 받들어드리며,

"편지까지 전해주십사기는 너무 죄송합니다마는, 주인이 겁이 많은 사람이라, 안심하고 지시하시는 대로 하라고 쓴 것입니다."

하고 생긋 웃는다.

전에 원광으로 볼 때는 화장 관계도 있었겠지마는, 여염집 여자라기보다는 그야말로 미용사나 음식점의 직업 부인 같은 코케티브한 인상이 있었는데 이렇게 청초하게 차린 것을 보니, 사정과 경우가 그래서 그렇기도 하겠지마는 퍽 안존하고 야무져 보였다. 콧대가 바로 서고 눈동자가 맑은 것도 마음이 컴컴치 않은 것을 알겠다.

언제나 일어설 수 있게 세간은 다 팔겠지마는 여기서 시세 나갈 것은 생각하여서 댁의 짐 가져오시는 길에 함께 건너다주었으면 좋겠다는 부탁과 인사를 남겨놓고, 두 사람은 가버렸다. 일본 사람의 집에는 아직도 전에 받은 배급 과자가 있던지 보자에 싼 비스킷 상자를 내놓는 것을 홍규는 역정을 내며 퇴하였으나 일본 예절로 처음 찾아오는 인사지, 다른 뜻은 없다고 애걸을 하며 놓고 갔다. 그러지 않아도 홍규는 자기 볼일을 보러 가는 길에 데려다주마고 까놓고 말을 하고 조금도 생색을 내자는 것도 아니요 생색 낼 필요도 없는 일인데 그러한 것을 받는 것이 께름칙하였으나 유난스럽게 또다시 쫓아 보내고 부산을 떠는 것도 싫어서 내버려두었다.

3

8월 15일 후에 이 거리의 일본 집 쳐놓고 앞문에 첩을 박지 않은 집이 없지마는 마쓰노 집의 뒷문을 가까스로 찾아 들어가니, 마주 내달아 나온 마쓰노는 하도 의외의 사람인 데에 겁을 집어먹은 듯이 벙벙히 섰다. 털북숭이가 된 검은 진 앉은 얼굴에는 충혈된 두 눈만 공포와 경계에 살기가 어려서 빈틈없이 반짝인다. 그 눈은 네가 적이냐 내 편이냐고 쉴 새 없이 묻는 것 같았다.

홍규는 냉정히 한참 간색(看色)을 하고 나서 저편의 긴장을 늦구어주려고 짐짓 미소를 띠어 보였다.

"나 신의주서 왔소이다……."

홍규는 물론 조선말로 붙였다. 마쓰노는 잠깐 풀렸던 표정에 다시 무장을 하면서 무슨 말을 꺼내려 하였으나 목이 말라서 그런지, 조선말이 서툴러서 선뜻 나오지를 않는지, 입만 쫑긋쫑긋하고는 머리를 작게 흔든다. 피로와 긴장이 뒤섞여서 머릿속이 혼탁해지는 눈치다.

"부인이 신의주서, 바로 내 옆집에 계신 관계로……."

"네, 네, 그러세요. 실례했습니다. 올러오셔요."

채 다 듣지도 않고 소리를 친다. 거센 경상도 악센트나 분명한 조선말이다.

방에 들어와 마주 앉으니 잔뜩 긴장하였던 끝이라, 맥이 풀리고 피로가 일시에 오는 모양이었다.

"부인 편지가 예 있소이다."

"네?……."

허겁을 하고 받아 든 그의 손은 떨렸다. 개개풀려서 금시로 영채를 잃은 몽롱한 눈에 눈물까지 핑 돌았다.

"이런 고마우실 데가 어디 있겠습니까. 무어라고 인사 말씀을 사뢰어야 좋을지…… 저희들 살리려고 하느님이 지시하신 것입니다."

편지를 보고 난 그는 눈물을 뚝뚝 흘렸다. 오랫동안 말을 아니써서 그런지 말이 길어지면 역시 서투르다.

"그래, 혼자슈?"

"네. 아이 보는 계집애가 있었는데 이렇게 되니 가버렸죠. 그런데 어떻게 건너가게 될까요?"

무인도에서 사람을 만난 듯이 반갑기도 하고 국경을 건너간다는 것이 겁도 나서 무엇에 쫓겨 가는 사람처럼 눈이 휘둥그레서 숙설숙설 묻는다.

"민회에서 피난민증만 주면, 이따라두 건너갑시다그려."

"민회에서 줄까요? 그러지 않아도 민회에를 갔다가 시 공서에 다니던 친굴 안 만나란 법도 없구 만나면 전에는 그렇게 지냈으니 무슨 봉변을 당할지 알겠어요……."

점점 더 병적으로 강박관념에 부대끼는 듯한 표정으로 얼굴이 뒤틀려진다.

"그런 이야기는 지금 해 무얼 하우. 다만 한 가지 분명히 들어야 할 것은 조선으로 가겠느냐 일본으로 갈 생각이냐는 것이오.

다시 말하면 당신은 조선 사람이냐? 일본 사람이냐? 는 말이오. 한때 방편으로 이랬다 저랬다 할 세상도 아니요. 그래서는 나도 이러고 다닌 보람이 없을 거니까…… 보람이 없다기보다도 나 역시 공연한 의심을 사고 뭇매에 맞아 죽을지 모르는 일이니까……."

홍규는 좀 더 단단히 이르고 싶으나 원체 기가 질리고 저려하니 더 뼈지게 말이 아니 나왔다.

"부끄럽습니다. 하지만 지금 와서 다시 이렇다 저렇다가 있겠습니까. 이걸 보십쇼."

마쓰노는 테이블로 가서 문패와 손으로 그린 종이 태극기를 들고 나온다.

문패에는 조준식이라고 서투른 모필 글씨로 씌었다.

"이것을 내걸려고 써놓고, 기도 만들었습니다마는 동리 사람이 보면, 공연히 자극만 주어서 미움이나 사게 되어 무슨 욕을 볼지도 몰라서 이때껏 주저하였습니다. 그러나 인제는 조준식이지 마쓰노는 아닙니다. 저두 똥만 든 버러지는 아니겠거든 생각이야 없겠습니까. 팔자가 기구해서 그랬든지 부모님의 잘못이든지…… 부모님의 탓이야 하겠습니까마는 어쨌든지 간에 그렇게 된 바에야 불시에 임의로 어찌하는 수도 없어서 무슨 기회든지 오기만 기다렸던 것입니다. 아버지 성을 찾겠다는 일념이야 사내 자식으로 태어나가지고 어째 없었겠습니까!"

그는 피로해 그런지, 서러워서 그런지 목소리가 차츰차츰 졸아들어갔다.

"알았소, 알았소. 그 맘을 잃지 마슈. 그러면 길게 이야기할 새 없으니 조선인회에 다녀올 동안 짐을 추려서 팔 것은 팔구……."

"그동안 대강 정리는 해놨습니다마는, 요새는 어디 만인이 사 가길 합니까. 일본 사람 물건은 못 사게 하는지 안 사 갑니다."

"그러면 가지고 건너가서 처분할 것은 처분해도 좋지만 그래두 이걸 다 끌고야 갈 수 없으니, 자아 우선 저 기를 내붙이구 문패 두 내달구려. 조선 사람의 집 물건이면야 말없지 않수."

"참, 그럴까 봅니다. 몇 시간 후면 떠날 텐데 일본 놈들이 미워하면 어떻고 싫어하면 상관있나요."

"글쎄 그런 생각부터 버리란 말요. 일본 놈 위해 삽디까. 목숨이 왔다 갔다 하는 판에 일본 놈이 어쩌거나 아랑곳이 뭐란 말요! 그래두 아직 고생을 덜 한 게로구려."

홍규는 정신을 차리라고 몰아세웠다.

"잘, 잘못했습니다. 지당한 말씀입니다. 본시 제 맘이 약해서…… 그저 동리 간 소리 없이 살던 면에 못 이겨서……."

조준식으로 돌아간 마쓰노는 절을 몇 번이나 하며 사과를 하였다.

홍규가 조선인회에 들러서 피난민증을 만들어가지고 다시 와보니, 아닌 게 아니라 얼마 만에 열렸는지 앞문이 열리고 종이에 그린 태극기가 유리창에 붙었다. 문패도 내어걸렸다.

'넝마 하나를 팔려 해도 태극기가 보호를 해주고 신용을 세워주게 되었고나!'

홍규는 감개무량하였다.

조준식이는 새 기운이 난 듯이 짐을 묶고 점심을 사들이고 달구지를 불러오고 펄펄 뛰며 부리나케 드나들었다. 홍규라는 뒷배가 있어 든든하고 국경을 마음 놓고 건너게 되고 생사를 모르던 처자를 만나게 되어서도 그렇겠지마는 장기(長崎)로 갈까 동래로 갈까, 여전히 마쓰노로 행세를 할 것인가 조가의 성을 찾게 되는가…… 하고 혼자 방황하며 지향을 못하다가 인제는 한길이, 환히 보이는 한길이 툭 터진 것 같고, 마음이 한 곬으로 딱 잡히고 나니 살 희망의 빛과 힘이 저절로 솟아나는 것을 든든히 깨닫는 것이었다.

4

아래윗집이 뒤꼍에서 화덕에 밥을 짓다가 달구지가 온다는 안집댁의 선통을 듣고 두 여자는 뒷문으로 나가보았다.

"아, 어쩌면!"

옆집 조카딸은, 저만치서 홍규 뒤에 따라오는 남편을 바라보며 그렇게도 애절하던 일이 거짓말처럼 손쉽게 해결된 것이 꿈인 듯하여 도리어 얼이 빠져서 잠깐은 멀거니 섰다가,

"이 은혜를 무얼루 갚아드리면 좋아요!"

하고 남편에게로 뛰어가기 전에 홍규댁의 손을 붙들고 울어버린다.

"천만에! 어서 가보슈."

옆집 조카딸은, 남편 앞으로 가더니 하도 기가 막혀서 그런지,

눈물 어린 눈으로 맥맥히 마주 쳐다만 보다가 피차에 하는 소리가,

"얼굴이 못 되었구려."

하는 위로뿐이었다.

그날 저녁 후에 준식이 내외는 함께 나란히 와서 홍규 부부에게 인사를 하고 갔다.

홍규도 위로와 격려의 인사말 외에 그 이상 더 잔소리는 아니하였다.

이튿날부터 준식이는 하루 한 번씩은 홍규를 찾아와서 조선 사정도 묻고 신문도 보고 하는 양이 새 세상의 새 지식에 주려하는 눈치였다.

"거리의 책사에를 들러보니까 요새 조선 글은 받침이 왼통 달라지고 어째 그리 어려워졌습니까. 어려서 배우던 반절만 가지고는 어림도 없겠던데요."

이런 소리를 하여가며 책 고비에 끼인 조선 역사책을 빌려가고 하는 것을 보고 홍규는 속으로 기특하게도 생각하였다.

홍규는 우연한 인연으로 잘못하면 민족을 배반할 뻔한 청년 하나를 붙들어주었다는 것이 잘되었다는 생각밖에, 그 이상 더 이 청년을 어떻게 돌보아줄 힘도 없거니와 일일이 아랑곳을 할 묘리도 없어서 다시는 이러니저러니, 이래라저래라 총찰 비슷한 말은 일체 입 밖에 내지를 않았으나, 저 하는 양이 정말 제 밑천을 찾겠다고 애를 쓰는 것 같기도 하고, 한편으로는 그다지 힘드는 일은 아니었지마는 어쨌든지 자기의 주선으로 어려운 고비를 넘겨주어서 갱생을 시켜놓았다는 생각이 없지 않으니만치, 인제는 너

될 대로 되려무나 하고 냉담하게 내버려두는 것이 박정하다는, 아끼는 마음도 한구석에 있었다.

"나두 내 코가 석 자지마는 그래 조군은 장차 어떻게 할 작정요?"

하루는 이 얘기 저 얘기 끝에 준식이 내외의 살림 의논을 자청하여 꺼냈다.

"글쎄요…… 난 선생님만 믿고 선생님 하라시는 대로 할까 하는데요……?"

연상약한 처지지만 준식이는 어느덧 홍규를 선생님이라고 부르게 되었다.

"낸들 가도 오도 못하고 엉거주춤하고 앉았는데 별수 있소. 난 요새 거리에 나가면 일본 사람들이 예서 제서 장작들을 패는 것을 보고, 그놈을 좀 해볼까 하는 생각도 불현듯이 드는데……" 하고 홍규는 웃어 보이나, 아주 웃음의 말만도 아닌 것 같다.

"그걸 어떻게 하셔요. 보기에는 쉬울 것 같애두 안 해보던 일을…… 일본놈은 막다른 골목이니까 할 수 없이 체면이고 뭐고 집어치고 나서겠지마는, 독립이니 건국이니 하는 이 판에 아무러면 장작을 패러 다닐까요."

준식이는 고개를 내어두른다.

"보안대에나 들어가서 총대를 메고 나서야만 건국 사업에 보탬이 되는 것일까. 그 소위 한 자리 해보겠다는 그런 생각부터 집어치우자는 것이오. 더구나 조군은 아직 취직이 이를 것 같기두 하니 우리 맞붙들고 실지 노동을 해보는 것도 갱생 제일보라는 의미로 좋은 체험일 것 같은데?"

홍규는 달래듯이 웃어 보인다.

"글쎄요……."

하고 준식이는 망설이다가,

"선생님이 하신다면야 그야 따라나서보죠."

하고 마지못해 결심의 빛을 보인다.

"그럼 자아, 해보자구. 톱 하나만 사구, 도끼는 안집에 큼직한 놈이 하나 있으니까 그걸 좀 빌기루 하구, 하나만 더 사면 될 거요…… 그래두 밑천이 돈 천 원 들걸."

"하지만 나는 얼마쯤 자신이 있어도 선생님야 한 이틀? 고작 한 사흘은 배겨내실까?"

"사흘 배겨내면 문제없지. 중학교 선생질 하던 문학사가 다 할라구."

친구의 집에를 가보니까 제국대학 철학과를 나온 중경 중학교 교우가 품삯 받고 장작을 패더란 말에 준식이는 좀더 마음이 솔깃해지는 기색이다.

"고놈들이 악바리거든! 일본 놈들이기에 이제까지 입었던 세비로[7]나 모닝을 벗어던지고 도끼를 들고 나서거든. 동둑에를 나가보면 그리 늙지도 않은 동리의 선달(先達)님이 곰방 담뱃대를 가로 물고 아랫배를 문지르며 빙빙 도니 이 비싼 쌀에 무엇으로 배를 두들기겠느냐 말야. 보지 않아도 젊은 놈은 물론이요, 늙은 아내 딸년까지 눈이 벌게서 야미 시장으로 헤맬 것은 뻔한 노릇이지……."

홍규는 말을 내놓으면 자기도 모르게 격앙해졌다.

"그것은 고사하고 밥통을 들고 거리로 헤매는 피난민을 붙들어 다가 장작을 패게 하면 하루에 반 마차만 해도 사오십 원, 한 마 차면 백 원 돈 아니오. 전재민 구제소에 톱과 도끼를 몇 벌 장만 해놓고 장작 팰 사람은 여기에 신입을 하게 해서 주선을 한다면 그 아니 좋겠소마는, 시키지를 않는지 하려 들지를 않는지 어지 중간에 일본 놈은 밉다 밉다 하면서 그런 직장, 그런 일거리까지 라도 멀거니 앉아서 뺏기는구려."

"딴은 그렇군요."

"그뿐이오? 사실 말이지 우리만 해도 한 푼 나올 데는 없고 세 간 나부랭이나 팔아가지고 온 잔돈 냥을 곶감 꼬치 빼먹듯 먹고 만 앉았으니 날이나 추워지면 큰일 아니오."

"그러지 않아도 저의 내외두 마주 앉으면 그 걱정예요. 그럼 어 서 나가보시죠. 톱 하나에 얼마나 할지."

마주잡이 큰 톱이지마는 쓰던 것인데 7백 원 달라 하고 도끼 한 자루에 백 원이 넘었다.

톱을 사들이고 도끼를 벼려 오고 하는 것을 보고 아낙네들은 눈 이 커대졌다.

"병이나 나시면 객지에서 어쩌려구. 아무러면 입에 거미줄 칠 까요."

아내는 한사코 말렸으나, 홍규는 코웃음을 칠 뿐이다. 이 무명 의 이상가, 거리의 강개가(慷慨家)는 실익(實益)은 어쨌든지 간 에 단 하루라도 실행을 해보자는 데에 열중을 하였고 정신적 위안을 얻으려 하는 모양이었다.

이튿날 두 청년이 연장들을 메고 벤또를 차고 나서니까 아내들은,

"짜장 피난민이 되셨구려."

하고 금시로 영락해진 꼴을 본 것처럼 덜 좋아도 하였으나 한편으로는 생활의 불안이 덜린 것 같아서 믿음성스럽고 든든한 마음도 들었다.

첫날의 벌이는 종일 걸려서 75원, 홍규는 35원 차지하고 40원은 준식이 몫으로 하였다. 첫날 경험으로 보면 조심조심하여 한 까닭도 있겠지마는 그리 고달플 것도 없었다.

준식이댁도 홍규 집에 아침저녁으로 드나들며 무어나 일을 시켜달라고 조르며, 눈에 띄는 대로 거들려고 하는 모양이다.

"저렇게 배가 내려 붙었는데 빨래는 무리세요. 이리 주시구 좀 쉬세요."

홍규댁이 해산 전에, 밀린 빨래를 대강 치우려고 한 통 담가놓은 것을 가로맡으려 하였으나, 홍규댁은 아주 모르던 터도 아니요, 단 세 식구가 아이보기까지 두고 살던 사람을 이것저것 시키기가 거북하였다.

"좀 어떤 듯하거든 곧 알려주세요. 할 줄은 몰라도 부엌일은 해드릴게요."

해산구원도 맡으마는 말이다. 안집 아기씨는 이 말을 듣더니, 잘못하면 자기가 맡을 판인데 잘되었다는 듯이 반색을 하며,

"암, 으레 그렇지. 무얼 그렇게 사험[8]을 하서요. 지금 웬만한 집

312

에서는_모두들 일녀를 식모로 데려다 쓰는데 기위 저의 목숨 살려주었겠다……."

하며 사폐 볼 것 없이 부릴 만큼 부리라고 충동이는 것이었다. 그러나 예전 생각은 집어치우더라도 이제 와서는 남편이 그야말로 어엿한 같은 조선 사람인데, 남편의 체면을 생각하기로 함부로 부리기는 거북하였다. 또 저편이 붙임성 있이 굴고 일본 사람이라는 관념은 잊은 듯이 인제는 남편 자식 따라 조선의 흙이 되려는 각오로 나선 양을 보면, 얼마쯤 아껴주고 싶은 마음도 드는 것이었다.

그러나저러나 막상 해산을 하게 되니 얼마 동안 손을 빌지 않을 수가 없고 큰 도움도 되었다. 원체 밤 들어서부터 산기가 동한지라 10시부터는 통행 엄금이요, 세상이 수선수선한 이때에 산파를 부르러 가기도 어렵고 산파가 나서기도 무서워할 것 같아 밝기까지 기다리자는 의논인데, 주인댁은 물론이요, 하야시의 댁내까지 와서 아무러면 여자 셋이 그걸 못하겠느냐고 밤을 돌려가며 새워서 동틀 머리에는 순산을 시켜놓았다. 돈으로 계교할 것은 아니나 주사 한 대에 몇 백 원 몇 천 원 하는 판에 피난민이 돈 천 원이나 굳힌 것도 큰 도움이 되었다.

5

"어디 태극 깃발 아래에서 난 첫애기 좀 보자!"

주인댁은 첫 국밥을 지어 들고 들어와서 새판으로 아기를 들여 다보며 이런 소리를 한다.

옆방 다다미 위에 손깍지를 베고 번듯이 드러누웠던 홍규의 입 가에는 미소가 저절로 피어 올라왔다.

'태극 깃발 아래서 난 첫애기'! 그 말이 듣기에 무던히 좋았던 것이다. 해방이 되었다는 실감이 스며나는 것같이 그 말을 속으 로 씹어보는 것이었다.

오늘은 간밤을 꼬박 새우기도 하였고 집안일을 보살펴주어야 하겠기에 나무 패는 벌이도 하루 쉬기로 하였다.

"이 머리통 좀 봐! 얼굴은 네 살 먹은 우리 집 놈보다두 클 거 라…… 저런 조고만 어머니가 배급 쌀에 양을 곯리면서 어쩌면 이런 큰 애기를 낳았단 말요. ……어쨌든 큰 애 쓰셨소. 김씨 댁 에 큰 공 이루셨소."

산모는 먹던 밥술을 멈추고 웃음으로 인사 대꾸를 하며 아이를 돌려다보았다. 애어머니가 되었다. 남부럽지 않은 탐스런 아들을 낳아놓았다는 것이 새삼스럽게 희한한 일같이 생각이 들면서 느 긋한 행복감이 온몸을 푸근히 싸주는 듯싶다.

이마 선이 널따란 부글부글한 커다란 얼굴을 하얀 새 이불 속에 포근히 파묻고 누운 것을 보고 볼수록 방 안이 다 훤한 것 같다.

"아무튼지 때맞추어 잘 났다. 머리통만 해두 대통령 감이다. ……벌써부터 무얼 먹겠다구 입을 오물오물하나? 건국아아 어어 디! 쩻쩻. 건국아아 너어 꾸."

마치 백날이나 지낸 아이 어르듯 한다. 낳은 지 한 시간밖에 아니 된 아이를 가지고 벌써 이름이나 지은 듯이 천연덕스럽게 '건국아! 건국아!' 하고 부르는 것이 우스워서 내외가 이 방 저 방에서 웃으려니까,

"선생님 안 주무세요? 하두 좋으세서 주무실 수도 없겠죠마는, 인제두 아들 낳지 말라구 주정하시겠서요?"

하고 콧살을 째긋한다.

"주정은커녕 인제는 마누라를 업고 다닐 지경입니다마는 그런 오금은 두었다가 박으십쇼."

"왜요?"

"좀 더 두구 봐야죠."

"다아 팔아두 내 땅이라구 아무러면 이보다 더 못 될 리야 있겠습니까요."

"그럼 이번에는 건국이를 낳았으니, 요담에는 흥국(興國)이나 또 하나 날까."

"대체 바쁘시긴! 하하⋯⋯."

6

산모는 한 이레에 벌써 몸을 추스르고 잔시중은 들리지 않았지마는, 별안간 옆집이 떠나게 되어서 거의 와서 사다시피 하고 해산구원을 하여주던 준식이댁이 멀리 떨어져가는 것은 당장 아쉬웠다.

홍규는 아침에 나올 제 오늘이 한 이레라는 말을 들었기에 일을 마치고 돌아오는 길에 준식이와는 헤어져서 장거리에 들러, 고기를 한 근 사 들고 오려니까, 금방 헤어졌던 준식이가 어느 틈에 이삿짐을 끌고 나오는 것을 보고 홍규는 깜짝 놀랐다.

"웬일요?"

"글쎄 지금 들어와보니, 오늘로 들 사람이 있으니 ×정 창고로 들어가고 집을 내라는 통지가 있었다나요. 그래 내 짐을 마침 이렇게 내 실어놓았기에 하여간 우선 끌어다 놓으려는데요…… 야단났습니다."

준식이는 짐차의 채를 든 채 이렇게 설명을 하고 혀를 쳇 하고 찬다.

"그거 불시에 큰 곤란이로군. 요새 일본 사람들은 한데로 모으니까 별수는 없지만 그래 조군두 그리 따라갈 테란 말요?"

"그럼 어쩝니까. 졸지에 무슨 도리가 있어야죠."

"내게 산고만 없어도 어떻게 함께 지내겠지만……."

"천만에요. 그렇지 않아두 장 나부렁이는 댁으로 옮겨놓았다는데 이 짐을 다 끌고 세 식구가 어느 틈을 비집구 댁으루 들어갑니까. 그런대로 잠깐 끼어 지내다가 선생님 떠나실 제 저희도 따라나설 작정입니다."

"하여간 가서 물계를 보고 오구려."

집에 들어와 보니 저녁은 준식이댁이 안쳐놓고 갔다고 하나 아내가 부엌에 내려와 있고 이 방 저 방에는 옆집 세간이 늘비하게 널려 있다.

"별안간 난리를 겪었어요. 세간은 꾸역꾸역 들어오구 준식이댁 두 몸은 고달픈데 거산을 하게 되니까 그렇겠지만, 뾰루퉁해서 말두 시원히 안 하구…… 갈 제는 시집 잘못 와서 이 고생 한다구 또 쪽쪽 울다가 갔답니다."

"사정야 그렇지만 시집 탓이야 할 거 있나? 일본 사람으로 태어 난 탓, 전쟁에 진 탓, 조선 사람을 못살게 군 탓, 이 탓 저 탓을 생 각하면 조선 사람에게 시집온 덕 보고 있는 줄은 모르구!"

홍규는 준식이댁을 단순히 일본 여자라고 생각지는 않았으나 민족적으로 피침한 소리가 털끝만치라도 귓가를 스치면 가만있지 못하였다.

"그런데 이것들을 자꾸 옆집에서 주구 갔는데, 그 마누라한테 는 아이 받아준 손셋이두 이때껏 못했기에, 갈 적에 이것저것 얼 러서 얼마간 주려 했지만 얼마를 주어야 할지 알 수가 있어요?"

"얼마간 주어야지. 지금 일본 사람 물건은 파두 사두 못하게 하 니까 돈이 좀 나올까 하고 그러는 게지."

"아네요. 몸뚱어리만 나가라니까 큰 세간은 움직이는 수 없지 마는 잘단 거야 저이두 못 가져갈 바에야 이왕이면 아는 사람에 게 주고 간다는 거예요."

"그러나저러나 이걸 짊어지구 38선을 넘을 것도 아니요……."

"갈 제 팔아도 그 값이야 빠지지. 물건들이 얌전하고 길이 들어 맘에 맞아요. 짐 뺏기구 세간 버리구 쫓겨나니 여자 마음에 어떻 겠어요. 그 마누라두 자꾸 흑흑 느껴 울겠지."

"그 역 하는 수 없지. 우리 아버님은 일본 놈에게 집을 뺏기시고 할아버지 상청을 모시고 길로 나왔으실 지경이었다우."

"헤에, 그런 난리를 겪으셨에요?"

"난리면 좋게. 고리대금업자에게 피를 빨리는, 말하자면 그 역시 총칼 없는 난리였지."

아내가 무슨 뜻인지 알 듯도 하고 모를 듯도 하여 멍하니 얼이 빠져 앉았는 것을 보고 말을 얼른 돌렸다.

"그건 고사하고 저 사람을 곳간 속으로 보내는 것은 안되었어. 전과 달라서 인제는 어엿한 조선 사람인데 또다시 일본 사람 행세를 하고 그 틈에 들어가게 하는 것도 안되었구……."

"그러지 않아도 여편네 생각에는 다시 조선 사람 되었다구 잘된 것이 무어냐는 말눈치예요. 장작이나 패구 창고 속에 들어갈 바에야 일본 가서 어엿하게 제 집 속에서 살지 무엇 하자고 여기 있겠느냐는 폭백'예요."

"흠……."

"게다가 본이름으로 고치고 태도가 돌변하니까, 내외간두 설면해지구 아저씨 집 식구 역시 덜 좋아하는 눈치인지……."

"그러기두 쉽지. 하지만 그 역시 허는 수 없지 않은가."

"저러다가 헤어지자는 문제가 일어나지나 않을지."

"그런대두 허는 수 없지."

"그건 고사하구, 공은 모르구 까닭 없이 칭원이나 하지 않을지 몰라요."

"칭원? 허허허. 이 세상에 유인자제해서 제 애비나 제 조상 찾고 제 나라 찾게 하는 일도 있던감."

318

"아랑곳 말고 어서 저희는 저희대루 일본이구 어디구 가서, 맘대루 살래면 그만 아녜요."

해산 끝에 신경이 예민해진 아내는 뒤숭숭한 주위가 모두 성이 가신 눈치다.

"용서하셔요."

아내가 막 부엌으로 나서려니까 하야시가 어둠컴컴한 부엌 속으로 들어선다.

"여러 가지로 폐가 많았습니다……."

"천만에요. 이번엔 부인께서 너무 애를 써주셔서……."

아내도 인사를 하였다.

하야시는 떠나는 인사를 온 것이었다. 남편과 이야기하는 동안에, 애어미는 방으로 들어와서 돈을 봉투에 넣어 들고 나왔다가, 나가는 사람을 붙들고 봉투를 내밀었다.

"아까 부인께 드릴 것인데, 실례죠만 좀 갖다드려주세요."

"아녜요. 천만에……."

겸연쩍어서 주저주저하면서도 하야시는 손을 내밀고 말았다. 받고 보니 열적기도 하고 자기 신세가 가엾은 생각이 들었던지 눈물이 쭈루룩 흐르는 것이 방에서 흘러나오는 전등불 빛에 번질번질 비치었다. 그는 고개를 외로 꼬고 목소리를 낼 수 없어서 허리만 굽실굽실하며 어서 빠져 달아나려 한다. 그러나 홍규댁은 문밖까지 배웅을 아니 나갈 수가 없어서 따라나서니 하야시는 꾸부리고 돌아서서 목이 칵칵 막히며 어깨를 들먹거리고 깍깍 소리를 죽여 운다. 홍규댁도 여자 마음에 가엾은 생각이 없지 않았으나 무어라고 말을 붙이는 수도 없고, 그대로 들어오자니 인사를 하다 말고 들어올 수도 없을 뿐 아니라, 창피하여하는 것을 덜미에서 보고 섰을 수도 없는 망단한 처지였다.

"아니, 이거 별꼴을 다 보여드렸습니다. 실례했습니다."

하야시는 간신히 울음을 참고 고개를 들어 살던 집을 다시 한 번 건너다보고는 또 한 번 굽실하다가 눈 어린 홍규댁이 눈물이 글썽하여 동정하는 소리로,

"그리 언찌않아하시지 마세요. 사람이 살자면……."

하고 위로하는 말을 듣자 또다시 눈물이 터지는 것을 이를 악물고 도망하듯 달아나버렸다.

7

아까 사온 고기를 재고 술을 사다놓고 하며 기다려도 준식이는 아니 오고 말았다.

"고단한데 먼 길에 올 리 없에요. 어서 잡숫죠."

그런 속으로, 가게 내버려두어서 심술이 났나? 하는 생각도 없지 않았으나 아내의 말을 들으니 그도 그럴듯하였다.

준식이는 이튿날 아침에 일 가는 길에 들러주어서 함께 나섰다.

"어떻습디까?"

"어떻고 말고 한구석에 끼어서 하룻밤 드새고 빠져나왔으니까 모르죠. 관부 연락선 삼등을 포개놓은 셈쯤 되더군요."

준식이는 말을 끊다가 한마디 덧붙인다.

"새삼스럽게 할 말도 아니지마는 전쟁이란 참말 무서운 거예요. 질 쌈은 애당초에 허지를 말든지."

"질 줄 알고 싸우는 사람이 어디 있던가. 져주는 쌈꾼도 있어야 숨을 돌리는 사람두 있는 거요⋯⋯."

말인즉슨 옳고 탄할 용기도 없으나 준식이는 못마땅하다는 기색이다.

마주 서서 쓱싹쓱싹 일을 하면서도 하루 온종일 준식이는 말이 없었다.

준식이의 침울은 나날이 무거워갔다. 얼굴에는 오뇌의 그림자가 덮이고 눈에는 절망의 빛이 어리었다.

그렇다고 무엇에나 대들고 분풀이라도 시원히 해보겠다는 결기가 있어 보이는 것도 아니요, 만사가 무심한 모양이다. 안동에서 떠나오던 날 같은 그런 희망과 활기에 찬 기백도, 그 후 얼마 동안 무어나 알려 들고 해보려고 덤비던 열심도 스러져버렸다.

'짜장 이혼 문제가 일어난 게로군. 내소박인가?'

홍규는 못마땅한 김에 혼자 코웃음을 치면서도 약간의 동정은 없지 못하였다.

'그야말로 다시 조선 사람이 되어보아야 기다리고 있는 것은 나무 패기와 곳간 구석이니까 실망을 하였다는 것인가?'

'아무리 삼십여 년 동안 골수를 쏙 빼놓아 등신만 남았기로 인제야 나이 30도 못 된 놈이!'

하고 홍규는 정신이 반짝 나게, 소리를 한번 버럭 지르고 싶은 것

을 간신히 참고,

"요새 몸이 좀 괴로운 모양이지? 너무 무리는 하지 말아요."

하고 말을 걸었다.

"별로 어디가 아픈 데는 없어두 그저 심란하구, 살기가 괴로운 생각만 듭니다그려."

준식이는 가벼운 한숨을 쉰다.

"가다가다 그런 때가 있지. 차차 가을빛이 짙어지니까 젊은이의 감상(感傷)이라는 거로군."

하고 홍규는 웃어버렸다.

"헌데, 언제쯤 떠나보시겠어요?"

"글쎄에, 시급히 내가 가야 될 일이, 기다리고 있는 것도 아니요, 물가는 여기보다도 비싼 모양인데 서두를 것도 없지마는 만일 간다면 추워지기 전에 나서야 않겠소."

"난 역시 우선은 장기(長崎)로 가봐야 하겠습니다. 오래간만에 어머니도 가 뵙구 싶구…… 혹 벌이 구멍두 걸릴지 모르구 하니까……."

하기 어려운 말처럼 떠듬떠듬 일본으로 갈 뜻을 비친다.

"아무려나!"

홍규는 잠자코 있다가 손에 들었던 담배 꽁지를 던지고 일어나서 도끼를 들었다. 일본으로 가서 직업을 구하겠다는 말에 이 사람의 마음이 또다시 흔들린 것을 알겠으나 난어머니를 보러 간다는 데야 나무랄 수도 없고 말릴 수도 없는 일이다.

저녁때 집에 돌아오니 낮에 준식이댁이 다녀갔다 한다.

날마다라도 와서 일을 보아줄 것같이 말을 하더니, 일주일이 가까워야 어쩌면 그렇게 야멸치게 발을 똑 끊을 수야 있느냐고, 아내는 몇 번이나 군소리를 하더니 떠난 뒤에 처음으로 왔던 것이다.

"몸살이 나구 죽어버리구 싶기두 하고 해서, 미안한 생각은 있어두 메칠을 쓰구 누웠었더라나요."

"그렇기두 하겠지. 안 해보던 일에 몸살도 날 거요."

준식이의 풀없이 시원치 않은 기색과 아울러 생각하면 이 젊은 부부의 사정이 딱하고 가엾기도 하였다.

"그저 내가 데리구 있든지 방 한 칸이라두 얻어서 곁에 두었더면 그렇지도 않을 듯싶지마는 방을 얻는 재주가 있어야 말이지."

홍규는 저렇게 마음과 몸이 거산을 하게 하는 일부의 책임이 자기에게 있는 듯이도 생각하는 것이었다.

"이것을 가지고 왔겠지요……."

아내는 분홍 비단 조각과 흰 비단 자투리를 펼쳐 보인다. 안집[10]까지 놓아서 어린아이의 바지저고리 감을 끊어 온 모양이다.

"허어, 없는 돈에 그건 무얼……."

"이건, 내가 가져온줄 아슈. 내게다 왜 인사를 하셔요."

하고 젊은 아내는 새새 웃다가,

"그 돈 주니까 생전 받아야죠. 싸우려 들며 기예 내놓고 갔에요."

"음…… 그대루 둬. 서울 가면 그걸루 어린 년 양복이라두 한 벌 사주지…… 그런데 아무 말 없어? 저희끼리 싸웠거나 일본으로 가겠다거나……."

"이건 뭘 딸 시집보내놓고 걱정하시는 것 같군요. 의좋게 구순히 지낸대요. 안심하셔요."

아내는 또 한 번 새새 웃는다.

"암만해두 남편을 내대는 모양이지?"

"그건 몰라두 아주 한시가 새롭다는군요. 제일 옆 사람들과 뜻이 안 맞아서 송구스러워서 마음을 놓고 있을 수가 없대요……."

"흠…… 서루 고생을 하니 동병상련으로 더 구순히 지낼 듯한데……."

"저희끼리는 그럴지 모르지만 조선 사람이라고 내대는 눈치래요."

"허허…… 점점 더 조선 남편 둔 덕을 못 본다구 앙짜겠구먼. 그런데 당자가 조선 사람 행세를 터놓고 했든지 한 것이로군."

"아녜요. 공교히두 전에 신의주에서 살면서 안동 시 공서의 수위를 다니다가 벌써 그만둔 사람이 있는데 그 사람은 딴 채에 있지마는 공연히 찝적거리고 다니구 하더니 어젯밤에는 술이 취해 와서 조선 양반 사람은 이런 데 올 데가 아니라구 비꼬구 떠들어대더라나요……."

"흠……."

홍규는 아까 낮에 장기로 가서 구직을 한다느니 어머니를 가 보고 싶다느니 하던 연유를 인제야 알겠다고 생각하였다.

"……나중에는 애어머니까지 붙들고 어떻게 만난 내외냐 어머니가 조선 사람이냐 아버지가 조선 사람이냐 조선 양반 사람이 돈이 많구 허울이 좋구 어떻구…… 갖은 옴두꺼비 소리로 찧구까

불구 진을 빼는 것을 옆의 년들은 낄낄거리며 보고만 있더래요. 그러니 오죽 분하였겠에요. 분하구 섧구…….”

"남편이 조선 사람이기루 서러울 거야 있겠나마는 그래 다른 놈들은 어쩌더래?"

홍규는 조선 사람에 대한 일반의 감정이 어떤가를 알고 싶은 것이다.

"다른 사람들은 그렇지 않은 사정을 이야기하니까 그제야, 그러면 여기 있을 게 뭐냐고 어서 '내지'로 함께 가자고 동정도 하고 권고를 하는 사람들도 있더래요."

준식이 역시 그 동정과 권고에 끌려가는 모양이로구나, 하고 홍규는 입이 삐쭉하여졌다.

"하여간 그거 안되었군."

홍규는 입맛을 쩝쩝 다셨다.

"정 하면 나두 일어나구 했으니, 저 사조방을 내주구 차차 방을 구해보는 게 어때요?"

"글쎄, 허지만 저희가 되레 이리 오는 것을 탐탁히 생각지 않을지두 모르겠거든."

"부려먹을까 봐서요?"

"그런 점두 있지마는 도대체 요새는 저희 식구들이 우리를 경이원지(敬而遠之)를 하는 것 같다는 말야. 여기서 알은체하는 것을 성이 가셔하고 꽁무니를 슬슬 뺀단 말야. 누가 일본으로 못 가게 붙드는 것도 아니건마는…….”

"그거야 뭐 여기 있다가 간들 제 맘대루 못 갈 건가…….”

"또 그럴 바에야 저희끼리 함께 있어서 패전국민의 쓴맛을 흠씬 보고 따라가라지. 이 좁은 집에 모셔다가 둘 묘리야 있나."

"당신두 퍽 현금주의슈."

홍규는 준식이란 위인이 무슨 그리 유용한 인물이라고 한사코 붙들려는 것도 아니지마는, 너무나 쓸개가 빠지고 기백이 없는 것이 답답하고 안동에서 건너올 제 다짐을 받은 말은 가뭇같이 잊어버린 것이 못마땅한 것이다.

언제든지 한번은 혼을 내주어야 하겠다는 생각도 든다.

이튿날도 준식이는 여전히 일자리에 뿌루퉁해서 침울한 얼굴로 나왔다. 그러나 어제 집에서 듣던 그 댓말은 여전히 잇새도 어우르지 않았다. 이러저러하니 방이라도 한 칸 얻을 데 없느냐는 의논 한마디 없다. 역시 경원주의로 제 일은 저대로 처리하겠다는가 보다는 짐작이 맞는다고 홍규는 생각하였다.

오늘은 어제 이 집에서 패다가 둔 것이 반 마차쯤 남은 것을 훅닥 패어주고 해가 높다라서 헤어졌다.

"집에 가서 노다가 가지 않으려우?"

하고 끌어보았다.

일전에 고기를 사다가 혼자만 먹어버리기도 하였고 또는 이 기회에 다시 한 번 제 의향도 들어보고 타일러도 보려는 것이다.

"네, 연장두 가져다두고 옷이나 좀 갈아입구 가죠."

하고 준식이는 휘죽휘죽 가버렸다.

홍규는 반찬거리나 사가지고 갈까 하고 시장 거리로 들어서서 좌우에 쭉 널린 노점들을 기웃기웃 구경도 하고 값도 물어보고 하다가 어느 잡화점에 태극기가 주검주검 놓인 것을 보자 무슨 생각이 퍼뜩 났는지 그중에서 제일 크고 번채 있는 것을 하나 골라 샀다.

집에 돌아와서 아내가 부엌에 내려가 술안주를 차리는 동안에 반지를 찾아내어 태극기를 곱게 접어 싸고 오래간만에 벼룻집의 먼지를 불어서 내어놓고 먹을 갈았다.

부엌에서 들어온 아내는 무슨 구경거리나 난 듯이 한참 내려다보고 섰으려니까, 기를 싼 종이 위에 빌 축(祝) 자 한 자만 커다랗게 쓴다.

"일본식이지만 이래두 좋겠지?"

홍규는 자기의 필적에 만족한 듯이 회심의 웃음을 띠며 아내를 쳐다본다.

"그건 어디 보내세요? 애기 주실 거예요?"

속에 싼 것이 무엇인지는 모르겠으나 갓난아이 몫으로 무엇을 사왔는가 싶어서 아내는 마주 웃어 보인다.

"글쎄에, 아이에게 주어두 좋구……."

어정쩡한 소리를 하고 책상 위에 올려놓았다.

곧 올 줄 알았던 준식이는 6시나 넘어서 저녁밥 먹을 때에나 술 한 병을 사 들고 씨근씨근하며 들어온다. 약간 주기도 있어 보이거니와 몹시 흥분되었던 것이 아직 덜 식은 눈치다.

"술은 웬걸. 나도 조군 덕에 요새 술잔 값은 넉넉한데……."

홍규는 오래간만에 화기롭게 농담을 붙였다.

"제 덕이 무슨 덕예요."

"아 조군 아니더면 내가 무슨 벌이를 하였겠소."

"천만에……."

사실 힘드는 것은 준식이가 맡아 패어주고 일의 반 이상을 해주기 때문에 삯전을 한 푼이라도 더 넘기기는 하지마는 늘 고맙게 생각하는 것이다.

"그래 요새는 어떻소? 그 속에 못된 자가 성이 가시게 군다더니 인제는 괜찮소?"

아직도 남은 홍분을 식혀주려고 웃는 낯으로 순탄히 말을 꺼냈다.

"제 처한테 들으신 게군요?…… 그놈들 되지도 않은 놈들이…… 그렇지 않아두 그동안 하두 속이 복개는 것을 꿀꺽꿀꺽 참다못하여 오늘은 내가 뒈지든지 네가 뒈지든지 해보자고 베르는 판에 마침 잘 걸렸기에 뺨사다귀를 서너 번 갈기구 흙몽둥이를 만들어 들여보내구 왔습니다."

준식이는 다시 홍분하여지면서도 묵은 체나 뚫린 듯이 어깨를 처뜨리며 길게 한숨을 뽑아낸다.

"그거 되었나. 너 그래라 나는 나다, 하고 모른 척하고 지내면 그만이지."

"그놈들이 지금 와서 성명이나 있는 놈들입니까. 보안대나 로스키가 얼씬만 해도 쥐구멍을 찾는 놈들이 사람을 만만히 보구…… 내가 이런 처지니까 아무런 개수작을 한대두 일본 놈 쳐놓고 편을 들어줄 리 없고 조선 사람 역시 역성은 해주지 않을 것이라는 짐작은 있거든요. 그러니까 조선 사람에 대한 분풀이를 내게다가 하려 드는 것이거든요……."

준식이는 아까 돌아가다가 혹시 그놈이 눈에 띄거든 한번 해보
겠다는 어렴풋한 생각으로 고뿌 소주를 한잔 켜고 들어가노라니
까 원수 외나무다리에서 만난다고 뜰에서 어정거리던 그자가 준
식이의 벌건 얼굴을 보자,

"한잔 걸쳤네그려. 왜놈이나 하는 장작을 패러 다니기에 조선
양반 사람이 욕보네그려."

하며 비꼬아놓고는 술 한턱이나 내면 가만 내버려두겠다는 더러
운 생각이 있어서 그러는 것인지 한잔 먹으러 가지 않겠느냐고
거의 위협하듯이 달라붙기에 한잔 먹어보라고 따귀를 갈기고 나
니 우우들 몰려들었으나 결국은 하야시가 나서서 말리는 바람에
우물쭈물 되고 말았다는 것이다.

"지금 판에 조선 사람을 건드리기가 어려우니까 요행 무사하였
지, 그렇지 않으면 뭇매 맞을 뻔하였구려."

홍규는 조심하라고 일렀다.

"관계없에요. 그 속에 남자라곤 장정도 몇 있기야 하지만 50 넘
은 늙은것 아니면 어린애들뿐이니 맥 못 써요."

그 낌새를 차리고 한번 해보겠다는 용기도 났던 모양이다.

"그럼 거기 다시 들어가 있기두 안 되지 않았나."

"관계찮아요. 지금 떠나면 제 방귀에 놀라서 도망질쳤다게
요?…… 하지만 한때라도 그 속에서 빠져나와 여기를 오니 사람
사는 데 같고 마음만 가벼워지는 게 아니라 몸까지 거뜬해진 것
같습니다."

준식이는 차차 마음이 가라앉고 불안과 경계에 쫓기고 시달리던 신경의 긴장이 확 풀리는 것을 깨닫는 눈치였다.

"그러기에 피는 물보다 걸다지 않소."

홍규는 평범한 말이나 이런 때 동족이 얼마나 고마운가를 알았느냐고 무언중에 오금을 박는 것이었다.

"그래 어떻게 하시겠소? 부인야 건너가고 싶어 하시겠지마는……."

말을 돌려보았다.

"아직 모르겠습니다. 어떻게 해야 좋을지. 요새는 머릿속을 갈피를 잡을 수가 없습니다. 돼가는 대로 살죠."

홍규가 무슨 말을 꺼내려 하자 아내가 술상을 들고 들어오는 바람에 멈칫하였다.

아내가 갖다놓고 어제 선사받은 인사를 하고 일어서려니까

"아 참, 거기 아까 싸놓은 거 이리 줘요."

하고 홍규는 손을 내밀었다. 아내는 의아한 낯빛으로 책상 위의 태극기 싸놓은 것을 집어주고 갔다. 홍규는 그것을 받아 들고,

"이것은 별것은 아니나, 하나는 아이에게 보내주신 것의 답례로, 또 한 가지는 일로부터 생활을 갱신(更新)하여가지고 나가시는 기념으로 드리는 것이오."

하고 내어놓았다.

준식이는 눈을 커다랗게 뜨며 주저주저하다가 꿇어앉으며,

"무얼 그렇게까지……."

하고 어름어름 인사를 하였다.

"별게 아니라, 아까 거리에서 우연히 태극기를 파는 것을 보았기에 사다 드리는 거요."

홍규는 자기 뜻을 알겠느냐는 듯이 웃어 보인다.

"네, 태극기예요?"

준식이는 다른 귀물이 아닌 것을 알자 가벼운 생각으로 봉지에서 깃발을 쑥 빼어서 펼쳐보고 지나는 말로,

"꽤 크고 좋습니다. 고맙습니다."

하며 또다시 머리를 숙여 보이며 좀 열적은 기색이었다.

"일본 사람은 전장에 나갈 제 일장기를 몸에 감고 나가지 않았나요?……."

홍규는 말을 정중히 꺼냈다.

"일인의 본을 뜨는 것은 아니나 적어도 그러한 긴장한 정신과 감사하는 마음으로 새 출발의 첫걸음을 떼어놓아주셨으면 하고 비는 것입니다……."

"네……."

수그린 준식이의 머리가 약간 끄덕끄덕하였다.

"……무슨 연극 기분으로 이런 것을 드리고, 이런 잔소리를 들려드리자는 것이 아니라, 아까 그 일본인이 조군을 업신여기고, 일본 사람이 편을 들어줄 리도 만무하고, 조선 사람 역시 역성을 들 리는 없겠다는 짐작으로 만만히 보고 그런 흑책질과 모욕을 보이더라고 하지 않았소? 그 원인이 어데 있는가는 아시겠지마는 이 깃발이 백만 천만의 내 편이 되어주는 무엇보다도 큰 힘이요, 무기인 줄 알기 때문에, 또 믿기 때문에, 조군의 역성을 들어달라

고 이 깃발을 드리는 것이란 말씀요……."

준식이의 숙인 머리는 또 한 번 끄덕끄덕하였다.

"내 말이 너무 꾸민 말 같을지 모르나 내 말대로 이 깃발 아래 세 식구가 모여 사십쇼. 북에 있으나 남으로 내려가나 현해탄을 건너서 나가사키로 가시거나, 이 깃발 밑이 제일 안온하고 평화로울 것을 깨달을 날이 있을 것입니다."

준식이의 머리가 세번째 커다랗게 끄덕이었다.

홍규는 말을 맺고 술을 치며,

"자! 편히 앉구려. 한잔 드십시다."

하고, 준식이에게 대한 축배의 의미로 술잔을 들었다.

준식이는 술잔을 들어 입에다가 대는 척하다가 상에 놓더니, 무슨 생각이 들었던지 고개를 푹 수그리며 눈물을 쭈르륵 흘린다. 홍규도 저절로 고개가 숙어졌다.

"고맙습니다. 이 넓은 세상에 누가 그런 말씀을 들려주겠습니까! 안개가 잔뜩 낀 것 같던 제 맘이 인제는 활짝 갠 것도 같습니다…… 이 기를 받고 나니 인제는 제가 정말 다시 조선에 돌아온 것 같고 조선 사람이 분명히 된 것 같습니다…… 돌아가신, 돌아가신 아버지가, 어려서 어렴풋이 뵙던 아버지가 불현듯이 다시 한 번 뵙고도 싶습니다!"

준식이의 눈에는 다시 뜨거운 눈물이 뚝뚝 돈다.

양과자갑

1

"계십니까? 나 좀 보세요……."

안채의 뒷마당을 막은 차면 모퉁이에서, 여자의 거세면서도 뻑뻑한 목소리가 났다. 그러나 방 속에서는 내외간 이야기에 팔려서, 채 못 알아들은 모양인지, 대꾸도 없이 아낙네의 말소리가 이어 나온다.

"……그러기에 당신은 영어 헛배웠다는 거 아니오. 미국에는 공연히 다녀온 거 아니냔 말예요."

무슨 말끝인지는 모르겠으나, 비아냥거리는 것 같기도 하고 울화가 터지는 것을 참듯 가라앉은 깐죽깐죽한 목소리다.

"내 영어는, 어디, 집 얻어대라구 배우고, 통역하라구 배운 영어던가? 통역에나 써먹자고 미국 가서 공부했을라구……."

영감의 목소리다. 목소리로 들어 나이는 한 사십 넘었을 것 같다.

차면 턱에 섰던 안라(安羅)는, 그러지 않아도 영문의 번역을 청하러 나온 길이라, 영어 노래 통에 귀가 반짝 띄어서 손에 든 종잇조각을 들여다보며 귀를 기울이고 섰는 것이다. 안라는 뒤채에 사는 사람이 누구인지는 몰라도 주인이 영어를 안다는 말을 일전부터 들었기에 지금 이 타이프라이터로 찍은 공문서를 급한 대로 읽어보아달라고 가지고 나온 길이다. 안라는 다시 소리를 내려다가, 또 방 안에서 중얼중얼하고 영감의 목소리가 나기에 그대로 멈칫 섰다.

"그 영어 한 자에 돈으로 따져도 몇 십 원 몇 백 원으로 논지가 아니거든. 미국 가서도 생돈 갖다 쓰면서 배운 거 아닌가! 허허."

젊었을 때, 호강으로 살던 것을 회고하는 술회인 모양이다.

"그러니 뭘 해요? 되로 주고 말로 받지는 못한들, 그 비싼 영어를 써먹지를 못하니 딱하우. 안집 딸만 해도 죽 째진 영어를 웬걸 하겠소마는 그래두 이런 크낙한 집을 얻어 든 걸 보우! 형 내 참……."

"허허허…… 이런 딱한 소리 봤나? 글쎄 내 영어는 집 얻어대는 영어, 통역하는 영어가 아니란 밖에! 영어 못하는 셈만 치면 그만 아닌가? 그러지 말고 여보 마누라! 술이나 한잔 더 사오우. 당장 거리로 내쫓기야 하겠소. 정 갈 데가 없으면 방공굴로라도 들어가면 그만 아뇨. 나가라 들어오너라는 말 안 듣는 것만 해도 좋지."

하고 영감은 껄껄 웃는다. 술 사 오라는 말을 듣고 생각하니, 공

일날 늦은 아침상을 받고 해장을 하고 있었던지 좀 주기가 있는 목소리다. 마누라는 술을 또 받아 오라는 말에 어이가 없어 그런지, 방공굴로라도 들어간다는 객설에 화가 나서 그런지, 잠자코 있고 방 안은 괴괴하여졌다.

안라는 실없이 재미가 나서 엿듣다가,

"여보세요. 보배 어머니!"

하고 비로소 또 한 번 소리를 쳤다.

"네? 누구세요?"

주부의 곱살스러운 목소리가 나며 쇼지(미닫이—여기는 일본 집 뒤채다)의 허리께에 붙은 유리 안에서 주부의 얼굴이 해죽 비치더니 문을 밀치며,

"어서 오셔요."

하고 툇마루로 나선다.

안집이 떠나온 지는 한 보름밖에 아니 되지마는 그리고 이 여자는 이 집 식구는 아닌 모양이지마는 안채가 떠나오던 날부터 보았고 안으로 물을 길러 드나드는 동안에 몇 번 만나 말도 붙여보아서 잘 아나 뒤채의 주부가 보배 어머니인 줄은 알 리도 없고 그렇게 무관하게 말을 붙일 만큼 친숙해진 터도 아니지마는 주인마누라에게 들어서 안 모양이다.

"이거 미안하지만 보배 아버지께 좀 보아주십사고 하세요."

안라는 그 우둥퉁한 얼굴에 웃는 낯도 안 보이고 손에 들었던 종이쪽지를 내민다. 영수(英秀) 부인은 잠자코 주는 종이쪽지를 받으면서도 "……보아주십사고 하세요" 하는 그 '하세요'가 보아

주어야 할 의무나 이편에 있는 듯이 명령적으로 하는 말이 무심 중간에도 좀 불쾌하여 처음의 좋은 낯이 살짝 변하면서 그 야단스럽게 화장한 얼굴을 말끔히 쳐다보았다.

노르끄레하게 물을 들여서 지진 부프한 곱슬머리가 처음 볼 때부터 이건 튀기인가 아닌가 하고 눈을 커닿게 뜨기도 하였지마는 누런 얼굴빛이라든지 영채가 없이 부옇게 뜬 거슴츠레한 뚱그런 검은 눈이 튀기는 아닌 것이 분명하였다. 질뚠하게 생긴 유착한 몸집과 뻑뻑해 보이는 어깨통이 어느 한구석 남자의 눈을 끌 데라고는 없으나 화장만은 머리와 같이 혼란하다. 제 바탕이 누르고 눈이 거슴츠레해서 거기에 걸맞게 하느라고 그랬던지 얼굴 전체를 검숭하게 꾸미고 눈가를 회색 빛깔로 더 거슴츠레하게 뺑끼칠 하듯이 칠한 데다가 눈썹은 꼬리께를 반은 깎고서 학교 아이의 에노구[1]를 발랐는지 여기에는 고동색 칠을 한줄기 살짝 그었다.

이것은 어느 나라 화장술인지 그러고 보니 아닌 게 아니라 황인종과 흑인종의 튀기 같기도 하다. 화장이 여자의 몸가축[2]만 아니라 취미와 교양 정도를 가리키는 것이요 시대 풍조라든지 생활의 쾌적과 심지어는 도시 풍경의 미화(美化)까지에 관계가 적지 않다고도 하겠지마는 본능적으로는 이성에 대한 소리 없는 노래요 손짓이라 할진대 이 여자는 무엇을 상대로 누구더러 곱게 보아달라고 있는 솜씨를 다 부려서 이런 탈을 쓰고 다니는지? 영수 부인은 마주 보기가 면구스럽고 속이 느글느글해지는 것 같으면서 무심코 두 손이 퍼머넌트 한 번 못 해본 자기 머리로 올라갔다.

"글쎄 여쭈어보죠."

영수 부인은 A자 한 자도 땅띔을 못하는 영문을 한참 들여다보다가 한마디 하고 돌쳐선다. 남편이 영어 한 자에 몇 십 원 몇 백 원 들여 배웠다고 금방 한 말이 귀에 남아 있어 그렇기도 하지마는 세상과 어울리지 않는 괴벽한 남편의 성미를 뻔히 아는지라 무슨 딴청을 할지 몰라서 뒤를 두는 것이었다.

영수는 종이쪽지를 받아서 한번 쭉 훑어보고 내주며, "난 모르겠는걸. 갖다줘!" 하고 눈짓을 끔뻑한다. 벌써 토라진 소리다. 아내는 남편에게로 가까이 가서 입을 거의 귀에다 대듯이 하며,

"그러지 말구 어서 일러주세요. 주인의 누이라는데……."
하고 속삭였다. 주인의 누이가 그다지 대수로운 것이 아니요, 또 그 말이 꽤 까다로운 남편의 비위를 더 거슬려놓을지 애가 쓰이기는 하나, 당장 이 뒤채를 내놓으라고 날마다 얼굴만 보면 야단을 치는 집주인의 누이의 부탁이라면, 혹시는 아무리 예사롭지 않은 남편의 성미에도 다소곳이 들을까 싶어 이런 소리를 한 것이다.

"흥, 아니꼬운 소리! 주인이 그렇게 무섭다는 말인가? 허허허……."

술이 점점 취하여가는지 이런 소리를 밖에서 들릴 만치 커닿게 하며 껄껄 웃는다. 아내는 자기 역시 그 계집애가 이것 좀 보아주슈 하고 퉁명스럽게 하던 말눈치가 못마땅은 하였으나, 남편의 입을 손으로 막으며,

"내 약주 사다 드릴게, 무슨 뜻인가 내게만 일러주시구려."
하고 정말 손으로 비는 흉내를 내며 속삭인다. 남편은 흐응……

하고 또 코웃음을 치면서도 술을 받아다가 준다는 바람에, 마음을 돌렸는지 종잇조각을 빼앗아서 다시 보며 일러준다.

"약초정——지금의 초동(草洞)이로군——초동 ××번지 소재 적산 가옥(敵産家屋)[3] 한 채를 김안라에게 관리시킨다는 증서로군. 말하자면 이것이 요새의 집문서야. 아닌 게 아니라 나보다 다들 재주가 좋아! 허허허…… 아니 마누라보다 재주가 좋단 말야, 마누라두 늙지나 않았더면 집 한 채 생기는걸! 허허허."

"에그, 객설! 젊은 여편네면 누구나 다 집 한 채씩 준답디까?"

아내는 밖에서 안라가 들을까 보아 이렇게 입을 막으려는 것인데, 남편은 되레 껄껄 웃으며,

"누가 아니랬어! 김안라란 여자 이름 아닌가? 서양식 이름으루 '안나'라는 걸 게니……."

마누라가 획 나가며 미닫이를 딱 닫쳐버리는 바람에, 영수는 방 안에서 혼자 중얼거리다가 입을 닫쳐버린다.

"네, 대강 그런 줄은 아는데 이걸 좀 번역을 해 써주십사는 것인데…… 그 집을 내가 들게는 됐으나 생전 내놓아야죠. 이것을 번역해가지고 가서 보여주려구 해서 그래요."

영수 부인이 남편에게 들은 대로 전해 들려주니까, 안라는 이런 소리를 또 한다. '안라'인지 '안나'인지 이름도 모를 여자가, 제 붙이가 차지한 집에 곁방살이를 한다고, 제멋대로 넘보고 하는 수작인지는 모르되 번역을 해서 벗겨다가 보여야 할 것은 제 사정이요 이편이 그 시중까지 하라는 것은 친숙한 사이면 몰라도 날마다 집을 내놓으라고 오구를 치는 요새의 영수네 처지로는 여

편네 마음에도 아까 청하는 말씨에부터 토라진 끝이라 아니꼽게
들렸다.

"지금 약주가 취하셔서 안 될걸요."

술 핑계로 발뺌을 하려 하였다. 그러나 이 여자는,

"뭘 이만 것쯤 두어 줄 휙휙 적어주시면 그만일걸……."

하고 종잇조각을 받으려고 아니한다. 영수 부인은 슬며시 화가
나면서 망단하였다. 배짱이 이만이나 하기에 젊은 여자의 몸으로
이 판에 공으로 집 한 채를 우려낸 것이겠지마는, 또다시 남편에
게 입을 벌렸다가는 당장 이 여자를 앞에 세워놓고 불호령이 나
올 것이요, 그랬다가는 이 집에 하루도 더 붙어 있지는 못하고 쫓
겨날 것이다. 바로 보름 전에 본 일이지마는, 저 안채에 든 사람
을 하루 전에 나가라고 통고를 하여놓고 이튿날 ××가 오고 어
쩌고 떠들썩하더니 세간을 끌어 길거리에 내놓고 식구들을 등덜
미를 밀듯이 하여 당장으로 내쫓아버리는, 그런 당당한 권력들을
가진 사람들이다. 어떻든지 덧들여서는 당장 아쉽다는 생각이 들
어서,

"그럼 두구 들어가슈. 딸년이 변변치는 못해두 이만 것은 번역
할 듯하니 시켜보죠."

하고, 또 한 번 자기가 꺾이는 수밖에 없었다.

"아, 따님이 그렇게 영어를 하셔요?"

안라는 눈이 더 둥그레지며 놀랜다. 이름은 서양 여자 같은 이
름을 붙이고, 양장에 얼굴을 서양 여자는 못 되어도 튀기만큼이
라도 보이려고 갖은 솜씨를 부려서 도깨비 탈은 썼으나, 영어의

비럭질을 다녀야 하느니만치, 매우 안타까운 모양이요, 영어를 한다는 사람이면, 더구나 여자로서 영어를 하다니 부럽고 저만치 쳐다보이는 모양이다. 그러나 영어를 하는 남편과 딸을 둔 이 부인에게는 조금치도 경의를 표하는 눈치가 없이 명령하듯이 떼만 쓰니, 이 부인이 영어를 몰라서 그러는지, 집 한 칸이 없고 곁방살이를 하는 이재민이라 해서 그러는지 알 수가 없다.

마침 일요일이라, 저편 방에 들어앉아 책을 보고 있던 보배는 모친이 부르는 소리에 마루 끝으로 나왔다.

"너 이것 좀 번역해드릴 수 있겠니?"

모친은 아무리 딸이 L여중학 5년생이지만 영어 실력을 알 수가 없다.

"네? 어디 내가 뭐 아나요."

보배는 호기심이 나서 생글 웃으며 탐탁히 종잇조각을 모친에게서 받아 들고 한번 쭉 훑어본다.

부모 닮아서 키가 훌쩍 크고 날씬한 몸매가, 앞에 섰는 이 여자와 좋은 대조가 되거니와, 빛깔이 희고 갸름한 상이 귀염성 있는 예쁜 판이요, 더구나 상큼한 콧날과 또렷또렷한 눈매를 보면, 그 아버지의 그 딸답게, 맑고 강직한 성격이 엿보인다.

"해드리죠."

보배는 청하는 이 여자보다도 도리어 상냥한 웃음을 생글 웃어 보이며 손쉽게 맡는다. 돈은 군정청 사환아이만큼도 못 벌어들이는, 대학의 시간 강사이지마는, 영어로 소설도 쓰고 시도 읊는 영문학자인 자기 부친에게 이따위 대서소(代書所) 쉼 직한 일을 청

하는 것부터 딸의 생각에도 싫은 일이지마는, 보배는 제 영어의
실력을 실지에 써보는 데에 흥미와 만족을 느끼는 것이다.

보배가 종이쪽을 들고 방으로 들어가니까, 안라도 성큼 뛰어 올
라와서 따라 들어간다. 실례합니다, 어쩌고 인사를 하는 것은, 일
본 풍속이라 생각해서 그런지, 제 집같이 무람없는 것도 영수 부
인은 실쭉하였으나, 모른 척하고 이편 방으로 들어갔다.

"못한다고 쫓아 보낼 일이지, 그건 무엇 하자구 아랑곳을 하는
거야?"

남편은 또 눈살을 찌푸린다.

"에그 꿈에 볼까 봐 무서워. 그따위를 어쩌자구 보배 방에 들어
가게 내버려두더람!"

송충이가 목덜미로 기어들어가기나 하는 듯싶어 영수는 점점
더 눈살을 찌푸리며 몸을 움츠러뜨린다.

"내 이런 딱한 양반은! 들어오는 사람을 떼밀어 내쫓나. 세상에
당신 같아서야 어디 남하구 하룬들 살겠소."

마누라가 속삭인다.

"그럼 커가는 딸자식을 데리구, 이 구석이 어떤 구석이라
구……."

"제발 입을 좀 봉하구 가만히 계셔요. 누가 이런 구석에 하룬들
있으라구 붙듭디까?"

마누라는 술을 사러 나가려는지, 머리를 부리나케 빗는다. 영수
는 거기에는 대꾸도 않고,

"일본엔 라샤멘이라구 양첩(洋妾)이 있겠다──이건 그것보다

두……" 하고, 누구더러 들으라는 것도 아니요, 혼자 개탄하듯이 또 쭝얼쭝얼하자니까, 마누라는 쪽 찌던 머리를 붙들고 일어나서 또 다가오며,

"이거 누구를 못살게 굴려구 이러시는 거요? 이렇게 잔소리로 판을 차리시면 술 안 사 와요."

여기에는 찔끔인지, 영수는 껄껄 웃고 만다.

2

영수 부인이 술병을 들고 마당으로 들어오자니까, 안라인지 뭐 시캥인지 검둥 아가씨가 딸의 방에서 나와서 안으로 들어가는 것과 마주쳤다.

"어떻게, 잘됐소?"

"네……그런데 이래서 갖다 뵈구 내놓으래두 안 들어먹으면, 어떻게 댁에서라두 그리로 떠나보시면 어떨까 하는 생각두 하는데……? 돈야 좀 목은 것을 내셔야 하겠지만……."

영수 부인은, 이 여자는 어떻게 배워먹었기에 아침내 성이 가시게 하고 가면서도 고맙다는 말 한마디 없이, 별안간 불쑥 이건 무슨 구성없는 수작인가 하는 생각을 하면서, 처음에는 무슨 뜻인지 몰라서 멀뚱히 쳐다만 보다가, 비로소 짐작이 들면서,

"우리야 한시가 급하니까, 아무 데나 좋지만, 댁에서 못 내보내는 것을 더구나 우리 힘으로 내쫓는 재주가 있겠소?"

하고 핀잔을 주듯이 웃었다.

"어쨌든 나중에 의논 좀 하십시다요."

하고 검둥 아가씨는 안으로 들어가버렸다.

"지금 뭐라는 소리요? 집을 얻어줄 테니 나가라는 거야?"

마누라가 방에 들어오니까, 밖에서 하던 소리를 재차 묻는다.

"얻어주긴?…… 당신 같으신 소리두 하슈. 그래두 덜 속아보신 게로구려?"

하고, 아내는 전기 곤로에 술을 따라놓으며 코웃음을 친다. 술심 부름에 넌더리가 나서도 쏘는 소리를 하겠지마는, 작년 가을에, 이북서 오니까, 돈푼이나 가지고 온 줄 알고 그랬던지, 전에 안면이나 있던 젊은 아이가 나타나서, 집 한 채를 얻어주마는 바람에, 건몸달아서 술을 사다준다, 고기를 사다준다, 점심을 먹여야 하니 돈이 든다 하고, 없는 옷가지를 팔아가며 젊은 애 꽁무니를 한참 쫓아다니다가는 발라맞추는 양이, 세상에는 피난민 등쳐먹는 그런 생화도 있구나 하고 헛물만 켜고 나가자빠진 일이 있은 뒤로, 아내는 그때에 자기 옷만 판 것이 분해서, 말끝만 나면 오금을 박는 것이다.

"그야 안 나가고 버티면, 저번 안채 사람 모양으로 어디든지 몸붙일 데를 얻어라두 주는 것이지."

"속 시원한 소리두 하슈, 그 여자 말요, 집을 얻어놓았는데, 정 안 나가거든 권리금을 내구 사서, 우리더러 내쫓고 옮겨가라는 수작이라우. 권리금 낼 돈두 없지만, 앓느니 죽지, 저희가 못 내쫓는 걸 우리는 무슨 재주루 돈 들여가며 내쫓구 가라는 거겠소."

아내는 남편이 술 먹는 이외에는 별로 불만 있는 것은 아니나, 다만 세상 물정에 등한하고 주변이 없다는 것이다. 쉽게 말하면 이 판에 미국 유학한 덕, 영어 잘하는 덕을 남보다 더 보아야 할 터인데, 겨우 대학에 시간 강사로 몇 시간 맡은 것밖에는 밤낮 죽 치고 들어앉아서 세상 한탄이나 하고, 누구는 어떠니 싫고, 누구 는 아무기로서니 그럴 줄은 몰랐다고 욕설이나 하는 것이, 인제 는 귀에 못이 박히다시피 되어 싫었다. 누구보다 먼저 덕을 보아 야 하겠다는 것은 다른 것이 아니라, 전쟁 통에 아무 까닭 없이 미국 출신이란 트집으로 두 번이나 유치장 신세를 지고 한번은 미결감 한번은 감시소(監視所)라던가 하는 데에 갇혀 있다가, 해 방 직전에 풀려나와서는, 울화에 떠서 술로 세월을 보내면서, 마 침 소개(疏開)한다는 바람에 몇 칸 안 되는 집이나마 팔아가지고 외가의 연줄을 더듬어 강원도 철원으로 갔던 것이, 결국은 오늘 날 파산의 장본이 된 것이다. 설마 삼팔선에 '토치카'가 서고 철 원에서 엎어지면 코 닿을 서울이 여행권조차 얻을 수 없는 천 리 만 리 외국이 될 줄은 꿈에도 생각 못하였지마는, 세 식구가 빈 몸뚱이로 간신히 서울에를 기어 들어섰더라도 남과 같이 주변성 있게 서둘렀으면 아무려나 집 한 채 못 얻어걸릴 것이 아니었다 고 부인은 분해하는 것이다. 그러나 생각이 어떻게 들어서 그런 지, 난 벼슬하러 공부한 것이 아니다. 내가 통역하러 영어를 배웠 던가 싶으냐 하며 꼬장꼬장한 소리만 하고 앉았으니, 전쟁 통에 그 고생을 하고 파산까지 하고서 이 지경으로 겨울은 닥쳐오는데 거리에 나앉게 된 것이 무엇 때문이었던가를 생각하면, 이 판에 무슨 큰 수는 못 나도 그 보충은 될 만큼 약게 놀아야 살아가지 않는가 하는 불평이 나날이 쌓여가는 것이다.

"그래 벼슬을 하고 통역을 하는 것은 건국에 이바지하는 도리가 아니오?"

이렇게 권고를 해도,

"글쎄, 난 싫다는데 어쩌라는 거요?"

하고 눈을 곤두세우며 역정을 내는 것이었다.

"그럼 처자식을 거리로 나앉으라는 거요?"

하고 애원을 하면,

"흥, 그야 제 팔자대로 살겠지!"

하고 코대답이다. 스물한 살 먹은 맏아들놈을 병으로 내놓고 나서 소개를 한 뒤, 해방이 된 지도 1년이 넘도록 종무소식인 것을 부부간에라도 아무쪼록 입 밖에 내지 않고 지내자니 더욱이 속이 썩어서 술만 마시려 들고 세상일이 귀찮아하는 듯싶다는 동정도 가나, "저의 팔자대로 살겠지!" 하는 그 말은 이런 데서 우러나오는 간국같이 쓰고 짠 소리일 것이다.

"그러니까 아까 그 색씨가, 이 채에 들려고 몸이 달아 그러는 게로군? 그래 그 색씨가 쥔마누라의 둘째딸이란 말야?"

영수는 잠자코 술만 마시다가 한마디 한다. 주인마누라 말이, 자기 둘째딸이 집에 몰려서, 이 뒤채로 들어오니까 어서 내주어야 하겠다는 말을 늘 들었기에 하는 말이다.

"글쎄요, 난 그 흑구자[4]가 안집 색씨의 시뉘구, 둘째딸이란 것은, 따루 있는 줄 알았더니…… 이 채에 와서들 둘째딸이란 것이 그것이라면 큰딸과는 애비가 다른 것인지!"

영수댁은 이런 소리를 한다. 이 집은 원체 일본 사람이 여관이거나 마치아이[待合][5] 같은 것을 경영하던 집인 듯싶은 크낙한 집인데, 미군이 쓴다고 해서 부랴부랴 내놓게 한 것인데, 급기야 와서 드는 사람을 보니, 기생 퇴물 같은 똑딴 양장미인과 그 모친이란 50쯤 된 중년부인하고, 금옥이라는 열댓 살 된 계집애년의 세 식구뿐이요, 안라는 주인의 동생이란 말을 무슨 말 끝에 들은 법한데 하여간 여기 와서 자지는 않는다.

"아, 파닥지[6]를 보면 모르나! 아무러면 그 귀신 같은 것이 양장미인의 동생일 리는 없으니, 남편의 누인지 시누지! 검둥이의 첩인지? 허허허."

영수도 안채의 양장미인을 힐끗 원광으로 한번 보고, 허어, 상당한 미인이라고 감탄도 하였지마는 주인이 어떤 작자인지 보지는 못하였어도 어느 놈의 소실이거니 하는 짐작은 든 것이다.

"그건 어쨌든 말눈치를 들으면 아마 미군들의 놀이터로 양요릿집이거나 호텔 같은 것을 만들겠다구 청을 해서 이 집을 맡아냈나 봅디다."

"그야, 그렇겠지. 이 크낙한 집을 무엇에 쓰나. 하여간 이 뒤채는 우리에게는 똑 알맞은데……."

영수는 방 안을 새삼스레 휘 돌아다보았다.

하여간 앞채는 아래위층에 방이 열서넛은 되고 그중에 8조 12조하는 큰 방은 '댄스홀'이나 양식 식당으로 고쳐 꾸밀 수도 있고 장지를 떼어내면 얼마든지 넓게 쓸 수 있는 원체 요릿집으로 된 것이다. 이북에서 온 사람이 길이 좋아서 맡아놓고도 자본을 끌어내지 못하여 미루미루하다가 한 가구 두 가구 면에 못 이겨 피난민을 들이기 때문에 지금은 다다미가 엉망이 되었으나 외국인을 상대로 영업을 한다면 그까짓 것이 문제가 아니다. 이 뒤채는 원체 일인이 살 때에 늙은 주인의 거처였던지 8조 4조 반에 온돌이 하나 있고 온돌에 달아서 아궁이 쪽으로 사랑 부엌 같은 것이 한 평 가량 달려 있으니 부엌으로 넉넉히 쓰고 있는 터요, 변소까지 있다. 영수는 서울 올라와서 올봄까지 셋방으로 전전하며 고생을 하다가 요행 연줄이 닿아서 올 초봄에 힘에는 겨우건마는 세 식구 살림에는 똑 알맞아 그때 시세로는 비싼 줄 알면서도 2천 원씩 세를 내고 쫓겨나간 전 주인에게 얻어 든 것이었다.

"그러나저러나 인제는 떠날 집까지 얻어 바쳤다는 핑계가 또 하나 생겼으니 더 부쩍 들쌀 텐데 이걸 어떡한단 말요?"

이런 소리를 들으면 영수는 가뜩이나 막걸리 같은 시큰한 술맛이 더 없어졌다.

"바깥주인이 누군지나 알면 맞대놓고 담판이라두 하련마는……."

영수는 입맛을 쩝쩝 다시고 앉았다.

"떠나온 지 벌써 보름이나 돼야 낯두 코빼기나 볼 수 있기에요. 자기 본집이 있고 며칠만큼씩 와서 자는 모양인데 마루 끝에 구두가 놓인 날두 얼굴을 뵈지 않구 색씨두 밤낮 싸지르는지 꼼짝 않구 들어앉았는지 좀체 눈에 안 뜁니다."

아내는 저녁때 물을 길러 들어가보면 하루 걸러 이틀 걸러큼씩

엉정벙정하고 술들을 먹고 놀기도 하는 모양이나 원체 넓은 집이라 어디서들 노는지 주인의 방이 어디인지 알 수가 없다 한다.

동리 사람과 교제가 없으니 밖에 평판은 무어라는지 알 길 없고 부엌에서 물을 길으면서 금옥이란 년에게 물어보면 주인이 간혹 미국 손님도 데리고 와서 놀고 간다 하나, 그 외에는 저도 사실 모르는지 주인의 단속이 도저해서 입을 봉하는지, 기가 나서 내 평을 알자는 것은 아니나 좀체 말이 없고 드나드는 여자들은 뭐 시깽이들인지 알 수가 없었다.

"잘못하다가 매음굴에 들어앉은 셈쯤 되지는 않을지?"

남편의 이 소리에 아내는

"설마! 사람들은 조촐하던데."

하면서도 웃어버리는 양이 속으로는 그런 의혹도 없지는 않은 모양이다.

"하여튼 모리배의 소굴로도 괜찮고 강도단 도박단의 소굴로도 십상일 거라. 그 요염한 미인의 얼굴을 보면 '지고마'단의 여왕 감으로 쩍말없을 거라."

남편이 이런 소리를 하니까 아내는,

"듣기 싫소. 무서운 소리 그만 하슈."

하고 눈살을 찌푸렸다.

하여간 누가 있으라는 것은 아니지만 나이 차가는 딸을 데려왔는데 이런 구석에서 좋지 못한 꼴이나 보이고 들어앉았기가 하루가 민망하게 싫고 불현듯이 떠나고 싶었다. 그러나 이런 일이 있은 뒤로 영수 부인이 물을 길러 들어가도 주인마누라가 그전같이 그리 실쭉해하는 내색도 보이지 않고 딸이란 미인도 간혹 눈에 띄면 좋은 낯으로 인사를 하게 되었다. 집 사단도 요새 며칠은 그리 조르지 않고 '흑구자'가 나중에 의논하자던 초동 집 문제도 아무 소식 없고 말았다. 보배 모친은 인제 아마 차차 영어 덕을 보나 보다 하는 생각을 하며 웃었다.

3

이른 저녁때다. 보배가 학교에 다녀오다가 이 집 문전에 와서 보니 미군 트럭이 한 채 놓이고 인부 두셋이 안락의자며 테이블이며 세간짐을 내려놓기에 부산하다. 또 무슨 세간짐이 오나 싶었다. 힐끔 보기에도 보통 조선집 세간은 아니요 어떤 양관(洋館)의 응접실을 그대로 옮겨오는지 훌륭한 응접세트다. 안락의자가 대여섯, 찬란한 무늬 있는 우단 소파(장의자)가 두엇, 번즐번즐한 큰 테이블이 두엇이요, 둘둘 만 양탄자까지 있다. 탁자니 화병이니 전기스토브니…… 보배는 서양 잡지의 그림에서나 보던 사치스런 제구들이다. 보배는 저런 것을 사자면 지금 시세로 아마 한 십만 원은 할 거라는 생각을 허턱대고 하며 옆 골짜기로 꼽들어 뒷문으로 들어오려니까 마당에 주인집 딸이 모친과 서서 이야기를 하다가 반색을 하는 눈치다. 한 지붕 밑에서 살건마는 서로 대면할 기회도 없고 이러한 뒤채에는 발그림자 하나 하지 않던 눈이 부실 듯한 이 미인이 섰는 것을 보니 보배 생각에는 진객이나

온 듯싶이 반갑기도 하고 부끄러운 생각도 든다. 학생복에 너절한 외투를 걸친 자기 주제를 내려다보면 이 미인은 자기와는 저만치나 떨어진 딴 세상 사람 같다.

"마침 잘 왔다. 너 이거 좀 봐드려라."

모친은 마루 편으로 돌쳐서는 딸에게 뒤에서 말을 건다. 보배가 마루에 책보를 놓고 돌아서니까 주인 딸은 위에 입은 스웨터 포켓에서 착착 접은 편지 같은 종이쪽을 꺼내 들고 다가온다.

"미안하지만 이것 좀 보아주세요."

생글 웃어 보이는 양이 저번 '흑구자'와는 딴판이다. 아무려니 이 여자는 살결이 희니 백인종에 가깝고 흑구자는 역시 흑구자기 때문은 아니리라. 보배는 종잇조각을 잠자코 받아서 펴본다. 이렇게 씌어 있다.

사랑하는 미스 리.

어제는 고맙고 미안하였습니다. 말씀하신 응접세트를 보내드립니다. 유쾌한 방을 꾸미실 줄 압니다. 영업상 필요한 것이 있으면 사양 말고 알려주시오. 내일은 점심때 찾아주셨으면 합니다. 오정까지 기다리겠습니다.

당신의 진실한 벗, 리처드슨

보배는 그러면 그렇지 그 훌륭한 양가구를 돈으로야 샀으랴 하는 생각을 하며 번역을 하여 들려준다.

"사랑하는 미스 리……."

보배는 '사랑하는'이란 말이 선뜻 입에서 아니 나와서 그만두어 버릴까 하다가, 그거야 서양 사람의 편지투에 보통 쓰는 말이니 계관할 것이 무어 있으랴 하는 생각으로 학교에서 독본 번역 하듯이 기계적으로 읽으면서도 귀밑이 뜨뜻해지는 것을 깨달았다. 앞에 섰는 미인의 얼굴도 살짝 발개졌으나 그것은 한순간에 지나지 않았다. 도리어 가만히 귀를 기울이고 섰는 이 여자의 얼굴에는 반기는 듯하고 흡족해하는 화려한 웃음까지 떠올라왔다.

다 읽고 나니까 이 미인은 편지를 받으며 그래도 좀 열적은 듯이 웃으며,

"고맙습니다. 이 '리처드슨'은 바깥양반 친구인데 어제 우리 집에 놀러 왔다가 방에 아무 치장도 없는 것을 보고 접수해둔 양가구가 있으니 갖다가 쓸 테거든 쓰라구 보내준 거예요."
하며 변명 삼아 양가구의 내력을 설명하는 것이었다.

"헤에. 그거 좋군요."

모친은 얼마나 좋은 것인지 보지도 못하고 허청대고 대꾸를 하여준다. 이 부인도 딸의 입에서 '사랑하는' 어쩌고 하는 소리가 흘러나올 제 에구 망측스러워라 하고 주름살 진 얼굴이 붉어졌던 것이다. 도대체 그러한 편지를 딸에게 번역을 시키게 한 것이 잘못이라고 하였으나 이것도 집 없는 탓이니 어쩌는 수 없다고 속으로 혀를 차는 것이다.

"어머니, 그 색시 남편이 있나요?"

안집 색시가 들어간 뒤에 보배는 모친을 따라 방으로 올라오며 이런 소리를 한다.

"아, 그럼 남편 있지. 왜 편지에 무어라구 했던?"

"글쎄 말예요. 편지에 '미스'라고 한 것은 처녀에게 쓰는 말인데요, 지금 또 색시 말을 들으면, 바깥양반 친구니 어쩌니 하니 말이죠……."

보배는 그 색시가 서양 사람에게는 처녀 행세를 하는 것인지, 리처드슨이 '미세스'라고 쓸 것을 잘못 쓴 것인지 어정쩡해하는 것이다.

"누가 아니. 처녀거나 갈보거나 아랑곳할 것두 없지만, 아마 첩인가 보더라."

이 말은 전부터 들은 말이다.

"옷 입은 맵시가 딴은 그래요. 하지만 기생인지도 모르죠."

"그두 모르겠지만 그 어머니란 이가 얌전한 여염집 아낙네인 걸 보면 기생퇴물 같진 않구……."

모친은 딸에게 그 꼴을 보이기도 싫고 이러니저러니 입초에 올리기도 싫으나, 대체 본 탈이 무엇인구 하는 호기심은 모녀가 똑같이 가지고 있는 것이다.

보배는 제 방에 들어가서 옷을 갈아입고 책보를 풀고 하면서도 지금 본 편지 사연이 머리를 떠나지 않았다. 얼른 보기에는 아무런 사연도 없고, 물건을 보낸다는 말과 점심에 초대를 하듯이 내일 만나자는 말에 지나지 않으나, 남편과 친구라면서, 남편은 어째 아니 청하누? 하고 그 '미스'란 말과 같이 역시 보배에게는 알 수 없는 일이요 짐작이 잘 나서지를 않으니만치 궁금하다.

'마이 디어 미스 리!'라는 첫 구절을 생각하면 훤칠한 코 큰 남자가 자그마한 이쁜 색시의 등을 툭툭 치는 양이 보이는 듯도 싶지마는, 어제는 고맙고 미안하였다는 말이, 남편이 어제 집에 데리고 와서 대접을 한 치사라고 아까 그 색시는 변명을 하였지마는 요새 며칠은 안채에 손님이 온 기척도 없었고 위아래층에 전등불이 캄캄히 꺼져 있었는데 그런 거짓말은 왜 하는지 그 역 알 수 없다.

보배는 대관절 그런 편지를 받는 여자의 마음이 어떨까 하는 생각도 하여보았다. 남자에게서 편지라고 받아본 일이 없는 보배는 징그러운 생각부터 든다. 그러나 또 한편으로 그런 남자의 편지, 아니 남자의 편지는 아니라도, 사랑하는 동무가 있어서 편지를 주거니 받거니 하며 재미있게 지내보았으면 하는 충동도 깨닫는 것이었다.

보배는 다른 때 같으면 벌써 숙제장을 펴놓거나 영어책을 들고 나섰을 터인데 오늘은 책상 모퉁이에 멀거니 앉아서, 저고리에 솜을 두고 있는 모친의 손길만 바라보고 있다.

"어머니, 참 정말 요리점이고 뭐고 개업을 하나 보죠?"

'리처드슨'이란 자의 편지 사연이 또 머리에 떠올라서 보배는 불쑥 이런 소리를 꺼냈다.

"응, 참 그 편지에도 그런 말눈치지?"

모친은 이렇게 대꾸는 하면서도 안집 이야기는 딸과 하고 싶지 않았다.

"요릿집을 차리고 갈보가 들끓고 하면 시끄럽구 창피해서 어떻게 있어요."

보배는 눈살을 찌푸린다.

"내 말이 그 말이다! 어쩌면 이렇게 빡빡할 수가 있니!"

바느질을 붙들고 앉은 모친은 한숨을 내리 쉰다.

"그래두 아버지께서 나서셔서 서둘러보시면 적산 집은 하나 걸리련마는……."

"애, 그런 꿈같은 소리는 하지두 마라. 아버지 수단에 그 좋아하시는 약주 한잔인들 공짜가 걸린다던! 그런 주변성 없는 이는 처음 봤으니까……."

모친은 부친의 주변 없는 이야기를 하기 시작하면 신이야넋이야 하는 것이다.

"그런 말씀 마슈. 그럼 노인네가, 술잔이나 얻어 자시구 꿉적꿉적하구 다니셨다면 어쩔 뻔했겠에요."

보배는 부친이 모친을 꼬집는 소리를 하면, 모친의 역성을 들고, 모친이 부친에게 몰이해한 소리를 하면 부친 편을 드는 중립파였다. 모친도 딸의 말이 그럴싸하면서도,

"세상에 늬 아버지같이 꼬장꼬장한 양반이 어디 있니! 물이 맑으면 고기가 없는 법야."

하고 핀둥을 준다.

"흐린 물에는 송사리는 꼬일지 몰라도, 큰 고기는 바다의 맑은 물속에 놀죠!"

하고 보배는 생글 웃는다.

그 역 일리가 있다고 모친은 생각하며 '딸이 벌써 자라서 그런 소리를 하게 되었나?' 하고 신통한 듯이 웃는 낯으로 쳐다본다.

그러나 자기 남편 같은 성미로 남에게 잘 쎄지를 못하니 평생 고생이라는 생각이 늘 있는 것이다.

4

모친은 저고리에 솜을 다 두어서 어느 틈에 뒤집어가지고 안섶에 코를 빼고 도련[8]에 인두질을 치고 나더니 착착 개켜서 인두판에 얹어 밀어놓고는 일어선다. 저녁밥을 지으러 부엌으로 내려가는 모양이다. 보배도 따라 일어섰다.

"넌 왜 나오니? 어서 공부해라."

다른 때 같으면 보배는 상을 물린 뒤에 설거지나 하고 부친의 손님이 와서 약주 시중이나 들게 되어야 부엌에 내려가는 것이지만 오늘은 어쩐지 마음이 뒤숭숭한 한편에 집 걱정에 팔려서 공부할 생각이 아니 나기에 따라나선 것이다.

"이리 주세요. 제가 씻지요."

모친이 씻으려는 쌀 이남박을 보배는 씻었다. 요새 배급 쌀이라는 것이 하도 돌멩이가 많이 섞여서 부친을 위하여 5백 원이나 주고 소꿉 같은 이남박을 샀지마는 세 식구 한 끼니 양식이래야 요 조그만 이남박의 바닥에 붙었다. 불과 서너 줌밖에 안 되는 쌀을 들여다보며, 요까짓 쌀 때문에 모친은 배급 날이면 어둑어둑해 일어나서 배급소 앞에 나가 떨고 섰다가 오늘은 배급을 주느니 안 주느니 하고 들락날락하는 것을 생각을 하던 보배는 씻던 쌀

을 들여다보며 손을 쉬고 가만히 앉았다. 그나마 세 식구가 큰 양
도 아니건마는 배를 곯리고 한 달에 부족한 소두 한 말을 사들이
려고 모친이 애를 부덩부덩 쓰는 양을 생각하면 기가 막혔다. 쌀
통장에 유령 인구 하나 못 넣은 것을 보면 주변 없기로는 부친만
나무랄 것이 아니라 세 식구가 매한가지지마는, 또 한편으로 생
각하면 그까짓 것 더럽게 세상을 그렇게 살면 무얼 하나 싶은 생
각도 든다. 남의 앞에 어엿하니 마음이 언제나 가뜬하여 좋지 않
느냐는 생각도 든다.

　보배가 밥을 안치고 물 대중을 보아달라 하여서 모친이 찌개를
마련하다가 솥을 들여다보려니까 부엌문 밖에서,

　"계시오?"

하는 곱살스런 목소리와 함께 문이 바스스 열린다. 안채의 딸이
또 나왔다.

　해죽 웃으며,

　"벌써 저녁 지세요?"

하고 들어온다. 손에는 무엇인지 종이갑을 들었다.

　"어서 오슈."

　모친은 속으로는 어쨌든지 웃는 낯으로 알은체를 하였다.

　"아이구 학생아가씨가 밥을 지으시는군요."

　색시는 인사성 있게 말을 붙인다. 스물세 살을 먹도록 밥이라고
몇 번이나 지어보았을지. 더구나 살림 들어앉은 뒤로 부엌에 내
려와보는 일이 없는 이 평민적(平民的) 공주 아가씨의 눈에는 여
학생의 밥 짓는 양이 신기해 보이는 모양이다.

"이건 변변치 않은 것이지만 장난 삼아 맛보세요."

하고 안집 색시는 손에 든 과자갑을 마루 끝에 내어놓는다. 영어로 쓴 마분지갑을 보면 '초콜릿'이나 '드롭스'인 모양이다.

"그건 뭐라구…… 그만두슈…… 우린 그런 서양 것 잘 먹을 줄두 모르구…… 갖다가 노인네나 드리슈."

"아녜요. 집에는 그런 것이 생겨두 아이들두 없구…… 학생아가씨 주세요."

속눈썹이 긴 반짝하는 눈에 웃음을 머금어 보이며,

"학생아가씨 좀 놀러 오슈. 저녁에는 더구나 아무두 없구 쓸쓸할 지경예요."

하고 보배에게 이따라도 저녁 먹고 놀러 오라고 다지고 나간다. 보배는 웃어만 보였다.

"어쩌면 얼굴이 그림같이 곱고 그렇게 예쁠까요!"

보배는 안집 딸이 나간 뒤에 아궁이에서 타 나오는 불을 디밀며 이렇게 얼굴을 칭찬한다. 갸름한 판이 어느 한구석 흠잡을 데가 없이 너무 꼭 째어서 어떻게 보면 얄밉상스럽기도 하나 원체 천성이 고운지 붙임성이 있고 귀여운 맛도 있어 보이는 얼굴이다.

"얼굴만 반반하면 뭘 하니? 그 얼굴 땜을 하느라고 팔자가 센거 아니냐?"

보배는 팔자가 세다는 뜻이 무엇인지도 자세히 모르겠고 그 여자가 어째서 팔자가 세다는 것인지 알 수는 없으나 이왕 여자로 태어난 바에는 그렇게 이뻐봤더면 하는 부러운 생각을 어렴풋이 하며 과자갑을 들어서 영자를 들여다보려니까 모친은 끓는 찌개

맛을 보다가,

"그것두 영어 덕이로구나!"

하고 웃는다.

"두 번씩이나 번역을 해준 인사겠지마는 아이년을 시켜 보내도 좋을 것을 손수 가져오구 너더러 놀러 오라구 하는 폼이 너하구 친하자는 모양이라. 그러다가 서양 사람이 오면 너를 불러내서 통역이라도 해달라지 않을지 모르겠다."

모친은 슬며시 딸더러 들어두라는 듯이 이런 소리를 한다.

"통역은 내가 회화를 할 줄이나 알게요!"

보배는 부친 덕에 간단한 회화라도 못하는 것은 아니지마는 설마 그런 여자의 서양 사람 교제에 통역을 써줄라고! 하는 생각이다. 그는 고사하고 '리처드슨'인가 하는 사람이 내일 만나자 하였으니 그런 사람을 만나면 손짓 눈짓으로 반벙어리 행세를 할 것을 생각을 하고는 혼자 웃었다.

"무언가 좀 뜯어보려무나."

어린애가 없고 규모로만 사는 이 집에 '캔디'니 '초콜릿'이니 하는 것이 생전 들어와본 일도 없는지라 모친도 구경이나 하고 싶은 모양이다. 보배가 과자갑을 다시 들어서 거죽에 싼 '파라핀'지 (紙)를 뜯으려니까 밖에서 "음!" 하고 부친이 들어오는 기척이 난다.

보배는 뜯던 과자갑을 든 채 부엌문을 열고 뜰로 나섰다. 모친도 뒤따라나왔다.

"그건 뭐냐?"

부친은 보배의 손으로 먼저 눈이 갔다.

"안에서 내온 과자예요."

"흐응…… 그건 어째?"

하고 영수는 아내에게로 눈을 돌린다. 오다가 선술집에라도 들렀는지 주기를 띤 낯빛이다.

"어디를 가셨다가 이렇게 늦으셨소?"

"응, 오다가 뉘게 끌려서 빈대떡집에 들어가보았지."

빈대떡집이란 선술집 같은 데인 모양이다. 빈대떡을 몇 조각이나 먹었는지, 영수는 매우 신기가 좋았다.

"좋군요. 소원을 푸셨으니……."

마누라도 실없이 웃었다.

"소원이라니? 소원이 빈대떡이란 말요?"

영감은 다리가 따분한지 유리창이 열린 마루에 가서 걸터앉으며 껄껄 웃는다.

"늘, 공술 한잔 안 걸린다구 하시기에 말이죠."

마님은 부엌문 앞에 세워놓은 빗자루를 들고 와서 마당 앞을 쓴다.

"아무러면 내가 그런 소리를 했을까. 세상에 공게' 어디 있을라구."

"주변 없는 영감이나 공게 없지, 신문만 봐두 세상 것이 모두 공짜 같습디다요."

"마누라두 인젠 늙었군! 그따위 천착한 허욕만 늘어가구……."

영수는 구두끈을 풀고 마루로 올라선다. 보배도 손에 들었던 과

자갑을 유리창으로 들여놓고, 시중을 들러 뒤따라 올라갔다. 영수
는 모자와 외투를 벗어서 딸에게 주고 선들한 맛에 다시 마루 끝
에 주저앉으며 과자갑을 들어 '레테르'에 쓴 영자를 들여다본다.

"이건 누가 가져왔니? 누가 왔었소?"

"오긴 누가 와요. 들여다보는 사람두 없지만, 생전 가야 사탕
한 알갱이 먹어보라구 갖다주는 사람 못 봤어."

마누라는 모은 쓰레기를 쓰레받기에 긁어 담는다.

"내, 이렇게 공거 좋아하는 것 봤나!"

하고 영감은 웃다가,

"응, 저기서 내온 거로군?"

하고 영수는 인제야 알았다는 듯이 안채에 대고 턱짓을 해 보인다.

마나님은 잠자코 쓰레기를 내다 버리고 나서, 부엌에 들어가 끓
는 찌개를 보고 나온다.

"그건 왜 내왔을꾸?"

영수는 저리 밀어놓은 과자갑을 또 한 번 돌려다본다. 집을 내
놓으라고 들것질을 하는 판이요 음식을 서로 주고받고 하는 터도
아닌데, 안집에서 별안간 무슨 마음먹고 그런 것을 주었을까, 하
는 약간의 호기심도 있고, 어느 틈에 여편네끼리 사이가 좋아졌나
싶어 그것이 궁금한 것이었다. 안에서들 친해져서 대립 관계가
다소라도 완화되었다면, 당장 거리에 나앉는 수는 없으니 싫어도
삼동을 예서 나게 될까 하는 일루의 희망이 없지 않은 것이다.

"그야말로 공짜가 어디 있습디까?"

마님은 영감의 구두를 치우고 마루 끝에 앉으며 대꾸를 한다.

"그럼 왜?……"

마님은 사내가 그까짓 것쯤 본체만체할 일이지, 잘게도 묻는다는 듯이 잠깐 잠자코 있다가,

"그것도 영어 덕이라우. 우리는 영어 덕두 고작해야 그런 것밖에 더 걸린답디까!……"

하며, 또 영어 덕을 쳐들며 코웃음을 친다.

"흠…… 그건 또 무슨 소리야?"

영감은 눈살이 찌푸려졌다.

"쟤가 또 편지를 번역해주었다우. 쥔 딸이 제게 온 영어 편지를 가지고 나와서 읽어달래서 번역을 해주었더니, 그 인사루 지금 손수 가지구 나왔구먼……"

"흠…… 무슨 편진데?"

영감의 낯빛은 좀더 흐려졌다.

"정말 무슨 구락분지 요릿집인지 꾸미나 보더군요. 조금 전에 서양 사람한테서, 훌륭한 양가구를 한 트럭 실어오구, 그걸 받으라는 편진데, 어떤 놈팽인지 내일은 제 집으루 와달라는 그런 편진가 보던데……"

"흠……"

세 번째 '흠'에는 영감의 입귀가 뒤틀리며, 눈에 모가 났다. 마나님은 좀 점직한 생각이 들어서 영감을 달래듯이,

"저두 그런 편지를 읽어달래놓고 부끄러운 생각이 들었든지, 입을 막느라고 그런지, 이때껏 얼씬두 안하던 이쁜 아씨가 손수 그걸 들고 나와서 살살대며 보배더러 놀러 들어오라 하구 친하자

는 눈치군요."

하며 마나님도 그러는 동안에는 집 내놓으란 성화가 식어질까 하는 생각에 웃음이 떠오른다.

"그까짓 것들하구 친해서는 무얼 해……."

영수는 침이나 탁 뱉듯이 한마디 내던진다.

"……그 애하구 상종을 왜 하게 하더란 말요. 자라는 계집애년에게 그따위 편지를 읽어주라는 마누라가 딱하지!"

영수는 역정을 와락 낸다.

"그럼 어쩌우? 모르면 하는 수 없지만, 뻔히 아는 것을 모른다나. 이런 처지가 아니라두 그만 부탁을 안 들어줄 수 없는데, 어떻게 차차 그렇게 해서 매일 같은 그 성화나 면하게 되면 좋지 않은가……."

마나님은 무심코 한숨이 나온다.

"이런 처지란 어떤 처지란 말요? 딸자식을 시켜 그따위 넌놈의 그런 더러운 편지 쪽이나 번역을 시켜가며, 사탕 알갱이나 얻어먹고 앉았어야 할 처지란 말야?"

주기가 있는 벌건 얼굴이 퍼레지니까, 흙빛같이 되며, 눈을 까뒤집고 대든다.

"그건 누구 탓이오? 입찬소리 그만 하구, 그런 처지가 안 되게 만들어놓구려."

마나님도 맞서며 벌떡 일어나서 댓돌 위에 피해 섰다.

"무어 어째? 이게 무언지나 알구 이야기요?…… 이게 어떻게 생긴 것인지나 알구서 말을 해요!"

영수는 과자갑을 들어 내어밀며 당조짐을 한다.

"……그래 이걸 딸자식에게 먹여야 옳단 말야? 보배 입에 들어가는 것을 보고 앉았으란 말야?"

하는 소리와 함께, 획 하더니 과자갑이 땅에 털썩 떨어지는 소리가 난다. 그 소리와 함께 영수는 홀쩍 자기 서재로 들어가버린다.

어슴푸레해가는 초겨울의 푸른 하늘은, 드높고 수정알 눈동자처럼 맑았다. 사방이 괴괴하고, 햇발이 진 쓸쓸한 마당에 마나님은 얼이 빠진 듯이 섰다가 과자갑을 먼 광으로 찾아보니, 간반 틈쯤 격한 차면 너머로 굴러 떨어진 것이 차면 밑으로 보인다.

마나님은, 안에서 누가 보지나 않을까 하는 선뜻한 생각이 들면서 가만가만히 집으러 가려니까, 방에서 발자취를 죽이며 나오던 보배의,

"어머닌……"

하고, 눈을 찌푸린 소리가, 옷자락을 잡아당기듯이 뒤에서 난다.

그래도 보배 어머니는 도적질이나 하러 들어가듯이, 흘금흘끔 안채를 엿보며 발소리를 죽이고 가서 과자갑을 집어 들고 단걸음에 나왔다.

"에이 그건……"

보배는 모친이 더러운 것이나 만지는 듯이 또 눈살을 찌푸린다. 모친의 거동이 천덕구니같이 보여서 더 싫었다.

"그럼 어쩌니! 누가 물건이 아까워서 그러니? 먹는 데 더러워 그러니? 내가 아쉬니까 그렇지! 당장 내쫓기면 갈 데가 어디냐?…… 이 과자갑을 제 울안에서 보고, 가만있을 사람은 누구

요, 그 마음은 어떻겠니? 남 욕을 뵈두 체면이 있지⋯⋯."

　모친의 말에도 고개가 숙었다. 보배는 소리 없이 한숨을 지으며, 어두워가는 마루 끝에서 언제까지 먼 산을 쳐다보고 섰다.

두 파산 破産

1

"어머니, 교장 또 오는군요."

학교가 파한 뒤라 갑자기 조용해진 상점 앞길을, 열어놓은 유리창 밖으로 내다보고 등상에 앉았던 정례가, 눈살을 찌푸리며 돌려다본다. 그렇지 않아도 돈 걱정에 팔려서 테이블 앞에 멀거니 앉았던 정례 모친도 저절로 양미간이 짜붓하여졌다. 점방 안에는 학교를 파해 가는 길에, 공짜 만화를 보느라고 아이들이 저편 구석 진열대에 옹기종기 몰려 섰다가, 교장이라는 말에 귀가 반짝하였는지 조그만 얼굴들을 쳐든다. 그러나 모시 두루마기 자락이 펄럭이며, 우둥퉁한 중늙은이가 단장을 짚고 쑥 들어서는 것을 보고, 학생아이들은 저희끼리 눈짓을 하고 킥킥 웃어버린다. 저희 학교 교장이 온다는 줄 알았던 모양이다.

"어째 이렇게 쓸쓸하우?"

영감은 언제나 오면 하는 버릇으로 상점 안을 휘휘 둘러보며 말을 건다.

"어서 옵쇼…… 아침 한때와 점심 한나절이 한참 붐비죠. 지금쯤이야 다 파해 가지 않았에요."

안주인은 일어나지도 않고 앉은 채 무관히 대꾸를 하였다. 교장은, 정례가 앉았던 등상을 내어주니까 대신 걸터앉으며,

"딴은 그렇겠군요. 그래도 팔리는 거야 여전하겠죠?"

하고 눈이 저절로 테이블 위의 손금고로 갔다. 이 역시 올 제마다 늘 캐어묻는 말이지마는, 또 무슨 딴 까닭이 있어서 붙이는 수작 같아서 정례 어머니는,

"그야 다소 들쭉날쭉이야 있죠마는, 온 요새 같아서는……."

하고 시들히 대답을 하여준다.

"어쨌든 좌처가 좋으니까…… 하루에 두어 번쯤 바쁘고, 편히 앉아서 네다섯 식구가 뜯어먹고 살면야, 아낙네 소일루 그만 장사가 어디 있을까마는, 그래 그러구두 빚에 쫄리다니 알 수 없는 일이로군."

왜 그런지 이 영감이 싫고 멸시하는 정례는, '누가 해달라는 걱정인감!' 하는 생각에 입이 삐쭉하여졌다.

"날마다 쏠쏠히 나가기야 하지만, 원체 물건이 자〔細〕니까 남는 게 변변해야죠."

여주인은 마지못해 늘 하는 수작을 뇌었다. 그러나 오늘은 이 영감이 더 유난히 물건 쌓인 것이며 진열장에 늘어놓인 것을 눈

여겨보는 것이었다. 정례 모녀는 그 뜻을 짐작하겠느니만큼 불쾌하였다.

여기는 여자 중학교와 국민학교가 길 건너로 마주 붙은 네거리에서 조금 외진 골목 안이기는 하나, 두 학교를 상대로 하고 벌인 학용품 상점으로는 그야말로 좌처가 좋은 셈이다. 원체는 선술집이었다든가 하는 방 한 칸 달린 이 점방을 작년 봄에 8천 원 월세로 얻어가지고 이것을 벌이고 앉을 제, 국민학교 안에는 벌써 매점이 있어서 어떨까도 하였으나, 여학교만은 시작하기 전부터 아는 선생을 새에 넣고 선전도 하고 특약하다시피 하였던 관계인지, 이때껏 재미를 보는 편이지, 이 장삿속으로만은 꿀리는 셈속은 아니다.

"이번에, 두 달 셈을 한꺼번에 드리쟀더니 또 역시 꿀립니다그려. 우선 밀린 거 한 달치만 받아가시죠."

정례 어머니는 테이블 위에 놓인 손금고를 땡그렁 열고서 백 원짜리를 척척 센다.

"이번에는 본전까지 될 줄 알았는데, 이자나마 또 밀리니…… 장사는 깔축없이 잘되는데, 그 원 어째 그렇단 말씀유?"

하며, 영감은 혀를 찬다. 저편에서 만화를 보며 소곤거리던 아이들은 교장이라던 이 늙은이의 본전이니 변리니 하는 소리에 눈들이 휘둥그레서 건너다본다.

"7천5백 원입니다. 세보십쇼. 그러니 댁 한 군델 세야 말이죠. 제일 무거운 짐이 아시다시피 김옥임이네 10만 원의 1할 5부, 1만 5천 원이죠, 은행 조건 30만 원의 이자가 또 있죠…… 기껏 벌어서 남 좋은 일 하는 거예요. 당신에게 이자 벌어드리고 앉았는 셈이죠."

영감은 옆에서 주인댁이 하는 말은 귀담아듣지도 않고 골똘히 돈을 세더니, 커다란 검정 헝겊 주머니를 허리춤에서 꺼내서 넣는다. 옆에 섰는 정례는 그 돈이 아깝고 영감의 푸둥푸둥한 넙적한 손까지 밉기도 하여 가만히 내려다보고 있으려니까,

"그래 이달치는 또 언제쯤 들르리까? 급히 내가 쓸 데가 있으니까 아무래도 본전까지 해주어야 하겠는데⋯⋯."

하고, 아까와는 딴판으로 퉁명스럽게 볼멘소리를 하였다. 만화를 들여다보던 아이들은 또 한 번 이편을 건너다본다.

부영고 점잖게 생긴 신수가 딴은 교장 선생 같고, 저기다가 양복이나 입고 운동장의 교단에 올라서면 저희들도 꿈질하려니 싶은 생각이 드는데, 이잣돈을 받아 넣고 나서도 또 조르고 두덜대는 소리를 들으니, 설마 저런 교장이 어디 있으랴 싶어서 저희들끼리 또 눈짓을 하였다.

"되는 대로 갖다드리죠. 하지만 본전은 조금만 더 참아주십쇼. 선생님 같으신 어른이 돈 5만 원쯤에 무얼 그렇게 시급히 구십니까."

정례 어머니는 본전을 해내라는 데에 얼레발을 치며 설설 기는 수작을 한다.

"아니, 이자 안 물구 어서 갚는 게 수가 아니겠나요?"

"선생님두 속 시원한 말씀을 하십니다."

정례 어머니는 기가 막혀 웃어 보인다.

"참, 그런데 김옥임 여사가 무어라지 않습니까?"

그만 일어설 줄 알았던 교장은 담배를 붙이며 새판으로 말을 꺼낸다.

"왜, 무어라구 해요?"

정례 모녀는 무슨 말이 나오려는지 벌써 알아채고 입이 삐쭉들하여졌다.

"글쎄, 그 20만 원 조건을 대지르구 날더러 예서 받아가라니 그래 어떻게들 이야기가 귀정이 났지요?"

영감의 말이 떨어지기가 무섭게 정례는 잔뜩 벼르고 있었던 듯이 모친의 앞장을 서서 가로 탄한다.

"교장 선생님! 그따위 경위 없는 말이 어디 있에요? 그건 요나마 우리 가게를 판 들어먹게 하구 말겠단 말이지 뭐예요!"

하고, 얼굴이 발끈해지며 눈을 세로 뜬다.

"응? 교장이라니? 교장은 별안간 무슨 교장…… 허허허……."

영감은 허청 나오는 웃음을 터뜨리며 저편 아이들을 잠깐 거들떠보고 나서,

"글쎄, 그러니 빤히 사정을 아는 터에 이럴 수도 없고 저럴 수도 없고……."

하며 말끝을 어물어물해버린다. 이 영감이 해방 전까지 어느 시골선지 오랫동안 보통학교 교장 노릇을 하였다는 말을 옥임에게서 들었기에 이 집에서는 이름은 자세히 모르고 하여 교장 교장하고 불러왔던 것이 입버릇으로 급히 튀어나온 말이나, 고리대금업의 패를 차고 나선 지금에는 그것을 내세우기도 싫고, 더구나

저런 소학교 아이들 앞에서는 창피한 생각도 드는 눈치였다.

"교장 선생님이 이럴 수도 없구 저럴 수도 없으실 게 뭐예요. 그 아주머니한테 받으실 건 그 아주머니한테 받으십쇼그려."

정례는 또 모친이 입을 벌릴 새도 없이 풍풍 쏘아준다.

"얜 왜 이러니!"

모친은 딸을 나무라놓고,

"그렇겐 못하겠다구 벌써 끝낸 말인데 또 왜 그럴꾸."

하며, 말을 잘라버린다.

"아, 그런데 김씨 편에서는 댁에서 승낙한 듯이 말하던데요?"

영감의 말눈치는 김옥임이 편을 들어서 20만 원 조건인가를 여기서 받아내려는 생각인 모양이다.

"딴소리! 내가 아무리 어수룩하기루 제 사폐만 봐주구 제 춤에만 놀까요?"

정례 어머니는 코웃음을 쳤다.

김옥임이의 20만 원 조건이라는 것이, 요사이 이 두 모녀의 자나깨나 큰 걱정거리요, 그것을 생각하면 밥맛이 다 없을 지경이지마는, 자초(自初)는, 정례 모녀가 이 상점을 벌이고 나자, 장사가 잘될 성부르니까 김옥임이가 저도 한몫 끼자고 자청을 하여 10만 원을 들여놓고 들어왔던 것이다. 그리고 그 가지고 들어온 동사 밑천 10만 원의 두 곱을 빼가고도 또 새끼를 쳐서 오늘에 와서는 22만 원까지 달라는 것이다.

2

정례 모친은 남편을 졸라서 집문서를 은행에 넣고 천신만고하여 30만 원을 얻어가지고, 부비 쓰고 당장 급한 것 가리고 한 나머지 이십이삼만 원을 들고 이 가게를 벌였던 것이었다. 8천 원월세의 보증금 8만 원은 말 말고라도 점방 꾸미고 탁자 들이고 진열대 세 채 들여놓고 하기만도 육칠만 원 들었으니, 갖다놓은 물건이라야 10만 원 어치도 못 되는 것이었다. 그러나 학생아이들이 차츰 꾀게 될수록 찾는 것은 많아가고 점심때에 찾는 빵이며 과자라도 벌여놓고 싶고, 수(繡)실이니 수틀이니 여학교의 수예(手藝) 재료들도 갖추갖추 갖다놓고는 싶은데, 매일 시내로 팔리는 것을 가지고는 미처 무더기 돈을 돌려 빼내는 수도 없는데, 쫄끔쫄끔 들어오는 그 돈 중에서 조금씩 뜯어서 당장 그날그날 살아가야는 하겠으니, 자연 쫄리는 판에 김옥임이가 한 다리 걸치자고 덤비니, 동사란 애초에 재미없는 일이거니와, 요 조그만 구멍가게를 동사로 해서 뜯어먹을 것이 무에 있겠느냐는 생각도 없지 않았으나, 당장에 아쉬우니 5만 원씩 두 번에 질러서 10만 원밑천을 받아들였던 것이었다. 그러나 말이 동사지 2할 넘어의 고리(高利)로 십만 원 빚을 쓴 거나 다름없었다. 빚놀이에 눈이 벌게 다니는 옥임이는 제 벌이가 바빠서도 그렇겠지마는, 하루 한 번이고 이틀에 한 번 저녁때 슬쩍 들러서 물건 판 치부장이나 떠들어보고 가는 것밖에는 별로 거드는 일도 없었다. 실상은 그것

이 쌩이질¹이나 하고 부라퀴같이 덤비는 것보다는 정례 모녀에게
는 편하기도 하였던 것이다. 하여튼 그러면서도 월말이 되면 이
익의 3분지 1가량은 되는 2만 원 돈을 또박또박 따가곤 하였다.
담보물이 있으면 1할, 신용 대부로 1할 5푼 변(邊)인데, 동사란
말만 걸고 2할, 2할이 안 될 때도 있었지마는 셈속 좋은 때면 2할
이상의 배당도 차례에 오니, 옥임이 생각에는 실속으로는 이익이
좀 더 되려니 하는 의심도 없지 않았으나, 그래도 별로 힘드는 일
을 하는 것도 아니요, 가만히 앉아서 2할이면, 허구한 날 삘삘거
리고 싸지르면서 긁어들이는 변리 돈보다는 나은 셈이라고 생각
하였던 것이었다. 하여간 올 들어서 밑천을 빼어가겠다고 하기까
지 아홉 달 동안에 20만 원 가까운 돈을 벌어갔던 것이다.

그러나 정례 부친이 만날 요 구멍가게서 용돈을 얻어다 쓰는 것
도 못할 일이라고, 작년 겨울에 들어서 마지막 남은 땅뙈기를, 그
야 예전과 달라서 삼칠제(三七制)²인 데다가 세금이니 비료니 하
고 부담에 얽매이니까 그렇겠지마는, 하여간 아버지 천량으로 물
려받은 것의 마지막으로 남은 것을 팔아가지고 연래에 없는 눈
[降雪]이라고 하여, 서울 시내에서 전차가 사흘을 못 통할 동안
에, 택시를 부르면 땅 짚고 기기라 하여, 하이어를 한 대 사들여
놓고 택시로 부려보았던 것이라서, 이것이 사흘돌이로 말썽을 부
려 고장이요 수선이요 하고, 나중에는 이 상점의 돈까지 하루만
돌려라, 이틀만 참아라 하고, 만 원 2만 원 빼내가고는 시치미를
떼기 시작하니 점방의 타격은 의외로 큰 것이었다. 이 꼴을 본 옥
임이는 에그머니나 하는 생각이 들었던지, 올 들어서부터 제 밑

천은 빼내가겠다는 것이었다. 사실 잘못하다가는 자동차가 이 저 자 터까지 들어먹을 판인데, 별안간 옥임이가 빠져나간다니 한편 으로는 시원하나 10만 원을 모개로 빼내주는 도리가 없었다.

"이렇게 거덜거덜할 바에야 집어치우지."

겨울방학 때라, 더구나 팔리는 것은 없고 쓸쓸하기도 하였지마 는, 옥임이는 날마다 10만 원 재촉을 하러 와서는 이런 소리도 하 는 것이었다. 남은 집문서를 잡혀서 이거나마 시작해놓고, 다섯 식구의 입을 매달고 있는 터인데, 제 발만 쏙 빼놓겠다고 이런 야 멸찬 소리를 할 제, 정례 모녀는 얼굴을 빤히 쳐다보곤 하였다.

"세전 보증금이나 빼내구 뉘께 넘겨버리지? 설비한 것하구 물 건 남은 것 얼러서 한 10만 원은 받을까? 그렇다면 내 누구 하나 지시해줄까?"

이렇게 권하기도 하는 것이었다. 뉘께 넘기게 해서라도 자기가 10만 원만 어서 뽑아가려는 말이겠지마는, 어떻게 보면 10만 원 에 이 점방을 자기가 맡아 잡겠다는 말눈치인 듯도 싶었다.

"내가 바쁘지만 않으면 도틀어 맡아가지고 훨씬 화장을 해놓으 면 이 꼴은 안 되겠지만, 어디 내가 틈이 있는 몸이어야……."

이렇게 운자를 떼는 것을 들으면, 한 발 들여놓고 한 발 내놓는 수작 같기도 하였다. 자동차 동티로 밑천을 홀짝 집어먹힐까 보 아서 발을 뺀다는 수작이다. 한편으로는 이렇게 한참 꿀리고, 학 교들은 방학을 하여 흥정이 없는 이 판에, 번히 나올 구멍이 없는 10만 원을 해내라고 못살게 굴면, 성이 가시니 상점을 맡아가라 는 말이 나오고 말리라는 배짱 같아 보이는 것이었다. 모녀는 그것이 더 분하였다.

"저의 자수로는 엄두도 안 나구, 남이 해놓으니까 괜 듯싶어서, 솔개미가 까치집 채어들 듯이 이거나마 뺏어가지고 저의 판을 만들어보겠다는 것이지만, 첫째 이런 좋은 좌처를 왜 내놓을라구."

누구보다도 정례가 바르르 떨었다.

"매사가 그렇지. 될성부르니까 뺏어 차구 앉겠지, 거덜거덜하면 누가 눈이나 떠본다던!"

정례 모친은 코웃음을 치기만 하였다.

하여간 이렇게 졸리기를 반달 짝이나 하다가 급기야 8만 원 보증금의 영수증을 옥임에게 담보로 내주고, 출자금 10만 원은 1할 5푼 변의 빚으로 돌라매고 말았다. 옥임으로서는 매삭 2할 배당의 맛도 잊을 수 없었으나, 이왕 상점을 제 손으로 못 휘두를 바에는 이편이 든든은 하였던 것이다.

그러고도 정례 모친은, 옥임이와 가끔 함께 들러서 알게 된 교장 선생님의 돈 5만 원을 얻어가지고, 개학 초부터 찌부러져가던 상점의 만회책을 다시 세웠던 것이다. 그러나 땅뙈기는 자동차 바람에 날려 보내고, 자동차는 수선비로 녹여버리고 나니, 상점에서 흘려내간 칠팔만 원이라는 돈은 고스란히 떼버렸고, 그 보충으로 짊어진 것이 교장의 빚 5만 원이었었다. 점점 더 심해가는 물가에 뜯어먹고 살아야 하겠고, 내남직없이 종이 한 장, 연필 한 자루라도 덜 사갔지, 더 팔리지는 않으니, 매삭 두 자국 세 자국의 변리만 꺼가기도 극난이었다. 그러고 보니 자연 좋지 못한 감정으로 헤어진 옥임이한테 보낼 변리가 한두 달 밀리기 시작했던 것이다. 8만 원 증서가 집문서만큼 믿음직하지 못하다고 기어이 1할 5푼으로 떼를 써서 제멋대로 매놓은 것이 얄미워서, 어디 네가 그 이자를 긁어다가 먹나, 내가 안 내고 배기나 해보자는 뱃심도 정례 모친에게는 없지 않았다. 옥임이 역시 제가 좀 과하게 하였다고 뉘우쳤던지, 또 혹은 8만 원 증서를 가졌느니만큼 마음이 놓여서 그런지, 별로 들르지도 않으려니와 들러서도 변리 재촉은 그리 아니하였다. 도리어 정례 어머니 편에서 변리가 밀려 미안하다는 말을 꺼내고 그 끝에,

"이 여름방학이나 지내고 개학 초에 한몫 보면 모개 내리다마는 원체 1할 5부야 과한 것이요 그때 형편에는 한 달 후면 자동차를 팔아서라두 곧 갚겠거니 해서 아무려나 해둔 것이지만 벌써 이월서부터 여덟 달이나 됐으니 무슨 수로 그걸 다 내우. 1할씩만 해두 8만 원이구려. 어이구…… 한 반만 깎읍시다."

하고, 슬쩍 비쳐보면 옥임이도 그럴싸한 듯이,

"아무려나 좋도록 합시다그려."

하고 웃어버리곤 하였다. 그러던 것이 개학이 되자 이달 들어서 부쩍 재치면서 1할 5부 여덟 달치 변리 12만 원 어울러서 22만 원을 이 교장 영감에게 치러달라는 것이다. 급한 조건으로 이 영감에게 20만 원을 돌려썼는데, 한 달 변리 1할 2만 원을 얹으면 22만 원 부리가 맞으니, 셈치기도 좋고 마침 잘되었다고 생글생글 웃어가며 조르는 옥임이의 늙어가는 얼굴이 더 모질어 보이고 얄밉상스러워 보였다. 마치 22만 원 부리를 채우느라고 그동안 여덟 달을 모른 체하고 내버려두었던 것 같다. 정례 어머니는 기가 막

혀 말이 아니 나왔다. 옥임이에게 속아 넘어간 것 같아서 분하였
다. 그러나 분한 것은 고사하고 이러다가 이 구멍가게나마 들어
먹고 집 한 채 남은 것마저 까불리지나 않을까 하는 생각을 곰곰
하면 가슴이 더럭 내려앉는 것이었다. 소학교 적부터 한 반에서
콧물을 흘리며 같이 자라났고 동경 가서 여자대학을 다닐 때도
함께 고생하던 옥임이다. 더구나 제가 내놓은 10만 원은 한 푼 깔
축을 안 내고 20만 원 가까운 돈을 벌어주었으니, 아무리 눈에 돈
동록³이 슬었기로 제가 설마 내게 1할 5푼 변을 다 받으려 들기야
하랴! 한 반절 얹어서 16만 원쯤 해주면 되려니 하는 속셈만 치고
있던 자기가 어리보기⁴라고 혼자 어이가 없어 실소를 하였다. 그
러나 십오륙만 원이기로 한꺼번에 빼내는 수도 없으니 이번에 변
리 6만 원만 마감을 하고서 본전은 5만 원씩 두 번에 갚자는 요량
이었다. 집안 식구는 조밥에 새우젓 꽁댕이로 우격대더라도 어떻
든지 이 겨울방학이 돌아오기 전에 그 아니꼬운 옥임이 조건만이
라도 끝을 내고야 말겠다고 이를 악무는 판인데, 이렇게 둘러대
고 보니 살겠다고 기를 쓰고 기어 올라가는 놈의 발목을 아래에
서 붙들고 늘어지는 것 같아서 맥이 풀리고 사는 것이 귀찮은 생
각만 드는 것이었다. 평생에 빚이라고는 모르고 지냈는데 편편히
노는 남편만 바라보고 있을 수가 없어서 시작한 노릇이라서 은행
에 30만 원이 그대로 있고 옥임이에게 22만원, 교장 영감에게 5만
원 도합 57만 원 빚을 어느덧 걸머지고 앉은 생각을 하면 밤에 잠
이 아니 오고 앞이 캄캄하여 양잿물이라도 먹고 싶은 요사이의
정례 어머니다.

"하여간 제게 10만 원 썼으면 썼지, 그걸 못 받을까 봐 선생님을 팔구 선생님더러 받아오라는 것이지만 내가 아무리 죽게 돼두 제 돈 떼먹지 않을 거니 염려 말라구 하셔요."

정례 어머니는 화를 바락 내었다. 해방 덕에 빚놀이를 시작해가지고 돈 백만 원이나 착실히 잡았고, 깔려 있는 것만도 백만 원 이상은 되리라는 소문인데, 이 영감에게 20만 원 빚을 쓰다니 말이 되는 소런가. 못 받을까 애도 씌지만, 12만 원 변리를 본전으로 돌라매어놓고 변리의 새끼 변리, 손자 변리까지 우려먹자는 수단인 것이 뻔한 노릇이었다. 10만 원에 1할 5푼이면 1만 5천 원밖에 안 되나, 22만 원으로 돌라매놓으면 1할 변만 해도 매삭 2만 2천 원이니 7천원이 더 붙는 것이다.

"그야, 내 돈 안 쓴 것을 썼다겠소. 깔려만 있고 회수가 안 되면 피차 돌려두 쓰는 것이지마는, 나 역, 한 자국에 20만 원씩 모개 내놓고 오래 둘 수는 없으니까, 이렇게 하면 어떻겠소……?"

영감은 무척 생색을 내고, 이편 사폐를 보아서 석 달 기한하고 자기 조카의 돈 20만 원을 돌려주게 할 터이니, 다시 말하면 조카에게 20만 원을 1할로 얻어 쓸 터이니, 우수리 2만 원만 현금으로 내놓고 표를 한 장 써내라는 것이다. 옥임이는 이 영감에게로 미루고, 영감은 또 조카의 돈을 돌려쓴다고 표를 받겠다는 꼴이, 저희끼리 무슨 꿍꿍이속인지 알 수가 없으나, 요컨대 석 달 기한의 표를 받아놓자는 것이요, 그 사품에 7천 원 변리를 더 받겠다는 수작이다. 특별히 1할 변인 대신에 석 달 기한이라는 조건을 붙이는 것도 무슨 계교 속인지 알 수가 없다. 석 달 동안에 20만 원을

만드는 재주도 없지마는, 석 달 후면 마침 겨울방학이 될 때니 차
차 꿀려 들어가는 제일 어려운 고비일 것이다. 정례 어머니는, 이
연놈들이 무슨 원수를 졌다고 이렇게 짜고서들 못살게 구는 것인
가, 하는 생각에 한바탕 들이대고 싶은 것을 꾹 참으며,

"선생님께 쓴 돈 아니니, 교장 선생님은 아랑곳 마세요. 옥임이
더러, 와서 조르든, 이 상점을 떠메어 가든 마음대로 하라죠."
하고 딱 잘라 말을 하여 쫓아 보냈다.

3

그 후 근 일주일은 옥임이의 그림자도 보이지 않았다. 정례 모
녀는 맞닥뜨리면 말수도 부족하거니와 아귀다툼하는 것이 싫어
서, 그날그날 소리 없이 넘어가는 것만 다행하나, 어느 때 달려들
어서 또 무슨 조건을 내놓고 졸라댈지 불안은 한층 더하였다.

"응, 마침 잘 만났군. 그런데 그만하면 얘기는 끝났을 텐데, 웬
세도가 그리 좋아서 누구를 오너라 가너라 하구 아니꼽게 야단
야……."

정례 모친이 황토현 정류장에서 차를 기다리며 열 틈에 끼어 섰
으려니까, 이리로 향하여 오던 옥임이가 옆에 와서 딱 서며 시비
를 건다.

"바쁘기야 하겠지만 좀 못 들를 건 뭐구."

정례 모친은 옥임이의 기색이 좋지는 않아 보이나, 실없는 말이

거니 하고 대꾸를 하며 열에서 빠져 나서려니까,

"그래 그 돈은 갚는다는 거야 안 갚을 작정야? 세도 좋은 젊은 서방을 믿고 그 떠세루 남의 돈을 무쪽같이 떼먹으려 드나 보다마는, 김옥임이두 그렇게 호락호락하지는 않어……."

원체 예쁘장한 상판이기는 하면서도 쌀쌀한 편이지마는, 눈을 곤두세우고 대드는 품이 어려서부터 30년 동안을 보던 옥임이는 아니다. 전부터 "네 영감은 어쩨 점점 더 젊어가니? 거기다 대면 넌 어머니 같구나" 하고 새룽새룽 놀리기도 하고, 60이 넘은 아버지 같은 영감 밑에 쓸쓸히 사는 옥임이는 은근히 부러워도 하는 눈치였지마는, 밑도 끝도 없이 길바닥에서 '젊은 서방'을 들추어 내는 것을 보고 정례 어머니는 어이가 없었다.

"늙은 영감에 넌더리가 나거든 젊은 서방 하나 또 얻으려무나."
하고, 정례 모친도 비꼬아주고 싶었으나 열을 지어 섰는 사람들이 쳐다보며 픽픽 웃는 바람에,

"이거 미쳐나려나? 이건 무슨 객설야."
하고, 달래며 나무라며 끌고 가려 하였다.

"그래 내 돈을 곱게 먹겠는가 생각을 해보렴. 매달린 식솔은 많구 병들어 누운 늙은 영감의 약값이라두 뜯어 쓰려구, 이렇게 쩔쩔거리구 다니는, 이년의 돈을 먹겠다는 너 같은 의리가 없는 년은 욕을 좀 단단히 뵈야 정신이 날 거다마는, 제 사정 보아서 싼 변리에 좋은 자국을 지시해 바친 밖에! 그것두 마다니, 남의 돈 생으루 먹자는 도둑년 같은 배짱 아니구 뭐냐?"

오고 가는 사람이 우중우중 서며 구경났다고 바라보는데, 원체

히스테리증이 있는 줄은 짐작하지마는, 창피한 줄도 모르고 기가 나서 대든다. 히스테리는 고사하고, 이것도 빚쟁이의 돈 받는 상투 수단인가 싶었다.

"누가 안 갚는대나? 돈두 중하지만 이게 무슨 꼬락서니냔 말이야."

정례 어머니는 그래도 달래서 뒷골목으로 끌고 들어가려 하였다.

"난 돈밖에 몰라. 내일모레면 거리로 나앉게 된 년이 체면은 뭐구, 우정은 다 뭐냐? 어쨌든 내 돈만 내놓으면 이러니저러니 너 같은 장래 대신 부인께 나 같은 년이야 감히 말이나 붙여보려 들겠다던!"

하고 허청 나오는 코웃음을 친다. 구경꾼은 자꾸 꾀어드는데, 정례 모친은 생전 처음 당하는 이런 봉욕에 눈앞이 아찔하여지고 가슴이 꼭 메어 올랐으나, 언제까지 이러고 섰다가는 예서 더 무슨 창피한 꼴을 볼까 무서워서 선뜻 몸을 빼쳐 옆의 골로 줄달음질을 쳐 들어갔다. 뒤에서 발소리가 없으니 옥임이는 저대로 간 모양이다. 정례 모친은 눈물이 핑 돌았다.

스물예닐곱까지 동경 바닥에서 신여성 운동이네, 연애네, 어쩌네 하고 멋대로 놀다가, 지금 영감의 후실로 들어앉아서, 세상 고생을 알까, 아이를 한번 낳아보았을까, 40 전의 젊은 한때를 도지사 대감의 실내마님으로 떠받들려 제멋대로 호강도 하여본 옥임이다. 지금도 어디가 40이 훨씬 넘은 중늙은이로 보이랴. 머리를 곱게 지지고 엷은 얼굴 단장에, 번질거리는 미국제 핸드백을 착 끼고 나선 맵시가 어느 댁 유한마담이지, 설마 1할, 1할 5푼으로 아귀다툼을 하고 어려운 예전 동무를 쫓아다니며 올리는 고리대금업자로야 누가 짐작이나 할까. 해방이 되자, 고리대금이 전당국 대신으로 터놓고 하는 큰 생화가 되었지마는, 옥임이는 반민자(反民者)의 아내가 되리라는 것을 도리어 간판으로 내세우고 부라퀴같이 덤빈 것이다. 중경 도지사요, 전쟁 말기에는 무슨 군수품 회사의 취체역인가 감사역을 지냈으니 반민법이 국회에서 통과되는 날이면, 중풍을 3년째나 누웠는 영감이, 어서 돌아가주기나 하기 전에야 으레 걸리고 말 것이요, 걸리는 날이면 떠메어다가 징역은 시키지 않을지 모르되, 지니고 있는 집간이며 땅섬지기나마 몰수를 당할 것이니, 비록 자신은 없을망정 자기는 자기대로 살길을 차려야 하겠다고 나선 길이 이 길이었다. 상하 식솔을 혼자 떠맡고 영감의 약값을 제 손으로 벌어야 될 가련한 신세같이 우는소리를 하지마는 그래야 남의 욕을 덜 먹는 발뺌이 되는 것이다.

옥임이는 정례 모친이 혼쭐이 나서 달아나는 꼴을 그것 보라는 듯이 곁눈으로 흘겨보고 입귀를 샐룩하여 비웃으며, 버젓이 사람 틈을 헤치고 종로 편으로 내려갔다. 의기양양할 것도 없지마는, 가슴속이 후련하니 머릿속이고 가슴속이고 무언지 뭉치고 비비 꼬이고 하던 것이 확 풀어져 스러지고 회가 제대로 도는 것 같아서 기분이 시원하다. 그러나 그 뭉치고 비비 꼬인 것이라는 것이 반드시 정례 어머니에게 대한 악감정은 아니었다. 옥임이가 그 오랜 동무에게 이렇다 할 감정이 있을 까닭은 없었다. 다만 아무리 요새 돈이라도 20여만 원이라는 대금을 받아내려면은 한번 혼을 단단히 내고 제독을 주어야 하겠다고 벼르기는 하였지마는, 얼떨결에 나온다는 말이 젊은 서방을 둔 떠세냐 무어냐고 한 것은 구석 없는 말이었고 지금 생각하니 우스웠다. 그러나 자기보다도 훨씬 늙어 보이고 살림에 찌든 정례 모친에게는 과분한 남편이라는 생각은 늘 하던 옥임이기는 하였다. 남의 남편을 보고 부럽다거나 샘이 나거나 하는 그런 몰상식한 옥임도 아니지마는 자식도 없이 군식구들만 들썩거리는 집에 들어가서 몸도 제대로 가누지 못하는 늙은 영감의 방을 들여다보면 공연히 짜증이 나고, 정례 어머니가 자식들을 공부시키느라고 어려운 살림에 얽매고 고생하나, 자기보다 팔자가 좋다는 생각도 나는 것이었다. 내년이면 공과 대학을 나오는 맏아들에 중학교에 다니는 어머니보다도 키가 큰 둘째아들이 있고, 딸은 지금이라도 사위를 보게 다 길러놓았고, 남편은 펀둥펀둥 놀며 마누라가 조리차⁵를 하는 용돈이나 받아 쓰고, 자동차로 땅뙈기는 까불렸을망정 신수가 멀쩡한 호남자가 무슨 정당이라나 하는 데 조직부장이니 훈련부장이니 하고 돌아다니니 때를 만나면 아닌 게 아니라 장래 대신이 되지 말라는 법도 없을 것이다. 팔구 삭 동안 동사를 하느라고 매일 들러서 보면, 젊은 영감을 등이라도 두드리고 머리를 쓰다듬어줄 듯이 지성으로 고이는 꼴이란 아닌 게 아니라 옆에서 보기에도 부러운 생각이 들 때가 없지 않았지마는, 결혼들을 처음 했을 예전 시절이나 도지사(道知事) 관사에 들어서 드날릴 때에야 어디 존재나 있던 위인들인가? 그것이 처지가 뒤바뀌어서 관 속에 한 발을 들여놓은 영감이나마 반민자로 지목이 가다니, 이런 것 저런 것을 생각하면 쭉쭉 뽑아놓은 자식들과 한참 활동적인 허우대 좋은 남편에 둘러싸여 재미있고 기운꼴차게 사는 양이 역시 부럽고 저희만 잘된다는 것이 시기도 나는 것이었다. 보기 좋게 이년 저년을 붙이며 한바탕 해대고 나서 속이 후련한 것도 그러한 은연중의 시기였고, 공연한 자기 화풀이였던지 모른다.

옥임이는 그길로 교장 영감 집에 들러서,

"혼을 단단히 내주었으니까 인제는 딴소리 안 할 거외다. 내일 가서 표라두 받아다 주슈."

하고 일러놓았다.

4

"오늘은 아퀴를 지어주시렵니까? 언제 갚으나 갚고 말 것인데 그걸루 의 상할 거야 있나요?"

이튿날 교장이 슬쩍 들러서 매우 점잖은 수작을 하는 것이었다.

"이렇게 말씀드리면 교장 선생님부터가 어떻게 들으실지 모르지만 김옥임이가 그렇게 되다니 불쌍해 못 견디겠어요. 예전에 셰익스피어의 원서를 끼구 다니고, 『인형의 집』에 신이 나구, 엘렌 케이[6]의 숭배자요 하던 그런 옥임이가 동냥자루 같은 돈 전대를 차구 나서면 세상이 모두 노랑 돈닢으로 보이는지, 어린애 코 묻은 돈푼이나 바라고 이런 구멍가게에 나와 앉았는 나두 불쌍한 신세지마는 난 옥임이가 가엾어서 어제 울었습니다. 난 살림이나 파산 지경이지 옥임이는 성격 파산인가 보더군요……."

정례 어머니는 분하다 할지 딱하다 할지 속에 맺히고 서린 불쾌한 감정을 스스로 풀어버리려는 듯이 웃으며 하소연을 하는 것이었다.

"그런 말씀을 하시니 나두 듣기에 좀 괴란쩍습니다마는 다 어려운 세상에 살자니까 그런 거죠. 별수 있나요. 그래도 제 돈 내놓고 싸든 비싸든 이자라고 명토7 있는 돈을 어엿이 받아먹는 것은 아직도 양심이 있는 생활입니다. 입만 가지고 속여먹고 등쳐먹고 알로 먹고 꿩으로 먹는 허울 좋은 불한당 아니고는 밥알이 올곧게 들어가지 못하는 지금 세상 아닙니까…… 허허허."
하고 교장은 자기변명인지 옥임이 역성인지를 하는 것이었다.

이날 정례 어머니는 딸이 옆에서 한사코 말리며, "그따위 돈은 안 갚아도 좋으니 정장을 하든 어쩌든 마음대로 하라구 내버려두세요" 하며 팔팔 뛰는 것을 모른 척하고 20만 원 표에 2만 원 현금을 얹어서 옥임이 갖다가 주라고 내놓았다.

정례 모친은 그 후 두 달 걸려서 교장 영감의 5만원 빚은 갚았으나, 석 달째 가서는 이 상점 주인이 바뀌어 들고야 말았다. 정말 교장 영감의 조카가 나서나 하였더니 교장의 딸 내외가 들어앉았다. 상점을 내놓고 만 바에는 자질구레한 셈속을 따진대야 죽은 아이 귀 만져보기지 별수 없지마는, 하여튼 20만 원의 석 달 변리 6만 원이 또 늘어서 26만 원인데 정례 모녀가 사글세의 보증금 8만 원마저 못 찾고 두 손 털고 나선 것을 보면, 그 8만 원을 아끼고 남은 18만 원을 점방의 설비와 남은 물건값으로 치운 것이었다. 물론 옥임이가 뒤에 앉아 맡은 것이나, 권리 값으로 5만 원 더 얹어서 교장 영감에게 팔아넘긴 것이었다. 옥임이는 좀 더 남겨먹었을 것이로되 교장 영감이 그 빚 받아내는 데에 공로가 있었기 때문에 5만 원만 얹어 먹고 말았고, 또 교장은 이북에서 내려온 딸 내외에게는 똑 알맞은 장사라는 생각이 있어서 애초부터 침을 삼키고 눈독을 들이던 것이라, 이 상점을 손에 넣으려고 애도 썼지마는, 매득하였다고 좋아하였다.

정례 모녀는 1년 반 동안이나 죽도록 벌어서 죽 쑤어 개 좋은 일 한 셈이라고 절통을 하였으나 그보다도 정례 모친은 오래간만에 몸이 편해져서 그렇기도 하였겠지마는 몸살감기에 울화가 터져서 그만 누운 것이 반달이나 끌었다.

"마누라, 염려 말아요. 김옥임이 돈쯤 먹자고 들면 삼사십만 원 쯤 금세루 녹여내지. 가만있어요."

정례 부친은 앓는 마누라 앞에 앉아서 이렇게 위로하였다.

"옥임이 돈을 먹자는 것두 아니지마는 무슨 재주루."

마누라는 말리는 것도 아니요 부채질하는 것도 아닌 소리를 하였다.

"김옥임이도 요사이 자동차를 놀려보구 싶어 한다는데 마침 어수룩한 자동차 한 대가 나섰단 말이지. 조금만 참아요, 우리 집문서는 아무래두 김옥임 여사의 돈으로 찾아놓고 말 것이니……."
하며, 정례 부친은 앓는 아내를 위하여 뱃속 유하게 껄껄 웃었다.

절곡 絶穀

1

영탁 영감의 '헝거 스트'(헝거 스트라이크——절식 파업)는 어제 부터 또 시작이 되었다. 영탁이의 단식은 툭하면 시작되는 예증 이었다. 시초는 대개가 대수롭지 않은 내외 싸움이었다. 말다툼 이 손찌검까지 가서, 권투보다는 좀 더 구경거리인 늙은이들의 활극이 벌어져가지고는, 아무래도 체질이 약한 영감이 한두 번이 라도 더 쥐어질리고 힘이 부쳐서 헐레벌떡 방에 들어가 누워버리 면 그날부터 사날은 곡기를 끊고 일어나지를 않는 것이다.

그럴 때마다 영감은 안방 윗목에 자리보전을 하고 누워서 끼니 때마다 옆에서 밥 먹기가 송구스러웠는데 이번에는 아이들의 공 부하는 아랫방에 들어가 누웠기 때문에 학교 가는 삼 남매가 안 방으로 책을 꾸려가지고 올라오고 법석들이었다. 그 옆의 방에는

386

병자인 둘째딸이 누워서 낑낑 앓는다.

어른 아이, 나갈 사람은 다 빠져나가고, 안방마님은 머리를 빗는지 식곤증에 한잠 들었는지 또드락 소리도 없고 영감 방에서도 쥐 죽은 듯이 기척이 없으니, 괴괴한 집안 속에 뜸했다가는 숨이 넘어갈 듯이 헐떡거리곤 하는 병자의 신음 소리만 유난히 커닿게 들린다. 1년 짝이나 두고 그저 그 턱으로 끌어오던 긴 병이라 이제는 집안 식구들도 시들히, 다잡아보아주는 사람도 없지마는, 그래도 며칠 전까지도 기동을 해서 부엌일도 거드는 체하고, 우물가에 나와서 제 빨래도 하곤 하였는데, 요새로 몸져누워서는 쪽 빨린 얼굴이 금시로 더 하얗게 세고 뒷간 출입에도 영 기다시피 하는 것이다.

부엌을 치우고 나온 며느리는 안방을 들여다보고,

"어떻게 아버니께 뭘 들여보내야 하지 않아요? 아가씨두 엊저녁도 안 먹었는데요."

하고 의논을 하였다.

"뭐 있니! 네 재주껏 해보렴."

머리를 빗고 있던 시어머니는 돌아앉은 채 핀잔주듯이 대꾸를 한다.

"쌀 한 줌쯤은 남았죠마는……."

"그럼 흰죽을 쑤구, 기름간장에 먹게 하렴."

마님은, 병인을 그렇게 먹이란 말이요, 영감 걱정을 하는 것은 아니었다.

"아침진지를 떠두긴 했습니다만 꾸드러진 보리밥을 빈속에 어떻게 잡수래요?……."

그러나 며느리는 차마 이밥을 다시 짓겠다고 입을 벌리지는 못
하였다. 어제 그 싸움이, 즉 이번 헝거 스트의 동기가 밥 사단 때
문이었던 까닭에, 오늘 아침 밥을 풀 때도 시아버지 것은 흰 데로
담아둘 수가 없었던 것이다.

요새처럼 값이 한 가마니에 2만 환을 오르내릴 때는 말할 것도
없지마는, 아홉 식구나 되는 대식구인데 몇 달만큼씩 밀려서 나
오는 남편의 공무원 배급이라는 것이 태반은 잡곡이고 보니 일
년 열두 달 맨 쌀밥만 생의도 못할 노릇이다. 그나마 시아버지는
술 담배를 모르고 식성에 태가 없으니 밥이면 밥, 죽이면 죽, 잡
곡 섞인 것쯤은 예사요 깡보리밥이라도 소리 없이 자시지마는,
시어머니는 어려서부터 귀엽게 자라서 그런지 도무지 잡곡은 입
에 댈 수가 없다는 것이다. 그러니 한 솥의 밥을 푸는 데도 층이
많아서 가운데의 흰 것으로만 시어머니 것을 먼저 푸고 나서 시
아버지 밥이거나 남편의 벤또거나 그대로 섞어서 좀 나은 데로
골라 담으면, 나중에는 깡보리밥에 흰 밥알이 드문드문 눈에 띄
게 되는 것이다.

그런데 어제 아침에는 며느리가 당장 입고 나갈 남편의 와이셔
츠를 부리나케 다리느라고 꾸물거리는 동안에, 회사에 나가는 큰
딸 혜옥이가 제가 급하니까 부엌에 뛰어 들어가서 밥을 대신 펐
다. 그나마 쌀이 떨어져서 이날은 반도 못 섞었는데 저 밥을 어떻
게 푸나, 하고 걱정이던 판에 시뉘가 푸니 잘되었다는 생각을 하
면서,

"작은아가씨, 밥은 흰 데루 조금만 담아두우."
하고 일렀다.

　병인도 그동안 하는 수 없이 보리 섞인 된밥을 그대로 먹여왔지마는, 몸져누운 뒤로는 그래도 인정이 그럴 수가 없어서 흰 데로 담아주어왔던 것이다.

　"모자라진 않습니까?"

　며느리는 밥을 푸다가 마지막에는 자기의 몫을 풀 수 없게 모자라고 마는 때가 하도 많았기 때문에 다림질을 끝내고 부엌으로 내려온 올케가 묻는 것이었다.

　"뭐, 어떻게 하는 수가 있어야지. 오늘은 어머니 진지에두 보리가 좀 섞였다우. 아이들 점심은 깡보리야, 깡보리."
하고 혜옥이는 우습지도 않은 웃음을 해죽 웃었다. 실상은 보리 섞은 밥을 늘 벤또에 담아가지고 다니는 것이 동무 보기에도 창피스러운 생각이 있는지라 오늘은 오라비 것과 제 벤또 밥을 하얀 것으로 살짝 담고 병인의 것 담아놓고 나니, 어쩔 수가 없어서 어머니 것도 섞어서 푼 것이었다.

　남매가 후딱 아침을 먹고 벤또를 들고 나간 뒤에 여자중학교에 다니는 셋째년 혜란이가 깡보리야 깡보리야 하는 형의 말을 들은지라 밥상에 달려들면서 제 벤또갑부터 열어보았다.

　"난 싫어, 난 안 가지구 갈 테야."

　깍두기 쪽에 고추장 덩이를 넣은 점심을 동댕이를 치듯이 제각기 밀어놓고 입이 부었다.

　"뭘, 언니는 저만 흰밥을 담아가지구 가구! 그래서 제가 앞질러

푼다고 그랬지."

혜란이는 본 듯이 종알거렸다. 둘째놈 셋째놈도 제각기 열어보고는 덩달아 툴툴대었다.

"왜들 법석이냐! 어디 보자."

세수를 하고 들어온 어머니의 눈은 아이들 벤또를 훑어보고 자기의 밥사발로 갔다. 마님의 입은 비쭉하였다.

"고년이 제 입만 알어. 애, 그 혜숙이 밥 떠놓은 것 이리 가져오너라."

부엌에다 대고 소리를 쳤다.

"제 입만 알긴! 어린것들이 그렇지, 어른은 별수 있던감?"

영감이 상머리로 다가앉다가 시끄러워서 눈살을 찌푸리며 한마디 하였다. 큰딸을 역성을 들자는 것이 아니라 혜옥이가 취직을 갓 했을 때는 그렇게 떠받들던 마누라가, 요새는 집에 들여놓는 것이 얼마 안 되니 틈틈이 야단을 치며 공연히 미워하는 그 변덕과 현금주의가 못마땅해서 그러는 것이요, 오늘은 자기 밥에도 보리가 섞인 것이 못마땅해서 저러거니 싶어서 불쑥 나온 말이었다.

"어른두 별수 없다니? 응, 나한테두 보리밥을 못 먹여 직성이 안 풀려 하는 소리지. 염려 말아요! 영감 덕에 얻어먹는 거 아니니……."

영감은 모른 척하고 수저를 들었다.

마님은 며느리가 데미는 것을 받아 그 위에 자기 밥을 반이나 덜어가지고 뒤적뒤적 섞으면서,

"잘 먹이지두 못한 데다가 먹으면은 꿀꺽거리구 오르내리는 보리밥을 먹구 어서 나두 쟤처럼 되라는 거야?"

하고 또 푸넘을 한다.

"그래 가뜩이나 입맛이 제쳐진 애를 뭘 먹일 작정으루 그거나마 없애는 거야?"

영감은 병인의 밥을 없애는 데 화를 버럭버럭 내며,

"이 자식들 아무거나 싸주면 소리 없이 가지구 가는 게 아니라."

하고 어린것들을 나무란다.

"어린것들을 나무랜 뭘 해. 밥 한 덩이를 가지고 갈근대는 것이 가엾지! 이게 다 뉘 탓인가 생각을 해봐요."

마님은 벤또밥을 빈 대접에 푹푹 쏟고, 다시 담으며 영감에게 또 복장을 대다가,

"앓는 애가 먹긴 뭘 먹겠기에. 공연히 부엌 속에서 없애버리느니 성한 애들이나 멕여야지."

하고 혼잣소리를 한다. 부엌 속에서 없어진다는 것은 결국 며느리가 먹어버린다는 말이다.

"내! 이렇게 먹는데 더러울 수야 있나! 보리밥 한 뎅이 얻어먹는 거나마 제대로 못 삭이겠다."

영감은 숟가락을 탕 내던지고, 부리만 딴 밥그릇 앞에서 물러나앉았다.

"차라리 문전걸식이 낫지! 왜 나 같은 놈은 붙들어가지 않누?"

앓는 딸이 불쌍해서도 해신 붙들어가달라는 말이었다.

"누가 아니래!"

마누라가 추근추근히 대꾸를 하니까,

"흥! 그게 말이라구 하는 거야? 그래두 천당 가겠다구 예수를 믿어?"

하고 영감은 코웃음을 치며 일어섰다.

"남은 60, 70에두 자동차만 붕붕 날리며 다닙디다! 당신은 머리가 셌수? 허리가 꼬부라졌수? 입만 살았구려. 왜 예수님은 쳐들우!"

어제는 이만 정도로 영감이 홱 나가버렸기 때문에 손찌검이 왔다 갔다 하지는 않았었지마는, 보지 않아도 복덕방에나 나가 앉아서 해를 보냈을 영감이, 어디서 걸렸는지 먹을 줄 모르는 술 한 잔에 지척거리며 어슬 녘에 들어와서는 아랫방으로 들어가 쓰러진 것이었다.

자기나 딸 대신 붙들어가지를 않는다는 한탄에 "누가 아니래!" 하고 맞장구를 치던 마누라의 한마디가 늙은이 마음에 뼈가 저리게 야속해서 다시는 마누라의 얼굴도 보기 싫은지 안방에를 아니 들어간 것이었다.

시어머니가 나가는 길에 아랫방 딸의 방문을 열고 알은체를 하는 소리가 나기에, 부엌에서 쌀을 씻던 며느리는 쫓아나가서 뒤에서 기웃이 들여다보았다. 몸져누운 뒤로는 그 방을 혼자 들여다보기가 실쭉하였기 때문이다.

"인젠 죽을 쑤어다 주거든 먹기 싫어두 좀 먹어라. 병원에 입원할 길을 뚫어보구 일찍 들어오마."

모친이 병자를 안위시키느라고 이렇게 일러놓고 창문을 닫으려 니까, 가슴을 벌렁거리며 눈을 감고 있던 병인이 눈만 반짝 치뜨 고 쳐다본다. 걷어질린 눈자위가 대룩대룩하며 흰자위가 커지는 것이 누구를 나무라는 듯이 노기가 등등해 보여서 올케는 찔끔하 며 등줄기가 선뜩하였다. 시어머니의 눈치를 넌지시 보았으나 아 무렇지도 않고 심상하였다.

마침 풍로에 밥을 놓고 나니까 건넌방에 아이가 깨어서 울기에 며느리는 뛰어들어가 젖을 먹여 업고 나와서 아버지 상을 차렸다.

"아버지, 진지 잡수세요."

상을 들고, 아랫방 윗간에 들어가서 돌아누웠는 시아버지를 깨 웠다.

"응, 아가냐? 나 안 먹어. 먹구 싶지 않아. 내가라."

시아버지는 한참 만에 꿈속같이 짜증내는 소리를 하였다.

"어젠 약주를 잡순 것 같데요. 뜨뜻한 국물이라두 마시세요. 해 장(해정)을 하셔야죠."

김이 모락모락 나는 된장국물이 식는 것이 아까웠다. 밥도 갓 지은 것이라 야드르한 하얀 밥에서 김이 무럭무럭 났다. 그러나 돌아누운 시아버지는 다시는 대꾸도 없다. 며느리는 언제까지 그 러고 기다리고 섰을 수도 없고 풍로에서 끓는 병인의 죽이 탈까 보아서,

"어서 조금 잡수세요."

하고 한마디 남겨놓고는 나왔다.

병인의 죽을 예반[1]에 차려가지고 아랫방 앞을 지나려니까,

"예, 금례야, 이 상 내가거라."

하는 시아버지의 소리에 금례는,

"네."

하고 대답만 하며 병실로 들어갔다. 어째 마음에 선뜩하고 등에 업힌 어린 것이 있느니만치 덜 좋았다.

작년 이맘 때 동리의 심내과 의사를 데려다 보일 때도 폐병이라 하며, 이러다가는 고비를 못 넘길 테니 주의하라 하였고, 지난봄에는 점점 침중해가는 것 같아서 시립병원에를 데리고 가서 시료실에라도 입원을 시키려 하였으나 퇴짜를 맞고 왔는데, 그래도 시어머니는 여전히,

"폐병이 무슨 놈의 폐병이야. 숨찬증이지. 그깐 놈의 의사들 뭐 안다던!"

하고 우기는 것이었으나, 집안의 젊은 애들은 무어 좋은 일이라고 마주 우길 수도 없어서 그저 그런대로 내버려두고 지내오기는 하지마는 늘 마음에 꺼림칙한 것이었다.

"언니, 나까지 누워서 시중을 들게 하구 미안하우."

병자는 간신히 일어나서 그래도 보얀 죽이 마음에 드는지 반색을 하며 숟가락을 드는 것이었다.

"온 별소리를!"

하며 올케는 마음에 좋기도 하고, 병인이 가엾기도 하였다.

"어머니 병원에 가보신댔지? 난 병원에 안 들어가. 언니나 따라가준대면 모르지만, 나만 갖다 내버려두고 밤낮 나돌아다니시면 난 어쩌라구."

병인은 입이 써서 첫눈에 볼 때와 다른지 얼굴을 찡그려가며 죽을 간신간신히 조금씩 마지못해 떠 넣으며, 벅찬 숨 새로 떠듬떠듬 이런 소리를 하는 것이었다.

"뭘, 그래도 입원만 된다면 들어가야지. 아무려면 어머니께서 두 내버려두구 다니실라구."

한 탕기밖에 안 되는 죽을 간신히 반쯤 먹고 물려놓은 것을 금례가 들고 나오려니까, 옆방 문이 득 열리면서 밥상을 들어 내놓고 문을 딱 닫는다. 밥상이 아니라 원수 같은 모양이다. 건드리지도 않고 그대로 있다.

2

이튿날 아침을 해치우고 나서 병인을 씻기고, 새 옷을 갈아입히고, 병원에 데리고 갈 채비를 차리기에 부산하였다. 지난봄에 퇴짜를 맞은 시립병원에는 다시 가야 별수 없겠기에 이번에는 같은 교인의 소개를 얻어가지고 대학부속병원에 가서 교섭을 하니까 데리고 오라는 것이었다. 물론 시료(施療) 병실을 청한 것이었다. 그러나 어젯밤에 모친이 들어와서 그 이야기를 하니까 병자는 도리질을 하는 것이었다.

"난 싫어. 약만 먹으면 낫겠지. 약이나 얻어다 줘요."

아까 올케에게 말하듯이 잘 나다니는 어머니가 육장 곁에 붙어 있어줄 리도 없으니 혼자 떨어져 가 있기가 싫다는 생각이지마는, 오늘도 곧 다녀 들어오마던 어머니가 밤늦게야 들어오는 것을 보고 온종일 쓸쓸히 기다렸던 것이 분하다는 듯이 목이 메어서 훌쩍거리며 싫다는 것이었다. 그러나 마님은 병원 교섭하러 나다니기에 바쁘기도 하였겠지마는 쌀 한 톨 없는 집안에 병인은 이 지경인데, 덧붙이로 영감마저 머리를 싸매고 누웠으니 신산해서 여기저기 놀러 다니다가 저녁밥까지 얻어먹고 느지막이 들어온 것이다.

"널 맞붙들고만 있으면 뭘 하니. 그건 고사하구 당장 내일 가자면 자동찻삯이 걱정이다."

"자동찻삯은 어떻게 되겠죠."

따라 들어와 섰던 며느리가 얼른 대구를 하니까 마님은 반색을 하며,

"엉? 얘가 뭘 좀 해왔니? 그래 저녁은 어떻게 했니?"

하고 그제야 묻는 것이었다.

"네, 좀 변통해가지구 들어와서 쌀 한 말 팔구, 아가씨 먹구 싶다는 거 해먹이라구 좀 해놓은 게 있어요. 고깃국을 해놨더니 아가씨도 입이 쓰다구 안 먹구, 아버님께서도 영 마다시구……."

"얘야 입맛이 제쳐 하는 수 없지만, 늙은이가 고깃국물이 생겼으면 마셔둘 일이지 뭣 때문에 트집이야. 멍석대죄를 들이라시던? 얘, 그 장국 국물 내나 먹자. 그리구 그 돈 얼마 남았니? 이리 다우. 얘 과일이나 좀 사다줘야지."

하고 마님은 일어섰다. 마님은 며느리가 내놓은 돈을 받아가지고 가게에 나가서 사과를 사다가 아이들부터 하나씩 안기고, 병인에

게도 깎아 들여보내게 하고는 영감 대신으로 고깃국에 밤참을 먹었다.

어쨌든 이렇게 해서 오늘 손쉽게 입원을 시키게 된 것이다.

금례가 아이를 들쳐업고 큰길에 나가서 자동차를 붙잡아가지고 와서는, 아이를 내려놓고 자리 보따리를 날라 내가고, 발을 가누지를 못하는 병자를 업어 내가고 한참 분주하였다.

"에구! 너만 혼자 애쓴다. 어쩌자구 자식이 이 지경인데 날 잡아잡수 하고 자빠졌단 말이야."

마님은 영감이 누워 있는 방을 흘겨보고 혀를 끌끌 찼다. 그러나 영감은 그것을 들은 체 만 체하고 방문을 떡 열고 앉은 채 해쓱히 야윈 얼굴을 내밀고,

"애, 가니? 아버지두 기동하면 인제 병원으루 보러 가마."

하고 업혀 나가는 딸의 뒤에다 소리를 치다가 가슴이 막혀서 반은 울음 섞인 소리처럼 헛허허 하고 빈속에서 허청 나오는 소리를 내며,

"금례야, 너 오는 길에 아주 영구차 하나 불러가지구 오너라. 나두 아주 이 길에 담아 내가다우."

하고 소리를 바락 질렀다.

병인을 업어다가 자동차 속에 뉘고 뛰어 들어온 며느리는,

"아이, 아버니, 어서 드러눠 계세요. 화가 나셔두 참으셔야지 어쩝니까. 저두 병원에 따라갑니다. 주무시지 말구 집 잘 보세요."

하고 마루에 내려 뉘었던 아이를 냉큼 업고 쏜살같이 나간다.

"허어, 네가 고생이로구나!"

영감은 그래도 연삽삽한[2] 며느리가 의지가 되니까 그렇지마는, 남의 자식 데려다가 미안하다는 생각에 이런 탄식을 하며 미닫이를 딱 닫아버렸다.

"망령이시지, 아버진 왜 그런 소리를 하시는지!"

자동차는 울리고 병인의 글겅거리는 신음소리는 더 심해져서 정신이 얼떨한 속에서도 금례의 머릿속에는, 영구차를 끌고 오라는 시아버지의 말이 잊혀지지를 않아서 혼잣소리를 가만히 하는 것이었다.

"객기루 괜히 해보는 소리시지."

시어머니는 듣기 싫다는 듯이 눈살을 찌푸렸다. 그러나 금례는 신경이 날카로워지고 반 병인이나 다름없는 노인을 빈집에 혼자 두고 나와서 홧김에 무슨 일을 저지르지나 않을까 하고 애가 씌는 것이었다.

병원에 가서도 업은 아이는 시어머니가 받아 안고 금례가 짐을 나르며 병인을 업고 들려가랴 혼자서 끙끙대며 땀을 빨빨 흘렸다. 그러나 의사가 첫눈에 진찰 여부 없이, 놀라는 기색으로 눈살을 잔뜩 찌푸리고 한참 환자를 바라보더니,

"언제부터 앓기 시작한 것이오?"

"그동안 의사는 뵈었나요?"

하고 퉁명스럽게 연거푸 묻는 것이었다. 금례는 밖에 놓아둔 짐을 지키느라고 진찰실에는 마님만 들어갔었는데, 의사는 이쪽 대답은 듣는 둥 마는 둥하며 그저 겉치레로 청진기를, 저고리를 벗

기고 앙상히 뼈만 남은 가슴과 등에 대어보더니,

"당신이 어머니가 되슈?"

하고 또 핀잔을 주듯이 묻고는,

"어쩌면 이 지경이 되도록 내버려두었단 말씀유……."

하고 환자가 듣거나 말거나 얼굴이 뜨뜻하게 마구 책망을 하는
것이었다.

"그저 살기에 얽매여서 약두 제대루 변변히 못 썼습니다
만……."

혜숙이 모친은 아뿔싸 여기서도 퇴짜로구나 하는 생각에 어리
둥절하였다. 또 그러나 어차피 살지 못할 바에야 신통치도 않은
무료 병실에 입원을 시켜가지고 오래 끌기나 하면 날은 추워지는
데, 성한 사람까지 매달려서 고생하느니보다는 집 속에서 편안히
숨을 거두게 하는 편이 차라리 낫다고도 생각하는 것이었다. 혜
숙이가 몸져눕기 시작하자 아이들이 어서 입원시키라고 그렇게
졸랐건마는 머뭇머뭇하고 있었던 것도 결국 자기 혼자 매달려서
헤어나지 못할 것이니 그 고생을 당해낼까 무서워서 딱 결단을
못하였던 것이었다.

의사가 쪽지 하나를 써서 간호부를 주니까, 간호부는 이리 데리
고 오라고 하여 옆의 방 한구석으로 간신히 끌고 가서 주사 한 대
를 맞혔다.

"어서 가세요, 빨리빨리 서두르세요."

간호부는 하도 딱하다는 기색이면서도 역시 쌀쌀히 핀둥이를
주는 말씨였다. 먼젓번 시립병원에서는 여러 환자가 있는데 이런

환자는 전염될까 보아 못 들이겠다던 것인데 이번에는 다 죽게 된 것을 데리고 와서 송장을 치워달라는 것이냐? 병원은 사람을 고치는 데지 송장 치우는 장의소는 아니라고 무언중에 분개를 하는 눈치들이었다. 그래도 간호원이 따라 나오며 또 한 번,

"조심해 얼른 가세요."

하고 주의를 시키는 것을 보면 가다가 숨이 넘어갈까 보아 염려가 된다는 것이겠지마는 언제 보았다고 그렇게 친절히 일러주는 것이 고맙기도 하기는 하였다.

금례만 죽어났다. 또 아이는 내려서 시어머니한테 맡겨놓고 긴 복도를 짐을 끌어내고, 환자를 업어다가 문간에 놓은 짐에 기대어 앉혀놓고 나서 한숨 돌릴 새도 없이 자동차를 부르러 달음질을 쳐나가면서,

'아이구 내 팔자두 혼쭐나게 타구났다!'

하고 지친 끝의 긴 한숨을 내쉬었다. 그러나 이 둘째시누이는 어머니 편보다는 아버지 편을 닮아서 예쁘장하고 상냥스럽기도 하거니와 자기를 따르더니만치 그저 불쌍한 생각에 괴로운 줄을 몰랐다. 인제야 겨우 열여덟, 중학교만 마치고 병이 든 것이지마는, 잘 먹지도 못하고 학교 다니느라고 골병이 들어버린 것이 가엾고 아깝다.

자동차 소리에 또 동리에서 아낙네들이 우중우중 나와서 바라보며 수군거린다. 어쩐지 창피스러웠다. 아랫방에서 시아버지의 해맑은 얼굴이 내다보는 것을 보고 금례는 헛걱정을 공상으로 하던 것을 속으로 웃었으나, '허' 하고 대통에서 김을 뽑듯이 긴 한

숨을 쉬는 것을 들으니 처량하였다.

그대로 돌려보낼 수가 없어 으레 한 대 놓아준 것이요, 가다가 숨이 질까 봐서 놓았는지도 모르지만, 그 주사 때문인지 병원에 갔다가 온 뒤로는 숨찬증이 더하고 앓는 소리가 끊일 새 없이 들기에 애처롭고 송구스러웠다.

"얘, 점심 차려라."

시어머니는 나들이옷을 입은 채 한숨 돌릴 새도 없이 재촉을 해서 점심을 먹고 어느 틈에 훌쩍 나가버렸다.

"아무튼 팔자는 좋으셔! 보기 싫고 듣기 싫은 건 다 쓸어맡겨놓으시구……."

마루 끝에 내놓은 밥상을 부엌으로 들고 들어서자 금례는 혼잣소리를 하였다. 숨이 언제 넘어갈지 모르는 것을 내버려두고 무사태평으로 돌아다니는 이도 딱하지마는, 정말 급히 서두르게 되면 혼자 어떻게 당하라고 자기에게만 쓸어맡겨놓는 것인가 싶어서 역심도 나는 것이었다.

"오늘은 저 산더미 같은 빨래가 그대로 있는데 아이나 좀 봐주시질 않구."

누구더러 들어보라는 것은 아니나 저절로 군소리가 나왔다. 아침을 해치우고는 병인의 치다꺼리에 이때까지 매달렸었으니 기저귀도 아직 제대로 빨지를 못하고 아침이면 이 방 저 방에서 몰려나오는 빨래가 그대로였다. 병원에 왔다 갔다 하느라고 아이도 푹 자지를 못해서 한참 찡얼거리다가 인제야 등에서 잠이 들었다. 병인을 네 차례나 업어 나르기에 어지간히 널치가 되기도 하였다.

"아버니, 인젠 무얼 좀 잡수셔야죠?"

끼니때마다 문밖에 가서 드리는 문안이었다. 점심을 한술 떠 먹자니 그대로 혼자만 먹을 수가 없다.

"아니다. 내 걱정은 마라. 아주 이 김에 10년 묵은 체증을 끊어 버리련다. 어서 빨래나 하려무나."

금례는 뜰에서 혼자 중얼거리는 소리를 들은 모양이어서 찔끔하였다. 그러나 영구차를 불러가지고 오라던 이가 체증을 뚫겠다니 슬며시 웃음이 나왔다.

"아가씨, 어떻게 해 가져올까?"

금례는 주문을 맡으러 다니듯이 다음 방으로 가서 문을 열고 들여다보았다.

"언니, 애썼수. 고단할 텐데 내 걱정은 말구, 어서 좀 쉬어야지 않겠수……."

숨이 턱에 닿으면서 띄엄띄엄 쉬어가며 간신히 모깃소리만큼 하는 인사였다. 말이 고마웠다. 금례는 경험이 없지마는 눈자위가 좀더 이상해진 것 같아서 선뜩하기도 하였다.

"고깃국물이 남았으니, 아무리 싫어두 그거라두 마셔두우."

금례는 얼른 부엌으로 뛰어가서 풍로에 놓고 나온 장국 국물을 따라가지고 와서, 부축을 해 일으켜 앉히고 후루룩후루룩 마시게 하였다. 병자도 무슨 맛인지 모르겠고 도리어 성이 가시지마는 올케가 고맙고 미안해서 마지못해 먹는 시늉을 하는 것이었다.

3

 학교에서 돌아온 아이들은 누이가 입원을 못하고 그저 방 속에 누워 있는 것을 보고 무슨 큰 기대나 어그러진 것처럼 멍하니 실망한 빛이었다. 이제는 병이 절망이라는 데에 낙심이 되어 그러할 만큼 지각이 들어서 그런 것은 아니었다. 그렇다고 원수지간을 대서 그런 것도 아니다. 다만 어머니는 아니라고 한사코 속이지마는 폐병균이 무서워서 그 불안에서 벗어날 줄 알았더니 하는 가벼운 실망이었다.

 회사에서 혜옥이가 돌아오더니 울상이 되어서,

 "에그 어머니는……."

하고 이때까지 꾸물꾸물 내버려둔 어머니를 원망하였다.

 "그래, 어머닌 어디 가셨수? 난 몰라. 오늘부턴 안방으로 들어가 잘 테야. 앓는 사람은 어머니가 끼고 주무시라지."

 차마 병인의 귀에 들어갈까 보아서 부엌 속에서 올케에게 소곤소곤 짜증을 내었다. 워낙 혜옥이는 동생과 한방을 써왔기 때문에 그대로 병인 옆에서 잤던 것이나 어머니가 바꾸어주지를 않고 밤중에라도 그 시중을 들게 하는 것이 불평이었다. 그러나 모친이 한사코 병을 숨겨주는 것은 당자를 위해서도 그렇지마는, 집안 아이들을 안심시키고 싫어하는 내색을 보이지 않게 하자는 것과 또 하나는 약도 제대로 쓸 수 없고 먹이는 것도 이루 댈 수가 없으니 그저 쓸어 덮어두자는 것이었다.

혜옥이는 그 앓는 소리가 쉴 새 없이 심해진 데에 이제는 아주 정이 떨어져서 옷을 벗으러 들어가서도 그 앞에 잠시를 앉았기가 무섭고, 그렇다고 금침이며 제 세간을 부덩부덩 끌어내오기는 좀 야박스러운 것 같고 하여 바둥바둥 애만 썼다.

그러나 어머니가 들어오고, 오빠가 파사해 나오고 하여 들어가 보고 나오더니 수군수군 의논을 하고 병실의 세간을 모조리 끌어내고 방 안을 말끔히 치웠다.

"아버니, 이젠 저 애가 아주 글렀는데요!…… 어떻게 진지를 좀 잡수세야죠."

큰아들 경순이는 컴컴한 부친의 방에 들어가서 전등을 켜고 눈을 감고 누워 있는 이를 깨웠다. 영감은 잠이 깊이 들었는지 그린 듯이 누워 있다 .

"주무세요? 어서 일어나세서 진지를 잡숫구 기동을 합쇼. 쟤가 이 밤을 넘기기 어려울 것 같습니다."

"알았어, 그 애 죽는 것하구 나 밥 먹는 것하구 무슨 아랑곳이 있다던? 언젠 걔 죽을 줄 몰랐던?"

부친은 역정을 바락 내며 돌아누워버린다. 밥 먹으라는 말이 듣기 싫다는 것보다도, 약도 변변히 써주지 않고 죽기만 기다리고 있었더냐 하는 마누라와 아들에 대한 꾸지람이요 폭백(暴白)이었다. 경순이는 찔끔해서 묵묵히 부친의 뒤에 섰다가 나왔다.

'뻔히 보시다시피 성한 사람이나 벌어 먹이려고 허덕허덕해도 굶을 지경인데, 누가 약을 안 써주려 해서 못 썼겠습니까?'
하고 곧 대답이 나오는 것을, 이럴 때가 아니라고 꿀꺽 참고 나온 것이었다.

안방에서는 큰 상에들 둘러앉아서 쩌덕쩌덕 후루룩후루룩 하고 저녁들을 먹기에 부산하였다. 경순이의 귀에서는 조금 전에 들은 '나 밥 먹는 것하구 그 애 죽는 것하구 무슨 아랑곳이 있다던?' 하던 역정 난 소리가 또 한 번 찡 울리는 것 같았다.

아랫방 문이 가만히 열리더니 영감의 허연 그림자가 휘청휘청 나와서 비틀거리며 옆방으로 들어갔다. 한참 만에 금례가 숭늉을 가지러 안방에서 나오다가 보니, 시아버지가 병실에서 영 기둥이 나오더니 자기 방으로 스러졌다. 금례는 눈시울이 뜨거워졌다. 병실에서는 숨을 모는 듯한 재우치는 소리가 더 크게 들린다.

몇 시나 되었는지 영감이 깜박 잠이 들었다가 번쩍 눈을 뜨니 흑흑 느껴 우는 소리가 귓가에 스친다. 기겁을 해 일어나서 미닫이를 열며,

"애들아, 누구 없니?"

하고 소리를 쳤다.

컴컴한 마루 끝에 걸터앉아 있던 셋째년 혜란이가 쪼르르 건너오더니,

"언니 죽었에요."

하고 생글 웃는다. 어린것이니 그렇거니 하며 귀를 기울이니 잠결에 무심했지마는 옆방은 괴괴하니 그 차마 들을 수 없는 숨찬 글겅 소리가 뚝 끊이고 잠잠하다. 뒤쫓아온 혜옥이가,

"지금 막 운명했에요."

하고 부친에게 다시 일러주었다. 그러나 그저 심상한 낯빛이었

다. 훌쩍거리는 울음소리는 부엌에서 흘러나왔다.

영감은 또다시 지척거리며 옆방으로 건너갔다. 아까는 살아서 마지막 얼굴을 보았으나 그대로 앉아 있을 수가 없었다. 영감이 시체방에 들어서려니까 대강 뒷수세를 하고 나오는 마누라와 마주쳤다. 마님은 모른 척하고 안으로 올라갔다.

허허허…… 하고 시체방에서 영감의 대통 속에서 나오는 듯한 곡성이 나니까, 부엌 속에서 자지러가던 금례의 느끼는 울음소리가 다시 높아갔다. 아이들은 멀거니들 앉았으나 모친도 교인이라 그런지 감장할 돈 걱정에 정신이 팔려서 그런지 울지는 않았다.

이튿날 아침에, 영감은 누가 무어라지도 않았는데 꾸물꾸물 나와서 세수를 하였다. 나흘째 만에 이를 닦는 것이었다.

"혜숙이 혼령이 망령 작작 부리시라고 여쭙고 갔나 보구나."

부엌에서 시어머니는 고기를 볶으며 며느리한테 군소리를 한마디 하였다.

그러나 아침 밥상을 들여가니까, 영감은 후루루 끼치는 구수한 냄새에 비위는 동하면서 또 역정을 내었다.

"고기는 웬 고기! 고기 먹자고 빚 얻어왔다던?"

상을 휘휘 둘러보며 눈살을 찌푸렸다. 고기와 지진 두부를 넣은 다시마 국에, 고기볶음이 한 탕기 곁들여 놓였다. 아이들이 법석을 하는 지저분한 밥상 한 귀퉁이에 끼어서, 반찬 없는 보리 섞은 밥덩이나 퍼 넣던 신세로는 칙사 대접이었다. 그러나 영감은 화가 버럭 났다. 어제 저녁에 아이들이 밥을 먹고 나는 길로 나가는 기척이더니 난목으로 수읫감을 끊어가지고 늦게야 돌아온 눈치로 보아서 별 재주 있는 것 아니요. 1할 5부의 고리대금을 얼마간 얻어가지고 왔을 건데 별안간 고기반찬이라니! 하고 영감은 발끈하는 것이었다.

"언제 못 먹어서!⋯⋯ 발을 뻗혀놓구!⋯⋯ 소증이 나서 기운을 못 차린다던? 그래 고깃점이 목에 넘어간다던?"

영감은 상을 밀어놓았다.

"아녜요. 속이 비신데 아버니 드리려구 조금 한 거예요."

금례는 꾸지람을 혼자 듣기가 억울하였지만, 그런 호령을 들어싸다고 생각하며 얼른 둘러대었다.

"허! 너희들이 웬 효성이 언제부터 그렇게 지극하더냐? 빚내서 고기 사 먹겠거든 진작 혜숙이가 그렇게 먹구 싶어 할 제 한 점만이라두 먹이지!"

늙은 아버지의 눈은 핑 돌며 목이 메었다. 금례는 눈물을 살짝 씻으며 나와버렸다. 영감은 또다시 벽을 향해서 드러누워버렸다.

말이 수의지 난목으로 저고리 치마와 바지를, 밤을 새워서 지어놓고 아침밥을 일찍이 해치우고 곧 염(殮)을 하였다. 물론 '의지'를 썼으나 관 위에는 시늉이나마 조그만 꽃다발도 꽂아놓았다. 목사님이 추도 예배를 보아주러 온대서 일찍 서둔 것이었다. 일고여덟 부인네들이 목사님을 옹위하고 와서 예배를 드릴 때 '요 단강 건너가 만나리'를 부르며 손이나 주인 측이나 목이 메었다. 마님도 눈물을 쥐어짰다.

아랫방의 영감도 혼자 일어나 방문을 꼭 닫고 앉아서 눈물을 줄줄 흘렸다. 윗목으로 밀어놓은 밥상은 누가 들어가서 내올 수도 없고, 기운 빠진 파리만 두서너 마리 이리 앉고 저리 앉고 하였다. 고기볶음에는 하얗게 기름이 엉겨 덮였다.

경순이는 아침부터 나서서 사망신고와 화장 허가를 내러 다니기에 반나절이나 애를 쓰고 다녔으나 헛걸음을 치고 예배가 끝난 뒤에 돌아왔다. 24시간이 지나도록 기다릴 것 없이 곧 내가자는 것인데, 우선 맡아야 할 의사의 사망진단서를 내기에 무척 힘이 들었다.

처음에는 동리간인 심내과에 가서 사정을 하면 으레 소리 없이 내어주려니 하였더니 언제 보았더냐고 막무가내다.

알고 보니 작년 겨울엔가 한번 데리고 가서 진찰을 하였을 때, 심의사는 폐병이 2기가 넘었으니 급히 서두르라고 친절히 일러주었으나, 마님이 섣불리 펄쩍 뛰며,

"폐병이 무슨 폐병이에요, 숨찬증이죠."

하고 잡아떼었던 일이 있었는데, 그것이 의사로서는 몹시 모욕이나 당한 것 같아서 꽁하고 속에 치부를 해두었었던지? 지금 와서 그 앙갚음을 받는 것이었다. 그길로, 바로 어제 가본 대학부속병원에를 가보았으나 이번에는 '난 현장을 보지 못하였으니 책임지고 진단서를 낼 수 없다'고 거절을 하더라는 것이었다. 딱한 노릇이다.

하는 수 없이 마님이 다시 나섰다. 어제 그 의사한테 하도 핀둥이를 맞고 푸대접을 받은 것을 생각하면 창피스럽기도 하였으나 그래도 한 번이라도 안면이 있으니 졸라보리라 한 것이다.

사정도 하고 떼도 쓰고 하여 간신히 진단서를 얻어가지고 바로

구청에 들러서 수속을 마치고, 그 길에 아주 영구차까지 끌고 오느라니 하오 2시나 되었다.

"에그 어머니, 애쓰셨에요. 시장하실 텐데 어서 진지부터 잡수세야지."

금례가 밥상을 차리러 부엌으로 부리나케 뛰어 들어간다.

"응, 얼른 차려라."

마님은 허구한 날 나다니고 밤늦게 들어와야 자식들에게도 생전 들어보지 못하던 애썼다는 인사가 귀 서툴기도 하고 좋기도 하였다.

"얘, 그 내 두루마기하구 모자 내려오너라. 화장장에는 내 따라 나가마."

아랫방 문이 활짝 열리며 모른 체하고 누웠던 영감이 퀭한 눈으로 내다보며 소리를 친다. 뜰에서 서성대던 젊은 아들과 아이들은 깜짝 놀랐다.

"어딜 나가신단 말씀이에요. 가만히 누워 계십쇼."

경순이가 다가들며 말렸다.

"아, 너 어머니 대신에 내가 나간다. 아무리 먹는 것두 중하지만, 고작해야 왕복 한 시간이면 금세루 화구(火口)에다 집어넣구 올 터인데 시간을 다투는 차를 문간에다 세워놓구, 명색이라두 발인이랍시고 하는데, 그래 밥이 목구멍으로 넘어가더란 말이냐!"

영감은 푹 까부러져서 첫 서슬과는 딴판으로 헉헉 헛숨을 쉬어가며 따지는 것이었다. 자기가 나흘째나 절곡(絶穀)을 하고 앉았으니 그럴지도 모르겠지마는 좀 심하다고들 생각하였다.

"저 혼자 갔다 오겠습니다. 나가보시면 뭘 합니까. 어머니두 그만두세요."

하고 경순이는 운구(運柩)를 하자고 뜰에 우중우중 섰는 젊은 애들에게 눈짓을 하며 시체방으로 올라섰다.

부엌에서는 금례가 밥상을 들고 나온다.

얼룩진 시대 풍경

1

이번의 동티는 다른 게 아니라 닭띠[酉生]와 호랑이띠[寅生]라
는 데서 시작이 된 것이었다. 자기의 아들은 스물아홉, 계유생(癸
酉生)인데, 신부인지 정부인지 하는 것이 스물넷, 무인생(戊寅生)
이라서 상극이니, 그따위년 데려 들이지 말라고, 어머니가 도리
질을 한 것이었다. 70이 내일모레인 호랑마님이라, 아들도 꿈쩍
을 못하는 것이다. 중년 과부가 뼛골이 빠지게 단남매를 길러낸
생각만 하여도 남에 없는 아들딸이요, 더구나 아들은 이만저만한
년한테 한만히 맡기랴 싶은 생각이다. 한 살이라도 젊었을 때는
말할 것도 없거니와, 인제는 다 살았거니 하는 생각을 할수록 자
식 위하는 마음이 더 간절하다. 또 하나는 저희끼리 너무 좋아 지
내는 것도 보기 싫지마는, 무엇보다도 자기의 마음에 드는, 쉽게

말하면 서방만 바치지 말고 시어미 공궤도 잘해주는 그런 고분고분하고 만만한 며느리가 소원이다.

"궁합이 맞구 안 맞구 간에, 그깐년, 내 봐하니 얼굴 파닥지나 반반했지. 길을 막구 물어보렴. 그따위 어디서 굴러먹던 것인지두 모르는 것이 이 집에 들어와서 전실 자식을 둘씩이나 맡아 길러주며 구차한 살림을 해낼 것 같으냐?"

하고 어머니는 방망이 놓은 것이다. 아들도 그는 그렇다는 생각이지마는, 그보다도 어머니의 기승과 누이의 등쌀에 배겨날 년이 없겠다고 원망도 하고 신세타령을 해온 춘식이다.

"어머니, 그럼, 광희 에미는 띠가 안 맞아서, 궁합이 틀려서 그 지경 만들어놨습디까?"

하고 오금을 박곤 하였다. 춘식이는 여전히 전처 광희 어미를 못 잊어 하는 것이다. 전처 경순이는 춘식이가 제 손으로 고른 것도 아니요, 어머니가 연줄 혼인으로 골라잡아서 궁합도 맞추어보고 좋다고 해서 했던 혼인인데, 자식을 둘씩이나 낳고 5년 동안을 정들여 사는 것을 30이 넘도록 시집을 못 보낸 딸과 함께 들볶아서 내쫓고 만 것이다. 경순이도 견디다 못해 자식 남매를 두고 차마 돌아서지 않는 발길을 내놓고 말았던 것이요, 그러기에 지금도 서로 못 잊어서 가끔 뒷구멍으로 만나는 터이지마는, 필례의 경우는 또 그와도 다르다.

춘식이는 경순이와 헤어진 지 1년이나 넘어서 요행히 필례와 만났던 것이었다. 춘식이는 어린것 둘은, 큰놈은 저의 할머니가 맡고, 간신히 젖이 떨어진 어린 딸년은 누이가 제 몫으로 맡아 길러주어서, 그 점은 마음이 놓이지마는, 별안간 홀아비 생활을 하자니 불편한 것은 고사하고 허전하고 쓸쓸하여 못 견디겠던 판에 필례와 얼리게 되었으니 이게 웬 떡이냐고 달려든 것이었다.

술을 못하는 춘식이는 틈틈이 다방 출입이 잦았지마는, 단골로 다니는 '따리아' 다방에서 벌써 1년이나 두고 낯이 익어왔던 필례였다. 말수 없고 언제 보나 깨끗한 몸차림에 깨끗한 춘식이의 외양이, 다른 레지들에게도 호감을 주었지마는, 더욱이 나이 지긋해져가는 필례의 눈에 들었던 것이요, S신문사의 기자라니 저만치 쳐다보였던 것이다. 그러던 것이 언젠가 친구끼리 농담으로, 춘식이더러

"생과부두 어렵지만, 자네, 생홀아비 노릇하기에 힘들겠네. 어떻게 장가를 들여줘야 사람구실을 할 텐데!"

하고 껄껄대는 것을 귓전으로 들은 뒤로부터 노처녀 필례가 바짝 달려들게 되었던 것이다. 필례만 하더라도 나이는 차가는데, 언제까지 어리고 예쁜 레지들 틈에 끼어서 하루 진종일 뼛골이 빠지게, 들고나는 손님의 차 시중만 들고 있기가 창피스럽고 인제는 넌더리가 났다. 진득한 성미라, 자리를 이리 옮기고 저리 옮기고 하기가 싫어서 이때껏 '따리아' 다방에 붙박이로 있었던 것인데, 그래도 그 보람이 있어 춘식이가 걸려든 것이었다.

춘식이 역시 필례가 까딱대는 위인이거나 사교성 있는 레지라기보다는, 수더분하니 부숭부숭하고 어름새 있는 그 생김새가 살림꾼에 알맞을 것 같다고 생각하였다. 무엇보다도 너그럽고 이해성 있는 점으로, 자기 어머니 같은, 동리에 소문난 호랑마님이나,

까다로운 누이의 비위도 곧잘 얼러 맞추어가며 집안을 구순히 만들어줄 듯싶어서, 집안이 되느라고 실없이 복덩어리를 만났구나 하고 좋아하였던 것이다.

그랬던 것이라서, 그놈의 띠인지 궁합인지의 동티로 어머니는 끝끝내 머리를 설레설레 내저으니 딱한 노릇이다. 이 송장이 되어가는 마님이 기를 쓰고 마다는 것은, 자기 눈으로 보고 정한 것이 아니라, 저희끼리 눈이 맞아서 살겠다는 것이 못마땅하다는 것이다. 저희끼리만 좋아서 지내는 꼴을 또다시는 보기가 싫다는 것이다.

"그러니 난, 어쩌라는 거예요? 아이, 이놈의 팔자야! 나 목매달아 죽는 꼴을 보구서야 속이 시원하시겠수?"

하고, 어느 날 저녁 밥상머리에서 어쩌다가, 또 그 놀래'가 나왔을 제, 춘식이는 나이 아깝게 어머니한테 마구 대들었다. 실상은 필례한테 자기가 S신문사 기자라고 허번주그레한 소리를 하여놓았고, '따리아' 다방에 드나드는 친구들도, 공장에 다니는 직공이라기는 싫어서 그런대로 서로 감싸주며 지내왔는데, 그런 것이 나중에 필례에게 알려지는 날에는, 그 결과가 어찌 될지? 또 하나는 자식이 다섯 살짜리 아들 하나가 있다니까,

"그야, 다 길러놓은 거 아녜요. 게다가 할머니가 맡으셨다죠?"

하고 필례는 아주 마음 턱 놓고 있는데, 모든 것이 속임수만 쓴 것같이 되어서, 어머니가 말을 들어준대도 일이 순순히 엉구어질지가 염려이기는 하였던 것이다.

"네 팔자 한탄할 것만 뭐 있니? 내 팔자두 오죽해야 이 지경이

겠니!"

하고 어머니는 말이 70이지 아직도 피둥피둥한 얼굴을 부르르해 보인다.

"그만하면 다 알겠어요. 짝을 지어주구서두 떼놓지 못해 애를 쓰던 그런 심보들인데, 이번에는 제 맘에 드는 것을 제 눈으로 골라서 들여앉히겠다니 더구나 가만둘 수 없다는 거죠? 그러나 그럴 거 없이, 다시 하나 어머니 맘에 드시는 걸 골라오시구려. 내가 장가를 가는 게 아니라, 어머니가 장가를 드시는 셈 치구. 허허허. 기가 막혀! 시대가 거꾸루 돼두 분수가 있지! 우리 집은 이래서 될 것두 안 된단 말야!"

춘식이는 누이가 미워서도 함부로 대들며 혀를 끌끌 찼다.

"이눔이 나중에는 못할 소리 없구나! 무엇에 몸이 달아 그러는 거야? 너두 염치가 있지? 두 번씩이나 네 장가가 급하냐? 네 누이를 생각해봐. 어서 매붓감이나 골라올 생각은 안 하구…… 밤낮 계집에 미치구, 노름에 미쳐서…… 네가 장남 아니냐? 이 집안 어른 아니냐?"

어머니는 엉덩방아를 찧으면서 펄펄 뛴다. 그러나 누이 추자는 고식(姑息)이 말다툼할 때와는 달라서, 섣불리 어머니 편을 들다가는 오라비한테 더 구박이나 맞을까 보아 찍소리도 못하고 있다. 이 노처녀도, "아아 이년의 팔자야……" 하고 소리 없는 한숨만 땅이 꺼지게 쉴 뿐이다.

"장남두, 집안 어른두, 누가 쓰자는 감투는 아니니까요. 다 싫어요. 맘에 맞는 며느리를 고르시는 솜씨루, 맘에 드는 사위는 왜 못 고르시구, 날더러 안 구해온다구 하시니, 사위도 추자의 마음에 드는 걸 제 손으로 골라잡아선 안 된다는 말씀이겠지만, 이왕이면 어머니 맘에 드는 걸 손수 고르시란 말예요."

어머니는 한참 기승을 떤 끝이라, 잠자코 씨근거리고만 앉았다.

며느리니 사위니, 언제나 보게 되려는지? 툭하면 논 이기듯 밭 이기듯 입씨름만 해야, 언제 끝장이 날지 모르는 일에, 인제는 에미 자식 간에도 시끄럽고 찜증이 나서 못 견디겠는데, 그것은 고사하고, 계집에 미치고 노름에 미쳤다는 어머니의 말에 춘식이는 또 아웅하였다. 은근히 그리는 아내를 내쫓아서 1년 넘어나 까닭 없이 홀아비로 지내는 신세인데, 계집에 미쳐본 일도 없지마는, 다시 장가를 가겠다는 것마저 헤살을 놓으면서 그게 할 소리야? 하고 뱃심이 드는 것이지마는, 노름에 미쳤다는 말에만은, 실상 미친 것은 아니나 찔끔한 생각이 들기도 하였다.

노름이라야 별것이 아니라, '섰다'를 하는 것이다. 쉽게 말하면 '가보잡기'를 하는 것 같은 것인데, 공장에서 일하는 틈틈에 심심하니, 그런 것이라도 하여 피로를 푸는 오락이랄까. 바둑을 두자니 공장 속의 날뛰고 휘돌아가는 그 속에서 기분부터가 어울리지 않고, 장기를 뚜닥거린대도 피로한 신경에 아무 흥분제는 못 된다. 그저 손쉬우니 '섰다'로 따고 잃고 하는 사리적(私利的) 흥분과 욕기에 끌려서 자연 손을 대게 되는 것이다.

헌데 이상한 일은 요새로 춘식이의 손속²이 통 전만 못하다. 간혹 잃을 때가 없지 않지만, 그래도 잔용푼은 뜯어 써왔던 것이요, 노름이라는 데에 인이 박혀서만 아니라, 용돈 따서 쓰는 데에 맛을 들였던 것인데, 이즈막 두어 달 동안은 열에 한두 번 딴다 해도 셈속이 안 된다. 판판이 손을 털고 일어설 때마다 어쩐지 불길한 생각이 드는 것이다. 으레 노름꾼이 손속을 잃으면 계집 탓을 하는 것이겠지마는, 따져보면 필례와 그렇게 된 뒤부터 차차 재수가 막혀가는 것 같다. 그러니, 이루 뒤를 대는 수가 없어, 한참 동안은 사흘이 멀다고 팔뚝의 시계를 끌러서는 옆의 시계방에 맡기고 오륙천 환씩 노름 밑천을 장만하곤 하였다. 그러나 몸이 달수록 판이 점점 커가고 보니, 잔단 몇천 환 푼돈을 가지고는 얼러볼 수도 없거니와, 인제는 막다른 골목이 되고 말았다. 노름에 미쳐서 몸이 달면야, 눈에 보이는 것도 없고 염치불구 이기는 판박이 노름꾼이나 다름이 없다. 무어, 생각다 못해서가 아니라, 의당히 할일인 것처럼 필례의 신세를 지기로 하였던 것이다. 얌전히 들여앉혀서 살림을 하여달라는 생각인지라, 찌르렁이[3]를 대어 한 때 빨아먹자는 검은 배짱은 물론 아니었지마는 아쉰 대로 이용하는 것이요, 핑계가 부장을 대접한다느니, 편집국장에게 긴히 보여야 승급이 된다느니, 재주껏 꾸며대서, 처음 몇 번은 이삼만씩 두어 번 얻어 쓴 것이, 나중에는 담이 커져서 한 번에 5만 환씩 끌어내어 썼다. 그래야 필례는 싫은 내색 하나 안 보이고, 입에서 떨어지기가 무섭게 선선히 수응하여주었다. 그러던 것이 지금 와서는 20만 환이 훨씬 넘었다. 그러나 '섰다'로 뜯어 갚자니 부지하세월이다. 웬일인지 여전히 손속이 들지 않고 재수가 없다. 그러니, 고작해야 5만 환 월급인데, 무엇무엇 제하고, 곗돈 붓고 해서 겨우 3만 환쯤 수중에 들어오면, 고스란히 어머니한테 갖다 바치고는, 담뱃값은 고사하고 전찻삯이나 매일매일 타서 쓰는 것이 고작이다. 이러한 형편이 되고 보니, 춘식이는 요새 와서는 필례에게 고개를 못 들 지경이다. 그러나 애초부터 떼어먹자는 검은 생각도 아니지마는, 어차피 내 사람 될 바에는 네 것 내 것이 있겠는가, 한주머니 속 세음인데, 그게 그거지 무어냐는 배짱으로 차차 얼굴 가죽이 두꺼워갔다.

한편 필례로서는 그 돈이 어떤 돈이길래 하는 속셈이 없지 않지만, 설마하니 그 돈이 노름 밑천이 되었으리라고는 꿈에도 모른다. 그러나 알뜰히 벌어서 푼푼이 모은 것은 시집갈 밑천을 마련하자던 것인데, 신정지초⁴라 사랑하는 남자를 위하여 한때의 군색을 피하게 해준 것을 좋아하였다. 하지만 나중에라도 노름 밑천을 댔더라는 것을 알면 기절을 할 것이다.

그건 고사하고, 지금 춘식이는 혼자 똥이 타는 조건이 한두 가지가 아니다. 극성스러운 어머니 등쌀에, 이 혼인이 기어코 빠그러지고 만다면, 사람을 놓치기가 아까운 것은 말할 것도 없거니와, 자그마치 30만 환 가까운 돈을, 당장 무슨 수로 갚겠느냐는 걱정이다. 처음부터 속이자는 것은 아니었다는, 버젓한 대신문의 기자라면서 그 꼴 되고 보면 단단히 욕을 볼 것만 같아서 겁이 덜덜 난다. 필례가, '기자인 줄만 알았더니 고작 직공야?' 하고 입을 비쭉할 것쯤은 약과다. 그렇게 되면 이편에서 파혼을 한다기 전에 속은 것이 분하다고, 돈이나 내놓으라고 멱살을 붙들고 나설 테니 말이다. 다달이 부어가기에도 쩔쩔매는 그놈의 계라야 고작 10만 환짜리가 셋인데, 올 안으로 다 타지도 못하지마는, 다 타기

로 그 무서운 어머니 몰래 빚을 갚는달 수도 없다. 그런데 '섰다'
는 여전히 날마다 사람을 골탕만 먹인다. 필례와 아주 상관을 말
아야 재수가 틔고 손속이 들려는지, 말로 잃고 되[升]로 따는
'섰다'는 오늘도 몸이 달아한다. 밤일을 마치고 졸린 눈을 비벼가
면서.

2

"아니, 그 마님 언제 나를 지내봤다구 머리를 내저으신답디
까?"

자리 속에서 하는 베개송사다.

"뭐, 칠십 노인이 체머리를 젓기가 예사지."

춘식이는 실없게 코웃음만 쳤다. 어머니의 승낙을 아직도 못 얻
었느냐, 어서 예식을 해야 하지 않느냐고, 필례가 점점 더 몸이
달아하는 것을, 인제는 입을 틀어막을 도리가 없다.

"이거야, 맛두 안 보구 싫다는 생트집이지. 내 솜씨가 어떤 줄
두 모르구. 맛을 한번 단단히 봐야 할까?"

필례는 선웃음을 친다. 그러나 이것은 그 어머님 마님에게 대하
여서보다도, 춘식이더러 들어보라는 위협이다. 몸을 허락한 지는
서너 달밖에 안 되지마는, '따리아' 다방에서 사귄 지가 벌써 1년
이 넘는다. 친숙한 품으로야 못할 말이 없지마는, 필례는 어서 그
'레지' 생활에서 벗어나고 싶고, 시집이 가고 싶어서 기껏 골라잡

왔다는 것이 이 지경이니 이제는 찜증이 나서 얼러대는 것이다.

"재주껏 하라구. 하하하…….'

춘식이는 역시 웃어넘기는 수밖에 하는 말이 없다.

"이리 나와서 살재두, 그것두 못하겠다 하구…… 그럼 어떡헐 작정이냔 말예요?"

이번에는 가볍게 좀 쏘는 소리를 하였다. 이리 나와 살자는 것은, 필례가 세 들어 있는 이 방에서 둘이만 살림을 하자는 것인데, 춘식이로서는 홀어머니와 과년한 누이에게 자식들을 떼맡기고 빠져나와서 딴살림할 수 없는 것도 인정이 그렇고 어머니 성미에 될 법한 일도 아니다. 필례도 그 사정을 짐작 못하는 바 아니기에, 되도록이면 들어가 살자는 것인데, 처음 이야기와는 점점 딴판이 되어가니, 필례만 해도 이럴 수도 없고 저럴 수도 없는 딱한 사정이다. 춘식이는 하느니 어머니 탓뿐이다.

"우리 오빠가 알아보라구, 가만있을 텐가! 이건 무슨 결혼 사기냐구, 당장 들구일어나 야단일 테니까?"

이것도 한 위협이다. 사실 필례의 단 하나 있는 손위오라비가, 시내는 아니지마는 바로 의정부 경찰서의 경위로 있다.

1·4후퇴 때, 부모는 서울 가서 자리 잡는 대로 모셔간다 하고, 단남매끼리 남하하는 피난민 틈에 휩쓸려 왔던 것인데, 고생이야 이루 말할 것 없었지마는, 그래도 똑똑하고 착실한 오라범은 경찰에 발을 들여놓아서, 장가도 들고 벌써 삼 남매의 아버지가 되었다. 그러는 동안에 필례는 거기에 얹혀서 여중까지는 졸업하게 되었던 것이다. 학교를 나와서도 오라비의 주선으로, 어쩌다가

광화문 우편국에 들어가서 여급사로부터 출세를 하였던 것이다. 그러나 나이 차차 들어가니, 생기는 것도 푼푼치 않은데 허드렛일이나 하고 있는 것이 창피스러워서, 다시 제 손으로 뚫어 나선 길이 다방 레지였다. 이것도 4, 5년이나 되어, 인제는 이에서 신물이 나지마는, 어쨌든 그 덕에 서로 맞지 않는 올케에게 얹혀살지 않아서 좋고, 혼자몸이라도 제살이를 하여가면서 돈푼 모으는 것이 재미요, 아무 꺼릴 것이 없이 자유스러워 더욱 좋다.

"결혼 사기루 몰려두, 딴은 허는 수 없게는 됐어. 허지만 가만 있어, 어머니만 승낙하시면 그만 아닌가."

처녀를 농락했다는 것뿐 아니라, 돈 조건에만 걸려도 꼭 그렇게 될 듯싶어서 가슴이 선뜻하다.

"그야 그렇지. 아무튼 설마 그 알량한 우리 오빠 세도 믿구 당신을 그렇게야 할라구. 호호호……"

하고 필례는 남자가 노했을까 겁이 나서 얼른 휘갑을 쳤다.

"아무래두 좋아. 덕분에 경험 삼아, 유치장 구경두 할 거요……"

춘식이는 픽 웃으면서 토라져서 돌아누워버렸다. 다시는 피차에 말이 없이 잠잠하였다. 그러나 필례는 말이 좀 지나친 것을 후회하였다. 이 남자를 또 놓칠까 보아 겁이 났다. 다방으로 선을 보려 왔을 때, 그 거벽스러운 춘식이 어머니와 앙칼진 누이를 보고, 말썽꾸러기려니 싶어 덜 좋았고, 게다가 자식이 달렸으니 무어 하나 보잘것은 없으나, 당자만은 마음에 드는 데야 하는 수 없다. 다 산 늙은이, 몇 해나 시어머니로 떠받들겠는가? 시뉘라야 더구나 아랑곳도 없는 존재요, 다 길러놓은 자식은 힘 안 들이고 아쉴 때 부려먹기라도 알맞을 것이다. 더구나 이렇게 셋방살이로 떠돌아다니면서 매인 데 없고 총찰하는 사람 없이 지내는 동안에, 마음 내키는 대로 몇몇 남자도 알게 되었지마는, 춘식이만큼 술 안 먹고 얌전하고 말 한마디라도 양심적인 사람은 처음 걸려보았다. 그러니 별수 없다는 것이다. 내 얼굴이 남에 없이 예쁘단들 백만장자의 첩으로라도 가서 호강을 할까! 얌전하고 본댁 없는 자리니 좋지 않으냐고, 이리 따지고 저리 따진 뒤에 기를 쓰고 매어달리려는 작정이다. 게다가 며칠씩 밀린 고단[疲勞]을 시원하게 거뜬히 풀어주는 잠자리가 편해서도 더욱 좋다. 짝패로 같이 다니는 김능글이의 말을 들으면, 전 여편네가 쫓겨나갔어도 아직 연을 끊지 않고 틈틈이 만난다는 것도 자식 때문도 있겠지마는, 자기 같은 생각으로 놓치기가 아까워서 그러는가 싶어 그럴듯하다. 그러나 그 전처에게 동정이 간다기보다는 질투를 느낀다. 김능글이의 말을 들으면, 쫓겨난 전처는 전에 간호원 경험이 있던 관계로 다시 어떤 개인병원에 취직하여 있다는 것이다. 김능글이란, 자기네 친구끼리 농담으로 부르는 별명이요 이때껏 본이름은 알 수 없으나, 실상은 벌써 오래전부터 필례한테 시룽거리며 능글능글하게 구는 것을, 이 사람이 허풍선이 같고, 처자식이 딸린 사람이라 상대를 아니하여왔던 것이다.

"왜, 켕겨? 호호호."

캄캄한 속에서 필례는 남자의 등에다 대고 웃음의 소리를 다시 걸어보았다. 노했을까 보아 풀어주려는 것이다. 그러나 아무 대꾸가 없다. 사실, 아이가 둘인 것을 하나라고 속인 것까지 치면 켕기는 조건이 한두 가지가 아니요, 고소를 당하면 결혼 사기로 걸리기에 똑 알맞기는 하다고, 춘식이는 눈을 감고 누워서 생각하며 어머니를 어떡하면 다시 설복할까 하는 궁리에 팔려 있다.

'……하지만, 가만있자, 어머니두 필례 오라범이 시골 경찰서의 서장이라든가 하는 것을 아시는 모양이니, 이 혼인을 빠그렸다가는, 그 등쌀에 고소를 당하구 붙들려갈 지경이라고 서둘러대면야, 그래두 난 모르겠다구 하시진 않겠지?'

멍청한 춘식이의 머리에도 이런 계교가 떠오르니, 필례가 실없이 좋은 지혜를 일러주었다고 싱긋 웃었다.

"아니 그런데, 당신 어머니는 내가 함부루 굴러먹는 걸 어디서 봤길래, 아랑곳없는 사람한테까지, 신이야넋이야 흉하적을 하신답디까?"

필례는 노했을까 보아 애를 써 곰살맞게 말을 붙여도, 모르는 척하는 것이 심사에 틀려서 반발적으로, 이때껏 참아두고 입 밖에 내지 않았던 말을 꺼내고 말았다.

"뭐? 누가 그따위 소리를 해?"

춘식이는 화를 바락 내며 돌아누웠다. 필례는 즉효가 났구나 하는 생각에 웃음을 참으며,

"누구거나, 그 마님이 오죽 수다를 떨구, 광고를 쳤기에, 집안에서 모자분끼리 한 말까지 내 귀에 들어왔을라구."

하고 들큰거려주었다.

"미친놈……."

춘식이는, 캐어보지 않아도, 김능글이란 놈이 입을 놀렸을 것이기에 하는 소리다. 그놈이 전부터 필례에게 엎드러졌던 줄을 알지마는, 일이 이렇게 되니 뺏긴 것이 분해서 은근히 헐뜯고 다니는구나 하는 짐작도 든다.

"왜 남만 미친놈이래요? 내, 언제든지 그 마님께 한번 가서 따지구 말걸!"

"주책없는 소리!"

춘식이는 소리를 꽥 질렀다. 요 꼴에 이것두 연애란 건가? 삼각관계 비슷한 양념도 곁들였으니 본치가 나는구나 하고 춘식이는 혼자 속으로 웃었다. 그러나 필례의 입에서 또 무슨 말이든지 나오려니 하였더니, 잠자코 마는 것을 보고 겨우 마음이 놓였다.

그런데 그렇게 큰소리는 내지 않았어도 속으로 으르렁대며 하룻밤을 새고 헤어진 뒤로는, 춘식이는 일체 발을 끊고 말았다. 벌써 보름이나 못 만났다. 그렇게까지 토라졌을까 싶어 애도 씌고, 전화라도 걸어보려 했으나, 웬 까닭인지 전부터 전화는 걸지 말라 했고, 전화도 걸지 말라는데 찾아갔다가 다른 기자들의 눈에 띄면 재미없을 듯하기에, 꾹 참고 하회만 기다리고 있었다. 또 한편에는 너 그러면 그랬지, 내가 비릿비릿하게 쫓아다니며 빌붙을 거야 무어 있으랴 싶어서 내버려두고 보자는 버티는 생각도 없지 않았다. 그러던 것이 하루는 무슨 바람이 불었는지 김능글씨가 스르를 들렀다.

"웬일들이세요? 뭐 노하셨나 했지."

하고 필례는 반겨했다.

"그거야 날더러 물을 게 있나! 허허허."

하고 능글씨가 의미심장한 소리를 하였다. 필례는 거기에는 모른 척하고 넌지시 춘식이의 소식을 물어보니,

"응, 요새 그 사람 맘 잡았지. 인제는 '섰다' 두 손을 떼구, 제시 간만 되면 온다 간다 말 없이 어느 틈에 후딱 새어빠지구…… 흐 흐흐……이게 또 하나 생긴 거지. 이번엔 그 자당이 골라 맽겼는 가 봐. 허허허……."

하고 김능글이는 새끼손가락을 뾰족이 들어 보이며 낄낄대다가,

"또 모르지. 애어머니하구 다시 얼리는지. 원체 신관이 구관만 못한 데다가, 그 구관이 현부인이거든……."

하고 남 속상하는 소리만 하는 것이었다. 필례는 심사가 틀려서 뾰로통하여졌다.

그러나 사실 요새 춘식이는 무엇에 번민을 해서 그런지, '섰다' 도 아주 물려버리고, 낮일인 날이면 손만 떼면 달아나고, 밤일인 때도 틈이 있는 대로 쿨쿨 코를 골다가도 눈만 뜨면 후딱 달아나 곤 하였다. 번민이라야 묻지 않아도 다른 것이 아니다.

아무리 생각해봐야 어머니만 마음을 살짝 돌리면 다 필 일이기 에 필례 집에서 자고 가던 날 섣불리 말을 꺼내보았던 것이다.

"어머니, 아무래두 그 애를 데려 들여야 하겠는데요?"

하고 우선 전초전을 걸었다.

"그 애라니? 누구 말이냐?"

어머니의 말눈치가 좀 의외이기에,

"누구 말이라니요? 그럼 필례가 싫으시면, 애에미를 다시 데려

와두 좋단 말씀인가요?"

하고 다져보았다.

"무슨 객설! 넌 왜 이리 어림이 없니?"

결국 핀둥이만 맞았다.

"자, 그러니 말씀예요. 기위 몇 달을 두고 얘기가 돼오던 터에, 남의 사람을 체면이 있지, 어떻게 그대루 따돌려셨습니까?……"

"따돌려세다니? 혼인 이르다가 궁합이 안 맞어 퇴짜하기가 예사지, 이건 무슨 얼뜬 소리냐?"

어머니는 코웃음만 치며, 오히려 아들을 들큰거리는 말눈치다.

"그런데요, 어머니……."

하고 아들은 빌붙어보았다.

"섰다 아시죠?"

"그래, 어쨌어?"

어머니는 자애라기보다도, 아들을 저만치 내려다보며 냉연히 대꾸를 하였다.

"그게, 처음에는 장난삼아 한 건데, 점점 커져서, 빚이 20만 환 넘어 근 30만 환 됐습니다그려."

춘식이는 죽여라 하고 실토를 하고 말았다. 그러나 어머니는 망설이지도 않고, 대번에 쏘는 소리가,

"하마터면 집 팔아먹을 뻔하였구나! 그래 어쨌단 말이냐?"

하고 눈을 까뒤집으며 흘긴다.

"허는 수 있에요! 어머니껜 말을 못해두 그 애한텐 사정을 할 수 있어 말을 비쳤더니, 이렇다 저렇다 군소리 없이 뒷구멍으루

싹 갚아주었군요. 이런 고마울 데가 어디 있겠에요."

"이 덜 돼 떨어진 놈아! 대관절 네 나이는 몇 살인데, 뜨내기 계집 잘 만나서 덕 봤다는 자랑이냐? 노름빚 뒤치다꺼리해주는, 너만치나 덜된 년은 며느리루 데려올 수 없어."

머리가 허연 어머니는 펄펄 뛴다.

"그런데, 어머니두 그 애 큰오라비가 경찰서장인 거 아시죠?"

"그러니 어쨌단 말야? 계집애 돈 빨아먹었다구 붙들어갈까 봐 걱정이냐? 흐흥, 붙들려가렴. 눈 하나 깜짝 안 한다. 그년두 서방질하느라구, 저 좋아서 돈푼 썼지, 날더러 그년의 서방질한 값 치르라는 거냐? 집문서라두 잡혀서 갚아달라는 거냐?"

어머니는 얼마 동안 속에 뭉켜 서렸던 기승과 울화가 함께 폭발하는 듯싶다.

"어머니는 모르는 소리 마세요. 사기 결혼이라구 명목을 붙여 고소를 하는 날엔, 당장 유치장 신센데……."

춘식이는 어설피 서둘러보았다.

"글쎄, 그런 어림없는 소리 말라니까. 그년두 저 좋아 놀았으면 그만 돈 써두 좋지 않으냔 말야. 남정네 오입쟁이면 그 열 갑절은 썼을 거라. 뭐 억울한 거 있다던? 남녀동등, 동권 시대라면서, 여기는 좀 다르다는 거냐? 저를 바라구 오는 놈헌테 몇 갑절이구 뜯어내서, 이번에는 제가 좋아하는 놈헌테 조금쯤 바쳤다기루, 그것이 빚이 될 게 뭐냐? 넌 어수룩두 하다."

춘식이는 어이가 없어 입을 닥치고 고개를 떨어뜨렸다. 어머니는 젊었을 때나 홀로 되어서 남자와의 교제를 어떻게 하여왔었는지 알 까닭이 없지마는, 따지고 보면 그럴듯하기도 하다.

"하지만, 어머니. 그렇게까지 심하게 하시면 난 내대루 할 테예요. 법률상으로두 우리 나이만 되면 부모의 허락이 없어두 자유로 결혼할 수 있으니까요."

이번에는 어머니한테 대어들었다.

"잘은 한다. 이제는 헐 말 없으니까 법률루 따지기냐? 넌 법률하구 사니? 에미, 동생하구 살 수는 없어두 법률하구 계집년이나 끼구 살면 고만이란 말이지? 너, 젖 먹구, 똥오줌 쌀 적에두 그 법률이나 그 계집년이 치다꺼리를 해주던?"

기가 부풀어난 어머니는 점점 더 뛴다. 어머니의 말이 이쯤 나가고 보니, 춘식이는 더 사정을 하여본대야 별도리 없을 것 같아서 아주 단념해버리고 말았다.

이렇게, 보기 좋게 마지막 실패를 하고 난 춘식이는, 다시 필례를 만나볼 용기가 나지 않았다. 돈이나 안 끌어 썼더라면 몰라도, 그놈의 '섰다' 때문에 필례 앞에 고개를 못 들게 되고 말았다. 모든 것이 신산하고 귀찮고, 내용을 짐작하는 친구들의 얼굴을 대하기가 뜨뜻해서, 우선 '섰다'부터 집어치우고 혼자 빙빙 돌았었다. 그러던 판인데 하루는 경순이에게서 전화가 왔다. 필례에게는 까닭이 있어서 전화를 못 걸게 하였지마는, 경순이야 전에 같이 살 때부터 툭하면 남편을 불러내던 전화다. 하여간 급히 의논할 일이 있으니, 오늘 저녁에 꼭 와달라는 부탁이었다.

춘식이는 이 전화가 얼마나 반가웠던지 몰랐다. 한참 뒤숭숭한 머릿속이 금세 깨끗이 개는 듯싶기도 하였지마는, 이 궁지에서

활불(活佛)의 소리를 듣는 듯싶었다. 오랫동안 자기도 모르게 숨어 있던 뼈에 맺힌 그 무엇인지 알 수 없는 힘이, 자기를 끌어 잡아당기어주는 것만 같았다. 어째서 헤어졌든지 간에, 남 된 남편을 찾아다니는 경순이었고, 급한 때면 언제나 와달라고 부르는 경순이다. 두고두고 끝끝내 못 잊어 하는 그 마음씨가 고맙고 가련도 하다.

그런데, 춘식이가 경순이를 때때로 찾아가는 데는, 을지로 입구 근처에 있는 영어 강습소였다. 언제나 만나면, 반갑고, 반가워하는 사이지마는, 조강지처로서 얌전히 살림을 하던 전날의 경순이의 모습을 생각하면, 새삼스럽게 영어를 배우러 다니다니 세상이 바뀐 것을 여기에서 보는 듯싶고, 온종일 간호원으로 지친 몸을 이끌고 와서 기를 쓰고 배우겠다는 경순이가 보기에 가엾고 미안도 하다.

그러나 둘이 만나자면, 어째 하필 여기에서 만나야만 하겠는가? 어엿한 옛날 처가도 있지마는 의절한 장인 장모를 볼 낯이 없고, 실상은 저희끼리 뒷구멍으로 만나는 것조차 두 집 부모에게는 숨기고 있다. 누가 무서워서가 아니다. 전에 병원으로 보러 갈 때도, 애인끼리 밀회나 하듯이 남의 눈을 기워 숨어 만난 것은, 어엿한 남편이 병신구실하는 것을 알까 보아 창피스러워서였다. 그러던 것이 경순이가 야학으로 영어 공부를 시작하게 되니까, 학교로 마음 놓고 찾아가고, 하학하기를 기다려서 밤거리를 거닐다가는, 춘식이가 친구에게 배워서 알아두었던 '무허가 하숙집'이라는 데로, 어느 편이 끌고 말고 없이 같이 들어가 자고 나오곤 하는 것이었다. 어엿한 제 집, 제 방을 두고 창피스럽고 추잡하게 이건 무슨 꼴인가 하는 생각을 피차에 할 때도 있었지마는, 인제는 예사가 되었고 결혼 전에 못해본 연애를 새판으로 하는가도 싶어서 야릇한 기쁨을 맛보는 것이기도 하였다.

경순이가 영어 야학을 시작하여 열심히 회화를 공부하는 것은 '커다란 야심'이 있어서였다. 1년에 몇 차례씩 혼혈아를 모아서 미국으로 데려갈 때마다 따라가는 보모나 간호원이 수가 난다는 말을 듣고서 부랴부랴 시작한 것이었다. 그런데 오늘 급히 의논할 일이 있다니, 정녕 가게 된 것이로구나 하고 일변 반가우며 일변 섭섭한 생각으로, 춘식이는 부리나케 강습소로 시간을 대어 갔다.

경순이는 노냥⁵ 귀를 밖에 대고 있다시피 기다리다가, 춘식이가 온 기척에 공부는 집어치우고 살짝 빠져나왔다. 그저 눈웃음만 쳐 보이고, 아무 소리 없이 팔에 매어달리듯이 달라붙어서 걷기 시작하였다. 언제나 그랬지마는 오늘은 유난히 따른다. 춘식이 역시, 전에는 필례가 있느니만치, 만나면 반갑기는 하였어도, 오늘같이 마음이 쏠리기는 처음이다.

"어떻게 됐어? 가게 된 모양이지?"

"가서, 얘기해요."

경순이는 마치 집으로나 가는 길같이 그 '무허가 하숙집'을 생각하며 좀 숨이 가쁜 소리로 속삭인다. 춘식이도 그 뜻을 알고 '예전 아내'의 어깨를 꼭 껴안았다. 역시 한집에서 살던 예전 아내와 같지 않게, 귀엽고 새로운 정에 흐뭇하였다.

"그래, 뭐야? 급한 이야기란?"

단골집이라, 뒷방 아늑한 데 들어앉으며 춘식이는 말을 꺼냈다. 전에 자기네 건넌방에 마주 앉은 것 같다. 그러나 경순이는 무심코 아이들 생각이 나서, 이때껏 흥분하고 자극적이던 기분이 스러져갔다. 얼굴빛이 달라지며 잠자코 고개를 떨어뜨리고 있는 것을 보고, 춘식이도 그 감정에 끌려들어서 한참은 말이 없었다. 마음을 가라앉힌 뒤에 비로소 경순이는 입을 벌렸다.

"가게 됐는데, 수고 좀 해주셔야 하겠에요."

가게 됐다는 말에 반색을 하면서도, 춘식이는 수고해달라는 말이 남남끼리 같아서 설면하게 들렸다.

"수고구 말구 뭐야? 그래 언제 떠나게 됐어?"

춘식이는 경순이가 설면히 말하는 것이 싫기도 하고, 인제는 아주 헤어지는구나 하는 서운한 생각에, 공연히 휘뿌리는 소리가 나오고 말았다. 그러나 이상하게도 경순이는, 전에 남편이 못마땅해할 때처럼 자기를 무관히 다루어주는 것이 좋았다. 전에 살림할 제, 말다툼을 하다가는 남편에게 쥐어박히면, 또 그것이 분해서 맞붙들고 물어뜯고 걷어차이고 하던 그 시절이 도리어 그리운 듯이 퍼뜩 생각난다.

"모두 60명 보내는데, 따라가는 사람이 여남은 되는지? 여권에 비자만 얻으면 내월 초순께서는 떠나게 된다는데, 어서 서둘러야는 하겠구, 난 어디 가서 어떻게 하는지 뭘 알아야 말이지. 병원에서두 잠시를 빠져나올 수 없구……."

결국 미군이 씨를 뿌려놓고 간 전쟁고아를 깨끗이 거두어가는 것인데, 말하자면 미국의 독지가 가정으로 입양시키는 사회사업이요 자선사업이다. 경순이는 정작 에미 떨어진 자기 자식은 내버려두고, 이 사업에 봉사를 하게 되어 언짢기도 하고 좋기도 하거니와, 그 사품에 미국 구경도 하고 운수 좋으면 거기에 떨어져서 간호학교를 졸업하게도 될 것이요. 장래에는 영주권을 얻어서, 아주 그 땅에 뼈가 묻혀도 아까울 것이 없다는 생각이다. 보기에 따라서는 조국을 배반하는 생각이지마는, 자기 개인의 생활을 위하여서는 입신의 웅지(雄志)를 품고 큰 희망에 타고 떠나려는 먼 길이다.

"알겠어, 그건 염려 말아요. 내 어떻게든지 길을 뚫어 해줄 테니."

경순이는 좋아라 하고 그동안 무진 애를 써서 꾸민, 실상은 사이에 들어준 친구의 덕으로 꾸며다가 준 서류를 내어주면서, 한때 위로의 말로서인지, 생글 웃으며 불쑥 이러한 소리를 한다.

"염려 말아요. 나만 가게 되면, 다 길이 있으니까. 한 1년 고생하구 나서, 당신두 오게 될 거구, 아이들 데려다가 같이 살게 마련해놀 거니까."

춘식이는 귀가 번쩍하여 경순이를 힐끗 쳐다보다가 픽 웃었다. 경순이는 마주 생글하여 아주 자신만만한 듯이,

"왜? 거짓말 같은감!"

하고 정답게 얼러주면서, 곧 몸을 쏠리고 싶어 하는 기색이었다.

"흥! 말만이라두 고맙군! 사람이 살다가 별일두 다 있는 거야. 이러다간 죽어서까지 '우리 마누라' 따라 천당 가려나 보다."

춘식이는 손에 든 서류를 뒤적거리며 껄껄 웃었다. 한때 마음의 요기라도 되니 말만 들어도 좋았다.

"내 원체 처덕(妻德)이 있다긴 해!"

하고, 춘식이는 너무 좋아서, 어리보기 같은 소리를 하고는 입을 함박같이 벌리고 웃었다.

3

"아, 여기군! 애, 퀸아저씨 계시지? 잠깐 나오시래라."

꼭 닫힌 대문을 밀어 열치고, 좁다란 마당을 격해서 빤히 건너다보이는 부엌에다 대고 말을 거는 여자의 목소리가 들린다.

"지금 주무세요."

부엌 속에서 꼬물거리던 어린 식모아이가 문턱을 나서며 대꾸를 한다.

"거, 누구냐?"

하는 안방에서 주인마님의 괄괄한 목소리와 함께 영창 미닫이가 와락 열렸다. 손바닥만 한 뜰이라, 서로 코가 맞닿을 지경이다. 피차에 알 만한 얼굴들이다.

"엉, 어째 왔어?"

핀잔을 주듯 못마땅해하는 마님의 목소리에, 필례는 인사를 하려다 말고 말뚱히 쳐다만 보고 섰다. 사람이 찾아왔는데, 알아보았거나 말았거나 들어오라는 인사는 없이, 이런 말본새도 있더

람? 하는 토라진 생각에, 그러지 않아도 여차직하면 한번 해낼 작
정으로 온 터이라, 점점 매서운 눈이 되었다.

"응? 누구야?"

그러자 마침 건넌방에서 낮잠을 자던 춘식이가 소스라쳐 깨어
마루로 뛰어나온다. 그러나 춘식이 역시, 뜰 안으로 들어서는 필
례를 보고 주춤하며, 마치 말문이 열리지 않아서 잠에 취한 눈으
로 멀거니 바라보고만 있다. 너무나 의외의 진객이 달려든 데에
놀라서 정신 다 나간 모양이다.

"웬일이세요? 소문 없이, 돌아가신 줄 알았더니, 그래두 살아
계시군."

필례는 콧날을 째긋하며 냉소를 하였다. 네 따위도 사내 축에
드느냐고 깔보는 것 같아서, 춘식이는 그저 당황한 김에 픽 웃으
며 그제야 올라오라고 권하였다. 그러나 그 말이 떨어지기도 전
에, 영창 밑에 지키고 앉아서, 저희 하는 꼴만 노려보고 있던 어
머니의 또 한마디 뒤틀어진 말참견이 나왔다. 그 때문에, 정세(情
勢)는 다시 일전(一轉)하였다.

"아니, 뉘 집 딸인지는 모르겠지만, 저따위로서 염체가, 약혼하
구 결혼식하구, 남 하는 것 다 해보구, 누구를 못살게 굴려고 시
집살이를 하겠다는 거야?"

하고 머리가 허연 귀신 같은 마나님이 혀를 끌끌 차니까, 필례는
하도 어이가 없어서, 눈을 춘식이에게서 돌려서, 한참 쏘아보다
가 깔깔 웃어버리면서,

"누가 할 소린지 모르겠군요. 그러지 않아두 그렇게 하려 했더

니, 당신 아드님을 하두 잘 낳아놔서, 속은 게 분해서라두 다방 레지루 한평생 늙히기루 마음을 고쳐먹었답니다."

하고는 그 어머니더러 좀 보라는 듯이,

"어서 돈이나 내놔요."

하고 춘식이를 마구 얼러대었다.

"잠깐 기다려, 같이 나가자구."

춘식이는 어머니와 맞붙었다가는 무슨 창피한 꼴을 당할지 몰라서, 데리고 나가는 게 수라고 옷을 갈아입으러 방으로 뛰어 들어갔다.

"흥! 알구 보니 빚쟁이로구먼. 아니, 몸값 내라는 거야? 남의 자식 꾀여내다가 저 실컷 호강하구, 되레 돈을 달라구? 몸 축가게 해놓은 것만 해두, 돈은 제가 내야지. 썩 물러가. 요새 계집년들은 모두 이따위야?"

그동안을 못 참고 춘식이 어머니의 입에서는, 이런 더러운 소리가 볼이 메어 쏟아져 나오면서 눈을 부라린다. 필례는 어이가 없어 채 대거리할 말도 나오지를 않는데, 앞뒷집 여인들이 부리나케들 들어서는 바람에, 창피해서 얼른 피해 나와버렸다. 문밖에 나서니, 고기 붙고 고기 붙고 한 이 동리 풍경이겠지마는, 큰소리가 나는 것을 듣고 구경난 듯이 어른 아이들이 우우 몰려 들어서서 나갈 길을 틔워주지를 않는다.

필례는 큰길로 빠져나오면서 뒤에서 춘식이가 따라오지나 않나? 하고 몇 번이고 돌아보았으나, 버스를 잡아탈 때까지 그림자도 눈에 띄지 않았다. 얼른 배송을 내자는 것인데, 이편에서 앞질러 피해 나왔으니 주저앉은 게로구나고 생각하였다. 어디 가서, 사기꾼, 더러운 데도 걸려들었구나 하고 필례는 올 수가 사나웠다고 가볍게 코웃음을 치고 말았다. 그러나 돈만은 받아내야 할 텐데 별도리가 없어 걱정이다.

뒤미처 허둥지둥 쫓아 나온 춘식이도, 벌써 앞차로 가버렸는지 필례가 눈에 안 띄기에 잘되었다고 생각하였다. 아주 안 만날 사람 아니요, 언제나 만나서 귀정을 지어야는 하겠지마는, 우선은 방도를 세우고 나서 말인데, 요 며칠 동안은 아이들이 둘이나 한꺼번에 홍역을 앓고, 정신살이 없다. 어젯밤도 신문사는 결근을 하고 두 아이를 데리고, 누이와 번갈아 밤을 꼬박 새우다시피 한 끝이라, 잠이 부족해서 죽을 지경이다. 춘식이는 이왕 나선 길이니, 집에 들어가서 보채는 아이들을 데리고 어머니의 그 머리가 빠질 잔소리를 듣는 것보다는, 경순이에게나 가보겠다고 하여튼 버스에 올라탔다.

경순이의 여권은 그동안 2주일이나 분주히 돌아다니며 '운동'을 한 결과 곧 나오게 되었다. 다른 것과 달라서 전쟁고아를 데리고 가는 간호원이니, 속히 된 것이요 다시 뒤틀릴 리도 없다. 경순이는 떠날 채비를 차리기에 분주하지마는, 춘식이도 '남편'답게 생색을 보여주게 되어 좋고, 무슨 이민(移民)의 선발대나 보내는 듯싶어, 앞으로의 희망과 공상이 많다. 이즈막에 와서는 피차에 맞보는 것이 전보다도 더 반갑고 생기가 돌아서 좋다.

오늘은 낮이니 병원으로 찾아가는 수밖에 없었다. 하얀 간호원옷에, 머리에는 테두리를 두른 흰 모자를 비딱이 젖혀 쓴 모양이,

아직 스물다섯밖에 안 되기는 하나, 누가 두 아이의 어머니랄까, 좀 더 앳되어 보인다. 언제나 병원으로 찾아오면, 어엿이 응접실 같은 데에 들어가 만나는 것도 아니요, 남의 눈에 띄는 것이 싫어서 사환의 방에 들어가서 불러내다가 만나는 것이다.

"아, 잘 오셨에요. 아이들이 어때요?"

한참을 기다려서 나온 경순이는, 궁금하던 끝에 반색을 하면서도 아이들 걱정에 얼굴이 흐려졌다. 불시에 낮에 병원으로 찾아온 것을 보고는 불길한 예감도 들어섰다.

"응, 그만들 한데, 간밤엔 작은년이 보채서 밤을 꼬박 새웠어."

그 말에 그만 경순이는 눈물이 쭈르륵 두 줄기 흘러내렸다. 씻지도 않으려 한다.

"나, 좀 가보겠어요. 지금 같이 가세요."

전에 없이 맹연한 기세다. 두 자식이 한꺼번에 홍역을 한다는 말을 듣고 며칠을 두고 애절한 끝이다. 인제는 더 참을 수가 없었다. 더구나 곧 미국에를 떠날 테니 한번은 가보고 떠나겠다고 벼르던 터이라, 더구나 애틋한 정이 치미는 것이었다.

"글쎄, 그래두 좋기는 한데⋯⋯."

춘식이는 병구완에 지친 끝이라, 와서 도와주면 얼마나 좋겠는가 하고 반색은 하면서도, 어머니의 의사를 몰라서 선뜻 대답을 못한다.

"왜요? 어머니가 뭐라실까 무서워서? 간호원 돈 주구 데려가는 셈만 치시라구려. 당장 자식들이 죽을 둥 살 둥 하는 판에 안 가보는 에미가 어디 있답디까? 당신 어머니는 자식 안 길러봤답디까? 당신은 그 어머니 뱃속에서 안 나오길 다행이지!"

하고 경순이는 마구 비꼬아가며 푸념이다.

"그래! 가요 가."

춘식이도 더 망설일 것 없이 응낙을 하였다. 경순이는 당장으로 수유[6]를 받고 짐을 꾸려가지고 '남편'을 따라나섰다. 아이들이 완쾌할 때까지 며칠이고 묵어가며 간병을 할 작정이다.

자식을 보러 왔고, 간호원으로서 불려온 것이지, 남 된 시어머니 보러 왔던가? 하는 생각에, 경순이는 안방을 들여다보고도 그저 인사성으로 늙은이 대접하여, 여학생처럼 입은 봉한 채 고개만 꼬박하여 보였다. 마나님도 다른 때 같으면 기승을 떨고, 발을 못 들여놓는다고 큰소리를 냈으련마는, 잠깐 거들떠보기만 하고 아무 말이 없다. 앓는 아이들을 데리고 지친 끝이라, 어쨌든 당장 아쉬워서인지, 그렇게 옹추로 지내던 시뉘까지 "어서 오우" 하고 알은체를 한다. 미국이라면 천당같이 여기는 세상이라, 오라비한테 미국 간다는 말을 들어서 그런지, 금세 대단한 출세나 한 듯싶어 저만치 치어다보는 것이요, 뒷길을 생각해서 그러는지도 모르겠다. 어쨌든 경순이는 큰 소리 안 내고, 조금만 해도 동리 아낙네들이 꾀여드는 이 동리에서 아무도 모르게, 동네가 다 알기로 잘되었다고 반겨들 하겠지마는, 어쨌든 다섯 해 동안 정이 들었던 이 집 건넌방에를 들어왔다. 나란히 누워 앓는 아이들을 보고는 눈물이 펑펑 쏟아져서, 쌍둥이 에미처럼 둘을 한꺼번에 끌어올려 무르팍에 앉히고 번갈아가며 어루만지며 어느 때까지 눈물에 젖었었다. 어미의 잘못은 아니지마는, 1년 넘는 동안이나 못하였던 어미 노릇을 한몫에 하느라고 이날 밤부터, 밤새도록 두 아이를 차례차례 끼고 앉아서 졸아가며 땀을 내어 뉘고는 간신히 변소에나 빠져나갔다가 들어오곤 하니, 안방 식구와는 아랑곳도 없고, 안방에서는, 그동안 아이 병구완에 지쳐서 곤드라졌던지, 역시 미국 간다는 위엄에 기가 눌려서 그럴까마는, 찍소리가 없어 어제오늘은 집안이 조용하다.

아이들은 어미의 손길이 가서 그런지, 경순이가 온 지 이틀이 못 가서 벌써 큰 고비는 넘기고, 어른들도 제대로 잠을 자게 되었다.

"여보, 그만하니 인젠 내일은 가봐야 하겠어."

경순이가 사흘 밤이나 자면서, 병원 일이 궁금하여 하는 말이었다.

"그럼 가봐야지. 이젠 여기 일은 염려 말어."

경순이는 떨어져 가기가 싫건마는, 하는 수 없이, 이렇게 구슬픈 의논을 하면서 자고 난, 그 이튿날 신새벽이었다. 누가 문을 찌걱 하기에, 아이들 보살피느라고 일찍 일어난 춘식이가, 이상하다는 생각을 하며 나가서 문을 열고 보니, '따리아' 다방에서 늘 보던 낯이 익은 송사리 깡패가 둘이 앞장서고, 뒤에는 필례가 멀뚱히 쳐다보며 있다. 춘식이는 벌써 물계를 알아차릴 수가 있었다.

"아저씨, 좀 나오세요."

한 놈이 핏대를 올리며 소리를 죽여 하는 말이 춘식이에게 선뜩하였다.

"할 말 있거든 예서 하라구."

춘식이는 이 자식들에게 끌려가서 얻어맞는구나 하는 겁도 났지마는, 뒤에 섰는 필례가 더 괘씸하여 흘겨보았다. 필례도 마주 쏘아보고 섰다. 네게 속은 보복이라는 것이요, 일전에 너 어머니한테 욕을 본 앙갚음이라는 뜻일 거라. 그러나 한편으로는, 오죽 분해야 계집년이 신새벽부터 깡패를 몰아가지고 습격을 왔겠느냐는 가엾은 생각도 든다. 어쩌면 제 자신이, 이 송사리 깡패의 두목인지도 모르겠고, 혹은 이놈들의 두목이 필례의 또 하나의 정부라서, 부하를 안동해 보냈는지도 모르기는 하지마는.

"이리 나와."

어린 놈이 형사처럼 기세가 당당하다.

"나갈 게 아니라, 이리 들어와 이야기를 해보자. 대관절 너희들은 누구냐?"

춘식이는 필례의 앞에서 기가 죽은 꼴은 보이기 창피하여 한번 뽐내 보였다.

새벽잠이 없어서 벌써부터 깨어 앉았던 안방의 어머니는 유리 구멍으로 물계만 내다보다가 이때껏 목소리도 내지 않던 '원피스'를 입은 필례가 눈에 띄자, 그만 거기에 격해서,

"저년이, 얼굴이 쟁과리지, 여기를 낯 찾아먹자구, 또 왔어? 새벽까지 털러 다니는 도둑년놈들은 처음 보겠다."

하고 소리를 고래고래 지르며 마루 끝으로 나섰다.

'저 마님이 성미 값을 하느라구, 또 일을 그르쳐놓는 게로군!'

건넌방에서 귀를 기울이고 앉았던 경순이는 혀를 찼다. 무슨 사

연인지는 모르겠으나, 새벽같이 달려든 거라든지 도둑년놈들이라고 개 꾸짖듯 하는 것을 보면 심상치가 않은 것 같은데 그놈들이 애아버지에게 손찌검이나 하지 않을까 애가 씐다.

"이 도둑년놈들아, 되레 누구더러 도둑년놈들이라는 거야?……."

하는 소리와 함께 문밖에 섰던 두 젊은 아이가, 발을 맞추어 후닥닥 뛰어들면서,

"이 늙은이, 나이 떠세하구, 말이라면 다하는 거야?"

하고 또 하나 젊은 애는 마루 앞으로 축대 위를 뛰어오르며, 춘식이 어머니한테 삿대질을 한다. 건넌방에서는 경순이가 참다못해 와락 나섰다. 설마 늙은이야 어쩌랴마는, 애아버지와 맞붙을까 봐서다.

"이눔들, 너흰 에미 없니?"

삿대질이, 자기의 뺨을 건드리는 바람에, 이 늙은이는 기고만장을 하여 소리를 버럭버럭 지르며 펄펄 뛴다.

"이눔들아, 그래두 어른은 알아봐야지? 아무리 무법천지기루 이눔들이 남의 집엘 신새벽에 내정돌입을 하구."

하고 춘식이도 팔팔 뛰며 덤벼들었다.

"이 자식아, 딴소리 말구, 돈이나 어서 내놔."

하고 젊은 애 하나가 보기 좋게 춘식이의 뺨을 철썩 갈겼다.

"에그 이게 무슨 짓이야."

하고 경순이가 질겁을 하여 맨발로 뛰어내리면서 가로막았다.

"돈이 무슨 돈야? 언제 빚 줬던? 젊은 년이, 저 좋아서 남의 집

자식 꼬여내다가 실컷 놀구, 제 흥에 겨워서 돈푼 썼으면 썼지, 이 늙은 넌더러 뭘 무리꾸럭[7]을 하라는 거야?"

춘식이 어머니는 또 길길이 뛴다. 벌써 앞뒷집에서는 아낙네들이 자리 속에서 빠져나온, 파발이 된 머리를 쓰다듬을 새도 없이 꾸역꾸역 모여든다. 별안간 벌어진 이 혼란 통에, 문밖에 섰던 필례는 그대로 달아나버릴까도 하였지마는, 일은, 버르집어놓고 혼자만 달아나서는 두 젊은 아이들에게 의리가 틀리겠기에 급한 대로 마당 한구석에 들어섰다. 실상은 동리가 창피스럽게 이런 큰 소리를 내지 않자고 일찍 동하였던 것이었다.

"이것두 늙은이가 점잖지 않게 말이라구 하는 거야? 자식 역성두 분수가 있지, 결혼한다고 속여서 남의 집 처녀 버려놓구, 시집갈 때 쓰겠다구 죽어죽어 벌어논 돈까지 몽땅 뺏어간 이따위 결혼 사기꾼을 뭐 어쨌다구?…… 아무리 이런 에미에 이런 얌체 빠진 자식이겠지만, 여러분 들어보세요. 자식을 낳아서 30이 되두룩 그래 남창(男娼)으루 내놓아서 벌어들이게 했단 말이지, 아무리 세상이 이 꼴이기루 창피스러워서두 그런 말은 안 나올 거요……."

아무리 애송이 깡패라도 전문이 그것이라, 말수도 좋게 척척 해내는 것이었다. 마당에 가뜩 들어선 그 '여러분'도 구경이나 하자는 것이지, 이 마님의 편을 들고 나설 생각도 없거니와 젊은 애들의 기세에 질려서 아무 소리도 없이, 변소 문께로 고개를 떨어뜨리고 섰던 필례와, 애아버지를 가로막고 버선도 안 신은 맨발로 울상이 되어서 떨고 섰던 경순이를 번갈아 볼 뿐이다.

"이 망할 자식들아! 네 말대루 아무리 세상이 이렇게 됐기루, 그것두 네 에미 애비한테서 배워서 말이라구 하는 게냐?"

춘식이 어머니는 말이 막혔으니, 아무 성겁도 안 서는 소리를 꽥꽥 질렀다.

"아니, 그 돈이란 게 어떻게 된 셈 조건인지는 모르지만……"

하고 경순이가 선뜻 나섰다. 날뛰던 젊은애들도 의외의 등장인물에 눈이 번하였지마는, 뜰에 가득한 여인들도 눈이 번쩍 띄어 가만히 쳐다보며, 고개를 끄덕거리는 축도 있다. 다만 변소 문 앞에 섰는 필례가 잠깐 흘겨보고는 고개를 떨어뜨렸다. 결국 이 여자에게 한 수 졌구나 하는 생각에 그까짓 돈이야 받든 말든 그대로 피해 가버리고 싶었으나, 그래도 끝장을 보리라고 가만히 서 있었다.

"얼마예요? 내 드릴게! 어디루 가져오시라면 이따 갖다 드리죠."

경순이는 속생각으로 설마 몇 백만 환이야 되랴. 고작 몇 십만 환쯤 될 거니, 얼른 내놓아 갚아버리고 춘식이의 이 창피를 면해 주고 싶었다.

"돈이 누렁머리를 앓던? 가만 내버려둬. 그런 돈 있건 날 주렴."

늙은이의 거벽에 젊은 애들에게 지기는 싫고, 또 역시 늙은이 욕심에 뉘 돈이든 간에 내어주기는 아깝다.

두 젊은 애들은, 의외의 젊은 여자가 나서서 선선히 가로맡아주는 것이 시원스럽고, 앞에 섰는 밉지 않은 젊은 여자에게 호기심도 없지 않았지마는, 원체 춘식이가 미워서 시달려주자는 생각은 손톱만큼도 없고, 다만 직업적으로 돈 받아주고 구문⁸만 먹었으면 그만이니, 이편에서도 선선히 나서서 생색이나 내어주고 싶다.

"그럼 긴말할 것 없이, '따리아' 다방으루 30만 환만 가져오세요. 이자를 따지면 좀더 우수리가 있다지만……."

저희끼리 의논도 할 것 없이 한 아이가 도맡아서 타협을 지었다. 오후 5시까지 가져가기로 약속이 되고 보니, 구경꾼들에게는 혜식은 싸움판이 되고 말았다. 그러나 경순이에 대한 동리 아낙네들의 뒷공론과 칭찬은 사흘 전에 아이들 병구완하러 왔을 때보다도 대단하였다.

경순이가 큰마음 먹고 선선히 내놓겠다는 30만 환은, 제가 무슨 여투어둔 천량⁹이 있을까? 이 집에서 나가서 1년 남짓 두고 간호원 생활을 하면서 벌어 모은 것이다. 숙식은 병원 속에서 하는 것이요, 월급 2만 환인데 그 외에 환자에게 물건으로 선사가 들어오는 것은 말고라도, 큰 자국에서는 환자의 부모가 돈봉투깨나 대어미는 것이 있어서, 별로 씀씀이가 헤프지 않은 경순이는 그것을 알뜰히 모으는 것도 한 재미였다. 그러던 것이 이번에 의외로 미국에를 가게 되니까, 달러로 바꾸어가지고 가려던 것이지마는, 일이 급하니 아까운 생각 없이 내어놓겠다는 것이요, 또 인제야 안 일이지마는 벌써 눈치가 그 계집년 때문인 모양이니 활수하게 써도 좋다는 것이다. 이삼십만 환쯤 미국에 가지고 간다고 오라버니더러 달래도 군말없이 줄 것이요, 빚을 내어 쓰고 가서 나중에 갚기로 그만 아니냐는 배포 유한 생각이다.

한 풍파 치르고 나서, 춘식이는 울화가 치미는 것을 참고 방에 들어와 앉아서도, 경순이를 쳐다보기가 낯이 뜨뜻하고 미안하여, 속에서 볶이는 분을 내색해 보이지 않으려 하였다.

"염려 말아요, 돈 걱정은. 그깟 돈 아무려면 못 돌릴까. 미국에 가지구 가려던 것이지만, 한 푼 없이 가기루 내 한 몸뚱이 굶을라구!"

경순이가 가려고 옷을 갈아입으면서, 춘식이를 위로 삼아 이런 소리를 하는 것도 고맙고 가슴에 못을 박는 것 같았다.

"그놈의 '섰다'만 아니더라면……"

하고 또 후회도 하였다.

낮에 아이들이 쌕쌕 자는 틈을 타서 경순이는 도망꾼이 빠져나가는 듯하면서도 눈물이 글썽하였다. 춘식이는 그것도 보기에 안 되어서 같이 눈물이 났다. 춘식이가 경순이를 버스 타는 데까지 데려다주고 들어오니까, 그동안 이틀 사흘 에미가 와서 보아줄 때에는 앓는 아이를 들여다보지도 않던 어머니가, 아들의 방으로 건너와서, 아이들은 젖혀놓고,

"애, 그 애가 미국엘 가면 언제 온다던?"

하고 매우 긴한 듯이 묻는다.

"모르죠, 거기 가서 간호학교에를 들어가게 되면 1년 후에 졸업한다니까요."

"졸업하구서 온다던?"

"그것두 모르죠. 저 살기 편하면 무얼 바라구 애를 써 오겠습니까."

하고 아들은 거의 코웃음이 나올 뻔하였다. 어머니의 그 묻는 뜻
이 뻔히 짐작되니 반감만 새로웠다.

"얘, 거기서 눌러 있게 된다면, 우리두 데려가라지!"

어머니는 건망증이 있어 모든 것을 잊어버렸는지, 염치없는 소
리도 하는구나 하고 아들은 외면을 하였다.

그러면서도 화딱지가 나서 늙은 어머니의 속을 태워주자는 것
은 아니지마는 한마디 곁들였다.

"어쩌면 저의 식구는 불러갈 듯한데, 그렇게 되면 어머니 생활
비는 저희가 버는 대루 보내드리죠."

마나님은 눈만 껌벅껌벅하고 앉았다.

표본실의 청개구리

* 『견우화』, 1924, 박문서관.

1 두식(蠹蝕) 좀이 슬듯이 닳거나 벗어짐.

2 성하 한여름.

3 칠성판 관 속 바닥에 까는 얇은 널조각. 북두칠성을 본떠서 일곱 개의 구멍을 뚫어놓는다.

4 주정병(酒精瓶) 에탄올 병.

5 만인(蠻人) 미개한 종족의 사람.

6 동둑 크게 쌓은 둑.

7 철겹다 제철에 뒤져 맞지 않다.

8 박이 박음질로 만든 것을 일컬음.

9 찰(札) 갑옷에 단 비늘 모양의 가죽 조각이나 쇳조각.

10 유방백세(遺芳百世) 꽃다운 이름이 후세에 길이 전함.

11 입포리 「사의 승리」의 여주인공 이포리타를 가리킴.

12 사의 승리 이탈리아의 극작가 단눈치오의 작품.

13 쫄지요 「사의 승리」의 남주인공 조르지오를 가리킴.

14 을밀대 평안남도에 있는 대(臺)와 그 위에 있는 정자로 평양 시내를 내려다볼 수 있는 곳.

15 외외(巍巍)하다 산 따위가 매우 높고 우뚝하다.

16 오복점(吳服店) 일본 상점의 이름.

17 낙지(落地) 땅에 떨어진다는 뜻으로, 사람이 세상에 태어남을 이르는 말.

18 표단(瓢簞) 표주박.

19 제행무상(諸行無常) 우주의 모든 사물은 늘 돌고 변하여 한 모양으로 머물러 있지 않는다는 뜻의 불교 용어.

20 정(町) 거리의 단위로 1정은 약 109미터.

21 헌등(軒燈) 처마에 다는 등.

22 포연탄우 포의 연기와 비 오듯 하는 탄알. 즉 치열한 전투를 가리킨다.

23 창힐(蒼) 고대 중국에서 짐승의 발자국을 본떠 글자를 만들었다고 전해지는 사람.

24 오욕육구(五慾六垢) 불교에서 말하는 오욕과 육번뇌구를 가리킴. 오욕은 색(色)·성(聲)·향(香)·미(味)·촉(觸)이며 육번뇌구는 뇌(惱)·해(害)·한(恨)·첨(諂)·광(誑)·교(憍)를 말한다.

25 제연(諸緣) 모든 인연이나 연분.

26 샤미센 일본의 대표적인 현악기.

27 유곡(幽谷) 깊은 산골짜기.

28 조자(調子) 가락.

29 잔열 포류(孱劣蒲柳) 가냘프고 변변하지 못하여 갯버들 같은 모습을 의미한다.

30 돈사(頓死) 갑자기 죽음.

31 두락(斗落) 마지기.

32 조석상식 상가에서 죽은 이의 신주를 놓은 상에 아침저녁으로 차리는 음식.

33 추축(追逐) 친구끼리 오가며 사귀는 일.

34 팔초 얼굴이 좁고 턱이 뾰족하다.

35 데스마스크 사람이 죽은 직후에 그 얼굴을 본떠서 만든 안면상.

36 상지(祥地) 상서로운 자리.

37 약차약차하다 이러저러하다.

38 애애(   )하다 서리나 눈이 내려 그 일대가 모두 희다.

39 오탁(五濁) 불교에서 이르는, 세상의 다섯 가지 더러움. 곧, 명탁(命濁) · 중생탁 (衆生濁) · 번뇌탁(煩惱濁) · 견탁(見濁) · 겁탁(劫濁).

40 일간두옥(一間斗屋) 한 칸짜리 작은 오막살이를 가리킴.

암야

*『견우화』, 1924, 박문서관.

1 사품 어떤 일이 되어가는 바람이나 겨를.

2 초민증(焦悶症) 속이 타도록 몹시 고민함. 또는 그런 고민.

3 전천(專擅) 오로지 혼자 결단하여 행함.

4 망량 온갖 도깨비.

5 미두(米豆) 현물 없이 쌀을 사고파는 일종의 투기 행위.

6 일엽낙이천하지추 나뭇잎 하나가 떨어지는 걸 보고도 천하에 가을이 왔다는 걸 알 수 있다. 즉 하찮은 조짐을 보고 일어날 일을 미리 알 수 있다는 말.

7 민소(悶笑) 어리석음을 비웃음.

8 수괴(首魁) 못된 짓을 하는 무리의 우두머리.

9 유도무랑(有島武郎) 일본 소설가 아리시마 다케오(1878~1923).

제야

*『견우화』, 1924, 박문서관.

1 편영 조그마한 그림자.

2 염염(艶艶)하다 탐스럽고 곱다.

3 섬어(語) 헛소리.

4 냉매(冷罵) 차갑게 매도함.

5 창이(瘡痍) 다친 상처.

6 오적어(烏賊魚) 오징어.

7 소허(少許) 얼마 안 되는 분량.

8 제주(制) 간섭하여 아무런 일을 못하게 함.

9 일속삼문(一束三文) 속(束)은 '뭇'과 같은 뜻으로 볏단 등을 세는 단위며, 문(文)

은 옛날 화폐 단위로 '푼'에 해당한다. 즉 '서푼어치의 가치도 없다'는 뜻이다.

10 민사(悶死) 고민하다가 죽음. 또는 괴롭게 죽음.

11 이사(頤使) 턱으로 부린다는 뜻으로, 남을 마음대로 부림을 뜻함.

12 민패 꾸밈없는 민짜.

13 기요틴 단두대를 가리킴.

14 현수(懸殊) 판이하게 다름.

15 백림 베를린.

16 유추(幼雛) 어린 가금류.

17 쇄세하다 잘고 사소하다.

18 구수(鳩首) 비둘기들이 모이듯 머리를 맞대고 의논함을 비유.

19 두수없다 다른 방도나 대책이 없다.

20 노라 입센의 「인형의 집」의 주인공. 신혼 무렵 남편이 병에 걸렸을 때 서류 위조로 돈을 빌려 남편을 살린다.

21 안잠자기 여자가 남의 집에서 먹고 자며 그 집의 일을 도와주는 일. 또는 그런 여자.

22 울도(鬱陶)**하다** 마음이 근심스러워 답답하고 울적하다.

23 사천 여자가 살림살이에 쓸 돈을 절약하여 몰래 모아둔 돈.

E선생

*『동명』 1922. 9. 17~12. 10

1 구문(口吻) 말. 언어.

2 비식(鼻息) 콧숨.

3 잔생이 애걸복걸하는 모양.

4 의연(義捐) 사회 공익이나 자선을 위해 돈을 냄.

5 수간두옥(數間斗屋) 몇 칸 안 되는 작은 집.

6 벋장다리 같은 놈 구부릴 줄 모르고 뻗치기만 하는 다리, 즉 유순하지 못한 사람을 비꼬는 말.

7 곡속장(章) 『맹자』의 일부 장. 곡속이란 두려워하는 마음을 이른다.

8 임리(淋) 피 또는 땀 같은 것이 줄줄 흐르는 모양.

9 끌탕 속을 태우는 걱정.

10 출학(黜學) 학교에서 학칙을 어긴 학생을 내쫓음.

11 무주군(軍) 무주꾼. 신자가 아니라는 뜻으로 보임.

12 우치(愚痴) 매우 어리석고 못남.

윤전기

* 『조선문단』 1925. 10

1 두수 선택할 수 있는 두 가지 방도.

2 기또 염소나 송아지의 가죽을 뜻하는 일본말.

3 추안다리 책상다리.

4 부드떠리다 꺾어서 부러뜨리다.

5 째마리 여럿 가운데 가장 형편없거나 못난 것.

숙박기

* 『신민』 1928. 1

1 색가리 인종이나 민족을 구별하는 것.

2 시로우도 일반 가정이나 여염집을 가리키는 일본말.

3 빼락 블록.

해방의 아들

* 『염상섭전집』, 민음사, 1987(『신문학』, 1946년 11월호에 「첫걸음」으로 처음 발표)

1 부엌방석 재래식 부엌에서 아궁이에 불을 땔 때 깔고 앉는 방석. 새끼나 짚으로 똬리처럼 둥글게 결어 만든다.

2 캄푸라주 은폐, 변장, 속임수를 뜻하는 프랑스말.

3 야마도다마시이 대화혼(大和魂), 야마토다마시. 일본 고유의 용맹스런 정신.

4 로스키 로스케. 러시아 사람을 낮잡아 부르는 말.

5 주심 주가 되는 마음. 또는 일정한 마음.

6 도나리 구미 이웃한 곳의 조합.

7 세비로 신사복.

8 사혐 개인적인 혐의.

9 폭백 성을 내며 말함.

10 안집 옷의 안에 달린 호주머니.

양과자갑

* 『해방문학선집』, 종로서원, 1948

1 에노구 그림물감을 뜻하는 일본말.

2 몸가축 몸을 잘 매만져서 거두는 일.

3 적산 가옥 적산은 자기 나라 안에 있는 적국의 재산. 적산 가옥은 그러한 집.

4 흑구자 흑인, 까만 사람.

5 마치아이 다방을 가리키는 일본말.

6 파닥지 상판대기의 속말인 듯.

7 지고마 1911년의 프랑스 영화로 주인공이 복면의 괴도인 지고마Zigomar이다.

8 도련 저고리나 두루마기 자락의 가장자리.

9 공게 공것이. 힘들이지 않고 얻은 물건이.

두 파산

* 『신천지』, 1949. 8

1 쌩이질 바쁠 때 쓸데없이 남을 귀찮게 구는 짓.

2 삼칠제(三七制) 예전에 수확한 곡식의 3할을 지주에게 소작료로 주고 나머지 7할을 소작인이 가지던 제도.

3 동록 구리에 녹슬어 생기는 독성 물질.

4 어리보기 말과 행동이 다부지지 못하고 어리석은 사람을 이르는 말.

5 조리차 알뜰하게 아껴 쓰는 일.

6 엘렌 케이 스웨덴의 교육학자로 여성 해방주의자(1849~1926).

7 명토 구체적인 지적.

절곡

*『문학예술』, 1957. 2

1 예반 나무나 쇠붙이로 둥글납작하게 만들어 칠한 그릇.

2 연삽삽하다 마음이 부드럽고 사근사근하다.

얼룩진 시대 풍경

*『예술원보』, 1961. 7

1 놀래 논래. 의논. 이야기.

2 손속 노름할 때, 손대는 대로 잘 맞아 나오는 운수.

3 찌르렁이 찌그렁이. 억지로 떼쓰는 짓.

4 신정지초 사귄 지 얼마 되지 않은 첫정 때.

5 노냥 '노상'의 방언.

6 수유 말미.

7 무리꾸럭 남의 손해나 빚을 대신 물어주는 것.

8 구문 흥정을 붙여주고 그 보수로 받는 돈.

9 천량 개인 재산.

염상섭 단편소설의 전개 과정

김경수

1

한국 근대문학의 형성자로 평가받고 있는 횡보 염상섭의 작품 생애는 40여 년을 헤아린다. 이 기간 중 그는 완결된 것만 치더라도 총 17편의 장편소설과 160여 편의 중·단편소설을 발표하는데, 이 작품들은 그 양에서는 물론이거니와 작품의 수준에 있어서도 우리 문학사가 밟아온 길을 넉넉히 증거하고 있는 수작들이다. 『만세전』과 『삼대』와 같은 중·장편소설이 우리 문학사에서 중요한 위치를 차지하고 있다는 점은 이미 많은 문학사가 공통적으로 인정하고 있는데, 대상을 단편소설에 한정한다 하더라도 그의 작품이 확보하고 있는 문학사적 위상에는 아무런 변화가 없다. 즉, 식민지 시대와 해방기, 그리고 전후의 사회에 이르기까지 무려 40여 년의 세월을 증언하고 있는 횡보의 단편소설들은, 각각의 시대에 대한 충실한 풍속도로서의 의미를 고스란히 간직하고 있는 것은 물론, 다른 장르에서도 볼 수 있는 그만의 사실적이면서도 비판적인 문학적 전망까지를 선명하게 내보이고 있다.

따라서 횡보가 단편소설 분야에서 거둔 이런 성과는 진작 점검이 되었어야 옳으나, 불행히도 사정은 그렇지 못하다. 그의 창작생애가 식민지 시대에서부터 전후까지 꽤 오랜 세월에 걸쳐 이루어졌음에도 불구하고, 초기 문학사에 대한 정립 필요성 때문인지, 지금까지 많은 논의들은 그의 데뷔작인 「표본실의 청개구리」를 위시한 초기 작품에 국한되어왔으며, 그 바람에 해방 이후의 그의 작품들은 학계나 평단을 막론하고 관심의 대상이 될 기회가 적었던 것이다. 물론 해방기와 전후에 발표된 작품들이 아직도 이곳저곳에 산재되어 있는 것도 그의 단편소설 전반에 대한 논의를 가로막았던 한 이유일 것이지만, 해방 이후에 여러 권의 단편집을 발표했음에도 불구하고 충분한 논의가 이루어지지 않았단 것은 아쉬운 일이 아닐 수 없다. 따라서 그의 문학의 전모를 온전하게 이해하기 위해서는 그가 남긴 방대한 단편소설들이 어떤 식으로든 집대성되어야만 할 텐데, 그러나 불행히도 안팎의 사정은 아직 그러한 일차적인 선결문제의 해결을 기대하기에는 시기상조로 보인다. 그간 주로 초기 작품에만 국한되어 이해되었던 그의 단편소설의 다양한 면모에 대한 개괄적인 이해의 필요성은 이 점에서 제기된다. 다음에서 이 책에 수록된 그의 작품들을 중심으로 그 한 예를 제공하고자 한다.

2

　염상섭의 작품활동은 1921년에 발표한 「표본실의 청개구리」에 서부터 시작되었다. 물론 작품이 완성된 시기를 기준 삼으면 「암 야」가 그보다 앞설 것이지만, 어떻게 보든 이 두 작품을 포함해 「제야」와 「E선생」 같은 작품이 그의 초기 소설의 세계를 단적으 로 내보이고 있는 것만은 틀림없다. 이 일련의 작품들에서 횡보 는 식민지 치하에서 창작 활동에 발을 내디딘 식민지 지식인의 자의식의 일단을 내보인다. 말하자면 초기 작품에서 그는 식민지 적 조건이 지식인에게 가하는 정신적인 부하(負荷)의 실상을 그 려내는데 집중하는데, 이 점을 단적으로 보여주는 작품이 바로 「표본실의 청개구리」에 등장하는 주인공과 「암야」에 등장하는 주 인공에게 공통된 일종의 허무의식과 울분이다. 두 작품의 주인공 은 성인으로 가는 길목에서 망국(亡國)을 경험한 지식분자이다. 물론 「표본실의 청개구리」에는 3·1운동에 연루되어 옥살이를 하 고 나온 평양의 광인 김창억이 주인공 못지않은 비중을 띠고 그 려지는 것이 사실이지만, 그의 이야기는 사건의 위계상 주인공의 의식보다는 전면적이지 않다. 말하자면 광인 김창억의 생애는, 현재 삶의 지향을 쉬 찾지 못하고 소일하는 주인공의 정신적 위 기를 강조하기 위한 소재로 보는 편이 바람직하고, 설령 그 자체 로서 갖는 의미를 해석한다고 해도 망국의 현실을 감당하지 못하 고 미치고 만 지식인의 파행적 말로를 보여주는 예로서 보는 편이 타당해 보인다. 말하자면 이 작품은 집단의 운명과 자신의 운명 사이의 관계를 냉정히 인식할 수 없었던 과도기 지식분자의 허무적인 자기진단을 표현하고 있다고 할 수 있는데, 작품에서 그를 위시한 또래 집단들이 영문 이니셜로 표현되어 있는 것 또한 이와 무관하지 않아 보인다.

어떤 구체적인 삶의 일상을 보이는 것이 아니라 주인공의 관념적인 의식을 펼쳐보인다는 점에서, 반나절에 걸친 주인공의 산책과 그에 수반되는 사고의 내용을 전하고 있는 「암야」는 「표본실의 청개구리」와 겹친다고도 할 수 있다. 그러나 그 망국민으로서의 자의식이 구에 부합하는 삶의 계기를 동반하고 있다는 점에서 「암야」는 한편으로 「제야」와도 겹친다. 「암야」를 세밀히 읽어보면 우리는 주인공의 산책의 동기며 사념이 이른바 가장권에 의해 결혼한 사촌형의 혼인 및 자신의 약혼자와의 관계에 대한 고민으로부터 추동되고 진전되고 있음을 확인하는데, 이는 개성의 발현이라고 하는 근대적 삶의 가치가 남녀의 자유연애와 긴밀하게 맞닿아 있다고 하는 횡보 고유의 근본적인 문제 제기인 것이다. 그리고 이 주제는 방종한 한 신여성으로 하여금 자신의 삶을 회고적으로 반추하는 형식을 취하고 있는 「제야」로 그대로 이어지고 있다. 말하자면 횡보는 자생적 근대의 창출이라고 하는 것이 근본적으로 봉쇄된 식민지의 현실을, 개인적 각성과 도덕률에 입각한 자유연애의 당위성과 그것을 용납하지 않는 가부장적 이데올로기가 빚는 갈등으로 환치함으로써 우리의 근대소설에 걸맞은 이야기의 육체를 창조할 수 있었던 것이다.

「E선생」과 「윤전기」 그리고 「숙박기」는 초기 횡보 소설의 또다른 경향을 보여주는 작품이다. 남녀의 자유로운 이성애적 만남을 가로막는 구시대적 전통을 둘러싼 갈등이 사회적인 맥락을 벗어나 있는 것은 아니지만, 이 작품들은 횡보의 사회적 인식이 보다 구체적으로 드러나 있다는 점에서 앞서 살펴본 작품들과 구별되는 공통점을 지닌다. 횡보 개인의 교사 생활의 체험이 묻어나는 「E선생」에서, 우리는 한 양심적인 교사의 초상을 목격하는 것은 물론, 새로 유입된 근대적 가치관이 전통이 전혀 다른 사회에 올바로 뿌리내리기가 얼마나 힘든 것인가를 확인한다. 그리고 1920년대 문학계를 풍미했던 경향문학에 대한 일정한 대항의식을 가지고 쓰인 「윤전기」에서는 일상적 생존의 문제 앞에서 공동체를 지향한다고 하는 사회적 대의가 얼마나 무력한 것인지를 목격한다. 또한 작가의 재도일기의 경험이 녹아 있는 「숙박기」는 관동대지진 이후 조선인에 대한 민족 차별이 보편화되는 일본 내부의 현실을 알려줌은 물론, 조선인으로서의 정체성을 가지고 살아간다는 것이 당시 상황에서 얼마나 힘겨운 것이었는지를 생생하게 전해주고 있다.

교육의 현실과 교사로서의 사명의 불일치, 사회적 공기로서의 언론의 책무에 대한 인식의 문제, 그리고 조선인으로서의 국가적·민족적 정체성의 자각의 문제라고 하는 주제에서 보듯이, 「E선생」과 「윤전기」 그리고 「숙박기」는 다소간 관념적이고 제한적인 영역에서 다소간 선험적으로 개진된 감이 있던 개성의 발현이라고 하는 주제가, 일상적이면서 사회적 삶의 전 영역으로 확장

되고 있다는 것을 보여준다. 이들 작품에서 횡보는 삶의 어떠한 고비에서라도 인간으로서 견지해야 할 가치관과 신념을 긍정하는 태도를 보이고 있는데, 이런 일련의 태도가 이후에 전개될 그만의 공공의 상상력public imagination에 의한 대작들 곧, 「사랑과 죄」 및 『삼대』와 같은 장편소설로 확장되고 있음은 주지의 사실이다.

3

1920년대에서부터 1930년대 초반에 이르기까지, 장편과 단편에 걸쳐 왕성한 작품 활동을 했던 횡보의 소설은 1936년 장편 『불연속선』을 끝으로 일단 중단된다. 주지하는 것처럼, 만선일보의 편집국장으로 만주에 가면서 창작 활동을 중단하기 때문이다. 그가 작품 활동을 재개하는 것은 조국이 해방된 뒤가 되는데, 이런 정황으로부터 그의 소설 세계를 식민지 시대인 전기와 해방 후의 후기로 나누어보는 것이 가능해진다. 횡보가 해방 후부터 전후에 이르는 시기에 횡보를 지속적으로 소설화했다는 것은, 식민지 시대 초기와 마찬가지로 해방 후와 전후의 현실이 그에게 창작으로라도 증언하지 않으면 안 될 만큼 문제적인 시기였다는 것을 반증하는데, 그 단적인 예를 우리는 『삼대』에 버금가는 해방 후의 문제 장편인 『효풍』이나 『취우』에서 확인할 수 있다. 그러나 자신이 처해 있는 시대와 사회를 보는 그만의 독특한 시각과 문제 제

기적 전망은 이 시기에 쓰인 여러 편의 단편소설들에서도 확인된
다. 「해방의 아침」에서부터 「엉덩이에 남은 발자국」, 「삼팔선」 및
「이합」과 「재회」를 거쳐, 「양과자갑」과 「절곡」 및 「임종」 그리고
「얼룩진 시대 풍경」으로 이어지면서 마무리되는 그의 후기 소설
이 바로 그것이다.

　해방과 더불어 작품 활동을 재개한 횡보의 첫번째 작품은 「해
방의 아들」이다. 식민지 시대 안동으로 쫓겨나가 살던 조선 사람
들의 귀국담을 소재로 하고 있는 이 작품에서, 작가는 일제의 패
망으로 인해 급변한 현실의 여러 면면들을 객관적으로 담아낸다.
이야기의 중심 소재는 일본 여자와 결혼하여 일제 말기에 좀더
나은 삶을 영위하기 위해 일본인으로 행세했으나 이제는 그것이
족쇄가 되어 부부간 생이별할 위기를 넘기고, 주인공의 도움으로
고국에 돌아와서는 또다시 일본인들로부터도 따돌림을 받는 조준
식이라는 조선인인데, 안팎곱사등이의 처지에 놓인 그를 동포로
서 도우면서도 여러 가지 내면의 갈등을 겪는 주인공의 생활은
우연히도 「표본실의 청개구리」의 이야기 구도와 닮아 있다. 그러
나 내용과 시각은 전혀 다르다. 작가는 주인공의 눈을 통해 오족
협화(五族協和)의 기치가 무색해진 일제 패망 후의 안동현의 흉
흉한 정황이며 소련군의 진주로 인해 급변한 북쪽 지방의 현실,
그리고 국제결혼이 굴레가 되어버린 준식 부부의 이야기 등을 아
주 구체적으로 전하는데, 그런 난세를 바라보는 시각 또한 매우
당당하게 그려져 있다. 그리하여 작품은 주인공 홍규가 조선인과
일본인 사이에서 심리적 갈등을 겪는 준식에게 태극기를 사주면

서 조선인으로 당당하게 살 것을 권하는 것으로 결말을 짓는데, 인물의 윤리적 당당함에서부터 구체적인 현실 인식까지 「표본실의 청개구리」와 아주 대조적으로 볼 수 있는 이 작품은 해방된 조국에서의 글쓰기가 얼마나 당당할 수 있는지를 단적으로 보여주고 있는 것이다.

그러나 이런 해방의 감격은 그리 오래가지 못한다. 주지하는 것처럼 그것은 남과 북에 미군과 소련군이 진주함에 따라 남북 분단이 가시화되었기 때문인데, 이후 서울로 돌아온 횡보의 시선은 또한 이 시기의 혼란상을 놓치지 않는다. 「두 파산」과 「양과자갑」은 그런 정황을 생생하게 보여주는 작품들이다. 일제 잔재의 청산이라는 맥락에서 반민특위가 거론되던 때를 시대적 배경으로 하고 있는 「두 파산」은, 해방된 조국의 새로운 정당정치에 연락이 있는 남편을 둔 정례 모친과, 그녀의 친구로서 일제 때 도지사를 역임하고 전쟁 말기에는 군수품 회사의 취체역까지를 지냈던 친일파 남편을 둔 김옥임의 상반된 삶의 방식을 대비시킴으로써 두 가지 현실 적응의 방식을 보여준다. 정례 모친과 함께 동경에서 공부를 하기도 했던 김옥임은, 반민법이 통과되면 남편의 재산이 몰수될 것을 염려하고 고리대금업으로 도생의 방편을 삼는다. 그러다가 그녀는 친구인 정례 모친이 가산을 털어 소학교 앞에다 연 문방구점의 가능성을 알아보고 동업 형식으로 투자를 하여 본전 이상의 수익을 얻는다. 그럼에도 불구하고 그녀는 정례네의 형편이 여의치 않게 되자 만약을 위해 그녀에게 밀린 이자 갚을 것을 심하게 추궁하여, 결국은 정례 모친으로 하여금 자신의 대리인 격인 교장에게 차용증을 쓰게 함으로써 정례 모친으로부터 목 좋은 가게를 빼앗는데 성공한다. 이 과정에서 정례 모친은 길거리에서 옥임으로부터 대낮에 중인환시에 곤욕을 치르기도 한다.

이 작품의 제목인「두 파산」은 정례 모친의 경제적 파산과 옥임의 성격 파산을 함께 일컫는 것이라고 볼 수 있다. 그러나 비록 이 두 개의 파산이 대비적으로 그려져 있기는 하지만, 작가는 이 두 파산 가운데 어느 쪽 편을 들어주고 있는 것으로 보이지는 않는다. 언뜻 보기엔 정례 모친 쪽에 윤리적 무게를 두고 있는 것같이도 보이지만, 결말 부분에서 정례 부친의 행태도 함께 희화화되고 있는 것으로 보아 딱히 단정할 수도 없다. 따라서 만일 그것을 작가의 냉정한 균형 감각이라고 할 수 있다면, 이 작품에서 작가는 서로 대비가 되는 두 파산을 통하여 그러한 파탄을 초래한 사회의 모순과 불건강성 일반을 고발하고자 한 것으로 보인다. 해방기 우리 사회의 황폐함을 증거하고 있는 작품은 많이 있지만, 이 작품처럼 객관적인 위치에서 친일파나 그렇지 않은 사람들을 막론하고 시대와 사회가 초래한 정신적 황폐함을 그려낸 작품은 매우 드물다. 그 점에서라도 이 작품은 해방기 우리 소설이 거둔 문제작 가운데 한 편이라고 할 만하다.

이처럼 현실의 징후를 민감하게 포착해내는 염상섭의 관찰력은 이어지는「양과자갑」과「얼룩진 시대 풍경」에서 다시 한 번 확인된다. 이 두 작품은 발표 시점에 있어서는 대략 12년 정도의 차이가 있기는 하지만, 모두 해방 이후 일제를 대신해 새로운 지배층으로 자리잡기 시작한 미국과 영어의 힘과 파급력에 대해서 증언하고 있다. 해방 전에 발표된 우리 소설 가운데 이른바 사회적인 이중 언어 현상을 염상섭만큼 민감하게 소설화한 작가도 드물다 할 만큼, 그의 작품에는 일본어와 조선어의 이중적 사용에 대한 자의식이 세밀하게 그려져 있다. 의당 모국어가 소통되어야 할 영역에서 상황에 따라 일본어를 섞어 써야 한다는 의식의 부하가 자체로 식민지적 삶의 왜곡된 양상임은 두말할 나위가 없는데, 「남충서」와 「숙박기」 같은 작품이 그러한 예에 속한다. 이런 사회 현상으로서의 외국어의 압박과 위력의 문제는 해방과 더불어 남한과 북한에 미국과 소련이 진주함으로써 다시금 반복되는데, 「양과자갑」은 바로 이런 정황을 문제 삼고 있다.

작품의 주인공 영수는 일제시대 때 미국에 가서 영어를 공부한 지식인으로 현재 대학의 시간강사를 하면서 호구를 이어가고 있다. 일정 말기에 미국 출신이라는 것으로 해서 감시소에 갇히기까지 했던 그는, 해방 이후 철원으로 소개해 나갔다가 정세의 변화의 따라 급한 김에 부랴부랴 서울로 나와서 부인과 딸 보배와 함께 셋방 살림을 하고 있는 것이다. 그러던 어느 날 집주인의 여동생 안라(安羅)라는 여인이 영어로 된 문서의 번역을 영수에게 요청하는데, 영수가 그것을 일언지하에 거절하는 바람에 그의 딸 보배가 대신 일을 맡아서 해준다. 영수의 부인은 주인집이 자신들의 이사 문제를 거론하는 바람에 마지못해 보배에게 번역 일을 맡긴 것이다. 이후 보배는 안집 색시의 연애편지까지 번역해주게 되고, 그에 대한 답례로 안집 색시는 초콜릿 등이 들어 있는 양과자갑을 선물로 준다. 그러나 바로 그날 퇴근하여 전후 사정을 알게 된 영수는 그 양과자갑을 마당에 내동댕이치고, 보배 모친은 남편이 내동댕이친 양과자갑을 주인집이 볼까 봐 어두워가는 가운데 주워들인다.

이런 줄거리에서도 알 수 있듯이, 이 작품은 해방 이후 미국의 영향력이 어떤 식으로 일반인들의 일상적 삶의 세계로 파급되어오는지를 담담히 증거하고 있다. 미국으로 유학까지 다녀온 영수는 자신이 유창하게 구사할 수 있는 영어가 마음먹기에 따라서는 현실적으로 출세할 수 있는 도구가 될 수 있음에도 불구하고 끝내 그것을 거부한다. 이런 영수의 태도는 그의 아내로부터 현실적인 생존 문제와 관련하여 다소간 주변머리 없는 행동으로 질타받기도 하지만, 그러나 꼼꼼히 살펴보면 그의 아내나 딸 보배가 영수의 이런 태도를 부정적으로만 바라보고 있는 것은 아니다. 보배가 안라의 번역 건을 두고 "돈은 군정청 사환아이만큼도 못 벌어들이는, 대학의 시간강사이지마는, 영어로 소설도 쓰고 시도 읊는 영문학자인 자기 부친에게 이따위 대서소 쯤 직한 일을 청하는 것부터 싫은 일"이라고 생각하는 대목에서도 알 수 있듯이, 영수네 가족은 나름대로 해방기의 현실을 올곧게 살아내려는 의지를 가지고 있는 것이다. 뿐만 아니라 영수 부부는 일정 말기에 스물한 살 먹은 아들을 학병으로 내보내놓고 그때까지 생사도 모르고 있는 것으로 그려져 있는데, 그런 정황 속에서도 영어를 동원해 한몫 보겠다는 생각을 죄악시하는 영수의 태도는 자못 비장하기까지 하다. 결국 이 작품 또한 「두 파산」과 마찬가지로 해방 정국에서의 현실 적응의 두 양태를 보여주고 있는 것이다.

「양과자갑」보다 12년 정도 뒤에 발표된 「얼룩진 시대 풍경」은 분단이 고착화되는 상황에서 일반인들에게 미국이 어떻게 받아들여지고 있는지를 보여주는 또 다른 작품이다. 한국전쟁 이후 1961년을 배경으로 하고 있는 이 작품은 춘식이라고 하는 공장 직공과 그의 어머니, 그리고 춘식의 쫓겨난 아내 경순 및 춘식과 새로 연을 맺으려고 하는 필례 등의 관계를 통해 1960년대적인 삶의 한 모습을 보여주고 있다. 경순은 춘식과 결혼하여 아이 둘을 낳고 5년 동안이나 살았지만 변덕스런 시어머니에게 쫓겨난다. 그사이 춘식은 신문사 기자라고 속여 '따리아' 다방의 레지 필례와 관계를 갖고 그녀에게서 돈을 우려내어 노름판에 가서 날려버린다. 필례는 춘식의 어머니가 자신들의 결합을 반대하고 춘식마저 경순과 다시금 만나는 눈치를 채자 빼앗긴 돈이라도 찾으려고, 공교롭게도 경순이 앓는 아이들을 돌보러 집에 왔을 때 사내들을 데리고 들이닥쳐 행패를 부린다. 그리하여 춘식과 그의 모친이 봉변을 당하게 되는데, 이때 경순은 자신이 미국에 가지고 가려고 모아두었던 돈을 주마고 해서 사건을 봉합한다. 이를 계기로 춘식의 어머니는 다시금 경순의 미국행에 기대를 갖게 되는데, 작품은 그런 어머니의 허욕을 춘식이 대놓고 비난하는 것으로 끝을 맺는다.

「양과자갑」에서와는 조금 차이가 나지만, 이 작품에 등장하는 경순은 병원의 간호원으로 근무하면서 "1년에 몇 차례씩 혼혈아를 모아서 미국으로 데려갈 때마다 따라가는 보모나 간호원이 수가 난다는 말을 듣고서 부랴부랴" 영어를 공부하는 것으로 그려져 있다. 해방 직후의 사회에서는 단순히 사회적인 효용성의 측면에서 영어가 출세의 방편이 되었던 데 반해, 전후의 삶이 차차 안정되어가면서 이제는 미국이라는 나라가 일본을 대신하여 하나의 이상향으로 부상하게 된다. 따라서 경순을 위시해서 춘식과 그의 어머니까지 미국행에 대해 남다른 기대를 갖는 것은 극히 자연스럽다고 할 수 있다. 그러나 이런 정황을 전하는 작가의 시선은 매우 복합적으로 보인다. 그도 그럴 것이, 여기에는 식민지 치하에서 일본 내지와 식민지 조선의 왜곡된 관계를 몸소 체험했던 작가에게, 일본의 통치에서 벗어나자마자 다시금 미국이라는 새로운 제국에 종속되는 방향으로 재편되어가는 전후 조국의 현실에 대한 환멸감이 짙게 묻어나 있기 때문이다.

「얼룩진 시대 풍경」에서도 알 수 있는 것처럼, 전후 사회가 안정되어감에 따라 횡보는 어떤 사회적인 이슈를 비판적으로 문제 삼기보다는 일상적인 삶의 현실로 그 시선을 돌린다. 「절곡」은 작가의 그러한 관심의 추이를 잘 보여주는 소설이다. 이 작품은 폐병이 들어 죽게 된 딸을 둔 한 가정의 모습을 그리고 있는 작품인데, 곧 죽게 될 딸을 두고 영탁영감과 그 부인이 보이는 상이한 태도를 중심으로 이야기가 전개된다. 딸 혜숙이 먹을 미음도 충분치 않은 터에 어미를 포함한 다른 식구들이 저 먹을 것에만 집착하는 것에 분개한 영탁영감이 단식투쟁에 들어가는 대목에서부터 시작하는 이 작품은, 한 식구의 죽음을 앞에 두고도 살아 있는 사람들이 얼마나 이기적으로 자신들의 생존에만 급급할 수 있는지를 여지없이 고발한다. 그것은 특히 그의 어머니의 경우에 단적으로 드러나는데, 그녀는 딸이 폐병이라는 진단을 수차례 받고서도 자신이 혼자 딸아이의 간호를 떠맡을까 봐 애써 의사들의 진단을 무시해버림으로써 끝내 자식을 죽음의 길로 내모는 이기적인 모정을 대표한다. 뿐만 아니라 그녀는 그예 딸이 죽게 되자 장례를 치르기 위해 고리대금업자에게서 빌려온 돈으로 고기를 사들이고, 발인 즈음해서도 아무렇지도 않게 고깃국을 먹는 인물로 그려진다.

「절곡」은 이런 아내에게 남편인 영탁영감이 다시 한 번 삐진 소리를 내뱉고, 아들은 누이의 장례를 치르기 위해 화장장으로 가는 것으로 끝을 맺는다. 이런 줄거리에서도 알 수 있듯이, 횡보의 후기 소설은 현실적인 생활력을 상실한 노인들의 이야기를 반복해서 그리는데, 그중에서도 특히 아내와의 관계에서 무력해질 수밖에 없는 늙어가는 가장의 이야기를 많이 그리고 있다. 「임종」과 「굴레」 같은 작품도 이런 경향의 소설인데, 이런 작품에서 우리는 식민지 시대로부터 연속된 격변의 현실 속에서 변변하게 가족의 생활을 책임지지 못한 채 늙어버린 남성 인물들의 쓸쓸한 황혼을 가감 없이 목격할 수 있게 된다. 이런 남성들의 노쇠함이 많은 경우 여성 인물들의 그악스러운 삶에 대한 집착과 대비되어 그려지고 있다는 점에서 이 점은 초기 소설에서 확인되는 그의 신여성에 대한 일종의 혐오증의 연장선 상에서 새롭게 해석될 여지가 있는 것이 또한 사실이다. 그러나 이런 대비적 인물 설정의 구도가 한편으로는 후기 횡보에게 있어서 노년의 삶이 청춘의 그것 못지않은 문제적인 것으로 인식되었음을 알려주는 징표인 것만은 분명하다. 그리고 아마도 그것은 작가의 원숙함에 따른 자연스러운 변화일 텐데, 이 변화의 직접적인 결과물인 황보의 작품들은 이태준의 일련의 작품들과 더불어 노년의 삶을 소설적 테마로 부상시킨 예외적인 작품의 계보를 형성한다.

이렇듯 약 40여 년에 걸쳐 지속된 황보의 문학 세계는, 단편만을 대상으로 하더라도 「표본실의 청개구리」에서 볼 수 있는 관념적 허무주의에서부터 식민지에 대한 비판적인 인식, 해방과 전쟁으로 이어지는 격변의 현실에 대한 사실적 증언, 그리고 전후 삶의 안정화 내지는 세속화에 이르기까지 다양한 스펙트럼을 보이고 있다. 물론 후기로 오면서 그의 관심사가 사회적인 것보다는 가정 내적인 세세한 사건들에 집중되고 있는 것은 사실이지만, 그것은 오히려 일상적 삶의 안정성이라는 측면에서 자연스럽게 봐야 할 것으로 보인다. 어떻든, 이상의 개요만 보더라도, 우리는 황보가 약 40여 년에 걸친 창작 생활을 하면서 줄곧 자신이 처한 시대의 제반 조건을 문제 삼으면서 소설이 떠맡아야 할 소임이 무엇인지를 분명히 인식하고 그것을 소설화했다는 것을 분명하게 확인할 수 있는 것이다.

1897년(1세) 8월 30일(음력 8월 3일) 서울 종로구 필운동 야조현 고가 나무골에서 염규환과 경주 김씨의 8남매 중 넷째로 태어남. 본명 상섭(尙燮), 필명 상섭(想涉), 제월(霽月), 횡보(橫步).

1904년(8세) 1906년까지 조부에게서 한문 수학.

1907년(11세) 9월 관립 사범보통학교에 입학.

1909년(13세) 관립사범에서 조선 역사를 가르치지 않고, 이토 히로부미가 오는 날에 전체 학생을 참가시키고 황제의 거행시에는 반대표만 보낸 것에 항의하여 3학년 겨울에 자퇴함. 이기붕, 최승만 등과 함께 보성소학교로 전학.

1911년(15세) 보성중학 입학. 이듬해 1916년 보성중학 2학년 1학기를 마치고 9월 12일 일본 유학.

1913년(17세) 마포중학 2학년에 편입. 이듬해 1914년 성학원 3학년에 편입. 찬양대의 일원으로 침례교 세례를 받음. 혼혈인 미스 브

라운을 연모.

1915년(19세) 성학원 3학년을 수료하고 경도부립제2중학교로 전학. 「우리 집 정월」로 문장력에 호평을 받음.

1918년(22세) 경도부립 제2중학교 졸업. 경응대(慶應大) 문과 예과 입학, 1학기만 마치고 병으로 자퇴.

1919년(23세) 『삼광(三光)』의 동인이 됨. 오사카에서 3·1운동 소식을 듣고 오사카 천왕사공원에서 거사하기로 했으나 피검되어 옥고를 치름. 옥중에서 「어째서 조선은 독립하지 않으면 안 되는가」라는 글을 써 아사히 신문사로 보냄. 10월 26일 「암야」 초고 작성. 『삼광』에 작품 기고 및 습작 활동을 함.

1920년(24세) 동아일보 창간 정경부 기자가 됨. 2~4월 『폐허』의 동인을 결성함. 남궁벽, 황석우, 김찬영, 김억, 오상순, 민태원 등. 7월에 동인지 『폐허』 출간. 동아일보 퇴사 후 오산학교 교사가 됨.

1921년(25세) 『폐허』 2호 간행. 「표본실의 청개구리」 탈고, 『개벽』 8~10월호에 연재. 오산학교 퇴직 후 『동명』에서 기자로 활동함.

1922년(26세) 「개성과 예술」을 『개벽』 4월호에 발표. 「지상선을 위하여」를 『신생활』 7월호에 발표. 『묘지(만세전)』를 『신생활』 7월~9월호에 연재함.

1923년(27세) 변영로, 오상순, 황석우, 송진우, 최남선, 진학문 등과 함께 조선문인회를 결성함.

1924년(28세) 『폐허이후』 간행. 시대일보 사회부장이 됨. 현진건, 나도향과 함께 일함. 『묘지(만세전)』 재연재. 첫 창작집 『견우화』 및 『만세전』 출간.

1925년(29세) 「진주는 주었으나」를 동아일보에 연재. 「윤전기」를 조선문단에 발표함.

1926년(30세) 「신흥문학을 논하여 박영희군의 소론을 박함」으로 프로문학파에 도전함. 일본 문단 진출을 꾀하며 창작에 전념.

1927년(31세) 「남충서」를 『동광』에 연재. 「배울 것은 기교——일본문단잡관」을 동아일보에 연재. 「사랑과 죄」를 동아일보에 연재.

1928년(32세) 「이심」을 매일신보에 연재.

1929년(33세) 김영옥과 결혼. 조선일보사 학예부장을 맡음. 조선일보에 「광분」 연재.

1931년(35세) 조선일보에 『삼대』 연재. 매일신보에 「무화과」 연재. 조선일보 사직.

1932년(36세) 김동인의 「발가락이 닮았다」로 인해 논쟁이 벌어지고 「모델보복전」을 『동광』에 보냈으나 실리지 않자 조선일보에 「소위 모델문제」를 발표함.

1933년(37세) 1932년 11월부터 조선중앙일보에 연재한 「백구」를 끝냄.

1934년(38세) 「모란꽃 필 때」를 2월 매일신보에, 「무현금」을 11월 『개벽』에 연재.

1935년(39세) 「청춘항로」를 6월 『중앙』에 발표함.

1936년(40세) 매일신보 정치부장. 만선일보 편집국장을 지냄.

1945년(49세) 8·15 해방을 맞이함. 11월 신의주 학생 사건을 체험함.

1946년(50세) 서울 돈암동 거주. 경향신문 창간 편집국장이 됨.

1947년(51세) 경향신문 사퇴. 성균관대에 출강하며 창작에 전념.

1948년(52세) 10월 『만세전』을 개작하여 수선사에서 출간. 『삼대』를 을유문화사에서 출간.

1949년(53세) 2월 단편집 『해방의 아들』을 금룡도서에서 출간. 중간 노선을 견지한 채 문협에 참가함.

1950년(54세) 6·25 발발. 12월에 이무영, 윤백남과 함께 해군 입대. 이듬해 소령으로 임관하여 해군본부 정훈감실에서 편집과장으로 근무함.

1952년(56세) 『취우』를 조선일보에 연재.

1953년(57세) 해군본부 서울분실 정훈실장으로 근무. 해군 중령으로 제대.

1954년(58세) 『취우』로 서울시 문화상을 받음. 서라벌 예술대학 학장 취임.

1955년(59세) 7월 「젊은 세대」를 서울신문에 연재.

1956년(60세) 3월 자유문학상을 받음.

1957년(61세) 7월 예술원 공로상을 받음.

1958년(62세) 12월 「대를 물려서」를 『자유공론』에 연재.

1960년(64세) 9월 단편집 『일대의 유업』을 을유문화사에서 출간.

1961년(65세) 삼양동으로 이사. 가톨릭에 입교함.

1962년(66세) 성북동으로 이사. 8월 대한민국 문화훈장 서훈 받음. 12월 「횡보 문단 회상기」를 『사상계』에 발표.

1963년(67세) 3월 14일 성북동 자택에서 별세. 3월 18일 명동 천주교회에서 문단장. 방학동 천주교 묘지에 안장됨.

▌작품 목록

1. 단편 및 중편소설(신문, 잡지 발표)

작품명	발표지	발표 연월일
표본실의 청개구리	개벽	1921. 8~10
암야(闇夜)	〃	1922. 1
제야(除夜)	〃	1922. 2~6
E선생	동명	1922. 9. 17~12. 10
죽음과 그림자	〃	1923. 1. 14
해바라기 (「신혼기」로 제목 바꿈)	동아일보	1923. 7. 18~8. 26
잊을 수 없는 사람들	폐허이후	1924. 2
금반지	개벽	1924. 2
전화	조선문단	1925. 2
고독	〃	1925. 7
검사국 대합실	개벽	1925. 7
윤전기	조선문단	1925. 10
악몽	시종	1926. 1~3
초련(初戀)	조선문단	1926. 3~5(중단)
유서	신민	1926. 4

작품명	발표지	발표 연월일
조그만 일 (「자살미수」와 같은 작품)	문예시대	1926. 11
남충서(南忠緒)	동광	1927. 1~2
미해결	신민	1926. 11~12, 1927. 2~3
밥	조선문단	1927. 2
두 출발	현대평론	1927. 4~7
숙박기	신민	1928. 1
E부인	문예공론	1929. 5(미완)
조그만 복수	조선문예	1929. 5~6
썩은 호조(胡桃)	삼천리	1929. 6
출분한 아내에게 보내는 편지	신생	1929. 10~11
똥파리와 그의 아내	신민	1929. 11
질투와 밥	삼천리	1931. 10
구두(콩트)	월간매신	1934. 7
불똥	삼천리	1934. 9
기화(奇禍)(콩트)	월간매신	1934. 9
어떤 날의 여급(콩트)	〃	1934. 12
효두(曉頭)의 사변정가(沙邊停駕)(콩트)	〃	1935. 1
실직	삼천리	1936. 1~2
첫걸음 (「해방의 아들」로 제목 바꿈)	신문학	1946. 11
엉덩이에 남은 발자욱	구국	1948. 1
이합(離合)	개벽	1948. 1
그 초기	백민	1948. 5
바쁜 이바지 (「양과자갑」으로 제목 바꿈)	해방문학선집	1948. 6
재회	개벽	1948. 8
도난난(盜難難)	신태양	1948. 12
허욕	대조	1948. 12
화투(콩트)	신천지	1949. 5, 6 합병호
임종	문예	1949. 8
두 파산	신천지	1949. 8

작품명	발표지	발표 연월일
일대의 유업	문예	1949. 10
굴레	백민	1950. 2
채석장의 소년	소학생	1950. 3
속 일대의 유업	신사조	1950. 5
해방의 아침	신천지	1951. 1
하찮은 회상	예술원보	1960. 12
거품	신천지	1951. 3
탐내는 하꼬방	신생공론	1951. 7
순정	희망	1951. 12
가택수색	대한신문	1953. 7. 20
해지는 보금자리 풍경	문화세계	1953. 7
추도(追悼)	신천지	1954. 1
환각	실화	1954. 2~3
흑백	현대공론	1954. 7
비스켓과 수류탄	자유공론	1954. 9
귀향	새벽	1954. 9
부부	사상계	1955. 2
짖지 않는 개	문학예술	1955. 6
두 살림	전망	1955. 11
부성애 (「두 살림」과 같은 작품)	문학예술	1956. 1
위협	사상계	1956. 4
자취	현대문학	1956. 6
댄스	신태양	1956. 8
후덧침	문학예술	1956. 8
우정	아리랑	1956. 10
어머니	현대문학	1956. 12
절곡(絶穀)	문학예술	1957. 2
신정(新情)	신태양	1957. 4
돌아온 어머니	현대문학	1957. 6
동서	〃	1957. 9
인플루엔자	문학예술	1957. 10

작품명	발표지	발표 연월일
아내의 정애	자유문학	1957. 10
김의관 숙질	야담	1957. 10
정염에 사른 모욕감	신태양	1957. 11
남자란 것 여자란 것	사상계	1957. 11
늙은 것도 설운데	현대문학	1958. 1
길에서 주운 사랑	소설계	1958. 2
순정의 저변	자유문학	1958. 3
동기(動機)	해군	1958. 3
쌀	현대문학	1958. 3
두번째 홍역	소설계	1958. 4
노염(老炎) 뒤	한국평론	1958. 5
택일(擇日)하던 날	자유공론	1958. 5
공습(空襲)	사조	1958. 6
대목 동티	사상계	1958. 6
수절 내기	현대문학	1958. 6
이해(利害)	자유세계	1958. 7
법이 없어도 사는 사람들	사상계	1958. 8
어부의 이(利)	소설계	1958. 8
이록(離綠)	예술원보	1958. 12
복건(幞巾)	자유문학	1959. 1
싸우면서도 사랑은	사상계	1959. 1
올수(금년 운수)	현대문학	1959. 1
박수	자유문학	1959. 5
동기(同氣)	사상계	1959. 8
십자매	자유문학	1959. 9
결혼 뒤	현대문학	1959. 9
삼각유회	문학	1959. 11
두 양주	사상계	1959. 12
남의 집살이	예술원보	1959. 12
십대를 넘는 전후	학원	1960. 1
해복(解腹) (「후덧침」과 같은 작품)	자유문학	1960. 2

작품명	발표지	발표 연월일
20대에 들어서서	현대문학	1960. 3
얼룩진 시대 풍경	예술원보	1961. 7
어설픈 사람들	현대문학	1961. 7
의처증(마지막 단편)	현대문학	1961. 10

2. 게재지 또는 발표 연대 미상이거나 단편집에 수록된 중단편 작품들

작품명	발표지	발표 연월일
난어머니(1925년작)	『해방의 아들』에 수록	1949
삼팔선	『삼팔선』에 수록	1948. 1
모략	〃	1948. 1
잭나이프 (신문 2회 게재 사실만 확인됨)	미상	1951. 9
산도깨비(1951년작)	『얼룩진 시대 풍경』에 수록	1973
자전차(1952년작) (「생지옥」으로 제목 바꿈)	〃	1973
가위에 눌린 사람들 (「자전차」와 같은 작품)	해양소설집	연대미상
그리운 남의 정(포켓판)	해군생활	1952. 6. 25
서글픈 질투	소설계	연대미상
감사전(監査前)	『한국단편문학전집』 소재	
세 식구	미상	1930. 4
지선생(池先生)	미상	
남편의 책임	미상	
봄	『얼룩진 시대 풍경』에 수록	1973
염서(艶書)	미상	
피	주간예술	연대미상
가엾은 미끼	미상	

작품명	발표지	발표 연월일
혼란(1948년작)	『얼룩진 시대 풍경』에 수록	1973
이종(1948년작)	〃	1973
말기풍경(연대미상)	〃	1973
욕(1952년작)	〃	1973
세 설계(1952년작)	〃	1973
혈투(1953년작)	〃	1973
가두점묘(연대미상)	〃	1973
숙명의 여인(1955년작)	〃	1973
출분한 아내(1956년작)	미상	
달아난 아내(1958년작)	『얼룩진 시대 풍경』에 수록	1973
장가는 잘 갔는데(1958년작)	〃	1973
겨울 사랑 갚을 길 없어(1958년작)	〃	1973
그 구룹과 기녀(1957년작)	『일대의 유업』에 수록	1960
우주시대 전후의 아들딸 (1958년작)	〃	1960
비에 젖은 황토 자국	미상	
감격의 개가	미상	
동포	미상	
가정교사	미상	
12시간의 감투	미상	
중노녀(中老女)	미상	

3. 장편소설

작품명	발표지	발표 연월일
묘지(만세전)	신생활	1922. 7~9
	시대일보	1924. 4. 6~6. 7
너희들은 무엇을 얻었느냐	동아일보	1923. 8. 27~1924. 2. 5
진주는 주었으나	〃	1925. 10. 17~1926. 1. 17
사랑과 죄	〃	1927. 8. 15~1928. 5. 4
이심(二心)	매일신보	1928. 10. 22~1929. 4. 24
광분	조선일보	1929. 10. 3~1930. 8. 2
삼대	〃	1931. 1. 1~9. 17
무화과	매일신보	1931. 11. 13~1932. 11. 12
백구(白鳩)	조선중앙일보	1932. 11. 1~1933. 3. 31
모란꽃 필 때	매일신보	1934. 2. 1~7. 8
무현금	개벽	1934. 11~1935. 3
그 여자의 운명	중앙	1935. 2
청춘항로	〃	1936. 6~9
불연속선	매일신보	1936. 5. 18~12. 30
개동(開東)	만선일보	게재 연대 미상
효풍(曉風)	자유신문	1948. 1. 1~11. 3
난류 (6·25로 중단)	조선일보	1950. 2. 10~6. 25
입하의 절(節)	신천지	1950. 5~6(6·25로 중단)
홍염	자유세계	1952. 1~10, 1952. 12, 1953. 1
취우(驟雨)	조선일보	1952. 7. 18~1953. 2. 20
새울림	국제신문	1953. 12. 15~1954. 2. 25
미망인	한국일보	1954. 6. 15~12. 6
지평선	현대문학	1955. 1~6
젊은 세대	서울신문	1955. 7. 1~11. 21
사선	자유세계	1956. 10~12, 1957. 3~4
화관	삼천리	1956. 9~1957. 9
대를 물려서 (마지막 장편)	자유공론	1958. 12~1959. 12
추락	미상	

4. 단행본

단편집

책이름	출판사	발행 연도
견우화	박문서관	1924
해바라기	〃	1924
고독	글벗집	1926
삼팔선	금룡도서	1948
해방의 아들	〃	1949
신혼기	〃	1954
일대의 유업	을유문화사	1960
얼룩진 시대 풍경	정음사	1973
염상섭 1, 2	문원각	1974

장편집

책이름	출판사	발행 연도
만세전(「묘지」의 개작)	고려공사	1924
	수선사	1948
남방처녀(번역)	고려공사	1924
사랑과 죄	박문서관	1939
이심(二心)	〃	1941
삼대	을유문화사	1947~1948
	민중서관	1959
취우(驟雨)	을유문화사	1954
모란꽃 필 때	한성도서	1954
그리운 사랑(번역)	문학당	1954

염상섭 문학 전반에 대한 일차 서지적 고찰은 김종균에 의해 이루어졌다. 식민지 시대부터 후기의 작품에 이르기까지, 횡보가 남긴 단편소설의 목록은 김종균의 『염상섭 연구』(고려대출판부, 1974)에 의해 작성되었는데, 누락된 작품들이 몇 편 있기는 하지만, 향후 몇 차례에 걸쳐 이루어진 보완은 모두 김종균의 이 작업이 없었으면 이루어질 수 없었다. 이 책에는 횡보의 단편소설 전반에 대한 줄거리 개요가 소개되어 있으며, 현재 구해볼 수 없는 단편 작품들에 대한 소개도 곁들여져 있다.

염상섭의 단편소설에 대한 기왕의 논의를 수합한 연구 논문선으로 주목할 것은 『염상섭 연구』(새문사, 1982)와 『염상섭 문학연구』(민음사, 1987)인데, 이 두 권의 책에는 그의 초기작에 대한 다양한 논의를 펼친 글들이 실려 있다. 특히 후자에 실려 있는 이남호의 「염상섭 단편소설의 특징」은 염상섭 소설에 공통된 어떤 이야기 축조의 '틀'을 상정하고 그것이 갖는 시대적 차이를 논했다. 이 과정에서 그는 "염상섭의 단편소설들은 그 대상이 된 현실을 정확하게 그려내지만 우리의 삶 전체와 유기적인 관련 속에 있는 현실이 아니라 고립된 섬과 같은 현실이다"라고 하는 잠정적인 평가를 내린 바 있다. 이남호의 이런 논의는 졸고, 「염상섭 단편소설의 세계」(『두 파산』, 솔출판사, 1996)에서 다소간 비판된다. 그의 초기작은 물론 해방기의 작품들과 「양과자갑」과 「절곡」 「굴레」 「얼룩진 시대 풍경」 등을 대상으로 한 이 글에서는, 염상섭의 단편소설이 후기로 오면서 보다 가정 내적인 작은 일들에 몰두하고 있는 것은 사실이지만, 사회적인 연관의 고리가 분명치 않다고 해서, 이어령이 말하고 있는 것처럼 이른바 '안방 이야기'로 폄하될 근거는 되지 못한다는 논의를 펼치고 있다.

염상섭의 단편소설 전반에 대한 논의에서 주목할 최근의 논문으로는 한수영의 『소설과 일상성』을 들 수 있다. '일상성'이라고 하는 새로운 개념을 가지고 염상섭의 후기소설을 분석한 이 글에서, 한수영은 그 후기작의 소재와 성격을 구분한 뒤 후기작 대부분이 여성의 순정과 처첩 갈등을 다루고 있는 와중에, 여성해방적인 문제 제기를 하고 있는 작품들이 중요한 변화의 요인으로 자리잡고 있다고 보고 있다. 일상성이라고 하는 1990년대의 문학연구의 트렌드가 가질 적합성을 포함해서, 기왕의 많은 논의들이 염상섭 초기 소설의 여성 혐오증에 대해 주목하고 있었던 것과 비교해볼 때, 앞으로 많은 논의의 단서를 제공해줄 수 있는 논문으로 평가된다.

횡보의 초기 단편소설에 대한 여러 논의 가운데 가장 문제적인 것은 김윤식의 논의이다. 『염상섭 문학연구』(서울대출판부, 1987)는 횡보의

「표본실의 청개구리」와 「암야」 및 「제야」를 '초기 삼부작'으로 간주하여 고찰하고 있는데, 논의의 초점은 이 세 작품에서 확보하고 있는 인물들의 내면이, 문학제도로서의 일본의 고백체의 이식으로 인해 비로소 가능해졌다는 것이다. 이후 이 논의는 그의 「근대소설 형성기의 내면 풍경」(『한국근대문학사와의 대화』, 새미, 2002)으로 이어져 「표본실의 청개구리」가 확보하고 있는 자의식이 '병적 몽환'이라고 하는 횡보 특유의 인식론과 맞닿아 있음을 규명하고 있다. 삼부작이라는 의식 없이 집필된 별개의 논문들을 삼부작으로 부르는 것이 타당한지의 여부와 '제도로서의 고백체'에 대한 논의는 앞으로 좀 더 논의되어야 할 것이다.

박상준은 『1920년대 문학과 염상섭』(역락, 2000)에서 「표본실의 청개구리」와 「만세전」 및 「사랑과 죄」를 논하고 있는데, 여기서 그는 「표본실의 청개구리」에서 보이는 환멸의 낭만주의라는 것이 "식민지 반봉건 사회로 규정되는 좁은 세계와 아서구로서의 일본 제국주의가 갖고 있던 근대적인 상부구조의 불합리하고도 비보편적인 충돌의 결과"로 보고 있다. 뿐만 아니라 「만세전」의 이인화가 보이는 의식의 균열이 작품 내내 지속된다고 하는 의견을 펼쳐 기존의 논의와 대립하고 있다.

이보영의 『염상섭 문학론』(금문서적, 2003)은 그의 이전의 역저 『난세의 문학──염상섭론』에서 미처 하지 못했던 염상섭에 대한 논의를 담고 있다. 이 책에서 이보영은 염상섭의 초기 단편들과 장편의 세계를 통틀어 횡보의 작가론을 지향하고 있는데, 그 가운데 단편과 관련하여 눈에 띄는 것은, 횡보의 작품을 정치적 전망을 가지고 읽어내어 횡보 특유의 표현주의적 충동과 의미를 규명하고, 더 나아가 시민문학적 관점에서 횡보 소설의 변모를 다루고 있다. 한편 김경수는 최근에 발표된 글 「염상섭의 초기 소설과 개성론과 연애론」(『어문학』 77호)에서 염상섭의 초기 비평을 검토하여 그의 소설이 염상섭이 초기에 발표한 일련의 개성론 및 연애론과 직접적으로 연관되어 있음을 밝히고, 「암야」와 「제야」를 검토하여 이 두 작품이 염상섭의 서로 긴밀하게 연관되어 있는 개성론과 연애론의 소설적 풀이로서, 각각 그 남성적 판본과 여성적 판본에 해당한다고 보았다.

한국문학전집을 펴내며

오늘의 한국 문학은 다양한 경험과 자산에서 비롯된 것이지만, 그중에서도 우리 앞선 세대의 문학 작품에서 가장 큰 유산을 물려받고 있다. 그럼에도 우리는 가끔 우리의 문학 유산을 잊거나 도외시한다. 마치 그것 없이는 살아갈 수 없는 소중한 물을 쉽게 잊고 사는 것처럼 그동안 우리는 우리가 이루어놓은 자산들을 너무 쉽게 잊어버리고 있었는지도 모르겠다. 인기 있는 외국 작품들이 거의 동시에 번역 출판되고, 새로운 기획과 번역으로 전 세계의 문학 작품들이 짜임새 있게 출판되고 있는 요즈음, 정작 한국 문학 작품들을 체계적으로 정리하지 못하고 있었다는 점을 최근에 우리는 깊이 반성하게 되었다. 그리고 이러한 때늦은 반성을 곧바로 '한국문학전집'을 기획하는 힘으로 전환하였다.

오늘의 시점에서 '한국문학전집'을 기획한다는 것은, 우선 그동안 양적으로나 질적으로 괄목할 만한 수준에 이른 한국 문학 연구 수준을 반영하는 새로운 시각이 전제되어야 할 것이다. 그리고 '우리 것을 지키자'는 순진한 의도에서가 아니라, 한국 문학이 바로 세계 문학이 되는 질적 확장을 위해, 세계 문학 속에서의 한국 문학의 정체성을 찾는 일을 간과해서는 안 될 것이다.

이번 기획에서 우리가 가장 크게 신경 썼던 점은 크게 두 가지이다. 하나는, 그동안 거의 관습적으로 굳어져왔던 작품에 대한 천편일률적인 평가를 피하고 그동안의 평가에 대한 비판적 평가와 더불어 새로운 평가로 인한 숨은 작품의 발굴이었다. 그리하여 한국 문학사를 시기별로 구분하여 축적된 연구 성과들 위에서 나름대로 중요한 작품들을 선별하는 목록 작업에 가장 큰 공을 들였다. 나머지 하나는, 그동안 여러 상이한 판본의 난립으로 인해 원전 텍스트가 침해되고 있는 심각한 상황을 고려하여 각각의 작가에게 가장 뛰어난 연구자들을 초빙하여 혼신을 다해 원전 텍스트를 확정하였다는 점이다.

장구한 우리 문학사의 주옥같은 작품들을 한자리에 모아, 세대를 넘고 시대를 넘어 그 이름과 위상에 값할 수 있는 대표적인 한국문학전집을 내놓는다. 이번에 출간되는 한국문학전집은 변화된 상황과 가치를 반영하는 내실 있고 권위를 갖춘 내용으로 꾸며질 것이며, 우리 문학의 정본 전집으로서 자리매김해 한국 문학의 전통을 계승하고 발전시키는 데 기여하고자 한다. 이 기획이 한국 문학의 자산들을 온전하게 되살려, 끊임없이 현재성을 가지는 살아 있는 작품들로, 항상 독자들의 옆에 있게 되기를 기대한다.

(주)**문학과지성사**

01 감자 김동인 단편선

최시한(숙명여대) 책임 편집 | 값 9,000원

수록 작품 약한 자의 슬픔 / 배따라기 / 태형 / 눈을 겨우 뜰 때 / 감자 / 광염 소나타 / 배회 / 발가락이 닮았다 / 붉은 산 / 광화사 / 김연실전 / 곰네

극단적인 상황과 비극적 운명에 빠진 인물 군상들을 냉정하게 서술해낸 한국 근대 단편 문학의 선구자 김동인의 대표 단편 12편 수록. 인간과 환경에 대한 근대적 인식을 빼어난 문체와 서술로 형상화한 김동인의 주옥같은 작품들을 만날 수 있다.

02 탈출기 최서해 단편선

곽근(동국대) 책임 편집 | 값 9,000원

수록 작품 고국 / 탈출기 / 박돌의 죽음 / 기아와 살육 / 큰물 진 뒤 / 백금 / 해돋이 / 그믐밤 / 전아사 / 홍염 / 갈등 / 먼동이 틀 때 / 무명초

식민 치하 빈궁 문학을 대표하는 최서해의 단편 13편 수록. 식민 치하의 참담한 사회적 현실을 사실적으로 전해주는 작품들. 우리 민족의 궁핍한 현실에 맞선 인물들의 저항 정신과 민족 감정의 감동과 울림을 전한다.

03 삼대 염상섭 장편소설

정호웅(홍익대) 책임 편집 | 값 10,000원

우리 소설 가운데 서울말을 가장 풍부하게 살려 쓴 작품이자, 복합성·중층성의 세계를 구축하여 한국 근대 장편소설의 대표작으로 꼽히는 염상섭의 『삼대』. 1930년대 서울의 중산층 가족사를 통해 들여다본 우리 근대의 자화상이다.

04 레디메이드 인생 채만식 단편선

한형구(서울시립대) 책임 편집 | 값 8,500원

수록 작품 논 이야기 / 레디메이드 인생 / 미스터 방 / 민족의 죄인 / 치숙 / 낙조 / 쑥국새 / 당랑의 전설

역설과 반어의 작가 채만식의 대표 단편 8편 수록. 1920~30년대의 자본주의적 현실 원리와 민중의 삶을 풍자적으로 포착하는 데 탁월했던 채만식. 사실주의와 풍자의 절묘한 조합으로 완성한 단편 문학의 묘미를 즐길 수 있다.

05 비 오는 길 최명익 단편선

신형기(연세대) 책임 편집 | 값 8,500원

수록 작품 폐어인 / 비 오는 길 / 무성격자 / 역설 / 봄과 신작로 / 심문 / 장삼이사 / 맥령

시대를 앞섰던 모더니스트 최명익의 대표 단편 8편 수록. 병과 죽음으로 고통받는 인물 군상들을 통해 자신이 예감한 황폐한 현대의 징후를 소설화한 작가 최명익. 너무나 현대적이어서, 당시에는 제대로 평가받을 수 없었던 탁월한 단편소설들을 만난다.

06 사하촌 김정한 단편선

강진호(성신여대) 책임 편집 | 값 9,500원

수록 작품 그물 / 사하촌 / 항진기 / 추산당과 곁사람들 / 모래톱 이야기 / 제3병동 / 수라도 / 인간단지 / 위치 / 오끼나와에서 온 편지 / 슬픈 해후

리얼리즘 문학과 민족 문학을 대표하는 김정한의 대표 단편 11편 수록. 민중들의 삶을 통해 누구보다 먼저 '근대화의 문제'를 문학적으로 제기하고 예리하게 포착한 작가 김정한의 진면목을 본다.

07 무녀도 김동리 단편선

이동하(서울시립대) 책임 편집 | 값 8,000원

수록 작품 화랑의 후예 / 산화 / 바위 / 무녀도 / 황토기 / 찔레꽃 / 동구 앞길 / 혼구 / 헐거부족 / 달 / 역마 / 광풍 속에서

한국적이고 토착적인 전통 세계의 소설화에 앞장선 김동리의 초기 대표작 12편 수록. 민중의 삶 속에 뿌리 내린 토착적 전통의 세계를 정확한 묘사와 풍부한 서정으로 형상화했던 김동리 문학 세계를 엿본다.

08 독 짓는 늙은이 황순원 단편선

박혜경(인하대) 책임 편집 | 값 9,000원

수록 작품 소나기 / 별 / 겨울 개나리 / 산골 아이 / 목넘이마을의 개 / 황소들 / 집 / 사마귀 / 소리 / 닭제 / 학 / 필묵장수 / 뿌리 / 내 고향 사람들 / 원색오뚝이 / 곡예사 / 독 짓는 늙은이 / 황노인 / 늪 / 허수아비

한국 산문 문체의 모범으로 평가되는 황순원의 대표 단편 20편 수록. 엄격한 지적 절제와 미학적 균형으로 함축적인 소설 미학을 완성시킨 작가 황순원. 극적인 사건 전개 대신 정적이고 서정적인 울림의 미학으로 깊은 감동을 전한다.

09 만세전 염상섭 중편선

김경수(서강대) 책임 편집 | 값 9,500원

수록 작품 만세전 / 해바라기 / 미해결 / 두 출발

한국 근대 소설의 기념비적 작품인 「만세전」, 조선 최초의 여류화가인 나혜석의 삶을 소설화한 「해바라기」, 그리고 식민지 조선의 현실을 담아내고 나름의 저항의식을 형상화하기 위한 소설적 수련의 과정을 단적으로 보여주는 「미해결」과 「두 출발」 수록. 장편소설의 작가로만 알려진 염상섭의 독특한 소설 미학의 세계를 감상한다.

10 천변풍경 박태원 장편소설

장수익(한남대) 책임 편집 | 값 9,500원

모더니스트 박태원이 펼쳐 보이는 1930년대 서울의 파노라마식 풍경화. 근대 자본주의 사회의 이데올로기와 일상성에 대한 비판에 몰두하던 박태원 초기 작품의 모더니즘 경향과 리얼리즘 미학의 경계를 넘나드는 역작. 식민지라는 파행적 상황에서 기형적으로 실현되던 근대화의 양상을 기층 민중의 생활에 초점을 맞춰 본격화한 작품이다.

11 태평천하 채만식 장편소설

이주형(경북대) 책임 편집 | 값 8,000원

부정적인 상황들이 난무하는 시대 현실을 독자적인 문학적 기법과 비판의식으로 그려냄으로써 '문학적 미'를 추구했던 채만식의 대표작. 판소리 사설의 반어, 자기 폭로, 비유, 과장, 희화화 등의 표현법에 사투리까지 섞은 요설로, 창을 듣는 듯한 느낌과 재미를 선사하는 작품. 세태풍자소설의 장을 열었던 채만식이 쓴 가족사소설의 전형에 해당한다.

12 비 오는 날 손창섭 단편선

조현일(홍익대) 책임 편집 | 값 9,500원

수록 작품 공휴일 / 사연기 / 비 오는 날 / 생활적 / 혈서 / 피해자 / 미해결의 장 / 인간동물원초 / 유실몽 / 설중행 / 광야 / 희생 / 잉여인간 / 신의 희작

가장 문제적인 전후 소설가 손창섭의 대표 단편 14작품 수록. 병적이고 불구적인 인간 군상들을 통해 전후 사회 현실에서의 '절망'의 표현에 주력했던 손창섭. 전쟁 그리고 전쟁 이후의 비일상적 사태를 가장 근원적인 차원에서 표현한 빼어난 작품들을 선별했다.

13 등신불 김동리 단편선

이동하(서울시립대) 책임 편집 | 값 8,000원

수록 작품 인간동의 / 흥남철수 / 밀다원시대 / 용 / 목공 요셉 / 등신불 / 송추에서 / 까치 소리 / 저승새

「무녀도」의 작가 김동리가 1950년대 이후에 내놓은 단편 9편 수록. 전기 작품에 이어서 탁월한 문체의 매력, 빈틈없는 구성의 묘미, 인상적인 인물상의 창조, 인간에 대한 깊이 있는 통찰이라는 김동리 단편의 미학을 다시 한 번 경험할 수 있는 기회이다.

14 동백꽃 김유정 단편선

유인순(강원대) 책임 편집 | 값 9,500원

수록 작품 심청 / 산골 나그네 / 총각과 맹꽁이 / 소낙비 / 솥 / 만무방 / 노다지 / 금 / 금 따는 콩밭 / 떡 / 산골 / 봄·봄 / 안해 / 봄과 따라지 / 따라지 / 가을 / 두꺼비 / 동백꽃 / 야앵 / 옥토끼 / 정조 / 땡볕 / 형

고단한 삶을 살아가는 순박한 촌부에서 사기꾼에 이르기까지 다양한 삶의 모습을 문학 속에 그대로 재현한 김유정의 주옥같은 단편 23편 수록. 인물의 토속성과 해학성, 생생한 삶의 언어와 우리 소리, 그 속에 충만한 생명감을 불어넣은 김유정 문학의 정수를 맛본다.

15 소설가 구보씨의 일일 박태원 단편선

천정환(성균관대) 책임 편집 | 값 9,500원

수록 작품 수염 / 낙조 / 소설가 구보씨의 일일 / 애욕 / 길은 어둡고 / 거리 / 방란장 주인 / 비량 / 진통 / 성탄제 / 골목 안 / 음우 / 재운

한국 소설사상 가장 두드러진 모더니즘 작품으로 인정받는 「소설가 구보씨의 일일」을 비롯한 박태원의 대표 단편 13편 수록. 한글로 씌어진 작품 파격적이고 실험적인 작품으로 주목 받은 박태원. 서울 주변부 중산층의 삶이라는 자기만의 튼실한 현실 공간을 구축하여 새로운 소설 기법과 예술가소설로서의 보편성을 획득한 작품들이다.

16 날개 이상 단편선

김주현(경북대) 책임 편집 | 값 9,000원

수록 작품 12월 12일 / 지도의 암실 / 지팡이 역사 / 황소와 도깨비 / 공포의 기록 / 지주회시 /
동해 / 날개 / 봉별기 / 실화 / 종생기

근대와 맞닥뜨린 당대 식민지 조선의 기념비요 자화상 역할을 하는 이상의 대표 단편
11편 수록. '천재'와 '광인'이라는 꼬리표와 함께 전위적이고 해체적인 글쓰기로 한국
의 모더니즘 문학사를 개척한 작가 이상. 자유연상, 내적 독백 등의 실험적 구성과 문체
로 식민지 근대와 그것에 촉발된 당대인의 내면을 예리하게 포착해낸 이상의 문제작들
을 한데 모았다.

17 흙 이광수 장편소설

이경훈(연세대) 책임 편집 | 값 12,000원

한국 최초의 근대 장편소설 『무정』을 발표하면서 한국 소설 문학의 역사를 새롭게 쓴
이광수. 『흙』은 이광수의 계몽 사상이 가장 짙게 깔린 작품으로 심훈의 『상록수』와
함께 한국 농촌계몽소설의 전위에 속한다. 한국 근대 문학사상 가장 많이 연구되고
있는 작가의 대표작답게 『흙』은 민족주의, 계몽주의, 농민문학, 친일문학, 등장인물
론, 작가론, 문학사 등의 학문적·비평적 논의의 중심에 있는 작품이다.

18 상록수 심훈 장편소설

박헌호(성균관대) 책임 편집 | 값 9,500원

이광수의 장편 『흙』과 더불어 한국 농촌계몽소설의 쌍벽을 이루는 『상록수』. 심훈의
문명(文名)을 크게 떨치게 한 대표작이다. 1930년대 당시 지식인의 관념적 농촌 운동
과 일제의 경제 침탈사를 고발·비판함으로써, 문학이 취할 수 있는 현실 정세에 대
한 직접적인 대응 그리고 극복의 상상력이란 두 가지 요소를 나름의 한계 속에서 실
천해냈고, 대중적으로도 큰 호응을 불러일으킨 작품이다.

19 무정 이광수 장편소설

김철(연세대) 책임 편집 | 값 9,000원

20세기 이래 한국인이 가장 많이 읽고 가장 자주 출간돼온 작품, 그리고 근현대 문학
가운데 가장 많이 연구의 대상이 된 작가 이광수의 대표작 『무정』. 씌어진 지 한 세기
가 가까워오도록 여전히 읽히고 있고 또 학문적 논쟁의 중심에 서 있는 『무정』을 책
임 편집자의 교정을 충실하게 반영한 최고의 선본(善本)으로 만난다.

20 고향 이기영 장편소설

이상경(KAIST) 책임 편집 | 값 11,000원

'프로문학의 정점'이자 우리 근대 문학사의 리얼리즘의 확립을 결정적으로 보여주는
이기영의 『고향』. 이기영은 1920년대 중반 원터라는 충청도의 한 농촌 마을을 배경
으로 봉건 사회의 잔재를 지닌 채 식민지 자본주의화가 진행되어가는 우리 근대 초기
를 뛰어난 관찰로 묘사한다. 일제 식민 치하 근대화에 대한 문학적·비판적 성찰과 지
식인의 고뇌를 반영한 수작이다.

21 까마귀 이태준 단편선

김윤식(명지대) 책임 편집 | 값 8,000원

수록 작품 불우 선생 / 달밤 / 까마귀 / 장마 / 복덕방 / 패강랭 / 농군 / 밤길 / 토끼 이야기 / 해방 전후

'한국 근대소설의 완성자' '단편문학'의 명수. 이태준은 우리 근대 문학의 전개 과정에서 결코 간과할 수 없는 역할을 담당했던 작가 가운데 한 사람이다. 문학의 자율성과 예술성을 상실하지 않으면서도 현실 문제에 각별한 관심을 보여주었던 그의 단편은 한국소설사에서 1930년대를 대표하는 것으로 인정받고 있다.

22 두 파산 염상섭 단편선

김경수(서강대) 책임 편집 | 값 9,500원

수록 작품 표본실의 청개구리 / 암야 / 제야 / E선생 / 윤전기 / 숙박기 / 해방의 아들 / 양과자갑 / 두 파산 / 절곡 / 얼룩진 시대 풍경

한국 근대사를 증언하고 있는 횡보 염상섭의 단편소설 11편 수록. 지식인 망국민으로서의 허무적인 자기 진단, 구체적인 사회 인식, 해방 후와 전후 시기에 대한 사실적 증언과 문제 제기를 포함한 대표작들을 통해 횡보의 단편 미학을 감상한다.

23 카인의 후예 황순원 소설선

김종회(경희대) 책임 편집 | 값 10,000원

수록 작품 카인의 후예 / 너와 나만의 시간 / 나무들 비탈에 서다

인간의 정신적 순수성과 고귀한 존엄성을 문학의 제일 원칙으로 삼았던 작가 황순원. 그의 대표작 가운데 독자들의 가장 많은 사랑을 받은 장편소설들을 모았다. 한국전쟁을 온몸으로 체득하면서 특유의 절제되고 간결한 문장으로 예술적 서사성을 완성한 황순원은 단편에서와 마찬가지로 변함없는 감동의 세계를 열어놓는다.

24 소년의 비애 이광수 단편선

김영민(연세대) 책임 편집 | 값 9,000원

수록 작품 무정 / 소년의 비애 / 어린 벗에게 / 방황 / 가실 / 거룩한 죽음 / 무명 / 꿈

한국 근대소설사와 이광수 개인의 문학 세계에서 중요한 의미를 갖는 단편 8편 수록. 이광수가 우리말로 쓴 최초의 창작 단편 「무정」, 당시 사회의 인습과 제도를 비판한 「소년의 비애」, 우리나라 최초의 서간체 소설인 「어린 벗에게」, 지식인의 내면적 갈등과 자아 탐구의 과정을 담은 「방황」, 춘원의 옥중 체험을 바탕으로 씌어진 「무명」 등 한국 근대문학의 장르와 소재, 주제 탐구 면에서 꼼꼼히 고찰해야 할 작품들이다.

25 불꽃 선우휘 단편선

이익성(충북대) 책임 편집 | 값 9,000원

수록 작품 테러리스트 / 불꽃 / 거울 / 오리와 계급장 / 단독강화 / 깃발 없는 기수 / 망향

8·15 해방과 분단, 6·25전쟁으로 이어지는 한국 근현대사의 열병을 깊이 있게 고찰한 선우휘의 대표작 7편 수록. 평판작 「불꽃」과 「깃발 없는 기수」를 비롯해 한국 근현대사의 역동성과 이를 바라보는 냉철한 작가의식이 빚어낸 수작들을 한데 모았다.

26 맥 김남천 단편선

채호석(한국외대) 책임 편집 | 값 9,000원

수록 작품 공장 신문 / 공우회 / 남편 그의 동지 / 물 / 남매 / 소년행 / 처를 때리고 / 무자리 / 녹성당 / 길 위에서 / 경영 / 맥 / 등불 / 꿀

카프와 명맥을 같이하며 창작과 비평에서 두드러진 족적을 남긴 작가 김남천. 1930년대 초, 예술운동의 볼셰비키화론 주장과 궤를 같이하는 「공장 신문」 「공우회」, 카프 해산 직후 그의 고발문학론을 담은 「처를 때리고」 「소년행」 「남매」, 전향문학의 백미로 꼽히는 「경영」 「맥」 등 그의 치열했던 문학 세계의 변화를 일별할 수 있는 대표작 14편 수록.

27 인간 문제 강경애 장편소설

최원식(인하대) 책임 편집 | 값 9,000원

한국 근대 여성문학의 제일선에 위치하는 강경애의 대표작. 일제 치하의 1930년대 조선, 자본가와 농민·노동자의 대립 구조 속에서 농민과 도시노동자가 현실의 문제를 해결하고자 하는 주체로 성장하는 과정과 그들의 조직적 투쟁을 현실성 있게 그려낸 작품. 이기영의 『고향』과 더불어 우리 근대 소설사에서 리얼리즘 소설의 수작으로 꼽힌다.

28 민촌 이기영 단편선

조남현(서울대) 책임 편집 | 값 9,500원

수록 작품 농부 정도룡 / 민촌 / 아사 / 호외 / 해후 / 종이 뜨는 사람들 / 부역 / 김군과 나와 그의 아내 / 변절자의 아내 / 서화 / 맥추 / 수석 / 봉황산

카프와 프로문학의 대표 작가 이기영. 그가 발표한 수십 편의 단편소설들 가운데 사회사나 사상운동사로서의 자료적 가치가 높으면서 또 소설 양식으로서의 구조미를 제대로 보여주는 14편을 선별했다.

29 혈의 누 이인직 소설선

권영민(서울대) 책임 편집 | 값 9,500원

수록 작품 혈의 누 / 귀의 성 / 은세계

급진적이고 충동적인 한국 근대의 풍경 속에 신소설이라는 새로운 서사 양식을 창조해낸 이인직. 책임 편집자의 꼼꼼한 텍스트 확정과 자세한 비평적 해설을 통해, 신소설의 서사 구조와 그 담론적 특성을 밝히고 당시 개화·계몽 시대를 대표하는 서사 양식에 내재화된 일본적 식민주의 담론을 꼬집는다.

30 추월색 이해조 안국선 최찬식 소설선

권영민(서울대) 책임 편집 | 값 8,500원

수록 작품 금수회의록 / 자유종 / 구마검 / 추월색

개화·계몽시대의 대표적인 신소설 작가 3인의 대표작. 여성과 신교육으로 집약되는 토론의 모습을 서사 방식으로 활용한 「자유종」, 구시대적 인습을 신랄하게 비판한 「구마검」, 가장 대중적인 신소설 가운데 하나로 꼽히는 「추월색」, 그리고 '꿈'이라는 우화적 공간을 설정하여 현실 비판의 풍자적 색채가 강한 「금수회의록」까지 당대의 사회적 풍속과 세태의 변화를 민감하게 반영한 작품들을 수록했다.

31 젊은 느티나무 강신재 소설선

김미현(이화여대) 책임 편집 | 값 9,500원

수록 작품 안개 / 해방촌 가는 길 / 절벽 / 젊은 느티나무 / 양관 / 황량한 날의 동화 / 파도 / 이브 변신 / 강물이 있는 풍경 / 점액질

1950, 60년대를 대표하는 여성 작가 강신재의 중단편 10편을 엄선했다. 특유의 서정 적인 문체와 관조적 시선, 지적인 분석력으로 '비누 냄새' 나는 풋풋한 사랑 이야기 에서 끈끈한 '점액질'의 어두운 욕망에 이르기까지, 운명의 폭력성과 존재론적 한계 를 줄기차게 탐문한 강신재 소설의 여정을 한눈에 볼 수 있는 기회다.

32 오발탄 이범선 단편선

김외곤(서원대) 책임 편집 | 값 8,500원

수록 작품 일요일 / 학마을 사람들 / 사망 보류 / 몸 전체로 / 갈매기 / 오발탄 / 자살당한 개 / 살 모사 / 천당 간 사나이 / 청대문집 개 / 표구된 휴지 / 고장난 문 / 두메의 어벙이 / 미친 녀석

손창섭 · 장용학 등과 함께 대표적인 전후 작가로 꼽히는 이범선의 대표작 14편 수록. 한국 현대사의 비극에 대한 묘사를 바탕으로 하면서도 잃어버린 고향, 동양적 이상향 에 대한 동경을 담았던 초기작들과 전후의 물질적 궁핍상을 전통적 사실주의에 기초 해 그리면서 현실 비판적 성격을 강하게 드러낸 문제작들을 고루 수록했다.

33 메밀꽃 필 무렵 이효석 단편선

서준섭(강원대) 책임 편집 | 값 10,000원

수록 작품 도시와 유령 / 깨뜨려지는 홍등 / 마작철학 / 프레류드 / 돈 / 계절 / 산 / 들 / 석류 / 메 밀꽃 필 무렵 / 삽화 / 개살구 / 장미 병들다 / 공상구락부 / 해바라기 / 여수 / 하얼빈산렵 / 풀잎 / 낙엽을 태우면서

근대 작가의 문화적 정체성이 끊임없이 흔들렸던 식민지 시대, 경성제대 출신의 지식 인 작가로서 그 문화적 혼란기를 소설 언어를 통해 구성하고 지속적으로 모색했던 이 효석의 대표작 20편 수록.

34 운수 좋은 날 현진건 중단편선

김동식(인하대) 책임 편집 | 값 9,000원

수록 작품 희생화 / 빈처 / 술 권하는 사회 / 유린 / 피아노 / 할머니의 죽음 / 우편국에서 / 까막잡 기 / 그리운 흘긴 눈 / 운수 좋은 날 / 발 / 불 / B사감과 러브 레터 / 사립정신병원장 / 고향 / 동정 / 정조와 약가 / 신문지와 철창 / 서투른 도적 / 연애의 청산 / 타락자

한국 근대 단편소설의 형식적 미학을 구축하고 근대적 사실주의 문학의 머릿돌을 놓 은 작가 현진건의 대표작 21편 수록. 서구 중심의 근대성과 조선 사회의 식민성 사이 에서 방황하는 지식인의 내면 풍경뿐만 아니라, 식민지 조선의 일상을 예리하게 관찰 함으로써 '조선의 얼굴'을 담아낸 작가 현진건의 면모를 두루 살폈다.

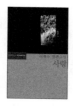

35 사랑 이광수 장편소설

한승옥(숭실대) 책임 편집 | 값 12,000원

춘원의 첫 전작 장편소설. 신문 연재물의 제약에서 벗어나 좀더 자유롭고 솔직한 그 의 인생관이 담겨 있다. 이른바 그의 어떤 장편소설보다도 나아간 자유 연애, 사랑에 관한 작가의 생각을 엿볼 수 있는 작품. 작가의 나이 지천명에 이르러 불교와 『주역』 등 동양고전에 심취하여 우주의 철리와 종교적 깨달음에 가닿은 시점에서 집필된, 춘 원의 모든 것.

36 화수분 전영택 중단편선

김만수(인하대) 책임 편집

수록 작품 천치? 천재? / 운명 / 생명의 봄 / 독약을 마시는 여인 / 화수분 / 후회 / 여자도 사람인가 / 하늘을 바라보는 여인 / 소 / 김탄실과 그 아들 / 금붕어 / 차돌멩이 / 크리스마스 전야의 풍경 / 말 없는 사람

1920년대 초반 자연주의, 사실주의적 색채가 강한 작품 세계로 주목받았던 작가 전영택의 대표작선. 이들 작품에서 작가는, 일제 초기의 만세운동, 일제 강점기하의 극심한 궁핍, 해방 직후의 사회적 혼돈, 산업화 초창기의 사회적 퇴폐상에 대한 자신의 경험을 소박한 형식 속에 담고 있다.

37 유예 오상원 중단편선

한수영(동아대) 책임 편집

수록 작품 황선지대 / 유예 / 균열 / 죽어살이 / 모반 / 부동기 / 보수 / 현실 / 훈장 / 실기

한국 전후 세대 문학의 대표 작가 오상원의 주요작 10편을 묶었다. '실존'과 '행동'에 초점을 맞춘 그의 작품은, 한결같이 극한 상황에 처한 인간 존재의 의미를 묻는 데 천착하면서 효과적인 주제 전달을 위해 낯설고 다양한 소설적 실험을 보여준다.

38 제1과 제1장 이무영 단편선

전영태(중앙대) 책임 편집

수록 작품 제1과 제1장 / 흙의 노예 / 문 서방 / 농부전 초 / 청개구리 / 모우지도 / 유모 / 용자소전 / 이단자 / B녀의 소묘 / O형의 인간 / 들메 / 며느리

한국 농민문학의 선구자로 평가받는 이무영의 주요 단편 13편 수록. 이들 작품에서 작가는, 농민을 계몽의 대상이 아닌, 흙을 일구는 그들의 삶을 통해서 진실한 깨달음을 얻는 자족적 대상으로 바라본다. 이무영의 농민소설은 인간을 향한 긍정적 시선과 삶의 부조리한 면을 파헤치는 지식인의 냉엄한 비판 의식이 공존하고 있다.

39 꺼삐딴 리 전광용 단편선

김종욱(세종대) 책임 편집

수록 작품 흑산도 / 진개권 / 지층 / 해도초 / GMC / 사수 / 크라운장 / 충매화 / 초혼곡 / 면허장 / 꺼삐딴 리 / 곽 서방 / 남궁 박사 / 죽음의 자세 / 세끼미

1950년대 전후 사회와 60년대의 척박한 삶의 리얼리티를 '구도의 치밀성'과 '묘사의 정확성'을 통해 형상화한 작가 전광용의 대표 단편 15편 모음집. 휴머니즘적 주제 의식, 전통적인 서사 형식, 객관적이고 냉철한 묘사 태도, 짧고 건조한 문체 등으로 집약되는 전광용의 작품 세계를 한눈에 살필 수 있는 계기.

40 과도기 한설야 단편선

서경석(한양대) 책임 편집

수록 작품 동경 / 그릇된 동경 / 합숙소의 밤 / 과도기 / 씨름 / 사방공사 / 교차선 / 추수 후 / 태양 / 임금 / 딸 / 철로 교차점 / 부역 / 산촌 / 이녕 / 모자 / 혈로

식민지 시대 신경향파·카프 계열 작가로서 사회주의 리얼리즘 문학을 추구한 작가 한설야의 문학적 특징을 잘 드러내는 단편 17편을 수록했다. 시대적 대세에 편승하며 작품의 경향을 바꾸었던 다른 카프 작가들과는 달리 한설야는, 주체적인 노동자로서의 삶을 택한 「과도기」의 '창선'이 그러하듯, 이 주제를 자신의 평생 과제로 삼아 창작에 몰두했다.

⁴¹ 사랑손님과 어머니 주요섭 중단편선

장영우(동국대) 책임 편집

수록 작품 추운 밤/인력거꾼/살인/첫사랑 값/개밥/사랑손님과 어머니/아네모네의 마담/북소리 두둥둥/봉천역 식당/낙랑고분의 비밀

주요섭이 남녀 간의 애정 문제를 주로 다룬 통속 작가로 인식되어온 것은 교정되어야 마땅하다. 그는 빈민 계층의 고단하고 무망(無望)한 삶을 사실적으로 재현하는 데 탁월한 기량을 보였으며, 날카로운 현실인식과 객관적 묘사의 한 전범을 보여주었고 환상성을 수용함으로써 보다 탄력적인 소설미학을 실험하기도 하였다.

⁴² 탁류 채만식 장편소설

우찬제(서강대) 책임 편집

채만식은 시대의 어둠을 문학의 빛으로 밝히며 일제 강점기와 해방기의 우리 소설 사를 빛낸 작가다. 그는 작품활동 전반에 걸쳐 열정적인 창작열과 리얼리즘 정신으로 당대의 현실상을 매우 예리하게 형상화했다. 특히 『탁류』는 여주인공 봉의 기구한 운명의 족적을 금강 물이 점점 탁해지는 현상에 비유하면서 타락한 당대의 세계상을 여실하게 드러내주고 있다.

⁴³ 벙어리 삼룡이 나도향 중단편선

우찬제(서강대) 책임 편집

수록 작품 젊은이의 시절/별을 안거든 우지나 말걸/옛날 꿈은 창백하더이다/여이발사/행랑 자식/벙어리 삼룡이/물레방아/꿈/뽕/지형근/청춘

위험한 시대에 매우 불안하게 살았던 작가. 그러나 나도향은 불안에 강박되기보다 불안한 자유의 상태를 즐기는 방식으로 소설을 택한 작가였다. 낭만적 환멸의 풍경이나 낭만적 동경의 형식 등은 불안에 대한 나도향 식 문학적 향유의 풍경으로 다가온다.

⁴⁴ 잔등 허준 중단편선

권성우(숙명여대) 책임 편집

수록 작품 탁류/습습실에서/잔등/속습실에서/평대저울

한국 근대소설사에서 허준만큼 진보적 지식인의 진지한 자기 성찰을 깊이 형상화한 작가는 없었다. 혁명의 연성을 기꺼이 인정하면서도 혁명과 해방으로 인해 궁지와 비참에 몰린 사람들에 대해 깊은 연민과 따뜻한 공감의 눈길을 던진 그의 대표작 다섯 편을 한데 모았다.

⁴⁵ 한국 현대희곡선

김우진 김명순 유치진 함세덕 오영진 차범석 최인훈 이현화 이강백

이상우(고려대) 책임 편집

수록 작품 산돼지/두 애인/토막/산허구리/살아 있는 이중생 각하/불모지/옛날 옛적에 훠어이 훠이/카덴자/봄날

한국 현대희곡 100년사를 대표하는 작품 아홉 편. 1920년대부터 1980년대까지 각 시기의 시대 정신과 연극 경향을 대표할 만한 희곡들을 골고루 선별하였고, 사실주의 희곡과 비사실주의희곡의 균형을 맞추어 안배하였다.

46 혼명에서 백신애 중단편선

서영인 책임 편집

수록 작품 나의 어머니/꺼래이/복선이/채색교/적빈/낙오/악부자/정현수/학사/호도/어느 전원의 풍경—일명·법률/광인수기/소독부/일여인/혼명에서/아름다운 노을

일제강점기 한국문학을 대표하는 여성 작가이자 사회운동가인 백신애의 주요 작품 16편을 묶었다. 극심한 가난과 봉건적 인습의 굴레에 갇힌 여성들의 비극, 또는 그로부터 벗어나고자 하는 의지를 섬세한 필치와 치열한 문제의식으로 그려냈다. 그의 소설을 통해 '봉건적 가족제도와 여성의 욕망'이라는 해묵은 주제가 오늘날에도 여전히 풀리지 않는 과제로 존재하고 있음을 알게 된다.

47 근대여성작가선

김명순 나혜석 김일엽 이선희 임순득

이상경(KAIST) 책임 편집

수록 작품 의심의 소녀/선례/돌아다볼 때/탄실이와 주영이/경희/현숙/어머니와 딸/청상의 생활—희생된 일생/자각/계산서/매소부/탕자/일요일/이름 짓기/딸과 어머니와

일제강점기 한국문학을 대표하는 여성 작가들의 주요 작품 15편을 한 권에 묶었다. 근대 여성의 목소리로서 여성문학은 봉건적 가부장제에서 벗어나고자 개인으로서 여성의 자유로운 선택을 가로막는 온갖 질곡에 저항해왔다. 여성이 봉건적 공동체를 벗어나 개성을 찾아 나서는 길은 많은 경우 가출, 자살, 일탈 등으로 귀결되었지만, 그럼에도 여성 자신의 힘을 믿으면서 공동체의 인습에 저항하고 새로운 공동체를 지향하는 노력이 있었다. 여기에 식민지라는 조건 속에서 민족의 해방은 더 큰 과제이기도 했다. 이 책에 실린 여성 작가의 작품들은 신여성의 이러한 꿈과 현실, 한계를 여실히 드러내 보여준다.

48 불신시대 박경리 중단편선

강지희(한신대) 책임 편집

수록 작품 계산/흑흑백백/암흑시대/불신시대/벽지/환상의 시기/약으로도 못 고치는 병

여성의 전쟁 수난사를 가장 탁월하게 그려낸 작가 박경리의 대표 중단편 7편 수록. 고독과 절망의 시대를 살아내면서도 현실과 타협하지 못하는 결벽성으로 인간의 존엄을 고민했던 작가의 흔적이 역력한 수작들이 담겼다.